东方作家传记文学研究

刘曙雄　赵白生　魏丽明等　著

北京大学出版社
PEKING UNIVERSITY PRESS

图书在版编目(CIP)数据

东方作家传记文学研究/刘曙雄,赵白生,魏丽明等著.—北京:北京大学出版社,2012.11
(文学论丛)
ISBN 978-7-301-21394-0

Ⅰ.①东… Ⅱ.①刘…②赵…③魏… Ⅲ.①传记文学-文学研究-东方国家
Ⅳ.①I106.5

中国版本图书馆CIP数据核字(2012)第240692号

书　　　名:东方作家传记文学研究
著作责任者:刘曙雄　赵白生　魏丽明等　著
责 任 编 辑:刘　虹　张　冰
封 面 图 片:王小琦
标 准 书 号:ISBN 978-7-301-21394-0/I·2530
出 版 发 行:北京大学出版社
地　　　址:北京市海淀区成府路205号　100871
网　　　址:http://www.pup.cn　新浪官方微博:@北京大学出版社
电　　　话:邮购部62752015　发行部62750672　编辑部62754382
　　　　　　出版部62754962
电 子 信 箱:zbing@pup.pku.edu.cn　liuhong9999@hotmail.com
印　刷　者:三河市博文印刷厂
经　销　者:新华书店
　　　　　　720毫米×1020毫米　16开本　24.25印张　512千字
　　　　　　2012年11月第1版　2012年11月第1次印刷
定　　　价:55.00元

教育部人文社会科学重点研究基地重大项目

项目批准号:05JJD750.47－99161

目　录

作家篇

作品篇

文献篇

绪　论

传记文学是一个在东西方文学中均有着悠久历史的文类，也是现当代文学中最受关注的文类之一。我国最早的传记文学代表作可以追溯到《史记》，希伯来《旧约》中的"摩西五经"可算是希伯来传记文学的雏形，而"历史书"中的《撒母耳记》、《列王记》篇章则可以称得上是成熟的传记文学作品[①]。由于其独特的文学价值、历史意义、教育功能、社会效用，传记文学在世界文坛逐渐成为主流文类。针对传记文学在现当代文学中强劲的发展势头，英国皇家文学会主席迈克尔·霍尔罗伊德甚至称传记文学为文学世界里的"超级大国"。从世界范围来看，西方学术界在最近三十年里非常重视对传记文学的研究，出现了大量的研究成果，一批重要的理论家，如萨义德、保罗·德曼、奥尔尼、勒热讷、艾津等都对传记文学有所论述，后三位学者甚至终生研究传记文学。相对而言，无论在西方还是在东方，对东方传记文学的研究，特别是"东方作家传记文学研究"这一课题虽然有学者做过一些零星的资料性工作，但真正意义上的学术研究还没有展开，缺乏在理论指导下所从事的深入而系统的研究。

我国的东方文学研究已有近一百年的历史，经历了起步、发展和繁荣三个阶段，而东方传记文学和东方作家传记文学研究却是一个十分薄弱的环节。据我们统计，东方作家传记在东方文学学科的起步阶段只有郑振铎未完稿的《太戈尔传》；在东方文学学科的发展阶段，仅有《世界文学》杂志登载了一系列东方作家的小传；在东方文学学科的繁荣阶段，一些东方经典作家的传记文学作品才陆续问世，如泰戈尔的传记作品在中国已出版了至少二十二种，川端康成的传记有近十种，三岛由纪夫的传记 3 种，普列姆昌德的传记 3 种，纪伯伦的传记 2 种，此外夏目漱石、马哈福兹等作家的传记也已经出版。但总体而言，东方作家传记文学研究在我国还比较薄弱。近些年国内对外国传记文学研究呈现蓬勃发展的良好势头，但主要表现在对西方传记文学的研究上。东方作家传记文学的研究有待深入，东方传记文学的研究更需要系统的有东方特色的传记文学理论指导。在大量翻译、介绍和评述东方文学作家和作品的同时，如果能较全面地梳理东方作家传记文学史纲，进一步归纳和提升东方传记文学理论，无疑将有助于东方文学学科的进一步深入发展。

传记文学的分类可依据作者的不同、传主身份的不同进行不同的划分。"东方作家传记文学研究"指对近现代东方文学领域各主要语种的杰出作家的传记文学研究，这些传记文学主要包括两部分内容：一是作家本人撰写的传记、自述、回忆录、日记、书信等传记文学作品；二是传记作家、学者、记者等为这些作家所作的文学传记、所发表的具有文学意义的评传等。其中第二部分既包括东方作者所创作的作品，也包括

---

① 杨正润主编：《外国传记鉴赏辞典·前言》，上海辞书出版社，2009 年。

欧美作者书写东方作家的作品。而本课题中“东方”一词的概念,则不但指一般地理意义上的东方,同时也是文化意义上的东方,它涵盖了亚洲与非洲。因而,本课题所研究的对象覆盖面十分之广,其中一部分作家,出生于东方,但又在西方生活过比较长的时间,或者一直旅居欧美。地域所能表示的,往往只是这一部分作家的出生地或者国籍,但他们的文化身份却又比较复杂,很多时候已经超出了地域所能涵盖的范围,不能以国家或者地区来进行简单的划分。综合考虑这种种因素,并结合在研究实践中所得到的成果,本课题的最终成果在整体上放弃了最初所设想的、也是在一般东方研究最为常见的按地域划分的方法,而是采用了作家篇、作品篇和文献篇的三分法,并在各个分类中,再兼而考虑按地域之分进行编排。作家篇的内容包括围绕传记文学的主题,梳理以东方作家为传主的文献和作品,对作家本人及其文学创作进行研究。作品篇是对东方各主要语种中传记文学作品本身所展开的研究。属于传记文学的作品类别繁多,本项目选择的主要是与东方重要作家的创作和人生经历关系紧密的文类,如包括自传、他传和评传在内的传记、自传性文学作品和书写某一语种作家群体的作品。文献篇力求体现东方作家传记文学作品的基本类别,节选叙事性强的自传和他传、回忆录、小传和作品序言,从原文翻译为中文并作述评。这样的布局,一方面力图从一种文学的、文化的角度,从整体上对本课题的研究成果进行把握,希望使读者更直观地获得关于东方作家传记文学的学理上的、宏观上的认识,另一面又最大限度地在兼顾地域的同时,避免了地域划分所造成的刻板和机械,对一些有着多重文化身份,如纪伯伦、库切等这样的作家进行了合乎实际的安置。

本课题所涉及的作家有三十多位,每一位都是所属语种、民族、文化的代表性作家。其中既包括在近现代世界文学史上曾产生了重要影响,开启了近代东西方文学文化交流之门的泰戈尔、纪伯伦,又包括对本民族文学、文化运动产生过重要影响的人物,如伊克巴尔、普列姆昌德、纳拉扬、黎萨尔等。本课题的研究成果中,既有对大江健三郎、三岛由纪夫、泰戈尔、帕慕克、阿摩司·奥兹、马哈福兹、沃莱·索因卡、库切这些在国际上已经获得了肯定并产生了广泛影响的作家的研究,也有对朝鲜和韩国当代作家群、对非洲当代作家以及传记文学作品、对阿拉伯语和非洲当代代表性女作家及其代表性传记文学作品的关注和解读。由于语言的关系,同时更由于文化力量强弱对比的关系,东方文学与欧美文学相比,长期处于弱势地位。在我国,对当代东方文学关注的热点大部分都集中在日本文学上。对于东方其他国家当代文学的现状,我国学界还了解得很不充分。本课题对于整个东方地区和民族作家传记文学的研究,是一种开创性的尝试。这种尝试已经为我们带来了姆赫雷雷,带来了赛阿达薇,带来了艾默契塔,我们相信在以后的传记文学学术研究中,多语种、多民族的当代东方作家群体在我国世界文学研究的视野中将越来越受到重视。

本课题涉及的地域广阔,语种繁多,文体丰富,这使本课题一方面获得了很大的创新性,另一方面也面临着相当的难度。结合研究中的实际来看,本课题的困难主要集中在以下几个方面:第一,原始资料的收集困难。文学的批评和研究必须以具体的文本为基础,对于“东方作家传记文学”这一课题来说,尽管在研究中课题组成员已经尽力进行了资料的收集，但由于语种过于繁多，国内相关语种研究人员的缺乏，本课题不得不放弃了一部分语种，如非洲的豪萨语、斯瓦希里语作家的传记文学。第二，国内已有研究的缺乏。尽管传记文学在我国有着悠久的历史，但对传记文学的研究，尤其是东方传记文学的研究在我国并未充分展开。本课题的研究是国内对于这一领域的第一次系统探索和研究。第三，相关文学理论的薄弱。尽管自20世纪90年代以来，国际上对于传记文学的研究渐成显学，但目前为止，国际国内学界对东方传记文学以及这一领域内的东方作家传记文学学理上的思考与建设还显欠缺。因此，没有系统的理论体系可供借鉴与提供指导，可以说是本课题在研究过程中所遇到的一个重要问题。

为了保证课题研究的质量，本课题组组成了一个阵容比较齐全的研究团队，课题组成员主要来自北京大学、中国社会科学院、北京外国语大学、对外经济贸易大学、解放军外国语学院和天津师范大学等高等院校。研究人员均长期从事相关语种的教学、研究，绝大部分都有过境外求学和研究经历，这不但保证了本课题在研究中所采用的资料是真实可靠的，也保证了本课题的研究是在充分了解、尊重相关语种、民族、地区文学文化的历史和内涵的基础上展开的。为了学习和吸取国际国内当代传记研究的最新成果，本课题依托北京大学世界传记研究中心，邀请国际上的传记文学研究专家举办系列学术讲座，举办东方作家传记文学研究专题学术研讨会，参与组织召开以“读图时代的传记文学”为题和以“传记文学的跨学科研究”为题的全国性学术研讨会。课题组成员分享研究心得，交流学术思想，探讨研究方法，在可供借鉴的相关理论和研究成果较为缺乏的前提下，课题组成员“摸着石头过河”，共同探索适用于东方作家传记文学研究的方法与理论，并最终取得了比较丰硕的研究成果。

作为对历史的真实记录之一，传记文学的真实性是它与其他文学种类最大的区别。传记文学作品承载历史，再现历史。世界近现代史上，除日本之外的东方国家，均遭受过殖民或半殖民统治。在当时的社会环境中，东方作家的身份一般不仅是作家，同时也是反对殖民统治的文化斗士，有部分东方作家甚至是参与实际政治斗争的先锋人物。这样的历史经历和记忆在近现代东方作家传记文学中留下了十分清晰的痕迹。因此，从整体来看，近现代东方作家传记文学的一个共同特征是都具有比较明显的争取民族独立、反对殖民统治的价值取向，或者也可以这样说，大部分近现代(由于东方不同国家取得独立的时间跨度很大，因此也包括部分当代)东方作家的文学作品中，国家的历史与个人的传记是交织在一起的。在东方近现代文学史上，争取民族独立与反抗殖民斗争结合在一起的东方近现代作家传记文学是主要的篇章。在越南以潘佩珠为传主的传记作品、在菲律宾以何塞·黎萨尔为传主的传记作品、在科威特以阿卜杜拉·穆巴拉克·萨巴赫为传主的传记作品都是其中的典型。在其他传记文学作品，如以泰戈尔为传主、以伊克巴尔为传主、以朝鲜或韩国近现代作家为传主的作品中，也都有关于传主与殖民当局的进行斗争的描述和赞颂。

进入当代以来，随着民族、国家的独立和殖民统治者的军事撤退，反殖民斗争的主题在一些东方作家传记文学作品中的痕迹减弱，随之而来的是对殖民文化影响的反思，是试图在后殖民文化氛围下，对自身民族身份进行确认和定位的努力。这一转变在遭受统治时间较长、殖民文化影响深刻的民族和地域的传记文学作品中较为明显。2003 年诺贝尔文学奖得主、南非作家 J. M. 库切的自传作品，尼日利亚著名作家、诗人、小说家、评论家沃莱·索因卡的自传作品，以阿摩司·奥兹的自传体小说和自传性作品为代表的大部分现代希伯来传记文学等，都体现了这种文化上的挣扎与斗争。实际上，这种民族文化身份的模糊与对自身定位的寻找，对于大部分与作家生活环境类似的本民族、本地域的人来说是普遍存在的。而作家的不同之处在于他们的心灵更为敏感，内在的思想、情感反应更为激烈，感受的表达更为清晰、有力。他们的传记文学作品，是在代表那些被损害的、被牺牲的、被忽视的弱势文化和群体发出声音，争取一席之地。因此，作家的传记文学，尤其是自传作品往往可以看作是该民族、该地域人民的心灵史。

日本在东方近现代史上的发展轨迹与东方其他国家均不相同。在日本现当代作家传记文学中反对殖民斗争的主题是罕见的，取而代之的是对战争的思考和对人的价值的探索。1994 年诺贝尔文学奖得主、日本当代著名作家大江健三郎的系列自传作品鲜明地体现了这一点。从这一角度而言，日本现当代作家传记文学与欧美作家传记更为相似。

性别意识是近现代传记文学创作中出现的一个新主题，在东方作家传记文学作品中这类作品也陆续涌现，其中又以自传为主。如阿拉伯语女作家赛阿达薇的自传作品和非洲黑人女作家的自传作品。但与欧美女作家的女性自传不同的是，在东方女作家的自传作品中，女性对自身权利的要求和与男性的斗争并不是单一的，它们往往和弱势民族文化与欧美文化的斗争结合在一起，个人经验与民族经历混杂纠缠，作品的主题一般而言涵盖了女性意识、阶级意识、种族意识等诸多方面。这种情况也再一次说明，从整体上看，东方作家传记文学除了是作家个人的生命故事之外，也是作家所代表的民族与本民族文化的政治和文化隐喻。本课题中的相关研究成果揭示了无论是在争取民族独立、反抗殖民统治的历史过程中，还是在后殖民时代的文化氛围下，东方女性的觉醒和争取自身权利的要求并不仅仅代表一个性别群体，而是反映了东方民族的整体要求。

与欧美文学文化相比，东方文学文化的构成体系显得更为复杂，地域文化的相对独立性更为突出。东亚东北亚的汉文化、南亚东南亚的印度教文化、南亚的穆斯林文化、西亚北非的阿拉伯-伊斯兰文化、希伯来文化都具有悠久的历史和强大的生命力，这使得东方文学文化往往在共同的基本特征之外又呈现出各异的特性。在东方作家传记文学这一分类中，这种地域文化影响下形成的不同特征也比较明显。

在以中国古代文化为主的汉文化中，有着十分发达的史传文化传统，史传文学不但是文学作品，也是历史的真实记录。在这种史传文化影响下，朝鲜半岛的朝鲜和韩国作家传记文学呈现出一种两难的发展态势，一方面作家传记文学作品的创作是一种必然，另一方面又因为自传体作品往往被认为是真实的记录而使得作家在创作类似作品时如履薄冰。传记文学是蒙古文学的重要组成部分，一部蒙古文学史也可以看作是一部蒙古的传记文学史，这种情况在世界文学之林可以说也属少见。作为同样拥有悠久的传记文学历史的阿拉伯—伊斯兰文化，其传记传统则与本民族的宗教文化传统有着息息相关的联系。波斯语文学史上的宗教人物传记，主要是苏非文学中的各长老传、书信集，如贾米的《长老传》和莫拉维的《书信集》，以及由此形成的波斯语苏非传记文学传统和流传下来的苏非思想，是波斯语现代传记文学的重新崛起和发展的基础。阿拉伯自传从 9 世纪开始发展到 15 世纪末，已经成为了一种自觉的问题，形成了自己独特的开篇方式、话语表达方式、自我精神觉醒模式等传统，为 20 世纪初阿拉伯"新传记"的产生奠定了深厚的历史、文学根基。但宗教传统与作家传记文学的繁荣之间并不存在必然的联系。在南亚地区，有着丰富的神话与宗教传说，但传记文学这一类型却并不发达，这与南亚地区的传统文学主要以"神"为主题有关。因此，直到近现代，在南亚次大陆地区才陆续出现了以乌尔都语、印地语、英语等语言书写的传记文学作品，其中也包括作家传记文学。南亚次大陆传记文学的兴起，与南亚文学的现代化转向有着直接的关系。在文学的关注对象从"神"逐渐转变为"人"的过程中，传记文学才得到了发展的机会。文类的缺失，在文学史的研究中是一个重要的现象。对于进行东方传记文学研究来说，南亚传统文学中传记文学的薄弱也是一个值得探讨的文学文化问题。

整体来看，东方现代传记文学在历史的传承之下，在作品创作方面无论在数量上还是在质量上都一直保持着较高的水准。但传记文学在东方的研究现状，与其他文学种类，如诗歌、小说、戏剧等相比，却是薄弱的；与近年来欧美的传记文学研究相比，也是比较滞后的。对东方传记文学进行系统的研究，不但是东方文学文化研究领域内的必然，也是国际传记文学研究领域和东西方文学文化比较研究的必需。本课题"东方作家传记文学研究"所涉及的语种之多样，所使用的第一手资料之丰富，都是之前的研究所从未有过的。对于丰富多样的作品，本课题既注重其共同点，又充分重视各语种或地域文学的不同。因此，综合起来看，本课题的研究成果，无论是在我国国内还是在国际传记文学研究领域，都具有填补空白的意义。

人的复杂性和多面性，决定了以"人"为描写和再现对象的传记文学天然地具有复杂性和跨学科性。对传记文学进行研究，应当多学科并进。跨学科的共时性研究，是了解、再现和全面评价传主以及一部传记文学作品的最佳途径。在欧美传记文学研究领域，跨学科的研究方式正在兴起。传统的文学批评与研究、精神分析法、新历史主义、社会学理论、生态环境学、疾病学、基因理论等，被广泛地应用于传记文学的研究之中。对东方传记文学来说，同样也应该积极地进行这种尝试。而本课题"东方作家传记文学研究"的研究实践也证明，由于近现代东方作家传记文学与国家政治、民族斗争、文化抗争有着紧密的联系，因此，在对相关作品进行解读和研究时，综合运用新历史主义、社会学等相关理论，是十分贴切且有益的。这种研究有助于对传主和历史形成立体的、全面的认识。同时，跨文化的研究也有助于进一步开拓研究视野，使东方的读者和研究者看到西方是如何看待东方，以促使东方思考在后殖民时代、在全球化时代，东方传记文学乃至东方文学应该如何定位和自处。

东方作家传记文学在较为强烈的政治性之外，其文学方面的特点也值得进一步研究。尤其是近现代以来，东方文学悠久的历史为现代东方传记文学的创作提供了丰富的可资借鉴的文学资源。在创作手法上，不少东方现代文学作品都吸收和发扬了本民族传统文学的独特之处。如上面提到的阿拉伯现代"新传记"对传统阿拉伯传记手法的继承；又如，第一位创作自传的印度现代作家纳拉扬，在叙述手法上对印度史诗故事框架结构的借鉴和化用；以及当代波斯语传记文学对苏非传记文学的承传等等。作为传主，大部分现代东方作家本身便是本民族传统语言文学的代表性人物，他们的文学创作对本民族文学的发展起着重要的、有时甚至是关键性的推动作用。因此，以他们为传主的传记文学作品，自然也是梳理其民族文学现代发展不可缺少的、重要的研究资料。深化对东方不同民族、不同地域作家传记文学的认识，也就能加深对该民族、该地区文学发展的认识，这能进一步保证我们对东方文学的发展轨迹既有个别的、具体的了解，又有整体的、宏观的把握。

本课题除了对东方作家传记文学进行研究，也对东方作家传记文学的一部分经典文献进行了翻译与评述。东方文学这一概念涉及的地域十分广阔，其包括的语种文学也极为纷繁，尤其其中大部分为非通用语种文学，也就是俗称的"小语种"文学。仅以印度为例，宪法规定的联邦官方语言就有 18 种之多。事实上，所谓的"小语种"并不小，但由于经济和文化的弱势，这些非通用语及其文学所获得的关注十分有限。而这些语种文献资料的缺乏，也是造成当下东方文学研究对象具有较大局限性的主要原因之一。本课题文献篇所附的传记文学作品原典，均是来自第一手资料。其涉及的语种，在英语之外，包括了日语、韩(朝)语、越南语、孟加拉语、乌尔都语、阿拉伯语。文献篇中所涉及的作家，均是各语种、民族、地区具有代表性的文学人物，这不但为读者和学界提供了关于东方作家传记文学更多、更新、更直接的材料，而且也为学界了解东方文学的丰富性、复杂性提供了新的途径。

文学的批评与文学的创作应该是相辅相成的。东方传记文学拥有悠久的历史，但在其现代化的转型和发展过程中，与东方文学各个文类一样，同样会遇到各种问题。文学理论的研究和对欧美文学、文论的借鉴，已经并将继续在一定程度上为东方文学在现当代的发展提供指导和借鉴，并促使现代东方文学在继承传统的基础上逐步成熟。对东方作家传记文学而言也同样如此。大部分近现代东方作家传记文学，或承载着本民族的政治希望，或再现本民族文化与欧美殖民文化抗争，也有些宣扬本民族的骄傲。同时，一部分东方作家传记文学作品也存在不够严谨的问题，或者说缺乏一种宏观的历史眼光。因此，我们也希望，通过本课题的研究，能为如何看待东方传记文学提供一个更为学术的视角，从而促进当代东方作家传记文学创作的发展。

本课题另一个突出的意义在于，在既有学术研究薄弱的条件下，在西方对于东方作家传记文学缺乏应有重视的现状下，我国学者通过自己的艰苦努力，披沙拣金，迈出了东方作家传记文学的研究的第一步，这代表了在面对西方文化的强势与侵袭时东方学者的回应。这也强有力地表明，在世界文化话语权的争夺中，中国学者、东方学者完全可以站在不同于西方学者的角度，发出自己的声音。

作　家　篇

引　言

西方文学与东方文学是目前世界文学中约定俗成的一种划分方式，但由于经济、军事力量强弱对比的差异，近现代以来东方文学始终处于弱势地位。我国著名学者季羡林先生曾将人类文化分成四大体系，分别为中国文化体系、印度文化体系、波斯-阿拉伯伊斯兰文化体系和欧洲文化体系，其中前三者都属于东方文化。在人类文化的历史上，东方文学和东方文化占有重要的地位。对于东方学者和东方民族来说，只有先了解自己，才能更了解别人，才能逐渐变得有力，与西方走向平等与对话。

要了解东方文化，东方文学是一个重要途径；而东方作家，尤其是东方著名作家，作为东方文学的创造者，无疑是东方文学这片天空里最为耀眼的星星。《东方作家传记文学研究》的作家篇中，选取了东方各民族现当代的著名作家作为研究对象，通过对他们的传记的研究，通过对他们的创作、思想、生平的分析，来开辟东方传记文学这片未开垦的学术处女地，来探索东方文学星空图的更深奥秘。

本篇所涉及的作家，在地域上覆盖了东至东亚东北亚的日本、韩国，西至西亚中东的伊朗、黎巴嫩，同时还包括了北非、西非、南非的多位著名作家。为了研读的方便，同时也为了读者能获得一个比较清晰的整体概念，本篇大体上以研究对象在地域上从东向西的顺序编排各研究文章。本篇共有文章 16 篇，探讨了 15 位作家，这些作家的创作均是近现代以来本民族或本地区文学的代表，他们分别是：日本著名作家、富有争议性的三岛由纪夫，韩国当代作家黄晳暎、文淳太等 33 人，菲律宾著名民族诗人何塞·黎萨尔，越南自传文学第一人潘佩珠，印度著名作家、1913 年诺贝尔文学奖获得者罗宾德拉纳特·泰戈尔，印度心理小说大家介南德尔·古马尔，巴基斯坦建国的精神之父伊克巴尔，伊朗当代文学的开创者之一赫达亚特，科威特女诗人苏阿德·萨巴赫，黎巴嫩著名诗人、“叙美派”的开创者和中坚人物纪伯伦，黎巴嫩“海外三杰”之一、与纪伯伦文名不相伯仲的米哈依勒·努埃曼，南非著名作家、2003 年诺贝尔文学奖得主库切，埃及著名作家、1988 年诺贝尔文学奖得主纳吉布·马哈福兹，以及两位在世界文坛备受瞩目的当代东方女作家：当代阿拉伯世界最受争议的女作家埃及的纳娃勒·赛阿达薇，为处于贫困和被压迫地位的第三世界妇女代言的尼日利亚著名女作家布琦·艾默契塔。

真实性是传记文学的基本特质。但“真实”对于文学家来说，并不仅仅意味着对生活细节的忠实记录。作家对事物的想象与虚构是作家创作的主要手段，因此，在作家传记文学中——无论是关于作家的传记文学，还是作家自己创作的自传或他传——“真实性”的含义比其他传记文学更为丰富、多义、值得探讨。日本著名作家三岛由纪夫，曾三次获得诺贝尔文学奖提名，是现当代在世界上最有影响力的日本作家之一，被誉为“日本的海明威”。他的文学作品，由于其主题对性、死亡的关注，也由于他极端的政治取向和自杀方式，而具有极大的复杂性。三岛由纪夫有一部小说名为《假面的告白》,文学创作就是他借着文字的面具掩藏着的自我剖白,三岛曾说过,当他人认为在他的自述中看到了他的真面目,其实所看到的不过是他的演技(有趣的是,三岛由纪夫的确还是一名演员和导演)。因此,对他的自传文字进行分辨和剖析,能极大地帮助我们拨开迷雾,了解他潜藏着的真实,从而理性地看待他的文学作品和其中蕴含的思想。20 世纪 60—70 年代的韩国作家强调文学的真实,其中有一批作家特别强调关注个人的真实。但这种真实究竟是什么呢?作家李清俊认为"文学是作家通过语言及其秩序所表达的对生活的热爱",金承钰对真实的看法是"讲述人和人之间可能发生的事情,从中发现真实,恰如其分地把生活的真实展示给人,这就是小说家的大任务。"可见,韩国作家强调关注个人的真实,但这里的个人并不是脱离群体的个人,这和西方文学所倡导的张扬个性是完全不同的。作为第一个获得诺贝尔文学奖的东方作家,罗宾德拉纳·泰戈尔成为了许多传记的传主。但他自己曾直言不讳地指出,并不是所有的传记都展示了一个真实的诗人泰戈尔。他认为,诗人的真实是内在的真实,与生活事件的一一如实记录并无必然的对应关系。一本拥有丰富资料的传记必然不是一本真正的"诗人的传记",泰戈尔在他的一生中经常重复这一关于诗人的传记的观点。1988 年诺贝尔文学奖得主纳吉布·马哈福兹的观点与泰戈尔相似,他在《自传的回声》中的写作呈现给读者的就像是"现实生活和梦幻世界交织而成"的一个个"断片",具有自传性质的短章与断想、寓言,对孩提时代的回忆、梦幻,苏非式的格言与隽语在书中汇集在一起,构成了他所说的真实。而另一位诺贝尔文学奖得主,南非著名作家库切的观点却与以上两位的看法相映成趣,因为库切说"一切作品皆自传"。"钱钟书说,'自传就是别传';库切却说,别传自传如影随形"。真实究竟如何?自传与别传在库切那里究竟有着怎样的关系?这值得我们认真地分析和探讨。对他人心理的分析往往可以折射出分析者自我的真实想法,印度作家介南德尔·古马尔的小说中就充满了这样的"自我镜像"。在西方的眼中,东方充满了异域风情和神秘色彩,尤其在早期更是如此。前往东方的旅行,是探访神秘之旅;来自东方的诗人和文学家,都笼罩着神秘的面纱。早期泰戈尔和纪伯伦在西方的形象都是如此。作为一位在西方生活了许多年并最终逝世于美国的东方诗人,纪伯伦在西方传记作家笔下的形象经历了从神秘的人走向人性的人的过程,真实的纪伯伦形象也因此逐渐显现。与纪伯伦形象的多变相比,黎巴嫩另一位享誉世界的作家米哈依勒·努埃曼在自传《七十述怀》中对自我的成长进行了清晰的追述,作家追随着苏非主义的精神指引,抗拒生活的浮沫、追寻纯真。

文学来源于生活,传记文学尤其如此。东方近现代作家传记文学作品,在整体上反应了作家们所生活的时代和经历。东方自近代以来遭受了殖民统治的苦难,经历了追求自由、独立的斗争,至今仍在为平等、自立而呼喊,在内容和主题上与民族、国家的紧密联系也成为了东方作家传记文学的另一大特点。朝鲜、韩国自古受汉文化影响颇深,传统的文以载道思想和多灾多难的近现代历史赋予了韩国文学重视社会责任和历史使命的品格。黄皙暎、赵海一、文淳太等作家在自传叙述中都认为,作家的社会使命、文学的社会使命大于文学的艺术追求。与中国山水相连的越南,同样在文化上也与中国关系密切。作为越南近代传记文学第一人,潘佩珠自幼受汉文化熏陶，在成年后的反殖民活动又得到了中国革命运动的影响与支持，其自传《潘佩珠年表》就是一部个人与民族相融合的历史。个人命运与民族、国家命运的融合，这也是菲律宾民族英雄、诗人何塞·黎萨尔人生和他的传记文学的特点。巴基斯坦建国构想的提出者、南亚现代伊斯兰思想重构者，穆斯林诗人伊克巴尔也通过他的诗歌表达了对民族独立、自强的呼唤和期望，《西奈山的火光》对此进行了精确的阐释。科威特女诗人苏阿德·萨巴赫的《海湾之鹰》是关于个人与国家之关系的另一部传记，作为诗人的作者，以文学家的热情和学者的严谨，在传记中成功地再现了传主将个人的成长与国家前进的脚步结合在一起的一生，对科威特年轻一辈具有强大的鼓励和教育意义。对于一部分在殖民氛围统治之下成长，并曾长期侨居欧美的当代东方作家而言，东西方文化的冲突以及由此对他们的思想形成的冲击和他们对自身文化身份的迷惑、追寻，是他们长期思考的另一重要问题。“在南非独特的‘殖民主义、后殖民主义和新殖民主义’的历史政治背景之下，南非的欧洲流散作家（白人移民作家）的文化身份问题直接关涉着他们的政治姿态，因而令人极为敏感，尤其是对像库切这样出生、成长于南非，在反对种族歧视的同时，又意识到自己无法逃脱的殖民主义历史的同谋者身份因而不断地产生自我怀疑的作家来说，情况更为复杂。”伊朗当代著名作家赫达亚特，一生漂泊不定，在伊朗、欧洲和印度之间飘荡，寻找自身的位置。他既无法在祖国安身，又无法摆脱身处异乡的孤独感。值得注意的是，以赫达亚特为传主的传记，还继承了波斯文学悠久的传记传统。西方现当代的女权运动也对东方女性作家产生了深远的影响，但东方女性作家对女性角色的感受与思考又与西方女性作家不尽相同。埃及女作家纳娃勒·赛阿达薇、尼日利亚女作家布琦·艾默契塔在她们各自的自传体小说中，分别为读者呈现了在父权、宗教、人种等的多重压力之下，挣扎、反抗、成长的女性作家形象。

东方作家传记文学，是东方作家人性之光芒的体现，也是东方文学不可或缺的重要组成部分。但在目前东方文学的研究中，这还是一处空白之地。对东方作家传记文学的研究，不但可以丰富传记文学的研究，为传记文学理论的发展提供更多的借鉴和参考，也可以充分展现出现当代东方文学与西方文学的不同，展现出现当代东方文学所具有的独特的文化视角和文化价值。后殖民理论的主力军以欧美印裔学者为主，这也充分说明了研究东方文学的意义。只有在对自身文学、文化深入了解的基础上，东西的比较、交流、对话才能真正实现。

自传中的假面

——略论三岛由纪夫传记文学

因其美艳绝伦的文学世界和惊世骇俗的辞世方式，三岛由纪夫(Mishima Yukio，1925—1970)成为了一种象征，象征着充满矛盾与魅惑的20世纪70年代的终结。不论是他的家人，还是朋友，或是文学同道，都写下了自己心中的三岛由纪夫。然而，正如他自己所说的："在别人看来是我的演技，对我来说却是要求还我本来面目的表现，而在别人看来是自然的我，却正是我的演技。"[①]三岛由纪夫的人生宛如一场高潮迭起的杂技表演，当演员谢幕，离开舞台，只有他曾经说过的话和表演过的特技，留给看客无限回味的空间。而在那些话和表演的背后，隐藏着怎样的一个内心世界，却已经无从知晓了。

有人说，其实三岛就是自己的传记作家，因为他无时无刻不在写作，每篇文字都堪称是真实自我的反映，哪怕那部分"自我"是神经质的、要寻美或寻死[②]。然而，真正能当做自传来读的恐怕就是三岛留下的大量的随笔了，其中包括自画像、日记、作品自解和书信集。此外，具有参考价值的还有早期自传体小说《假面的告白》，以及晚年的内心独白《太阳与铁》。在这些自传材料中，他塑造了不同于三岛文学世界中任何一个小说人物的"三岛由纪夫"，而这似乎也在干扰着他的传记作家们，让他们无从判断究竟哪些才是真实生活中的传主，抑或，这位传主本身真是一个出色的传记作家，他将自己的自传也虚构成一副假面，看似真诚自信的内心告白其实充满了无限的自卑、焦虑和不安。

三岛的传记大都是带着一个大问号开始叙述，问号的内容是一个谜，答案也是一个谜。对于传主精心策划的自杀事件，传记作家在叙述中显得有些尴尬。虽然因果关系看似一目了然，但是假面的背后是否有心理学的、社会学的、天皇制的、军国主义的、殉教式的动机呢？这个问题引发了无数的猜想。对照这些猜想和传主留下的自传性文字，我们是否能发现什么新的线索呢？

首先，从心理分析的角度，三岛的童年体验成为第一个切入点。尤其是其生后29天(一说是49天)就被祖母夏子从母亲身边夺走，直到13岁才回到父母身边的这段非常经历，成为众多拥护心理分析论的研究者所关注的焦点。根据三岛的母亲平冈倭文重的回忆录《吾儿三岛由纪夫》中的描述，性格暴躁的祖母夏子虽然也很疼爱公威(三岛由纪夫本名平冈公威)，但却一直把他当做女孩子来养，还让他一直呆在阴暗、沉郁、充满了疾病气息的房间里。从心理分析的角度来看，这样的童

---

① [日]三岛由纪夫：《假面的告白》(王向远译)，北京师范大学出版社，1993年，第15页。

② [英]亨利·斯各特·斯托克斯：《美与暴烈——三岛由纪夫的生与死》(于是译)，上海书店出版社，2007年，第352页。

年似乎是造成三岛不幸的根源。其实不然,他并不讨厌呆在祖母的房间里,他很满意"13 岁的我却有一个 60 岁的深情的恋人"。另外,他的古典修养和对能剧[①]以及歌舞伎的兴趣完全受益于旗本门第出身的祖母。而且,尽管他和母亲长期分开,但却没有阻止他对母亲产生的特殊依恋。一方面,母亲是他文学的守护神;另一方面,母亲也是他心目中充满了道德性和唯美主义的已经消失了的大正时代的象征。所以,他自认为自己和母亲之间的关系,"是成长了的儿子和母亲之间的关系,相当自由自在、坦诚,母亲也觉得母子关系相当轻松自在"[②]。尽管在别人看来,他有严重的恋母情结——比如他在《谈谈母亲》、《绣球花的母亲》中反复提到母亲带他去看牙医时的情景,并将母亲当做是"悄悄相处的对象,人所不知的恋人"[③]——以至于吓跑了一个相亲对象,但他本人对此却坦然接受。

其次,尽管三岛文学中描写了大量不伦之恋、悖德之爱,但实际生活中的他却经营了一个近乎完美的婚姻和家庭。结婚之前的三岛对自己未来的妻子有着非常明确的要求:"她处在结婚适龄期,对文学毫无兴趣,喜欢处理家务,她受到双亲的疼爱,性格诚实温柔,女性味儿十足,即使穿上高跟鞋也比我矮,长着一张我喜欢的圆脸,是个可爱的千金小姐。她绝不介入我的工作,把家庭打理得井井有条,通过这些来间接地支持我。"[④]如他所愿,通过媒人介绍,画家杉山宁 21 岁的千金瑶子成了他的妻子,并且为他生育了三个孩子。关于瑶子的性格,他在《我的相亲生活》中有一段精彩的描写。

> 举行订婚仪式时,我对瑶子说:"夏天,我们举行游泳婚礼吧。请客人围坐在游泳池周围,在客人举起苏打水的祝贺声中,我们俩一起跳进游泳池,怎么样?"话音刚落,瑶子回应说:"我不会游泳,不愿意。"只好作罢。[⑤]

显然,妻子是个能够自我主张的现实派,三岛非常满意,并一直由她担任自己的助手,负责所有家务和写作之外的杂事。

那么,三岛文学中的那些女性形象来源于何处呢?三岛是否还有不为人知的恋爱故事呢?从他留下的自传性资料中,还有一段这样的文字。

> 对我来说,日本战败并不是什么太痛苦的事,这还比不上数月后妹妹的猝死事件更使我感到格外的悲痛。
>
> 我爱我的妹妹,甚至爱得出格。
>
> ……
>
> 战后还有一件事,是我个人的事件。
>
> 在战争期间我与一位女性交往,我们的感情已发展到该订婚的地步了,由于我的逡巡不前,最后她成了别人的妻子。

---

① "能剧"是日本的传统戏剧之一,翻译成中文时有的译成"能剧",有的译成"能乐",也有的译成"能"。

② 三岛由纪夫:"谈谈母亲",收入《太阳与铁》(唐月梅译),中国文联出版社,2000 年,第 49 页。

③ 同上书,第 44 页。

④ 三岛由纪夫:"我的相亲结婚",《太阳与铁》,第 38 页。

⑤ 同上书,第 39 页。

妹妹的死和这位女性的结婚，这两个事件成了推进我此后从事文学创作的热情和动力。[①]

根据传记作家亨利·斯各特·斯托克斯的《美与暴烈》中对三岛初恋的描述来看，似乎三岛从一开始便是一个同性恋者，最初的对象就是《假面的告白》中的初江。而在唐月梅的《三岛由纪夫传》中，却详细地描写了三岛和友人的妹妹汤浅笃子之间的初恋，并认为："《我的思春期》中的浅子、《假面的自白》中的园子、《夜间打扮》中的赖子、《盗贼》中的美子等，都有初恋的恋人汤浅笃子的影子。"[②]如此看来，后者似乎更符合三岛在上面的引文中所说的事件。

有趣的是，在《我的相亲生活》中，三岛只谈到了他和杉山瑶子之间的相亲过程，而没有介绍之前的另一位相亲对象——正田美智子，也就是今天的美智子皇后。由于正田家族的干扰，美智子和三岛的相亲并没有成功。性格活泼、喜欢打网球的美智子随后和皇太子明仁定了亲。这段逸事很容易让人联想到三岛的绝笔《丰饶之海》的第一部《春雪》中的两位主人公——松本清显和绫仓聪子之间的关系。虽然两人互相爱恋，却直到聪子和洞院宫三王子殿下的亲事定下来之后，才表白心迹，成了一段亵渎皇权的爱恋。不过，斯托克斯对这种联想予以否定，认为"固然浪漫多情，却略显牵强"。[③] 除此之外，其他的传记均没有提到这段逸事。对于喜欢炫耀的三岛而言，隐去和皇太子妃之间的故事，似乎不太符合他的做派。用小说的形式将这隐藏的故事重新包装，这样的做法似乎更容易让人理解和接受。

最后，三岛的自传性资料记录了他和同时代作家之间的交往。众所周知，三岛自小就被视为神童，博闻强记，尤其是在古典文学上造诣颇深。即便是在尚未成名时，他也自命不凡，他在《我经历的时代》中，就毫不掩饰地表达了对太宰治的不屑。

我开始读太宰治的东西，对我来说也许是最坏的选择，这些自我戏剧化是我生来最讨厌的东西，作品里所散布的文坛意识和类似负笈上京的少年的乡巴佬的野心，对我来说是最受不了的。

当然，我承认他那罕见的才能，不过说来奇怪，他是我从未有过的、从一开始就如此产生出生理上的抵触的作家。也许是由于爱憎的法则，也许他是一个故意把我最想隐藏的部分暴露出来的作家的缘故。因此，在他的文学中，许多文学青年发现自己的肖像画而感到喜悦，在这同一个地点上，我却慌忙地背过脸去。

……

我立即阅读《斜阳》，刚读第一章就读不下去。作品中的贵族，当然是作者的寓意，即使不是现实的贵族也好。既然是小说，那里面多少需要有"像是真实"的地方。不论是语言，还是生活习惯，与我所见所闻的战前的旧贵族阶级竟有那么大的不同。仅此就足以使我厌烦了。[④]

他不仅在文章中公然表示了对太宰治作品的轻蔑，甚至还跑到太宰治本人面前，亲口对他说："我不喜欢太宰先生的文学作品。"

---

① 三岛由纪夫："从末日感出发——1945年的自画像"，同上书，第35—36页。

② 唐月梅：《三岛由纪夫传》，新世界出版社，2003年，第59页。

③ 《美与暴烈——三岛由纪夫的生与死》，第175页。

④ 三岛由纪夫："我经历的时代"，《太阳与铁》，第91—92页。

与此相比，三岛一生最为尊敬和知心的文学家非川端康成莫属了。川端既是他的伯乐，也是他的知音，当众人对他的作品不予置评的时候，只有川端表现出了巨大的热情，并对其作品进行了高度的赞扬。因此，川端和三岛既是师生，又是文友，他们的交情持续了一生。在三岛去世之后，唯一得到家属允许，得以出版的书信集便是《川端康成·三岛由纪夫往来书简集》。书信的大部分都是关于文学的话题，也包括对各自家人的问候等。但是，自从 1968 年 10 月，川端获诺贝尔文学奖的消息传到日本之后，三岛写给川端的信就骤然减少了。尽管三岛得知川端获奖之后，立刻跑到他家表示祝贺。但是，很多评论家都注意到了来往书简的这一变化，认为："川端君获得诺贝尔文学奖，终究给三岛君带来了相当程度的冲击。这是与作家的自尊心相关的微妙问题。三岛君在畅销书的问题上都很介意，是一个非常争强好胜的人。"①而留在三岛自传性资料中的文字却显示，他亲自用英文为川端康成写了诺贝尔文学奖的推荐信，并在信中用优美的词汇盛赞川端氏的文学，称："能够推荐这个较之任何日本作家更适合于诺贝尔文学奖的人物，使得我在内心底里暗自感受到了荣誉。"②这绝非他的真心话。他的内心其实非常地渴望自己能够获得诺贝尔文学奖，而事实也的确给了他强烈的暗示，因为当时他曾两度获得诺贝尔文学奖的提名，所以他一直坚信自己将是第一位获得该奖的日本作家。甚至在得知川端获奖之后，他还遗憾地说道："如果哈马舍尔德还活着的话，我可能还有希望获奖。"③失望之情，跃然纸上。

综上所述，尽管在三岛由纪夫留下的大量自传性文字中反复地谈到他自己，但是这些"自传事实"却宛如他的另一副假面，遮挡住了三岛的内心世界。相比较而言，从他对母亲、妻子、川端康成等周围人的描述中，反而更清晰地看到一个真实的三岛。正如钱钟书先生所言："你要知道一个人的自己，你得看他为别人做的传；你要知道别人，你倒该看他为自己做的传。"④可见，"自传即别传"的道理同样适用于三岛由纪夫传记文学的研究。

---

① 佐伯彰一在和川端香里男参加名为"令人畏惧的谋划者三岛由纪夫"的对谈中所说的话。引自《川端康成·三岛由纪夫往来书简集》(许金龙译)，昆仑出版社，2000 年，第 185 页。

② 同上书，第 191 页。

③ 哈马舍尔德，瑞典政治家，据说他公开表示非常推崇三岛的作品。转引自《美与暴烈——三岛由纪夫的生与死》，第 195 页。

④ 钱钟书：《写在人生边上》，中国社会科学出版社，1990 年，第 4 页。

韩国现代作家自传文学论略

——以《韩国现代作家三十三人自传》为中心

在韩国，现代西方文学意义上的自传文学不够发达，完整翔实地描述人的一生的自传文学作品并不多，尤其是讲述当代作家生平的自传更是寥寥无几，存世的作品也只有徐廷柱的《我的文学自传》(民音社，1975)、赵炳华的《我的生涯、我的思想》(巢穴，1991)等少数几部。这并不是因为韩国作家人数少或不擅写作，2001 年韩国文人协会拥有五千多名会员[①]，仅在韩国文艺网上注册的会员就多达一千余人。实际上，韩国作家也很愿意写自传，只是写的并不是西方文学意义上的自传文学罢了。韩国有很多文学奖项[②]，获奖的人按照惯例都要写自传，这种自传和获奖作品一起刊登在文学杂志或是获奖作品集上，它的篇幅自然就比较短且形象性也较弱。如果完全按照西方自传文学的尺度来衡量，这种自传也许是不够成熟的作品，但是这恰恰就是韩国自传文学有别于西方的特色所在。尤其是因为它和韩国的传统文学具有渊源关系，我们就更有理由说它不是一种缺陷，而是一种自主性的表现了。

韩国当代作家自传文学的基本风貌，我们可以在《韩国现代作家三十三人自传》中一览无余。这是由韩国的良友堂于 1993 年作为《今日韩国文学三十三人选集》之别卷出版发行的作家的自传合集。它从内容和形式上都反映了韩国当代作家的生活、思考和追求，并从多个侧面展现出了韩国自传文学的艺术特质和精神旨归。这些“走在时代前列、意识超前的三十三人”[③]都是出生于 20 世纪 30—40 年代的韩国著名作家，他们成长在日本殖民统治末期和解放时期，经历过战争和战后百废待举以及漫长的军事独裁统治，活跃在 20 世纪 60—70 年代以来的韩国当代文坛。

自传之为自传的两个基本标志是自传契约的存在和作者与传主的身份重叠。《韩国现代作家三十三人自传》明示了它是一本自传，作者和传主也保持了一致的关系，但它是在编辑的统一策划下结成的自传合集，因此每一篇自传篇幅都不长，最长的有 15 页，短的则仅有 6 页。根据菲利浦·勒热讷对自传的定义，如果说自传是“一个真实的人以其自身的生活为素材用散文体写成的回顾性叙事”，那么，金承钰(1941—　)的《首尔一九六零年孤独的放浪者》、李荀(1949—　)的《生活中踏实的开始》和金采原(1946—　)的《对文学的热情》等对话形式的文章则有些另类；

---

① 韩国文人协会主办的《文学月刊》2001 年 9 月号上刊登了 5000 多名作家的通讯地址。

② 韩国有一百多个文学奖项，具有代表性的有李箱文学奖、韩国文学奖、现代文学奖、郑芝溶文学奖、金洙暎文学奖、东仁文学奖、素月文学奖、今天的作家奖、大山文学奖等。

③ [韩] 李浩哲等：《韩国现代作家三十三人自传》，良友堂，1993 年，扉页。

如果说自传“强调的是个人生活,尤其是个性的历史”,那么,李清俊(1939—)的《个人的真实及其梦中话语》、赵海一(1941—)的《〈每天都死亡的人〉[①]们的时代》、文淳太(1941—)的《如今是实践第三人道主义的时候》等文章只谈论对文学的看法显得也不太符合规范。作为文学家的自传,《韩国现代作家三十三人自传》里有作家对文学的认识、作家的成长经历和写作习惯,也有作为作家人性发展的心路历程。

传统的文以载道思想和多灾多难的现当代历史赋予了韩国文学重视社会责任和历史使命的品格。黄皙暎(1943—)的《文学之旅》强调如何生活是最重要的事情,认为文学是对所有反生命、反人类行为的反抗,而且文学使命大于文学乐趣。赵海一的《〈每天都死亡的人〉们的时代》强调作家不是商人,“只要作家不放弃自己是一个作家的身份,他就应该自觉地对自己所属的社会和共同体负起责任,防止共同体的破灭,努力把它建设得更好”[②]。文淳太的《如今是实践第三人道主义的时候》认为“人类在20世纪的小说中作为作家的实验道具被彻底利用和捉弄过,如今的文学应该积极地拯救和热爱倍受战争与贫穷之苦的人类。”刘贤钟(1940—)的《自我恢复的时代》认为文学应该回答“我是谁?让我存在的动机和理由是什么?”的问题。孙永穆(1945—)的《文学自尊心》批评文坛的不正之风,认为文学家不应该走歪门邪道,强调作家要积极看待生活和历史。他写给女儿的家训是,“尽最大的努力做事,坦坦荡荡地接受事情的结果;不要有遗憾和不满,及时站到新的出发点去;要有珍惜每一粒米、每一滴水,发扬勤俭节约的精神”[③]。

20世纪60—70年代的韩国作家强调文学的真实,其中有一批作家特别强调关注个人的真实。李清俊的《个人的真实及其梦中呓语》认为,“从根本的意义上,就像农民通过种地实现他的人生价值一样,文学家希望通过语言和文字来实现其人生价值”。他认为“文学是作家通过语言及其秩序所表达的对生活的热爱”,因此,他将“努力做到自己的文学不被传闻所左右,不盲目地为集体的目标服务而制造出新的假象”[④]。金承钰的《首尔一九六零年的孤独放浪者》则认为时代决定作家的命运和作家的使命,认为“讲述人和人之间可能发生的事情,从中发现真实,恰如其分地把生活的真实展示给人,这就是小说家的大任务”。那么,这位小说家最终发现的大任务是什么呢?

“如今信奉了上帝以后,我的文学观发生了变化。我不是为信教而信耶稣,是上帝的手亲自为我治了病,我听到了上帝的福音。上帝显身引导我,并且赋予了我传教的使命。在某种意义上,我不是作为文学家和小说家,而是作为传教者和耶稣基督的仆从接受了使命。所以,我必须听从上帝的召唤到印度去传教,目前只是因为生活上的问题还需要做个了结,所以我还没能付

① 《每天都死亡的人》是赵海一的处女作,也是他的代表作。

② 《韩国现代作家三十三人自传》,第69页。

③ 同上书,第169页。

④ 同上书,第32—34页。

诸行动。"[①]

可见,韩国作家强调关注个人的真实,但这里的个人并不是脱离群体的个人,这和西方文学所倡导的张扬个性是完全不同的。宗教在韩国文学中所占的比重相当大,"三十三人"当中就包括金承钰、崔仁浩、刘贤钟等最终成为基督教信徒的小说家,此外还有曾经出入禅林的小说家。佛教小说《曼陀罗》的作者金圣东(1947—)在其自传《彼岸之鸟与母亲》中叙述了自己历经十多年漫长的思想彷徨之后还俗回家的经历。"我"作为没落贵族的后人,3岁的时候父亲去世,母亲又长期患病,在此情况下,暗淡的自我意识促使少年的"我"离家出走当上了和尚。而决定还俗下山则缘于十多年后在路上偶遇姐姐,从姐姐那里得知母亲寄居在亲戚家中忍气吞声、以泪洗面的境遇。作家还俗的真正理由是他明白了一个道理,那就是"即使我明天就能见性成佛到达彼岸,也没有在此时此地迎合一个可怜女人的小小愿望更有价值"[②]。文学的人道主义,关注他人的疾苦是韩国当代文学所崇尚的美德,而这和韩国作家的成长经历有一定的关系。

三十三位作家的成长道路是各式各样的。崔仁勋(1936—)是在战时的环境中开始写作的,7年的军旅生涯使他成为了作家。文学创作对崔仁勋来说是探讨"我是谁?"和"我在哪里?"的过程,是"为成为原始人的文明的仪式"[③]。女作家金采原的创作则始于在东京的3年半异国生活中写给姐姐的家信,后来文学创作反过来代替了她给姐姐写的书信[④]。徐廷仁(1936—)的文学修习都是在首尔大学英文专业完成的,所以他可以淡淡地说"写小说是小说家,不写小说就不是小说家"[⑤]。在一个人的一生当中,老师对学生的鼓励是刻骨铭心的,崔一男(1932—)的写作是从题写毕业祝词、代写信笺、童话、结婚祝词开始的[⑥]。赵善作(1940—)的作家之路则不是那么一帆风顺,连续十二三年紧盯"新春文艺奖",投了十五六篇稿子都杳无音讯,幸好"时代社"破天荒地从落选作品中再次进行遴选才结束了他一直落选的历史[⑦]。帮助韩水山(1946—)成为作家的是早年去世的姐姐和诗人朴木月一家[⑧]。

韩国的文学家大都是在贫困与苦难中成长起来的,黄皙暎是"在烟囱和粉尘以及汽笛声中长大"的;金并总(1939—)则是父亲破产后走上创作之路的[⑨];对朴范信(1946—)来说,父亲的破产、母亲的歇斯底里、二姐的离婚、贫穷的生活让他

① 《韩国现代作家三十三人自传》,第75—78页。
② 同上书,第44页。
③ 同上书,第89页。
④ 同上书,第292页。
⑤ 同上书,第217页。
⑥ 同上书,第262—265页。
⑦ 同上书,第138页。
⑧ 同上书,第198—191页。
⑨ 同上书,第302页。

感到生活的孤独无助，他也就只好拼命读书了[①]。李外秀（1946— ）是韩国当代文坛三大奇人之一，他拒绝屈服于金钱和名誉，曾经作为乞丐在太阳底下翻开衣襟捉虱子，也曾戴着手铐蹲过监狱，最终却单靠写作奇迹般地生存了下来。

“回到春川，我从边缘的硕士洞搬到繁华的明洞街，成了真正的乞丐，成了站在春川市明洞街中央见到熟人就借20韩元的乞丐。请不要问我用那20韩元做了什么，因为那是可耻的。我只是买了蚕蛹吃了而已。要想拿区区20韩元能够摄取高营养食物，还是它最好。”[②]

“妻儿啊，不要颤栗。至少你们，至少我的妻子和我的孩子，我会让你们吃白米饭和荤菜的。”

“不过，只要我活着就会重温那挨饿的痛苦的。期待着我的肉体虽然腐烂了，但我的语言却永远留下闪光的那一天，我会努力呆在所有贫穷的人们的身边的。”[③]

对现实的批判精神是韩国当代文学的主旋律。20世纪60—70年代的独裁统治和产业化带来的贫富差距促使韩国文坛产生了以社会批判为特点的参预文学和民众文学。宋基淑（1935— ）的《作品周围》结合自己的作品讲述了民众的生活；辛相雄（1938— ）的《深夜的鼎谈》以“深夜形容封冻时代”，讲述了“生活在令人窒息的时代的三个人的故事。”[④]

三十三位作家的写作习惯及写作过程也同他们的成长经历一样各式各样。孙永穆喜欢准备厚厚一叠稿纸，钢笔灌满墨水，先密密麻麻地写在笔记本上，然后誊写到稿纸上，到后来才直接在稿纸上写。金采原擅长表现心理和感情冲突，先构思好第一页的第一个场景后就进行挖掘式写作。李荀推崇精致的现实主义，把个人体验与作品的关系描述为被红豆染红的红豆饭。崔一男主张作家要有观察世界的慧眼和独特的个性世界。尹静慕（1946— ）认为大众小说应该以最简单的形式写最必要的故事。李浩哲有时候抓住一种氛围跟着感觉走，有时候是拿起笔一挥而就。黄皙暎则先寻找故事素材，然后通过联想得到人物和地点并加以形象化和具体化。

我们生活于一系列显在的和隐形的“关系网”之中，身份就是这一系列关系潜移默化地对自我实施影响的结果。怀乡叙事是我们建构自我身份的一种常用的方式。金周荣（1939— ）的故乡是贫穷的，那里还有童年可怕的记忆：盐库中拷问俘虏的动静、李成桂灵堂中的癞子和乞丐以及屠宰场杀牛的恐怖。尽管如此，故乡让作家感恩，因为那是“我的小说扎根的地方”，那里还有“我亲爱的母亲”[⑤]。同样，木浦是作家千胜世（1939— ）和他的小说家母亲朴花城的文学产室，木浦的人、木浦的语言、木浦的山水、木浦的四季孕育和成就了两代人的文学[⑥]。作家宋荣（1940— ）少年时期

① 《韩国现代作家三十三人自传》，第201页。

② 同上书，第276页。

③ 同上书，第278页。

④ 同上书，第319页。

⑤ 同上书，第160页。

⑥ 同上书，第238—239页。

在故乡的孤独生活体验造就了他后来作品中的“窗户”意象。[①]

有一个可以回去的、让人引以为自豪的故乡是相当幸福的事情。李文烈(1948—)的《为了归乡的挽歌》回顾了居住在“江原南道”偏远地带的载宁李氏辉煌的历史,叙述了作家的三次还乡和三次离乡,描写了曾经连续九代生活过的古宅,字里行间流露出的是作为世家人的骄傲。崔仁浩(1945—)的《“京雅”是我年轻时候的肖像》中流露出的是作为首尔人的自负,“我的祖先世代都是在北边的平壤生活的,啊,那么我不就是无法回乡的流民嘛”,此话不过是一句戏言而已。

“是的,我是出生在首尔四大门内最中心之中心地带的首尔吝啬鬼。现在首尔完全被地方来的乡巴佬们占领了。知书达理、讲究体面、即使喝口凉水后也要剔牙而从不失体面和自尊心的首尔人的风雅,全让粗糙的方言和地方色彩浓厚的抱团之心给消灭了。

首尔出身,纯首尔咸萝卜块儿,最近在首尔的任何地方也找不到了。

一起在胡同里玩耍过的那些吝啬鬼们都去了哪里了呢?大概是在找忠清道的丫头当老婆以混合首尔纯种的血统吧。纯正首尔出身产的土著在渐渐灭绝,繁盛的只有交配出来的杂种啊。”[②]

人在变,故乡也在变。作家宋荣感到“盐山已经离我远去了,离我的文学也远去了”[③]。李文求(1941—)也在一次回乡旅程中发出“山川不再,故乡变他乡”[④]的感慨。在方荣雄(1942—)看来“故乡变样了,但它还是故乡。因为曾经生活过的村庄和街道,村里人们的面孔和他们的口音、眼光和风、夜空中闪烁的星星,这些记忆已经长在我的骨头和肉里了”[⑤]。记忆中有作家方荣雄喜欢的年轻的金老师,也有因为夜尿症在修学旅行中不敢睡觉的四天三夜,还有在家乡的河里戏水差点淹死的经历。但是,故乡更多的时候是让作家怀有负疚感的地方。

“我们家乡出了人物了,看到我的牛头大照片登在报纸上,他们如是想。因为作品中人物的活动舞台是自己的家乡,还有自己所熟悉的实际人物登场,他们倾注了莫大的关怀,但他们很快就失望了,甚至禁不住愤怒了。卖乡求荣的家伙,你发达可以啊,为何不做个顺水人情美化一下故乡,非要那么丑化故乡呢。我们这个地方自古以来就是适合人居住的地方,肥沃的土壤,山清水秀,杰出人物辈出,代代流传着美丽的传说,可你就是没有写这些而光写了恶臭熏天的狗屎故事……心术不正啊。有过这样的事情,所以我得在这里说些家乡的好。”[⑥]

所以,作家故乡的名人朴寅浩先生的事迹占据了作家自传的一部分。作家和乡民之间的这种隔阂,李文烈表现为故乡人“对我的寒碜成功的嘲笑”。南北分裂的韩国现实不仅造成了大量的离散家族,而且还让一大批人陷入了连故乡也回不

① 《韩国现代作家三十三人自传》,第287页。
② 同上书,第20—21页。
③ 同上书,第288页。
④ 同上书,第339页。
⑤ 同上书,第144页。
⑥ 同上书,第148页。

去的困境。南下的人回不到北边的故乡，北上的人也一样回不到南边的故乡。朴泰洵(1942—　)的《祖父与我》流露出的则是流民的无根意识，从黄海道的信川到京畿道的首尔，祖孙两代都失去了故乡，失去了精神依托，文学是他们寻找那缺失部分的途径。《祖父与我》从祖父的出生传说开始讲述祖父的一生，其间穿插着历代祖先的荣光，在解释祖父的《麦岭》、《感时局》、《思乡》、《自嘲吟》、《与泰洵新春文艺当选》等汉诗之后，写祖父和我之间的精神纽带，通过这一纽带，文章完成了既是祖父的传记又是我的自传的双重使命。

从祖先身上发现值得关注和崇敬的因素的关联性叙事是一种自我建构的形式，试图把自己和父母区别开来的自主性叙事也是一种自我建构的形式。赋予我们生命的父母既成为我们认识世界的正面镜像，也有可能成为反面镜像。尹静慕的父母是作家加以批判的对象。

“我爸爸不知道文化人的道理却装出一副知识分子的样子，我妈妈因为长相好而一辈子都没有走出桃花劫。我就是由这样的双亲所生。正如20多年前爸爸给我的信上写的那样，我是作为双亲低级欲望造成的垃圾或副产品来到这个世界上的。或许正是因为这样，爸爸像风一样去了他乡，妈妈则不是出于对一个男人的爱和信任，而是受不了眼前的贫穷和孤独又选择了别的男人。从此以后，我是在外婆家、继父和更换男人的妈妈之间被拖来拖去地成长的。”①

作家把爸爸和妈妈的故事写成小说之后，知道了他的双亲也是韩国历史造成的一对受害者。中学毕业的爸爸冒充早稻田的大学生，根源在于那时候知识分子的虚荣以及崇拜那种虚荣的社会风气，而妈妈厚颜无耻的利己主义也是由于日本帝国主义所造成的社会道德的缺失。尽管如此，作家还是发表小说批评父母，“因为我想以我的方式证明还有不被任何外在的东西所腐蚀的人，还有很多堂堂正正地做人的韩国母亲。同时，也有很多容易被腐蚀或变得精神畸形的人，而在变得畸形的过程当中，某种程度上是本人的资质起了很大的作用。”②

金洪信(1947—　)的《小恶魔》以调侃的笔触讲述猎奇的故事，有孩子王的疯狂玩耍，有对修女的单相思和对神父的憎恨，有母亲的疾病和父亲的无能，有曾经相爱的“天使”和照顾过自己的护士的“美丽”，有高考的落榜和死亡的冲动，有大学校园里乡巴佬的志气和从巫婆那里追还钱财交付学费的回忆，还有休学当国防生的经历和之后的疯狂写作。

“一直等到12月31日晚上也没有等来邮递员，我就想着报社肯定是弄丢了我的地址而在心急火燎地找我呢。

翻开元月1日的早报，我把报纸撕碎了。那里有不着调的家伙写的乱七八糟的什么入选感想。

狗东西们，评委这帮家伙们都遭雷劈死算了。报社得统统烧掉，所有小说家得统统都扔进火炉里去，由年轻一代重组韩国文坛才行。李仁稙、崔南善、李光洙、朱耀翰……老的统统都背

---

① 《韩国现代作家三十三人自传》，第81页。

② 同上书，第85页。

叛了这个民族……所以,现有的文人都得死。雷电在干什么……上帝在干什么……”①

这是不思悔过的忏悔书,不服输的年轻“小恶魔”的形象跃然纸上。与金洪信的猎奇性叙事一样,系列小说《矮子射上空的小球》的作者赵世熙(1942—)的叙事方式也是非同一般的。赵世熙的自传以戏剧的形式存在,其中的我分裂成“自我”和“他我”,并展开了关于矮子这一小说主人公之死的令人惋惜和其必然性的辩论②。女作家郑然喜(1936—)采用的则是借代性叙事,先讲述一棵小草的正直和忠于生命,借此回忆曾经因为爱一个人而受审、被拘留的经历,反省自己看重体面的懦弱③。辛相雄的自传采用的是第三人称叙述,中间还穿插访谈对话,而且文中作家的美化欲望时时流露出来,“辛相雄的小说《深夜的鼎谈》恰如其分地表现出民族意识和历史意识”、“以他那独到的笔法刻画了南北分裂的痛苦和充满矛盾的社会现实,让读者既紧张又兴奋”等溢美之词随处可见。

世界上没有绝对的客观真实,只有相对的主观真实。自传的人物、叙述者和作者严格来讲并不是同一个人,人物是过去的那个人,叙述者是后来回忆的这个人,同时作家也并不想让叙述者说出自己的全部。由于自传作家的美化欲望、隐匿或炫耀心理、主观偏见甚至有意歪曲等因素起作用,自传真实与其说是曾经的历史真实,还不如说是撰写自传时的部分心理真实。正是因为自传中充满了错觉、遗忘、歪曲和隐匿,自传读者才始终努力通过自传作家的表面陈述寻找其真正的意图和真正有可能的真实。《韩国现代作家三十三人自传》中有夸张、隐藏、辩解、说教、忏悔、反省、粉饰、丑化、戏说等等,个性、成长经历和文化素养各自不同的三十三人分别采用了不同的叙事方式和叙事策略。其中有些让我们感到有趣,有些让我们感到半信半疑,有些让我们感到索然无味,还有一些让我们产生反感。传记需要记叙事实,有些自传令人不忍卒读,是因为没有多少传记事实在里面;有些自传引不起读者共鸣,是因为不够真诚。除了作家的个人因素以外,作家所处的社会政治现实也影响自传的内容。韩国在20世纪短短100年的时间里经历了日本侵略、民族解放、南北战争与国家分裂、独裁统治、产业化、民主化、全球化等历史变革,在这种时代背景下,韩国的作家重视文学的思想性,他们的自传富有思辨性是必然的。

社会文化氛围和文学传统也是直接影响自传的内容与形式的重要因素。进入21世纪,韩国社会仍然崇尚谦让的儒家文化,韩国人以不张扬为美德,同样也不愿意把自己及家人赤裸裸地暴露在公众面前。因此,韩国现代作家在作品中不能随便提及生活中的实际人物,一不小心就会引来小说原型风波。廉相涉(1897—1963)的长篇小说《三代》(1931)曾经引起首尔好几家地主的抗议,理由是小说暴露了自己的家事,尽管作家都不知道这些家族的存在。作家们看文学作品,也有对号入座的现象。作家俞镇午(1906—1987)曾经在《文章》杂志上发表短篇小说《订婚》,从而引起了一位女诗人的愤怒,因为有传闻说小说是以她为原型的。还有,金东仁(1900—1951)曾

① 《韩国现代作家三十三人自传》,第61页。

② 同上书,第127页。

③ 同上书,第176—178页。

经发表过一篇短篇小说《脚趾头相像》(1932),小说主人公结婚的年龄和廉相涉一样,而且都是晚婚,廉相涉就认为金东仁在讽刺自己,为此两位作家反目了很长时间。现代作家朴婉绪(1931—2011)更是因为一篇小说《小小体验记》(1976)惹来了一场官司纠纷和不愉快。警察把小说内容当成历史真实对作家的丈夫进行了搜查,新闻记者也把它当成刑事案件进行了报道。朴婉绪的小说从来都是自传性小说,她的所有小说内容都是她个人和家族历史的马赛克式片段,但她决不承认是自传。不过,警察和记者还是把文学事实当成历史事实来接受了,而作家除了著文表示愤怒也只能徒呼奈何。韩国人把文学事实当成历史事实来接受的阅读视野,把小说当做史书来阅读和品评的阅读习惯,是韩国现代作家宁可写自传色彩浓郁的小说[①]也不愿意写自传文学作品的重要原因。

韩国人以读史的眼光来读小说,和韩国文学的"史传化"传统有关。自朝鲜半岛的三国时期以来,《史记》、《汉书》、《后汉书》等"三史"和《诗经》、《书经》、《周易》、《礼记》、《春秋》等"五经"成为韩国文化阶层的必读书目,传统社会韩国文化阶层的文化素养和文学才能大多是在这些史书的熏陶下形成的。因此,韩国人认为有事实根据的小说才是好小说。金万重的《谢氏南征记》是批判朝鲜朝时代宫廷内部党争的小说,为了强调小说的真实性,作家以明朝的贵族为小说主人公并加进了明朝嘉靖年间所发生的一些历史事件以及当时的历史人物。韩国的古典名著《春香传》虽是无法考证其发生年代的民间故事,却被有根有据地说成是"肃宗大王在位时期"的事情。《洪吉童传》、《田禹治传》、《壬辰录》、《崔孤云传》等小说是在信史人物和历史事件的基础上写成的,而《金鳌新话》、《彩凤感别曲》、《兴夫传》、《沈清传》等小说则是将虚构的人物和事件写得像是历史上实有的人物和故事。韩国人喜欢中国的《三国演义》等历史小说,是因为它可以"补正史之缺",同时可以传授读者以世界历史知识。于是,《三国演义》等历史小说中出现的历史人物和事件亦经常出现在科举考试当中。在史学占据绝对崇高的地位,史书与经书一同成为书生们的教科书和科举考试中的考试科目的文化语境下,韩国人自然就会以读史的眼光来读小说,以至于有不少人把小说当做史书来阅读和品评。而这种阅读习惯一直延续至今,影响和制约着韩国传记文学的发展方向。

在形式上,《韩国现代作家三十三人自传》延续了韩国传统文类中诗话的形式特点。诗话作为有关诗歌的言论,其中有很多对作家作品的评论和诗人轶事。李仁老(1151—1220)的《破闲集》、李奎报(1168—1241)的《白云小说》、崔滋(1188—1260)的《补闲集》、李齐贤(1287—1367)的《栎翁稗说》等中古诗话均采取"闲谈"随笔体式,以"记事"为主,寓诗论于闲谈叙事之中。到了近古时期,以徐居正(1420—1492)的《东人诗话》为标志,诗话不再局限于"记事",诗话的重心从记事转到了诗论。尽管如此,这所谓的诗话按其体裁,均为随笔、小说、漫笔或杂录;按其内容,既有诗话又有文论,

① 有李光洙的《我》、高银的《我是高银》、金圣东的《曼陀罗》和《家》、崔仁浩的《家》、崔仁勋的《话头》、申京淑的《僻室》、朴婉绪的《妈妈的橛子》等。

既有史话又有野谈，题材非常广泛，具有百科全书的性质[①]。诗话被现代的文学史家认为是东方文学理论的一种形态，是现代文学评论的前身。实际上，诗话也是作家评传的前身，有作家传记的成分在里面。韩国有很多作家的评传而少传记和自传，应该说和诗话的传统也有关。

《韩国现代作家三十三人自传》出版之后，这“走在时代前列、意识超前”的三十三位作家中的大多数还在进行旺盛的创作活动[②]。所谓“走在时代前列、意识超前”指的是这些作家反对韩国20世纪70—80年代独裁统治的政治热情，更是指这些作家激进的文学精神。“古往今来，无论东西，写作自传大都不外乎通过记录自己的人生，让当时以至后世的人们理解自己。这种人类的本质愿望，可以说是养育自传文学最主要的温床。”[③]在韩国文人们认为“生而作传，非古也”，不为活人立传仍然是韩国文人之间不成文的规矩。但是，随着西方文化的强力渗透，韩国人的自我表现意识也在逐渐加强。自传代笔作家[④]的出现，也许是韩国自传文学发展的一个新的标志。

---

① 据不完全统计，《东人诗话》问世之后，朝鲜时代刊印的以诗话命名的专著共有43部，虽不以诗话命名却包含诗话内容的专著有67部。参见任范松、金东勋主编《朝鲜古典诗话研究》(1995)，延边大学出版社，第2—4页。

② 有李文求的《我的身体行止太久》(2000)、宋基淑的《五月的微笑》(2000)、孙永穆的《风化》(2002)、韩水山的《乌鸦》(2003)、崔仁浩的《第四帝国》(2004)、徐廷仁的《木桩》(2004)、金周荣的《第十个世界》(2004)、金采原的《屋檐下的小提琴》(2004)、崔一男的《石榴》(2004)、李浩哲的《东柏林一瞥纪行，2003年秋季》(2004)、尹静慕的《苏美尔人》(2005)、金并总的《午子兵法》(2005)、李清俊的《停留过的地方就是我们的背影》(2005)、崔仁勋的《路的冥想》(2005)、宋荣的《凌晨的晚餐》(2005)、郑然喜的《贫穷的秘密》(2006)、朴范信的《星期三听莫扎特》(2006)、文淳太的《篱笆》(2006)、刘贤钟的《野火》(2007)、黄晢暎的《弃儿》(2007)、李外秀的《女人也不懂女人》(2007)、金洪信的《大渤海》(2007)等作品。

③ [日]川合康三：《中国的自传文学》(蔡毅译)，中央编译出版社，1998年，第46页。

④ 作家林荣泰(1958—)开设博客“第三类作家”(http://deapil.co.kr)，公开寻找自传传主，愿意代人立传。

菲律宾民族英雄何塞·黎萨尔

——以传记文学为视角

阅读黎萨尔传记时，就像面对一面镜子，它映射出菲律宾民族英雄的生活轨迹和菲律宾的社会现实生活。传记文学作品以艺术手法描述真实人物的历史与性格，是文学性与真实性的结合，兼备了文学和真实的魅力。很多优秀的传记文学作品在基本历史事实的基础上进行必要的加工，剪裁掉一些非本质的东西，并对某些细节进行合理的补充，多视角地展现完整的人物形象。可以说，一部人物传记文学作品，就是一部透视灵魂的历史。

一、黎萨尔其人

何塞·黎萨尔(Jose Rizal，1861—1896)是菲律宾民族英雄和著名作家。[①] 1861 年 6 月 19 日生于内湖省卡南巴镇一个中产阶级家庭，1896 年 12 月 30 日被西班牙殖民政府杀害，年仅 35 岁。黎萨尔的父亲是弗朗西斯科·蒙卡多(1818—1898)，母亲是特奥多拉·阿隆索(1827—1913)。他在 11 个孩子中排行第七。黎萨尔从少年时期开始就表现出文学创作天赋，1874 年，还在上中学的黎萨尔就创作了诗歌《我的最初的启示》，表达对母亲的爱。1879 年，艺术文学协会举办一次文学创作比赛，黎萨尔的诗歌《献给菲律宾的青年》获得了第一名，次年黎萨尔创作了散文《众神的忠告》再次获得第一名。[②] 1882 年 5 月 3 日，黎萨尔远渡重洋，到西班牙马德里中央大学学习医学和哲学。1884 年 6 月 21 日，23 岁的黎萨尔获得行医执照，1885 年 6 月 19 日，他以优异的成绩通过哲学课程考试。在欧洲学习期间，黎萨尔组织爱国团体，创办刊物，参与宣传运动，成为菲律宾民族启蒙运动中重要的社会活动家。他所撰写的文章贯穿着强烈的民族主义思想，观点鲜明，文笔犀利。由于广泛游历欧洲、美洲和亚洲地区，黎萨尔懂得 22 门语言，包括阿拉伯语、加泰罗尼亚语、汉语(可能是闽南话)、英语、法语、德语、希腊语、希伯莱语、意大利语、日语、拉丁语、马来语、葡萄牙语、俄罗斯语、梵语、西班牙语、菲律宾语以及菲律宾的其他方言。[③] 由于具有多方面的天赋，黎萨尔被赋予了许多头衔：建筑师、艺

---

① 关于 Rizal 的中文译名存在几个不同的版本。菲律宾的华人一般将其翻译成扶西·黎刹，国内一般将其翻译成何塞·黎萨尔或何塞·黎萨。

② 参赛的选手包括原住民、混血儿和西班牙人，黎萨尔也就成为在文学创作比赛中第一次战胜西班牙人的菲律宾人。

③ 很多资料一致认为，黎萨尔具有很强的语言天赋，能够运用多种语言进行交流，例如他在轮船上给各国的乘客当翻译。客观地讲，黎萨尔熟练掌握的语言有西班牙语、法语、德语、英语、他加禄语(菲律宾语)以及一些方言。

术家、商人、漫画家、教育家、经济学家、民族学家、历史学家、发明家、记者、语言学家、音乐家、神话学家、民族主义者、小说家、眼科医生、诗人、心理学家、科学家、雕刻家、社会学家和神学家，而且他还精通剑术和射击术。[①] 此外，在黎萨尔所涉及的领域中，他所做的工作都对后来的相关研究产生了重要的影响。1892 年 6 月，黎萨尔回到菲律宾。7 月 3 日在马尼拉召开菲律宾联盟成立大会，号召通过温和手段和合法途径，把菲律宾建成一个统一的民族共同体，发展民族经济并改良社会制度。7 月 7 日，黎萨尔被捕流放到达皮丹岛，菲律宾联盟随即解散。1896 年 12 月 30 日殖民当局以“通过写作煽动人民叛乱”的莫须有罪名将黎萨尔杀害。

黎萨尔的文学创作非常成功，其作品文字十分优美，再加上后人对其作品的成功翻译，使黎萨尔的作品在菲律宾妇孺皆知，传播甚广，在社会上产生了巨大的影响。黎萨尔的文学创作包括：两部长篇小说——《不许犯我》[②]和《起义者》[③]；1890 年，黎萨尔在巴黎重新出版了摩尔加的《菲律宾群岛志》，并对该书进行校注，说明在西班牙到达菲律宾群岛之前，菲律宾群岛上已经具有很发达的文明；37 首诗歌，包括《献给菲律宾青年》、《流浪者之歌》和《最后的诀别》等蜚声菲律宾国内外诗坛的作品，此外还有自传《一个马尼拉大学生的回忆》、两部剧本《众神的忠告》、《和巴锡在一起》，整理编写了一些菲律宾民间故事以及撰写了大量阐述其爱国思想的文章等。书信也是黎萨尔表达思想和文学创作的一个重要途径，他的书信都收录在五卷本的《黎萨尔通信集》中。可以说，黎萨尔的文学成就奠定了其在菲律宾社会和历史中的重要地位。

如今，在黎萨尔就义的地方树立了雄伟的纪念碑和雕像，囚禁他的监狱开辟为纪念馆。在黎萨尔纪念馆二楼的墙上镌刻着各种译本的《最后的诀别》。当年黎萨尔被押往刑场的道路上印制了铜制脚印（称“死亡之路”），勉励后人为自由理想而努力。黎萨尔出生的内湖省改名为黎萨尔省，黎萨尔出生和小时候居住的房子修建为黎萨尔故居纪念馆。甚至在菲律宾的部分地区形成一种被称为“黎萨尔崇拜”的民间信仰，在全菲律宾约有 30 万信徒。[④] 根据菲律宾共和国法令 229 号，每年的 12 月 30 日为“黎萨尔纪念日”，成立了一个专门的委员会，组织各种纪念黎萨尔的活动。1956 年 6 月 12 日通过的菲律宾共和国法令（Republic Act No. 1425，也被称作 Rizal Law）规定：“所有公立和私立的小学、中学和大学的课程中都必须包括有黎萨尔的生平、成就和文章的内容，特别是黎萨尔的两部小说《不许犯我》和《起义者》。大学（学院）的课程必须选用黎萨尔的原著或未删减的文本作为教材。”法令还规定了各种具体的措施，以保证在菲律宾教育中充分发挥黎萨尔精神的作用。

---

① 根据菲律宾黎萨尔网站 www.joserizal.ph 提供的资料整理。

② 1887 年在德国柏林出版，中文版 1977 年由人民文学出版社出版，译者陈尧光、柏群；1988 年以《社会毒瘤》的书名再版。

③ 1891 年在比利时根特出版，中文版 1988 年由人民文学出版社，译者陈尧光、柏群。

④ 《大不列颠百科全书》，繁体版，“黎萨尔”词条。

二、有关黎萨尔传记类作品

关于黎萨尔的研究成果很多，这些成果涉及黎萨尔的各个方面，内容丰富多样，其中有关他的传记类作品包括：黎萨尔传、留学经历、诗歌作品、革命活动、审判过程、各种纪念活动和场所、文学作品研究、通信、爱情、与同时期人物的对比、演讲集、以黎萨尔为原型的故事集、照片集、社会背景介绍、导读、与其他历史人物的关系等。每一个研究领域都分不同的时期（青年、少年），不同的角度，针对不同的读者群（如针对学生、小孩等）、使用不同的语言（英语、菲律宾语、西班牙语）。

在所有黎萨尔传记类作品中，黎萨尔传记影响最大。黎萨尔传记也有很多版本，据 Gale 名人传记资料中心的统计结果，用英语撰写的关于黎萨尔的传记作品就有 10 余种：奥斯丁·克雷格的《何塞·黎萨尔的家谱、生平和工作》(1913)，卡洛斯·克里瑞诺的《伟大的马来人》(1940)，卡米罗·奥西亚斯的《黎萨尔的生平与时代》(1949)，拉法尔·帕尔玛从西班牙语翻译的《马来族的骄傲》(1949)，里昂·M. 古尔雷诺的《第一个菲律宾人》(1963)，格雷戈里奥·赛义德的《何塞·黎萨尔》(1969)，奥斯丁·考特斯的《何塞·黎萨尔》(1970)，阿尔丰索·P. 桑托斯的《黎萨尔生平与传奇》(1974)，迪奥斯达多·G. 卡皮诺的《黎萨尔的生平、成就和写作——对我们国家认同的影响》(1977)，维申特·卡门的《黎萨尔百科全书》(1982)，格雷戈里奥·F. 赛义德：《何塞·黎萨尔的生平、成就和写作》(1984)，伊西德洛·E. 阿波托的《黎萨尔——不朽的菲律宾人(1861—1896)》(1984)，玛努罗·O. 瓦诺的《黎萨尔死牢的灯光(黎萨尔最后 24 小时的真实故事)》(1985)，米奎尔·A. 伯纳德《黎萨尔与西班牙：以传文的形式》(1986)，安贝斯·R. 沃堪伯的《真实的黎萨尔》(1990)。

学者们在对黎萨尔的研究中，大都采信以下 5 部关于黎萨尔的传记：温斯劳的《何塞·黎萨尔的生平和写作》(1907)，奥斯丁·克雷格的《何塞·黎萨尔的家谱、生平和工作》(1913)，拉法尔·帕尔玛的《黎萨尔传》(1938)，里昂·M. 古尔雷诺的《第一个菲律宾人》和奥斯丁·考特斯的《黎萨尔：菲律宾的民族主义者和烈士》(1995)。从 20 世纪 70 年代以后，没有再出现更有影响力和权威性的黎萨尔传记。①

赛义德是菲律宾历史研究中的权威学者，他为菲律宾的中小学编写历史教材，他的著作中洋溢着民族主义史学的特点。他撰写的《何塞·黎萨尔生平、成就和写作》脉络清晰，中规中矩，平铺直叙，简洁全面。书中用小标题对黎萨尔一生中所经历的事情进行了归纳，使读者看起来一目了然。但阅读赛义德的作品有很明显的距离感，知道他在讲述一个英雄。书中表现出了浓重的教化和激励色彩。里昂·M. 古尔雷诺具有外交官的背景，他曾担任菲律宾驻伦敦、马德里、新德里、墨西哥

① León Ma. Guerrero: *The First Filipino*: *A Biography of José Rizal*, Guerrero Publishing, 2003, p. ix.

城和贝尔格莱德的大使，对欧洲的语言也较为精通，他所撰写的《第一个菲律宾人》对黎萨尔在欧洲的经历以及与欧洲人的交往描绘较多。他还将《不许犯我》(1961年)和《起义者》(1962年)翻译成英文，在介绍和推广黎萨尔影响方面作出了巨大的贡献。古尔雷诺的写作风格简洁、流畅。古尔雷诺在前言中说道，这不是黎萨尔的传记，这是关于黎萨尔生平的记录。[①]《第一个菲律宾人》一书中大量引用了黎萨尔的书信作为记录黎萨尔思想的材料，通过书信来研究黎萨尔的思想变化。古尔雷诺还从黎萨尔的小说中找到了黎萨尔经历的证据和线索，很多小说中的描绘和话语都与黎萨尔的生平经历有关系，被直接用到了传记当中。黎萨尔的传记与菲律宾社会背景紧密联系在一起是该书的另一个特点。例如书中第一章就是介绍了三位菲律宾神父被处死的情况，以此来作为黎萨尔整个人生描述的基调和菲律宾社会背景的基调。

黎萨尔的生平和经历也是电影编剧们钟爱的主题，其中重要的作品有阿巴亚执导的电影《何塞·黎萨尔》。《何塞·黎萨尔》拍摄于1998年，是菲律宾独立100周年纪念活动的节目之一。影片最初的导演是慕拉齐，后来改成阿巴亚，扮演黎萨尔的是菲律宾的动作明星蒙达诺。尽管之前有一些关于黎萨尔的电影作品，但历史学家认为，阿巴亚的作品超越了以往所有的电影。《何塞·黎萨尔》是一部史诗式的作品，全片时长178分钟，是GMA电影公司参加1998年马尼拉电影节的影片，并在电影节中获得了包括最佳导演、最佳男主角等13项大奖。1998年6月12日在一个私人影院进行了放映，在圣诞节进行了公开首映。导演搁置历史学家的争议，将一个真实的黎萨尔展现在观众面前，以致有的影评家说，小学生看了电影以后，会产生这样的疑问：为什么电影里的黎萨尔和书本中的黎萨尔不一样。影片全面展示了黎萨尔一生的经历，对黎萨尔传记中一些存在争议的地方进行了重新的阐述，例如：黎萨尔是否和约瑟芬结婚等问题，对于一些细节的问题则省略不谈，如黎萨尔游历欧洲和美洲的经过。影片的不足之处在于，影片对于时代背景的展示过于单一，强调西班牙教会和殖民政府的残暴和无能，使影片中起义与镇压成为一对不可调和的矛盾，而黎萨尔通过教育改变社会状况的主张和努力在影片的大背景下显得很苍白。

目前我国还没有关于黎萨尔研究的专著出版，只有一些关于黎萨尔的家谱、文学作品评论、革命思想和生平的文章刊登在报刊、工具书或论文集当中。1998年12月，由庄维坤、杨清江分别执笔撰写的《何塞·黎萨尔的高祖在福建晋江上郭村柯氏族谱有记载》、《中国与菲律宾的黎萨尔家族世次录》、《南塘上郭柯氏修谱史略》、《上郭村与柯氏祖迹》等4篇有关黎萨尔先祖的考证文章，在菲律宾《世界日报》、《商报》等有关报刊发表。由周南京、凌璋和吴文焕主编的《黎萨尔与中国》(南岛出版社，2001年)可谓是以汉语为载体的研究成果的集合。该书以中菲友好关系为背景，收录了有关黎萨尔研究的文章73篇。此外，还有一些关于黎萨尔对待

① M. A Apuya: *Mariano Apuya Jr: Excellent Biography of Jose Rizal*, Amazon. com, http://www.amazon.com/Filipino-biography-Publications-National-Commission/dp/B0006C0YWQ

华人、对待中国态度的研究文章，这些文章主要可以分成两种观点，一种强调黎萨尔作为华人后裔在菲律宾历史发展中所起的作用，另一种则强调黎萨尔虽然具有华人的血统，但是却对华人社会和中国存在一定的偏见和误解。在这方面，吴文焕的观点值得重视。“我们皆以黎萨尔之有华人血统而感到自豪，但是，对我们来说，更重要的是学习黎萨尔的这种民族观，放弃血统主义和种族主义的狭隘观念。”[①]在研究和评介方面，据不完全的记载，从70年代以来陆续发表的研究论文主要有：李霁野的“厘沙路和他的绝命诗”(《天津师院学报》1977年第2期)、陈尧光的“菲律宾爱国者的声音”(《人民日报》1978年2月10日)、凌彰所写的“东海的壮歌——论黎萨尔的绝命诗”(《国外文学》1983年第4期)、“黎萨尔的生平与创作”(《东方文学名著讲话》，宁夏人民出版社，1987年)、“论黎萨尔的诗歌”(《外国文学欣赏》，1987年第1期)、“论黎萨尔小说中的悲剧”(《外国文学欣赏》，1988年第1期)，以及“唤起民族觉醒的号角”和“笑中有怒、笑中有泪——试论黎萨尔小说的讽刺艺术”(分别载于菲律宾《世界日报》，1985年12月16日和1988年4月18日)等。评介文章主要有：林林的“爱国的血光——何塞·黎萨尔速写”(《世界知识》1979年第5期)、陈有为的“黎萨尔广场悼英雄”(《随笔》1979年第3期)、杜埃的“马尼拉情思”(《杜埃自选集》，花城出版社，1983年)、余思伟的“菲律宾民族英雄黎萨尔”(《外国史知识》，1982年第1期)、戚志芳的“岛国图书传友情”(《图书馆学通讯》，1983年第1期)、李南友的“菲律宾伟大的平民——黎萨尔”(《华声报》，1984年2月12日)、凌彰所写的“黎萨尔和他的两部名著”(《世界图书》1982年第11期)和“菲律宾民族英雄黎萨尔”(《东方世界》1985年第1期)等。此外，有关外国文学、外国历史的各类词书，名人传和文学史，几乎都有黎萨尔的条目和小传。[②]

三、黎萨尔传记类作品的特点

(一) 研究最透彻的是黎萨尔的生平经历和他的文学创作过程。

黎萨尔的生命是短暂的，同时黎萨尔的文学创作也是短暂的。作为传记文学的最主要功能，对于黎萨尔的生平和文学创作经历的记录是最为详细的，各种黎萨尔的生活细节都被提及。正是这些详细的资料，为黎萨尔传记文学的持久繁荣奠定了坚实的基础。不仅如此，各种关于黎萨尔生平和文学创作的描述，都不是单纯地介绍黎萨尔的生活经历，而且结合各种社会背景的描述来展示菲律宾社会的变化和黎萨尔思想的变化，虽然只是介绍个人的经历，但是作为一个时代的代表人物，黎萨尔的传记具有浓厚的历史内涵。例如，《第一个菲律宾人》中就认为，黎萨尔创作小说的动机来自于三个传教士的冤死和在欧洲的生活经历。三个传教士的死促使黎萨尔重新思考自己在宗教信仰方面的选择。而黎萨尔在欧洲的经历则是

① 吴文焕：《卧薪集》，菲律宾华裔青年联合会，2002年，第50页。

② 凌彰：“鲁迅评介黎萨尔的重要意义”，原载《鲁迅研究年刊》，1991—1992年合刊，中国和平出版社，转引自《黎萨尔与中国》，香港：南岛出版社，2001年，第101—102页。

对比了一个殖民地与宗主国地位的不同,从而认识到一个民族取得自由和公平的可贵。

(二)黎萨尔的传记中涉及了他的众多朋友和亲戚等人物,通过黎萨尔与这些人物的关系来展现黎萨尔的人生历程。

黎萨尔是一位成功的社会活动家。一生四处漂泊,结交朋友无数。黎萨尔与奥地利人类学家之间的友谊已经成为菲律宾社会表现国际友谊的典范。有的传记材料就是黎萨尔的朋友或亲戚完成的,如维奥拉曾·马克西姆的《我与黎萨尔的旅行》(1950 年 12 月 30 日至 1951 年 1 月 6 日连载于《马尼拉时报》)。维奥拉曾和黎萨尔一起游历欧洲的很多地方,他在书中就详细介绍了游历欧洲的经历。这些亲戚朋友,甚至是反对方的描述,充分展示了一个作为民族英雄的黎萨尔和作为普通人的黎萨尔的方方面面。

(三)传记中对黎萨尔的评价以赞扬为主,传记的功能以励志为主。

黎萨尔被菲律宾国内以及国际上的传记作家称为历史上最伟大的亚洲人之一。他在艺术和科学上的天赋,他为其国家的自由所做出的伟大努力和牺牲,使他和其他国家的民族英雄并列,成为鼓舞民众的象征和代表。黎萨尔被西班牙人枪决,更是促成其名垂青史的外部原因。黎萨尔在评价殉道的三位传教士时说:"如果没有博格斯(Burgos)等人所表现出来的勇气,菲律宾可能就不是现在的样子。……生命如此美妙,而绞刑架那么的冰冷,特别是当你年轻而充满憧憬的时候。"① 如果没有三位传教士的冤死,黎萨尔可能会成为一名耶稣会信徒。而没有黎萨尔文学作品的广泛传播,菲律宾则不会出现亚洲的第一个共和国。

19 世纪末是亚洲地区民族革命风起云涌的时期,出现了很多革命先行者和唤起民族觉醒的英雄人物,其中就包括中国的孙中山(1866—1925)、越南的潘佩珠(1867—1940)、泰国的朱拉隆功(1852—1910)、缅甸的敏同王(1857—1878 在位)以及菲律宾的黎萨尔。这些同时代的英雄人物具有很相似的成长经历,如都曾到西方或日本游学和留学,都对西方的制度和文化赞赏有加,都对民族独立提出了改良或革命的道路,都在各自国家的社会和历史上产生了重要的影响。对于这些英雄人物,有很多传记作品对他们的生平进行描述和评论。通过对这些传记作品的对比研究,可以从另外一个视角描绘出 1850 至 20 世纪初亚洲民族觉醒和革命的历史进程。

传记中的黎萨尔一方面是一个真实的历史人物,另一方面又是读者了解历史和菲律宾社会发展的一个途径。对于黎萨尔传记的研究,实际上是菲律宾民族英雄人物的重新思考和认识。随着对黎萨尔研究的深入和社会环境的变化,关于黎萨尔传记的风格也在发生变化。但是有一点是可以肯定的,今后,还将会有关于黎萨尔的新传记问世,对英雄的事迹进行新的诠释。

---

① Epistolario Rizalino: *The Basic Collection of Rizal's Correspondence*, edited by Teodoro M. Kalaw, IV(1892—1896), p. 167. 黎萨尔在写给 Ponce 和宣传刊物《团结报》(La Solidaridad)工作人员的信中表达了上述言论。转引自 *The First Filipino*, pp. 5—6.

越南近现代写自传的第一人

——潘佩珠及其《潘佩珠年表》初探

与中国山水相连的越南，几千年来其文化与中国关系至为密切，反映在传记文学上亦如此。受《史记》等中国史传文学的影响，越南很早就有《大越史记》、《大越史记全书》等史传文学问世，甚至连最早的小说《岭南摭怪》、《粤甸幽灵集》等也深受中国史传文学影响。不过，与中国一样，越南传记文学虽然有光辉的起点，而且源远流长，但却始终在一个封闭的体系里演变，直到20世纪初才向西方学习，革故鼎新。如果说推动中国传记文学由古代向现代方向发展的人是梁启超，那么在越南，起到桥梁作用的则是潘佩珠(Phan Bôi Chau，1867—1940)。不同的是，梁氏的优秀传记作品多为他传，潘氏虽也有多部他传，但其最有代表性的则是自传，尤以《潘佩珠年表》特别突出。越南现当代传记文学作品主要以个人回忆录为主，不能不说有此书的巨大影响。

《潘佩珠年表》创作于1928—1929年间。[①] 这部结合中西风格的自传起初用汉文写成，后来又由作者亲自翻译为现代越南文。对这样一部极具文史价值的传记作品，越南学界从民族解放运动史的角度加以诸多研究，但却罕见从传记文学角度进行的研究。究其原因在于，传记文学研究在越南尚属一块处女地，至今也未引起重视，相信随着越南经济文化的发展，将来一定有人从更多角度来研究这部自传。本文的目的在于通过揭示越南作家传记文学之一斑，为我们从汉文化整体的角度来研究中国文学和东亚比较文学提供一些材料，且从中观察东亚文学现代化过程中出现的某些共同特征。

一、潘佩珠生平与《潘佩珠年表》

潘佩珠，字是汉，号巢南，又名潘文珊。“是汉”表明了其对中国的深厚感情及对汉文化的深切向往。“巢南”则取自中国《古诗十九首》中“行行复行行”一首中的“胡马依北风，越鸟巢南枝”。潘氏此名，可谓一语双关。纵观潘氏的一生，无论其革命活动还是文学创作都与中国息息相关，尤其是他的传记文学创作，更是在梁启超的直接影响下进行的。

潘佩珠于阮朝嗣德二十年(1867年)生于越南中部义安省南坛县东烈乡的一个乡学教师家庭。其父潘文谱通晓儒家经书，一辈子从事“砚田笔耕”；母亲阮氏娴亦略通汉学，曾为幼年潘佩珠口授诸多儒家经典。潘佩珠出生时，法国已占领越南

---

① 对《潘佩珠年表》的创作年代，最近有不同的说法，有人认为是1937—1940年间，但绝大多数学者认为是1928—1929年间。

南圻六省 5 年，且不断向北侵并，于 1885 年完全吞并越南；而至潘佩珠 1940 年去世时，越南尚未摆脱殖民统治。因此，他的一生都处于国破家亡之中。正如他在《潘佩珠年表》(以下简称《年表》)中所说："予生之年，为我国南圻亡后之五年。呱呱一啼声，已若警告曰：汝且为亡国人矣。"[①]幼年潘佩珠聪慧好学，由于母亲教导，他"四五岁时，不识字，乃能诵《诗经·周南》数章"。六岁时由父亲带至私塾，"授余汉字书，才三日读尽三字经"。1874 年，义静的爱国文绅提出"平西"[②](即反法)口号，奋起抗法，7 岁的潘佩珠曾与小朋友以竹竿为枪，以荔枝核为弹，扮成"平西军"，作战斗游戏。潘佩珠很早就显示出写作天赋。8 岁已"能作时俗短文。应乡里县小考，辄冠其军"。13 岁"已能作近古诗文"。1882 年他 15 岁时，法军再次侵略北圻，占领河内城，他闻讯连夜写出《平西收北檄文》，声讨法国殖民者，呼吁收复北圻失地。勤王运动掀起后，他对领导义静地区勤王起义的领袖潘廷逢等异常钦佩，1885 年，潘佩珠聚集百名同学，组成勤王军。18 岁时，母亲去世，他以教书为生，照顾年老的父亲和年幼的妹妹。19 岁时法军攻陷义安城，"义静绅豪悉奉出帝勤王诏起义。"与友陈文良募试生六十余人组织试生军，未及行动而解散。此后 10 年间以教书卖文为生，交结"绿林亡命及勤王余党"，准备在适当的机会起事。成泰 8 年(1897 年)31 岁时"干怀挟文字入场，终身不得应试案。"游北圻，走顺京，寓居在安和武家，结识邓元谨、阮尚贤等人，并曾读到从中国购回的《中东战纪》、《普法战纪》、《瀛寰志略》等书。

潘佩珠主张暴力反法，曾读过梁启超的《意大利建国三杰传》，赞赏意大利革命志士玛志尼的"教育与暴动同时进行"的思想。"九月父以七旬告终"，从此放心开展革命，在家设帐授徒，实则集党议事。同年夏，与潘伯玉、王叔季等数十人"谋于法共和纪念日袭义安城"，因内应延误日期而失败。1904 年 4 月组织维新会。推圻外侯阮疆柢为会主，筹划在国内暴动以推翻殖民统治及到国外寻求援助。日本由于明治维新的成功以及在日俄战争中的胜利，得到当时越南等诸亚洲国家的敬佩。越南的进步士大夫曾推尊日本为"黄种老大哥"，对它寄予殷切的希望，希望它能把越南从白种人的压迫下拯救出来。于是，到日本去寻求援助成了潘佩珠的主要目标。1905 年正月他由曾拔虎带领，偷渡到中国，乘洋船到香港转至上海。4 月抵达日本横滨。在国内期间，潘虽曾读过梁启超的一些著作和文章，但他大量地阅读梁的著作则是到了日本以后。梁启超"笔锋常带感情"，其富有感染性的文章对越南进步士大夫的影响很大。作为当时社会思潮的先锋，潘佩珠当然不是旁观者。潘在《年表》中亦说，他曾读过梁的《中国魂》、《戊戌政变记》、《新民丛报》等。潘从上海到日本去时，"适上海船中遇留美学生周椿君回国，为予道梁先生住所，则为日本横滨山下町梁馆。予大喜，于一到日本则必先谒见梁"。他来到横滨后数日，便

① 潘佩珠的生平事迹除加注外，其他均引自《潘佩珠年表》中文版，越南汉喃研究院藏书，抄本，编号为 A.2644。并参照越南孙光阀的越南文译本潘佩珠：《自我批判：越南近代革命史参考资料》一书，越南文化出版社，河内，1958 年。

② 在越南一度称法国人为 Thằng Tây，直译为"西佬"，是对法国人的贬称。

设法与梁启超见面并几度笔谈。《年表》记潘梁会晤事："越数日，修一书，自介为梁启超先生。书中有句云：落地一声哭，即已相知；读书十年眼，遂成通家。云云。梁得书，大感动。邀余入。酬应语多曾公译之，心事之谈，多用笔语。梁公欲悉其辞，约于次日再会。"笔谈中，潘佩珠向梁启超叙述越南亡国的惨状，以及越南人不屈斗争精神，令梁十分感动，曰："哀哉伤哉！客言信耶？果尔尔者，我国其犹惭诸！有人如此，国其能终亡？"[①]他向潘佩珠建议："现时只有二策为能贡献于君者。其一，多以剧烈悲痛之文字，摹写贵国沦亡之痛状与法人灭人国种之毒，宣布于世界，或能唤起世界之舆论，为君策外交之媒介，此一策也。君今能回国，或以文书寄回国内，鼓动多数青年出洋游学，藉为兴民气、开民智之基础，又一策也……"

同梁会见后不久，潘便撰写了《越南亡国史》一书，由梁启超作序并于1905年9月在梁启超的资助下由上海广智书局出版成书，也在《清议报》第19期（明治30年，即1898年9月19日）刊登。《越南亡国史》是越南第一部革命史书，也是越南第一部国际宣传资料（一说此书由潘口述，梁执笔。后人整理梁启超《饮冰室合集》曾将此书作为梁氏著作收入合集第6卷专集之十九）。不久，潘又接受梁启超的意见，写《劝国人游学文》，发动越南青年留学日本。到1907年，已有二百人左右到日本读书。此即近代越南史上著名的"东游运动"。法国殖民地政府阻挠此一运动，给出国学生家长施加压力，又要求日本政府驱逐越南学生。1908年9月，日本政府解散留日越南学生的组织越南公宪会。1909年2月，又驱逐潘佩珠出境。自此，"东游运动"结束。潘佩珠在日本初期受到梁启超很大的影响，他所执行的几乎都是梁启超给他设计的路线。另外，也是通过梁的介绍，潘才结识了日本政要以及在日的中国云南籍留学生。这时期，潘佩珠的世界观和国际关系观产生了很大的变化。而梁启超在这段时间与潘佩珠的接触，对潘的印象及感情相当好。第一次见潘佩珠，梁"望而知为异人也"。在同潘佩珠与日本政要犬养毅交谈时，欣赏潘佩珠的汉学才华，梁赞叹"此人大可敬"。

但与此同时，他亦接触中国革命党人，并与他们有较多的交往。1905年7月，孙中山由欧洲到日本，犬养毅介绍潘佩珠和孙中山晤面，于横滨致和堂笔谈二夜。《年表》中描述了潘佩珠第一次与孙中山见面的情形：

又一日，犬养毅以一书招予至宅，为予介绍于孙逸仙先生。孙，中国革命之大领袖，时方由美洲回日，为组织中国同盟会事，逗留横滨。犬养毅谓予曰："贵国独立，当在革命党成功之后，彼党与君同病相怜，君宜见此人，豫为后来地步。"越日予持犬养毅名帖及其介绍辞，诣横滨致和堂谒孙，时夜八点矣。孙出笔纸与予互谈革命事。孙曾读《越南亡国史》，知予脑中未脱君主思想，则极痛斥君主立宪党之虚伪，而其结束则欲越南党人加入中国革命党，中国革命党成功之时即举其全力援助亚洲诸被保护国同时独立，而首先著手于越南。予所答词，则亦谓民主共和政体之完全，而其主意则反欲中国革命先援越南，越南独立时，则请以北越借与革命党为根据地，可进取两广以窥中原。予与孙辩解相持有数点钟之久。夜十一点，予起辞别，孙约予以次夕再会谈。越后日复在致和堂会孙，再申明前夕所谈之意。其实予与孙此时两皆谈会，予实未知中

① 参见[越]潘佩珠《潘佩珠年表》第三纪，越南汉喃研究院藏书，抄本，编号为A.2644。

国革命党内容如何，而孙亦未知越南革命党真相如何，双方谈解，皆隔靴搔痒耳。结果俱不得要领。然其后吾党穷急时，则藉手于彼党为多，则亦两夕会谈为之媒介也。

在日本的会面开启了中越两党之间的合作。1907年7月，孙中山经越南赴广西主持镇南关起义，以及1908年黄兴由越南率领革命军攻钦州，都有潘佩珠领导的越南维新会党员参加；而潘佩珠及越南革命党人在中国的活动，也得到中国革命党人的协助。1908年10月潘佩珠与章炳麟、张继、景梅九，日本人大杉荣、宫奇滔天及印度、菲律宾等国的革命党人在日本组织东亚同盟会，旨在促进东亚革命党人间的合作，但此组织活动仅数月便为日政府禁止，潘佩珠被迫离开日本。此后，潘佩珠仍来往广州、香港等地，组织革命运动。辛亥革命成功后，潘佩珠应章炳麟之邀由暹罗至广州。1912年2月，与诸同志在刘永福家开会，宣布解散维新会，成立越南光复会，阮疆柢任会长，潘佩珠任总理。潘佩珠提出光复会的政纲为"驱除法贼，恢复越南，成立越南共和国。"思想上，他已从保皇转向革命了。

1912年2月下旬，潘佩珠前往南京见时任中华民国临时大总统的孙中山。孙中山百忙中接见潘佩珠，又嘱咐陆军总长黄兴与潘佩珠会谈。黄兴建议潘佩珠选派越南青年到中国学习。潘佩珠又到上海，会见了港督陈其美，陈馈赠四千块银元，送军用手榴弹30个，助其革命。1913年袁世凯任命龙济光（1876—1925）为广东都督，8月，龙率兵占广州。1914年7月法东洋全权总督沙露氏（Albert Sarraut）亲至广东，要求龙济光引渡越南革命党。12月龙氏逮捕潘佩珠、梅老蚌，提出引渡潘、梅两人的条件是借用滇越铁路运兵回云南镇压反袁派，但法国殖民政府未答应此条件，同时因潘佩珠还得到段祺瑞等保护，最终未被引渡，拘于陆军监狱。后来，护国军打败龙济光，龙退至海南岛，潘佩珠亦被带到海南，1917年3月才获释。潘氏在狱中写下其第一部自传《狱中书》，同时还创作了《重光心史》、《再生生传》、《余愚忏》、《黄安世将军别传》、《渔海翁别传》、《小罗先生别传》、《河城二烈士小传》、《国魂录》、《人道魂》、《建国檄文》等自传体小说、传记、杂文等等，此外，还有"其他短篇，则并其名目而忘之。"出狱后，他来到广州，后又去日本，与阮疆柢晤面，继续从事革命活动。1920年11月，潘开始研究共产主义，曾翻译日人佈施辰治所著《俄罗斯真相调查》一文为汉文并携带其译书至北京拜会蔡元培，蔡曾介绍其结识俄使馆人员。1920—1921年间他数度往返于杭州、北京、广东，偶尔也经东三省入朝鲜到日本。他在为革命奔波中，时常提笔著文，留下了大量著作，曾"应杭州军事杂志总理林亮先生之邀任编辑员。计三年又四个月。其间输入越南之著作为：小册子三种，《余九年来所持之主义》、《医魂丹》、《天乎帝乎》。长文三种：《敬告我国内青年文》、《敬告我侨暹同胞文》及《敬告邻邦暹罗政府文》"。1923年6月15日他还为韩国志士申圭植所著《韩国魂》作序。

1924年，潘佩珠筹改越南光复会为越南国民党。1925年孙中山逝世，潘佩珠作挽联云："志在三民，道在三民，忆横滨致和堂两度握谈，卓有真神贻后死；忧以天下，乐以天下，被帝国主义压迫多年，痛分余泪泣先生。"同年5月11日至上海，被法国秘密警察绑架至法租界送回越南，被河内刑事法庭判终身劳役。但迫于国内外压力，印支全权总督瓦兰（Varenne）特赦潘佩珠，将其软禁于顺化，直至1940

年10月29日去世。[①]《潘佩珠年表》即为其1928—1929年间被软禁于顺化时所著。[②]

二、个人与时代融为一体

从题目看,《潘佩珠年表》仿佛只是个人的大事编年,但实际上,这是一个伟大灵魂的自我剖析,有丰富而实际的内容。《年表》的写作是为他自己的一生盖棺定论,直到现在,对潘佩珠的各项研究也还没能超出他本人在自传中的认识。在《年表》中,潘佩珠吸收了卢梭《忏悔录》那样直接而深刻的解剖法,同时又将个人经历贯穿于丰富细致的历史述说中。

《年表》的结构分为序、自判、第一纪、第二纪、第三纪等几个部分,从文字分量上看,这几个部分越往后越重,这大概是最为详细的个人"年表"了。潘佩珠在《年表》中专设"自判"一节,坦诚自己的优缺点,这种直接的表达方式在越南传记史上几乎是前所未有的:

> 余之历史,固完全失败之历史。然其所以得此失败者,病痛处诚甚显著;而其所可自豪者,亦不敢谓完全无。今于未入正编之前,特摘举其大概,有数端如下:
>
> (一) 自信力太强,谓天下无一事不可为。此为不量力度德之罪。
>
> (二) 对待过直,谓天下无一人不可信,此为无机警权术之罪。
>
> (三) 料事料人惟注意其大者,乃至微行细故多任直率意行之,往往因小故而误大谋。此疏略不小心之罪。
>
> 以上三者,其最大病痛处也,余姑心诛,不能尽述。
>
> (一) 冒险敢为,尝有"虽千万人吾往矣"之概,而于壮年辰尤甚。
>
> (二) 与人交接,苟得一言片善,亦终身不能忘;而于忠告痛责之辞,尤所乐受。
>
> (三) 毕生所营谋,专问目的,期取胜于最后之五分钟。至于手段方针,虽更改而不恤也。
>
> 以上三者,每自谓足录之寸长。知我、畏我,皆所承认。

这部自传显然是在接受西欧自传的影响下产生的,但也与生俱来地包含与西欧自传相异的独特东亚色彩。从忏悔、告白出发的西欧自传其本质是自我审察,即今日之我已非昨日之我,然回顾昨日之我,乃知自己之非。作为"精神的自我形成史"的"西欧自传"就是这样发展起来的。而中国和越南的自传一般缺少忏悔、告白那样自我批判的性质。郭沫若《少年时代》的《序》已凿凿有言:"我没有什么忏悔。

---

① 笔者曾于2000年3月至顺化瞻仰潘佩珠故居,见其屋为泥墙草顶,十分简陋。院中有后来者所塑潘佩珠上半身巨型石雕,类思想者貌。

② 法国吞并越南后,于1919年正式取消汉字的官方文字地位,采用拉丁化越南文。不过,在20世纪上半叶,仍有部分喜好汉文的人自愿学习汉文。潘佩珠被软禁期间,曾有十几个学生跟随学习汉文。潘为了逃避监视者耳目,将书稿写于汉文教科书之背面行间或字间,与原书混杂甚或重叠。写作过程中,陆续将所写内容交给与之往来甚多的黄叔抗(1876—1947),黄亦为当时越南著名文人,黄氏帮忙整理印行。及后有多重抄本流散世界各地。越南堤岸《远东日报》,曾于1962年8至9月连载此书。此书目前有多种当代越南文译本及法文、英文译本。

少年人的生活自己是不能负责的。”中国独具的自传的鲜明特色是“这样的社会生出了这样的一个人”，或者“有过这样的人生的时代”。就是说，社会是个人的背景，个人存在于社会之中——这种紧密结合社会、时代来描述个人的方式，正是与缺乏自我审察精神互为表里的中国式自传的重要特征。

胡适的《四十自述》（安徽教育出版社，1999 年），说自己作为历史学家训练有素，因而总会不知不觉地把自传写成史传的体裁（该书自序）。潘佩珠也是如此，他的自传带有史传色彩，连命名为《年表》即有此意。这也表明，受中国文化影响深刻的潘佩珠，其自传里，个人与时代密不可分，作者记录的不仅仅是个人，而是记录时代。潘佩珠在《年表》中极少提到他个人的生活。除了表彰父母并阐明自己的孝心之外，没有一字提到他个人的家庭生活。[①] 进入 20 世纪才在西欧影响下产生的越南自传，从一开始就带有浓郁的越南特色或曰汉文化特色。秉承着本国的传统，越南历史上英雄人物传记非常多。20 世纪初，不少作家出于强烈的民族意识创作了一些如《南国伟人》、《南国佳事》等群传，但真正写传记记录一生经历的自传则是始于潘佩珠。

潘佩珠将自己的人生经历划分的三个时期，至今，在越南文学史上，讲到潘佩珠的文学成就也一般是按照这三个时期来分述的。潘佩珠生活的时代，越南自南向北逐渐沦为法国殖民地，与此同时，掀起了勤王、东游、维新、暴力革命等多次民族解放运动。在这些运动中，潘佩珠并非旁观者，他几乎参与所有运动，甚至成为其中的领导者，某种程度上讲，他是那个时代的缔造者之一。因而，他的人生经历与时代脉搏融为一体，这也清晰地体现在《年表》的创作中。

个人与时代的融合，这在中国古代的自传文学中似乎也是惯例。例如蔡琰的《悲愤诗》、庾信的《哀江南赋》等在回顾乱世狂潮裹挟下自己的不幸时，作者都是从包容自己的那个时代的广阔视野着眼来关照自己，咀嚼命运。越南古代文学深受中国影响，其古近代知识分子所接受的传统教育与中国知识分子几乎是一致的。这种将个人放在时代之中，对时代的记述与个人同等，甚或置于个人之上的叙事方式在越南古典文学中也是常见的，是根深蒂固且源远流长的。

自己述说自己，这种十分特殊的表现手段的出现，首先缘于其特殊的自我发现；因为被周围世界否定，于是觉悟到自己与周围的不同，或者是意识到自己切实的存在。而要想从社会的否定中获得自我回归，自我表白，就成为一种有效的手段。这终被强迫的自我确认的痛切感受，催发了中国自传的诞生，而他们对自己的叙述，同时也显示出中国人独特的自我认识方式。因此在自传中描写的自己，总是一贯正确，注意自身的种种变化。如果说西欧的自传是以一个人在回顾个人历史

① 据黎庄翘《潘佩珠夫人》载 1945 年 7 月 5 日印行《新越南》第 15—16 页，潘佩珠 22 岁奉父母之命与同县蔡氏萱结婚，婚后无子，蔡氏又为他纳妾，妻妾情同姐妹。妾生有一子一女；后蔡氏亦育有一子。潘离开越南前，为使妻子儿女免受连累，曾将离婚书交给妻子。1925 年潘佩珠被押解到顺化软禁前曾与妻子在火车站见面，妻子嘱咐他保持初衷，毋以妻儿为念，自此以后即未见面。潘曾与儿子谈及蔡氏，言及蔡氏知晓他在离开越南前参加的一切革命活动。妻子临终前，潘曾作《安慰临终之老婆》云：“廿年余琴瑟不相闻苦雨凄风指影为夫日向孱儿挥热泪，九泉下朋亲如见问移山填海有谁相伯天猜老汉把空拳。”

时发现自己与过去之我有异为契机的话，那么中国的自传则是发现自己与人类大多数人的不同为基点。潘佩珠的自传显然也是深受中国自传影响的。在序言中，潘佩珠阐明了自己的写作动机：

余自海外俘还，束身图圄。蒙国民错爱，幸保残生，得与数十年行离影绝之亲朋同志重绪旧缘。爱余者，恶余者，责望余者，知余与不知余者，咸欲悉潘佩珠之始末历史。嗟呼！余之历史，百败无一成之历史耳。流离奔波三十余年，连坐之累，殃及郡国；党锢之狱，毒流同胞。每中夜抚心，仰天挥泪，蹉跎二十余載。惭负须眉，翘望无名之英雄有如饥渴。夫古来鼎新革故之交，扫荡涤清之役，无失败而能成功者曾有几何。法兰西建共和民国，经三四次革命而始成，其明证也。吾侪苟鉴于已往之覆辙，思改其所以败者，急筹其所以成者。求生路于万死之中，确定良方于折服之后。机事密则无破绽之虞，心德同以图洗血之业。有成功之一日，则潘佩珠之历史，宁非后起者之前车哉！蒙亲朋过爱，严促再四，汝必及其未死速修汝史，爰奉命而草是编，颜曰自判。

“聚散知无定，忧欢事不常。”人生的悲欢离合，都变化无常，但在这里作者至少还昭示了他的基本人生哲学：直面人生的所有事件，悲哀不幸，也是人生的组成部分。这是一种不沉溺于悲哀，而把悲哀对象化的态度。不会陷于悲哀中不能自拔，他们的眼前，还闪烁着新文学的曙光。

这种对个人的写真，其处理手法不是那种揽镜自照，悲从中来之类陈陈相因的旧套。还包含有那种请人为自己画像的办法，从外部来审视自己。看上去这是一种打破传统的办法，因为“生而作传，非古也”。而自己之所以犯忌斗胆写自传，是因为“蒙亲朋过爱，严促再四，汝必及其未死速修汝史”。尽管如此，这其中还是有担心死后身名俱朽，乘活着的时候先立案存档的想法。这种想法和用语，出于《论语》卫灵公篇的“君子疾没世而名不称焉”。潘佩珠受到传统的影响，将自传命名为《年谱》这样一种似乎古典的体裁，而实际上，在蹈袭以往的基础上，向近代的自传迈出了一步。

三、“给史家做材料，给文学开生路”

胡适在其《四十自述》中以为传记文学的价值是“给史家做材料，给文学开生路”。这种想法其实是建立在鲁迅对《史记》的评价“史家之绝唱，无韵之离骚”基础之上的。潘佩珠大约也是深谙此理的。不过，从其写作的目的看主要在于“给史家做材料”，因此才有学者认为这是研究越南近代史的重要参考材料。潘佩珠将自传命名为《年表》，意味着他是要完全忠于事实的，要将自己的一生如实地反映给那些了解或不了解他的人。

历史性是《潘佩珠年表》的最重要的特征。潘佩珠在自传中提到的历史事实起于19世纪70年代、80年代初“勤王运动”失败。同时，20世纪初的维新运动、东游运动、东京义塾、中圻的抗税运动等等，都从历史的层面得到了广泛而切实的呈现。辛亥革命之后，尤其是第一次世界大战之后，潘佩珠的革命运动遭遇到许多困难和失败，尽管如此，他依然满腔热情地投入到革命中，甘愿为民族解放流血牺牲。作者再现了那个时代，并深入到爱国与革命的社会精神生活中。而作者对于时代的再现又是通过口述历史的方法，直接讲述亲历者的种种过往，这深深抓住了读者的心。

《潘佩珠年表》是极有史学价值的自传，它对于了解潘佩珠本人及20世纪初的越南民族解放斗争运动都是极其重要的文献。第一个接触这本自传的人黄叔抗曾说："这部'自我批判'式的书正是潘先生写的自己的事情，它像一副传神的画描绘和反映了过去六七十年间我国的历史……他忠实地记录了自己的一生，里面有对自己所擅长的事情的自信，也有对疏漏之事的悔恨。真相如何即如何反映，决然没有铺陈优点而掩饰任何缺陷。"[①]正因为如此，从过去到现在，越南许多有关潘佩珠诗文、救国活动及思想乃至越南20世纪初的历史的研究都以这本书为值得信赖的资料。

但客观上，他优美的文笔，浓厚的抒情及其独有的叙事方式乃至第一人称代词的使用，给越南的叙事文学带来了新的气象。越南学者认为，"在我国，第一个写自传的可能是潘佩珠"。[②] 潘佩珠写这部自传的时候正是他一生中最痛苦最忧伤的时候。这在他当时的诗歌中时常流露，如"茫茫尘海总堪悲，举目江河百事违。我已无家人亦客，天犹有缺地何依。"(《感怀》)"荒山月冷鹃声苦，幽径风凄鹤梦深。挂剑墓门余宿愿，停杯天末寄哀吟。"(《哭友》)"凭谁借酒消长夜，抚剑长咆天地幽。"(《秋夜对月》)"人道新年喜，我以新年悲。志业百无成，老大忙相随。临风怅江梅，揽镜惭鬓眉。"(《新年辞》)"痛哭江山与国民，愚衷无计拯沉沦。此心未了身先了，羞向泉台面故人。"(《绝命诗三首》)他在《年表》的开头写道："可叹！我的一生都干了些什么呢。只不过是百分百的失败史罢了。"他在这样的境遇下写作自传，自然也令这部自传带有浓厚的悲剧色彩，艺术也达到了一定高度。"潘佩珠写过不少自传，但可以说《年表》是其中的顶峰，它也是20世纪初越南爱国和革命文学中最出色的作品。"[③]他以其真诚的、值得信赖的笔调和忧国忧民的情怀对个人的悲剧进行了深切的回忆与剖析。

不少研究者常常将《年表》中所记的事件与他1914年所作《狱中书》比较，探讨某些事件的差异。这当然也是有意义的工作，不过，真理与谎言一样也有千副面孔。潘佩珠在写《年表》的时候，当然不会只简单地重复《狱中书》的内容。生活的丰富性也可以让作者从不同的角度、以不同的艺术手法来叙述同一事实而使之不会重复。值得注意的是，在作品中，所叙述的一切事件和变故都不是客观描述，而主要是通过人物首先是"我"的讲述而出现。这点使得作家既概括了事件、变故本身，也表明了讲述者在当时生活的复杂问题上的态度和立场。这是潘佩珠年表的独特的具有创造性之处。

如上所述，《年表》的特色不在于描写与作者相关的细节和人物，而在于作者对生活的观察和判断异常深刻。在自传里，潘佩珠仿佛成了另外一个人，他用真诚

---

① 黄叔抗1946年在《潘佩珠年表》译本即将在顺化付印时的序言。

② ［越］潘文重编选：《潘佩珠：人与作品》，河内：教育出版社，2001年，第331页。

③ 《潘佩珠：人与作品》，第332页。

的、开放的态度来描述复杂多变的历史，其中饱含了为国为民的血泪。通过自传中的人物形象，读者不仅能看到其内心世界的丰富性，也能了解到潘佩珠那为国为民为生活的思想情感的一贯性与矛盾性。

在《年表》的最后，出现了著名爱国者、革命者阮爱国（即胡志明）的形象以及潘佩珠与阮氏的相遇。这一点可以看出，经过了岁月沉浮，潘佩珠已认识到正确评价每一个人的社会角色的重要性，认识到了自己的历史角色已经完成，要将民族和人民解放的一切信心交给阮爱国和新一代。承认自己的局限性，肯定年轻一代的作用，这是需要非凡勇气的。

《年表》问世时，越南近代文学中还没有出现自传这一新体裁。与潘佩珠同时代的阮伯卓、范琼、范文雄等等都写了个人回忆录，但可以说没有谁能像潘佩珠那样生动、切实地把自己完全表现出来，把个人与民族的关系以及其革命思想形成的过程很好地表达出来。而这，正是《年表》的价值。自传显露了它的新鲜与迷人，宣告了迄今为止的文学样式无法表现的、新的自我表述方式的诞生。即使是他在自传中表露的本人的缺陷，其实是一种超凡脱俗的标志，一种圣贤特有的品质，具有一种"圣化"的象征意味。潘佩珠的革命事业比起后来的成功者胡志明是百分百的失败，是一个巨大的时代悲剧。但他作为一个人，却因此而展现了他忠于自己本性的正直品格，坚守自己的人生理想，坚持自己的人生主张并能为之奉献生命。正如叶灵凤评价歌德的《诗与真》时说，"这一部出自诗人晚年之笔的自传，正是理解匿在他一切作品之后的心灵的锁钥，""实为了解歌德的最重要的资料。"[①]《年表》是我们了解潘佩珠文学与革命生涯的最重要的材料。总体来说，人们通过《年表》，能看到一位崇高美丽的越南人形象。《年表》在潘佩珠的全部文学事业中有重要的位置，他的才华、智慧、情感和风格在自传中得到了充分的体现。在作品中，一个传统儒士的形象消失了，取而代之的是独特的、富有吸引力的革命者形象。潘佩珠以其真诚的态度、崭新的叙事方式带给读者一种观察和思考。这部作品不仅是潘佩珠个人的代表作，也是20世纪初越南爱国和革命文学的代表作，影响到其后越南的爱国文学气象，也具备了许多新文学的因素。

① 叶灵凤：《读书随笔・一集》，三联书店，1988年，第72—73页。

寻找诗人的真实：在事实与真理之间

——泰戈尔传记研究

作为20世纪初曾在东西方引起过轰动的诺贝尔文学奖获得者，罗宾德罗纳特·泰戈尔(Rabindranath Tagore，1861—1941)在相当长的时间里是文学批评的焦点之一，有关他的传记材料和研究专著十分丰富。

从1923年至今，不包括不同时期的不同版本，中文泰戈尔传记文学作品已经逾20部。在80余年的时间里，在数量上，中文泰戈尔传记文学作品经历了从无到有，从少到多，再到大量涌现的变化过程；在创作上，也逐渐从初期的以译介国外作品为主过渡到以独立编著和写作为主。然而遗憾的是，大多数作者一直局限于已有的资料，缺乏传记作者应有的探索和追求精神。这一点我们可以从目前中文泰戈尔传记作品大部分雷同、或互为参考的参考书目，甚至某些作品大致相同的章节设计中窥见一二。其中更有一些作品是目前国内传记作品热催生出来的"急就"式产物，传记中的史料不但有拼凑之嫌，有时还会以讹传讹，例如把对泰戈尔产生过深刻影响的五嫂写成三嫂，把泰戈尔与爱娜(有的书中写成安娜)的感情断定为初恋。此外，丰富的史料为好的传记提供充分的材料，但是并非所有的材料都值得作为传记事实写进传记作品。只有那些对传主的个性具有界定作用的事实才能作为有价值的材料被合理运用。"在创作过程中，作者必须有能力组织材料，并能在面对大量真实可信的信息时保持呈现给读者的画面的整体性。"①因此，对已有材料进行有机的整合才能更好地展现具有个性的泰戈尔。这要求中文泰戈尔传记文学作品的作者不但对于想要表现一个怎样的泰戈尔有明确系统的思考，而且必须在大量的事实中具有独到的眼光，使作品能让读者感受到而不是告诉读者泰戈尔是一个什么样的人。中文泰戈尔传记文学作品大多可以做到充分利用已有的材料来充实自身内容，其中既有对泰戈尔自传《我的童年》、《回忆录》倚重，也有对一些能够反映泰戈尔性格的"轶事"的分析。但大部分泰戈尔中文传记作品一方面呈现的大都是基本相同的细节和故事，甚至连叙述方式都十分相近，另一方面又对那些对泰戈尔产生了重大影响与真正能体现他性格特点的"小事"或一笔带过、或视而不见。如大多数作品都会提到在加尔各答的某个清晨泰戈尔获得的彻悟与《瀑布的觉醒》之间的关系，但这种彻悟也并非完全忽然凭空而来。在《我的回忆》中，泰戈尔写道，那个早晨之前的某个黄昏，他获得了一种伴随了他一生的不同寻常的敏锐观察力："自我既然已经退居幕后，我就可以看到世界的真面目。它没有一丝平凡

---

① O'Connor Ulick: *Biographers and the Art of Biography*, Dublin: Wolfhound Press, 1991, p. 32.

琐屑的痕迹，它充满了美与欢乐。”[①]这次的经历既为泰戈尔打开了一扇新的观察世界的大门，也为他迎接随后而来的彻悟做好了准备。那么这种彻悟究竟给他带来了怎样的影响？除了《瀑布的觉醒》，泰戈尔还曾在《我的回忆》中提到那之后他见到一个自己以前并不喜欢的怪人，“在我眼中，他的怪诞和愚蠢的披风依然飘落了……我的心里洋溢着无边喜悦……”[②]由以上泰戈尔自己的叙述我们可以看到，这两件事与他的彻悟其实是一个有机连续的整体，它们可以更充分、同时更生动地说明那次彻悟的含义以及它对泰戈尔的影响，然而遗憾的是在几乎所有中文泰戈尔传记中它们都找不到自己本该有的位置。又比如，在《泰戈尔传》（克里希纳·克里巴拉尼著，倪培耕译，漓江出版社，1984 年）里记录了一件关于泰戈尔如何处理被蝎子蜇过的剧痛的小事，这件事生动地反映了他沉静内省、关注内在世界，以及在对无限的渴望中忘我的性格特点，然而除了在《泰戈尔》（宫静著，台北东大图书公司，1992 年）中可以见到对这件极具传记事实价值的“轶事”有类似描述的阐述之外，在其他中文泰戈尔传记作品中它都被忽略了。

在国际上，“广泛的国际影响引起了全球性的研究者的兴趣。全世界关于泰戈尔的论著，仅传记就达二百多种”[③]。据目前掌握的资料，有关泰戈尔传记文学作品仅英文著作就至少有 35 种，在英国和印度以英语和孟加拉语双语同步出版的泰戈尔传记至少有两种，而在印度及孟加拉国国内，以泰戈尔的母语孟加拉语创作和出版的泰戈尔传记作品更是十分丰富。对于进一步了解泰戈尔，了解泰戈尔自己对于传记的看法，乃至更深入地了解泰戈尔对于自身的看法，孟加拉语和英语传记文学作品都是不可缺少的信息来源。下面，我们将就孟加拉语和英语的泰戈尔传记文学作品进行一次有益的讨论，讨论将侧重于泰戈尔的传记观，包括自传和他传，讨论的关键词是“真实”、“事实”和“真理”。列入本次讨论范围的作品，主要包括以下几部（以本文将要论及的顺序排列）：

1. 《回忆录》（*Jivan Smriti*, *My Reminiscences*），R. 泰戈尔 著，孟加拉语，自传，初版 1912 年；
2. 《我的童年》（*Chhele Bela* , *My Childhood*），R. 泰戈尔 著，孟加拉语，自传，初版 1940 年；
3. 《关于我自己》（*ātmaparichay*, *Of Myself*），R. 泰戈尔 著，孟加拉语，自传，初版 1943 年；
4. 《罗宾得罗纳特·泰戈尔：作品中，我的生活》（*Rabindranath Taogre*: *My Life in in My Words*），乌玛·达斯·古普多（Uma Das Gupta）著，英语，他传，初版 2006 年；

---

① ［印］泰戈尔：《我的回忆》（吴华译 石真校注），北岳文艺出版社，1994 年，第 155 页。这个版本的《我的回忆》根据 1980 年麦克美伦公司的英文版 *Reminiscence* 全文译出，又由石真先生根据孟加拉文原著进行了校注。本文的引证采用此版本。

② 《我的回忆》，第 156 页。

③ ［印］克里希纳·克里巴拉尼：《泰戈尔传》（倪培耕译），漓江出版社，1984 年，第 4 页。

5. 《罗宾德罗传记(4卷本)》(*Rabindra Jiboni* (4 *vol.*)),博罗帕德·古玛尔·穆克巴塔耶(Prābhāt Kumār Mukhopadhayāy)著,孟加拉语,他传,初版1933年;
6. 《罗宾德罗传记》(*Rabindra Jibon Kathā*),博罗善多·古玛尔·巴尔(Prashānta Kumār Pāl)著,孟加拉语,他传,初版1982年;
7. 《罗宾德罗纳特·泰戈尔传记》(*Rabindranath Tagore: A Bioraphy*),克里希纳·克里巴拉尼(Kripalani Krishna)著,英语,他传,初版1962年;
8. 《思想丰富的人》(*Rabindranath Tagore: The Myriad-minded Man*),杜铎·克里希纳 安德鲁·罗宾逊(Dutta, Krishna & Andrew Robinson)著;英语,他传,初版1995年。

在这8部作品中,除了《回忆录》、《我的童年》以及克里希纳·克里巴拉尼所著的《罗宾得罗纳特·泰戈尔传记》已有中文译本之外,其余5部均尚未被翻译成中文。之所以选择这8部作品,是因为通过对泰戈尔自传的讨论,我们可以了解泰戈尔对于传记的观点,同时,他对于传记的观点又是与他对于自身作为一个诗人的认识是紧密相关的;所选的两部孟加拉语泰戈尔他传文学作品,可称得上是孟加拉语泰戈尔传记文学作品的代表,尤其是博罗善多·古玛尔·巴尔的《罗宾德罗传记》,在史料的翔实和丰富方面早已得到了泰戈尔学者们的一致公认。而在英语他传方面,克里希那·克里拉巴尼的泰戈尔传记也是一本公认的优秀之作,自问世以来已再版数次,而《罗宾得罗纳特·泰戈尔:作品中,我的生活》与《思想丰富的人》则是近年来问世的英文泰戈尔他传文学作品,从它们我们可以窥见近年来英文泰戈尔传记文学作品之一斑。

一、从自传作品看泰戈尔的传记观

泰戈尔并没有对他的传记观做过专门的阐释,但从他对其他人的传记的评价以及他在自传中提及的对于时间、记忆的看法,我们仍可看出泰戈尔对传记是否能如实地反应传主,尤其是作为诗人的传主的内在真实并不持肯定的态度。在评论诗人丁尼生的儿子为丁尼生写作的传记时,泰戈尔曾写道,“这可能是丁尼生的生活传记,而不是诗人丁尼生的生活传记”,“诗人丁尼生的传记多少也能编写一些,但它不是依赖于实际生活,而是依赖于诗人生活。不依赖想象的帮助,它不可能被创作出来。”[①]一本拥有丰富资料的传记必然不是一本真正的“诗人的传记”,泰戈尔在他的一生中经常重复这一关于诗人的传记的观点。当被要求写作一部他的自传时,他就曾说过“……写作自传的特殊天赋属于特殊的人,而不是我……因此我

① [印]泰戈尔:《诗人的传记》(倪培耕译),《泰戈尔全集(第22卷)》,河北教育出版社,2000年,第37页、第39页。

忽略关于我的生活的记录，将仅简单地描述我的生活是怎样通过诗歌获得了表达。”[①]当博罗帕德·古玛尔·穆克巴塔耶创作了一本关于他的传记（即《罗宾德罗传记》），泰戈尔甚至说，这更像是一本“德瓦尔格纳特王子的孙子，而非‘诗人罗宾德罗纳特’的”传记。

然而颇为矛盾的是，在他的创作生涯中，泰戈尔也不得不写自己的自传。泰戈尔共创作了三部自传作品，它们分别是《回忆录》、《我的童年》和《关于我自己》。这三部作品最初都是用孟加拉语写成并出版，后来又都分别被翻译成英语出版。

他的第一部自传是《回忆录》。它是泰戈尔对自己到30岁左右，他的作为诗人的自我是如何出现或曰如何“形成”这一过程所作的一个注解。在这部作品中，泰戈尔并没有着重去叙述自己生活中的点点滴滴，与他对丁尼生传记的评价相一致，他在《回忆录》的开篇就表明，在他看来“生活的记忆不是生活的历史”，“从记忆的仓库里去收集正确的历史这种尝试是没有结果的”。[②] 泰戈尔认为他在这部作品中只是将记忆中的材料有选择的筛选出来，用以作为文学的材料，因此他甚至在作品中提醒读者不要将它当成是一部自传。被经常与《回忆录》相提并论的，是泰戈尔的另一部自传《我的童年》。这部作品创作于他的暮年，作品的内容却只限于他的孩童时期。值得注意的是，这是一部“应要求”而作的作品，是为了他的在圣地尼克坦的学校的年幼的学生们而作，因此这部作品的文风简单、自然、流畅，意在为当时缺乏适当读物的孩子们提供一个有益而又有趣的读本。以上两部作品都已经有了中文译本，并早已为中国的读者和研究者所熟知。与它们形成对比的是《关于我自己》，由于没有中文译本，这本著作受到中文读者和研究者的关注远远不够。这部作品最初于泰戈尔逝世后在1943年出版，它实际上是一本合集，里面收录了泰戈尔在各个不同时期和不同场合创作的关于他自己的6篇文章，其中最早的一篇作于1904—1905年，最晚的一篇作于1940年，也就是他逝世前夕，可见这些文章时间跨度非常大，可以说涵盖了他的后半生。通观这本著作，可以说它是一种不同类别的自传，在所有的篇章中泰戈尔的日常生活都是缺席的，作者的笔墨和着重点始终集中于内在精神和思想的阐述，透露着很强的目的性。或许可以这样认为，泰戈尔的《关于我自己》是他传、自传与圣徒传之外的，一种不同种类的传记。或者，它是泰戈尔曾暗示过的一部真正的“诗人的传记”，这些纵跨了近40年、看似“碎片”的文章，没有关于泰戈尔的生活琐事的信息，却为我们提供了一条追寻诗人诗歌思想和哲学思想发展的线索。在所有的方面，泰戈尔都总是习惯于将“事实(facts)”与“真理(truth)”区分开。他强调“真理”，而远离“事实”，他认为事实在本质上是一些碎片，它们的总和也无法确证生命中的真理，而真理本身就是“全部”。从这个层面上来理解，《关于我自己》是目的论的，泰戈尔关于他自己个人的神（生命之神）的观念在这里得到了揭示。泰戈尔一直认为，他的生命如同一个花环一样

---

① Rabindranath Tagore: *Of Myself* (*ātmaparichay*), translated from Bengali by Devadatta Joardar and Joe Winter, Kolkata: Visva-Bharati, 2006. p. 1.

② ［印］泰戈尔：《回忆录 附我的童年》（谢冰心译），人民文学出版社，1988年，第3页。

是由他的这位神织就的。因此他试图使他的生活客观化，这是为人熟知的他的一种看待自身生活中事物的思维模式。似乎“他没有做任何事”，但“每一件事都已经完成了”。从这一点上来说，《关于我自己》又不是目的论的，而应该被看成是他的生命观中的要点提炼。或者可以这样认为，泰戈尔在这部作品中，对他心目中“诗人传记”的创作进行了尝试，然而遗憾的是，至今为止似乎没有哪一部泰戈尔的他传有可能遵循他的这一创作方向。

在这三部自传之外，还需要提到一部不是自传的“自传”——《罗宾德罗纳特·泰戈尔：作品中，我的生活》。称其为“自传”是因为从这部传记的书名来看，这似乎是一部自传；但说它不是自传，是因为该书实际上是由乌玛·达斯·古普多选编而成。编者自己在前言中曾说到，该书责任编辑的原意是想让她写作一本泰戈尔的自传，然而在她看来，创作一本别人的自传是件让人畏惧的工作，同时泰戈尔自己对现实生活中具体时间的忽视也使得这件工作更加困难。因此，她选择了选编这样一本关于泰戈尔的“自传”作品，书中涉及的很大一部分材料来自于泰戈尔自己用英文写作的散文和信件，较少引用诗歌，同时还有一小部分资料来自于泰戈尔的孟加拉语作品，由编者自己翻译而成。古普多将全书分为了两部分，第一部分为“我的生活”，是以时间为序、以泰戈尔生命中的主要事件为基础编纂而成；第二部分为“我的思想”，关于这一部分的选编，编者自称“对其思想主题的选择以贴近他（泰戈尔）的心为基础”。[①] 虽然这部“自传”仍然免不了以时间为顺序来追叙泰戈尔生活的历史，但让人稍感欣慰的是，它在第二部分的编排与泰戈尔关于“诗人的传记”的观点，是有相近之处的。

通过这三部自传以及一部看似自传的他传的论析，我们可以看到，对于“诗人的传记”，泰戈尔强调的是要表现“诗人的真实”，而这种真实往往与诗人的日常生活是具有一定距离的。在《回忆录》开篇，他就明确提出生活的回忆不等于生活的历史，在他进行自传写作的时候，他是将他的记忆作为文学材料提供出来。这或许可以为我们解释，为什么对于他传作者来说，在生活细节这一点上，泰戈尔本人并不是最可靠的信息来源。对于泰戈尔来说，生活的细节与他作为诗人的自我并没有直接关系，我们也许可以认为，泰戈尔自己并不关心和在意这些细节。相对于一直流动、从不间断的生活之流，记忆（泰戈尔将之称为图画）是一个一个的片断，是一种碎片，他的记忆就是这些图画的拼贴，他在这些拼贴起来的片断或曰碎片中辨认出自己作为“诗人”的形象。日常生活中的诗人并不是真正的诗人，真正的诗人隐藏在文字与其他艺术表达形式的背后，需要我们去寻找和发现。

二、他传：在事实与真理之间寻找真实

在简析过他的自传之后，我们将以泰戈尔对于“诗人的传记”的观点为参照，来

① Uma Das Gupta：(selected and edited with an introduction), *Rabindranath Tagore*：*My Life in My Words*, Penguin Viking, 2006, p. xvii.

对用孟加拉语和英语写作并出版的几部泰戈尔他传进行一些分析和评论。首先来看的是用孟加拉语创作的传记。

前文提到的博罗帕德·古玛尔·穆克巴塔耶，后来成为国际大学的一名图书管理员，他是泰戈尔传记的先锋。菩塔代沃·巴苏(Buddhadev Bose)——后来的孟加拉文学领军人物——曾写到博罗帕德·古玛尔做了一件了不起的工作，但尽管他尽了最大的努力来揭示既有优点也有缺点的泰戈尔，他也无法忘记那时泰戈尔作为偶像的形象。然而值得肯定的是，尽管泰戈尔自己并不满意，但博罗帕德的这部作品仍是在试图探寻"诗人的真实"方面做出的有益尝试，他在他的《罗宾德罗传记(4 卷本)》中试图沿着泰戈尔生活情境变化的轨迹建构一位诗人的生命发展。

很长时间之后，博罗善多·古玛尔·巴尔注意到在博罗帕德·古玛尔的作品中存在一些前后不一之处。据博罗善多·古玛尔·巴尔说，许多事件如果参考泰戈尔自己的话来看，甚至连信息都有误。这意味着，正如本文曾提到过的，对于撰写一本关于泰戈尔的现代式的资料性传记来说，泰戈尔自己并不是一个可靠的信息来源。在传记资料方面，巴尔的做法是惯于通过资料间的相互参考比照来修正信息，他希望根据这些经过了考证的资料写成一部资料最为丰富的泰戈尔传记。经过十年的不断努力，巴尔于 1982 年出版了他的大作《罗宾传记》，至今已有 9 卷出版，但还只涉及泰戈尔生活的前 55 年。不幸的是，博罗善多·古玛尔现在沉疴在身。我们无法预知这部最为可靠的传记的将来。现在，这部作品已得到了广泛的接受，被当做撰写现代传记的模本。巴尔主要强调对比参照来自泰戈尔的同事、书信、报纸以及关于泰戈尔的地主身份的官方资料等多方的信息。幸运的是有充足的与泰戈尔有关的书面记录。巴尔试图将这些素材客观化。例如——本文谨在此引用一个事例来说明他的行事风格——《瀑布的觉醒》是泰戈尔十分重要的一首诗歌，因为从此开始他从自我的黑暗的包围和第一次青春期的苦恼中来到了宇宙的欢乐之光中。一个明媚的早晨，当泰戈尔漫步在他哥哥租来的位于加尔各答浴苏达尔大街的房子的屋顶上时，年轻的泰戈尔见到了"神"并觉醒了。这首诗是降临在他身上的一道光芒，也是那种独特的情感的自发的显现。泰戈尔在那之后，甚至在他真正成熟了之后曾多次回忆了那一天。那件事无疑是发生在孟历 1289 年，但究竟是在哪个月呢？

博罗帕德·古玛尔写到那是在阿斯拉月(仲秋)，诗人经历了那次"神显"。然而博罗善多·古玛尔反驳了他，并写到那应当是发生在夏天(早于秋天)的事情，因为泰戈尔家族的现金帐簿暗示了泰戈尔的哥哥(乔迪德罗纳特)在那年的秋天之前已经离开了那所租来的宅子。在秋天没有租房费用的记录！

这是一个很小的例子。他的著作由于成千上万的参考资料而显得珍贵，一个人不可能轻而易举地一下子读完其中的哪怕一册。然而如果说它对于一位泰戈尔研究学者来说是不可缺少的，那么同时，如果泰戈尔在他的有生之年读到这部书，也许他并不会高兴！巴尔的著作在审美方面造诣平平，对实际的泰戈尔研究却十分珍贵，其中密集地包含了几乎是每一天的所作所为，因而强调"诗人传记"应当表现诗人的真实的泰戈尔，未必会对这部卷帙浩繁的作品感到由衷的满意。

在这两部孟加拉语作品之后，现在本文将讨论两部英语的泰戈尔传记作品。这里我们将主要关注两部英文的“完整”的传记。一部是由克里希纳·克里巴拉尼创作的《罗宾德罗纳特·泰戈尔传记》，另一部是由克里希纳·杜铎和安德鲁·罗宾逊合著的《罗宾德罗纳特·泰戈尔：思想丰富的人》。

克里巴拉尼的著作在其明晰的散文风格和具有审美感的体系结构方面无可匹敌。克里巴拉尼（他是泰戈尔的孙女婿）以泰戈尔文学进程的演化为着眼点，划分了章节，并配以恰当的标题。全书并不是由泰戈尔生活的日常材料组成，甚至在获得诺贝尔奖(1913)前后泰戈尔在欧洲旅游期间所发生的事在书中也十分简短，为了维持他的结构，克里拉巴尼有时不得不忽略时间的自然顺序。也许，他受到了莫希德·钱德拉·森(Mohit Chandra Sen)（泰戈尔孟加拉语诗歌早期诗集的编辑）与博罗帕德·古玛尔·穆克巴塔耶的影响。这种方法致力于在日常生活之外，延伸进入泰戈尔的“诗人的自我”。这也或许可以解释，为什么在获得诺贝尔文学奖之后的时期里，泰戈尔与罗森斯坦的冷淡的关系在克里拉巴尼的书中彻底被忽略了。因此，以泰戈尔自己的传记观来看，克里巴拉尼的这部作品可算是英语他传中与“诗人的真实”较为相符的一部作品。

杜铎和罗宾逊合著的《思想丰富的人》的价值在于足以使人了解诗人数次欧洲和美国之行的细节，在书中我们可以看到关于泰戈尔的一种来自西方的观点。“思想丰富的人”于1940年首次被牛津大学使用，其时他们代表学校授予泰戈尔荣誉文学博士头衔。杜铎和罗宾逊（美国）将这个短语与诗人的多方面的天赋结合了起来。作者在前言中阐明了他们的观点：“一部泰戈尔的传记必须考虑到泰戈尔的声誉和由此衍生的各方各面……我们关注的根本是人，而不是全部作品。”因此，它似乎是一次努力接近“诗人的真实”的尝试。作为读者，我们应当对作者的艰苦劳动持有谢意。然而坦白地说，他们所采用的方法论往往是不完善的，有时甚至在一些语句中存在着“直线结论”的情况，甚至有时某些方面的结论来自于一种错误的预设。这便使得这次努力的尝试最后并没有给我们带来预期的效果。

一些批评家常会犯的大错在于采用一些明显与泰戈尔生活有偏差的“事实”，并使用这些材料组成一个与之相称的“故事”，卢卡斯(Lukācs)不能理解泰戈尔爱国主义观的要点。在得出一个结论之前，一位批评家应当沿着印度观念变化的轨迹总结观察某一观点中变动的因素。然而杜铎与罗宾逊也犯了同样的错误！因此他们允许自己毫无顾忌地使用一个括号来评论，说泰戈尔在1905年（在反对分裂孟加拉的运动中）为民族运动筹集了一笔60000卢比的款额以成为一个“爱国者”！（见该书第320页）。如果作者对泰戈尔的爱国思想有足够的了解和认识，他们是不会如此写作的。

杜铎和罗宾逊过多地依赖了萨蒂亚吉特·拉伊(Satyajit Ray)和尼罗德·C.查特伊(Nirad C. Choudhari)的观点。如果他们继承了一位像桑卡·高斯(Sanka Ghosh)这样的泰戈尔学者的话，他们将做得比现在更好。

有时作者在某些方面努力反驳克里巴拉尼，然而这些反驳并不总是让人信服。比如，让人惊讶的一点是，他们在书中有一个结论，即他们认为对他染病的妻子来说泰戈尔并不是一位关心人的丈夫，由此他们将克里拉巴尼评为“神圣的传记作者”，认为克里拉巴尼对泰戈尔给予了过分的赞誉和美化。（见该书 137 页）。如果作者们曾经读过泰戈尔写给古尔贾伯哈希·高斯的信，后者是早期圣地尼克坦学校的主管，他们或许就不会这么认为。类似的这种对事实的违背如此之多，以致于有时足以使人激怒！他们在哪里发现泰戈尔因为妮维蒂朵[①](Sister Nivedita)“狭隘的思想”而不高兴？或者妮维蒂朵为泰戈尔的故事《戈拉》而“生气”？事实是泰戈尔应妮维蒂朵的要求将这部小说悲剧性的结尾修改为喜剧的。（见该书 154 页）。类似的，“他（泰戈尔）自己的关于印度精神的观念与《新约》有着十分密切的关系。”（该书 169 页）也是一个证据不足的论述。

纵观这部书，尽管它有很大的可能性，但杜铎、罗宾逊的这本书并没能再现泰戈尔固有的“丰富的思想”。泰戈尔自身或许不在意生活的细节，对自己生活中曾发生的许多具体事件也未曾给予解释（也许在他看来解释并不是必须的），但对传记作者来说，如果希望用事实或细节来说明某个问题，那么就应当进行客观而具体考证。如果呈现“诗人的真实”是困难的，那么我们可以做的是展现尽可能丰富的“事实”，将“真实”留待读者去发现。

最后，以泰戈尔的长子罗廷德罗纳特关于写作泰戈尔传记的观点来结束本文或许是恰当的，罗廷德罗纳特写到：“不管多么辛勤地写就，没有一部传记可以为一个像他这样复杂的人描绘出一幅恰如其分的图画。”[②]因此，我们仍在期待在将来能出现一部完整的传记——将“事实”与“真理”完美地交织在一起，为读者呈献出属于诗人的真实。

---

① 妮维蒂朵修女(Sister Nivedita)，原名玛格丽特·诺贝尔(Margaret Nobel)，爱尔兰人，后信仰印度教，曾与辨喜共事。泰戈尔以她为原型创作了长篇小说《戈拉》。

② Rathindranath Tagore: *On the Edges of Time*, Visva-Bharati, 2003(Reprinted), p. 160.

介南德尔·古马尔小说中的“自我镜像”

——以《十束光》为个案的分析

一、介南德尔其人其作

在印度现代文学史上，介南德尔·古马尔(Jainendra Kumar，1905—1988)无疑是一位非常重要的小说家。印度文学界认为他是普列姆昌德之后印地语文学史上最重要和最杰出的小说家，是“印度现代第一流的小说家之一”，①“印度现代文学史上第一位具有现代意义的小说家”②。他的作品多次获得印度国家大奖，被译成日、德、中、英等多国文字。介南德尔还以思想家、哲学家、学者和社会改良家等多重身份享誉印度。

1905年1月2日，介南德尔出生于印度北方邦阿里格尔地区一个叫高地亚格杰的小乡村，一个信仰耆那教的中产阶级家庭。2岁时，他的父亲离开了人世。他由舅舅培养成人，直至15岁才回到母亲的身边。介南德尔在舅舅创办的私塾里接受了7年的早期教育。1918年，私塾停办。1919年，14岁的他奇迹般地通过大学入学考试，被著名的贝拿勒斯印度教大学录取。1921年，在母亲和舅舅的影响下，一向孤僻、不过问政治时事的他也响应甘地倡导的不合作运动的号召，放弃学业，投入到印度民族独立运动中。1921年曾参加国大党的一些活动，1923年和舅舅一起为不合作运动做新闻报道工作，为此被捕入狱3个月。1927年介南德尔和舅舅一起到克什米尔徒步旅行。1930年在舅舅和母亲的鼓励下，他参加了民族独立运动的暴力组织，并再次被捕入狱。1932年在朋友的影响下，介南德尔成为国大党的一名志愿服务者，由于他的组织能力，他被甘地任命为民族运动青年组织的一名领导成员。

虽然投身于激烈的独立斗争，但他的内心总是处于困惑和迷惘中。他生性多愁善感，内向羞怯，喜爱沉思和特立独行，面对激烈的独立运动，尤其是党内成员之间争权夺利的斗争，他的内心十分痛苦，对当时通过武装斗争争取独立的激进斗争方式产生怀疑，并对组织者产生不满和反感，常被厌倦和疲惫的情绪包围。1932年，他接受了甘地不同于印度无政府主义武装暴动的新的斗争路线，即非暴力、坚持真理、宽容、仁爱、不合作的斗争方式。此后，他虽然离开了印度民族独立运动的组织，不再参加任何形式的独立活动，但他的内心并没有脱离印度的现实生活，他

---

① S. P. Sen: *History of Modern Indian Literature*, Calcutta: Institute of Historical Studies, 1975, p. 88.

② Mohan Lal: *Encyclopaedia of Indian Literature*, Volume V, New Delhi: Sahitya Akademi 1992, p. 1788.

认为一个思想家的思想更有威力。社会和生活中的问题可以在作家的笔下得到反映，作家运用手中的笔可以反映出自己对世界的认识、感受和体验，作家的笔可以唤醒并启迪人们的精神意识，艺术和道德的作用和目的是相同的，都是为了净化世人的感情、爱好和思想，作家的思想可以激起人们更大的热情和希望。介南德尔早期作品中激进主义者形象所有的精神困惑和人生迷惘是介南德尔这一时期自身生活经历和思想感情的真实写照。

脱离民族独立运动后的介南德尔不仅失业了，而且也陷入精神痛苦的深渊。这一段时间他的思想十分矛盾。由于精神的迷惘和失落，再加上生活没有着落，深受自卑情绪困扰的他，多次想到自杀。为了摆脱生活无着、情绪低迷的痛苦，介南德尔一头钻入图书馆，在书的海洋中寻找安慰。在《我的迷惘》一书中他写道："我依然记得，我在德里的大街上流浪，除了家无处可去，所有的一切对我而言都是陌生的。每天一出家门，我直奔图书馆，图书馆关门时再回到家中。这就是当时我每天的工作。"[①]在图书馆，他阅读了大量的书籍，希望在书籍中找到自己的精神支柱和民族的出路。他尤其喜欢阅读有关宗教和文学的书籍，当时他最喜欢的作家有泰戈尔、萨拉特、陀斯妥耶夫斯基、托尔斯泰、高尔基，普列姆昌德等，同时还通读了甘地的著作，大量阅读有关印度传统和现代哲学的书籍，并有意识地接触西方哲学、心理学、宗教等方面的书籍，如现代精神分析理论、格式塔心理学、存在主义哲学等。

在图书馆读书时，他边读书，边思考，认真作笔记，同时开始练习写作。很明显，介南德尔是因为无业的痛苦和精神的迷惘才开始他的写作生涯的，而写作是当时他打发无聊和寂寞时光的一个重要手段。一位德国文学评论家曾问及他成为一位深受读者欢迎的作家的秘密，他答道："一切都是神的意愿。我从没想过成为一位作家，甚至在梦中也没有想过我会成为一位作家。我本来有别的理想，比如找一份工作——但一无所获。成为一位作家，这不是我的过错，而是冥冥中神灵之手操纵的结果。"[②]在回答一位印度学者相同的问题时，介南德尔的回答是："面对缥缈的天空，茫茫的人海，流逝的时间，我的心里涌起一股莫名的恐惧，心灵陷于空落的迷惘中。我必须寻找冲出这片精神沙漠的途径，这时我拿起了笔，没有梦想当做家，没有希望所写的能出版，只是为了每天精神的充实和灵魂的愉悦。是神的启示和恩典指引我找到了写作的道路。"[③]他的小说出版后十分成功，深受欢迎，这一切终于使介南德尔找到了让自己的心灵自由呼吸的途径。从此，他开始了自由撰稿人或曰"写作人"的人生，直至1988年逝世。

1956年介南德尔曾应邀来我国参加鲁迅先生逝世20周年的纪念会。1960年作为印度作家代表团成员，参加了在威尼斯举办的托尔斯泰逝世50周年的研讨会。介南德尔还多次出国访问，到过日本、德国、前苏联、捷克斯洛伐克等国。他的

---

① ［印］介南德尔：《我的迷惘》，印度帕勒沃德耶出版社，1988年，第1页。

② ［德］罗瑟·罗特哲：《殖民后的印度印地语创作》，马诺哈·拉玛斯出版社，1985年，第119页。

③ 《我的迷惘》，第5页。

代表作《辞职》被译成日、德、中、英等多国文字。他多次获得国家大奖，1929 年，《考验》获印度政府颁发的最高文学奖——印度文学院文学大奖，1932 年获印度斯坦文学奖，1968 长篇小说《自由的安慰》再次获印度文学院文学大奖，他是印度现当代两度获此殊荣的少数作家之一。1979 年他入选为印度文学院的终身高级研究员，同年被选为联合国的印度代表。1982 年由于独具特色的翻译技巧，再获 10 万卢比的翻译奖金，并获印度政府颁发的莲花勋章。

二、"女性问题作家"

作为以心理分析为主、以社会分析为辅的印度现代文学史上社会心理分析小说的开创者，介南德尔小说创作最为成功之处在于塑造了一系列被公认为较为典型的时代女性或曰"新女性"形象，再现了印度现代女性，尤其是知识女性的精神变动。他特别关注她们深受印度传统观念束缚和制约的命运，努力再现她们自身女性意识觉醒的艰难历程。作为"觉醒"了的男性作家，介南德尔被称为是"女性问题作家"①。结合作者本人的人生阅历及其在印度社会变革浪潮中起伏的复杂情感，可以发现他的写作是一种改良印度社会的策略，也是他自我呈现的一个手段，正如有学者所指出的："他的女性形象是他自我的一个写照，包含着自传的成分。"②他自己也说过："有人反感于我小说中的女性形象远比男性形象生动，实际上不如说女性形象更贴近我的心灵真实。她们是我心路历程的写照。"③

每一个作家都有自己的创作目的，每个作家都有自己的写作动机和写作策略。而从男性作家笔下的女性形象中，读者可以读出男性作家对女性的想象和对女性的价值判断，与此同时，男性作家也以女性形象为面具隐蔽地传达出男性作家对自我、对社会等的确认、反思和期望。介南德尔亦然。他通过创作表现自己的人生哲学、社会思想、宗教观念乃至伦理见解，并通过创作促进社会的进步，以求人们伦理道德观念的完善。作为一位生活在动荡时代的作家，他的创作主张和创作实践受到一些批评家的指责，认为他的创作过于执著于对人的内心世界的描写，而不关注火热的社会生活，这是一种逃避社会职责的行为。事实上，他的作品是从一个崭新的角度来关注社会和人类生活，这表现在他在作品中极力主张新的社会伦理道德观念、新的社会理想、新的爱情婚姻形态，强调社会中男女两性的互相理解，主张爱情和婚姻的自由，鼓励女性追求真正的爱情、享受爱情、提高婚姻的质量，批判印度传统社会中残留的封建积习，尤其是男尊女卑的男权思想，要求消解社会传统道德观念对女性心灵的束缚，他的作品是对印度传统道德观念的激烈冲击和积极解构。他指出，印度社会在追求国家独立的同时，更要关注人的心灵的自由，尤其是女性的解放。他认为社会在发展物质文明的过程中，更要注意疗救人的心灵。这些观

---

① ［印］吉攸迪夏·觉西：《介南德尔的伦理道德思想》，德里帕勒沃德耶出版社，1998 年，第 102 页。

② ［印］尼勒玛拉萨尔玛：《萨尔特和介南德尔小说艺术比较》，德里帕沃纳出版社，1992 年，第 234 页。

③ 《我的迷惘》，第 181 页。

点表现了作家深沉的社会责任感，强烈的改良主义倾向及反叛传统的精神。他的这种反叛精神表现在文学创作上，就是对以普列姆昌德为代表的现实主义小说模式的突破，他的创作开启了印度印地语现代小说关注人的心灵的新历史。

介南德尔的创作是自我形象的呈现，更是他对人类心灵魅力的揭示和歌咏。在对人性的探索中，他证明人性的魅力在于人类心灵世界的丰富多彩，情感世界的变幻莫测，他认为在我们生存的苦难的世界里，爱情和自由是使世界充满阳光的途径。在他看来，女性是世界的创造者和维护者，但在印度社会中女性的苦难却最为深重，她们的身心受到令人不可思议的折磨，心灵的桎梏难以摆脱。在传统的社会观念下，印度绝大多数女性得不到爱情，得不到自我的解放，人生价值也得不到实现，常常被视为"物"一般的存在。他的创作不仅深刻地揭示出印度女性的生存境遇，而且他还进一步认为印度社会的解放首先寄希望于印度妇女的解放，只有释放她们内心蕴藏的潜力，才是印度社会进步的关键。介南德尔在自己的创作中以女性为中心，以爱情和婚姻为支点深刻地揭示印度现代女性的生存状态，反映她们内心追求自由、自强、自主、自尊的心声，同时也深刻地指出爱情和婚姻的不和谐将会造成的社会危害并危及民众的心理健康。他为印度女性的生存权利和自由选择爱情的权利呐喊，勇敢地发表自己关于女性和婚姻的观点：女性首先是人，其次才是女人。婚姻是神圣的契约，是爱情的最终归宿，它的根基是两性情欲契合的爱情。[①] 他希望恢复女性做人的权利，同时也指出女性本身不能丧失女性不同于男性的特质。他认为一方面要批判印度传统观念对女性的种种束缚，另一方面也希望女性继承传统印度女性的优良品质。他认为女性解放的一个重要途径是参与社会活动，走入社会，拥有自己的社会生活，不要成为家庭狭窄圈子的"囚徒"。只有这样，印度现代女性才能得到真正的自我和做人的尊严。

介南德尔的小说特别关注并表现女性的生存本相，作者试图表现根深蒂固的印度社会父权意识下的女性生命力和创造力，力图确立女性独立的人格和价值观，希望以此帮助印度的现代女性摆脱男性中心的阴影，从被父权制放逐的传统边缘位置逐步走向中心地位，以求自己把握自己的命运，实现自己作为人的真正价值。他的代表作《十束光》采用男女两性的双重视角，体现他以呈现"自我镜像"为旨归的写作策略。这部小说虽然以女性视角为主，但暗含作者的自我形象和男性潜意识欲望，该小说采用第一人称叙事和编年形式写作，既具有自传体小说的特征，又带有文学虚构和诗意的审美特征。作者对女性理想的向往，既突出女性自我寻求拯救的心灵体验，又不失作家本人对女性的审视、批判态度。介南德尔的小说创作是作者自我呈现的手段，也是他改良社会的一个策略，创作既表现了他的人生哲学、社会思想、宗教观念乃至伦理见解，又呈现了自我的真实想法。他希望通过文学创作促进印度社会的进步，以求印度社会伦理道德观念的进一步完善。[②] 美国

---

① ［印］介南德尔·古马尔：《爱和婚姻》，德里帕勒沃德耶出版社，1992年，第25页。

② 参阅魏丽明：《试论介南德尔小说中的女性意识》，《东方文学研究集刊》第1辑，湖南文艺出版社，2003年，第369—397页。

当代文学批评家弗雷克·詹姆逊认为,第三世界的文学,“甚至那些看起来好像是关于个人利比多趋力的文本,总是以民族寓言的形式来投身一种政治:关于个人命运的故事包含着第三世界的大众文化和社会受到冲击的寓言”①。以介南德尔最有代表作性的小说《十束光》(1985)结合作者的人生历程和思想发展进行分析,把作品放在印度的社会背景下进行解读,我们可以发现作品更多的阐释空间。

三、《十束光》:“自我的镜像”

《十束光》是作者晚年最后一部具有集大成意义的作品,也是他所有创作中篇幅最长的一部小说,这篇小说作者构思了整整 25 年,创作时间跨度为 6 年。作者自己承认他的这部小说不是为了反映现实,小说的情节虽然是虚构的,但也不是为了讲述故事而创作,而是他对自我的反思,可谓是作者自己一生思考的结晶。作者利用小说这种艺术形式集中地表达了自己对社会、宗教、道德伦理、婚姻和爱情等问题的思考。在介南德尔的每部小说中,他都对印度社会根深蒂固的传统观念发出冲击,他绝大多数小说中的女主人公都经历过这样一个历程:在否决婚姻的决绝中离家出走,经历社会磨难、爱情失败、革命浪潮等的碰撞后又回归家庭,这种过程是一个艰难的螺旋式上升的循环过程。这种情节模式在《十束光》中再度出现,但这部小说带有更浓厚的哲理意味,被印度学者认为是一部有宗教意味的哲理小说。小说中主人公拉吉娜和丈夫结婚 7 年。夫妻之间长期没有精神交流,妻子出身名门,受过良好的教育。丈夫自卑怯懦,疑窦丛丛,总是把自己的愿望强加给妻子,试图按自己的理想塑造妻子,仅仅因为妻子没能及时送上茶水的小事他都疑神疑鬼,甚至勃然大怒,要把妻子赶出家门。出于对家庭生活的失望,加上丈夫的逼迫,使得她离开家庭走入社会。经过痛苦而深沉的思考,她毅然决然地选择了令世人惊诧的方式去改造世界,做了一个和社会各阶层的人物有广泛联系和接触的“妓女”。她不是一般意义上的妓女,她并非由于生活所迫而从事为社会所不齿的“工作”。做妓女是她选择的改造社会的一个“试验”手段,因为她想在社会广阔的背景下进行人生实践。她有自己的宅第,生活优裕,仆从如云,有助手、电话及所有来客的档案资料。她针对不同的来访者采用不同的方式去慰藉他(她)们,她忍受人们的羞辱,并用自己的“理论”和主张去感化他们。和她来往的人物形形色色,来自不同的阶层:走私犯、耆那教精神导师、商人、新闻记者、部长、外国友人、妓女、良家妇女、社会改革家、杀人犯、革命者、归国者……他们的需求不同,来访的目的不同,但都能在拉吉娜这里得到启迪和慰藉。拉吉娜坚信自己“爱”和“非暴力”的信念,想用自己的“奉献”精神去改造社会,感化有心理障碍的人,实现自己的社会价值。她把自己的钱财捐献给穷人,她常常拜访宗教领袖寻求精神的知音。她渴望自我的自由、灵魂的解脱,把当“妓女”作为一种修苦行的手段,去实现自己精神的“升华”和人生的意义。她的职业是妓女,但她却坚持阅读书籍,每天定时拜读印度宗

① 张京媛主编:《新历史主义与文学批评》,北京大学出版社,1993 年,第 235 页。

教经典《薄迦梵歌》,定期膜拜神灵,施舍钱财。因为她相信灵与肉是分离的,自认为是个灵魂“圣洁”的女性,是带着“十束光”的神女。在作者的眼里拉吉娜是有神性的,她具有印度神话中文艺女神和迦利女神的双重属性。[①] 印度评论家也认为:“拉吉娜是一个被赋予了神性的人物,她带着作者赋予的神光,如探照灯般给黑暗的世界以光明”。[②]

小说《十束光》的命题具有深刻的象征寓意。“十束光”是介南德尔别出心裁独创的一个新词,这个词可以有多重的解读。印地语原文由“十”和“太阳光芒”组成,意思即“十束光”,作者的寓意是要给黑暗的社会以强烈的光芒,照亮社会的各个角落,以引起疗救者的注意。印度独立后将印地语定为国语,但印地语并没有英语流行,印地语本身深受英语的影响,据统计,当代印地语词汇中有4000多个词汇源自英语。如果从英文的读音看,介南德尔创造的印地语“十束光”是英语“The Shark”(鲨鱼)的音译,隐喻女主人公所从事的职业带有鲨鱼般的危害,她是鲨鱼的下凡和转世。设想社会芸芸众生如鱼类求生存于海洋,妓女闯入社会如鲨鱼闯入鱼群,定会令社会产生恐慌,搅乱社会的稳定秩序,动摇社会道德伦理的根基。女主人公的名字也富于象征意义,拉吉娜一词本身就有光彩之意,和书名遥相呼应。也体现了现代印度女性追求个人本位的主体精神。她的形象蕴含着一定的“寓言性”,作者通过她在性道德观念上强烈的反传统倾向和过激的言行,把她化为“人格独立”、“意志自由”的象征,作者在女主人公人生的特定阶段——离家独立生活的时期,力图抽掉女主人公身上的“妻性”、“母性”和“女性”,进而赋予她以“神性”,并希望借助这样的神话般的女性去拯救社会和世界。

鲁迅曾写过一文《娜拉走后怎样》,有的学者谓之为“易卜生”命题。鲁迅的答案是“堕落、回来、饿死”三条路。有趣的是,拉吉娜的人生之路有两条被鲁迅先生言中,但都已不是鲁迅先生所说的本意,已是印度版本的现代新阐释。拉吉娜做妓女并非为生活所迫,而是一种自觉的选择。她要用这种方式去改造社会,实现自己的理想主张。她信奉神灵,每日膜拜,坚持阅读宗教圣典,以实现灵魂的升华。她用“博爱”的方式,把自己奉献给社会。她施舍、捐赠,用一种极端的方式疗救社会。她和社会各阶层的人物周旋,以自己特有的方式去理解人、同情人、感化人。她凭借敏锐的感觉,直观地洞察人们不同的心理需求,对症下药地给予他们所缺少的同情、理解和爱抚,并在这种“游戏”中享受“自由”的乐趣,得到一种“灵魂的愉悦”。这部小说表现了作者关于灵与肉的一种新设想,他超越社会、道德、伦理等层次,做一种纯精神的唯心的想象——为了灵魂的圣洁、自我的解救、社会的完美,可以不惜冲破陈旧的道德伦理规范的束缚。很明显,结合印度当代社会的现实来看,介南德尔的这种理想是虚幻的、唯心的、非理性的,但明显具有“反传统、反社会、反道德”的倾向。

---

① Jeinendra Kumar: *The Shark*, Delhi: Purvodaya Press, 1985, p. 165. 印度文艺女神即智慧女神;迦利女神即降魔女神。

② [印]帕杰·辛赫:《小说家介南德尔》,德里哈里亚纳文学研究院,1993年,第108页。

在小说《十束光》中，作者通过主人公拉吉娜的形象，理性而深刻地表现了自己对社会诸多问题的认识，肆意点评印度社会的是是非非。换言之，作者通过作品中拉吉娜“寻找第二个自我”的情节作为自己话语的载体来展现自己的思想意识。介南德尔通过作品展现印度社会的种种弊端，表明自己改革当时印度社会的强烈愿望。拉吉娜是作者精心塑造的具有普遍意义的现代神话似的人物，她接受历史教育和社会改造的同时，也成为作者想象中的自觉地推动历史前进的动力。作为时代的新女性，她以自己的智慧和果决，闯过了当时横亘在女性面前的层层关卡，如“家庭关”、“生存观”和“社会关”，成为改革社会的斗士或勇士。她从家庭出走最终回归家庭的螺旋式上升的选择，可以理解为挣脱了男权控制后的一次解放，她重新确立了自己在家庭中的主人身份和在社会中的主体身份，从而间接地否认了男性专制的权威，否定了男权文化对于女性的定义、解释及命名。作者从印度现代社会的视角，为读者认识女性关照社会和寻找自我的历史提供了一个新的视点，为女性读者理解自己、解释自己及表达自己提供了一个崭新的思路。

借用拉康的“镜像”理论[①]，从女性的立场看，拉吉娜实际上是介南德尔从自我的性别立场出发而塑造出来的，是作者的一个自我“镜像”，表达了他自己对印度现代女性的性别期待和性别想象的虚假的女性镜像。作者借助这个并不真实的女性形象阐释自己对印度现代女性的价值判断，也想通过她的回归家庭对印度现代女性进行诱导和规范。如果印度现代女性借助这个人物形象来反思自我，更可能使自己的生存真相、自我的生命需求和自我的生命逻辑感受到压力，以作者塑造的镜中假象为标准重新规范自己、诉说自己，再一次成为男性作家期待和理想中的女性，臣服于男性界定出来的女性意识，从而压制自己的真实愿望。印度有学者认为，印度文学作品处处隐含着女性审视世界的视角，永远涌动着女性对永恒情感的追求[②]，但印度印地语文学作品中凸显的女性视角和女性形象的情感表白多是经由男性作家的叙述和描写。翻阅国内出版的印度印地语文学史，截至印度独立，文学史上提到的女作家只有一位，即女诗人米拉巴依。[③] 印度妇女被剥夺话语权的历史在文学史中得到真实而具体的证实。而印度男性作家笔下女性形象的真实性和虚假性在介南德尔笔下也可略见一斑。

回顾介南德尔所走过的创作之路，可以得知他走向文学之路的缘由。他曾经

① 拉康的“镜像”概念。“拉康指出……幼儿在镜中看到了自己，更确切地说，镜中的映像助成了幼儿心理中的‘自我’的形成……然而，这个自我的形成及其内容远不如人们想象的那么可靠和直接。从幼儿的镜子阶段就可以看到，幼儿认为是其自我的，只是一块无一物的平面上的一个虚像。人的自我形成的第一步就是建立在这样一个虚妄的基础上的，在以后的自我发展中自我也不会有更牢靠更真实的根据。”褚孝泉：《拉康选集·编者前言》，上海三联出版社，2001年，第7页。本论文借用拉康的“镜像”概念时意思有所转换。本文认为女性从自身生命逻辑、生命欲求和主体性需求中确认的自我认识和追求是真实合理的，而男性作家从男性立场虚构出来的满足男性性别想象和性别期待的女性人物形象是虚假的“镜像”，是虚幻而不真实的，是对女性主体意识形成挤压的的外部力量。

② See Lajina Alegete: *Rereading on Sur Yakant Tripsthi Nirala's poets: female theme*, New Delhi: *Indian Modern Lliterature* ,99(2002):211—216.

③ 参阅刘安武：《印度印地语文学史》，人民文学出版社，1987年。

积极参加印度民族独立运动，为印度激进的民族独立组织做过宣传工作。但由于对当时独立运动抱有悲观失望的情绪，他对运动前景的信心有一定程度的幻灭感，他从社会革命运动的大风大浪中引退至书斋写小说。他的小说带有鲜明的时代性，他笔下的女性成为时代性的“符号”，作者是借用小说抒发自己内心精神的寂寞，摆脱苦闷情绪的包围。他在作品中所创造的自主型女性形象反映了他在平等的人的意义上对女性生命逻辑的细心体察和理解，其中也明显地寄托了他对自我多重的心理需求，是他自我形象的一个呈现。这些心理需求，一方面反映了作为男性作家的介南德尔对女性的欲望；一方面也是介南德尔自我呈现的一个策略，即男性作家把自我人格的一个侧面转化为女性，以求更为自由和隐蔽地书写自己的情感世界。借助小说的虚构特点，介南德尔把自己的人生历程和思考结晶转化为女性形象的内在精神发展历程，小说中主人公外在的发展历程其实记录了作者内在的自我呈现和自我完善的心路历程，作品中人物的各种体验其实是作者自我反思和自省的形象再现。介南德尔借助女性形象对自己的人生体验加以历史事实的内在化和精神化，对印度社会现实加以理想化和诗意化，并提升到宗教和哲理的层面，正因为如此，与他同时代的著名作家耶谢巴尔也认为这部小说是一部“以作者的自我为基础的个性哲学小说”、“个人主义小说”。[①]

介南德尔在自己的创作中，留下了自己思想发展的影子。他曾积极投身于激烈的印度独立运动，但对于独立运动，介南德尔的内心也有诸多的困惑和迷惘，有时甚至产生厌倦和疲惫的情绪，他的创作也是缘于脱离印度民族独立运动后的精神的迷惘。他最终接受了甘地的非暴力斗争路线，用自己的文笔阐明甘地的思想，并坚信可以以此实现甘地的理想。正如有的学者所认为的，“总有一天有节制的艺术自由会逐渐被视为最高的道德；艺术创作和欣赏将被视为最理性的活动，但是到那时，艺术将包括生活的艺术，而在这样的社会里，政治家将成为主要的艺术家”[②]。《十束光》提示读者，印度的现代社会建设不仅仅是物质建设，土木工程建设，更重要的是旷日持久的人心工程的建设，社会对女性生存质量的关注，对新的婚姻和道德观念的培养更应是社会发展的要义。

介南德尔早期作品中激进主义者形象所有的精神困惑和人生迷惘是介南德尔这一时期自身生活经历和思想感情的真实写照。他对束缚女性命运的社会及造成女性不幸命运的传统规范产生了怀疑，开始反思一切存在的合理性，产生和现实抗争的念头，并希望通过自己的创作设想一个更加理想、更符合人性、更加自由的社会形态。介南德尔在《十束光》中并没有完全展现女主人公完整的故事，只是截取她人生的一段思想成长史，借以探究在社会的历史变动和革命时期，个人与历史、与社会的关系和意义。她的思想和行为都受到作者的明显控制，作者把她看作改革社会的斗士的象征，或是社会变动的晴雨表，想借此指引印度现实社会的发展新方向。拉吉娜的思想和行为分明烙有介南德尔一己和男性群体的集体想象的痕

---

① ［印］耶谢巴尔：《介南德尔和他的文学》，印度格勒特尼格登出版社，1998 年，第 36 页。

② ［美］欧文·埃德曼：《艺术与人》（任和译），北京：工人出版社，1988 年，第 3 页。

迹,她源自介南德尔所代表的男性人物或男性的视觉、听觉和感觉系统。这其中蕴含着作者作为男性作家特有的意识形态动机,也反映了现代男性作家的女性观,即他们对女性意识形态的认识和预言。

拉吉娜的思想和行为,不但超越了当时印度社会知识阶层的认识,而且也远远地超越了当时社会的现实条件。她的思维方式、她的行为举动、她的思想观念不仅在当时,就是现在,在一般民众的眼里也可谓离经叛道,惊世骇俗。作为受过西方现代精神洗礼的女主人公,以"在家不从父,出嫁不从夫"的行为方式,具有"不顾一切往前冲"的反封建反传统习俗的叛逆性格,她的精神气质明显接近西方现代资产阶级的女性。如果说西方女性相似的精神自觉和思维逻辑是历史发展的产物,而在东方,尤其是印度这个有着悠久历史的文明古国,则是男性作家的思想意识对于当时传统的生活方式、普遍的信念等的怀疑、嘲弄、背离甚至反驳。女性人物形象身上明显地带有作家本人的自我呈现、人格倾向和心理需求,这些形象代表男性作家的男性立场并具有一定的局限性和虚假性。

介南德尔借助女性形象来表达自我的生命体验、自我的内心要求,呈现自我形象,以高扬女性主体性来舒展自我的生命意志。虽然作家借助笔下的女性形象直接否定了当时压抑女性生命的男权社会道德,希望在平等的人的意义上尊重女性自身内在的生命逻辑,表达了男性作家对男权道德的自我反思和自我启蒙,他对女性的觉醒发出发自内心的赞赏,并从一定意义上表达了他追求重构一个男女平等的理想社会的追求。但他的写作明显带有改良社会的期待,他是否真正理解女性,他笔下的女性形象是否源自女性自身的生命逻辑状态,这是一个需要读者认真思考的问题。面对众多男性作家笔下的女性镜像,如何辨析他们的男性性别的主体局限性,界定他们笔下女性形象的想象色彩,从而真正为女性提供自由言说自己的话语权,并为她们能够真实地生存、自由地做人提供良好的社会环境,从而促进男女两性和谐共处的理想时代的真正到来。这是我们在阅读介南德尔小说时应有的反思视角。

在传记文学中,自传体小说实难辨析,但阅读《十束光》时,对照作者生平和小说情节,读者深感拉吉娜这一人物形象浸透着作者的生命体验,在表层的叙事情节上虽难看出作者的自我形象,但在思想内涵、叙事策略和艺术形式上无疑可视作介南德尔自我形象探索和自我呈现的一部另类"传记"式的自传体小说。

“西奈山的火光”的双重内涵

——伊克巴尔的希望与视野

穆罕默德·伊克巴尔(Muhammad Iqbal,1877—1938)是属于印度也属于巴基斯坦的一位著名的诗人、哲学家和政治思想家,他的诗歌和思想不仅在伊斯兰世界具有深远影响,在南亚文学史和思想史上也占有很重要的地位。同时,伊克巴尔又是备受争议的,他的诗歌成就、哲学体系中的“自我”观念以及他提出的巴基斯坦建国主张等问题一直没有淡出研究者的视线。加拿大著名伊斯兰研究学者希拉·麦克唐纳(Sheila McDonough)的《西奈山的火光:伊克巴尔的希望与视野》(*The Flame of Sinai: Hope and Vision in Iqbal*)是她以独特的视角对伊克巴尔生平及其思想进行阐释的一部评传。

除导言外,全书分为10章,分别是:一、起点,讲述伊克巴尔的童年、少年时期及其在拉合尔的求学时代;二、遭遇欧洲,讲述伊克巴尔在欧洲求学的经历;三、回到印度,讲述伊克巴尔回国后的思想;四、战后的挑战,探讨伊克巴尔在19世纪20年代前期的思想和行动;五、如何思考,介绍伊克巴尔的演讲集《伊斯兰宗教思想重建》;六、想象的力量,分析伊克巴尔诗歌中的宗教意象;七、伊克巴尔和南亚,主要谈1930年伊克巴尔在全印穆斯林联盟阿拉哈巴德会议上作为大会主席所作的一次发言;八、比较宗教和社会变革,将伊克巴尔与甘地、尼赫鲁等进行对比,谈他们的思想的一些异同;九、遗产,谈伊克巴尔的思想遗产;十、向永恒的真理进发,谈伊克巴尔的长诗《贾维德书》。从《西奈山的火光》这本书的章节分布和内容来看,作者的研究所涉及的范围广泛,包括伊克巴尔的生平、宗教思想、政治思想、诗歌创作、影响等各个方面,行文大致按照伊克巴尔的生平以时间为纲。因此,表面看来,这似乎是一本简要而系统地介绍作为诗人、哲学家和政治思想家的伊克巴尔,侧重于对他的生平进行考察的著作。

然而,有两点是我们不能忽略的。第一,作者麦克唐纳是一位训练有素的比较宗教学的学者,她教了多年的世界宗教课程,所关注的主要领域是现代宗教的比较研究。比较宗教学的学者往往就某一宗教思想家思想中的一个方面或一个问题,利用其开阔的学术视野着眼细微之处,并结合广阔的背景进行外部的比较研究,以发掘其研究对象隐伏的思想脉络。而且,作为麦吉尔大学伊斯兰研究中心毕业的第一位加拿大女学者,麦克唐纳在青年时代进行过系统的伊斯兰宗教文化的学习研究。而她在该书的写作中似乎刻意避开深入探讨伊克巴尔作为伊斯兰宗教神学家的一面,这应该有其创作上的苦心。第二,该著作的书名为“西奈山的火光”,“西奈山”和“火光”都是带有伊斯兰宗教色彩的意象,而书的副标题是“伊克巴尔的希望与视野”,这又提示我们,“西奈山的火光”与“伊克巴尔的希望与视野”之间有着紧密的关联。一本著作的书名常常就是该书的文眼所在,而“西奈山”和“火光”两个关键词又多次在该书的各个章节中重复出现，从而，考察“西奈山的火光”的内涵就成为我们理解麦克唐纳的研究意图以及理解该著作极为关键的一环。

一、“西奈山”和“火光”的寓意

作者在该书的序言中写道：“‘西奈山的火光’这一书名目的在于强调伊克巴尔的诗歌中使用的最早的意象之一，这个意象在他后来的创作中也经常出现。”[①]而作者又提到：“《古兰经》的意象在伊克巴尔的观念之中极为重要。”[②]《古兰经》是伊斯兰教最重要最神圣的经典，也是伊克巴尔的诗歌创作的出发点和其思想的源泉，而麦克唐纳在前述序言中提到的“西奈山”和“火光”两个意象正是来源于《古兰经》的具有伊斯兰宗教寓意的意象。因此，为了理解作者的创作意图，我们有必要先探讨一下这两个意象在伊斯兰教中的宗教寓意。

西奈山位于西奈半岛中部，是伊斯兰教和基督教共同的圣山。圣经上记载摩西在此由神授十戒，摩西在阿拉伯语中称为穆萨，《古兰经》中记载穆萨在此见到真主，得到神迹和真主赐予的法版[③]和《讨拉特》[④]。《古兰经》中至少有 3 处提到了“西奈山”。《古兰经》麦尔彦章中，真主说：“你应当在这部经典里提及穆萨，他确是纯洁的，确是使者，确是先知。我从那座山的右边召唤他，我叫他到我这里来密谈。”[⑤]“那座山”指的就是西奈山，是穆萨与真主会面、对谈之处。在无花果章中，真主用四个比喻告诫人类，真主造化的每个人都有完美的气质和形态，人是因为自己的行为变成卑劣无耻的动物。苏勒的开头真主说：“以无花果和梓橄果盟誓，以西奈山盟誓，以这个安宁的城市盟誓。”[⑥]无花果是先知努哈在大洪水之后在朱迪山上种植的果树，橄榄是先知易卜拉欣奉命到耶路撒冷建造了真主的圣殿后在周围种植的植物，“平安的城市”是圣地麦加，西奈山则代表了真主降示给先知穆萨的律例“法版”，这是真主赐予人类的法律基础。在山岳章中，真主再次以西奈山盟誓，“以山岳盟誓，以天经之书写于展开的皮纸者盟誓，以众人朝觐的天房盟誓，以被升起的苍穹盟誓，以汪洋的大海盟誓，你的主的刑罚，确是要实现的，是任何人不能抵抗的”。[⑦] 这里以西奈山盟誓，同样也是因为它是真主与穆萨会见之处，代表了真主降示人们的律例和经典。因此，“西奈山”的伊斯兰宗教寓意为人与真主会面之处，以及真主的律例和经典，而在伊斯兰教中，真主的律例和经典就是真理。

---

① Sheila McDonough: *The Flame of Sinai*: *Hope and Vision in Iqbal*, Muhammad, Suheyl Umar Publisher, Lahore, 2002, p. Ⅶ.

② Ibid., p. x.

③ 指穆萨率民众脱离法老的统治后，在西奈山静修 40 天后蒙真主赐予的记载有教规、戒律的法版。

④ 阿拉伯文 Tawrāt 的音译，源自希伯来文 tōrāh，为《古兰经》对犹太教“律法书”（即《摩西律法》）的称呼。与《引支勒》、《宰逋尔》、《古兰经》并列为伊斯兰教承认的 4 部“天经”。

⑤ 马坚译：《古兰经》，中国社会科学出版社，1992 年，第 233—234 页。

⑥ 同上书，第 478 页。

⑦ 同上书，第 406 页。

“火光”在伊斯兰教中有三种含义。第一是惩罚之火，如火狱中的烈焰；第二是创造之火，如真主用来创造精灵的火；第三是引领之火，如《古兰经》中说“真主是天地的光明，他的光明像一座灯台，那座灯台上有一盏明灯，那盏明灯在一个玻璃罩里，那个玻璃罩仿佛一颗灿烂的明星，用吉祥的橄榄油燃着那盏明灯；它不是东方的，也不是西方的，它的油，即使没有点火也几乎发光——光上加光——真主引导他所欲者走向他的光明”。[①]火光能引导人走向真主，“西奈山的火光”中的“火光”显然指的是上述第三种含义。火光引领穆萨见到真主这一传说在《古兰经》的塔哈章、蚂蚁章、故事章中3处提及。如在蚂蚁章中，“当日，穆萨曾对他的家属说：‘我确已看见一处火光，我将从有火的地方带一个消息来给你们，或拿一个火把来给你们烤火。’他到了那个火的附近，就有声音喊叫他说：‘在火的附近和四周的人，都蒙福佑。赞颂真主——全世界的主，超绝万物。穆萨啊！我确是真主——万能的、至睿的主。’”[②]火光引领穆萨见到了真主，结合上述对西奈山寓意的分析，“西奈山的火光”的伊斯兰宗教寓意显然指通往神和真理的引领者。

二、“西奈山的火光”的双重内涵

明确了“西奈山的火光”的宗教寓意，那么这种宗教寓意是如何被麦克唐纳运用，成为她解读伊克巴尔的独特视角的？我们可以看到，该书的副标题是“伊克巴尔的希望与视野”，也就是说作者在“希望”与“视野”两个方面将伊克巴尔与“通往神和真理的引领者”关联起来。

（一）从视野入手：作者对伊克巴尔的认知

对研究伊克巴尔的学者来说，阐释伊克巴尔复杂的身份是一个困难的问题。伊克巴尔是一个诗人，但他并非通常意义上的诗人，因为他不致力于诗歌美学的创新；伊克巴尔是一个哲学家，但他并不研究具体的哲学问题而关注根本性的问题；伊克巴尔是一个政治思想家，但他对于政治运动不感兴趣，而致力于精神层面的实践。

麦克唐纳在她的研究中试图避开这一困境。她在该书的开篇引用了伊克巴尔晚年所写的一段话说明伊克巴尔作为一个诗人与通常意义上的诗人的不同之处，“对于诗歌，为文学而文学从来不是我的目标。我没有时间致力于艺术的技巧。我的目标是彻底改变人们思维的模式”。[③] 接着，作者表明自己的心迹：“穆罕默德·伊克巴尔在他生活的年代及死后是一个在南亚穆斯林中掀起极大的热潮和争议的作家。我希望尽可能地避免试图‘解释’伊克巴尔……我希望读者能够听到伊克巴

① 《古兰经》，第287页。

② 同上。

③ *The Flame of Sinai: Hope and Vision in Iqbal*, p. i.

尔自己的声音”。[①]

但是,如何才能“听到伊克巴尔自己的声音”以及如何理解这种声音呢？如果带着这一问题来阅读该书,就会发现在第一章的开头,在看似平淡的叙述中就隐含了作者的思路,“伊克巴尔于 1877 年诞生于印度西北部旁遮普邦的锡亚尔科特城,当时正是 1857 年印度人民反抗英国政府的大起义过后的第 20 年,这意味着伊克巴尔的生命开始于受屈辱的人民之中”。[②] 出生地的落后、闭塞和屈辱的生活环境显然与伊克巴尔后来所表现出来的睿智、自信形成极大的反差。麦克唐纳敏锐地注意到了伊克巴尔成长的特殊的教育背景。“伊克巴尔幸运地在他早期的教育中用《古兰经》中召唤性的意象、波斯语和乌尔都语诗歌,以及科学和古典文学充实了头脑。”[③]“这个穆斯林诗人受过高等教育,好奇且思想敏锐;他总是感兴趣且关注外部世界的政治、社会和经济方面的变革和事件。他的创作始于爱德华七世时期,那一时期英国牢牢控制着印度和世界上许多其他地方,而且似乎将持续很长时期。从这个时期往后,他的思维模式没有发生大的转变。”[④]联系麦克唐纳在该书的第一章到第三章集中探讨伊克巴尔成长过程中所受的老师的影响和阅读中的启发,我们不难发现麦克唐纳的苦心。她力图用看似矛盾的事实向读者展示伊克巴尔的观念逐渐成型的过程中展开的视野,或他的精神师承,即从一个侧面来认识伊克巴尔是怎样成长为伊克巴尔的。这也是对伊克巴尔复杂身份的一个绝妙的注解。

下面我们通过麦克唐纳所提到的伊克巴尔在成长过程中的师承和阅读来看看她为读者所展开的伊克巴尔的视野。

时　期	师　承	阅　读
童年和中学时代	大毛拉米尔·哈桑 赛义德·米尔·哈桑 苏格兰长老会教会学校的老师	约翰·弥尔顿:《失乐园》
大学时期	托马斯·阿诺德 施布里·努曼尼	亚当·斯密:《国富论》
欧洲求学时期	詹姆斯·沃德 怀特黑德	艾米尔·阿里:《撒拉逊简史》、《伊斯兰教之精神》 歌德:《西东合集》、《浮士德》 古代伊斯兰手稿 尼采

在这里,麦克唐纳为我们呈现的并不是完整的伊克巴尔的成长史,而只是截取了影响他精神成长的一些有代表性的人物以及作品,以解释在一个边远闭塞的环

① *The Flame of Sinai: Hope and Vision in Iqbal*, p. iv.
② Ibid., p. 1.
③ Ibid.
④ Ibid., p. xi.

境和一群受屈辱的人民中伊克巴尔是如何成长为一个有着开阔的思维、积极的行动理念和坚定的宗教信仰的穆斯林领导者的。

作者通过对当时社会背景的考察告诉我们，在伊克巴尔的童年时期，穆斯林贵族在失去了莫卧儿王朝的权势后一直对英国人抱有敌对情绪，并且由于他们害怕英式教育会影响伊斯兰的信仰基础，因此在穆斯林社会中让孩子接受英式教育将遭到社会舆论的压力。伊克巴尔的父亲本想让他接受完全的伊期兰宗教教育，因为一个阿拉伯老师大毛拉米尔·哈桑的极力劝阻才让伊克巴尔进入教会学校学习。而正是由于从苏格兰长老会的老师那获得了现代科学知识，伊克巴尔培养了对科学的最初兴趣，从而能在后来阅读爱因斯坦的理论著作，以及在他的书中讨论牛顿式的空间观和生命的生理机能等问题。与此同时，在赛义德·米尔·哈桑的私塾学习的一段时光，通过欣赏阿拉伯语和波斯语诗歌，伊克巴尔认识到了本民族的光辉遗产并培养起了民族自豪感，从而使他能在早年跳出印度穆斯林的传统文化模式，从莫卧儿王朝覆灭的阴影中走出来，进而思考如何建立一种新的伊斯兰文化和文明。正因如此，在他阅读《失乐园》时，能从对人的本性的积极肯定出发，认为人并非生而有罪，而是受了撒旦的误导，成为自己的贪欲和傲慢的牺牲品。

伊克巴尔童年时期的思维模式受到西方和伊斯兰两种文化的共同影响，这种影响的力量是持久的，“可以说他在锡亚尔科特的学习经历形成了他后来的思维模式”。[①]对他大学时期影响最大的两位老师阿诺德和努曼尼，前者是英国学者，致力于用历史学的方法正确认识伊斯兰教的历史和传统，反驳伊斯兰教不适宜现代科学的言论；后者是印度穆斯林，力图用逻辑推理和理性思辩的原则阐释自己对《古兰经》的理解，并通过写传记来宣扬第一代穆斯林的行动主义精神，鼓励穆斯林发展他们创造性的潜能，使伊斯兰社会获得新的繁荣。麦克唐纳说道，在西方和伊斯兰学者的不同视角的影响下，“在他研究西方文明和伊斯兰文明时，伊克巴尔有意识地采取了两条途径”。[②]麦克唐纳把它归纳为伊克巴尔的“双重视角”[③]，即他的西方文明和伊斯兰文明的双重视野。在这种视野的作用下，当他接受西方思想的影响时，能联系伊斯兰的文化作出自己的理解。如他从詹姆斯·沃德反对神会预言未来这一观点引申出“自我”的重要性，提出了真主的创造并非静止，人的正确的选择能达到人主合一的观点；他从怀特黑德的“过程哲学”引申出人的存在由其创造性的活动所决定，人的价值在于永不停息的奋斗。同时，当他思考穆斯林的命运时能通过他的旅欧经历来加深自己的认识。如他在思考艾米尔·阿里的《伊斯兰教之精神》时，出于在欧洲留学过程中对西方的认识，他提出依靠政府的力量来为殖民地的人民争取自由是不可行的，从而强调自由意志与自由创造；他在阅读古代伊斯兰手稿时参照西方哲学的思维方法，将伊斯兰哲学思想史看作一个辨证的发展历程，从而提倡要坚定信仰但不要盲从权威。

---

① *The Flame of Sinai: Hope and Vision in Iqbal*, p. 7.

② Ibid., p. 13.

③ Ibid., p. 17.

至此，麦克唐纳为读者所展示的伊克巴尔的视野已经清晰地呈现出来，正是西方与伊斯兰的双重视野成就了伊克巴尔复杂而深刻的思想体系，使他能够作为“西奈山的火光”，担负起唤醒同胞、振兴伊斯兰传统的大任。

(二) 着眼于希望：伊克巴尔的自喻

麦克唐纳除了从“视野”这一视角阐述伊克巴尔的精神成长历程，还在第四章和第八章中有意将伊克巴尔与列宁、甘地、凯末尔·阿塔图克等人并置进行平行的比较，她所选取的人物无一例外都是本民族人民的精神引领者，她的选择也从一个侧面映证了作者对于伊克巴尔是印度穆斯林“西奈山的火光”这一认识。

从以上的分析来看，麦克唐纳已经为我们解答了伊克巴尔是怎样成为“西奈山的火光”的，即其可能性。那么，穆斯林为什么需要通往神和真理的引领者，即其必要性何在？在书中，作者关注到了伊克巴尔思想中的困惑和矛盾。伊克巴尔从小在一个传统的穆斯林家庭中长大，父亲是苏非兄弟会的热心成员，坚定的伊斯兰教信仰使他相信伊斯兰教的优越性和真主的全能、至善。然而，生活在英国的殖民统治之下，耳闻目睹的事实又让他不得不认识到，伊斯兰世界在与西方的对抗中已经处于全面落后的地位，印度穆斯林在政治、经济上的无权给他们带来严重的生存发展问题。在现实面前，伊克巴尔面临着伊斯兰教信仰的不可动摇和伊斯兰世界的落后这两者之间的矛盾。既然真主是全知全能、至善的，为什么要让他创造的人世充满了苦难？既然伊斯兰教相比于其他宗教来说是更为正确、更为优越，为什么信仰伊斯兰教的伊斯兰世界陷入了贫穷落后之中？伊克巴尔经过思考，对这一问题作出了回答。他认为真主在创造人之后也要让人经历种种考验，正如《古兰经》中所说，“我确已把人造成具有最优美的形态，然后我使他变成最卑劣的”[①]。真主在创造人的同时也赋予了人一定的理性和自由，以使人们从“最卑劣的”最低点不断提升。而伊斯兰世界在近代陷入落后的原因则在于穆斯林对伊斯兰教的理解和认识出现了偏差，从而导致伊斯兰世界的发展停滞。因此，当务之急在于使穆斯林回到对伊斯兰教正确的认识上，使他们改变消极避世的态度、正视自我的价值、认识到知识的重要性和奋斗的方向。然而，在当时饱受压迫和歧视、缺乏现代教育的穆斯林群体虽然面对着严峻的社会现实，却因为认识的局限，很难自觉地找到伊克巴尔发现的出路。因此，伊克巴尔有一个“希望”，这个希望是一种自我期待，麦克唐纳写道，“穆萨与真主对话的姿态包含了伊克巴尔对自己的认识，他代表他的人民说话”。[②]他希望从精神上指引穆斯林，做他们通往真主和真理路途上的“西奈山的火光”，带领穆斯林穿越思想的迷雾，获得伊斯兰文明的复兴。

成为“西奈山的火光”这一自我期待反映了伊克巴尔勇于承担伊斯兰文化复兴的使命感。在这一“希望”的驱使下，他对“西奈山”的理解相比于其本有的宗教含

---

① 《古兰经》，第478页。

② *The Flame of Sinai: Hope and Vision in Iqbal*, p. 18.

义更为深入和贴近现实。麦克唐纳写道,"西奈山的意象,正如伊克巴尔理解的那样,告诉我们真主永远是生命的源泉和希望的源泉"。[①] 伊克巴尔的希望源于他相信真主的至善,真主是肯定人的价值、鼓励人的奋发努力和积极创造的,而那种仅仅专注于个人内心的宗教修炼,无视现实问题的态度是不符合真主的意志的。因此他十分强调关注现实的重要性,认为斋戒和朝觐都是暂时离开现实世界、向真主靠近的途径,但其意义在于,当返回现实世界的时候人的生命和精神得到了提升和更新,从而能够更好地从实际出发积极奋斗、完善自我、改造世界。"西奈山的经历使人们的意识敞开,超越每天的存在进行思考,以及设想转变的可能性。"[②]

伊克巴尔希望成为伊斯兰教复兴中"西奈山的火光"这一自我期待也表现在他的创作中。麦克唐纳提到伊克巴尔晚期的一部诗集《格里姆的一击》[③]。按照伊斯兰教的传说,穆萨用真主在西奈山赐予的神迹战胜了法老的巫师们,并带领以色列民成功逃离了埃及。诗中伊克巴尔影射英国统治者为法老,希望真主也能启示他如何反抗法老,带领穆斯林改变苦难的境遇。伊克巴尔的另一部诗集名为《驼队的铃声》,领头的骆驼所佩戴的铃铛所发出的声音能带领骆驼走出沙漠,防止它们掉队,这其实也是伊克巴尔的自喻。正如他在《伊斯兰之歌》一诗中唱道:

……
我们在刀光剑影里成长壮大,
月牙的刀是我们民族的象征。
我们的宣礼声回荡在西边的山谷,[④]
我们的洪流不曾停止奔腾。
呵,苍天!欺骗不能使我们沉沦,
你已经千百次考验了我们。
呵,安达卢西亚的花园!你可曾记得,
我们曾在你的树旁扎营。
呵,底格里斯河的浪涛!你也认识我们吧,
你的水仍叙说着我们的故事。
呵,阿拉伯大地!我们曾为你献身,
你的血管里至今流淌着我们的鲜血。
穆罕默德是我们驼队的总领,
他的英名慰藉着我们的心灵。
我们的驼队又一次整装前进,
伊克巴尔的歌恰似驼队的铃声。[⑤]

---

① *The Flame of Sinai: Hope and Vision in Iqbal*, p. 138.

② Ibid.

③ 波斯语原文是 Zarb-i-kalīm,即《格里姆的一击》。该书中的英文译名为 The Staff of Moses,意为"穆萨的手杖"。

④ 印度以西的地域,指中亚、西亚和阿拉伯半岛。

⑤ 刘曙雄:《穆斯林诗人哲学家伊克巴尔》,北京大学出版社,2006 年,第 181 页。

麦克唐纳在书的最后一章介绍了伊克巴尔的波斯语诗集《贾维德书》[①]。书中伊克巴尔作为穆斯林的代表在诗人鲁米的引领下游历了九大行星，经历了地狱、人间和天堂。一一见到了影响他成长的师长、思想家、政治家和穆斯林领袖等人的灵魂，最终见到了真主。诗中伊克巴尔把自己塑造为穆斯林朝觐真主的代表，并自喻为将新一代穆斯林引向先知穆罕默德所昭示的伊斯兰教义广阔海洋的水流，这无疑是他对自己作为"西奈山的火光"这一使命和责任的重申。而麦克唐纳将对这部诗集的介绍作为全书的最后一章，使该书的起点和终点取得了逻辑一致。这既是对伊克巴尔一生的回顾，总结他精神嬗变的过程和"视野"的展开，也是对伊克巴尔作为"西奈山的火光"这一"希望"的照应。

① 波斯语原文是 Javīd Nāmah，即《贾维德书》。该书中的英文译名为 The Pilgrimage to Eternity，意为"向永恒朝圣"。

传之传承

——赫达亚特及其传记文学研究

一、赫达亚特的文学创作

萨迪克·赫达亚特(Sadeq Hedayat,1903—1951)是20世纪上半叶享誉世界的伊朗作家。他在戏剧、小说和民间故事等领域,都进行了开创性的工作。他的作品将伊朗传统文化和西方创作手法相结合,同时赋予强烈的时代特色,并被翻译成英、法、德、俄、中等多国文字,让全世界对伊朗的过去的辉煌和现状都有了深刻的了解,是伊朗现代文学起步阶段的代表性作家。

赫达亚特生于伊朗德黑兰的一个富裕的上层家庭。对于赫达亚特的童年生活并无过多的记载,他曾就读于Dar al-Fonun学校,这是一所于19世纪中期开办的西式贵族中学。1919年,也就是赫达亚特16岁时,他被送往德黑兰圣路易学校,并在那里一直呆到1925年毕业。这所学校是由传教士开办,用法文和波斯文同时教学。

年轻的赫达亚特在学校的时候已经开始创作,并出版了两本名为《海亚姆四行诗》(1921)和《人类与动物》(1931)的小册子。前者分析了海亚姆的思想,后者反映了他的素食主义观念。赫达亚特于1926年赴比利时的布鲁塞尔,后来到了根特,1927年他到了法国巴黎。在欧洲,家族为他选择的专业是建筑工程,希望能够把他培养成为一名道路交通专家。但是,这个专业显然不适合赫达亚特的兴趣和能力。

赫达亚特在欧洲生活得并不快乐,一是由于思乡之情,二是由于他不适应循规蹈矩的上课和严厉的考试。他在多部小说中都提到"懒惰"这个词,尤其是在他早期的《活埋》(1930)中。而事实上,赫达亚特本人并不是一个懒惰的人,当他充分发挥自己的兴趣,专注于创作的时候,可以看到他是一位十分勤奋的作家。但是欧洲留学时期的赫达亚特的孤独彷徨,使他不但在学业上看起来"懒惰"倦怠,更使他"懒得"活下去,这就发生了他生命中的第一次自杀行为。1928年4月,不会游泳的他从法国巴黎市郊加香的一座桥上跳入河中,所幸被桥下一对情侣救起。这时期,赫达亚特对先锋派超现实主义的绘画和雕塑,以及20年代风靡欧洲的表现主义的电影很感兴趣,这对他的内心感觉和视觉情景的描写艺术产生了很大的影响,《盲枭》就是赫达亚特受到超现实主义影响的最杰出的作品。

赫达亚特在欧洲期间的作品有:名为《死亡》的文章(1927)、历史剧《萨珊姑娘帕尔温》(1930)、短篇小说《马德琳》(1929)、《活埋》和《法国战俘》(1930),这3篇同其他4篇小说一起收录在他于1930年于德黑兰出版的小说集《活埋》中。此外,短篇小说《哈吉·莫拉德》被认为是赫达亚特创作的第一篇内容完全虚构的作品。

1930年，赫达亚特还创作了木偶讽刺剧《创世传说》，并于1946年在法国出版。

20世纪30年代是赫达亚特创作的黄金时期。礼萨·巴列维国王的独裁统治正日益加强，赫达亚特就如同一位社会和文化的流浪者，生活飘忽不定，一心向往离开曾经朝思暮想的祖国——伊朗。从欧洲回来后，他首先就职于伊朗国家银行，但1932年辞职，加入贸易处，又于1934年辞职。之后在外交部工作了一年后，又来到国家建筑公司，直到1936年辞职前往印度孟买。1937年4月，赫达亚特的好朋友阿拉维由于一个著名的左派团体"五十三人"而被捕，他非常担心回到伊朗后也遭到逮捕，因此更加不想回国。

赫达亚特在印度的一年生活比较平静，收获良多。他完成了《盲枭》的终稿，复制了50份，其中30份通过贾玛尔扎德分送给其在欧洲的朋友。同时他还创作了几个短篇小说，收录在1942年出版的小说集《野狗》中。他在孟买结识了印度的波斯学者巴哈拉姆·古尔·安卡尔萨莉亚，向其学习巴列维语。从此，他翻译了多部巴列维语文献。这10年是赫达亚特多产的10年，他的大部分小说都在这时期完成或出版，包括：《活埋》(1930)，《非雅利安人》(与他人合作，1931)，《三滴血》(1933)，《阿拉维耶夫人》(1933)，《明暗》(又名《淡影》，1933)，《盲枭》(1936)和《野狗》(1942)。其他体裁的文学作品还有：历史剧《玛伽尔》(与他人合作，1933)，《欧桑耐》(民间故事和流行谚语，1933)，《汪汪先生》(与马苏德·法尔扎德合作的讽刺短篇集，1933)，《海亚姆的旋律》(1934)和《伊斯法汗·半个世界》(游记，1932)。

20世纪40年代的伊朗，是赫达亚特希望与失望并存的10年。这一时期的作品主要有中篇小说《哈吉老爷》和《一点闲扯》；短篇小说《明天》(1946)；寓言故事《生命之水》(1944)等。总的来看，他的创作已经大大少于上一个10年。这个时期，赫达亚特离开伊朗的想法始终没有改变。他于1950年12月3日离开德黑兰又一次前往巴黎。然而，离开祖国尽管让他摆脱了国内社会政治的压抑气氛，但是家族的失势，异乡的孤独又使他陷入另一种绝望当中。他曾在给朋友的信中说道："再没有比黑色更暗的颜色了"[①]，这就好像在说，我已经做好准备迎接更糟糕的结果了。这期间，赫达亚特离群索居，经济的压力迫使他不断寻找更便宜的住处，他曾计划前往伦敦或者日内瓦去投靠其他朋友，但都未能成行。最终，他在1951年4月8日或9日，在自己居住的公寓打开了厨房的煤气自杀身亡。

纵观赫达亚特的一生，是飘忽不定的流浪的一生。他在伊朗、欧洲和印度流浪，在工作、斗争和理想之间飘荡，始终没有找到自己的位置，最终对这个世界绝望。但是，作为伊朗现代小说的作家，他浪漫的理想、细腻的观察、优美的语言使得他的作品充满了光彩。今天我们品读赫达亚特的文学作品，不但可以看到20世纪上半叶伊朗社会的众生相，也能在其中体会作家孤独的心灵以及他对伊朗的热爱。

赫达亚特的作品可以分为四个类别。首先就是以《盲枭》为代表的心理小说。它的主要特点是作品的主题内容是抽象和广阔的，并且作者也作为角色之一深深

---

① Homa Katouzian: *Sadeq Hedayat: The Life and Literature of an Iranian Writer*, New York, 1991, p.246.

地融入其中。赫达亚特在这些作品中强烈表达出一名作家的创作热情。此外，在《三滴血》、《活埋》等其他同类作品中，运用隐喻、暗示、转移等技巧，将超现实主义和现实主义的描写交织在一起。

第二类作品是传统意义上的纯粹的小说。赫达亚特是故事的讲述者，客观地描写个人和社会问题，而很少夹杂心理和哲学内容，代表作如：《请求赦免》、《阿拉维耶夫人》等。这类作品中的主人公大多是作者生活的那个时代的普通市民或社会底层人物，作者对他们表达了深深的同情，但是作者并没有成为一位经验主义者深入他们的生活，而仅仅是作为一位批判的现实主义者描述他们的生活。在作品中，我们可以看到作者在暗示对他们的信仰和迷信行为的不赞同。

第三类是赫达亚特的讽刺作品。赫达亚特非常擅长运用讽刺、嘲笑、奚落的语言来表达他对社会和个人腐败堕落行为的不满，这类代表作有：《哈吉老爷》、《爱国者》等。虽然作者在其作品中表达了对统治者、宗教人士或文人的嘲讽，但是并没有由此表达个人的政治意见和主张。

最后一类是赫达亚特作品中非常有特色的一部分，即他的浪漫民族主义作品。由于 20 世纪初在欧洲流行的人种学说和民族主义开始传入伊朗，再加上礼萨·巴列维国王的大力宣传，让雅利安种族，前伊斯兰时期的波斯文化等概念首先深入到伊朗知识分子心中。赫达亚特在 20 世纪 20 年代和 30 年代的很多作品，都表现了其对前伊斯兰时期波斯文化的热爱和推崇。

二、赫达亚特传记的特点

赫达亚特的一生虽然短暂，但是有关他的传记文学作品自其逝世至今，不断有新版本问世，在国内外出版的累计已达 20 多种。纵观赫达亚特的传记文学历史发展过程，可以分为三个阶段。

第一个阶段是赫达亚特在巴黎自杀的消息传到伊朗之后近两年的时间，伊朗各大报章杂志相继刊发了介绍赫达亚特生平和成就的专题文章，举办了纪念赫达亚特的研讨会，赫达亚特的许多家人、朋友也纷纷发表了纪念性文章，例如：赫达亚特的哥哥以撒在 1953 年撰写了《我们失去的赫达亚特》，但是这一时期并没有相关著作出版。

第二个阶段是 20 世纪 50 年代末到 70 年代末。这一时期伊朗处于巴列维王朝统治之下，政治上的独裁和文化上的专制使得赫达亚特及其传记文学作品出版数量极少。但是，这一时期却有一部分外国学者在国外撰写了赫达亚特传记，并在欧洲出版。例如，葛艾米扬翻译的于 1964 出版的《外国大学者对赫达亚特的评价集》即是伊朗诸多赫达亚特翻译评论和传记作品的典型；这时期较为著名的传记还有萨迪克·哈马尤尼著，于 1973 年出版的《同自己影子说话的人》等。

第三个阶段，也就是 1979 年伊斯兰革命以后至今，在经历了两伊战争（1980—1988）期间的伊朗文学低潮期后，赫达亚特作品逐渐重新在伊朗受到欢迎，而赫达亚特研究和传记文学创作也渐入高潮。但是，由于第二阶段伊朗国内对赫达亚特研究的近三十年的沉寂，导致在第三阶段前半部分，主要传记作品其实是对国外出版的赫达亚特传记的翻译；而后半期，也就是最近十年，才真正开始由伊朗学者主导赫达亚特的传记创作和研究。

由于历史和政治的原因，伊朗学者所著的赫达亚特传记主要集中在当代，因此具有强烈的时代特点，是赫达亚特传记文学中最值得探讨的一个历史阶段。本文主要研究对象即为近十年来在伊朗出版的由伊朗学者所著的赫达亚特传记，数量为五部，这其中的代表作有 1995 年出版的由默罕默德·阿里·卡图兹安的《赫达亚特与作家之死》、2000 年出版的由沙赫拉姆等人编辑的《认识赫达亚特》、2006 年出版的亚赫·阿林普尔编辑的《赫达亚特的一生和著作》等。在这些传记作品中，传记作者多为专门研究伊朗现当代文学的著名学者，如亚赫·阿林普尔，有的还专门从事赫达亚特研究，如卡图兹安，他不仅出版了赫达亚特的传记，还发表了多部赫达亚特的作品研究书籍。以学者为主体的作家阵容，使得近年的伊朗赫达亚特传记作品呈现出与专业传记作家的传记不同的特点。

纵观当代伊朗赫达亚特传记，主要有以下四个特点：

(一) “拒绝”自传，皆为他传

事实上，赫达亚特本人生前曾经多次有机会为自己立传，但是，他始终对自传抱有抵触的情绪。例如，在他的好友，伊朗著名学者德胡达主持编纂《德胡达大辞典》时，编者仅选用了“赫达亚特”作为当时在世的文学家里唯一的一位作为词条。虽然德胡达向赫达亚特表达了请其自己撰写词条的愿望，但是被赫达亚特婉拒了。还有一次，赫达亚特受邀前往塔什干(前苏联乌兹别克斯坦首府)参加塔什干大学建校五十周年庆典并发言。虽然赫达亚特被要求在发言时对自己做一个自我介绍，但是从他的发言稿中，丝毫不见“传”的痕迹，而是演讲者在一直“谦逊地”表明自己不值一提，毫无可写之处。[①] 这说明，赫达亚特在生前虽然在文学界已经取得了一定的声望，但是他行事谦逊、低调，他的传记工作直至他“自杀”后才真正开始进行。在所有赫达亚特的传记中，传记作家对赫达亚特的评价都是非常高的，通常在传记的前言，或者开篇使用“第一”、“最”这样的修饰语来描述传主对伊朗现代文学的初期发展所处的地位和影响，例如：亚赫·阿林普尔在其书的“前言”中写道：“毫无疑问，赫达亚特是伊朗伟大的现代小说的真正创始人。”[②]由此可见，传记作家在为赫达亚特立传时，所抱有的一个基本态度是褒扬和推崇的。

---

① [伊朗] 沙赫拉姆·巴哈尔路杨、法特贺·阿拉·伊斯玛仪编：《认识赫达亚特》，德黑兰：噶特尔出版社，2000 年，第 25 页。

② [伊朗] 亚赫·阿林普尔编：《赫达亚特的一生和著作》，德黑兰：扎瓦尔出版社，2006 年，第 1 页。

(二) 评传居多

这一方面与传记作家的学者身份有关，另一方面，有关传主的第一手资料的缺乏，也导致了传记作品的分析多于叙述，也使得整个传记理性有余，生动不足。

由于伊朗本土学者所作的赫达亚特传记多为当代作品，距离赫达亚特的生活年代相距半个多世纪，并且期间也经历了赫达亚特作品在伊朗长期被禁的局面，因此伊朗当代传记作家缺少有关赫达亚特的第一手资料，传记内容也基本以早期在西方出版的传记材料为基础的归纳总结，缺乏新意。

在新的传记中，能够利用的最重要的第一手资料即为赫达亚特在不同时期写给其家人和朋友的近百封信件。通过信件内容，来分析传主当时所处的境况和心情。在这些传记中，可信程度仅次于信件且被经常使用的，是传主的家人和朋友在早期撰写的回忆性文章，里面记录了传主在生活中的一言一行，由此展现了赫达亚特的待人处事的外在表现。

除上述两种材料来源之外，在新传记中第三类被大量采用的则是赫达亚特作品中的思想和内容，这是赫达亚特新传记的一大特点，主要同赫达亚特作品的性质有关。赫达亚特由于早年在欧洲受到了新文艺形式的影响，包括意识流、浪漫主义、超现实主义写作等，特别是卡夫卡对其的作品影响甚大，因此他的以《盲枭》为代表的心理小说更多地被评论家们认为是其个人思想的一面镜子，作者本人也作为角色之一被深深地融入其中。在新传记中，对于赫达亚特人生观、世界观的描述，多是借用其意识流作品作为佐证。赫达亚特当年一直拒绝为自己立传，也许他万万没有想到，他的作品已经“背叛”了自己，透露出如此多的个人信息。例如，在传记作家们讨论赫达亚特如何看待“生与死”的问题时，其分析重点几乎全部来自赫达亚特自己的笔下——不管是信件中真实的自己，或者作品中虚构的自己，而甚少采用前人与赫达亚特接触后描述的经历和评价。

(三) 对“死”的关注远远大于“生”

为一位作家立传，大多数传记作家通常是将传记的主题和内容与传主的作品紧密相连。通过对传主生平的挖掘，从而铺设出其作品的创作背景、过程；而通过其作品本身的分析，也能够对传主的经历和思想进行深入的挖掘。

正如前文所述，赫达亚特的传记在更多程度上是通过作品来挖掘人生，其人生的最大主题，是“死亡”，这是不同于一般传记文学对“生”的关注特点的。究其原因，与赫达亚特在英年选择自杀所带给人们的震撼有关。事实上，传记文学史上不乏对自杀逝世的作家作传，例如海明威、杰克伦敦、三岛由纪夫等，这些作家对人生所作的最后的选择无疑更加激发了后人对其自杀原因的好奇心。人们往往将作家的“自杀”看作是一种“行为艺术”，是对其作品的表达的延续和升华。针对这样的传主，“自杀”事件超越了传主的“生活”，成为该类传记的一个内在大前提，无声地引导着传记作家们从社会背景、个人经历、文学创作等各个方面叙述和探讨“自杀”的形成因素;作为读者,在阅读之际,也由于对结果,即传主的“自杀”事实的预知性,而将传记整体内容作为“因”来理解。

赫达亚特的传记充分体现了此类传记的特点,而传记作家对“死亡”的关注相对于其他传记则有过之而无不及。在赫达亚特的传记中,从传主的童年,到青年求学,中年创作,从信件、言行到作品,每一个因素无一不与人生的最终结果——“自杀”挂钩,处处体现出“死亡”的预兆。伊朗当代传记作家将“赫达亚特之死”列为传记的主线,凸显出这一事件带给伊朗社会的强烈震撼,直至今日仍然意义重大,并在某种程度上超越了其作品所带给社会的影响力。

(四)以传主个人的精神分析为重心,忽略家庭、社会等外部环境影响因素

在“自杀”主题下,不同于相关主题作品,伊朗的传记作家们都不约而同地将重点放在了赫达亚特个人经历和心理特质上,而甚少谈到社会、家庭对其的影响。

尽管出生于伊朗贵族政要家庭的赫达亚特生前经历了伊朗从封建制度转变为君主立宪制国家的如火如荼的立宪运动,苏联共和国的成立与伊朗共产主义运动的兴起,以及第一次世界大战等社会巨大的变动,但是传记作家笔下的赫达亚特似乎始终游离于这些历史事件之外——他所忧虑的,往往是事业如何不顺,个人经济如何不济,而放大到更高的层面,也只涉及对伊朗伊斯兰前文明的好感;他的所为,就是一次又一次地因为各种“私人”原因逃离伊朗,又回到伊朗,最终选择了在异乡自杀。从赫达亚特的所思所行来看,他在感情上对伊朗既饱含了热爱,又充满了失望。倘若同样的主题发生在中国,赫达亚特的一生大概会在人们的思维定式下被描述为一个出生于贵族家庭的具有叛逆性格的青年,在受到家族的遗弃后在外谋生屡屡碰壁,怀抱着爱国的伟大理想却对国家所遭受到的衰落和压迫感到悲观失望,最终选择了以自杀来表达对祖国的热爱。

如上所述,同样是自杀,我们通常轻车熟路地把它放在社会大背景下去理解,这样似乎能够使自杀具有更广泛且更“深刻”的意义,而自杀行为本身似乎也得到了合理的解释和升华。然而,伊朗的传主们却“出人意料”地没有采用这样的叙事方法。他们宁可从赫达亚特信中的只言片语去探讨他前往印度的原因是否是出于对佛教和巴列维语的兴趣,或者仅仅是由于被瑞士拒签这一偶然事件才修改行程前往印度访友,着重探讨这一时期他如何看待“死亡”;也没有提到正在伊朗风起云涌的共产主义风潮。事实上,赫达亚特作为社会的一分子,一位知名作家,他当然也被卷入到当时的社会发展洪流中。赫达亚特也曾经加入过“拉贝”组织,这是伊朗一个共产主义左翼作家联盟,也算是赫达亚特传记中不多的与社会大事件相联系的一例,但是赫达亚特很快就退出了这个组织,又一次在传记作家的笔下消失在历史的洪流中。

从伊朗当代赫达亚特传记可以看出,赫达亚特是一个游离于社会潮流之外的作家:无论外面的世界何等精彩,赫达亚特却一直封闭着自己的心房;即便游历了

欧亚许多地方，却始终在有限的朋友圈里孤独地流浪。他所拥有的和值得自豪的只有他的作品。当然，上述特点只是传记作家笔下的赫达亚特，因此赫达亚特所呈现在人们面前的就不仅仅代表了他自己，同时还有传记作家，甚至他们所处时代的影子。

三、上述特点的深层成因探讨

如上所述，伊朗当代传记作家在赫达亚特人物形象塑造上，即通过传主的一生及其作品展现其个性和特点上表现出一致性。然而，其中脱离当时社会背景，对传主个人心灵世界的关注并不代表传记作品本身也是游离于时代发展之外的。相反，正是这种独特性将传主典型化，使传主从简单独特的个人形象而转变成一个群体、或者一个时代的代表，通过探究赫达亚特形象塑造的独特性成因，可以了解当代传记作家乃至整个社会对赫达亚特的看法，使传记不再是一个人的传记，而可以将之放大到整个社会，这也就是传记作品研究的真正意义。

（一）伊朗传记文学传统

要讨论赫达亚特传记的典型性，有必要首先回顾波斯文学史上的传记文学发展历史，以了解其在今天所处的地位。

早在伊朗萨珊王朝时期（224—651）就出现了中古波斯语[1]传记作品《阿尔达希尔传》，讲述萨珊王朝奠基人阿尔达希尔的成长和登基经历。公元650年，在萨珊王朝被阿拉伯人打败后，伊朗成为阿拉伯帝国的一个属国，宗教被伊斯兰化。到了公元10世纪，随着伊朗地方王朝的崛起，现代波斯语开始在伊朗流行，波斯文学重新获得了生机。

直至19世纪前，在长达两千年的波斯文学历史长河里，尽管波斯诗歌占据了大部分的荣光，然而波斯传记文学却一直在默默地发展中。纵观波斯古典传记文学，总共可以分为三大类型：一为英雄人物传记，体裁多为诗歌，最著名的就是波斯诗人菲尔多西的著名史诗《列王纪》，而后世的相关作品多取材于此；二为宗教人物传记，主要是苏非文学中的各长老传、书信集，代表作有贾米的《长老传》和莫拉维的《书信集》；三为归为历史著作中的各类游记等。在上述三类传记作品中，只有第二类苏非传记文学在当时被作为专门的文学体裁而得到认可，并且也在素材上最接近当代传记文学，而这也正是影响到伊朗后期传记文学创作的最主要因素。

自16世纪到19世纪，是波斯文学的衰落时期，无论诗歌还是散文作品，都无法与之前的五百年相比，而传记文学在这一时期更是销声匿迹。从19世纪初开始，由于受到西方文学思潮和形式的影响，波斯文学在经历了长期的低潮后又焕发出生机。波斯文学作品开始在内容上关注时事政治和人民现实生活，在体裁上出

① 即巴列维语。

现了新诗体和小说，并逐渐在20世纪初基本成形，受到读者的接纳和欢迎。虽然这一时期偶有传记体裁的作品发表，例如伯祖尔格·阿拉维的狱中回忆录《五十三人》，但是波斯传记文学再也没有如同伊朗中世纪的苏非传记文学那样成为一个特定的体系，苏非传记文学传统，以及其中包含的苏非思想仍然影响着伊朗传记文学的发展。

（二）苏非思想对伊朗传记文学的影响

苏非思想作为一种伊斯兰神秘主义思想，最早可以追溯到先知穆罕默德。自10世纪末开始波斯苏非们将阿拉伯苏非思想与本土的神秘主义思想相结合，创造出了具有波斯特色的苏非理论与实践。波斯苏非思想重视现世而又力求出世，强调信徒通过个人的修炼和苦行的实践活动而忘掉自我，从而达到"人主合一"的境界。正是由于苏非神秘主义是一种个人与真主之间的"神秘性"关系，使得其带有强烈的个人主义色彩。苏非长老们可以采用各种不同的方法，或冥想，或狂舞，从而体验与真主的"对话"、"合一"的境界。因此，这就需要信徒们记录下苏非长老们认识真主的方法、途径、以及感受，从而产生了大量的苏非长老传记、对话录、书信集；并且由于对于苏非长老言行的理解不同，苏非一代代信徒们对传记本身又进行了大量的注释，从而构成了苏非传记文学的另一大组成部分，促进了苏非传记文学的发展。

在这些苏非传记文学作品中，受到最多关注的是个人神秘主义修炼道路的实践过程和心灵体验。例如：萨姆纳依在《坚固的把手》（*Kitāb al-'Urwat al-Wuthqā*）一书中记录了其在修炼实践过程的不同阶段看到了不同的颜色等体验。虽然苏非传记文学在16世纪伊朗萨法维王朝建立并将什叶派定位国教后，随着苏非派在伊朗的整体式微而走向衰落，但是苏非思想却在这五百年间潜移默化地深入进伊朗文化阶层，成为伊朗知识分子普遍认同的处世态度和人生哲学，即对于个人修行的重视和理想主义的人生观。这种人生哲学体现在文学家上，在当时造就了一批波斯古典诗坛巨匠及作品，如云游四海的萨迪及其充满理想主义的《蔷薇园》、随性高傲的哈菲兹及其热情且隽永的抒情诗等。而在伊朗现代文坛上，赫达亚特无论从漂泊出世的人生实践，还是细腻神秘的心理作品，都无一不体现了这种苏非主义的精神。

（三）苏非传记文学对赫达亚特传记文学的影响

在回顾了波斯传记文学的发展之后，可以看到苏非传记文学无疑是其中最为闪亮的明珠，而赫达亚特传记无论是传主本人的苏非精神特质，还是传记的叙事手法，在很大程度上继承了苏非传记文学的特点。

在形式上，赫达亚特的传记同苏非传记一样，由传记作家，也就是一群试图深入了解赫达亚特的学者撰写。对于自传，今天的理解多是叙述自己的生平经历。

在这一理解基础上，正如很少有苏非长老为自己作传一样，赫达亚特在世时也直接拒绝了自传。但是如果将“自传”的理解扩展到个人在一生中的心理体验，那么赫达亚特曾经并且一直毫不吝啬于将自己的心理体验公诸于世，他发表的大量的心理小说带有强烈的个人色彩，也被当今有着相同文化背景的伊朗传记作家们视为传主人生的重要组成部分。也正如苏非弟子们不断为长老传记注释的传统，占绝大多数的赫达亚特评论性传记也可以看作伊朗当代传记作家对这一注释传统的传承。

在内容上，赫达亚特的传记以语录（书信）及其个人的精神体验为主体，围绕着传主一生在孤独与漂泊的经历，对“生死”的人生体悟的发展历程，并最终通过“自杀”的实践为终结。这与苏非传记文学中苏非长老通过云游四方的人生实践与以冥想为基础的精神实践及其相似。这充分表明了即使相隔了近五个世纪，苏非传记文学对伊朗传记文学的影响依然存在。从另一个角度看，在传记文学繁荣的今天，伊朗当代传记作家们不约而同地选择赫达亚特，而非同一时期的其他现实主义作家作传，并且采用伊朗传统传记的叙述方式，不仅说明了赫达亚特在当代伊朗传记作家心中占有重要的地位，而且也在一定程度上体现了一直埋藏在伊朗知识分子心中的对苏非精神的认同。今天在伊朗出现的赫达亚特热潮，无疑代表了当今伊朗知识阶层对这种苏非精神的肯定和向往。

传记文学与国家历史的融合

——以苏阿德·萨巴赫的《海湾之鹰》为例

《海湾之鹰》一书的全名是《海湾之鹰：阿卜杜拉·穆巴拉克·萨巴赫》，该书是科威特女诗人苏阿德·萨巴赫(Souad al-Sabah，1942—)为其丈夫阿卜杜拉·穆巴拉克·萨巴赫撰写的传记。尽管作者与传主的夫妻关系很容易让人对传记本身的内容产生怀疑，但是作者客观的立场、独特的写作手法，让读者打消了对其与传主关系的关注，而被传记本身的内容所吸引，进而为传主的传奇经历所感动。该书在1995年出版以后，没几天后即告售罄，第二年就又再版了两次，足见科威特读者对该传记的认可。在科威特这样一个当年人口不足100万的国家，《海湾之鹰》所造成的影响是相当大的。

一、个人传记与国家历史的融合

苏阿德·萨巴赫的这本传记最突出的特点就是个人传记与国家发展历史的紧密融合。一位阿拉伯学者指出："这本书以一个个人的历史概述了一个民族的生活。这是一个为了提升国家地位，为了人民的胜利而做出牺牲的高贵人物。"[①]作为传主的妻子，和传主共同生活了30余年，作者很难撇开自己对丈夫的感情，因而书中不乏对传主的溢美之辞。在卷首献词中，她说："阿卜杜拉·穆巴拉克·萨巴赫是一本皇皇巨著，千标题万页码都难以尽言，科威特的年轻一代一定要读读这本巨著，学习其骑士风度、男子气概、勇敢慷慨和爱国主义的原则……他是一座高耸的航标灯，他是科威特的一座高塔，为旅行者、船只和海员引航指路，为他们打开和平的道路，通向21世纪的港口。"[②]该书作者与传主的特殊关系决定了书中或多或少对传主感情的表现，这是合情合理的事，但我们读到更多的是客观事实在支撑着作者的观点，使得书中的内容和作者的感情显得真实可靠，没有丝毫的矫揉造作。

从作者的介绍中可以得知，传主阿布杜拉·穆巴拉克·萨巴赫生于1914年8月23日，其父乃现代科威特国家的奠基者大穆巴拉克。少年时代萨巴赫曾在当时最新式的学校穆巴拉基亚学堂就学，12岁即参加守卫科威特城门的工作，1942年任科威特安全总署署长和科威特市市长，1949年主持创建护照司，1952年主持创建科威特广播电台，1953年主持创办航空俱乐部和航空学校，1954年任军队总指挥，大量采购现代化武器来装备科威特军队，并采用先进的手段进行军队的训练。1956年负责组建民航局。1958年任科威特政府最高委员会(科威特政府内阁的前

---

① 法迪勒·萨义德·阿格勒："科威特与萨巴赫及其他"，载《白昼》杂志，1996年2月14日。

② 苏阿德·萨巴赫："海湾之鹰卷首献词"，《海湾之鹰》，苏阿德·萨巴赫出版社，1996年。

身)成员,在埃米尔之后位居第二。1959 年受命将警察局和安全总署合并成一个部门。阿卜杜拉·萨利姆·萨巴赫在位期间(1950—1965),曾代理埃米尔摄政。他曾多次担任文化委员会的领导职务,担任过民族文化俱乐部的名誉主席,1961 年退休,1991 年 6 月 15 日逝世。

作者基本上是顺着传主的主要经历来记述的。第一章写阿卜杜拉·穆巴拉克其人,简单叙述了传主的童年和青年时代、传主的性格及其社会生活。如果说第一章作者的叙述手法采用的是私人性话语,那么从第二章开始作者就进入了宏大的叙事,将传主放到现代科威特国家建设的大背景中来描述。第二章重点记述了阿卜杜拉主持创建各个现代机构,涉及到各个重要的领域:安全总署、军队、教育与文化、民航以及各种民间机构。第三章重点叙述了阿卜杜拉在科威特对外关系方面所作出的贡献,主要涉及黎巴嫩、沙特、约旦、巴勒斯坦、阿尔及利亚、摩洛哥、埃及、美国和英国,作者没有夸大传主在外交领域的成就,而是就事论事,实事求是。我们从作者的描述中发现,传主的外交活动基本上是科威特外交政策和外交活动的重点,一方面是把同西方关系的重点放在了美国和英国,另一方面,则极为重视同阿拉伯大国和重要国家的交往。在这一章中,作者特别指出了传主在制定科威特外交政策中所发挥的重要作用。第四章集中描绘了传主是如何处理与伊拉克关系的,特别是科威特与伊拉克之间存在的各种问题,包括水资源问题、边界问题、加入阿拉伯联盟问题、1958 年伊拉克革命问题、卡西姆上台以后否认科威特权利的问题、边界与双边关系问题、1973 年的危机和 1990 年伊拉克入侵科威特等。第五章不避隐私,揭开了阿卜杜拉没有继承科威特埃米尔之职上台执政以及后来离职退休的真相。

传主的这些经历恰恰是科威特建立现代国家过程中非常重要的阶段,而传主本人不仅是这一系列国家建设行为的参与者,还是其中许多领域的领导者。正是在阿卜杜拉的领导下,科威特创建了广播电台,拥有了自己的宣传和娱乐媒体;从航空俱乐部到航空学校,一直到科威特民航局,都是阿卜杜拉一手创建的,从这里可以看到传主一步一个脚印,踏踏实实做事的风格;正是阿卜杜拉引领了科威特安全总署的创建,后来又负责警察局和安全总署的合并,使得国家的安全体系得到完善;也正是他,创建了护照司,便利了科威特公民走向世界的步伐,规范了外国人来科威特的管理;在他担任军队总指挥期间,科威特的军备和训练得到长足的发展,科威特军队成为现代化的军队;他还多次担任文化委员会的领导,为科威特的文化建设立下汗马功劳。作者没有用华丽的辞藻直接为传主歌功颂德,但通过对传主参与、引领科威特现代化建设的种种实际行动,让读者领略到一个文武兼备的政治人物的丰功伟绩和人格魅力。

作者谈到了传主的高尚品格,不是自己在侃侃而谈,而是援引别人对传主的评价,用他人的评价来构建传主的人物形象和人物性格。而且这些来自外部的评价不是撰写传记期间临时采访的应景材料,而是各种正式发表的文章、著作和政府机构的文件或报告。书中援引了费克理·阿巴扎先生(一位著名的阿拉伯报业人士,曾多年担任埃及《画报》杂志主编)1958 年发表的文章[①],说阿卜杜拉谢赫"是一位精明干练的领导人,是一个英雄。他接待我的时候敞开心扉,容光焕发,笑口常开。当我们高声称赞,感谢他的慷慨大方和盛情款待,他很生气地打断话头,表示抗议,说道:'不要这么说,你们在这里,这里就是你们的家,就是你们的故乡,就是你们的祖国。小小科威特在她还是个儿童的时候,就得到埃及在建设方面,在学术和艺术等方面的全面帮助……你们的功劳在先,而且这种功劳还是连续不断的……你们现在所处的地方,是你们房子的正屋。'"[②]费克理·阿巴扎先生在文章中还谈到阿卜杜拉谢赫的政治魅力和语言能力,认为长期的历练和纯正的阿拉伯气质,不仅锻炼了他的政治和管理能力,也给他的各种谈话增添了魅力,颇为引人注目。费克理·阿巴扎先生称赞他的语言风格够得上"易而难及"的称谓。"易而难及"一词是阿拉伯评论界对那些看似简练平易却难以模仿的语言风格的概括性指称,最初是用来形容阿拉伯著名的民间故事《卡里来与迪木乃》独特的语言风格,在这里被用来形容传主的语言能力和文化水平。

对于传主的其他优良品格,作者也引用其他人的材料来说明,1951 年的一份英国报告描述他"热忱慷慨";法国记者法郎索瓦·米杜尔则把他描绘成一个"暴风式的人物",工作上雷厉风行,犹如沙漠的飓风。1952 年,阿菲夫·塔伊比在书中写道:"他拥有高贵统治者的英雄气概。他办事公正,绝不偏袒。"[③]法迪勒·萨伊德·阿格勒曾出版一本书,发表黎巴嫩记者代表团 1952 年访问科威特的有关评论,描述阿卜杜拉谢赫"是一个独特无双的人物,强悍有力,聪明绝顶,外形如虎,目光如隼。你第一次出现在他面前,就会被他的谈话魅力攫住,为他的气质所吸引,为他的善解人意和高度自信所折服。他是真正民主的,他爱护人民,相信群众,相信他们的能力和本质。当你坐到他在场的地方,他会迅速注意到你,全神贯注地迎着你的目光,风度优雅,和蔼可亲,温和亲切……如果你到他的法庭,你会看到他在倾听人们的诉说和诉求,你会发现这位公正的长官总是公平处事,真心待人。此外,他那与生俱来的骑士风度、天生的聪明和超人的智慧穿透你的内心"[④]。

他的慷慨大方体现了阿拉伯的待客之道,符合阿拉伯人的传统。根据卢特菲·李笃对阿卜杜拉谢赫慷慨品格的描述可以知道:"他的宫殿对每一个前来敲门的夜客和每一个过路人都是开放的,谁想吃就吃,谁想神侃就神侃。他在这里接待告状者、受冤枉者和求助者……金钱、体面和权力都不能使他感到快乐,在他看来,这些东西都是过眼烟云。使他感到欣慰的,是上天帮助他实现每一个阿拉伯人的愿望,帮助弱者从强者那里讨回公道,使科威特永远成为一个阿拉伯国家,属于所有的阿拉伯人。"[⑤]

---

① 《海湾之鹰》,第 44 页。

② 同上。

③ 阿菲夫·塔伊比:《在科威特 14 天》,贝鲁特:今日出版社,1952 年,第 18 页。

④ 法迪勒·萨义德·阿格勒:《现代科威特》,贝鲁特:今日出版社,1952 年,第 34 页。

⑤ 《海湾之鹰》,第 45 页。

二、具有学术风格的传记文学

这部传记的另外一个特点是其学术风格。一般的传记或者更确切地说是传统的传记一般都是采用文学的手法，对传记材料进行加工，使人物形象更加富于传奇色彩。但苏阿德·萨巴赫显然是出于和传主的特殊关系的顾忌，尽量避免用传统的文学手法，希望能够以客观的态度来进行写作，获得读者的认可。不管是不是出于作者与传主的特殊关系，作者的确是用研究学术的方法来进行《海湾之鹰》这一传记的撰写。有一篇评论指出："苏阿德·萨巴赫博士以此书证明了她是一流的学者。"[①]这本传记著作的学术性体现在以下几个方面：

一是书中几乎每一页都有注解，详细注明了引文的出处。不仅有阿拉伯文的注释，还有不少英文的注释。有的书页中的底端注解有好几个，令人咋一看，还以为是一本学术性著作，而不是一本传记。

二是作者除了参考很多的拉伯文报刊和英文报刊，引用了这些报刊上的相关资料，而且作者参考、引用过很多阿拉伯文和英文书籍，其中阿拉伯文参考书 49 本，英文参考书 18 本，另外还查阅了两本相关的硕士论文和一篇博士论文。这些参考书内容广泛，有的是关于科威特历史的书籍，有的是人物传记，有的是回忆录(包括阿拉伯人的和西方人的)，有的是学者研究海湾石油与社会变化的专著等。

三是作者在书后做了 4 个索引：1. 人物索引；2. 家族和部落索引；3. 地名和机构的索引；4. 书籍、报刊、杂志、外交报告和文献的索引。这些索引非常方便读者进行相关的检索。一般的学者在做索引的时候只对专有名词进行索引，但苏阿德·萨巴赫详细地进行了分类索引，从中可以看出苏阿德·萨巴赫严谨的学术训练。

四是作者还专门附录了近 100 页共 56 份与传主相关的文献资料，其中有英国女王给阿卜杜拉·萨巴赫授勋的证书，有科威特埃米尔任命内阁部长的名单，有阿卜杜拉·萨巴赫发布的命令，有阿卜杜拉·萨巴赫发布所主持的要害部门发布的公告，还有英国驻科威特政治代表处与英国外交部、美国驻科威特领事馆和美国外交部之间的往来文书、电报和调研报告等。有学者指出："帮助她完成这一任务(指写作传记)的一个重要因素是，大多数 1961 年之前的外国文件都已经公开，无论是阿拉伯的学者还是外国的学者都可以调阅。这才使得她可能充实(传记)文本，首先将其个人生活描写成科威特统治家族的，其次才是她自己作为阿卜杜拉·穆巴拉克·萨巴赫谢赫的妻子及其生命中的伴侣。"[②]

五是作者的详尽考证。如关于传主的出生年代的确定，作者引用不同的材料，并以逻辑的推理来论证传主的出生日期。的确，关于阿卜杜拉·穆巴拉克谢赫的出生年代有着不同的说法，但总的说来都认为是介于 1910—1914 年之间。譬如，

① 阿里·苏欧迪："形象与话语"，载《籍贯报》，1995 年 12 月 6 日。

② 马进·穆罕默德："阿卜杜拉·穆巴拉克的传记概括了科威特半个世纪的历程"，载《生活》报，1995 年 8 月 5 日。

英国的一份报告指出,阿卜杜拉·穆巴拉克谢赫出生于1910年,而一份美国的报告则指明他在1950年时为35岁,也就是说他是1915年出生的;埃及的《最后一刻》杂志指出,他在1953年时已经40岁,亦即他是1913年出生的,[①]而埃及的《鲁兹·尤素福》杂志则说他出生于1919年。[②] 撰写萨巴赫家族一书的作者鲁什(Alan Rush)则考证阿卜杜拉谢赫的出生时间是在他父亲去世的那一年,"即1915年"[③],这个时间不对。事实上,正如艾哈迈德·贾比尔谢赫所记录的,阿卜杜拉谢赫是1914年8月23日诞生的,比他父亲逝世的时间(伊斯兰历1334年1月20日,即公元1915年11月29日)要早1年多。鲁什所引用的关于他父亲的资料也不够准确。鲁什提到:"大穆巴拉克是穆罕默德和杰拉赫同父异母的兄弟。穆罕默德·萨巴赫是我的曾祖父,在大穆巴拉克之前任科威特的统治者(1892—1896)。而穆罕默德、杰拉赫和穆巴拉克则是三个同胞亲兄弟。其中,穆巴拉克的年龄最小。他们的母亲鲁额鲁爱特·穆罕默德·萨基布,是祖拜尔地区的长官艾哈迈德·本·尤素福·本·穆罕默德·萨基布的女儿,也是我母亲的三祖母……"[④]从家谱图中我们可以看出阿卜杜拉谢赫相关的家庭关系网。

不可否认,以学术的方法来进行传记的撰写,确保了传记内容的真实性。有学者指出,"作品的价值取决于作者人格。要想理解和评价作品,必先理解和评价作者其人。对作者的理解逻辑上先于对作品的理解"[⑤]。尤其是苏阿德·萨巴赫与传主的特殊关系,的确让人对她的传记作品产生一丝疑虑,因而非常有必要了解作者本人。正像孟子所说的:"颂其诗,读其书,不知其人可乎?是以论其世也。"[⑥]作者的学术身份和学者身份,加上作者与传主之间的特殊关系,使得这一本传记作品形象生动而不失真实客观。

三、苏阿德·萨巴赫的学术生平

苏阿德·萨巴赫是科威特著名的女诗人、作家、学者和社会活动家。她出身王族,即科威特执政的萨巴赫家族。她的诗歌成就和学术上的建树,加上高贵的出身及其出色的社会活动能力,使她不仅在海湾地区声名显赫,而且在整个阿拉伯世界都有影响。她的诗经常在各种晚会上被朗诵,在广播电台、电视台通过电波传达给广大听众和观众。有些诗还被谱曲配乐,广为传唱。有的甚至拍成MTV,受到阿拉伯观众的喜爱。

根据《海湾之鹰》科威特王室家族的族谱,可以确定苏阿德·萨巴赫是曾任科

---

① 《海湾之鹰》,第34页。

② 同上。

③ Alan Rush *Al-Sabah*: *History and Genealogy of Kuwait's Ruling Family* 1752—1989, London: Ithaca Press, 1987, p. 115.

④ 《海湾之鹰》,第33—34页。

⑤ 胡经之、王岳川:《文艺学美学方法论》,北京大学出版社,1994年,第44页。

⑥ 孟子:《孟子·万章下》。

威特埃米尔的萨巴赫二世的曾孙女。1960年，风华正茂的苏阿德·萨巴赫同英俊潇洒、沉稳干练的阿卜杜拉·穆巴拉克·萨巴赫结为终身伴侣。[①] 她的丈夫就是现代科威特国家的奠基者穆巴拉克·萨巴赫(Mubarak Al-Sabah)的小儿子。从亲缘关系上看，苏阿德·萨巴赫是其丈夫阿卜杜拉·穆巴拉克·萨巴赫的侄孙女。[②]

1970年，苏阿德·萨巴赫留学埃及，就读于开罗大学政治经济学院，1973年以优异的成绩获得经济学学士学位。对她来说，这个学士学位确实来之不易。她当时已经结婚，并且做了母亲，既要牵挂孩子，又要坚持学习。其中的酸甜苦辣可想而知。而且就在1973年，刚过而立之年的苏阿德·萨巴赫还遭受了意外打击：13岁的大儿子穆巴拉克急病夭折。[③] 然而，困难再多再大也改变不了她深造的决心。经过加倍的努力，她终于实现了自己的奋斗目标，完成了自身的角色转换：从王室贵妇变成为一个具有独立思考能力的知识分子。一方面，在这一角色转换过程中，她坚强的个性起到了相当大的作用；另一方面，她对知识与理性的向往也是一个重要的因素。她说："我努力工作，选择了在知识和理性的海洋中旅行，因为我深信：一个没有头脑的女人是一个患了全身瘫痪症的女人，一个如同寄生植物的女人，使社会的进程和生命的进程变得困难。"[④]

后来，也正是这种独立的个性和不达目的誓不罢休的、不屈不挠的顽强精神，以及追求知识和理性的理想，令她再次远离家乡，到英国求学，并进入萨里大学继续深造，1981年获经济学博士学位，从此走上了经济学研究的道路。

苏阿德·萨巴赫潜心治学、勤于思考，在一篇篇经济研究方面的文章见诸报刊杂志的同时，一本本专著也随之出版。《科威特经济的规划发展与妇女的作用》、《欧佩克：以往经验与未来面貌》、《新的石油市场：沙特恢复主动》、《阿拉伯祖国的资源危机》、《科威特经济概论》、《产油国的经济发展与最近的经济变化》、《海湾合作委员会的石油政策》、《今日世界之经济与政治》、《穆斯林妇女在海湾经济发展中的作用》等书先后面世，显示了苏阿德·萨巴赫令人刮目相看的学术成就，而且，人们还从她的这些著作中看到了一位阿拉伯女学者对发展民族经济高瞻远瞩的洞察力和一颗急于改变祖国、海湾地区乃至阿拉伯世界经济面貌的忧国忧民之心。这种"达则兼济天下"的精神出自一位出身高贵的科威特王室公主，尤为难能可贵。

她从事海湾经济研究和石油经济研究，发表了几百篇论文，出版了近十本专著。由于成就突出，她受聘于英国牛津大学讲授经济学课程，成为第一位获此殊荣的阿拉伯女性。[⑤] 尽管苏阿德·萨巴赫为人谦逊，在谈及此事时亦难免流露出骄傲和自豪的情绪。她在接受采访时曾说道："选择在牛津大学任教对我来说，是一

---

① ［科］法迪勒·赫尔夫：《苏阿德·萨巴赫：诗歌与女诗人》，科威特：努尔出版公司，1992年，第7页。

② 《海湾之鹰》，第35页。

③ 同上书，第7页。

④ 苏阿德·萨巴赫："我的心凝聚着一种古老的爱"，载《大家》杂志，1996年6月18日，第48页。

⑤ ［科］法德勒·爱敏：《苏阿德·萨巴赫出身高贵的女诗人》，前言，贝鲁特：萨迪尔出版社，1994年。

件令人激动和荣耀的事情。那是源于我在学习、研究和撰述上持续不断的贡献。”①

苏阿德·萨巴赫的学术经历对她创作这本传记显然有着巨大的影响，使她能够得心应手地进行传记的材料搜集和整理工作，并有能力保持一种客观的态度去进行写作。因此，苏阿德·萨巴赫的这本传记既是一个人发展经历的写照，也是一个国家发展历史的记载，与其说是一本文学作品，毋宁说它是一本学术著作。

苏阿德·萨巴赫以学术性手法来写传记，将个人的历程与国家发展的历史紧密结合起来。这样一本传记不仅具有文学价值，而且还有着不可低估的历史价值。多位评论家都指出了这本传记对于科威特历史研究和阿拉伯历史研究的价值所在。吉哈德·法迪勒指出：“这本书不仅仅是对一位为建立科威特国家做出贡献的杰出人物的纪念和致敬，更是一本学术著作，是科威特现代历史重要阶段的文献，追述了阿卜杜拉·穆巴拉克私人生活的各个层面及其作为公众人物的生活，既把他当做有情感、有原则的群体中的一个代表人物，又把他当做一个在国家历史上发挥了决定性作用的国之栋梁。”②科威特的评论家认为，科威特年轻一代都要读一读这本传记，更好地了解科威特国家发展的历史，特别是科威特现代化的过程。更有阿拉伯学者指出，研究科威特现代史和阿拉伯现代历史的人都应把苏阿德·萨巴赫的这本传记作为重要的参考书。

---

① [科]法德勒·爱敏：《苏阿德·萨巴赫出身高贵的女诗人》，前言，贝鲁特：萨迪尔出版社，1994年，第9页。

② 吉哈德·法迪勒：“身披现代化外衣的纯正贝杜因”，载《事件》报，1996年1月19日。

三本他传与“纪伯伦形象”

——从“神秘化”到“人性化”

1883年1月6日，纪伯伦·哈利勒·纪伯伦(Gibran Kahlil Gibran，1883—1931)出生于黎巴嫩北部小乡村贝什里，他12岁随家人移民波士顿，一生的大部分时间在美国渡过，是一位画家、用英语和阿拉伯语进行创作的双语作家。作为一位享有世界声誉的作家，纪伯伦的文学作品在英语世界有比较广泛的读者群，并且引起相当大的反响。

在美国，纪伯伦的文学作品从他在世时就赢得了批评界和大众读者的广泛关注。他最早的两部英文著作《疯人》(*Madman*，1918)和《先行者》(*Forunner*，1920)一出版就得到了美国批评界的青睐，一些著名文学杂志及报纸，例如《太阳报》(*Sun*)、《呼喊》(*Call*)、《邮报晚报》(*Evening Post*)、《日晷》(*Dial*)、以及哈丽亚特·门罗的《诗刊》(*Poetry*)纷纷撰文评论。[①] 1923年，美国文学史上以扶植先锋艺术著称的“小杂志”类型的出版社克诺夫出版社(Knopf)出版纪伯伦的名作《先知》，虽然《先知》并没有像前两部英文作品一样，得到美国先锋艺术界的重视，却在普通大众读者中引起热烈反响。《先知》在美国的销售量持续上升，30年代的经济大萧条期间，美国经济大幅度滑坡，《先知》的销售量却骤增，1938年，美国《出版者周刊》(*Publishers Weekly*)甚至因为“经济大萧条时期《先知》销售量为何反而剧增”这个问题展开了一系列讨论。直至今日，纪伯伦的文学作品仍常被印成尺寸很小的“口袋书”，被人们当做礼物馈赠给亲朋好友。

纪伯伦文学作品在英语世界广泛的读者群和深远的影响力，使他在英语读者中形成了特定的作家形象。事实上，在学术研究视域，作家形象本身并不重要，重要的是在纵深的层面，这一形象可以为我们提供理解和诠释其所处文化的可能性。从接受反应的角度看，读者心目中的作家形象不仅体现了接受者的个体性差异，更彰显了接受者所处文化的独特性，不同的接受语境，会建构出迥异的作家形象。本论文通过集中观照不同接受语境中的3本具有代表性的纪伯伦英文他传，深入分析不同的“纪伯伦形象”中映照的文化内涵。

大致来讲，英语世界“纪伯伦形象”的嬗变与纪伯伦研究的发展是同步的，英语世界的纪伯伦研究可以分为两个时期——早期纪伯伦研究和当代纪伯伦研究，早期纪伯伦研究指纪伯伦在世至20世纪上半叶的纪伯伦研究，这一时期纪伯伦形象的形成主要来源于报刊杂志对纪伯伦及其创作的述评性介绍，该时期由纪伯伦晚年私人秘书芭芭拉·杨(Barbara Young)完成的《此人来自黎巴嫩：哈利勒·纪伯

---

① Kahlil Gibran and Jean Gibran: *Kahlil Gibran: His Life and World*, New York, Interlink Books, 1998, pp. 326—328.

伦研究》(*The Man is from Lebanon, A Study of Kahlil Gibran*,以下简称《此人来自黎巴嫩》)是英语世界第一部有影响力的纪伯伦传记作品,对早期纪伯伦形象的形成具有重要意义。当代纪伯伦研究主要指20世纪80年代以后的纪伯伦研究,这一时期纪伯伦形象的形成主要得益于学术界的研究成果,《哈利勒·纪伯伦:他的生活和世界》(*Kahlil Gibran: His Life and World* 以下简称《他的生活和世界》)和《哈利勒·纪伯伦:人和诗人》(*Kahlil Gibran: Man and Poet* 以下简称《人和诗人》)是当代英语世界纪伯伦传记文学的两部代表作,《他的生活和世界》分别于1981、1991和1998年3次修订出版,《人和诗人》则在借鉴前一成果的基础上出版于1998年。《他的生活和世界》和《人和诗人》是当代英语世界纪伯伦传记研究最重要的两项成果。总的来讲,当代两部纪伯伦传记作品显示出客观、中立的学术立场,这与早期传记作者以一位"西方人"的视角极力将纪伯伦"神秘化"的主观倾向形成了鲜明对照,这种写作立场的转变,使当代纪伯伦形象表现出更为"人性化"的特点。

一、由"神秘化"到"人性化"的转变

《此人来自黎巴嫩》的作者芭芭拉·杨是一位不知名的作家,同时也是纪伯伦的崇拜者,1925—1931年,她作为纪伯伦的私人秘书,协助病中的纪伯伦完成一些写作和社会工作,1931年纪伯伦刚去世时,杨出版了一本关于纪伯伦生平的45页的小册子,1945年,她又出版了《此人来自黎巴嫩》,这是英语世界第一部有影响力的纪伯伦传记资料,对早期英语世界纪伯伦形象的形成有重要意义。总的来讲,这部作品的显著特点是作者鲜明的主观感情色彩。杨在该作的"前言"中坦言自己不可能作到"完全客观"地写纪伯伦其人其作,反而是以纪伯伦7年私人秘书的独特视角来感受纪伯伦,并毫不隐讳纪伯伦诗作给自己带来的强烈震撼力和对纪伯伦诗作和天赋的崇拜。① 因而,作者常以"亲历者"身份描述与纪伯伦一起经历的事件和自己的切身体会,感受性极强。例如作者从自己与纪伯伦的接触出发,评价纪伯伦更像一个孩子,回忆纪伯伦工作之余的率真、可爱和羞怯的孩子性情。②

与早期纪伯伦传记作品中作者鲜明的主观立场不同,当代两部传记作品则表现出客观、中立的学术立场,两位作者都试图以客观、中立的学术视角介入写作,这与早期纪伯伦传记文学形成了鲜明对照。

《他的生活和世界》的作者是哈利勒·纪伯伦和简·纪伯伦夫妇(Jean Gibran and Kahlil Gibran),与传主同名的作者和纪伯伦有着特殊的亲缘关系,他的父母都是纪伯伦的表亲、并在20世纪20年代移民美国,作者1922年出生于少年纪伯伦

---

① Barbara Young: *This Man from Lebanon, a Study of Kahlil Gibran*, NewYork: Alfred A. Knopf, 1945, "*Foreword*".

② Ibid., pp. 11—12.

曾居住过的移民聚居区，也在纪伯伦曾就读过的移民学校昆西中学（Quincy School）读书。虽然纪伯伦去世时作者还未满10岁，但当时已是画家和作家的纪伯伦的造访，给他的童年留下了温暖而又深刻的记忆。这种特殊的亲缘关系显然给作者进行纪伯伦传记的写作带来了既有益又不利的影响，一方面，作者在童年时代亲身接触过纪伯伦，纪伯伦给他留下了直接的印象，由于这种特殊的亲缘关系，作者得以从纪伯伦的妹妹玛丽安娜及波士顿其他亲戚那里获得大量纪伯伦的物品、书信和口述资料，也就是说，作者得到了很多“活”的传记资料，这自然给这本传记的“可靠性”加了分，但另一方面，这些“活”的传记资料也隐藏着诸多“不可靠”的因素——作者很容易从童年时代的记忆和亲戚的口述中获取“印象式”和带有情感色彩的回忆性资料。作者显然也清醒地认识到了这一点，在该作品的“介绍”中，作者叙述了促使他开始纪伯伦传记写作的直接原因，那并不仅仅是因为他的童年记忆和对纪伯伦这位在西方世界获得成功的美国第一代阿拉伯移民的身份认同感，而是因为自我发展的独立使他有可能客观、冷静地进行纪伯伦传记研究：

> 1966年，我渡过了生命的困惑期。我在职业上获得承认，我获得了独立发展的空间、而不再局限于家族的狭窄圈子，父亲将（纪伯伦的）文章、书籍、书信和玛丽安娜的礼物委托给我。我有了自己的家庭，于是，评价这些纪伯伦物品的时机到了。①

显然，作者是以一个独立的研究者身份、而不是纪伯伦的仰慕者或者后辈的身份进行写作的，这使《他的生活和世界》表现出“研究型”传记文学特征——不同于普通的传记文学作品，该作采取了客观、严谨的学术立场，研究性的论述重于文学性的解读，不追求作品的可读性，却追求作品的历史真实性，本文估妄称这类传记作品为研究型传记文学。就此而言，《人和诗人》也堪称当代英语纪伯伦传记文学的另一部研究型力作。

《人和诗人》的第一作者苏黑尔·布什雷（Suheil Bushrui）是享誉西方和阿拉伯世界的纪伯伦研究专家，他1930年出生于耶路撒冷的拿撒勒，自幼入阿拉伯学校读书，打下了良好的阿拉伯语言文化基础，后入英国学校读书，在南安普敦大学（the University of Southampton）获得英语文学的博士学位，早年主要从事叶芝（W. B. Yeats）研究，1968年，他任教于黎巴嫩贝鲁特的美国大学（American University of Beruit），开始从事纪伯伦研究并获得巨大成功。布什雷在西方和阿拉伯世界都具有一定的影响力，他曾在英国、尼日利亚、加拿大、黎巴嫩和美国的大学任教，多次就“基督教文化和伊斯兰文化的关系”问题进行公开演讲，同时，他也是美国玛里兰大学“哈利勒·纪伯伦科研项目”（The Kahlil Gibran Research and Studies Project）的负责人，1999年，在该项目的组织和推动下，举办了第一次国际性的纪伯伦学术研究会议，迄今为止，布什雷共出版了包括纪伯伦的译作、传记、作品导读和研究性专著在内的6部作品。其中，《哈利勒·纪伯伦：生态诗人》（*Kahlil Gibran, Poet of Ecology*）是当代英语世界唯一的一部系统的纪伯伦研究专著，1998年出版的《人和诗人》是英语纪伯伦传记研究的最新成果，该书的学术视角是

① *Kahlil Gibran: His Life and World*, p. 2.

显而易见的，它和《他的生活和世界》一样，表现出客观、中立的学术立场，这与早期传记文学作者芭芭拉·杨强烈的主观感情色彩形成了鲜明对照，从而也使当代纪伯伦形象发生了"质"的转变。

由于作者立场的不同，两个时期传记作品中的纪伯伦形象存在着显著差异。芭芭拉·杨鲜明的感情色彩使《此人来自黎巴嫩》具备了其他两部传记作品所不具备的优点：直观性和感受性强。由于直接参与了纪伯伦的晚年生活和创作，作者对纪伯伦作品中精神实质的把握和理解是到位的，作者以自己与纪伯伦交往的亲身经历描述了一个日常生活中的纪伯伦。但鲜明的主观感情色彩也使这部作品极富文学"创造性"：纪伯伦的私人秘书和崇拜者身份使作品充斥了作者不厌其烦的赞誉之辞，纪伯伦其人更被描绘成一位充满神秘色彩的先知。作者称纪伯伦为"天才"、他"来自圣经的土地"、"与神圣相联"，并以颇富传奇色彩的事例描述纪伯伦自4岁就表现出的绘画和写作的艺术天赋和神授气质，而成年后的纪伯伦更是像所有"天才"一样，从不为读者创作，甚至纪伯伦的内敛性格也被涂上超脱尘俗的神秘色彩。[①] 将纪伯伦"神秘化"的倾向导致了作品中诸多材料的失实，例如，称纪伯伦在20岁以前的大部分时间在黎巴嫩渡过并故意美化纪伯伦的家庭出身等等，以突出纪伯伦"神秘的"东方身份。[②]

与早期传记文学不同，客观、中立的作者立场使当代两部传记作品中的纪伯伦形象发生了"人性化"的转变。《他的生活和世界》有计划、针对性地从纪伯伦的美国友人玛丽·哈斯凯尔(Mary Haskell)、弗雷德·霍兰德·戴伊(Fred Holland Day)、约瑟芬·皮勃迪(Josephine Peabody)处获得了书信、日记、实物等大量第一手资料，对纪伯伦的生活和创作经历进行详实、生动的呈现，使读者如临其境。《人和诗人》则在现实层面梳理纪伯伦及其创作与美国文化的关系基础上，进一步从宗教、文化的高度探讨纪伯伦在其创作中试图调和伊斯兰教与基督教、东方文化与西方文化的种种尝试，展现了一个"人和诗人"的纪伯伦形象。在这两部传记作品中，纪伯伦不再是《此人来自黎巴嫩》中赋有神授气质的天才，而是一位12岁背井离乡、自小生活在美国社会底层、具有强烈成功欲望和奋斗精神的第一代阿拉伯移民形象。两部作品忠实记录了少年纪伯伦如何在波士顿"先锋派"艺术家戴伊的引荐下初涉艺术圈，玛丽对纪伯伦艺术创作进行的物质资助和英语语言训练等事实。对于早期传记作品中极力将纪伯伦的家庭和东方身份"神秘化"的倾向，当代传记作品也采取了实事求是的态度：对于纪伯伦父亲的渎职入狱、家庭的被迫迁居美国、在波士顿移民聚居区的困窘这些"不名誉"的纪伯伦生平，作品都照实叙说。

总之，当代两部传记作品打破了将纪伯伦"神秘化"的倾向，力图以客观、中立的视角还原一个真实而富有"人性"的纪伯伦，是纪伯伦传记文学的一大突破，而两个时期传记作品中纪伯伦形象的转变并非偶然现象，它们在各自所处的时代均具有代表性。《此人来自黎巴嫩》与当时美国报刊杂志述评中塑造的纪伯伦形象一

---

① *This Man from Lebanon, a Study of Kahlil Gibran*, pp. 4—12.

② Ibid., p. 31.

致，早期美国报刊杂志述评往往突出纪伯伦及其创作"神秘的"异域东方色彩。譬如《太阳报》发表评论，认为纪伯伦的作品给予"我们"西方世界的东西，几乎不能在"我们"自己诗人的创作中找到。《诗刊》评论《先知》带着些"叙利亚哲学"的味道，它异于"我们的"文化，我们这一代不安和不满足的灵魂，能够从中找到一种"奇妙的"放松。一些报刊杂志甚至将纪伯伦描述成一位身穿阿拉伯长袍、出身阿拉伯名门望族的先知。[①] 当代两部传记作品中的纪伯伦形象也与当代纪伯伦研究的发展趋势相吻合。以苏黑尔·布什雷为首的"哈利勒·纪伯伦科研项目"的研究成果集中体现了当代英语世界纪伯伦研究的发展趋势，1999 年，在"哈利勒·纪伯伦科研项目"的组织和推动下，举行了第一次国际性的纪伯伦学术研究会议，来自美国、英国、黎巴嫩、法国、中国等国家的纪伯伦研究专家和学者参加了这次会议，与会学者围绕着"通向文化和平"、"哈利勒·纪伯伦的遗产"、"诗人的形象"、"幻象和伦理的统一"、"人权诗人"和"美国本土视角的移民传统"等论题，以客观严谨的学术态度对纪伯伦其人其作进行了文化层面的深入探讨。

显然，两个时期传记文学中纪伯伦形象的转型，体现了早期纪伯伦述评和当代纪伯伦研究中纪伯伦形象的转变，具有代表性，那么，英语世界的纪伯伦形象为什么会发生这种转变呢？它又映照出什么样的文化内涵呢？

二、"纪伯伦形象"转变的文化解析

两个时期纪伯伦形象的转型，体现了 20 世纪美国文化由"西方中心主义"向"多元文化主义"的转变。首先是 20 世纪上半叶的美国接受了由欧洲舶来的"东方想象"，在这样的文化氛围下，纪伯伦的"东方"身份、自幼年表现出的绘画天赋和忧郁早熟气质，使早期美国评论界和传记作者将纪伯伦看作一位富有神秘色彩的东方先知。而当代美国多元文化景观中少数族裔群体自我意识的觉醒和"全球化"时代东西方文化对话的需要，使当代纪伯伦研究和传记文学中的纪伯伦形象发生了"人性化"的转变——他是早期阿拉伯移民中的佼佼者，在创作中力图融汇阿拉伯——伊斯兰文化和基督教文化，为东西方文化交流架起沟通的桥梁。

20 世纪上半叶的美国批评界以猎奇心理看待纪伯伦文学创作中神秘的"东方"色彩，与欧洲浪漫主义以降的"东方想象"有关。自 19 世纪上半叶的浪漫主义时代以来，"东方"作为西方的他者形象，一方面被视为落后愚昧的，另一方面，却在文学艺术领域被想象成具有"异国情调的、神秘的、深奥的、含蓄的"。萨义德写道："欧洲通过亚洲获得新生"是一个影响深远的浪漫主义观念。在一些西方人的心目中，"东方"作为"西方"的对立面，可以挫败西方文化的物质主义和机械主义，从这一挫败中将复活、再生出一个新的欧洲。[②] 欧洲的这一"东方想象"极大影响了 20 世纪上半叶的美国，这一方面是由于美国与欧洲文化特殊的亲缘关系，另一方面是

---

① *Kahlil Gibran: His Life and World*, p. 372.

② [美] 爱德华·W. 萨义德：《东方学》(王宇根译)，生活·读书·新知三联书店，1999 年，第 149 页。

因为美国在特定历史时期构建新的"边疆神话"的内在需要。

19世纪末期至20世纪上半叶出现的影响美国文学的一个重要背景是美国边疆的消失。1893年，弗雷德里克·杰克逊·特纳(Frederick Jackson Turner)在芝加哥的美国历史学会会议上宣读论文《论边疆在美国历史上的意义》(*The Significance of the Frontier in American History*)，该论文是19世纪关于西部的最有影响的一篇文章，特纳在这篇论文中提出的"边疆学说"彻底改变了美国的编史工作，其影响波及经济学、社会学、文学评论及政治等领域。①

特纳认为，边疆是"野蛮与文明之间的汇合点"，是一片"自由土地"，在边疆一带每当文明与野蛮相接触，自由土地总是不断向人类及其社会施加再生、更新、恢复活力的影响。在特纳看来，边疆的自由土地是"一眼神奇的青春之泉，美国始终沐浴于其中，并不断恢复活力"。但19世纪末期向美国人宣告了边疆的结束，1890年，美国人口调查局宣布："现在未开发的土地大多已被各个独自为政的定居者所占领，所以不能说有边境地带(frontier line)了。"②边疆的消失影响了19世纪末期乃至20世纪上半叶的美国文学。

在美国文化中，"边疆"(frontier)是一个富有独特内涵的概念，边疆的消失意味着美国人"西部想象"的结束。在美国人心目中，边疆代表了未受文明侵蚀的大自然，是自由和个人主义的象征，是一片未被开发的"处女地"，人们在此寻求冒险、逃避、或者反抗。因此，在19世纪末期以来的美国文学中，出现了制造"新边疆"的现象。弗雷德·刘易斯·帕提(Fred Lewis Pattee)在分析19世纪—20世纪之交的文学现象时写道：伴随着边疆的消失，杰克·伦敦和这个时代的其他作家试图在阿拉斯加、甚至是太平洋的所罗门岛制造一个新的边疆。③同样，边疆的消失也为美国接受欧洲浪漫主义以降的"东方想象"提供了契机。而对于大多数西方人来讲，"来自叙利亚"则赋予了纪伯伦的身份某种神秘色彩：那里是《圣经》中讲述的产生先知的神奇土地，是"物质化"西方的救赎之地。纪伯伦的艺术天赋和忧郁早熟的气质，进一步刺激了这一想象，于是使早期美国评论界和传记文学中的纪伯伦成了一位"来自东方的神秘先知"，他充满"异域东方色彩"的作品能使那一代美国人"不安和不满足的灵魂"得到"奇妙的放松"。

当代纪伯伦形象的转变体现了当代多元文化景观中边缘群体自我意识的觉醒。20世纪下半叶以来西方文化的核心特征，是"各种抗议都打着被压制的多元性的名义，反对占有压倒性的同一性"。④ 也就是说，是以多元主义的声音，消解"宏大叙事"、抵制本质化。表现在社会政治文化中，是边缘性别和少数族裔的觉

---

① ［美］亨利·纳什·史密斯：《处女地：作为象征和神话的美国西部》(薛藩康、费翰章译)，上海外语教育出版社，1991年，第256页。

② Frederick Jackson Turner：*The Significance of the Frontier in American History* 引自潘绍中编著《美国文化与文学选集(1607—1914)》，商务印书馆，1998年，第505—507页。

③ Fred Lewis Pattee：*The New American Literature*，1890—1930，NewYork：Cooper Square Publishers，1968，p. 4.

④ ［德］于尔根·哈贝马斯：《后形而上学思想》(曹卫东、付德根译)，译林出版社，2001年，第138页。

醒，这构成了20世纪中期的重大历史事件。于是，大量一直以来被主流学界所忽略、掩盖的性别和族裔文本被挖掘出来、或得以被重新审视。① 例如在20世纪60年代以来的大学美国文学课程改革中，一些长期被排斥在美国文学经典之外的次要文学，如黑人文学、口头文学、少数族裔文学重新得到文学史家和批评家的重视。② 在这样的文化语境中，作为第一位在美国享有声誉的20世纪阿拉伯作家，纪伯伦及其创作得以被重新挖掘和阐释，纪伯伦形象也由此发生了转变。在1988年美国第一部阿拉伯裔美国作家作品集《葡萄叶——百年阿拉伯裔美国诗作》中，我们可以清楚地看到，是当代多元文化时代中阿拉伯裔美国人自我意识的觉醒，促成了该书的成集："美国的每一个少数族裔团体都有他自己的诗集：黑人、墨西哥人、犹太人、印第安人、中国人、亚美尼亚人等等。但到目前为止，却仍没有……阿拉伯裔美国作家的诗集。"③

在这部诗集中，纪伯伦的身份是阿拉伯裔美国文学的奠基者，这与当代传记作品中纪伯伦形象的转变是一致的：不像早期美国批评界从西方中心主义立场出发，将纪伯伦看作一位神秘的东方先知，却更侧重纪伯伦"人性"的一面，关注纪伯伦作为早期阿拉伯移民的心路历程和奋斗史。这种转变也表现在当代纪伯伦研究主体的身份改变上，早期的纪伯伦评论者多来自美国主流批评界，例如《此人来自黎巴嫩》的作者芭芭拉·杨虽然是纪伯伦的私人秘书和崇拜者，但她的崇敬却显然出自一位"西方人"对纪伯伦及其创作中"东方特质"的猎奇心理。而当代美国的纪伯伦研究者却多为生活在西方世界的阿拉伯人，例如当代两部传记文学的作者都是生活在"跨文化"地带的阿拉伯学者，他们更倾向于从东西方文化交流的角度关注纪伯伦的文学创作。

---

① 王晓路等编著：《当代西方文化批评读本》，四川大学出版社，2004年，第326页。

② A. LaVonne Brown Ruoff and Jerry W. Ward, Jr.: *Redefining American Literary History*, NewYork: The Modern Language Association of America, 1990, pp. 63—64.

③ Gregory Orfalea and Sharif Elmusa: *Grape Leaves-A Century of Arab American Poetry*, Salt Lake City: University of Utah Press, 1988, p. 3.

寻找理性的苏非——思·知·诗意

——兼论努埃曼的自传《七十述怀》

素有“流淌着奶和蜜的富饶之地”之称的迦南，就是指今天的黎巴嫩、巴勒斯坦一带。这里是人类三大宗教——犹太教、基督教、伊斯兰教的诞生地，在《圣经》中被记载为上帝“应许之地”、“希望之乡”。在历史的漫漫长河中，这里不断上演着多种文化交替、并存、冲突、融合的悲喜剧，至今仍是世人瞩目的焦点地区。美丽富饶却又多灾多难的地区孕育了一代代怀有理想主义情怀的文人墨客，诚如我国著名作家莫言在评价 2006 年诺贝尔文学奖获得者、土耳其作家奥尔罕·帕慕克的《伊斯坦布尔》时说：“在天空中冷空气和热空气交融会合的地方，必然会降下雨露；海洋里寒流和暖流交汇的地方会繁衍鱼类；人类社会多种文化碰撞，总是能产生出优秀的作家和作品。”[①]他们关注人类命运，渴望各民族超越政治、宗教、种族界限，在多元文化中寻找和谐发展途径，以求共存。黎巴嫩的米哈依勒·努埃曼(Mikhail Nuaymah，1889—1988)就是这样一位久负盛名的思想家、文学家。1949 年 12 月 24 日的《埃及人报》这样报道他：“米哈依勒·努埃曼是一所绝无仅有的人道主义的学校，是人类思想诸多高尚信仰中最忠诚者……如果阿拉伯世界，甚至整个东方要宣扬自己的思想家，以其哲学家、诗人和作家而自豪，那么，我们阿拉伯民族应该将米哈依勒·努埃曼列为我们当代的精神和文学的骄傲之首。”[②]

如果读一下迈入古稀之年的米哈依勒·努埃曼在回望自己的一生时所写的自传——《七十述怀》(1959 年)，我们会发现诸多对他的评论绝无虚夸之词。这部长达 850 页的自传，以清新柔美的笔触，洞察幽微的思想，悲天悯人的情怀，多元文化的普世观，高屋建瓴的预见性，为读者打开一扇窗，透过这扇窗，我们能够看见作家抗拒生活的浮沫、追寻纯真的斗争的一生，而引领这一斗争的强大力量就是在我们这个“属于密码、暗语的世界”里通过思索寻求真知、爱、诗意的充满理性主义的苏非思想。

苏非主义即伊斯兰教神秘主义，是一种从宗教信仰出发探究人的精神生命和宇宙生命的思想观念。其实，东西方宗教中无不包含神秘的内容，出现过各种神秘主义教派，伊斯兰教也不例外。起初，伊斯兰教的许多信徒的一生，就是一遍一遍背诵《古兰经》，生活力求清苦禁欲，到公元 8 世纪，这种禁欲主义者被叫做“苏非派”，而苏非派在宗教上最明显的转变是由禁欲主义的“畏神”变成神秘主义的“敬神”。在这段发展过程中，禁欲主义日益扩大了神学家和神秘主义者之间的裂痕。我们从“穆阿泰齐

---

① 莫言：“好大一场雪”，《东方文学研究通讯》，2008 年第 2 期，第 38 页。

② [黎]米哈依勒·努埃曼著：《七十述怀》(陆孝修、王复译)，甘肃人民出版社，1993 年，第 567 页。本文中括号里出现的序号均是该书的页码。

赖派”[1]同正统派之间的分歧，以及哈拉基[2]被处死和之后安萨里[3]转向苏非派，都可以看出神学早已成为属于宗教范畴的阿拉伯文学。神秘主义思想与诗性思维的相通，为这个时期整个阿拉伯文学提供了背景，几乎每个重要文献的作者都与这个纷争有关，他们通过诗歌作品来表现自己的立场。

公元 10 世纪以后，苏非主义沿着两条路线发展：一条试图把神秘主义与正统派神学进行调和；另一条越来越走向泛神论和单纯信仰论，信仰“人神交融”、“人主合一”，逐步走上“刻苦修炼是人心灵净化和道德提升的过程，也是人摆脱束缚，实现人彻底解放和心灵自由的必由之路”。

有学者认为，苏非派诗歌因关注心灵，在中世纪为阿拉伯文学注入了活力，注入了精髓，使阿拉伯文学在其漫长历史中，其主题和题材或显或隐接受宗教和神话的影响，而在艺术表现手法上更是与神秘主义一脉相承。可以说，苏非思想已成为阿拉伯民族的文化精神和内在神韵，熔铸在文学作品中。这也是我们在读努埃曼自传中，感受最深刻的民族精神。

一、努埃曼苏非思想的成因——思

被米哈依勒·努埃曼称之为“一次冒险”的这部自传，可分为三个部分：孤独的少年，在美国，隐居“舍赫鲁布”。从他为己树碑立传的理由，我们可以看到其苏非主义思想的内核——准备“来世的干粮”。努埃曼相信“轮回”，认为人存在的目的就是认识自我的过程，而这一过程就是通过修炼、精进、体验，从围着小我旋转，直至大我，与主合一而获得真知，从有限到无限，从天到地，从人到主，返回神性之本的道路。[4] 为此，作者希望通过自传，“清算往昔，揭示内心，打开灵魂的窗口接受上帝之光”(447 页)，并希望总结自己的一生能对那些“寻找着，并知道如何寻找被浮沫掩盖着的事物的人来说，也可能会有很大的好处……”(575 页)内省自我，清算自我，揭开遮盖着生活本质的幕障，在蛛网密布的内心隧道中寻找光亮，是作者作传的意图。

米哈依勒·努埃曼之所以深受苏非主义浸染，其渊源可归纳为以下几点：吸纳山水之灵气，兼容多文化宗教、哲学、文学之精华，充盈东方式的哲理思辨，饱蘸对自由、公正、人性美向往的诗情。

努埃曼的家乡黎巴嫩巴斯坎塔镇坐落在海拔 2700 米的绥尼山麓，距贝鲁特 50

---

① 公元 8—12 世纪伊斯兰教的宗教哲学派别。西方学者称之为唯理主义派。该派以唯理思辨的方法，自由讨论教义问题。阿拔斯王朝麦蒙时期，曾一度成为占主导地位的宗教派别。

② 哈拉基(al-Husayn ibn Mansur al-Hallaji，857—922)，伊斯兰苏非派著名代表人物。因宣扬禁欲主义和人主合一的“人化说”，被监禁、审讯，后由阿拔斯王朝最高法庭以“叛教大罪”，处于磔刑。死后被苏非派尊为“殉道者”。

③ 安萨里(al-Ghazzali，1058—1111)，伊斯兰教权威教育学家、哲学家、法学家、教育家。正统苏非主义的集大成者，从理论上构筑了伊斯兰教正统的宗教世界观和人生观。

④ 参见李琛：《阿拉伯现代文学与神秘主义》，社会科学文献出版社，2000 年，第 20—33 页。

千米。这里巨石嵯峨，溪水清澈，草木繁茂，景色秀丽。绥尼山熠熠闪烁，鸟儿鸣啭，轻风低语，泉流吟唱。在他眼里，巴斯坎塔镇“俨然成为一座茂密的大果园，山麓间片片红色宛如碧蓝大海中的颗颗红宝石。”(21 页)

幼年的努埃曼喜欢“一个人在水渠边享清福……抬头静观朵朵白云在湛蓝无垠天空轻轻掠过”，他会在沙滩上画出条条曲线和种种图案，喜欢独自冥想的他与心灵中的伙伴会心交流时是他最快乐的时候(44 页)。可以说苏非思想的因子在他幼小的心灵里已深深扎根。

在拿萨勒——基督的故乡读书时，少年的努埃曼对满山环翠的吐尔山[1]留恋忘返，山中超然的孤独、无尽的幽僻能让孤独的少年感到有种神奇的力量，“与头顶上徘徊的记忆敞开心扉。”(74 页)在远足的旅行中，他多次恍惚觉得忽然灵魂出舍，离开同伴，走在当年耶稣及其门徒行走的小路上。当他就读于乌克兰的西米那尔神学院时，酷爱莱蒙托夫的诗篇，他深深被诗人笔下的高加索层峦叠嶂的美丽景色所陶醉，决心一定要为黎巴嫩——他童年的摇篮和思想的膜拜地讴歌。

正是这诗性的少年记忆，最终使他在俄罗斯、美国求学 20 多年后，魂归故里，隐居家乡舍赫鲁布，渴望与他那生于斯长于斯的故土诗意般安居，他也因此被称为“舍赫鲁布”的隐士。他向往那“当年张望世界的窗口——巴斯坎塔我那破旧的家……那里的山石、林木、鸟雀……绥尼和它的峰巅以及洞穴中闪烁的光影或摇曳的树阴……，那是对根的眷恋……”(415 页)

多重文化的背景从精神上进一步熏染了富有苏非思想因子的努埃曼。他出生于带有伊斯兰教和基督教双重印记的马龙教派[2]家庭，从小就浸润着浓厚的基督熏陶。大卫的诗篇、爷爷的哀愁而甜美的劳动歌声、俄国学校赞美尼古拉二世的颂歌，是努埃曼早期的学习课本。很快天资聪慧、喜欢思考的他，渴望“寻求光明、指引和知识”(67 页)。在拿萨勒俄国学校里，少年十分喜欢“诗韵简析”这门课，同时对俄罗斯作品的兴趣日益浓厚，读了一些译成俄文的法国小说以及契诃夫、托尔斯泰的作品，还一字不落地读完了陀思妥耶夫斯基的《罪与罚》。在乌克兰学习生涯中，他更是大量阅读俄罗斯大文豪，如普希金、果戈里、屠格涅夫、高尔基等作家的作品。他尤其崇拜托尔斯泰，十分关注托尔斯泰与自我和世界的斗争，把他的胜利或失败看成是自己的，“他(托尔斯泰)寻找着自我，探索世界的真谛。像他一样，我也开始认真寻找自我和我的生存真谛。照亮托尔斯泰前进道路上的灯以及我赖以行进的唯一的灯塔，就是《新约》。”(167 页)

在乌克兰学习的第三年，一股苦修的浪潮袭击着风华正茂的努埃曼，为了摆脱朋友之妻的情网，他远离喧嚣，于沉默中感受到爱在孤独里与心接近。青年的努埃曼开始痴醉于孤独的欢欣。他“检查散落在心灵角落的良种和劣种，清理它的过去和未来的希望”，开始寻找“某种巨大、遥远而模糊的东西”(132 页)。那年夏天，努

① 以色列北部、拿萨勒东部的山脉，犹太人和阿拉伯人杂居区，已开辟为游览胜地。

② 马龙教派在基督教中属于东正教派一支，十字军东征后，信徒大多移居黎巴嫩北部山区。它明显受伊斯兰教的影响，规定神职人员能结婚，使用叙利亚语和阿拉伯语，保持古叙利亚教会的传统礼仪。

埃曼独自坐在舍赫鲁布高高的岩石下,看见冷冽透明的绥尼山泉潺潺流过,周围浓阴环抱,田野散落着刈割的农民和安详放牧的牛羊,他的思想渗合着浓阴、岩影仿佛行走在一条黑暗的隧道里,无数的声音在体内呐喊,询问:一切从何来,又向何去?突然他瞥见一丝天光,心儿顿觉豁然开朗。他觉得"我将在瞬息之间,目睹我的主,认识他,并同他对话"(154页)。正是这瞬间的忘我、寂灭、与主合一的体验,使他觉得自己"已和周围的一切水乳交融。完全有着同一个躯体,同一个灵魂,一起向无限伸展",这一瞬间照亮了他"未来的道路"(154页)。与周遭万物"一体同魂"的体验,使努埃曼将人类看作一个与宇宙和谐共生的一分子,从世界大同的文化立场来看待文化问题、人类发展问题,跨越地域文化的障碍,消除地域文化、民族文化甚至宗教文化的传统或偏见。

在美国读大学时,努埃曼不但对本民族的哲学、思想大师们,如伊本·西拿、安萨里、伊本·鲁西德[①],那绥里[②]的学说做研究,而且对西方先哲们,如苏格拉底、柏拉图、叔本华、尼采等人的思想也十分感兴趣。在这期间,他还认识了一位苏非神社成员的苏格兰青年,从他那里接受了轮回的思想。之后,他深入研究了古代各种反映灵魂观念的学说、天启宗教和其他各种天道。他在一位印度青年的引导下,阅读了《薄伽梵歌》和《瑜珈经》,令他惊讶的是"它们彼此在时空遥远距离上的目的与方法竟如此接近。《吠陀》[③]、《阿维斯陀注释》[④]和《赫尔墨斯秘义书》[⑤]相去不远。老子的'道'无异于基督的'归'"(210页)。他眼前出现了菩萨、老子和耶稣的面孔,他确信这三个人已经看到了他所要追寻的"庞大的、遥远而模糊的东西"。努埃曼意识到"我生来第一次感到上帝是我内心的一种力量。我们之间并非是一种人间的创造和被创造、崇拜和被崇拜、信仰和被信仰的关系"(229页),他迫切的感到"应该将自己从曾经陷入的浮沫中挣扎出来,单独和自己的心生活在一起"(354页),"尘埃和蜃楼中没有我的追求。我只能在绥尼的怀抱之中,在与心的幽聚时才能找到我的目的"(397页)。

我们从努埃曼的生命"寻找"中,看到不同宗教、不同信仰、不同文化的人们其实是殊途同归的,每一个个体都能通过内省,凭籍"心灵之眼"感受到万物的普遍性和共性,而这种"心灵之眼"所具有的"悟性"是主先天的赋予,当我们悟到共性和普遍性时,我们就达到了苏非主义的理想境界——人主合一。

---

① 伊本·鲁西德(Ibn Rushd,1126—1198),中世纪阿拉伯著名哲学家、教法学家、医学家。亚里士多德学派的主要代表人物之一。他继承了亚里士多德的哲学思想中科学和理性的倾向,综合了阿拉伯与东、西方伊斯兰教哲学家的思想成果,并在同正统教义学家安萨里等人的论战中,使哲学摆脱宗教的束缚而得以独立发展。

② 那绥里(Nasir Khusraw,1004—1008),波斯著名诗人,什叶派宗教宣传家。学识渊博,精通教义学、教法学和哲学。

③ 用古梵文创作的流行于印度一带操印欧语的各民族的颂神诗歌和宗教诗歌。

④ 用中古波斯语记叙的伊朗宗教神话、赞歌、传说、史诗等内容的经典。

⑤ 公元一世纪前后有关神灵启示、神学和哲学的作品。实际上是东方宗教的要素和柏拉图哲学的融合。

二、努埃曼苏非思想的内核——知

从努埃曼13岁离开家乡，先后在拿萨勒、乌克兰、华盛顿求学，到43岁返回故里，以及后来的隐居生活中，我们不难发现，他一直在思考、实践、解答他的人生困惑，处理人与自己、人与人、人与神、人与自然之间的关系，达到诸关系之间和谐地、诗意地相处。在他看来，人生就是掌握完全平衡的秘密。努埃曼认为，“我”是和宇宙中一切显现的和隐秘的事物相联的，对于“我”的认识就是最高深的知识——宇宙的知识，正如苏格拉底说：“认识你自己吧！”这一知识是一切知识的基础。“只有当你学会了如何与人共处，既不伤害他，也不被他伤害地和他同吃同喝，结为友邻，那时，你才找到了通向知识之路”(454页)，才能“让知照亮心田”[1]，这里的“知”指的是“真知”，而“知”就是苏非思想的内核。

苏非主义者把认识的对象——知识归于神，提出由“神的自身本质构成知识”。随后，他们又把获得的知识分为两大类，一为通过心灵的，二为通过理性思维的。在他们看来，这两种知识的价值截然不同，前者属于神智（即真知），后者属于普通知识。鉴于两者性质不同，达到认识这两种知识的途径也截然不同，前者通过内心修炼，由神给与灵魂的启示而实现。这种认识被苏非派的代表安萨里称为“灵感悟彻”；后者则通过思辨、勤奋、凭借客观经验实现，被安萨里称为“经验型知识”。苏非派认为神智无所不在，它融化在每个认识对象之中，达到对神智的认识就意味着对神本体的认识，这种认识，也是对认识客体而言的主体意识的表现，是客体与主体意识的最终综合。这种表现和综合，证明了人神合一的确实性。而经验性认识，充其量只不过是客体的反映，对它的获得不含有主体意识成份。[2] 那么，人是否能达到真知呢？努埃曼的回答是肯定的。他认为，对于真知，每一个人内心就是自己的“实验室”(209页)。努埃曼在《人的价值》[3]一文里认为，人本来就是完美的，他是宇宙的秘密和隐秘的宝藏，是自然存在的目的，而人存在的目的就是认识自我的过程，人在探索身体奥秘和物质特征时，通过物质方式获知灵魂的隐秘，通过可见的东西了解合理的内涵，科学家从实际的试验逐步转向理性的观念，达到精神的感觉，直至上帝。人在不断认识的过程中日臻完美。一旦知识到达“绳子末端”，便会发现自己站在显微镜、望远镜都无法达到的能力面前，于是惶惶然不知如何称呼它，称之为“上帝”吧，或称它为“力量”，或称它为“意志”、“法律”。由此看，上帝就是人自己，是人崇拜自己、热爱自己、追求自己的产物，上帝因人的需要而被造出来。因此，上帝是“道”，是人、宇宙、万物存在之规律，是存在之共性和普遍性，各类宗教、天经殊途同归，相去不远，老子的“道”无异于基督的“归”(210页)。努埃曼

---

① 《努埃曼全集》，卷六，《米尔达德书》，贝鲁特百科知识出版社，1970年，第633页。

② 参见蔡伟良编著：《灿烂的阿拔斯文化》，上海外语教育出版社，1997年，第81—82页。

③ 《努埃曼全集》，卷五，散文集《世界的声音》(1948)中《人的价值》，贝鲁特百科知识出版社，1970年，第377页。

写了《三种面孔：老子·菩萨·耶稣》一文，[①]他确信这三个人已经看到了他所要追寻的“庞大的、遥远而模糊的东西”。这里，我们看到，努埃曼的苏非思想是超宗教的思想，既汲取了尼采关于“超人”超越自己的思想和自由精神的合理因素，又调和了各宗教之间的门户之见，弘扬了苏非主义是“一种心灵的饥渴”，是“不受历史久远、语言或民族的局限”的人类的精神现象的内涵。

这样说，是不是人就是无所不能、掌握真知的神了呢？不是。努埃曼认为，人对自身的了解，是寻求真知的过程，也是自我认识的过程。人起初并不认识自己是谁，他将自己与世界分割开来，给自己造了一个对立面，从此就制造了不幸和灾难。人是“左手提灯的盲人”，“右手擎着黑暗的明眼人”，是“从精神逃入坟墓，又在坟墓中寻找精神的粗心人”，他认为，人这位“明眼的盲人”在摸索他在宇宙中的道路时，不断地捡起散落在路边的精神碎屑，当他拾起“我”的碎屑时，他也拾起了被他称之为“世界”或“非我”的碎屑，他想保存好“我的”，而把“非我的”扔掉，其结果发现他把“我”和“非我”都扬弃了(325 页)。由此，我们看到，努埃曼敏锐地指出了人性的弱点，与生俱来的二元对立性，一方面在建设自我，一方面在破坏自我，一方面想做更好的“我”，另一方面又丢失了“自我”，在“骑驴找驴”的盲从、迷惘、无知中，制造出种种不幸和灾难。那么如何协调“我”和“非我”呢？关键是对这个“非我”的认知，这个“知”就是努埃曼及其苏非思想的“真知”——“非我”不是外在于“我”的另一个人。如果是外在于“我”的另一个，那么这个认识过程必然是否定自我，抛弃自我，去做虚幻的“非我”之梦，这样的认知必然是虚妄的、谬误的。人必须认识到你所追求的那个目标就存在于自身内部，是自我不断的更新，是自我一次次地再发现，是自我的不断超越，直至有一天豁然觉悟：我即是神，神即是我，从而实现“人主合一”。正如苏非派代表人物哈拉基在他的《诗集》中所说：“他(指真主，笔者注)我分彼此，同是一精神；他想我所想，我想他所思”[②]，因此，人认识自我的过程，就是人的本体意识的觉悟过程，是“灵感悟彻”的过程。

在“灵感悟彻”之前，人充满了矛盾，欲望和恐惧并存，悲痛和欢乐同在，自由和枷锁相依，生命与死亡并行。而通向“我”与“非我”和谐、“人主合一”的路径只有一条，那就是“爱”，那种对人类本体中美好品质的忘我的神往和热爱，甚至痴醉，也就是苏非思想提倡的“神爱”，它认为，人只有淹没于对真主的神秘之爱中，焚毁私欲，灵魂才能得到净化，才能达到爱者(指人)、爱、被爱者(指真主)三者和谐完美的统一。

在这一方面，努埃曼不仅有着自己独特的思考，而且身体力行地实践了自己认识世界、包容世界、克服欲求、追求真知的“近主之路”。他说，“你心中无刃，便不会看到人们的恶；人们中若无善，你也不会感到内心的美”，“如果人们中没有纯洁、美、忠实、诚恳，那么，这些美德就不会出现在他们的精神中。它如不是根植于人们的本性之中，也不会表现在他们的精神之中”(373 页)。也就是说，人既有神性，又有人性，既有善也有恶，恶是善的扭曲或丧失，因此，人与人之间的关系，也就是人

---

① 《努埃曼全集》，卷五，散文集《阶段》(1948)中《三种面孔》，贝鲁特百科知识出版社，1970 年。

② 《中国伊斯兰百科全书》，中国伊斯兰百科全书编辑委员会编，四川辞书出版社，第 192 页。

与自己的关系。每个自我都有完善自己的可能性，其方法就是用人的神性克服人的弱性，从围着小我旋转，直至大我，与主合一，与万物合一(220 页)，达到最好境界。为此，努埃曼一直努力在克服自己的权欲、财富欲、情欲、名欲和永生欲。

在爱情上，努埃曼虽先后经历了与几位女性的恋情，但终生未婚。他认为，无论是爱情还是婚姻，都不能建立在欲念之上，“爱情不是欲念，是生活的心和本质，籍此，你会在你的精神中看到宽恕、忍耐和宽阔的胸怀，并将以美好的容忍和十分的理智迎接一切突变”(405 页)。他感悟到，洁身自好的实现只有靠对贞洁自身的爱、对贞洁撒播在心中的纯洁感情的痴醉(82 页)。这种“贞洁之爱”就是我们上面提到的忘我的“神爱”。在给弟弟纳西布的信中，他说：“(爱情)使我的精神更加富有……主宰的精神欲使男人和女人升华为比任何欲念都更为强大的完人、统一的人”(410 页)。无疑，努埃曼向往的爱情是柏拉图《理想国》中的精神恋爱，是一种建立在宽容、忍耐、达到两性和谐相处、完美统一的纯洁之爱。

对于权欲，努埃曼始终是报以不屑的观点，他批评那些把地球看作是宇宙中心的人是“够无知的了，但更无知的是那些把人看成是万物之主，使人成为宇宙之主的人”，他十分反感那些为满足权欲所使用的卑鄙手段的人，他们在会议上戴上假面具，显示自己原是比众人高贵的泥土，“然而他们距离那绥里对弟子们的训导：‘欲为人主，必先做众人之奴’，是多么遥远!”(478 页)他借耶稣的话说：“有人在获得普天下的人的同时失去了自己，这又有何用?”(167 页)

关于永生，努埃曼认为，个体的生命是有限的，一个人无论生命有多长，也难获得宇宙的全部知识，人的认识是有偏面性的。然而，人作为宇宙的一部分，生命是一种延续的运动，它从一种状态转向另一种状态，两者之间我们称之为“死亡”，因此生是死的一部分，死也是生的一部分，这就是“轮回”之说。人的肉体生命是有限的，但精神生命是永存的，这也是人类生生不息、薪火相传的真谛。努埃曼注重精神生活，追求精神超升。在他看来，一切可见的东西和合理的事物都是精神状态。人闭上眼睛，望着自己内心的最深处，便能看到世界的普遍性和局部性，了解它的规律以及与此相联系的方法和媒介，理解所探索的道路。每个人都能看到本体，而看到本体，就看到了纯粹的生活内核，他把这种内心的观照，看作内心的试验，“人的心就是自己的实验室”(209 页)，而每个本体者都是纯粹的生活内核。世界上的一切都存在于人，因人而存在，为人而存在。世界上的一切都存在于人的内部，所有存在于人内心的都在世界上。一滴水有着浩瀚大海的全部秘密，一粒原子中有着地球上的所有元素。一次思想活动中有着世界一切的运动和秩序。只要相信真知，相信主，人的生命便没有尽头，人将同一切事物那样永存。[①]

努埃曼认为，人所以讨厌死亡，是因为他没有很好地热爱生(457 页)。1932 年，他从美国回到家乡后，虽蛰居舍赫鲁布，但他“从没有屈从于品德的放纵和对崇高的人的价值的玩忽”(82 页)。而是以积极的入世、救世的心态来建构自己的精神世界。他一方面远离繁华，身居简出，躬耕著述；另一方面积极为各院校、俱乐

① 参见《七十述怀》，第 415—424 页。

部、社会团体做各种报告会，积极从事慈善事业，在他的“方舟”(他蛰居的禅房)接待来自阿拉伯各国和其他国家的来访者，为村里没有文化的乡亲们无偿做“秘书”工作。他说：“我没有离开过人们，人们也没有离开过我。和我的心一样，我的家门日日夜夜冬夏常开。我获得人们的了解胜过了我博得他们的青睐……但我十分注意我的独身和独居……把交往中的一切进行消化……”(575 页)努埃曼的生死观是一种热爱生活、既出世又入世的积极的人生精神追求。在物欲横流，享乐主义盛行，唯利是图，人性异化的今天，努埃曼的这种抗拒生活的浮沫，追寻纯真的精神，注重通过净化心灵以提升自我的人生观，无疑为我们树立了一座丰碑。

三、努埃曼苏非思想的归宿——诗意地安居

努埃曼以自己抽离美国浮华都市、隐居家乡、返璞归真的举动，履践了“自己的生活方式与自己的思想方式相一致”的托尔斯泰式的人生信条。当他从美国回来时，耳际响着形形色色文明化的喧哗，脑子里堆积着一座又一座思想的火山。他像中国的庄子一样，向往田园风光，他“吻过舍赫鲁布的小棚，吻过棚前那颗古老的橡树和树下的泥土”，面对绥尼山坐在树荫下，眼、耳、血、肉、心绪、思想统统都沉醉了，“沉醉在佳美和欢乐中”(434 页)，这里，“天比镜子明亮，和风更比梦幻中情侣的耳语温柔”(434 页)，这便是努埃曼“工作的世界”，对故土的眷恋使他像个孩子一样，全身心地与自然交融相投。这也是海德格尔笔下“诗意地安居”所在：“群山无言的庄重，岩石原始的坚硬，杉树缓慢精心的生长，花朵怒放的草地绚丽又朴素的光采……所有这些风物变幻，都穿透日常存在，在这里突现出来，不是在‘审美的’沉浸或人为勉强的移情发生的时候，而仅仅在人自身的存在整个儿融入其中之际……”[①]这种安居是把自身作为宇宙一分子完全融入宇宙的欢欣和喜悦，是人摆脱了一切物质的和精神的束缚，为自己的岁月，以灵魂的名义放声歌唱的欢欣和喜悦。因此，努埃曼的隐居，不是隐士对尘世的逃遁，相反，当他听到“身下的碌碡机械地转动着，铸铁的牙齿啃磨着麦穗，不断发出诱人的音响”时，觉得“犹如最负盛名的乐队在乐迷心中激起的涟漪”，他“心头溢发出无比的喜悦”(16 页)。努埃曼苏非思想的“思”和“知”深深植根于他回归的富有诗意的故土本源中，居者和居地两厢情愿，和谐相处，亲密无间，互为依存。努埃曼找到了其本源，正如海德格尔所说：“诗人的天职是还乡，还乡使故土成为亲近本源之处”[②]。

努埃曼还乡接近本源正是他苏非思想的归宿。当他为了求知，在他乡漂泊多年，目睹两次世界大战西方对东方的骄横，以及西方日益严重的物质主义弊病以后，当他广泛涉猎，博古通今，谙熟各种内学、天经和教派的教义，通晓人类共有的文化、文学精神遗产以后，他意识到西方的科学技术应与东方神秘主义蕴含的哲学智慧相互补，他感到“指导文明化的科学，自身也需要向导”(317 页)，他呼吁“东方

① [德]海德格尔：《人，诗意地安居》(郜元宝译)，上海远东出版社，2004 年，第 83 页。
② 同上书，第 87 页。

回到它那比西方文明化更强大和更永久的信念中”，东西方应该和谐共生，只有消除战争，消除冲突，人类才能在精神文明的阶梯上迈上一步。因此，他的回乡具有回归东方、从东方内部找寻自我、找寻民族发展出路的意味，他疾呼“东方应该重新确立和捍卫自己的信念”，他遗憾“东方仿佛没有认识这种精神”(320 页)。他的追寻自我之路和阿拉伯民族找寻民族现代化之路是两相结合的。东西方矛盾重重、物质文明和精神文明发展失衡的背景，以及努埃曼自身的文化修养和特殊经历，使努埃曼的苏非思想具有更理性、更博大的思想内涵，使努埃曼能够跨越地域文化的障碍，以更高的角度，从世界文化立场来看待文化问题，人类发展问题，使他有可能摆脱地域文化、民族文化甚至宗教文化的传统或偏见，将多元不同的文化视为人类大家庭的共同财富，让多元文化和谐共处，从而融会贯通、兼收并蓄、东西合璧，达到人类理想社会的图景。

“一切作品皆自传”

——非洲作家自传个案研究

“所有自传都讲故事，一切作品皆自传”。[①]熟悉库切（J. M. Coetzee，1940—　）的人清楚，这不是库切的说话方式。可是，他讲了，而且还把这句话放在全书的结论部分，颇有几分盖棺论定的意味。说话一贯模棱两可的库切为什么说出这样决断的话，难道他要为自己的这部书——《重弹录》（*Doubling the Point：Essays and Interviews*）——辩护？

普通读者不读《重弹录》，一般学者也不会去碰它。库切的小说行情看涨，这是事实。相比之下，《重弹录》的读者却微乎其微，但这并不等于说，它就不需要“辩护”。为什么？

这跟书的内容有关。《重弹录》收录了库切的25篇文章，长的达40多页，短的只有寥寥数页。文章跨度20年，内容可谓五花八门，有贝克特、卡夫卡、戈迪默等作家评论，也有句法研究，情色问题，还有牛顿、橄榄球、审查制度、广告里欲望的三角结构。如此等等，不一而足。然而，这么庞杂的东西，库切却通通把它们视为“自传文本”。[②] 难道真是说“一切作品皆自传”？

一

正是因为一切作品不全是自传，库切才说“一切作品皆自传”。此自传，非彼自传也。显然，库切知道，他写的那些文章不是自传，所以才有此说。那么，自传的彼此之分，何以在《重弹录》里合二为一呢？

细看《重弹录》，我们发现，严格意义上的自传文只有一篇——1984年写的“追忆德克萨斯”，而且也只有短短4页。从文类上说，有些文章归类起来比较麻烦。不过，根据文章内容和发表刊物，我们大致可以把它们划为五类：自述（1篇）；演讲（1篇）；随笔（2篇）；书评（5篇）；论文（16篇）。也就是说，绝大多数文章不是自传，不是通常意义上的“自传文本”。说《重弹录》是自传，似乎有些说不过去。

然而，库切好象又没错。不但如此，他的合作者、文集的编辑大卫·安特微也说，这是一部“作家的智力自传”。[③] 更有甚者，评论者居然说，这是一部“杰出的文

---

① J. M. Coetzee：*Doubling the Point：Essays and Interviews*，ed. David Attwell，Cambridge，Mass.：Harvard University Press，1992，p. 391.

② Ibid.，p. vii.

③ *Doubling the Point：Essays and Interviews*，p. 2.

学自传”。[①] 事实和数据证明,《重弹录》不是自传,可作者、编者和评者偏偏异口同声,个个咬定自传不放。要解释这个有些奇特的现象,我们不妨引入一个新的概念——文类的并置效应。

粗读之下,我们看到,《重弹录》的第一个并置是作者与编者的并置。文章的作者是库切,安特微负责选编工作。可是,这样的安排并没有改变文章的性质。文章是论文,它们还是论文,是书评,仍然是书评,不能因为编者的出现,文类就发生了质的变化,这是毋庸置疑的。

让文章性质发生变化的是作者和编者的工作。身为作者,库切写了“作者的话”,置于一书之首,与之并列的是“编者导言”,长达 13 页。“编者导言”,“作者的话”,一长一短,表面上看没有多大呼应,实际上都在尽力给文章定性。库切写“作者的话”,惜墨如金,短之又短。他先说书的缘起,次讲文的增删,再谈增删问题,最后一一鸣谢,惯例性质十分明显,根本不像戈迪默所言,他具有“像云雀一样翱翔的想象力”。[②] 可是,就在这短短的“作者的话”里,库切却声称,这些文章将被视为“自传文本”的一部分,让人难免有丈二和尚之感。

细活当然需要编者来干。“编者导言”洋洋洒洒,涉及的问题很难一言以蔽之。如果我们把它加以归结的话,三部分的轮廓还是相当明显的。第一部分画龙点睛,说出全书标题的真义所在。《重弹录》,不是老调重弹,而是温故知新,通过回顾,探讨未知。另一层重要意义在于,《重弹录》这个标题揭示了库切作品的特征——反思性自我意识。“在此,反思性是自我意识的一种方式。经过库切学问的滋养,自我意识被用来理解各种状况——语言状况、形式状况、历史状况和政治状况。它被用来驾驭当代南非的小说写作。”[③]问题的关键是,“反思性”与“自我意识”都跟自传有关,是自传的重要特征,但它们还不是自传的定义性特征。关于自传的定义,法国学者勒热讷下得比较全面:“回顾性的散文叙述,由真人书写,讲述他本人的存在,关注的焦点是他的个人生活,特别是他的人格故事。”[④]由此可见,我们不能因为库切的作品具有“反思性”和“自我意识”,就断定《重弹录》是“自传文本”。这个部分不长,可是编者安特微一而再再而三前后四次都在变相地给《重弹录》定性——这本书是“作家的智力自传”。口风跟库切如出一辙,显然,作者编者在搞“统一战线”。

“编者导言”的第二部分很快就露出了马脚。不错,这里面有一些传记成分,如库切的写作背景和创作师承,但我们发现,这些只是一带而过,不是第二部分的重点。第二部分重点探讨了库切的小说创作与学术研究之间的关系,主要分析了《幽暗之地》(1974 年)、《内陆深处》(1977 年)、《等待野蛮人》(1980 年)、《麦可·K 的

---

① Ann Irvine: “*Review of Doubling the Point: Essays and Interviews*”, *Library Journal*, June 1, 1992, p. 124.

② Nadine Gordimer: “*The Idea of Gardening*”, *The New York Review of Books* 31. 1, February 2, 1984, p. 3.

③ *Doubling the Point: Essays and Interviews*, p. 3.

④ Philippe Lejeune: *On Autobiography*, ed. Paul John Eakin, trans. Katherine Leary, Minneapolis: University of Minnesota Press, 1989, p. 4.

生平与时代》(1983 年)、《福》(1986 年)、《黑铁时代》(1990 年)等 6 部小说里所体现的学术取向,特别是现代语言学知识对库切的具体影响。这也是"编者导言"的主要内容,因为导言的第三部分只是一个简短的结论。我们不禁要问,作者和编者"共谋",抽象定性,而具体内容与实际定性"谋而不合",甚至南辕北辙,难道说《重弹录》不是"此自传",而是"彼自传",抽象泛指意义上的自传?

可见,无论是"作者的话",还是"编者导言",作为文类,它们是序言。按序言体例,既然作者和编者都声称《重弹录》是"自传",他们完全有可能把序言写成自序传或他序传,大量添加不可或缺的自传事实和传记事实。可是,他们没有这样做,这就失去了一次机会,没能让序言与文章发生文类的并置效应,从而改变全书的性质。

二

至此为止,我们可以看出,《重弹录》收录的 24 篇旧文不是自传,歧义不大。"作者的话"与"编者导言"并列,没能点铁成金,把这些文章作者的底细和盘托出,使之自传化。尽管如此,我们还是不能断定《重弹录》就不是"自传文本"。原因在于,虽然作者和编者在前言里工夫没有做到家,但是他们两人还以另一种身份出现在《重弹录》里。库切是谈话者,安特微充当访问者,他们两人花了两年时间做了 9 次访谈录,内容约占全书五分之一,可谓下足了力气。

问题的前提是,访谈录也算传记文学;这些访谈录还是催化剂,让那 24 篇文章改变性质,发生化学反应,从严肃刻板的论文变为充满"个人生活"的"自传文本"。

相对而言,第一个问题容易问答。访谈录是谈话录的一种,谈话录是传记文学,有史可鉴。著名的个案有爱克曼的《歌德谈话录》、麦德温编的《拜伦谈话录》、瓦雷里的《对话录》和汪东林的《梁漱溟问答录》等,所以,《传记文学百科全书》这样界说:"谈话录、对话录和燕谈录可以定义为谈话类传记,常常是文学传记。"[①]具体到《重弹录》,我们还是应该一分为二,文章归文章,访谈归访谈。它们之所以能够合二为一,是因为文类的并置所产生的效应,我把它称之为文类的并置效应。这个效应体现在《重弹录》里相当突出。看一下该书的扉页,还有它的版权页,我们发现,这两处都赫然印着副标题——"文章与访谈"。细读目录,不难看出,全书共分九个部分,而每个部分的文章之前都冠以一篇访谈。正是因为访谈与文章并置,它们虽然不能改变文章的性质,但是它们改变了文章的语境,而这个语境恰恰是一种"自我语境"——即讲述"个人生活"和"人格故事"的语境。其结果,文章的性质虽然无法改变,但这些文章通过访谈,来龙去脉充满着"个人生活",从而被自传化了。

让我们举些实例,来说明这一点。"句法"研究构成一个独立的部分,共有 3 篇

---

① Alexander Smith: "*Conversations, Dialogues, and Table Talk*", *Encyclopedia of Life Writing: Autobiographical and Biographical Forms*, ed. Margaretta Jolly, Chicago & London: Fitzroy Dearborn Publishers, 2001, p. 231.

文章组成。一篇讲英语里的被动修辞，另一篇研究作为修辞手法的无主句，第三篇探讨牛顿与一种透明的科学语言之理想。读一读这 3 篇文章，我们不难了解库切的学术兴趣，特别是他作为修辞学者的见解。也就是说，这 3 篇文章让我们看到了库切的研究成果，但没有看到库切作为学者的自我，更没有看到库切作为学者的自我与库切作为小说家的自我之间的关联。自传往往把自我寓言化，自我的寓言化是自传的核心问题。多年之后做访谈时，库切被问及上述问题，他的回答就是纯粹"个人生活"的自述了：1979 年休假，"我"一边埋头写小说，一边恶补语言学的课；"我"先到德州，后到加州伯克利；"我"写完了小说《等待野蛮人》，3 篇论文也完成了草稿；"我"所用的理论模式也许过时，但论文的要点还是站得住脚的……"我怎么得到这个结论的？部分原因在于我的教养——我那相当不错的实证主义的乐观精神"。[①] 自我的底牌一一摊开，我们不但看到了库切的论文，还看到了论文背后的自我，特别是他给自我所赋予的意义——"实证主义的乐观精神"。这 3 篇文章是论文，没有自传色彩，但库切运用访谈，大量铺设自我语境，论文大有被"收编"之势，变为自我成长历程里的精神产品，仿佛成了自传的一部分。这就是文类并置所起的效应。

自然，问者不会就此善罢甘休。既然谈话中提到了小说，既然库切又是以小说闻名于世的，何不顺水推舟问问小说创作与语言研究的密切关系。库切的回答让人难免失望："我必须坦白，《野蛮人》与我 1979 所做的语言学工作之间，我看不出直接的关联。我们应该不排除这种可能性，我写的有些东西是为了游戏、放松、消遣，专业之外意义不大。也许，除此之外，这还是一个很能说明问题的自我事实，我花时间（花了太多的时间？）去搞研究，好让我逃离这个巨大的世界，还有它的烦恼。"[②]库切善于直面真理，更善于直面自我，那个有时让人难堪失望的自我。在此，库切有意向我们展示他负面的"人格故事"。这也是他两部回忆录里最拿手最诱人的部分。[③]

库切并不总是让人失望。他也讲自己小说技巧的主要特征，如《等待野蛮人》的核心是环境，《麦可·K 的生平与时代》以叙述节奏为主打，《福》这部小说则以声音为主脑等等。此外，他还谈小说家的自我和如何挑战自我，特别提到当他写《等待野蛮人》需要描写他没有见过的地貌时，自我挑战的意味就更大。可见，这些访谈录不仅勾勒了《重弹录》里文章背后的个人经历，更重要的是，它们还揭示了两个不同身份的库切——作为学者的库切和作为小说家的库切。身份建构是自传艺术的升华。因此，访谈录展示了库切的不同身份，进一步把文章自传化了。访谈与文章并置所产生的效果，由此可见一斑。

---

① *Doubling the Point*: *Essays and Interviews*, p. 141.

② Ibid., p. 142.

③ See J. M. Coetzee: *Boyhood*: *Scenes from Provincial Life*, London: Vintage, 1998, pp. 122—123 and *Youth* London: Vintage, 2003, p. 97.

最后，我们来探讨一下访谈录——一种特殊类型的文类并置。

问题是，库切不喜欢访谈录，为什么还要做访谈录？这个问题看上去简单，实际上相当复杂。库切罗列了几条他憎恨访谈的理由，听起来不无道理。首先，库切认为，访谈十之八九是跟完全的陌生人交流，而这些陌生人往往假借访谈之名越界，侵入私人空间。这是他难以容忍的，因为他不是一个公众人物。其次，访问者或者漫不经心，或者缺乏职业素养，有些访问者甚至连起码的兴趣和好奇也没有，所以，他们的问题低级无知，就不足为奇了。[①]再次，访问者的控制欲令他望而生畏。本来一篇好好的访谈，有问有答，观点各异，风格多样，可是访问者硬是插上一手，编、审、剪、补，把一篇好端端的东西弄成一个思想单一的独白，让人哭笑不得。[②]

访谈录的问题不小，但问题一律都出在访者身上，谈者无罪。这似乎也是一个问题。事实上，库切已经意识到谈者的问题。在一篇访谈里，库切指出，谈话录里的谈者也需要警惕，因为他总被授予一种特权——一种对自己文本所拥有的话语特权，那让人不安。[③] 库切深知访谈录的诸多问题，除了《重弹录》里的访谈外，他还做过一些访谈，原因何在？[④] 库切本人的解释是，他选择对话，选择访谈，是想"绕过我本人独白的死胡同。"[⑤]这是不是真实的原因呢？

我们先来考察一下谈话录的几个要素：

> 既是对话，重要的条件是双方的地位和关系要对应，平等相待。既不认为自己比对方高明而大发教训，又不认为对方比自己高明而处处请示。最好是商量，同意不同意都可以。这是无可奈何的事，因为发言的一方管不着人家，不像严师训劣徒，可以打手心。托尔斯泰和巴尔扎克也不能使我读他们的小说就和他们一样想。我得出来的和接受到的恐怕和他们想教育我的不大一样。对话不是同样的回声。[⑥]

这里，金克木把对话的条件、原则和性质都一一点明。对话的条件是"平等相

---

① See J. M. Coetzee: *Stranger Shores*: *Essays* 1986—1999, London: Vintage, 2002, p. 299. 关于访谈录的遭遇及其给作家的屈辱，可参见 Doris Lessing: *Walking in the Shade*, London: Flamingo, 1998, pp. 100—101.

② *Doubling the Point*: *Essays and Interviews*, pp. 64—65.

③ Tony Morphet: "*Two Interviews with J. M. Coetzee*, 1983 and 1987", *TriQuarterly* 69, Spring-Summer, 1987, pp. 454—464.

④ See Richard Began: "*An Interview with J. M. Coetzee*", *Contemporary Literature* 33. 3, Fall 1992, pp. 419—431; Jean Sevry: "*An Interview with J. M. Coetzee*", *Commonwealth Essays and Studies* 9. 1, Autumn 1986, pp. 1—7; Andre Viola: "*An Interview with J. M. Coetzee*", *Commonwealth Essays and Studies* 14. 2, Spring 1992, pp. 6—7; *World Literature Today*, "*An Interview with J. M. Coetzee*", *World Literature Today* 70. 1, Winter 1996, pp. 107—111.

⑤ *Doubling the Point*: *Essays and Interviews*, p. 141, p. 19.

⑥ 金克木：《金克木小品》，中国人民大学出版社，1992 年，第 252—253 页。

待”，对话的原则是“商量”，对话的性质是不“同样的回声”。事实上，金克木所谈的对话是对话的理想状态。这种理想状态的对话在现实里几近空中楼阁，明显的例子是，我们很难举出这类对话录的名著。而我们看到的谈话录名著，无论是《论语》，还是《歌德谈话录》，大多是师徒或半师徒关系。为什么这种不平等的谈话反而容易产生杰作？原因可能不少，但有两点至为关键。一是反差造成的。大师与门徒之间，年龄不同、经验有别、学识迥异、成就悬殊，一作幼稚状，一作宗师态，一问一答，醍醐灌顶，反差一大，戏剧性就强，容易达到淋漓尽致之功效。二是叛逆心理。门徒即叛徒，貌似恭敬的背后不免藏有犹大之心。此外，多年师徒成兄弟，他们要打破沙锅，把大师的那点老底问透。这颇能迎合读者的心态，满足他们的好奇心。

上述种种，《重弹录》庶几近之。库切讨厌访谈，但也做访谈，原因是要绕开“独白的死胡同”。这是他说的原因，自然还有其他原因，如新书发布的市场运作等。深层的原因是，访谈录是一种特殊的文类并置——访者的别传与谈者的自传之并置。这就容易理解为什么库切对访谈录既恨也做。恨，是因为访者多半陌生，无知，又好控制，不具备“同情之理解”，没有做别传的起码资格。做，是因为库切的访者有一个特点：他们基本上是他的研究者，研读既久，了解就透，常常别具慧眼。而库切自己又比较自觉，不时提防着谈者的老毛病——对自己的文本“擅自越位”。两项结合，访谈就容易达到金克木所说的境界：“平等相待”，“商量”，让对话发出不“同样的回声”。为什么能达到不同样的回声效果？访者用问题来做别传，别具一格；谈者以回答来口述自传，自成一体。一问一答，和而不同，这就是谈话录的并置效应。潜意识里，库切是喜欢并置的。他的作品，《幽暗之地》、《福》、《彼得堡的大师》等，甚至他获诺贝尔奖的演说词——“He and His Man”，[①]都表明他的并置性思维特征。而用别传与自传的并置来创造一种特色自传，正是库切梦寐以求的事。在《重弹录》的结尾，库切先用他，后用我来替自己立传。当他离我越来越近时，库切写道：

(……*autre*biography shades back into autobiography) [②]

钱钟书说，“自传就是别传”；[③]库切却说，别传自传如影随形。别传自传的关系如此微妙，难怪库切会大而化之地说：“一切作品皆自传”。这话提醒我们，《重弹录》是自传性作品，自传性作品就是自传吗？[④]

---

① J. M. Coetzee: “*He and His Man*”, *PMLA* 119.3 (May 2004), pp. 547—552.

② *Doubling the Point*: *Essays and Interviews*, p. 141. p. 394. 有趣的是，许渊冲教授也用法英合璧的*autre*biography来译“自传就是别传”里的“别传”，以压头韵，可谓神来之笔，灵犀点通。See Xu Yuan Zhong, *Vanished Springs*, Beijing: Panda Books, 1998, p. 40.

③ 《写在人生边上》，第4页。

④ See James Olney(ed.), *Autobiography*: *Essays Theoretical and Critical*, Princeton: Princeton University Press, 1980, pp. 250—252.

抵制欧洲中心主义的流散者

——论库切文化身份的归属

根据移民作家与民族文化的关系，米兰·昆德拉在《被背叛的遗嘱》的“移民的算术”一节中，以康拉德、马提努、贡布罗维茨、纳博柯夫、布朗迪斯为例将移民作家大体分为三类：第一类无法与移民地社会同化，第二类虽然已经融入移民地社会，却摆脱不了乡土文化的根，第三类作家完全融入了移入国的社会，并从自己的母国的土壤中拔出了根[①]，对这三类作家，梅晓云在《文化无根——以V. S. 奈保尔为个案的移民文化研究》一书中，分别命名为“拔根——飞地型”、“双重认同型”和“植根——同化型”。这三类之外，我国学者梅晓云还添加了另一种——“去根——无根型”，即既无法与母国文化认同，也无法与移民地文化认同，成为了真正的无根者[②]。王赓武则根据自己对散居海外的华人的研究，提出了散居者中存在着的五种身份：“旅居者的心理；同化者；调节者；有民族自豪感者；生活方式已彻底改变。”[③]说法虽然不同，但实质上包含了同样的意义，即以与母国文化的关系来进行分类，得到的结论也大体相似。

这几种分类可以说都非常精辟，但都存在着一个问题，在他们研究视野中的作家，都是族裔身份属于亚非地区的第三世界，现已移居第一世界的流散作家，也就是“亚非流散者”，准确地说，属于亚非流散者中的迁居欧美的移民。而族裔是欧洲的、移居亚非国家的“欧洲帝国的流散者”则受到了忽略。实际上同“亚非流散者”一样，“欧洲帝国的流散者”也同样值得关注。诚然，来自亚非等第三世界的流散群体的写作作为一种少数族群话语，体现出的是对差异性政治和多元性文化的弘扬，起到了从边缘向中心挑战的解构作用，对于这一群体的研究对后殖民文化批评具有重要的实践意义，但是，“后殖民研究关注‘帝国飞散者’的叙述也至关重要，这是因为‘欧洲飞散’同被压迫民族的飞散互为映照，两者之间的对应、对抗或对话可以改变、而且已经改变了当代文化的视野及其产生的方式。”[④]（“飞散”是diaspora的另一译名）“欧洲帝国的流散者”这一作家群体的文化姿态和政治意识并不一致，不可一概而论。有一些欧洲流散作家明显带有欧洲中心主义的种族优越论，他们的作品中时不时地闪现东方主义式的偏见和定见，他们笔下原始、野蛮、神秘、具有异国情调的东方形象并不真实，一方面是出自自我确立需要的对他者的镜像式误读，

---

① [捷克]米兰·昆德拉：《被背叛的遗嘱》(孟湄译)，上海人民出版社，1995年，第86—89页。

② 梅晓云：《文化无根：以V.S.奈保尔为个案的移民文化研究》，陕西人民出版社，2003年，第35—37页。

③ 转引自王宁：“流散写作与中华文化的全球性特征”，《中国比较文学》，2004年第4期。

④ 童明：“家园的跨民族译本：论‘后’时代的飞散视角”，《中国比较文学》，2005年第3期。

另一方面出自他们居高临下的俯视姿态，他们的叙述有意无意地是为殖民秩序服务的，这一类的作家以康拉德、福斯特等为代表。但也有一些欧洲流散作家抵制欧洲中心主义和帝国主义的意识形态，尊重被压迫者和被迫沉默者，他们的写作以解构殖民秩序和帝国神话为己任，并以此为根本建构起自己的文学大厦。J. M. 库切就是这样的一个作家。

在南非独特的“殖民主义、后殖民主义和新殖民主义”[①]的历史政治背景之下，南非的欧洲流散作家(白人移民作家)的文化身份问题直接关涉着他们的政治姿态，因而令人极为敏感，尤其是对像库切这样出生、成长于南非，在反对种族歧视的同时，又意识到自己无法逃脱的是殖民主义历史的同谋者因而不断地产生自我怀疑的作家来说，情况更为复杂。

一、双重的他者和文化认同的危机

库切的父亲杰克·库切是荷裔南非人，他的祖上在17世纪来到南非，参与了南非种族隔离的构造，母亲维拉·维赫莫也·库切具有荷裔南非人和德国人的双重血统，历史先天地赋予库切一个殖民者的位置，然而独特的家庭经济和教育背景又将他抛入了边缘。

很明显，从血统上，按照南非政府的种族分类法，库切应该属于阿非利垦人(荷裔南非人)，但在阿特瓦尔的访谈中，库切却认为“没有任何一个阿非利垦人会承认我是阿非利垦人。”[②]在他看来，除了血统，语言、文化和政治也是决定一个人是否是阿非利垦人的重要因素。在这三个方面，库切认为自己都不符合阿非利垦人的定义。

首先，在语言上，库切的第一语言是英语，而不是阿非利垦语。虽然从小生活在阿非利垦人聚居区，但他们家的生活方式完全是英国式的，孩子们在家里说的是英语，学龄时送去的学校也是英语学校，只有和亲戚朋友在一起时，他们才说南非荷兰语。成为作家之后的库切写作用的第一语言也是英语，他以英语作家的身份而享誉世界，可以说，英语是库切的母语，阿非利垦语只能是位于第二位的。其次，在文化上，库切认为自己并不“扎根于阿非利垦人的文化”，比如说宗教，他不信基督教，不像一般的阿非利垦人那样，是新教教徒，当然他也不属于罗马天主教。第三，库切认为，阿非利垦人“不只是一个语言的和文化的标签，它还是一种意识形态的术语。”[③]而库切是反对阿非利垦民族主义，反对压迫黑人的种族隔离制度的。也就是说，库切不具备纯粹意义上的阿非利垦人的政治立场。

虽然库切以英语为第一语言，但是这并不表明库切就与英国人相认同，因为他

---

① J. M. Coetzee: *Speaking*: *J. M. Coetzee*, *Interview with Stephon Waston*, Speak, 1978(May/June).

② *Doubling the Point*: *Essays and Interviews*, p. 341.

③ *Doubling the Point*: *Essays and Interviews*, p. 342.

的家庭不是罗马天主教教徒，也没有英国的姓氏，他在《男孩》中说道："英语，他可以驾驭得轻松自如，对英国和它所代表的东西，他认为自己是忠诚的。但如果被要求的更多，这些要求是一个人被正式接受为英国人之前所必须面对的一些测试，他自己明白，很显然，其中有些测试他是通不过的。"①

库切既不能认同于阿非利垦人，又不能认同于英国人，一方面来自他对南非的种族隔离体制下的无所不在的种族偏见、压迫和暴力的见证，另一方面来自个人被边缘化的体验。南非的白色政权实行严格的等级制，每个人都按照种族、宗教、经济处境被框定，被分配于不同的社会位置。这样的社会环境和气氛，对于生活在其中的每一个人的影响都是巨大的，人们不得不随时意识到差别的存在。在库切的自传式小说《男孩》中，我们可以看到种族隔离对作为孩子的库切的情感结构的影响。在7、8岁的时候，库切第一感到了种族之间的鸿沟及其附随的暴力，他们家的雇佣工，和他同龄的有色人种的小男孩艾迪因为逃跑被遣送回家，临走之前还遭受了他们家的房客——一位英国绅士的暴打。艾迪曾经给过他帮助，是他的好朋友，当他事后向他的母亲问及艾迪时，母亲告诉他像艾迪这样的有色人种的孩子"总是在改过自新中结束自己的生活，然后进监狱"②，此时的库切虽然还不能理解母亲对艾迪的厌憎，但已经感觉到了艾迪的世界是和自己不同的世界。在南非的种族隔离体制之下，种族身份是人的社会处境的决定性因素，一个希腊人的孩子，家庭非常富有，但就是因为属于有色人种，所以只能进入较差的学校。

除了种族，每个人还要被贴上宗教信仰的标签，库切一家不信仰基督教，但在学校里，每个孩子都必须在"你是新教教徒，还是罗马天主教教徒，还是犹太教教徒"③的选项中进行选择，在老师的再三逼问下，库切随机为自己选择了罗马天主教，不是因为信仰，而是因为他对字母"R"的偏爱。不幸的是，他选中了少数群体，并因此受到歧视、排斥甚至是暴力威胁。

另外，经济也是决定一个人身份的重要因素，库切一家虽然是白人，但家境一直不算很好，父亲因为酗酒、挪用客户的账户等原因，欠下很多债务，母亲被迫出去工作。所以他们家当属南非白人社群中的下层，正因为这个原因，尽管库切学习成绩优秀，当他一家离开沃塞斯特迁居开普敦时，开普敦的好学校都拒绝接受他，他的母亲不得不让他在第三等级的学校里读书。在回顾自己的一生时，库切曾经谈到：20岁之前的自己像是陀思妥耶夫斯基小说中的一系列人物，这些人物"拥有毫无血色的脸、燃烧着的眼睛和改变世界的阴谋——英帝国晚期社会地位低下的、位于边缘的年轻知识分子。地位低下吗？可能并不低下，但是以任何白人中产阶级的标准来衡量，都是不高的。他的父母在阿非利垦人和英国人社会圈中都没有立足点。他们有无休无止的经济麻烦。"④也就是说，库切虽然拥有白色皮肤，但却不

① *Boyhood: Scenes from Provincial Life*, p. 129.

② Ibid., p. 76.

③ Ibid., p. 18.

④ *Doubling the Point: Essays and Interviews*, p. 394.

属于权力的中心，而是位于权力的边缘地带，很早就体验到边缘人身份的尴尬和痛苦。

库切被白人特权阶层所排斥，他自己也不愿意与实施种族压迫的白人社团产生认同，那么是否意味着库切的文化归属在于黑人所代表的非洲文化？有一点首先是需要肯定的，那就是库切反对南非的种族隔离制度，同情被剥削的黑人。在一次访谈中，库切将南非现实描述为“赤裸裸的剥削”，在这种现实里，“一小撮富裕的、实际上是后工业的剥削者”统治着“数量巨大的实际上是生活在19世纪的人们”①。在“纽约时代杂志”的一篇文章里，他宣称，种族隔离是“一种教条和一系列的社会实践，它在白人的精神存在里刻下伤痕，同时又消弱和降低了黑人的存在。”②在《男孩》中，他宣称：“他们是霍屯督人，纯粹的，未经任何腐蚀。不仅是他们和这块大陆一同来临，而且是大陆和他们一同到达，这块大陆是他们的，永远是他们的。”③非洲土著们在田间和牧场上劳作，而像库切家这样的白人，则“在农场住房的门廊上喝茶，闲聊，他们就像燕子，随季节而迁徙，今天在这儿，明天去那儿，或是像麻雀，吱吱喳喳地叫唤，脚步轻快，生命短暂。”④在另一部自传式小说《青春》中，他直白地讽刺欧洲对非洲的殖民占有：“在他仍把那个大陆叫做他家乡的时候似乎非常正常的一切，从欧洲的角度上看却显得越来越荒谬：一小撮荷兰人竟然在伍德斯托克海滩涉水登岸，声称他们对从来没有看见过的海外土地拥有所有权；他们的后代现在竟然将那块土地看作是生来就属于他们所有的。”这一切显得如此荒谬，他在内心里大声呼喊“非洲是你们（黑人）的。”⑤

但是，库切对欧洲人的殖民行为的谴责并不意味着他对非洲文化的认同和融入，因为他虽然与他应属于的白人社会产生了疏离，但他毕竟成长于白人社区，南非的二元文化结构导致黑白两个世界截然二分，各自保持着自己的文化系统的独立性，由于不拥有非洲人的历史，库切无法直接感受非洲人的文化，体验非洲人的情感，天生的历史位置注定他无法进入非洲文化的核心，只能处于外围对非洲文化进行想象，所以库切从根本上无法完成从欧洲人到非州人的文化置换。对于非洲人来说，他永远只能是一个内部的他者。

这样，库切与欧洲文化和非洲文化都有关联但又都有无法忽视的疏离，对于欧洲文化和非洲文化来说，他都位于边缘，成为双重的他者，他的文化身份显得异常的模糊和暧昧。他将非洲还给了黑人，那么对于像自己一样的非洲的白人来说，非洲意味着什么？候鸟的迁徙之地还能算得上是家园吗？这些问题令年轻时期的库切陷入了文化认同的危机。

---

① Susan VanZanten Gallagher: *A Story of South Africa: J. M. Coetzee's Fiction in Context*, Cambridge, Massachusetts: Harvard University Press, 1991, p. 15.

② J. M. Coetzee: *Tales of of Afrikaners*, New York Times Magazine, 1986 (9).

③ *Boyhood: Scenes from Provincial Life*, p. 62.

④ Ibid., p. 87.

⑤ [南非] J. M. 库切：《青春》（王家湘译），浙江文艺出版社，2004年，第136页。

二、流散的真实情境和身份的困惑

作为一个有良知的知识分子，库切在反思历史的时候，颠覆了荷裔南非人作为上帝的选民创造南非历史的神话，谴责了欧洲人对南非的殖民占有。然而作为白人移民的后代，无奈他又无法在血缘、思想和价值上与非洲黑色的历史传统认同，在南非这块负载着独特历史的土地上，库切无法找到此时此地的归属感，与自己的祖国产生了深深的隔阂。身份的悬置、对政治现实的不满以及对历史的大变动的预感使库切选择了再移民。1963 年，23 岁的库切离开南非，开始了身体上由边缘向中心的位移，这既是他的求学之路，也是他的精神家园的寻找之旅。库切先是来到英国做了两年电脑程序员的工作，这段时间的生活和心路历程在他的自传《青春》中记录了下来。

库切为了“逃离厌倦……，逃离庸俗的市侩作风，逃离道德生活的萎缩，逃离耻辱”[①]，离开了南非这块令他痛苦的土地，来到伦敦这个欧洲的文化之都。像所有的移民一样，他想融入英国，为此他纠正自己的发音，像伦敦的职业人士一样穿着黑色的西服在电脑公司上班，读着英国中产阶级的报纸，甚至假装着融入周末寻欢作乐的人群。但这一切并不表明他就已经进入了英国的主流社会，他的位置依旧在边缘。他很快发现，“他在他们的国家里不受欢迎，不受正面的欢迎”[②]，无论他如何改装，伦敦人都会给他贴上南非人的标签。他们的眼睛告诉他“我们不需要一个没有风度的殖民地人，何况还是个布尔人”。[③] “我已经离开南非成为更广阔的世界的一部分，现在我发现我对这一更宽阔的世界具有新颖价值，我之所以有这些价值，一定程度上，是因为我来自非洲。”[④]在伦敦他异常的孤独，他没有朋友，空余时间只能在电影院、书店和大英博物馆阅览室里度过。他来到欧洲寻根，反倒把自己变成了一座孤岛。虽然在种族和血统上，他曾经属于中心，但经过历史的移动和文化的迁徙，在此时的中心看来，这位来自移民殖民地的白人无疑是一位“他者”。

既然伦敦满大街的美女不属于他，伦敦的生活不属于他，他就沉浸在文学的梦想之中，或许文学需要孤独。他想在欧洲浩瀚的文学传统中寻找自己的灵感之源，然而当他提笔创作一个散文体故事时，他却发现无意识之中把故事的背景放在了南非，这篇文学的杂交品种让他忧虑和愤怒，他既而想到：“如果明天大西洋上发生海啸，将非洲大陆南端冲得无影无踪，他不会留一滴眼泪。他将是被拯救者中的一个。”[⑤]然而，陷入文化困境的库切真的能够被欧洲文化所拯救吗？对此，文学家再次陷入了否定，在思绪之中，他紧接着又意识到，这篇作品是没有必要去发表的，

---

① 《青春》，第 116 页。

② 同上书，第 116—117 页。

③ 同上书，第 97 页。

④ *Doubling the Point: Essays and Interviews*, p. 336.

⑤ 《青春》，第 69 页。

"英国人不会理解的"。因为"他没有掌握伦敦。如果存在着什么掌握的话,是伦敦在掌握着他"。文学的实践没有给他带来心灵的慰藉和精神的故乡,反而让他饱受身份的悬置带来的灵魂分裂的痛苦。在两种力量的拉扯之下,文学家在家园的迷宫之中找不到出口。

库切离开南非,是"宁愿像把南非的土地留在了身后一样,把南非的自我也留在身后"①,然而,精神空间往往并不随着身体的地理空间的移位而移位,离开了南非,"南非的自我"依旧像幽灵一样时时缠绕着身处欧洲的库切。南非成了他"无法摆脱的沉重负担",他想与南非隔绝,但他却禁不住怀着畏惧地去购买和阅读记载着南非消息的报纸,以保证自己知道关于南非的所有消息。他极力想让自己与英国人同化,在语言上他已经将自己改造得几乎和伦敦人一样,但当他去看望从南非来的表妹和她的朋友时,一开始时他们说英语,他后来"改用家里人说的话,即南非荷兰语。尽管他已经多年没有说南非荷兰语了,但仍能感到自己立刻就松弛了下来,仿佛滑进了热水澡里"②。语言不仅仅是交流的工具,它所负载的是更为深厚的文化内涵。厌恶南非阿非利垦人的民族主义的库切却在阿非利垦人的的文化容器中悠然自得。这一切表明,在精神的宇宙里,真相往往和意愿相反,虽然库切想极力摆脱,但"南非的自我"却始终如影随行。

移居欧洲时期的库切处在了萨义德所描述的流亡的真实情境里:"流亡存在于一种中间状态,既非完全与新环境合一,也未完全与旧环境分离,而是处于若即若离的困境。"③他有着南非的国籍,南非被视作他的故乡,但他在南非的历史之中不仅找不到自己的文化之根,反而给他带来一种道德的耻辱;他的身上流淌着他的欧洲祖先的血液,但内心里却无法接受欧洲的帝国文化意识,欧洲排斥它,他也无法在欧洲找到任何意义的承诺。历史的迁徙导致了个人的错位,作为欧洲文化和非洲文化交合的私生子,库切找不到自己的文化母体,身份疆界的模糊使他无论身处何方,都位于边缘的位置,他变成了一个无可皈依的精神上的"永恒的流亡者",总是找不到自己的命运之神所在的地方。提到自己在英美学习、工作的这段时间时,库切以他惯用的第三人称单数表达了自己的感受:"尽管他在美国和英国都没有在家的感觉,但他也并不思念自己的家乡,也不特别地不愉快,他仅仅感到不相容。"④这种不相容不仅是在英美文化之中,而且也在南非文化之中。

在英国工作了两年之后,库切来到美国,几年后获得了语言学博士学位,此后在美国的大学里教授英语和文学,1972 年回到南非,此后一直在开普敦大学教书,其间不乏每年几个月到美国的一些大学做客座教授。但回到了南非的库切依旧无法融入周围的环境,2002 年库切再次离开南非,移居澳大利亚,又一次踏上流散之

① 《青春》,第 69 页。

② 同上书,第 143 页。

③ [美]爱德华·W. 萨义德:《知识分子论》(单德兴译),生活·读书·新知三联书店,2002 年,第 45 页。

④ *Doubling the Point: Essays and Interviews*, p. 393.

路，这一行动显示库切内心对于身份问题的探索依旧在延续，他或许可以在为自己所创建的这个新的身份中得到更多的安宁吧，因为澳大利亚这个移民国家的土著人口是少数，在那里，他或许可以摆脱自己的混杂身份所造成的文化分裂的痛苦吧。

三、理想的国民身份和中间的历史位置

库切的一生总是处在一种飘浮状态，不仅是空间意义上的，更是文化意义上的。显然，库切的文化身份无法再以某种纯粹的文化归属进行限定，在他身上，体现了一种鲜明的混杂性特征。库切的混杂性身份不仅体现了多元文化时代的国际文化之间的碰撞和交流，而且体现了南非种族融合之后的理想的国民身份。这种混杂性身份也是库切自己的理想身份，对此他有过充分的描述："那么，在这种种族的和语言的意义上，我是什么？我是这个国家中的一些人中的一个，这些人离开了他们种族的根，不管这些根是荷裔南非、印度、英国、希腊还是其他任何地方，加入了没有可识别的种族的水池，他们之间交流的语言是英语。这些人严格说来，不是'英裔南非人'，因为他们中的很大一部分，包括我在内，不是英国血统。他们仅仅是南非人（它自身也仅是一个为了方便的名字），他们的母语，天生的语言，是英语。而且由于这个水池没有可辨别的种族身份，所以我希望当更多的有色人种跳入这个水池时，某一天它将没有支配性的肤色。然后我希望它是一个消除了差异的水池。"[①]库切认同的这个理想的种族差异消除的水池可以说和曼德拉的种族融合的"彩虹之国"的南非的国家身份构图异曲同工。可见，库切的混杂性文化身份并不意味着没有固定属地的满世界漫游，他有自己的家园向往，只不过这个家园目前还是一个乌托邦的世界。而恰恰是这种未实现的家园向往为库切的后殖民文学实践提供了动力。

认识到库切对理想的南非国民身份的认同对于理解他的后殖民写作是重要的，但是有一点我们也不能忽略，即他与南非白人的殖民主义的被动的同谋关系。虽然库切主观上是殖民主义和帝国霸权的反对者，但他的祖先参与了南非白色殖民政权的构造，虽然处于白人社会的边缘，但他实质上也享有了黑人所不可能享有的政治权利和经济资源。对此库切自己也有着清醒的认识：在提出南非的阿非利垦人的三个构成要件之后，库切进一步提出：

> "Afrikaner"这一术语还是一种命名，一种以与历史的联系为基础的被强行赋予的标牌，南非的白人在各种不同的程度上，积极地或消极地，参与了厚颜无耻的和预先计划好的对非洲的犯罪。阿非利垦人作为一个自我定义的群体，在这种犯罪的使命中将自己突出了出来。这样他们将自己命名为阿非利垦人。他们能够有道德的权威从这种标识中脱离出来，还有很长的一段时间。有一些他们可能想坚持的细微差别——比如说，犯罪不单独属于1948年之后的时期，或甚至不单独属于20世纪，而是在整个殖民主义事业中呈现为连续的状态……我有力量从这个群体中脱离出来

① *Doubling the Point*: *Essays and Interviews*, p. 342.

吗？我认为是没有的。……更重要的是，我有脱离的欲望吗？实质上是没有的。[①]

库切紧接着以《黄昏的大地》的第二部分为例说明自己在这一意义上，与殖民主义的同谋关系。这种揭示给确定库切后殖民写作的历史位置又增加了复杂性。库切无力又没有欲望从阿非利垦人的标签中脱离出来，是否就意味着他是一个殖民主义作家？回答是否定的：库切的文本不是对西方文化帝国的权力复制，由于有着清醒的与殖民主义的被动的同谋者的意识，库切在文本中时不时地进行自我反省和自我质疑，产生的效果不是陷入，而是历史的修正。

库切的历史位置显然不能简单地放置在宗主国欧洲和殖民地非洲的任何一方。作为黑色南非的有着种族平等意识的白人移民作家，他既不能像那些本土作家那样以本土文化的全部丰富性为武器去抵制和颠覆欧美强势话语的压迫，又因失去了和欧洲祖先的殖民主义传统的情感和道德维系，见证了种族隔离体制的丑恶而拒绝和抵制殖民主义的权力话语；他既不能认同他的白人祖先的传统，又无法摆脱与殖民主义传统的历史关联；既同情南非被压迫的南非黑人，愿意为恢复非洲的文化地位而摇旗呐喊，又无力与受殖者的视角同一。他的位置只能是在这二者之间的阈限空间，即中间的位置上滑动，以一个中间人的身份在历史的移位造成的文化夹缝中进行调适和协商，以期能最终实现两种文化的交流和融合，实现自己的理想的国民和文化身份。

① *Doubling the Point*: *Essays and Interviews*, pp. 342—343.

"风景之发现"观照下的《自传的回声》

——评马哈福兹传记创作艺术

一、引　　子

自传记文学作为独立门类在艺术殿堂里占有一席之地以来，有关其本质——"诗与真"的讨论从未间断过。随着现代科学技术日新月异的进步，人类社会进入到现代资本主义时期，传统层面上的真实与虚构的界限受到了极大的挑战。作为"主观性更强"、"自由度更大"、叙事不"那样完整"[①]的自传，更是受现代小说潮流的影响，它糅合小说艺术技巧，突出传主自身精神成长或宗教皈依过程，成为精神自传。由于这类作品或大胆披露自我成长中鲜为人知的"劣迹"，如卢梭的《忏悔录》，或把"情感与事实混为一谈"，如歌德的《诗与真》，或将自己成年时的思想、观念移植于童年身上，如萨特的《词语》，对于其解读莫衷一是，较之于作者在其他方面的鸿篇巨著，读者的心理预期遭遇挫败。这些文学、哲学大师在描写自我的时候果真"捉襟见肘"吗？这是我们值得思考和探求的问题。

《自传的回声》(以下简称《回声》)正是这样一部备受争议的作品，它是埃及作家、1988年诺贝尔文学奖得主纳吉布·马哈福兹(Najib Mahfuz，1911—2006)的自传。这位一向不愿为自己树碑立传的文学大师，在耄耋之年，虽身体欠佳，病卧在床，仍难抑制强烈的创作愿望，便把"或是我生活中曾发生的一件事，或是一个瞬间、一个念头"[②]记录下来，加以修改，并以《回声》之名先在《金字塔报》、《文学消息报》连载，后于1996年出版单行本。

自传一经发表，赞美声有之，非议声亦不绝于耳，非议多是针对马哈福兹所采取的隐晦的文风和诗化的文体。在《回声》里，我们看不到人们所熟悉的"我出生于……就读于……"之类的传统自传表述形式，它也"非漫漫人生的记录"[③]，如果我们按照阅读传统自传的心理预期来阅读《回声》，那么很快就会陷入茫然不知所云的状态。我们看到的只是马哈福兹现实生活和梦幻世界交织而成的一处处"风景"或一个个"断片"，"那些具有自传性质的短章与断想、寓言，对孩提时代的回忆、梦幻，苏非式的格言与隽语，汇成了一汪深邃的智慧之潭"[④]。

对于这种自传的解读，或许日本现代批评家柄谷行人在他的论著《日本现代文

---

① 参见杨正润：《传记文学史纲》，江苏教育出版社，1994年，第31页。

② [埃及]纳吉布·马哈福兹：《自传的回声》(薛庆国译)，《光明日报》出版社，2001年，译者序，第2—3页。后文出自同一著作的引文，将随文标明出处的篇章或页码，不再另行做注。

③ The Economist，http://www.complete-review.com/reviews/mahfouzn/echoesof.htm

④ 美国《出版家周刊》，见薛庆国译本封底。

学的起源》中提出的"风景之发现",会给我们一些启示。"风景之发现"是柄谷行人为探讨"现代文学"起源而阐释的一种文学认识论。他在中文版序中开宗明义地说:"我试图从风景的视角来观察'现代文学'。这里所谓的风景……是从前人们没有看到的,或者更确切地说是没有勇气去看的风景"①。为此,柄谷行人撇开"二战"后文学界有关"新批评"、结构主义、解构主义、后现代主义等声浪迭起的方法论之争,而对现代文学进行本源性的研究,因为在他看来,当"现代文学"走向末路之际,正是我们对文学的存在根据产生质疑,同时文学也会展示出其固有的力量之时。

这一文学认识论给我们的启示是,现代文学所描述的生活世界是人作为认识主体,通过感性和悟性,将外部事物内化为一种主观体验后,投射在内心的"风景",这种观察和呈现世界的方式以"人"为主体,把人的精神世界重新置于宇宙的中心,它与现代人"孤独的内心状态紧密联接在一起的","风景乃是被无视'外部'的人发现的"②。作家与其说是在描述局外的"人"或"事",不如说是在描述一处"无我无他"的"风景",因此这种描述常常以无时空感的"内在的人"——"我"的内心独白、自述、主体性相联系。

无时空感的"内在的我"极大地改变了传统传记的叙事内容和艺术表达形式,当现代传记"把表现心理真实看作更重要任务"③时,传记文学的艺术性大大增强了,该文类的外延也进一步扩展,这一变化反映了传记文学作为现代文学的独立文类为保持其艺术的自主性而进行的追索④。马哈福兹的《回声》不能不说是现代传记的一种诗性表述方式。

在《回声》里,马哈福兹开创了"一种与传统传记艺术格格不入的传记写作模式,忌讳按年谱表排列一生经历,传统自传的'自我'成长的纵向线索消失了,看不见对往事有条理的整理和分析,个人的生平经历、心灵成长以及思想发展轨迹散落于不按时间顺序排列的诸事件经纬中,导致以时空为载体的人生内容肢解、破碎。在文体上,作者采取了不受任何体裁限制的、自由度更大的'断想式'"⑤。由此,我们发现,自述者以"断想式"的"回声"作为其自传的落脚点,除了有学者认为其缘由是"体力不支,因而无法创造长篇巨著……其内容或是生活中曾发生的一件事,或是一个瞬间、一个念头,但又算不上真正的传记,于是想到'回声'这个词"(译者序,第2—3页),在笔者看来,马哈福兹的自传创作还有其他含义:他强调事件发生后在他内心深处产生的连锁反应,这一连锁反应构成了他的"心理真实"和"自传事实",即作者"关心的是事

① [日]柄谷行人:《日本现代文学的起源》(赵京华译),生活·读书·新知三联书店出版,2006年,中文版作者序,第1页。

② 同上书,第15页。

③ 《传记文学史纲》,第425页。

④ 参见周宪:"艺术的自主性:一个现代性的问题",载《外国文学评论》,2004年第2期。

⑤ [埃及]阿布杜拉·伊卜拉辛:"在回声和隐讳间行进的传记和虚构",《文学消息报》,1997年11月7日。

件对他引起的影响，并不想重叙时过境迁的历史”[1]，马哈福兹无意复述童年、青年、成年、老年的生活经历，重在挖掘意义，或者说赋予其意义，他想在事件本身和读者之间架构起一种“象征性的空间”[2]，把这种心灵“回声”作为他所看到的关于宇宙、关于人类、关于世间万物的“风景” 体验（这已内化为他的一生），通过其强烈的苏非主义思辨色彩，用简捷、抽象的话语描述出来，一切的过往都是他现时的感受，“我与我周旋”的结果是，“我”叙述的不纯粹是事实，也不纯粹是经验，而是经验化的事实[3]，确切地说，《回声》成为以“我”的成长为载体的苏非主义寓言。

鉴于此，我们将从《回声》的断片式的自传结构、时空观、断片的美学、文本关键词及意象几个方面来解读《回声》，旨在揭示以纳氏自传为代表的现代传记文本特征，以期拓宽现代传记叙事的新领域、新角度，并将传记理论问题的探讨推向深入。

二、断片式的自传结构

《回声》包括 226 节独立成文、各有标题的“断片”或“断想”。作者不仅再现了客观世界，同时也展现了他的主观世界，因而《回声》是他的内心世界和精神生活的反映。这种文体与其说是在描述事件，不如说是纯粹的哲理思辨。晚年的马哈福兹觉得“细节变得不那么重要，因为我在作品中主要表达一些哲学思考”，“思考主要集中在时间、死亡和一些哲学问题上”[4]。

在这些长短不一的“断片”中，我们隐约看到一些“时间”的痕迹，如，第 1 篇“祈祷”（这里的序号是为了叙述方便由笔者加上的）把读者拉回到作者“不到七岁时”（译文均引自薛庆国译本）经历的学潮，这里指的是 1919 年埃及革命在作者幼小心灵里留下的最早“镜像”。继之是第 2 篇“哀悼”，“我”祖母的去世，死神第一次降临到自述者家人头上，“恸哭声攫走了我的安宁”、“充满忧伤和恐惧的胸口”是自述者对死亡最初的“印象”。接下来，便是对孩提时光、青春机缘、亲朋芳邻的回忆，这些构成了现已年迈的作家回望过去时感受到的“断片残影”。到第 10 篇“幸福”时，作者经历了初恋的甜蜜，“窗口闪现的那位美人，向行人发散着明眸之光”。埃及著名评论家、纳氏研究专家拉贾·尼高什在《马哈福兹回忆录》中描述过这段奇缘：“有一天我正在踢球，突然被阳台探出的一张迷人的脸吸引。那年我十三岁……我一直单恋着这位美丽的姑娘……”[5]。这一“美人”成为马哈福兹一生思慕的形象载体。从第 12 篇“信物”起，作者通过“怀念”偶然翻到的“枯萎的玫瑰花瓣”引出了“我”的第一位代言人“智者朋友”，并以“智者朋友”的口吻阐述了人类“记忆”的力

① ［埃及］阿布杜拉·伊卜拉辛：“在回声和隐讳间行进的传记和虚构”，《文学消息报》，1997 年 11 月 7 日。

② 同上。

③ 赵白生：《传记文学理论》，北京大学出版社，2005 年，第 26 页。

④ ［埃及］拉贾·尼高什：《马哈福兹回忆录》，《金字塔报》翻译中心，1998 年，转引自薛庆国译《自传的回声》，第 122 页。

⑤ 同上。

量，它“显示在回忆里，也显示在遗忘里。”这一表述，道出了人类的整部历史，即在循环的回忆和遗忘中构成了“人”之为“人”的根性和依据。至此，原点的“我”和欲追寻终点的“我”开始了富有哲理的对话。到第118篇“迷失者阿卜杜·拉比希”出场时，“我”的第二代言人“阿卜杜·拉比希长老”成为后一百多篇断片的主人公，“自从我结识了他，只要一有余暇，我就常去拜见他”，听他讲令人“心旷神怡，飘飘如入仙境”的话语。迷失者阿卜杜·拉比希长老为了寻找丢失了70多年的孩子，第一次出现在古老的街区，开始引领“我”走向神秘而迷人的苏非世界，马哈福兹借助他传达自己的大慧之言。最后一篇“解脱”表明了“我”的顿悟：“在殷切的期盼中，目光见到了他，心灵听到了他”，这里的“他”，即苏非心中——也是马哈福兹心中——的神，已不是传统教义中令人敬畏的对象，而是一种爱的对象，是作者一生心向往之的对象，至此，马哈福兹的精神世界升华到了苏非思想所探求的终极真理——“人主合一”的境界，他的“解脱”完成了关于自己一生的叙述，终结了他皈依苏非思想的历程。因此，这部自传是以“我”的成长为载体的苏非主义形成的寓言，是一部典型的精神自传。

“我”、“智者朋友”、“迷失者阿卜杜·拉比希”“三者实为一体，他们的相继出现，是作者思想发展的几个阶段的象征”[①]。青年时期的马哈福兹是一位具有历史责任感、爱国主义精神的知识分子，他创作出历史小说《命运的嘲弄》(1939)、《拉杜碧斯》(1943)、《底比斯之战》(1944)来唤醒沉睡的民族意识，激励民众去抗击英国殖民统治，争取民族独立，这是原点的“我”；中年时期的马哈福兹用现实主义创作手法创作了具有更长时间跨度和更丰富社会内容的宏大叙事小说——“三部曲”(《宫间街》、《思宫街》、《甘露街》)，史诗般地概括了埃及20世纪上半叶的风云变幻，达到了“这一流派的顶峰”，稍后又写出了颇有争议的神话寓言、象征小说《我们街区的孩子们》(1967)，反映了现代人存在的种种危机以及对科学、宗教的深刻反思，这是“智者朋友”的“我”；晚年的马哈福兹倾向于用凝练的笔触，诗化的语言，喟叹光阴似箭，人生如梦，以饱蘸着“爱”的笔墨来弘扬积极的生命追求，字里行间浸润着苏非思想，如《自传的回声》(1996)，《疗养时期的梦》(2005)，这是“迷失者阿卜杜·拉比希”的“我”。

三、时空消解

马哈福兹正是用象征的结构，将过往、现在和未来融于作者主体世界的无限广阔性中，从而消解了时空概念。埃及著名文学批评家拉贾·艾德将此总结为：“在他优美的语言中，过去和现在拥抱，二者一起又与未来相逢。[②] 自述者通过对自己成长过程的追忆，渐渐地意识到自己及周围人们的“存在”，自述者只是捕捉自己心头留下并时时浮现在脑际的印象，加以展现。对他来说，事情发生的先后没有意

① “在回声和隐讳间行进的传记和虚构”，《文学消息报》，1997年11月7日。

② [埃及] 拉贾·艾德：《读纳吉布·马哈福兹文学》，亚历山大知识出版社，1989年，第87页。

义，现实从回忆中形成，通过“回忆”这一心理机制，为自己确立了恒常的生命存在形式，也是把过去纳入现在的方式。“今”与“昔”的回忆已同时出现在自述者脑海里，由此，自述者解除了“时间”的束缚，获得了过去、现在的重叠和交叉。正是这一“回忆”机制，使马哈福兹的自传成为一部人的传记①，因为，回忆是人类使自己的文明得以延续的方式，而在最宽泛的意义上讲，回忆正是人的存在方式本身。这也是《回声》所隐含的人类学层面丰饶的资源。

马哈福兹在“时空”上的巧妙处理赋予了《回声》以独特的现代自传艺术形式，表现出自述者在文学创作上的新观念和新技巧，他借助超越时空概念的潜在意识，不时交叉地重现已逝去的岁月，从中抒发对故人、往事的无限怀念和难以排遣的惆怅。“生命”在马哈福兹看来，是“一股注入遗忘之海的记忆之流”，生命只是一连串孤立的片刻，靠着回忆和幻想，许多意义浮现、消失，消失、浮现，如一连串在海中跳跃的浪花。在他看来，整个作品抑或整个人生没有完整的故事，只是生命中一个个断片的汇集。有阿拉伯学者把这种方式称之为“马赛克式的叙述”②，一个个断片犹如一块块马赛克拼接出了马哈福兹多姿的人生画面。

四、断片的美学

如上所述，《回声》是由“断片”组成的，这些看似不完整的断片，却使读者通过遐思一起参与到自述者的回忆中，来完成有关自传的叙述。美国哈佛大学的汉学家斯蒂芬·欧文(Stephan Owen)在谈及断片形态在作家追溯和再现往事时所起的作用时认为，断片更能触发人们的联想力和艺术感受力，并说孔子的《论语》也是断片式的著作，他概括道：“这种类型的言简意赅的言辞，是一种标志，表明它们是不完整的，它们的寓意比它们自身更为深刻。由于这些言辞是片断不全的，我们的注意力就被引向那个已经一去不复返的生活世界……作品本身是不完整的；只有在我们面向那些失落的同外部的关系时——同作者、环境和时代的关系，它才变得完满了。”③斯蒂芬·欧文在总结构成这一“断片的美学”因素时归结为两点：一是受诗歌影响形成的抒情方式，二是记忆本身就是来自于过去的断裂的碎片。因此，马哈福兹的这些“具有自传性质的短章与断想、寓言，对孩提时代的回忆、梦幻，苏非式的格言与隽语”从某种意义上可以说是一种现代自传的美学表达。

例如，在第102篇“简史”中，马哈福兹这样写道：

第一次恋爱时，我还是少年。我游戏岁月，直到死神自天际显现。在青春之初，我懂得了夭折的爱人留下的不朽爱情。我淹没在生活的大海里。爱人去了，记忆在正午的烈日下燃烧。我心中的向导把我引向苦难铺就、通往虚伪目标的金色之路。有时完美的主人浮现，有时已故的

---

① [埃及]阿米尔·达布克：“回声的回声——对马哈福兹《自传的回声》的解读”，http://www.arab-ewriters.com/? action=showitem&&id=2049

② 同上。

③ [美]斯蒂芬·欧文：《追忆——中国古典文学中的往事再现》，上海古典出版社，1990年，第81页。

爱人隐现。

我明白我和死神之间有着嫌隙,但我注定要怀有希望。

自述者拾起历史遗留的断片,跳跃性地、闪回地叙述自己恋爱、失去挚爱、在生活的浮沫中挣扎、以积极的态度面对悲苦现实的人生历程。“在青春之初,我懂得了夭折的爱人留下的不朽爱情”,使人感受到自述者那些与青春有关的日子,虽爱断情殇,但也换回了对爱情真谛的理解;“我淹没在生活的大海里”使读者体验到自述者在生活的漩涡里浮沉、生死较量;“爱人去了,记忆在正午的烈日下燃烧”是这一短篇的高潮,我们可以想象出自述者在人生的孤旅中,带着刻骨铭心的记忆踽踽前行,犹如在烈日的炙烤下艰难跋涉;“我心中的向导把我引向苦难铺就、通往虚伪目标的金色之路”带读者走出了生命的焦灼和困境,感受到自述者已经超脱苦难生命的束缚,走向虚无的终极目标,在这条路上,陪伴他的是爱、爱人和生之希望。

再如,在第72篇“信物”中,马哈福兹写了这样一个断片:

一朵干枯的玫瑰,花瓣已经破碎,这是我在整理藏书时从一排书后发现的。

我笑了。已逝的遥远的往事绽出瞬间的亮光。

怀念溜出时光之掌,存活了五分钟。

干枯的花瓣散发出密语一般的芳香。

我想起一位智者朋友的话:“记忆的力量显示在回忆里,也显示在遗忘中。”

一朵干枯的玫瑰唤起了自述者当年全部的感受和情绪,当前的感觉和重新涌现的记忆使这片干枯的花瓣散发出“密语一般的芳香”,它把读者带到了自述者曾经有过的美好时光,他本想执著地眷恋一个爱人、一位友人、某些信念,或保存好某件信物,然而遗忘从冥冥之中慢慢升起,淹没他最美丽、最宝贵的记忆,记忆的力量为抗争遗忘而加强,但正是遗忘使此时的想起倍觉柔软、温馨。读者可以感受到导致自述者说出这些话的情感和智慧远远超出于这个断片本身,读者的注意力被引向自述者那段一去不复返的生活世界,意识到原来支撑人存活下去的东西竟是那些已经失去了的永不复返的东西。

《回声》中这样的断片随处可见,无论是平淡中寓深意、寻常中藏机锋的段落,还是时时掠过眼帘的诗意盎然的篇什,都能让人生发无穷的冥思和遐想。

五、文本关键词及意象

我们周围的一切都处于永恒的流逝、销蚀过程之中。当美好的往昔恍如隔世,青春的机缘几近虚幻,蓦然回首,发现那么多无法抓住的流光,那么多无法抓住的爱恋悄然逝去,曾经强悍的,变得衰弱,曾经执拗的归为柔顺,岁月无声地改变一切,经过时光之筛的过滤,惟余下凄凉与惆怅。这是《回声》的主旋律。在《回声》中,对生之向往、美之讴歌、死之吟诵、往昔之感怀不绝于耳,“生命”、“美好”、“爱”、“梦幻”、“死亡”等词语在文本中反复出现,构成了马哈福兹自传的诗性表述,是我们解读文本的关键词。为了表达这些主题,马哈福兹营造了各种意象。

所谓意象，就是一种隐喻的表达，通过揭示某一陌生事物或某一难以描写的感情与一些熟悉事物的相似及内在联系，帮助读者想象这一陌生事物或感情，从而加强这一感觉的持久性和普遍性。吴晓东在其论著《从卡夫卡到昆德拉——20 世纪的小说和小说家》一书中以对郁达夫的描述举例，生动说明了意象在叙述心理真实方面的作用，当读者读到"郁达夫是在一个梅雨季节的早晨离开他那富春江边的故乡的，当时他没有意识到，那笼罩在烟雨迷蒙中的江边故居，将会长久地定格在他以后的生命记忆中"时，"梅雨季节的早晨"这个意象"有一种独特的美感，叙事本身表达了一种生命和时间的内在绵延的特征。但至于郁达夫是不是真的在梅雨季节离开故乡，是不重要的，重要的是叙述的真实，而不是历史的真实"[①]。

研究意象能够展示马哈福兹的独特之处，因为"每个诗人都有他独特的区别于他人的意象结构，这种结构甚至在他的早期作品中就已出现，而且不会也不可能从根本上改变。[②] 马哈福兹的文学创作受到西方现代文学思潮的影响，但其灵感更多的源自于本民族的文化，在诺贝尔奖获奖致辞中，他说自己是"两大古老文明——法老文明与伊斯兰文明之子"，"他一向对伊斯兰神秘主义（即苏非）情有独钟，晚年更从中获得莫大的精神慰藉"（译者序，第 2—3 页）。"神秘主义与诗性思维相通，……而艺术表现手法更是与神秘主义一脉相承"[③]。马哈福兹很少解说自己的理念，而是通过意象将理念暗示给读者。

在《回声》中，我们经常读到"美人"——"花园"、"美人"——"肃穆寂静的夜晚"、"美人"——"枯萎的玫瑰"这样几套组合意象。如："我面前展现出一座花园，秀色盈目，绰约的女子在其中徜徉"（第 85 篇"旅行"）；再如，"月光溶溶，在这肃穆迷人的夜晚……他在一片寂静中听到簌簌的动静。只见前面水中冒出一个女子的头，……她的美丽与端庄都到了极致"（第 18 篇"历史片段"），"在一个吉祥的良宵，我听到一声低语，说月光朗照时，天使将在路上出现。我怀着爱者的痴心和英雄的意志，在路上徘徊往返。忽然，一个女子呈现了片刻，她敞露着天仙一般的面孔，蓦然而至，让我痴迷、沉醉"（第 148 篇"秘密"）。这些例子属于前两组意象，马哈福兹藉此表达自己所追求的崇高的苏非精神世界，即精神修炼和灵魂净化达到人神合一的神奇境界，它"源自真诚爱者的心灵对被爱者（即真主）的一种深情、狂喜与着迷"[④]。他以"美人"代表自己高远的精神追求与中国古代伟大诗人屈原的"香草美人"意象不谋而合，屈原在"九歌"中以"美人"代表自己政治理想和高洁的品格。

在"美人"——"枯萎的玫瑰"这组意象中，我们读到的是马哈福兹对过往的怀念和珍惜，这里的"美人"代表美好的过去和已逝的亲朋好友，表达马哈福兹对生命的热爱和祭奠，如，"在我独处的时候，她如同盛开在鲜绿枝头的玫瑰一样来临。那

---

① 吴晓东：《从卡夫卡到昆德拉——20 世纪的小说和小说家》，生活・读书・新知三联书店出版，2003 年，第 4 页。

② ［加］诺思洛普・弗莱：《批评之路》（王逢振、秦明利等译），北京大学出版社，1998 年，第 7—8 页。

③ 《阿拉伯现代文学与神秘主义》，序言，第 2 页。

④ 金宜久：《伊斯兰教的苏非神秘主义》，中国社会科学出版社，1995 年，第 46 页。

风华岁月的记忆流动起来。我为时光的飞逝而怅惘”(第 41 篇“女巫”),“他往身后注视良久,那里剩下的,只有枯萎的玫瑰,欢娱,清澈的梦,慈怜的妇人的温馨。她已上了岁数,却永不衰老”(第 86 篇“芳香”)。

此外,马哈福兹还用“寄存物”这一意象表达“生命”短暂和虚幻,用“不速之客”这一意象表达“死亡”的不期而至与无常,因为在他看来,“生命,是一股注入遗忘之海的记忆之流;死亡才是确凿的真实”(第 124 篇“病”)。这与美国作家约翰·厄普代克《安魂曲》中的诗句“生命不过是破旧的诡计/而死亡阴暗,广阔,真实”异曲同工。

以上意象带有浓厚的苏非思想,因为这种宗教意识“早已渗透到阿拉伯人的血液中,渗透到阿拉伯文学作品的字里行间”①。

需要指出的是,马哈福兹虽然看重苏非信徒的精神的修炼和感悟,但不赞同避世,相反,他提倡要敢于承担苦难、义无反顾投入生活的积极人生,他认为“生活看起来是一连串的争斗、泪水与恐惧;但它又有一种令人迷恋和沉醉的魅力”(第 166 篇“魅力”),生活不仅意味着享受,更意味着创造和工作,“我宁喜一年到头劳碌不停,也不愿一个月的赋闲”(第 169 篇“我们的天性”),生活中人人都应恪尽职守,放下手头生意去追求美人的人,被拒之门外,因为美人“不欢迎那些丢下市场上的营生而前来的慕求者”(第 106 篇“选择”)。

六、结　　语

马哈福兹以诗化的隐晦文风完成了关于自己的传记,并非心血来潮或故弄玄虚。马哈福兹如此作传可以归结为以下三个因素:

1. 现代文学潮流极大地影响了现代自传的表现风格,使它突破了传统自传的时空框架,既挑战了传统自传的叙事模式,又丰富了现代自传的艺术表达形式。现代自传更侧重于把人的精神世界重新置于宇宙的中心,人作为认识主体,将外部事物内化为一种主观体验,将生活世界看做是投射在内心的一处处“风景”,从而大大消解了时空观,解构了传统传记艺术的叙事模式,形成了独特的艺术风格。作者在叙事时所采取的独特的“断片式的自传结构”,所把持的美学原则,是与现代哲学、语言、美学和文学的认识论相扣合的,它表现为客观世界无规律可循,人物难以描写,人生的内容是零散的,杂乱的。这要求我们对传记文学的真实和虚构做重新界定。

2. 马哈福兹自传风格是小说大师对人生感悟与诗意表现风格完美结合的产物,他由美学抵达苏非神秘主义是他观察和呈现生活世界的独特方式。从这个意义上讲,纳氏的自传是典型的精神自传。因为他以象征的手法,通过思想发展的几个阶段,讲述了自己皈依苏非思想的过程,使这部自传成为以“我”的精神成长为载体的苏非主义形成的寓言。在马哈福兹那里,苏非主义与诗性是相通的。马哈福兹的艺术创新是他对于生命的特殊感受而做的一次艺术实践,是对传记文学阐释

---

① 《阿拉伯现代文学与神秘主义》,序言,第 2 页。

策略的大胆尝试。

早在创作小说《小偷与狗》(1961)时,“马哈福兹就注重从现代意识的角度回眸往事,语境从日常语言相对确定的现实情境转换为流动的、具有时间纵深度和空间广阔性的经验情境”[①]。这一时期,标志着马哈福兹在小说艺术创作中对传统小说的叙述结构、语言以及美学原则等方面的质疑和转向。在《我们街区的孩子们》(1967)里,马哈福兹更是用象征性的手法,以神话寓言的方式,演绎人类历史,表达他对人类理想与现实的深刻思考。上世纪 70—80 年代,他以诗一般的语言,借鉴阿拉伯民间文学的风格,创作出小说杰作——《平民史诗》(1977)和《千夜之夜》(1982)。马哈福兹是一个不愿意重复自我的人,作为小说家,他毕生都在追求、践行小说的改革和创新。

3. 马哈福兹如此作传要归结于阿拉伯的自传传统。由于宗教因素、政治因素、社会伦理道德观等约束,阿拉伯人缺乏像西方那样坦诚自白的作传机制。有的阿拉伯学者把阿拉伯“自白文学”作家分为三类,第一类完全以中立的态度描写自我和他人;第二类热衷于坦荡地揭示自我及内心最隐秘之处;第三类则善于用精湛的文学技巧,委婉、隐讳地表述自我,读者很难穿越包裹着传主个性的那层迷雾。“马哈福兹就是属于善于把自己隐匿在作品中的作家”[②],盖因出于自我保护或是保护家人和其他人的目的,这也是许多阿拉伯作家难以突破隐讳思想藩篱的原因。

---

① 谢杨:“马哈福兹小说语言的诗性特点”,见张宏等著《当代阿拉伯问题研究》,人民出版社,2006 年,第 132 页。

② [摩洛哥]哈比比·库纳尼:“自白文学和揭秘自由”,http://www.moroccotoday.net/takafasafar.htm

女性反抗者的精神成长史

——评埃及女作家赛阿达薇的传记创作

埃及女作家、心理学医生、社会活动家纳娃勒·赛阿达薇(Nawal El-Saadawi，1931—)是阿拉伯世界最具争议的女作家。她1955年毕业于开罗大学医学院，1957年开始发表文学作品，大胆地记录行医经历中见到妇女遭受的肉体折磨和精神苦难，并将这些现象与其背后的父权文化、社会压迫和宗教欺骗联系起来。她先后当过乡村医生、卫生部公共卫生署署长和大学教师，但仍然笔耕不辍。由于对性、政治和宗教等敏感话题向来直言不讳，其作品常遭禁售，本人也受到威胁和监视，甚至一度入狱。1993年，迫于宗教保守势力的威胁和埃及当局的政治迫害，赛阿达薇逃亡美国，在多所知名大学讲学、任教，1996年回到埃及。2004年，赛阿达薇获欧盟颁发的人权南北奖(North-South Prize)；同年曾参加埃及总统竞选，但迫于条件限制最终放弃。

虽然生活动荡、身兼数职，赛阿达薇仍是一个多产的作家，她的作品体裁各异，数量达60部之多。其三部自传体小说《女医生回忆录》(1957)，《冰点女人》(1976)，《伊玛目之死》(1987)，以及两卷本自传《伊齐斯的女儿》(1999)和《火中穿行》(2002)既在女性文学领域，也在传记文学领域享有盛誉。

赛阿达薇曾说："自从我提笔写作，危险就成了我生命的一部分，在这个满是谎言的世界上，没有什么比真相更危险。"[①]与其说是作家，她更像是一名战士，用自己特立独行的一生向这个"满是谎言的世界"宣战。背弃父权社会对女性的期许，颠覆父权文化对女性角色的刻板印象，这是赛阿达薇本人一生的写照，也是她笔下若干女主人公的写照。《女医生回忆录》、《冰点女人》和《伊玛目之死》等三部小说均以第一人称的身份撰写，《女医生回忆录》由于情节与作者本人经历十分相似，曾被认为是其自传；《冰点女人》女主人公以赛阿达薇作为心理医生采访过的一个女犯人为原型；而具有高度象征性和寓言色彩的《伊玛目之死》则是赛阿达薇在中东数国近十年见闻的整合和抽象。新历史主义认为，事实是不可再现的，历史是文学一样的叙事，与其说"能产生另一个更为全面也更为综合的事实性陈述，不如说它是对事实的阐释"[②]。三部小说的女主人公固然有其原型，但是既然赛阿达薇才是阐释的主体，那么实际上，文本再现的与其说是几位原型人物的真实历史，不如说是作者的"话语"，带有作者本人强烈的意识印痕。同样地，自传作为作者的个人历史，也是一种阐释而非对过往事实的真实再现。赛阿达薇的自传和其自传体

---

① http://en.wikipedia.org/wiki/Nawal_El_Saadawi#cite_note-4

② [美]海登·怀特：《后现代历史叙事学》(陈永国、张万娟译)，中国社会科学出版社，2003年，第326页。

小说一样，也是她做出的一种阐释，只不过原型不是别人而正是她自己。

因此，带有赛阿达薇不同时期意识印痕的三部自传体小说与其自传之间便具有某种互文性，与其把它们彼此独立地看作作者对自己和其他原型人物实际经历的简单记录，不如对它们进行交叉解读，宏观地把它们看作作者为父权制度下"女性反抗者"形象撰写的一部成长史，又由于作者诠释主体的身份，它更接近于作者本人的精神成长史。

一、女性意识的自发觉醒

1957 年，赛阿达薇的小说《女医生回忆录》在《鲁兹·优素福》杂志[①]连载，是作者对小说创作的首次尝试。小说从第一人称的角度记叙了一位埃及女医生从 9 岁到 30 岁的经历。虽然出版时已经删节，其离经叛道的观点和直白大胆的描写依然在埃及和其他阿拉伯国家一石激起千层浪。一些评论家认为，该小说揭露了埃及妇女面临的来自社会和婚姻制度的双重压迫，是一部革命性的女性主义小说。然而，当时年仅 26 岁、刚刚从医学院毕业的赛阿达薇尚未接触任何女性主义文学作品或其他有关当代社会女性地位、女性解放的资料，创作这部小说完全是出于对埃及妇女不公正遭遇的本能反感，这也解释了为什么小说情节与作者本人的经历如此相似——这标志着作者女性意识的自发觉醒，而这种自发的觉醒来源于对现实生活的不满。

部分评论家，诸如叙利亚伊斯兰世俗主义思想家、作家乔治·塔拉毕什，曾指责赛阿达薇"反对自己性别"。在小说《女医生回忆录》中，女主人公的童年故事的确始于对自己女性身份的抗拒，她与自己性别的冲突早在她"了解自己的性别和来源之前"就开始了。与自由自在的哥哥不一样，身为女孩的她终日处于母亲的严格监控下，恪守一系列穿衣打扮、言行举止上的繁文缛节，哥哥游手好闲时她必须料理家务，出门玩耍也必须得到母亲的批准。随着青春期的到来，生理的变化又让她措手不及：初潮让她亲身经历了"女性的血腥故事"，不禁觉得"真主一定憎恨女孩子"，以至于让"这个肮脏的过程"成为"女孩子长大成人的唯一路径"。身体的发育引来男人们不怀好意的目光甚至某些不正当的行为，因此，即使她还是个孩子，母亲和祖母也已开始考虑她的婚事。好强的女主人公深感不服，她剪掉长发以示与传统女性形象决裂；故意扮丑吓跑相亲对象；痛下决心要做得比男人更好，无论是哥哥，还是"那个母亲让我穿上白裙子去见的男人"，甚至是父亲。

小说对主人公童年的描写与作者自传的童年追忆在很多细节上都惊人地相似，可见尚未开始关注女性主义理论的作者的确是以自己为原型进行创作的。这些描写看似作者对女性生理现象和社会地位的抗拒，实质上却不仅不能证明作者"反对自己的性别"，反而正代表了她女性意识的觉醒。作者对少女青春期身体发育和心理变化的描写在埃及文学史甚至阿拉伯文学史上很可能史无前例，然而这

① 一家颇有影响的埃及杂志，涉及埃及国内外政治、文化、社会生活等多方面内容。

些大多数女性羞于启齿的私密话语却正是女性群体专属的共同经历，对这些话题的关注明确证实，赛阿达薇虽置身于父权文化语境，但并没有像很多其他女作家一样在写作中体现出一种对男性语言和男性价值的模仿，她一开始就自发地从事着西方女性主义评论称之的“作为女性的写作”。

与传统女性角色决裂之后，主人公开始了对女性自我的重新定义。这个过程始于对男性成就的模仿和超越——她逃离少女新娘的命运后，成为了医学院众多男生中的唯一女学生。在医学院，科学知识让男尊女卑的神话不攻自破，主人公发现“女人和男人是一样的，人类和动物也是一样的”。然而解构陈规陋习的成就感转瞬即逝，看到教授为追求科学冷酷无情地把患者当做教学道具和研究手段，她又不禁开始质疑自己对科学的信仰：“科学的神明不懂得仁慈，也不懂得羞耻，多么残酷！”借助科学，她摆正了两性的关系，但却始终找不到人性的意义，终于科学也“从宝座上倒下，赤裸而无力，就像之前男人从神坛上摔下一样”。到这里她对女性自我的寻找出现转折，发现自己一直在进行一场“针对自己、针对自己的人性和自然欲望的残酷斗争”；发现“感情比理智更敏锐”；发现生命的意义在于“对生命的爱”；发现自己不可能光靠理智活下去。出于对自己情感的珍重，主人公只经历了短暂的婚姻。离婚后，主人公变成弱势性别中更加弱势的一群，却依然没有屈服。一方面，她开了自己的诊所，成为非常成功的女医生；另一方面，她开始关注社会弊端，竭力帮助弱势群体，无论是被传统礼教宣判死刑的乡村少女，还是一贫如洗的重症患者。至此，主人公又成功跳出了科学主义的框框，给自己质疑传统、仰仗科学理性的知识女性形象注入了人性的温情，对女性自我的重新定义得以最终完成。

然而，令读者吃惊的是，小说终结于主人公对现实的妥协。面对社会的悲剧，她心力交瘁，却于事无补，只得转而用一种对未来的进化论式预期使自己释然：“一年一年过去，也许时间会改变历史、法律和传统吧。生命或许终将有办法让小姑娘们漂漂亮亮、干干净净地长大成人，人类的身体也说不定会越来越轻盈，甚至能飞上天去……生命的河流奔腾不止，每一天都有新发现。为什么我会度日如年，身心俱毁？为什么我激流勇进，却被抛上高处不胜寒的悬崖？”①主人公“高处不胜寒”的生活终结于爱情的来临，对方认为“一个女人无论外表多么美丽，如果愚蠢、懦弱、做作、虚伪，就并不真正有女性魅力”。根据自传，小说出版时，年仅26岁的作者已经是一位离异的单身母亲，第一任丈夫是一位自由战士，由于无法接受革命的失败和政府的腐败，终于精神崩溃，甚至吸毒成瘾。1956年7月两人离异。同年9月，赛阿达薇带着襁褓中的女儿回到父亲的老家做了一名乡村医生。她对乡村愚昧落后的风俗传统深恶痛绝，却无能为力。1960年，作者心存疑虑地步入了第二次婚姻，对方生活富裕，拥有较高的文化水平和社会地位，虽然她与此人并没有任何共同语言，却依然在家人和朋友的鼓动下嫁给了他。这并不像读者熟悉的赛阿达薇，不过这部小说结尾处对未来的乐观预期也许能在某种程度上解释她的

① [埃及]纳娃勒·赛阿达薇：《女医生回忆录》(凯瑟琳·科布翰译)，旧金山城市之光出版社，1989年，第84页。

第二次婚姻——这正是在意识到一己之力的渺小后,对现实的妥协和随波逐流。

二、对父权社会婚姻制度的否定

然而,和她的第二次婚姻一样,赛阿达薇对未来的乐观也没有维持多久。自传下卷《火中穿行》里,记录第二次婚姻终结的一章题为“手术刀与教法”。这场本来就没有感情基础的婚姻很快就因丈夫不满赛阿达薇的写作和激进言论而矛盾激化。赛阿达薇忍无可忍,要求离婚,丈夫却翻开伊斯兰教法,嘲笑她没有这个权利,她只得抽出手术刀对抗教法。最后,赛阿达薇归还了聘礼,放弃了赡养费,结束了第二次婚姻。实际上早在1958年,赛阿达薇就开始在埃及卫生部、埃及医学协会等政府部门任职,并且担任《健康》杂志主编,在对埃及妇女身心健康临床观察的基础上,开始关注埃及妇女问题。1972年,她出版了第一本专著《妇女与性》,从医生的角度直白地谈论禁忌话题,激怒了埃及当局和宗教界人士,她本人随之被政府部门革职,著作在国内禁止销售。1973—1976年,赛阿达薇就职于艾因·夏姆斯大学医学院,并以卡纳迪尔女子监狱的女犯人为研究对象开展神经学研究,同时完成了小说《冰点女人》的素材收集工作。

《冰点女人》记叙的是女心理医生对一个女犯人的采访。小说出版后被翻译成多种语言。赛阿达薇在自传中曾提到杜克大学有学生读到这部小说后慕名前来听课。小说中除了简短的开头和结尾以女医生为叙事者,其他内容均为死刑犯菲尔多斯的自白。菲尔多斯曾是一个怀抱梦想的姑娘,在短暂的一生中,她多次试图改变自己的人生,却终究无法战胜悲剧命运。由于无法忍受父亲对待妻儿的冷漠暴虐,她毅然离家,跟随叔叔到开罗上学,似懂非懂地容忍甚至接受了叔叔的性骚扰;中学毕业,叔叔婶婶策划把她嫁给一个素不相识的老翁,她再次出走,却被外面的世界和男人们不怀好意的目光吓退;婚后遭到丈夫毒打,叔叔婶婶视若寻常;她遍体鳞伤,流浪街头,被一名男子假意收留,又遭非人凌辱;再次流落街头的她沦为娼妓,虽得到了财富,却没有了尊严;为挽回尊严,她一度改邪归正,有了正当职业,并努力工作,却难逃上司的潜规则以及恋人的玩弄和欺骗;最后,绝望的她再度沦落风尘,因杀死操控自己的皮条客被捕入狱。

终其一生,菲尔多斯在不断地逃离,从一个父权家庭逃到了另一个父权家庭,从一个火坑跳进了另一个火坑。最终因不堪忍受父权婚姻制度和不平等的两性关系,她完全背弃了父权价值对诸如“女儿”、“妻子”、“恋人”之类女性角色的定义,沦为娼妓。菲尔多斯说:“与其做一个被欺骗的圣女,我宁愿当妓女……妓女是最少被欺骗的女人。”[①]赛阿达薇在自传中追忆自己的前两次婚姻时,表达了对父权婚姻制度的强烈抗拒,因为它与其说是建立在“爱情”之上的结合,不如说是建立在男尊女卑两性观之上的一种交易。赛阿达薇对父权婚姻制度的抗拒由来已久,自传体小说《女医生回忆录》主人公第一次结婚时,就对教长主持的结婚仪式十分不耐

① [埃及]纳娃勒·赛阿达薇:《冰点女人》,开罗未来出版社,2002年,第96—97页。

烦。时隔40多年,赛阿达薇又在自传中写道:“我相信爱情,但我不相信婚姻。”[①]“我不用去教长那里,也不用上法庭,我要用手术刀把自己从婚姻制度中禁锢女性的法律中解救出来。”[②]她甚至在第二次离婚后振臂呼喊:“打倒婚姻制度!”[③]

菲尔多斯不断逃离的过程同时也是一个不断寻找自我的过程。由于女性的权益没有保障,她虽然努力从一个目不识丁的乡下姑娘变成了成绩优异的女中学生,却依然无法继续接受高等教育或职业培训;由于社会对男女两性的双重标准,她通过诚实劳动基本实现了温饱,却依然得不到平等相待和应有的尊重,于是娼妓这种令人不齿的职业反而成了她实现人格独立的最佳选择。菲尔多斯认为,在父权制度下,只有娼妓才享有“不隶属于他人的自由和置身事外的自在。她是独立的,不被男人奴役,也不受婚姻制约。她超越时间,超越法律,超越一切”[④];她还说,“我从不觉得自己光彩,我只是知道,我这个的行当是掌管现世和来世的男人们一手制造的”。[⑤] 可是,历经千辛万苦的菲尔多斯却发现自己依然处于一个男人——皮条客的奴役下,她终于拿起刀杀了人。在接受采访时,她对死刑毫不畏惧,甚至视自己的死亡为一种胜利。法庭指控她是一个“危险而野蛮的女人”,她骄傲地回答:“因为我说出了真相,危险而野蛮的真相。……看清真相意味着不再畏惧死亡。”[⑥]这种宁死也要说出真相的固执与作者本人十分相似,小说出版两年后,作者因反对萨达特政府一党专政被捕,关押于菲尔多斯原型女犯人住过的监狱。入狱期间,她瞒过狱警,用一支眉笔和一卷厕纸记录狱中生活和众多菲尔多斯式女犯人不为人知的真实经历,出狱后于1983年出版了回忆录《女子监狱手记》。

总之,菲尔多斯被逼良为娼甚至逼上绝路的故事,正是作者对父权婚姻制度和双重标准下女性境遇的彻底否定。

三、对父权政治和虚伪宗教的揭露

赛阿达薇出身于一个虔信宗教的家庭,从小时候起就忍受着巨大的精神痛苦。4岁时大人们诵读着经书告诉她,从前她这样的小女孩应该被活埋;6岁时以“净化”之名的野蛮割礼让她不禁自比被钉上十字架的耶稣。当祖母讲起自己10岁那年的新婚之夜,新娘必先饱尝丈夫拳脚之后才能吃饭,好让她明白“主在上,夫在下”的道理;当祖母教导她“婚姻是女人的宿命,这是主的意志”时,她不明白婚姻里女人和丈夫之间究竟是什么关系。刚学会写字的赛阿达薇百思不得其解,为什么自己的名字必须冠以未曾谋面的祖父之名,却不能换成每天教自己读书认字的母亲之名;宗教课上,少女赛阿达薇失望地发现真主、上帝都是阳性词,不服气地发现

---

① [埃及]纳娃勒·赛阿达薇:《火中穿行》(谢里夫·哈塔塔译),伦敦泽德出版社,2002年,第174页。

② 同上书,192页。

③ 同上书,193页。

④ 《冰点女人》,第98页。

⑤ 同上书,第101页。

⑥ 同上书,第102页。

所有的先知都是男人；病危的母亲祈盼自己能上天堂，刚从医学院毕业的赛阿达薇却突然意识到经书描述的天堂“对女人来说无异于地狱”[①]；直到最后总结出父权、君权和宗教“三位一体”：“神至高无上，接下来是国王或总统，最后是丈夫”。[②]

赛阿达薇曾公开指出，三大宗教都是父权宗教，而宗教则完全是政治。1987 年，她出版了第 7 部小说《伊玛目之死》，相比她之前平实易懂的纪实性语言和清晰明了的叙事方式，该小说更为晦涩。叙事角度依然为第一人称，但叙事主体不时转换，情节呈非线性发展，体现为不同场景和断片的交错，现实和想象的融合，具有高度象征意义和超现实主义色彩。

英国女作家弗吉尼亚·伍尔夫曾经撰文讨论，如果莎士比亚是女儿身，还会不会有施展才华的机会；赛阿达薇则做出了更加大胆的假设：假如圣母玛利亚生下的是个女儿，还会不会成为神的先知？创作《伊玛目之死》的灵感来源于这个离经叛道的假设：在一个不知名的伊斯兰教国家，没有父亲的女主人公宾特安拉（神的女儿）出生后，母亲以通奸罪被处以石刑，孤女宾特安拉经历了孤儿院、战地护士、被伊玛目强暴、因揭发伊玛目罪行被处死几个阶段。

小说塑造了几个高高在上的男性形象，如孤儿院院长、伊玛目、大作家和法官等，他们在自己特定的环境中拥有绝对权威，道貌岸然又无恶不作：孤儿院院长“一手拿棍棒，一手持圣书”，一面冠冕堂皇地教导孤儿们“偷盗要砍手，奸淫遭石刑”的道理，一面对男孩拳脚相向，对女孩兽性大发；身为国家政治领袖和精神领袖的伊玛目，一面巧舌如簧地骗取民众的爱戴和拥护，一面肆无忌惮地霸占民女，并率手下以通奸罪追捕、处决这些未婚先孕的女人。幼年时代的宾特安拉和年幼的赛阿达薇本人一样都时常想象神的容貌，也都本能地把神想象成一个男人的形象，在小说中这个具体化的神的形象常常与高高在上的男性形象重叠，他们可以是孩子的父亲，女人的丈夫，国家的君王。孤儿院院长对于他监护的孤儿便是父亲的形象，他曾一边用尖尖的木棍在小男孩颈上比划，一边讲着易卜拉欣为祭神险些亲手杀死儿子伊斯马仪的故事，说：“父亲决不问神为什么，儿子也决不问父亲为什么。对神的服从是一种义务，而对父亲和丈夫的服从就等于对神的服从。”[③]大作家童年回忆中的父亲形象也是如此，他专横暴虐，花天酒地，甚至强暴家中女仆，并迁怒于撞见自己偷情的儿子，母亲逆来顺受，从不问为什么，甚至不敢保护自己的儿子。伊玛目携妻子出现在民众中，伊玛目向神行注目礼，妻子和众人则向伊玛目行注目礼。伊玛目是与“神”重叠的男性形象中最核心的一个，在他与宾特安拉的关系中显示出来：首先他是宾特安拉的父亲，代表父权；其次他是宾特安拉所在国家的宗教和政治领袖，代表神权和君权；最后当连自己的私生女也成了他强占的民女之一，他又代表了夫权。这种情节安排看似病态，其实可从抽象层面理解为作者对父权、君权和神权社会三位一体的浓缩：“神——国家——伊玛目”；“神——父

① 《火中穿行》，第 136 页。

② 同上书，第 159 页。

③ ［埃及］纳娃勒·赛阿达薇：《伊玛目之死》，贝鲁特萨基出版社，2000 年，第 28 页。

亲——丈夫”，因而宾特安拉与伊玛目的冲突成为了小说里核心的冲突。

小说对父权政治的虚伪也进行了揭露：国家在伊玛目的治理下井井有条，他一面领导着执政党“神之党”，一面又组建反对党“魔鬼党”，以示民主。为了显示自己的国际化和文化宽容，他带到公众场合的妻子是一位受过高等教育、金发碧眼的前基督徒，而私下却“山鲁亚尔”[①]附体，蹂躏民女无数。伊玛目被刺身亡后上天堂的一段描写颇具荒诞色彩，天堂守门人里德旺索要“先知推荐信”，伊玛目为进天堂以权谋私甚至行贿的举动无不让读者想起现实社会的官僚主义和腐败现象。

然而，作者笔下的暴君式男性人物并不是平面的，他们首先是父权文化的受害者，然后才成为其帮凶。伊玛目曾是一个饱受奚落的社会底层贫苦少年，多年压抑心底的冤屈和仇恨直接导致他成年后的暴虐、自私和野心；大作家从他暴君式的父亲和对丈夫惟命是从的母亲那里学到的唯一道理就是，只有明哲保身才能如履薄冰地在独裁者手下求得生存……赛阿达薇并没有把男性当做是父权制度的罪魁祸首，她指出的是一个周而复始的恶性循环。

最后，该小说不仅是内容上，也在形式上体现了对父权文化的抗拒。自弗吉尼亚·伍尔夫以来的西方女性主义批评家们断言，女作家的文学语言往往呈现非线性、非理性的特征，并常常采用与常规语言规范不符的、片断式的语言。对于近现代阿拉伯女性文学而言，早期女作家的创作明显体现为对男性文学主题和叙事风格的模仿，后来才渐渐远离男性风格。女作家对新语言风格的探索不能不说是女性文学发展的一大里程碑，这一方面说明她们开始承认并接受与男性存在差异的自我，另一方面也说明她们解构了基于男性中心主义的理性至上、本体至上的二元思维模式。的确，在这部小说中，赛阿达薇不停地更换叙事主体，让不同的时空穿插交叠，甚至虚构了一些不合常理的荒诞情节，所有的一切都构成了一个寓言式的宣告：男性中心主义文化的代表，神权、君权、父权三位一体的象征“伊玛目”已经死亡。

四、反抗与创作中的爱与乡愁

1993年赛阿达薇赴美讲学，与第三任丈夫谢里夫·哈塔塔[②]在杜克大学合授的课程为“反抗与创作”(Dissidence and Creativity)。这两个词可说是赛阿达薇一生的关键词，终其一生，她因反抗而创作，借创作而反抗。

童年的赛阿达薇在抗拒传统性别角色的同时酷爱写作，从小学时代藏在卧室里的“蓝色日记本”开始，“书写”对她来说意义非凡，虽然高中毕业时她选择了医学院，但是她对写作和文学的热爱却始终如一，并且最终将其当做自己终生的事业和斗争的武器。受到死亡威胁后，写作对于她更是凸显出新的意义：“没有什么比写作更能对抗死亡。如果没有旧约，摩西和犹太教就不会得以永生；如果没有新约，耶稣和基

---

① 《一千零一夜》中的残暴国王。

② 谢里夫·哈塔塔(1923—)，埃及医生，社会活动家，作家。曾因政治原因入狱14年。1964年与赛阿达薇结婚，将她的多部作品翻译成英文在西方出版。

督教也早已灰飞烟灭；如果没有《古兰经》，穆罕默德和伊斯兰教同样无法存在至今。是因为这个缘故，写作才一直是女人和奴隶的禁区吗？”[①]可见，面对随时可能降临的死亡，写作成了赛阿达薇生命的延续，只有通过写作，她才能战胜死亡，并以女性的话语对抗男性中心主义的历史。近年来一些具备国际影响的阿拉伯女性作家纷纷出版自传，包括莱伊拉·艾哈迈德[②]的《穿越边境：从开罗到美国——一个女人的旅程》(1999)；莱伊拉·艾布·宰德[③]的《回归童年——一个现代摩洛哥女人的回忆录》；以及吉恩·赛义德·麦格迪西的《外婆，母亲和我》(2005)。麦格迪西在自传中说，自己好像是“一个与历史没有关联的、多余的存在”，家中的女性亲属也显得与历史互不相干。这种身为女性、在男性谱写的历史中无所适从的感觉既非偶然，也非个别现象，这也就是为什么自传体的书写对各国的女作家意义如此独特——她们必须记录属于自己的历史，并以此对抗男性中心主义的历史。

然而，反抗和创作远非赛阿达薇人生的全部，虽然她的小说，乃至她的众多作品留给人们这种印象，以至于在国内遭到“反宗教”、“反国家”甚至“反对自己的性别”等指控；在西方也曾遭到某些评论家“写作题材重复、模式化”的谴责。但是他的自传的出版却向读者展现了一个不一样的赛阿达薇，她不仅仅是一个为女权、为政治自由而斗争的战士，她首先是一个有血有肉的人，是女儿、妻子、母亲，是一个有着强烈文化归属感的“伊齐斯的女儿”。

对传统女性角色的抗拒并不代表赛阿达薇对自己女性身份的摒弃。实际上，赛阿达薇一直在用自己的方式扮演着女儿、妻子和母亲等多种女性角色，并用自己的方式爱着父母、丈夫和儿女。作为女儿，她自小经常质疑父母的传统观点、违背父母的意愿，但这与她对父母的爱并不矛盾。在追忆父母的先后过世时，她写道：“此生也许只有我对母亲的爱能超越我对父亲的爱”[④]，这证明，虽然父母并不完全接受和理解她从小到大离经叛道的种种行为，赛阿达薇对自己原生家庭依然有着强烈的依恋和心理归属感，这种对家庭的归属感与对本民族的归属感是一脉相承的。1964年赛阿达薇与第三任丈夫谢里夫·哈塔塔结婚，在这场婚姻中，夫妻是亲密无间的伙伴和战友，他们并肩对抗埃及当局的软禁和流放，共同在国内外讲学、合作出版著作。2001年，埃及宗教保守势力判决两人离婚，但两人并不理会，以“非法同居”的实际行动表达自己对现实婚姻制度的蔑视。1956年4月，不满25岁的赛阿达薇生下长女穆娜·赫勒米，父母因外孙女(而不是外孙)的降生愁容满面，赛阿达薇却想要“大声欢呼，回响千年，穿越七层天宇，刺破天神和魔鬼的耳膜”[⑤]，初为人母，她对母亲身份的体会也悄然变化：“小时候我总觉得父亲的心灵

---

① 《火中穿行》，第3页。

② 莱伊拉·艾哈迈德(1940—　)，埃及作家。20世纪60年代获剑桥大学博士学位，后先后在美国马萨诸塞大学和哈佛大学任女性学和宗教学教授，著有《伊斯兰教中的妇女与性别》(1992)。

③ 莱伊拉·艾布·宰德，(1950—　)，摩洛哥作家，先后就读于拉巴特穆罕默德第五大学和奥斯丁德克萨斯大学。为对抗法国殖民者的文化影响，她坚持用阿拉伯语写作，是首位著作被译成英语的摩洛哥女作家。

④ 《火中穿行》，第162页。

⑤ 《火中穿行》，第66页。

比母亲的更广阔，因为我父亲的心中能装下他对真主和祖国的爱，而我母亲却从不谈论这些，这样看来好像父亲比母亲更优越，就像男人比女人更优越一样。可是多年过去，我却发现母亲的心其实比父亲的心更广阔，因为她从不期望孩子用顺从来报答母爱。"[①]值得一提的是，穆娜成年后也成了作家，2007 年母亲节，她因署名"穆娜·纳娃勒·赫勒米"发文而被指控为异端邪说告上法庭。

正如对传统女性角色的抗拒不代表对女性身份的摒弃，赛阿达薇对政治体制的批判也不等于对自己文化属性的否认。对埃及和开罗，赛阿达薇怀着爱恨交织的复杂感情：一方面她深知只有这里才是自己的"家"，另一方面她又坚信"家是一个人被欣赏的地方，在那里一个人应该是安全的，是被保护、被爱的，他有权进行创作，而不会被关进监狱"[②]。因此，赛阿达薇依恋的与其说是政治意义上的埃及这个国家，不如说是自己作为埃及人和阿拉伯人的文化身份。她在自传中写道："我为我深色的皮肤而骄傲。那是一种美丽的褐色，就像尼罗河水冲到我们国家的河沙，我从不用任何化妆品掩饰它。"[③]同时，赛阿达薇多年来对阿拉伯文学的酷爱，以及坚持使用标准阿拉伯语进行创作的本身也是认同自己阿拉伯属性的证据。最后，赛阿达薇的乡愁更是对自己的精神家园——为父权文化所抹杀的女性传统——的依恋，她写道："母亲的身份早在父亲无法辨认自己子女的远古就已确立，而父亲的身份则直到父权制社会把一夫一妻的婚姻制度强加于女性时才得以确立。母性就像阳光、雨露和树木花草，是大自然的特质和产物，其存在不必依仗任何法令和制度"[④]。事实上，自传上卷以古埃及神话中最重要的女神"伊齐斯"命名，正是对作者文化身份和女性传统的双重象征。

---

① 《火中穿行》，第 68 页。

② Homa Khaleeli：*Nawal El Saadawi：Egypt's Radical Feminist*，http://www.guardian.co.uk/lifeandstyle/2010/apr/15/nawal-el-saadawi-egyptian-feminist

③ ［埃及］纳娃勒·赛阿达薇，《伊齐斯的女儿》（谢里夫·哈塔塔译），伦敦泽德出版社，1999 年，第 7 页。

④ 《火中穿行》，第 69 页。

挣扎背后的挑战：非洲女作家与西方女权运动

——以艾默契塔的《昂首水上》为个案

《昂首水上》(*Head Above Water*,1986)是尼日利亚著名女作家布琦·艾默契塔(Buchi Emecheta,1944—)的一部自传。初读之下,它是一本关于挣扎的传记。而此传的题目也正印证了这一点。[①] 作品讲述了作者从出生到其代表作《母爱的快乐》正式出版之前,面对生活中各种压力,努力使自己不被生活的漩涡吞没的故事。

成功的"传记文学不但叙述事实,而且还阐释事实",[②]以使事实具有丰富的意义。作为一位有抱负、有成就、有影响的黑人女作家,艾默契塔在自己的传记中抚今追昔,于回顾黑女子艰辛挣扎的间隙,穿插了不少自己的阐释。这使《昂首水上》讲述黑女子艰苦的同时有了不少的弦外之音。

艾默契塔说,写作《昂首水上》,是为了追述那些"小事,是它们影响和塑造其成为一个还算多产的作家。"[③]

那么,在批评界和她自己的眼中,艾默契塔是一个什么样的"多产作家"呢?

一、"小写的"女性主义者

批评界普遍认为,艾默契塔在世界文坛的声誉,是建立在她对伊布萨(Ibuza)社会牺牲妇女以成全男人这种做法的揭露、批评和反抗上的,是非洲妇女解放的主要声音。她对"斗争中的已婚女性"的艺术化演绎,使她获得了非洲"女性主义者率直的抗议声中最持久、最有活力的声音"之誉。[④] 科瑞格·特坪(Craig Tapping)就认为,艾默契塔的《排水沟中》(*In the Ditch*)和《二等公民》(*Second-Class Citizen*)就是受到了美国著名女性主义作家、活动家凯特·米利特(Kate Millet)的影响:在艾默契塔攻读社会学学位的末期,她研读了凯特的《性政治》(*Sexual Politics*),其中的意识形态以及文学个性,在艾默契塔的这些作品中都有体现。[⑤] 甚至,艾默契

① "Head above Water"是英语俗语"keep one's head above water"的省写,据《牛津高阶英汉双解词典》(第 6 版),其意思为"勉强逃脱困境;设法不举债;挣扎求存。"

② 《传记文学理论》,第 135 页。

③ Buchi Emecheta: *Head above Water*, London: Fontana Paperbacks, 1986, p. 1.

④ 参见 Umch Marie: (ed.), *Emerging Perspectives on Buchi Emecheta*, Trenton, New Jersey: Africa World Press, Inc., 1996, p. xxiv.

⑤ *Emerging Perspectives on Buchi Emecheta*, p. xxx

塔认为,非洲女性作家能够走出非洲,获得世界性声誉的原因之一就是西方的女性运动。①

艾默契塔本人,则把自己称作是一个"小写的非洲女性主义者"("an African feminist with a small 'f'")②。艾默契塔认为,每个作家对自己的创作主题,都有着决定性的掌控。所以,"作为一个女性,并且是出生于非洲的女性,"艾默契塔总是惯于"从非洲女性的视角来看待问题",而她最大的创作欲望,就是把自己或自己女友生活中发生的各种小事或意外事件,改头换面后次第成序地讲述出来。③

虽然艾默契塔说自己是一个小写的女性主义者,但从上述内容中可以看出,女性运动和女性主义所关心的话题,比如女性的地位、女性的自我实现、女性的价值等却是艾默契塔作品的重大主题。如果说艾默契塔的小说,以虚构的形式表达了她对这些女性主义话题的思考,那么这本自传中的经历和对经历或隐或显的阐释,可以看成是这些思考和践行的真实记录:即在不断的挣扎中,持续地进行挑战和回应。

二、挣扎背后的挑战

从艾默契塔的叙述来看,不管是在故乡尼日利亚,还是在异国他乡的伦敦,遭遇接二连三的痛苦打击,似乎成了她的宿命:在拉各斯出生时,她因早产险些丧命;9 岁时,父亲去世,她被送到舅舅家,遭受虐待;上学时,因为向英语老师表述了自己的作家梦,被老师责令忏悔;好不容易攒够钱,带着两个孩子前往伦敦跟丈夫会合,却发现几乎没有立锥之地——她寄给丈夫租房子的钱,被丈夫挪作他用,不久,又被房东扫地出门;生产第 5 个孩子时,丈夫不仅没有照顾自己,还和白人女子苟合;第一部作品不仅遭丈夫蔑视还被他付之一炬;一怒之下艾默契塔搬出家门独居,却被新公寓的白人邻居鄙视、作弄;丈夫为了逃避抚养责任,否认和她的婚姻及子女;为了养家糊口,她想尽各种办法:搞创作挣稿费,但作品不断被拒,即使后来小有所成,还遭到一个西方编辑的敲打,说非洲作家的时代已经结束;读学位谋求固定职业,但发现一直被作为替补而非正式工对待;打工挣钱时险些丧命……总之,从非洲到欧洲,从家庭到社会,从经济到文化,从生理到心理,仿佛有无尽的漩涡要把艾默契塔吞没。

但让读者欣慰的是,为了自己和 5 个孩子的生存,她成功地穿越、摆脱了这些漩涡,把头抬出水面,使生活整体平稳地继续下去。最终将一次次的挣扎变成了一次次的证明和挑战。

这些挣扎,证明的是艾默契塔的价值和能力。而挑战的是什么呢?艾默契塔

---

① *Emerging Perspectives on Buchi Emecheta*, p. xxx

② Emecheta, Buchi: "*Feminism with a Small 'f'!*", Olaniya, Tejumola and Ato Quayason: (ed.), *African Literature: an Anthology of Criticism and Theory*, Blackwell Publishing Ltd., 2007, p. 553.

③ Ibid.

挑战的是伊戈伯男权文化对女性的贬抑、支配和刻意维持的优越感。

细理艾默契塔在伦敦的遭遇，会发现这一连串的痛苦有一个根源：她自己的丈夫。她常想，如果不是自己的丈夫不求上进——哪怕他依然飞扬跋扈，她也可能会努力做一个称职的家庭主妇——当然，最理想的是做一个幸福的相夫教子的知识型家庭妇女。有时候，她甚至觉得做一个全职太太是件很幸福的事情。但"如果"不是"结果"，她的丈夫就是一个老不上进且老不接受工作而只接受各种补助生活的老学生。艾默契塔不得不自力更生，抛头露面。在自我努力的过程中，艾默契塔也开始由被动打击，变成了主动出击：她要挑战丈夫对自己的贬抑、支配和毫无基础但却刻意保持的优越感。

最早也是最直接的反击，是拒绝履行丈夫要求的妻子的"义务"。在艾默契塔的丈夫看来，妻子的义务几乎可以等同于"满足丈夫的生理需要"这一要求。故当妻子因为身孕在身，而无法履行这一"义务"时，他就找了别的女人，并丝毫不觉愧疚。后来，当他家里人为了把拖欠的彩礼付给艾默契塔的时候，他首先想到的就是要求艾默契塔与他同房。艾默契塔最初的反抗，就由此开始：一开始拒绝，后来干脆单独租房，彻底离开丈夫另立门户；在丈夫尾随至新住所，因无理取闹而招致"公安"的介入之后，艾默契塔也没有因为外人介入其"私事"而感到难堪；甚至有一次为了拒绝丈夫，艾默契塔自己都没想到地用肘"打"了他一下。这一肘，力度虽轻，但意义极深：它标志着艾默契塔开始真的走出丈夫的掌控，并对其权威进行了"身体力行"的反击和挑战。

这种对身体的自我掌控的要求，甚至为了自我掌控不惜打破家庭的观点和做法，有着凯特·米利特明显的影响。

其次，努力在物质生活方面，让自己的小日子蒸蒸日上。自传中，艾默契塔总是不吝于向读者炫耀，她被迫更换工作或者经过一段波折新书出版之后，她的收入如何又再上新台阶。在描写这一过程中，艾默契塔总会不失时机地点缀些感叹：想到一年年过去之后，她的丈夫依然是一个学生，依然是一个靠英国政府发放的助学金生活的学生，是一个断然拒绝承担父亲责任的学生，她不禁十分同情，也庆幸自己的好运。这些收入，一方面改善了母女 6 人的生活，另一方面，也使艾默契塔买房的梦想更为真切。

从自传的章节标题中可以看出，艾默契塔十分关注的另外一个物质话题，是房子。艾默契塔对房子的关注，有其现实意义的考虑：5 个孩子的确需要大房子才能放下，但在自传中的反复叙述，恐怕也有象征意义的考量。熟悉女性主义运动的人，对英国女作家伍尔夫的《一间自己的屋子》肯定不陌生。在伍尔夫那里，获得属于女性自己的房子，就是女性获得自立的根基和象征。可以说，艾默契塔的房间由小变大的过程，也是她作为独立女性的自信心、自我价值不断增大的过程。

再次，追求并实现作家之梦。读者从自传中得知，艾默契塔离家出走、另立门户的直接导火索，是她丈夫烧掉了她的处女作并狠狠地批评她要当做家的理想，认为作家是男人的职业，女人在智力上无法胜任。在艾默契塔看来，这种做法无异于要从根本上消灭她的存在。从小学结束时，她就把当做家作为自己的向往。所以，她把丈夫烧毁自己的处女作的行为,看成是谋杀的行为。

坚持这一梦想的动机,除了现实原因(带来经济收入)、生活影响(幼年常听姑姑讲故事的经历),也有"政治"动机:语言的魅力和威力!出色的语言能力既可以看成是教育和身份的象征,也可以作为反击男性的工具:女性在智力上可以和男性一样优秀!

艾默契塔对男性的挑战,还体现在她将自己与姑姑的身份并置上。艾默契塔喜欢将自己和她的姑姑进行比较,认为她与自己的姑姑很像。姑姑是个讲故事的能手(这成了艾默契塔要做作家的最初动因),而她现在也是一个作家;她和姑姑有着相似的遭遇:各自的父母都不喜欢自己的第一个孩子竟然是个女儿,因而或通过命名或通过行动,来表示他们对男孩的渴盼。姑姑的名字是 Nwakwaluzo,据艾默契塔说,这个名字的意思是"这个孩子扫清了道路",也就是说要给后面的男孩子的出生扫清道路。[①] 但艾默契塔在描述自己的姑姑时,她还有一个特意突出的细节:姑姑的绰号。在她们的族群里,姑姑广为人知的名字并不是她的本名,而是她的绰号 Ogbueyin,意为"杀死大象的人"。[②] "杀象"这种行为在当地文化中,是一种可以和史诗英雄的丰功伟绩相提并论的行为。姑姑通过自己的行为,证明了自己的"英雄"气质,而渴望能和姑姑一样优秀的艾默契塔显然也有这样的"野心"。

三、对西方女性运动的回应

对伊戈伯(男权)文化的挑战,虽说明西方女权主义运动深深地影响了艾默契塔,但并不就表明艾默契塔全部接受了它的观点。因为她知道社会政治的不同,使同为二等公民的非洲女性和其他社会中的妇女在文化上出现了分岐。因此,在回忆 1975 年的一次妇女集会时,艾默契塔说,"我发现自己很难同意这些白人女性所说的一切",虽然她知道"有些看法还是非常有价值的"。[③]

关于经济独立与女性解放。20 世纪 60—70 年代的女权主义运动是西方妇女解放运动的产物,在其发展过程中广泛改造和吸收了马克思主义、精神分析、解构主义、新历史主义等批评的思路与方法。比如,马克思主义认为,经济基础决定人在社会生产关系中的地位,因此没有经济的独立,就没有人格的独立。自母系社会解体后,在社会大生产中女性便处于劣势的地位,自然而然地沦为被压迫者;而男性则成了家庭和社会中的主宰者,长期扮演着压迫者的角色。受这种观点影响,不少女权主义者以获得经济独立为目标。但艾默契塔在反观伊戈伯文化时却发现,不少情况并不是这样。很多尼日利亚男性并不具有经济上的优越(比如艾默契塔的丈夫),但依然在家里横行霸道,对女性颐指气使。女性经济的独立不一定会直接带来地位上的独立。女性的独立还需要旧有社会文化的解构,以及女性自身强

---

① *Head above Water*, p. 9.

② Ibid.

③ Ibid., p. 190.

大的知识和精神力量。

而且，在艾默契塔看来，女权主义不应该只局限在经济的视角，而应该以更宽广的眼界来看待女性的独立和解放。只要带来了自我实现、自我支配，都可以算作女性解放的一种。

关于女性的生育或者母亲的身份。当时的女性主义者朱丽叶·米切尔(Juliet Mitchell)认为，生育是女性处于弱势地位的原因之一。这在艾默契塔看来实在难以理解，带孩子是女性应尽的职分，而且这一职分的执行和实现，正是女性伟大之处的体现。[①]

关于"身体政治"。"身体政治"是女性主义运动的一个重要组成部分。60—70年代的一些女权主义者，要求实现对自己身体的自我支配，因为她们认为传统的婚姻形式，不过是男性对女性的"合法的强奸"，或者说是女性为男性做的"无偿的劳动"。这在艾默契塔看来有些滑稽。

有论者认为，艾默契塔过于认同激进女性的观点，因此批评艾默契塔说，她总喜欢用女性主义的神话，来代替男性主义的神话。但作为一个摆脱了津巴布韦女作家琪琪·丹伽热姆布伽(Tsitsi Dangarembga)描写的犹豫不决、进退两难"焦虑的处境"。深受被男性异化为"他者"之苦的艾默契塔，[②]就要利用自传来挑战男权主义。关于此，可以从作品内外的两个细节得到支持。

一是《昂首水上》与艾默契塔其他小说内容的比较。《昂首水上》这部自传中的"事实"发展，与自传中谈到的除《母爱的快乐》之外其他小说的故事情节，几乎大同小异。只不过一个是以自传形式，一个是以小说形式分别展开。我们知道，自传似乎天然具有真实性和自我权威性，而真实的内容对现实的抨击和解构更容易获得人们的认可和接受。且以自传的形式来创作，却似乎不必顾及哪句话该是"作者"说的，哪句话该是人物讲的。作者可以更加真实、自由和有力度地表达自己。

二是从对艾默契塔婚姻生活的不同看法中管窥一二。有学者认为，艾默契塔早期的婚姻生活，其实是幸福的，只是由于没有良好的家庭计划，再加上初到异国他乡时没能处理好文化、生存等方面的压力，使得这个幸福之家最终走向了崩溃。这和艾默契塔在《昂首水上》所描写的内容是大有出入的。在艾默契塔的描述中，她丈夫的懒惰、自私、不求上进、蔑视女性智力等诸多缺点，似乎一开始就威胁了她们婚姻生活的幸福。是艾默契塔的不断的努力，才使这个家庭在物质和精神生活上获得了基本的保障。

---

① "Feminism with a Small 'f'!", Olaniya, Tejumola, and Ato Quayason: (ed.), *African Literature: an Anthology of Criticism and Theory*, p. 555.

② *Emerging Perspectives on Buchi Emecheta*, p. xxxv.

作　品　篇

引　言

作品篇中 19 篇文章在地域上力图覆盖整个东方，在文体上几乎囊括传记文类所涉及的全部类型。其中东亚 5 篇，包括日本的 3 篇及韩国、蒙古各 1 篇；南亚 6 篇；西亚 3 篇，包括土耳其、黎巴嫩、以色列各 1 篇；非洲 5 篇，包括东、西、北非各 1 篇和南非的两篇。本篇中所研究的作品都是在该地区传记文学史上有举足轻重地位的代表作，在类型方面，有传记、自传、评传、回忆录、传记文学史、自传性作品、自传性电影、自传研究评述等。

第一篇是关于大江健三郎的《广岛札记》。大江健三郎应邀去广岛采访那些遭受原子弹轰炸，但仍然顽强地活下来的人，他不曾料到新的广岛精神给他以巨大鼓舞，使他度过了自己人生的大难关——保住了生来残疾的儿子大江光的性命。大江光后来成为了日本家喻户晓的音乐家。广岛对大江健三郎善心的另一个回报，就是让大江的广岛之行将他的创作提升到一个新的境界。"'广岛'如何改变大江"一文，以《广岛札记》中的记录寻找广岛带给大江的转变。在日本，从事宫泽贤治研究的人不计其数。宫泽贤治在国际上也颇有盛誉，加之其生平多传奇性，为其立传者，亦大有人在。但佐藤隆房所著《宫泽贤治》却何以技压众传，成为经典？"宫泽贤治的法华宗信仰"一文以此传为例，诠释了作者与传主间高山流水遇知音的心神相交，说明了这一佳作诞生的缘由，同时也指出了宫泽贤治思想的独到之处。"动荡时代的迷惘人生"出生于 20 世纪 30 年代的一群日本作家，人称"内向的一代"。他们经历了童年对二战的恐怖回忆、青年因社会转型和动荡的自我迷失、成年后感受到的对人的异化、漂泊异乡的无根和游离之苦。他们感到这些经历难以言传，就著文排郁。他们的自传性作品中所体现的恰是这些苦闷和对人生的迷惘。

韩国和蒙古的两篇论文都是讨论传记和文学史的关系：传记对文学史的丰富与文学史对传记的提携。"心理的真实和文学的真实"一文介绍了一部韩国近现代文学"野史"——《韩国文坛逸史》，其中汇集了韩国近代文人的文坛证言和回忆录等。和正统的文学史的"文学的真实"不同，这部逸史是讲"作为个人的作家的小生活"，是鲜活的"心理的真实"。这样一部作家的心灵史作用何在，则要细细品味文章。达木丁苏伦是较早认识到传记文学价值的蒙古学者，在其所著《蒙古文学概要》中专辟一章讨论"蒙古传记文学"，这也是蒙古文学史上的首创。"传纪文学在蒙古文学史中的重要性"一文借对达木丁苏伦专论的点评，引出蒙古传记文学发展历程。

南亚地区的传记文学传统虽然不发达，但在西方文学影响之下，现代作家的传记文学作品也得到了较大发展。我们选取了 6 篇之多，宗旨是要全面反映这一地区的传记发展面貌。其中两篇是讨论中国学者对印度传记和评传的研究，两篇谈两位印度英语作家具有独特风格的自传，一篇印度乌尔都语的评传性作品，还有一篇是从文学的角度探讨印度经典电影"阿普三部曲"中的自传特色。文坛巨匠泰戈尔，"其传记就达二百多种”。在“传记文学作品的整体性、史学性和文学性”里面集中了自1923年至今的20部中文版本的泰翁传，从题目中的三个方面点评这些作品的得失，有理有例。“中国学者的主体眼光”以刘安武先生所著《普列姆昌德评传》为例，提出中国学者创作的评传类文章，较之普通的传记类作品有两个更高的要求：一是作者必须熟悉传主及其所属民族的文化；二是传记作品要体现中国学者独特的主体眼光。印度当代英语作家R. K.纳拉扬的作品喜欢反映小人物的平凡生活，甚至刻意回避大多作者钟爱的有戏剧性冲突的大事件。阅读他的作品《我的日子》也会发现，虽然纳拉扬早已名声在外，但在选取自传事实时，却完全不涉及这些荣誉，就算不得不提，也都是一笔带过。这种沉静、毫不张扬的个性直接反映到了他的创作之中。他用平实的语言创作了不平凡的作品，可谓“平凡之处不平凡”。《无名印度人自传》的出版，让作者尼拉德·乔杜里从无名到知名。何以将自己的自传命名为“无名印度人”？为何出版后“在西方文坛赢得了极高的声誉”，却“受到印度同胞的鄙夷、甚至是谩骂”？“从无名到知名”就乔杜里获得“如此冰火两重天的迥异反馈”背后的原因进行了探究。“阿普三部曲”是印度著名导演萨蒂亚吉特·雷伊的代表作，改编自孟加拉现代作家毗菩提菩山·班纳吉的自传性小说。在充满爱情和歌舞的印度电影中，雷伊却得以力排众议、兵行险招，以自传性的“真实”取胜，“传记文学对电影艺术的启迪”回答了这一秘密。“真实和朴素是传记文学的本源”讨论的是产生于19世纪的一部印度乌尔都语原典文献阿扎德的《生命之水》，一部对乌尔都语产生以来的众多诗人的评传性作品。文章对《生命之水》文类特征和创作方法的解析，不但有助于我们了解乌尔都语的传记文学发展，也为整个东方早期的、多语种传记文学的挖掘提供了借鉴。

西亚部分讨论的是两位诺贝尔文学奖获得者和一位被称为“艺术天才”的阿拉伯文学骄子的传记文学作品。“在书写中为自己与一座城市立传”是对土耳其作家帕慕克问鼎2006年诺贝尔文学奖的主要作品，其自传性散文《伊斯坦布尔：一座城市的记忆》的深度剖析。帕慕克的创作决不只是在为个人做传，而是一贯受“家国同构”思想的影响，要为整个土耳其民族立万世碑。“纪伯伦传记的发展及其对中国研究者的启示”以纪伯伦传记在美国的发展为例，梳理了美国传记文学发展的两次重大转向，一次是仿效英国“新传记”，注重传记作者的主体意识，“擅于捕捉传主的核心性格特征、注重趣味性”，但是对作者的主观感情的强调和对趣味性的过分追求常常导致传记失真。第二次转向是在学术视野介入美国传记文学撰写后，“真实性”在传记中的核心地位得以巩固。在兼顾两者之后，产生了许多优秀的纪伯伦传记。中国对纪伯伦的研究，尚有严重不足，借鉴美国的研究经验可以让我们少走弯路。“现代希伯来文学的传记传统”一文简明地勾勒出传记文学在现代希伯来文学取得的成就，并以以色列最杰出的作家阿摩司·奥兹的自传性长篇小说《爱与黑暗的故事》为例，审视奥兹的生平对其创作的影响。

“东方作家传记文学研究”里“东方”一词的概念不但指一般地理意义上的东方，同时也是文化意义上的东方。本篇最后一部分收录了研究埃及、南非和几内亚传记的文章。北非讨论的是埃及作家赛阿达薇的自传。“女性自传中自我主体的漂移性”以埃及女作家赛阿达薇的自传《我的人生书简》为例展现女性的传记文学理论研究中值得关注的关键两点“对性别和文类的双重挑战”。我们选取了南非诺贝尔文学奖获奖者库切和曾获诺贝尔文学奖提名的作家姆赫雷雷的自传《沿着第二大道》。对库切的两篇著作《男孩》和《青春》文类归属争议已久，仍众说纷纭。而库切本人对如何界定自传更是语出惊人。“库切的自传观和自传写作”一文从这一争论入手，结合对库切本人的研究，勾画出身为一名学者型作家的库切独特的自传观体系。“南非黑人艰难的社会化历程”一文应用社会学中的社会化概念揭示何以自传亦成“别传”。西非选取了尼日利亚诺贝尔文学奖获得者沃莱·索因卡自传作品作为研究对象。索因卡的自传《阿凯：童年岁月》，追述自己 3 岁到 11 岁的成长历程，畅销全球。试想一个儿童的成长经历怎能有如此大的魅力？其价值正是我们的研究所重视的内容。“精神的试验和自我发现的旅程”一文从自我形象到民族意识的推进和艺术性两个方面回答了这个问题。东非选择的是几内亚作家卡马拉·莱依的自传性小说《黑孩子》，这部作品是黑非洲法语文学的经典之作。“成长主题与跨文化身份建构”分析了这部自传小说的两个要点：自传体小说、成长小说与非洲童年文学的关系和在非洲本土文化和西方文明的冲突中感受到的身份焦虑后，试图建立自我身份和民族身份的抗争。

传记的研究不仅表现个人的一生。传记将传主这一个体之“我”呈现在作为读者的“我们”面前。东方传记文学作品中普遍关注的性别、种族、民族等等问题，是全人类共同面对的现实。“我”的焦虑就是“我们”的困扰。我们在了解世界的过程中，更需了解“我们”自己。

“广岛”如何改变大江

——论《广岛札记》之于大江文学的意义

翻开《广岛札记》，就像是翻开了一本大江文学词典：悲惨、绝望、疯狂、屈辱、欺骗、困境、勇气、威严、道德、正统、自制、不屈、希望……每一个词都有一段独特的注释，每个注释背后都附带着一个或多个广岛人的故事。有些词在原子弹的白光闪过的一瞬间便被更新了定义，有些则要付出生命的代价才能领悟。《广岛札记》，不仅为大江文学注入了全新的内容，同时也给这些词汇烙上了一个独特的印记——源自广岛。这些带着广岛印记的词汇使得大江文学获得了积极的力量，并使大江成长为一个真正的人道主义作家。

正如大江健三郎(Oe Kenzaburo，1935—　)在《作为〈广岛札记〉的作者》中所说，去广岛之前，他的状态是“在现实生活中接近崩溃，在文学上也失去了自信”[①]。就在他去广岛的两个月前，1963 年 6 月，大江健三郎的带有先天脑部残疾的大儿子诞生了。作为一个年轻的爸爸，28 岁的大江无疑面临着有生以来的第一个大难题，而他所从事的文学事业却丝毫无助于他解决这个难题。与此同时，早期作品中对政治、性、监禁状态等主题的探索似乎也走进了死胡同，因为他意识到自己“未能塑造出那种类型确实独特的新人形象，未能在作品中融入积极的意义并向社会推介”。[②] 他甚至开始怀疑，自己“此前一直热爱着的文学，其实只是个一无所用的东西。这种无法转化为自己生活下去所需要的积极力量的小说，怎么能够成为与我同时代的、甚至更年轻的那些读者的精神支柱呢?”[③]对于文学价值本身的质疑，来自于大江文学最初的一个源头——萨特的存在主义和人道主义。1963 年 4 月，萨特在接受《世界报》采访时，曾经提出过这样一个问题：“在饿死的孩子面前，文学有何用?”萨特主张文学家应该积极地“介入社会”，而有反对者则认为文学不过是个人的“自我拯救”。1964 年 8 月，大江先生发表文章阐述了自己的观点，他认为自己作为一个作家，只能在两点之间作单摆运动。[④] 然而，这个想法在他结束广岛之行后，便发生了根本性的转变。

尽管《世界》杂志邀请大江去广岛采访的目的是报道“第九届反对原子弹氢弹世界大会”，但大江却很快将目光聚焦到了广岛原子病医院的受害者身上，因为他遇上了一位极为出色的人、一个正统的人、一个有威严的人——广岛原子病医院院长重藤文夫博士。在重藤博士的介绍下，大江接触到了各种各样深受原子弹轰炸

① 大江健三郎：“作为《广岛札记》的作者”(许金龙译)，收入《广岛札记》(翁家慧译)，中国广播电视出版社，2009 年，第 2 页。

② 同上书，第 1 页。

③ 同上书，第 2 页。

④ [日]黑古一夫：《大江健三郎传说》(翁家慧译)，中国广播电视出版社，2008 年，第 78 页。

之苦的受害者。他们的悲惨自不待言,可是他们在悲惨的境遇中所持有的独特的人生观却令大江深感震撼。于是,《广岛札记》便具备了一个其他原子弹轰炸文学作品中并不常见的特点——它用很少的笔墨去渲染白光闪过后的人间地狱图,反而对那些在沉默中进行着不屈不挠斗争的人们的精神世界进行了深入的剖析,并由此塑造了一批遭受原子弹轰炸后新的广岛人的形象。

最令大江感到震撼的是以重藤博士为代表的、始终战斗在第一线的广岛的医务工作者。他们不仅在遭受原子弹轰炸后不顾自身的伤痛,在第一时间组织并展开救援行动,更令大江感到敬佩和感动的是他们在此后的医疗活动中,始终为争取原子弹轰炸受害者的权利而竭尽所能。可以说,在重藤博士身上,大江看到了一个真正的人道主义者所应具备的坚忍和慈悲,同时,重藤博士也为大江点开了一页新的视窗,使得他能够借助重藤博士的眼睛去继续关注原子弹轰炸及其相关问题。《冲绳札记》中对于冲绳原子弹受害者的关注,无庸赘言,显然是借助了大江的广岛经验。而对冲绳问题的思考,却又逐渐转变成了另一个主题,即对包括大江在内的日本人的思考。毫无疑问,重藤文夫为大江文学词典中"正统"、"威严"、"不屈"加上了新的注释,而他更为强大的力量则是他对周围人的影响力——这一点在《广岛札记》中未并得到充分体现。在《广岛札记》之后,大江陆续发表的和"广岛"有关的小说、评论、演讲和对话等出版物中,重藤博士的形象和思想无处不在。1971 年新潮社出版的《对话·原子弹爆炸后的人》(和广岛原子病医院院长重藤文夫的对话集)更是直接把重藤博士推到了台前。跟大江一同前往广岛进行采访的《世界》杂志社编辑安江良介,也通过重藤博士发现了自己内心深处的"志向",亲自投身到东京都都政改革的政治活动中[①]。而他在前往广岛之前,跟大江一样,刚刚遭受了个人生活上的一个重创——大女儿的去世。

然而,重藤博士的人格魅力并非总是能够将陷于困境的人拯救出绝望的泥潭。就在救援现场,一个年轻的牙医向他提出一个问题:战争都结束了,广岛人为什么还要遭这样的罪?重藤大夫用沉默代替了回答,30 分钟后,年轻的牙医自缢身亡。大江在《广岛札记》中记录的这位年轻大夫,确有其人,只不过和实际情况稍有出入而已。在和重藤博士的对话中,大江再次提到了那个自杀的年青人,作为所有选择以自杀结束原子弹轰炸受害者身份的人们的一个典型。他原来是个眼科大夫,自杀时并未身受重伤,也就三十四五岁的年纪。重藤博士由于忙着治疗病人,对他提出的"荒诞的问题"没有给出答案,实际上他自己心中也没有答案,只是叫他专心给病人看病,却不曾料想,那位年轻的眼科大夫 30 分钟后在病房的断垣残壁上寻到一截暴露在外的钉子,挂上绷带,结束了自己的生命。大江先生推测,"青年之所以因绝望而自缢,很可能是由于他已经意识到,这位老医生的沉默,并不仅仅是他个人的沉默,那是全人类的沉默。"[②]8 年之后,当大江先生和重藤博士再次谈到这位

① [日]重藤文夫、大江健三郎:《对话·原子弹爆炸后的人》,新潮社,1971 年,第 17 页。

② 《广岛札记》,第 80 页。

青年医生时，重藤博士还为此事深感内疚和懊悔[①]。

从这位自杀的青年医生身上，我们隐约看到了前往广岛时青年大江脸上的恐惧和绝望。不满百天的大儿子正躺在医院的特护病房与死神搏斗，作为父亲，他必须要做出一个性命攸关的决定——是否对孩子脑部的大瘤子作一个手术。可以说，在去广岛之前，他的内心被挣扎与矛盾的小虫狠狠地啮蚀。曾有东大的师兄——一个年轻的大夫——建议他放弃这个孩子，因为即使动完手术，也会留下残疾，而不做手术任其发展的话，很可能活不长久。对于初为人父的大江而言，这无疑是一个巨大的人生危机。当他的手中掌握着另一个生命——自己的亲骨肉——的生杀大权的时候，没有人可以帮他来做这个决定。即便是在医学技术发展日新月异的今天，即便没有任何遗传上的原因，仍然无法避免残疾儿会以5%左右的概率降生到这个世界。这种“毫无道理的巨大灾难的袭击”，尽管是“个人规模”的，其所造成的结果却是让人生不如死，在极度痛苦中走向自我毁灭。大江在离开广岛之后做出了一个影响他一生的决定——跟残疾儿共同生活下去。他决定要成为一个证人，证明天生残疾的儿子也曾经在这个世界上活过，存在过，他要跟儿子一起生活。他在当时就预感到，自己的证词会成为大江文学中很重要的一部分。这也就是我们在之后的作品中不断看到残疾儿成长的原因，从广岛回来之后，大江创作了长篇小说《个人的体验》，并由此开始了“与残疾儿共生”这一主题的文学创作。

《广岛札记》记录了无数坚强勇敢的原子弹轰炸受害者的形象，他们的人生经历各异、性格观念不同，却因为原子弹轰炸而被烙上了相同的记号——“广岛”，并因此而激活了潜藏于内心深处人性最顽强、最坚韧的品质。尤其是他们面对无比痛苦的原子病（因受原子弹轰炸影响所产生的病变，诸如智力迟钝的“痴呆”、染色体“畸变”的不育症、癌症、白血病、骨髓瘤，以及其他罕见的血液病等慢性病变）所带来的恐惧时所表现出来的勇气，更是令人无言以对。更加令人扼腕叹息的还有出生于战后、并未经历过原子弹轰炸，却同样为此付出生命代价的一个年轻姑娘。她的恋人在4岁时遭到原子弹轰炸，长大后发现罹患白血病，两人订婚后不久，恋人便因病辞世。她不忍独活，选择了殉情自杀。她对恋人的病情早就知晓，却依然与他相知相恋，生死与共。她所做的一切“不含丝毫的自我牺牲精神，一切都是源于爱，压倒一切的、强烈的爱。这种强烈的爱，也可以替换成一种强烈的恨，对我们这些幸存者的、对我们政治的强烈的恨。”[②]可是，她却没有这样做，“她以国家牺牲品的柔弱姿态，对国家的卑劣欺骗——实际上包括国家的欺骗和所有幸存者的欺骗——给予了致命的打击”[③]。这个出生于战后，与原子弹轰炸没有任何关系的姑娘，她所做的最终选择给人的震撼与其说是感动，不如说是敬重，因为“她最大限度地做到了，一个人，对一个死于原子病的青年所能做到的一切”[④]。

① 《对话·原子弹爆炸后的人》，第95页。

② 《广岛札记》，第103页。

③ 同上。

④ 同上。

尽管大江先生在《广岛札记》中记录了无数类似的悲惨而感人的故事，但是，他在其后经常提到的却是上文中那位不堪精神重负选择自缢身亡的年轻医生。2008年2月，在东京新宿召开的世界笔会论坛上，他作了题为“面向‘作为意志行为的乐观主义’”的讲演。其中再次谈到了这位眼科医生的自杀以及从他身上映照出来的自己当时的心理状态。尽管在《广岛札记》中对眼科医生的描写只是淡淡勾勒，但是，随着重藤博士对第二代原子病研究工作的深入开展，大江似乎在替那位还未目睹更加恐惧、更加绝望的“广岛”就先行退场的医生见证所有正在发生的、预测一切即将发生的广岛的故事。

那么，究竟是“广岛”改变了大江，还是大江将“广岛”推向了世界，两者之间应该是相辅相成的关系。尽管大江先生回忆广岛之行时说自己在那里受到了“那样一些人极为宽容的接待”，是他“一生最大的幸运”，但是，从另一个角度来看，这也正好说明了大江先生身上所具备的某种性格特质，在重藤博士的“正统”、“威严”、“不屈”等特质的呼唤下喷薄而出，与其相互辉映，成为促使他将深藏在“内心深处的、某种神经衰弱的苗头和颓废的思想连根拔起”的力量。40多年后，当先生回首往事时，他在《口述自传》中提到，自己的身上存在着某种乐观的东西，虽然平时总是感到悲观，可一旦遇上实际困难，便会端正态度，认真对待。所以，就在残疾儿出生的那段时间，他从自己正在阅读的西蒙娜·韦伊的作品中找到了一则因纽特人的寓言，“说的是世界刚开始那会儿，这大地上有乌鸦，啄食落在地面上的豆子，但是周围一片漆黑，无法看清楚饵料。于是那乌鸦就在想，‘这世界上若是有光亮的话，啄食起来该有多么方便呀’。就在乌鸦这么想的瞬间，世界便充满了光亮”[①]。从这本书中得到灵感，他给孩子取了个名字叫“乌鸦”，结果惹得母亲很恼火。当然，最后他还是选择了“光”作为新生儿的名字，并在特护病房里注视着头上顶着个大瘤，却满面红光，一天天迅速成长的儿子时，感到自己给他取了一个正确的名字——设法朝着光明的方向前行。结果也是如此，大江光成了一名家喻户晓的音乐家。

面对新一代的中国读者，大江先生把《广岛札记》介绍为“我生涯中的文学之全部的真正出发点”。这一定位，对于1963年的他而言，完全合适，而对于21世纪的中国读者，却又添加了新的意义。因为他还说道：“不能只从被害者的立场来看待这些灾难，还要从导致投下原子弹的日本军国主义体制之批判入手，融入对曾针对亚洲、尤其针对中国发动了侵略战争的、加害者这一立场进行反省。”[②]这显然是在经历了“广岛”的巨大洗礼之后，大江利用文学这一媒介实践人道主义立场的新高度。当然，这也与他2006年9月的南京之行密切相关。南京大屠杀纪念馆里的文物、与幸存者之间的谈话，中国学者提到的“宽容”，使先生的精神受到了极大的刺激，也使他再次确信自己在2004年成立“九条会”的必要性。2006年10月17日，他在《朝日新闻》上发表了一篇题为“年轻一代参与的意义”的文章，力图把中国人

---

① ［日］大江健三郎：《大江健三郎口述自传》(许金龙译)，新世界出版社，2008年4月，第71—72页。

② 《广岛札记》，第2页。

民的这种“宽容”传达给日本的年轻人，并告诉他们，中国人民作为受害者，他们在用宽容来理解和思考问题；而作为加害者，如果不能深刻和认真地思考自己的责任，自己的残虐，自己的侵略，自己的罪行，那么，这种宽容就无法达到原本所期待的目的。由此，大江的文学词典里应该会添上一对新词——宽容与反省。在它们的注释中，肯定会有21世纪新的读者们——那些已经远离了“广岛”和“南京”的年轻的读者们——通过大江文学世界所建立的新的历史观。

宫泽贤治的法华信仰

——佐藤隆房的《宫泽贤治》

宫泽贤治(Miyazawa Kenji,1896—1933)生于日本岩手县花卷市。他在日本被定位为作家、诗人、自然科学家。在现实生活中他曾担任过农学校的教师,任教4年后辞去公职,独居于花卷市郊外,过着普通农民的生活。但他也是一位《法华经》的笃信者,在通过宗教实践完善自我的同时,还致力于救助他人。他曾经大力推动农村改革,帮助农民改善农田,普及农业知识,创建了农民协会——罗须地人协会。所以日本思想家、评论家梅原猛在《超越修罗的世界》中称赞道:"铃木大拙、宫泽贤治是20世纪出现在日本的两个菩萨"。

贤治虽然仅在世37年,却给我们留下了大量的杰作。其中童话100余篇、诗歌800余篇、短歌1000余首、文语诗近200篇。但这些作品绝大部分都是在贤治逝世后发表的。生前没有得到承认的作品,离世后最终得到了世人的承认与好评。而这皆与他广博的学识、深刻的生活体验、虔诚的宗教信仰是分不开的。特别是贤治皈依法华信仰之后,他的创作达到了宗教与艺术的完美结合。作品中到处流露着万物皆有佛性、众生平等的法华思想,所以他的文学作品也被称为"法华文学"。

如今贤治的作品已被翻译成多种语言,流传于中国、韩国、朝鲜、印度、英国、德国、瑞典等地。贤治热不仅在日本持续到现在,甚至也传到了欧洲。不仅在日本研究宫泽贤治的专家和学者无计其数,在国际上研究他的专家也在显著增加。当今对于贤治的研究范围,也已不只停留于文学的领域,在跨专业的交叉研究上也取得了重大突破。

在贤治离世后的第7年(1940)关登久撰写了《贤治素描》,虽然称不上传记,但由于对贤治生活中的细节以随笔的方式作了描述,所以仍然起到了一定的传记作用,给学者和研究者提供了一定的参考。1970年谷川彻三从对贤治怀念的心情出发,在《宫泽贤治的世界》中称他是"贤者",同时也把他的文学称为"贤者的文学";1975年万田务从人的角度把贤治跟我们的距离拉近,传写了《人——宫泽贤治》;吉田司在1997年以骇人听闻的《宫泽贤治杀人事件》为标题,揭示了贤治生前的一些秘密与成名的经纬,曾引起了一时轰动,此书虽然有哗众取宠的成分,但由于作者的母亲与这些事件有关,他拥有一些他人无法知道的"秘密",所以还是具有一定的传记价值。这些传记总体而言,无论是从褒扬的立场立传也好,还是从贬斥性地摧毁形象的角度也罢,都对理解贤治的文学起到了一定的作用。而1942年,佐藤隆房所做的传记《宫泽贤治》,由于是站在比较客观的立场为贤治立传的,所以至今仍是贤治传记中的经典。

佐藤隆房长于贤治6岁,不仅是贤治的朋友还是他的主治医生。1923年创立的综合花卷医院,佐藤担任院长,医院的花园是由贤治设计并亲自建造的。直到贤治临终时刻佐藤都伴随在他的身边，因此可以说他掌握的大部分资料是直接可靠的。佐藤隆房在传记开端的〈序〉中写道："（我与贤治）最初是师兄弟，接着成了亲友，最后成了畏友，以对贤治的回忆为素材撰写了这部小传"。[①] 也正是由于佐藤的这一特殊身份与素材来源，使这部传记具有了其他传记难以比美的丰富内容及可信性。因此常被众多的评论家和学者所引用，该书也多次再版。

佐藤的这部传记由 14 章构成。按其内容可以划分为四大部分：第一部分是对贤治一生的记述，约占全篇的 72%；第二部分主要对贤治的疾病从主治医生的角度进行了详细的考察，另外涉及了贤治的短歌以及绘画艺术的特异性，约占全篇的 14%；第三部分对贤治文学创作的历程进行了分类阐述，约占全篇的 6%；第四部分超越了普通传记的范畴，追述了关于贤治死后对其他家庭成员以及诗人高村光太郎的影响等事实，以及贤治父母在他死后由净土宗改信日莲宗的经过，约占全篇的 8%。第一部分与第三部分涉及到贤治的日莲宗信仰也即是《法华经》信仰，下面具体详述。

一、宫泽贤治的一生

佐藤把贤治的一生经历分为童年时代、盛冈高等农林学校时代、笃信《法华经》初期、农学校教师时代、独居时代、发病期、好转期、再发病期、临终、逝后等十个部分，并做了详细的记述。

贤治的父亲政次郎是一位虔诚的佛教徒，信奉净土真宗。传记中写道：由于受到家庭的熏陶，贤治在幼小的时候就会背诵《正言偈》和《白骨御经》等经文。小学三四年级的时候，就喜欢用画纸画佛像，用粘土制作佛像。到了中学，他开始用木头雕刻佛像，还购买收集了一些佛像。贤治 18 岁那年，发现了父亲藏书中大岛地等编写的《汉和对照妙法莲华经》，当读到其中的〈如来寿量品 16 品〉时，他深铭肺腑，此后终生都将这部经卷奉为自己的座右书。由此可以看出，贤治虽然受到了家庭宗教氛围的影响，起初同家人一样共同信奉净土真宗，但在接触了《汉和对照妙法莲华经》之后，立即改宗，终生皈依以信奉《法华经》为主的日莲宗。这个行为与贤治热心助人的天性是分不开的。因为两大宗派教义不同，净土真宗依靠"他力"拯救自己，最终为死后可以到达净土世界，而日莲宗以《法华经》为基本教义主要依靠"自力"拯救自己的同时还要拯救他人，最终为使现世成为佛国。贤治正是认识到日莲宗的教义更适合自己，才冒着与家人冲突的压力，"独断专行"地改宗信仰《法华经》的。此外由于《法华经》的文学性特别强，也对贤治走向文学创作起到了推动性的作用。可见《法华经》对贤治影响的深远，脱离法华信仰就不可能真正理解贤治。

贤治 19 岁时，接触到让他感动极深的另一本书——片山正夫的《化学本论》，这也成为他的座右书。贤治的这两本座右书不言而喻所涉及的是佛教与科学的两

---

① ［日］佐藤隆房：《宮沢賢治》，冨山房，1942 年，第 1 页。

大分野，无疑使贤治能够从宗教和科学这两个不同方面来看待宇宙，对他的宇宙观的形成以及文学创作起到了决定性的作用。正如中村文昭所指出的那样："宗教式宇宙观的睿智和科学式宇宙观的人智，在感性丰富的贤治心中无矛盾的相互融合、碰撞、再融合，最终成为贤治想象力的火种，最终使他的诗和童话的语言绽放异彩。"①

贤治 24 岁时入信国柱会②信行部，正式成为日莲宗信徒。由于父子之间信仰的不同，经常发生激烈的争论。25 岁时他因不能使父亲改信日莲宗而离家出走，擅自去东京访问了国柱会本部，一边从事布教活动，一边在东京大学附近的文信社打零工维持生计，同时也开始了法华文学的创作。而且贤治的大部分创作的初稿都形成于这短短的半年期间。他曾对自己的恩师八木英三说过这样的话：人的生命是有限的，可工作却需要时间，也不知道自己哪天会离去，所以我想尽快把想写的东西写出来。我一个月里曾写出三千张稿纸，当写到作品的结尾处时，感到每一个字都从稿纸里跳出来，向我点头行礼。从这段话中可以看出，法华信仰不仅对贤治人格的形成具有举足轻重的作用，而且给予他"超人"的能力，使其创作速度达到惊人的速度。这也传为文学史上的佳话。

贤治不仅劝过父亲，还曾经试图说服其他亲人及身边的友人改信日莲宗，但结果基本都以失败告终。但他的妹妹敏子却受其影响也跟随哥哥改信了日莲宗。因此兄妹俩人的关系一直非常密切。贤治离家出走后半年之际，当接到"妹妹病重"的电报之后，立即带着一大皮箱的原稿离开东京回到家里去照顾生病的妹妹。当患病的妹妹敏子想吃冰淇淋时，贤治就从镇上新开张的西洋料理店里买回冰淇淋。路上因为担心冰淇淋融化，不会骑车的贤治在炎热的天气下奔跑的形象被佐藤栩栩如生地描述出来。其实在这之前，敏子就读于东京女子大学时，曾经因感冒而引起肺结核住院。其间，护士不在时就连大小便也都是由哥哥贤治照顾的。此事还引起了一些研究贤治的学者和专家的议论。③ 对此佐藤也无隐讳地直接进行了记述。

妹妹敏子于 1922 年病逝，年仅 24 岁。贤治为她写下了一系列的悼念挽歌。这些挽歌后来都成为了传世之作。有些学者认为这些挽歌的艺术价值甚至超越了泰戈尔写给妻子的挽歌，因而敏子在日本近代文学史上也被称为"圣敏子"。贤治除了妹妹敏子之外，还有两个妹妹和一个弟弟。那么贤治为何只对敏子有这种不同寻常的爱呢？因为对于贤治来说，只有敏子是跟他"拥有共同信仰的唯一的同伴"。敏子的死给贤治带来了极大的打击，创作活动也停止了半年之久。但也正是由于这次痛苦的经历加深了贤治对《法华经》的理解与信仰，使他体悟到"所有人都是兄弟姊妹"的法华平等精神。

贤治一直到他 37 岁去世时都是日莲宗的信徒。临终时，他是念着南无妙法莲

① ［日］中村文昭：《童話の宮沢賢治》，洋々社，1992 年，第 14 页。

② 国柱会是由田中智学创立并主张在家修行的佛教团体，信奉日莲宗。

③ 《宮沢賢治》，第 108 页。

华经的题目离世的。他留下遗言：要印上一千部《法华经》，送给亲人和朋友。并请求父亲要在最后的一页附上："我一生的工作就是要把这部经书送给您，使您得以与佛结缘，我衷心地祝愿您能走上一条最好的、最正确的道路。"[①]从以上可以看出，贤治的一生就是与《法华经》邂逅、信仰、宣传的一生。

一般的传记通常只记述到传主的去世为止，而佐藤的这部传记还记述了贤治死后的一些重要事件。一是补述了《不怕风雨》这首诗的价值，以及节选后半部分刻在纪念石碑上的缘由；二是补述了立碑的那天晚上，几十人聚在一起缅怀贤治的情景，以及对他的"木偶"精神的理解和感动的内情。从而丰富了与传主有关的重要记述，更完满地完成了传记的目的。

佐藤的这部传记因为是采用小插曲的故事叙事形式传写的，从而使作品既真实又有趣，达到引人入胜的同时使读者能够更直观地了解到贤治的特色。例如传记中生动、形象、有趣地记录了"宫泽贤治和山鸡的故事"。[②]

在秋天的某一个日子里，贤治手里拿着一只山鸡。那是农学校的毕业生给他的。那只山鸡脖子上的毛闪闪发亮、非常漂亮。贤治根本没有想过要把这东西自己吃掉，他思考了一会儿，决定把这只山鸡送给住在镇上，有五六町远的佐藤博士。于是他就把那只山鸡夹在腋下从家里出发了。美丽的尾巴在阳光下闪闪发光。当他通过村子时，恰好被在路边玩耍的孩子们看到。

"好漂亮啊，能给我一根山鸡的羽毛吗？"

"我也要，我也要"

孩子们伸出手，睁着水汪汪的大眼睛，围住了贤治。看着孩子们，贤治那柔和的脸上溢出了无限的怜爱。

"你们真的想要吗？那就给你一根吧，还有你。"

不一会儿，野鸡的尾巴就被拔光了。于是贤治只好拿着那只没有了尾巴的山鸡去了朋友藤原家，在门口贤治说："在路上碰到了孩子们，尾巴都被他们拔光了，唉，已经变成了一只没尾巴的难看山鸡，虽然我是想要把它送给佐藤博士的，可是如果送去了一只没有了尾巴的山鸡，反倒会被认为是在捉弄人吧？"

听了他的话，藤原忙说："哈，给我一只没有尾巴的山鸡正好，倒省事了呀。"

贤治说："你可真会说话，那就留给你好了，给你……不行，算了，还是下次再给你吧。"

说完，贤治就拿着山鸡走了。

故事中的"佐藤博士"即是作者本人。由于贤治最终也没有把山鸡送给他，所以在这段故事的结尾他写道："那只野鸡后来怎么样了，谁也不知道"。从这个故事可以看出，贤治也并不是一个不可靠近的"超人"，而是一个可爱的"凡人"。佐藤通过这种叙事手法，生动地刻画出有血有肉的贤治形象，体现了传记文学所要求的真实性与文学性的统一。

二、禁欲主义者贤治的宗教爱情观

笃信法华的贤治是一位禁欲主义者。他那种超常的感受性除了来自与生俱来

---

① 《新校本宮澤賢治全集》(16)，筑摩书房，2001年，第520页。

② 《宫沢賢治》，第185页。

的天性之外，正与他的禁欲生活密不可分。贤治的禁欲思想对朋友也曾流露过，他对藤原嘉藤治说："你知道吗，在性欲上浪费就相当于自杀，也做不成好工作。只用眼睛观赏不就足够了吗？何必去抚摸。没有必要走到性爱的坟墓。"他还说："当我忍受不住的时候就跑到原野上。即使是云彩，里面也有女性的存在，哪怕是瞬间的微笑也好。不把她全部汲净，轻嗅芳香之后再去创造。"[①]可见贤治是利用大自然的力量解决其禁欲之痛苦的。对他来说，自然本身就是最好的欲望对象。所以谷川彻三分析道："贤治认为，如果把人的生活分为肉体劳动、性生活和精神劳动的话，在生活中只有把它们中的两者进行组合即肉体劳动和性生活、精神劳动和性生活、精神劳动和肉体劳动这样才能两立。在生活中如果把三者结合在一起是不可能成立的。"[②]从以上可以看出，贤治选择了精神劳动和肉体劳动的结合而放弃了性生活，他重视的是人与人之间超越肉体的精神上的联系。也正因此，他笔下描写的也大多是自然之物和儿童。这些形象不特别具有性特征，或者可以说那些形象都没有性差异的分别。而这也正符合法华信仰的一切众生皆具佛性、没有分别的平等原理。

关于理想的婚姻形式，贤治认为："如果能有一位女性，如露水般降临于这清新的田野上的早餐桌旁，我们互问早安之后，她便盛上一碗饭给我，之后飘然离去。翌日早晨依然如期而至，这样的结婚也很好。"[③]出于以上的思想，贤治终生未婚。佐藤在传记中曾提到，贤治独居的初期，有一位小学女教师很喜欢他，可他却拒绝了这份爱。贤治在给她的回信中写道："我对每一个人不拥有特别的爱，也不想拥有。因为拥有那种爱的人，结果会理所当然的只疼爱自己的孩子。"[④]出于这种博爱的心理，所以信奉《法华经》的贤治才终生独身。

三、对贤治法华文学创作历程的分类

贤治是作家、诗人，同时又是一个笃信《法华经》的信者和行者，所以他的创作历程更与《法华经》密不可分。因此佐藤在传记中把贤治的文学创作历程分为三个阶段：《法华经》入信之前、信仰《法华经》前期、信仰《法华经》后期。这种划分方法一目了然地看出了宗教信仰在贤治文学创作历程中所起到的重大作用。下面具体探讨贤治的《法华经》信仰对其文学创作历程的具体影响。

众所周知佛教经典是从阿含经开始，依次是维摩经、般若经等由低到高的顺序，提升人们对事物本质的认识。而《法华经》正是从最高层次直接对"真实"进行解释的，对于众生来说，《法华经》之前的各部经典所作的解释都是为达到认识"真

① ［日］谷川徹三：《宮沢賢治の世界》，法政大学出版局，1970年，第182页。

② ［日］藤原嘉藤治：《宮沢賢治と女性》《宮沢賢治研究資料集成・第2卷》，日本图书中心，1996年，第379页。

③ 同上。

④ ［日］恩田逸夫：《宮沢賢治における〈結婚の問題〉》，《宮沢賢治研究資料集成・第10卷》，第350页。

实”这一终极目标的“方便”手段。因此，也只有《法华经》才是唯一的“真言”，只有它直接阐述了如何到达最终的理想目标和手段。如果说音乐大师莫扎特音乐的天真烂漫和美丽是来自他的天主教信仰，那么相应来说贤治文学艺术的纯洁和高尚即是来源于他的《法华经》信仰。贤治25岁的时候，在给他的朋友关德弥的信中写道：“今后的宗教就是艺术。今后的艺术就是宗教。”[①]从这句话中足可以看出，贤治文学的艺术性和宗教性是浑然一体的。

国柱会的创始人田中智学的文艺观是通过文艺来说道。贤治正是受到了这种艺术观的影响而开始创作活动的。《法华经》重视“山川草木皆有佛性”的思想。终生信奉《法华经》的贤治把这个思想作为童话创作的中心思想。所以，动植物在贤治的作品世界里同人类一样都有“佛性”。也可以说贤治在文学创作中正是为了更好地表现这一思想，才选择了文学中的童话体裁。因为童话可以充分地驱使想象力带领读者到达无法涉入的世界，直接形象地感受其变化。

在东京的创作生活中，他白天靠写稿、校正维持生活，晚上去国柱会做义务活动。即使如此，他的大部分童话作品都初创于这一时期。他告诉弟弟清六那些作品是自己用生育孩子的心情来创作的。由此可见，他对自己的作品倾注了全部心血。初稿诞生之后，他就像培养自己的孩子一样，不厌其烦地反复修改。在贤治的作品中经过多次改动的屡见不鲜，而那部被称为“永远的未完之作”的杰作《银河铁道之夜》更是先后作了4次大的改动。即使在生命的最后阶段，他仍在不断地修改。因此，也有人把贤治的艺术称为“未完成之完成”的艺术。通过这种重复改稿的行为及改稿结果，足以看出贤治对艺术的严谨态度以及所要追求的最高艺术境界。而从上面已经讲道的贤治的艺术与宗教是浑然一体的文艺思想观来说，贤治的文学创作是为了完美地表达法华思想，是为了完成“把这部经书送给您，使您得以与佛结缘，我衷心地祝愿您能走上一条最好的、最正确的道路”这一终极目的。所以，贤治的文学可以说是源于《法华经》信仰，为宣扬《法华经》平等精神的文学。

综上所述，佐藤的这部传记不仅对贤治的一生做了周到翔实的记述，而且还对贤治离世后对周围人和后人的影响也做了充分的补述。使读者能够对他有一个全面立体的认识。由于作者佐藤不只是贤治的主治医生、朋友，还是他真正的理解者，因此他的这部传记可以使读者通观地理解传主宫泽贤治，进而为理解贤治的宗教、艺术和文学提供了有益的参考。

① 《宮沢賢治全集》(9)，筑摩书房，2003年，第272页。

动荡时代下的迷惘人生

——“内向的一代”的自传性作品解读

传记是关于传主一生的记录，对于了解传主的思想形成过程具有重要的意义，在这方面，自传性作品由于出自传主本人之手具有不可替代的参考和学术价值。现代传记理论认为，自传性作品包含的文类十分广泛，如自传、自述、忏悔录、回忆录、谈话录、书信、日记等，都属于自传性作品。与一部完整的自传作品相比，回忆录、谈话录等涉及的一般是对传主而言比较重要的记忆片段或观点阐释。这些记忆或阐释所提及的事件，往往在传主的思想发展史上具有“路标”性质，而从这些材料中——无论它们是追忆、辩解或者开脱——可以窥见传主内心对某些事件或观念的真实想法。因此，对于了解和研究传主的思想，自传性作品值得特别注意。

“内向的一代”是日本现当代文坛上一个重要的流派。这一流派的作家大都出生于20世纪30年代，童年时经历了东京大空袭和日本战败等历史事件；青少年时期正好是日本战后恢复期，同时也是学生运动如火如荼的年代；中年时赶上了日本经济高度发展的“昭和元禄”时期，作家们纷纷辞去工作开始专职写作。如果说童年时代对战争的记忆是“内向的一代”创作小说的原动力的话，那么，青年时代在工作中所看到的现代产业机器的种种弊端就成了创作的好题材。而他们难得的海外经验则有助于他们从一个更全面的视角来观察20世纪70年代日本人生存的普遍状态。在某种程度上，是跌宕起伏的时代造就了“内向的一代”，而“内向的一代”作家群在其自传性作品中的回忆和表达也折射出了包括他们自身在内的一代日本人对于这一时期的感受和精神状态。

19世纪法国史学家兼评论家丹纳说：“要了解一件艺术品，一个艺术家，一群艺术家，必须正确地设想他们所属的时代的精神和风俗概况。”[①]因此，要了解内向的一代，首先必须从现有的材料中去寻找关于“他们所属的时代的精神和风俗概况”的记载，然后，从这些记载中寻找这些作家的人生轨迹，并从这些轨迹中确定作家们在“他们所属的时代精神和风俗”中感受到了些什么，体验到了什么，并如何将这些感受和体验糅合到作品中。

也就是说，时代背景对于一个流派的形成固然很重要，但是，更为关键的是这一流派的作家们对时代背景的理解和感悟是否存在着相同之处。时代背景是客观存在的，而作家们的个人体验却是非常主观和随机的，但是，相比之下，后者才是作家的创作源泉。同样的时代背景下能够产生不同的小说流派，比如在同样的条件下，也产生过“挫折的一代”等其他的小说流派。不同的小说流派对同一时代背景的理解和文学表现是截然不同的，因此在考察流派形成的时代背景的同时，还必须

① [法]丹纳：《艺术哲学》(傅雷译)，人民文学出版社，1981年，第7页。

注意分析作家们在对所处时代的个人感悟上是否有相似之处。

一、童年对战争的恐怖记忆

对于“内向的一代”而言，每一次时代的巨变都会在他们的精神世界留下深刻的烙印，并要求他们对自己的人生观做出全新的解释，以适应新时代的到来。首先，二战即将结束时的空袭和广岛原子弹爆炸所造成的恐惧既是他们童年时的遥远记忆，又是他们在创作中无法掩饰的心灵创伤。1945 年 3 月 9 日，盟军向日本东京投下了 1,667 吨炸弹，没有使用高性能炸弹，而是改用了燃烧弹。东京人口最密集的 15 平方英里的地区顷刻间化为一片火海。之后的 10 天内，盟军一共出动了 1,595 架次的飞机，在东京、名古屋、大阪和神户投下了 9,373 吨的燃烧弹，将这些城市合计 31 平方英里的土地烧成了焦土。普通的日本市民对空袭的反应就是恐惧和混乱。“虽然有人逐渐习惯了持续不断的空袭，但是，大部分的人要么是越来越惧怕空袭，要么就完全地听天由命了。”[①]当时大城市里的儿童都被疏散到农村以躲避空袭，然而，从天而降的燃烧弹依然成为了他们心中抹不去的关于恐惧的原始记忆。古井由吉认为，对他们这一代人而言，“有两个战争，一个是突然从天而降的燃烧弹，另一个就是食物。”他还说：“当时的那种恐惧，用现在流行的话来讲，就成了类似原始体验的东西，对待政治的态度、对待文学的态度、表现方式等等，都是以这种恐惧为中心形成的。”[②]

但是，更大的恐惧来自于广岛原子弹爆炸后的人间地狱般的惨状。1945 年 8 月 6 日上午 8 时 15 分，自广岛市中心升起一朵巨大的蘑菇云——这个画面似乎已经被定格为历史的经典瞬间，然而，就在这朵蘑菇云下，除了已经被炸为废墟的城市之外，还有一万多名普通市民的尸体。而且，这次爆炸对人类生命的摧残并没有因为蘑菇云的消散而消失，根据日本 1961 年的国情调查，广岛市因原子弹爆炸和原子能辐射所造成的死亡人数达到了 23 万 3 千人[③]。广岛现在仍是日本没有开发地铁的两座城市之一，因为爆炸当天的广岛正好是大雨倾盆，大量的雨水带着铀释放出来的放射能量渗入到地下，使得广岛的泥土和岩石至今都带着强烈的辐射性，对人类生命依然充满了威胁。在“内向的一代”的作家中，大庭美奈子不仅亲眼目睹了原子弹爆炸后的蘑菇云，而且，当时年仅 14 岁的她还作为一名看护人员被派去照料那些原子弹爆炸的受害者，当时的所见所闻对她的一生产生了决定性的影响。在《地狱的配膳》一文中，大庭如实地记录了当时的那幅人间地狱图：

> 受难者被扔在地上，那哼哼唧唧的样子简直不是人间的景象。眼睫毛被烧掉了，头发也没了，皮肤都露出了红肉，腐烂的伤口处有无数的苍蝇和蛆在蠕动。那惨状让人无法分辨哪个是

---

① ［日］今井清一：《记录昭和史》第 5 卷《战败前后》，平凡社，1975 年，第 66 页。

② 大冈升平和古井由吉的谈话：“狂热——潜藏于作品深层的东西”，《文学界》1970 年 12 月号，第 196 页。

③ 《记录昭和史》第 5 卷《战败前后》，第 184 页。

活着的，哪个已经死掉了。

泡在粪尿里的人几乎没有什么声响，只是有时候会有人喊上一句不明所以的话，挥舞着双手想要赶走苍蝇。也有很多人已经神志不清了。即使是那些受伤比较轻的，看上去也像是趴在地上的怪物。我们就在这三百个患者中间穿梭，提着桶分菜粥给他们。

我们能够做的也就是煮菜粥，再分给他们。淘米用的水是从断裂的水管里流出来的，在那片瓦砾中，白骨散落了一地。指骨、腿骨、肋骨。在骨头之间，水在不停地流着，洒出来的米粒和土豆皮在不停地流着。①

她在回忆起往事时，曾这样说道："一迈开腿，我就被苏醒的记忆止住了脚步，它就像一根人骨椽子，让我重新思考人这东西。"②

二、青春期"迷失感"的表达

战争结束后，日本从军国主义向民主主义的突然转变，给处于青春期的"内向的一代"造成了认识上的混乱。对于当时正处于人格形成期的他们而言，国家意识形态的剧变使得他们在自我确定的过程中因为找不到可依据的价值体系而迷失了自己。即使在他们进入大学之后，日本社会仍然处于动荡不安的状态，尤其是大学里反对《日美安全保障条约》和反对学校管制的各种学生运动一浪高过一浪，这让他们对所处的时代与既成的观念产生了深刻的疑问和迷惘的情绪。这种疑问和迷惘从童年时代就开始在"内向的一代"的内心世界扎根，到成人之后仍然找不到一个现成的有说服力的答案来，于是，用文字来反映这难以把握的现实和难以把握的自我成了"内向的一代"踏上文学创作之路的驱动力。黑井千次曾经总结过他自己在步入文坛之前的人生体验与感悟。也许，这段话同样可以用来总结"内向的一代"在人生观形成过程中对社会现实和对自我内心的共同感受。

对于战争时期还是个小学生的我来说，几乎不知道应该如何通过和战争的联系、受到的伤害、和战后对决等方法，将自我定位在什么地方。战争以学童疏散的形式向我逼来，战后的解放热潮从我的头顶吹过，我也就是不用再打着绑腿去上中学了。接着就是二·一大罢工带来的庞大而空洞的期待和不安，然后是朝鲜战争。此时，就在中学发生学制变革、向新制高中转变的时候，我考上了大学。然后便是期待已久的学生运动的浪潮。但是，在这浪潮之中，我却不知自己是否抓住了什么，可以让我大声叫喊着：我在这里难以动弹！然而，大学毕业之后，当我在社会体系中承担一部分生产工作时，我才发现自己正面对着犹如伤口一般的"空位"。③

不论是战争，还是学生运动，对"内向的一代"而言，那都是从头顶吹过的大风，社会现实的急剧变化在他们不确定的自我的内心世界里，成为了一个无法捕捉的对象。

---

① ［日］大庭美奈子：《地狱的配膳》，收入《大庭美奈子全集》第十卷，讲谈社，1991 年，第 305 页。

② 《地狱的配膳》，第 305 页。

③ 黑井千次："可能性的现实性"，转引自上田三四二《"内向的一代"考》，《群像》1973 年 4 月号，第 244 页。

古井由吉曾经在小说《杳子》中试图通过长篇累牍地描写杳子的病态心理和幻觉，来表现人物在“丧失现实感觉”时的某种心理状态。弥漫在小说《杳子》中的这种“现实丧失感”虽然是来自于作者的一次偶然经历，但是，却非常准确地反映了当时日本人的一种普遍心态。在《杳子所在的山谷》一文中，古井由吉提到了自己在登山时的一段经历：

> 顺着下山的小路走了很久，终于到达了谷底。突然，瀑布的响声从我的头上倾泻下来，它就像一直都屏着呼吸躲在那里似的，使我的感觉在一个微妙的时刻离开了现实。我大约就是以当时那种轻微的失常感为中心，写下了杳子所在的那个山谷的情景。①

这种轻微的失常感从作者的亲身经历嫁接到杳子身上后，就变成了自闭症患者发病时的幻觉。但是，这种“现实感觉丧失”的心理状态并非只存在于杳子病态的精神领域，而是普遍地藏匿于 20 世纪 70 年代初整个日本社会的潜意识之中。随着经济高度增长期的结束，日本社会从一个躁动不安的时代过渡到了一个抑郁不安的时代，现实社会中发生的各类事件以不同的形式掠过人们的意识表层，却无法在深层留下鲜明而深刻的印象，浮躁过后的空虚感反而让人无所适从、不知所措，继而陷入一种习惯性的不安状态之中。

这也不是古井的自言自语，其实，“内向的一代”在现实面前都显得有些无能为力，这倒不是因为他们对于客观现实没有把握的能力，而是由于 70 年代初的日本社会尽管事件不断，但却无法给人以现实的感觉。柄谷行人就坦率地承认了自己身上缺乏现实感的事实。

> 坦率地说，我自己就很缺乏现实感。当然，这并不是意味着我对“现实”视而不见，也不是意味着我对“现实”漠不关心。要说关心，我关心的事情简直太多了，只不过这些事情在我的内心没有留下任何的痕迹。按照森有正的说法，我是“体验”了一切，却没有一个“经验”。只有数不清的信息和解释从我的心中穿过，回过头来却觉得犹如黄粱一梦。……有“现实”，却没有“现实感”。②

“数不清的信息和解释”从他们的内心穿过，却没有留下任何的痕迹——其中的原因一方面是时代的多变，而另一方面则是因为“内向的一代”对这个突然到来的时代没有准备，不知道如何将其纳入自己的认识体系之中。

三、成年后“异化感”的文学表现

“内向的一代”真正进入社会、接触到社会机器的庞大与复杂是在他们走出校园之后。而且，他们也是战后第一批把个人在现代化工厂企业中的存在状态用小

① 古井由吉：“杳子所在的山谷”，原载于《中日新闻》1971 年 2 月 24 日，收入《古井由吉作品》七，河出书房新社，1982 年，第 31 页。

② 柄谷行人：“通向内面之路与通向外界之路”，原载于《东京新闻》1971 年 4 月 9 日、10 日，收入《畏惧之人》，讲谈社，2000 年，第 322、323 页。

说的形式表现出来的作家。

从 20 世纪 50 年代末到 70 年代初的 10 余年间,“内向的一代”基本上都在社会上有一份稳定的工作,有的在公司当职员,有的在学校当教师。也就是在这 10 余年间,日本经济发生了翻天覆地的变化。1955 年,日本国内的生产力已经超过了战前的最高水平。尽管日本经济的复苏依靠的是朝鲜战争的一支强心剂,但是,真正使日本成为经济巨人的还是技术革新和政府经济政策的转变。以 1956 年为界,日本国内设备投资的增长速度超过了 GNP 的增长速度,这就说明设备能力已经完全能够满足生产能力。在钢铁和石油这两项基础工业的带动下,汽车、化工和精密仪器等工业也得到了迅速发展①。但是,在这些现代化的工厂企业中工作的个人却在承受着前人从未体验过的心理压力和竞争压力。

高度机械化社会中人的异化问题,是 20 世纪 60 年代日本小说的一个盲区。对于整日枯坐书斋里的作家们而言,确实很难有机会接触到生产领域的内部世界,不过,对于“内向的一代”而言,10 多年的工作经历却足以让他们对现代化企业内部有了充分的认识和全面的思考。这种认识和思考在“内向的一代”早期作品中得到了充分的表现。比如,黑井千次的《第三竖井》、《蓝色工厂》,后藤明生的《关系》、《笑话地狱》等作品就是以现代化工厂和企业中的人的异化问题为主题。尤其是黑井千次,他比其他作家更为关注人的集合,他认为“在关注每个人的特性、某个人和其他人之间的差异之前,首先应该关注的是作为类的人”,因为进入社会之后他才发现自己“面对的竟然是伤口般的‘空位’”②。在工厂小说中,黑井通过描写抽象的人和冰冷的机器之间的矛盾,揭示了自我丧失的“空位”和人的异化问题,但是,他的目标并不在于揭示自我的“空位”,而是要想方设法地确定自我,填补这个“空位”。同时,他还选择企业的内部世界作为小说的舞台,因为“企业的内部世界是一个集中表现了现代所有的扭曲、混沌和可能性,剧烈的光与热以及无法言喻的无聊的日常性的场所,也就是所谓的‘现代’的实验室”③。1968 年,黑井千次发表在《文艺》三月号上的小说《圣产业周》便是其中一次比较成功的试验。小说讲述了某公司商品计划部的主任科员田口运平有一天突然改变了平时懒散的作风,和手下一起不吃不喝地干了一个星期,完成一份“新产品计划”的故事。田口运平本来是想重新找回劳动的感觉,希望通过劳动来确立自我存在的价值,然而,最后他发现劳动的本质已经发生了变化。他在笔记中写道:

那是在人的意识还和草一样健壮、跟石头一样坚硬的时代的劳动的意象。使出浑身肌肉的

---

① 下村治:“日本经济的基调和成长能力”,收入山田宗睦:《记录昭和史》第 7 卷《安保和高度增长》,平凡社,1975 年。

② 黑井千次:“可能性与现实性”,原载于《文学》1963 年 9 月号,转引自川岛至《人与文学·黑井千次》,筑摩现代文学大系第 96 卷《古井由吉·李恢成·黑井千次·后藤明生集》,筑摩书房,1984 年,第 517 页。

③ 黑井千次:“陌生的回家路”自注,转引自山崎昌夫《迷乱的邀约》,《新日本文学》,1971 年 4 月号,第 115 页。

力量，拿起不便的农具，翻土、播种、割草、牧羊，干旱时向老天求雨，暴风雨来临时跪地求神——存在于这些行为当中的和“物”一样确定的劳动的意象。如果说，人类为自己的生存和繁殖而流汗就是劳动的话，那么，今天我所做的工作当中有一点是和这种单纯爽快的劳动的意象有关的话，不也很好吗？……通过高强度的劳动，我是否能够确认自己是谁？自己可以成为谁？以何为生？我还是没能确认。[①]

田口企图通过高强度的劳动来确认自我的尝试之所以失败，是因为他还没有认识到自己所处的巨型企业已经将他的自我异化为“集团我”，因为“群体聚集的规模越大，个体就变得越加渺小”[②]。被巨型企业异化的自我早就已经无法享受到田园牧歌式的劳动所带来的单纯的快乐了，“我”不再是和大自然奋勇抗争的童话中的英雄，“我”所处的自然是已经被现代文明规范过并约束着的“自然”。要想生存，要想改变，首先就得适应——进化论的自然规律不仅适用于原始社会的原始人，同样适合现代社会中的现代人。

四、海外生活期的“游离感”

除了工作经验之外，“内向的一代”还经常在小说中描述海外留学生活经历。尤其是大庭美奈子和小川国夫，他们在国外的生活经历成为其创作题材的主要来源。大庭在美国生活了 11 年，大部分早期作品的舞台背景都带有阿拉斯加的影子；小川在欧洲游历了 3 年，成名作《阿波罗岛》中记录了大量旅途中的见闻。不过，作为纪行文学，《阿波罗岛》似乎少了一种矛盾，一种对立，这矛盾和对立就是旅人独有的乡愁。小川国夫的游记文学消解异乡的存在，连带着也宣告了故乡的缺席。不过，小川国夫对于文学中二元对立的世界，有他自己的想法。一般的作家，一般的游记，都有一个明确的疆域上的界线，那不仅是地理上的，同时也是文化上的和心理上的界线，那就是故乡和异乡之间的界线。但是，小川国夫却刻意抹掉了这道界线。他说：“我知道日本的椅子和西洋的椅子是似是而非的东西。我也多少知道日语对话的味道和法语对话的味道完全不同。但是，我却不允许自己在作品中说明这些截然不同的地方。我就是不允许这样的写法，从而树立作品的独特风格。”[③]同样，大庭美奈子的成名作《三只蟹》也具有相似的特点。不仅人物对话时的口吻相似，而且其中的出场人物都处于相同的生存状态中。不管是日本人，还是美国人，不管是桥牌会上的知识分子们，还是游乐园的管理员，他们的生存都像是浮萍一般，没有依靠，也没有目标，只为今天而存在；他们的内心就像是荒芜的旷野，既空虚又孤独。为了排遣这空虚和孤独，他们用轻佻的玩笑互相调侃，他们把性爱当做游戏来打发时间。在大庭看来，人只有作为一个群体才能生存，作为单个

---

① 黑井千次：“圣产业周”，转引自牧梶郎《黑井千次的世界》，《民主文学》1972 年 3 月号，第 114 页。

② ［瑞士］荣格：《未被发现的自我》(张敦福、越蕾译)，国际文化出版公司，2001 年，第 10 页。

③ ［日］小川国夫：《生之最中央》后记，转引自月村敏行《“生”的纪行文学》，收入《小川国夫作品集》别卷，河出书房新社，1975 年，第 165 页。

的人永远是孤独的，所以说小说中每一个人物都注定要成为一个“精神上的流浪者”。而且，他们也不是因为是美国人就感到精神空虚，或者因为是一个有四分之一的爱斯基摩血统的混血儿就感到漠然的“虚无和忧愁”，孤独与空虚本来就是人类最原始的精神烙印。虽然20世纪70年代的日本社会还没有被全面的虚无感笼罩，但是在这些具有异国生活体验的作家们看来，这似乎也是日本社会无法逃避的精神宿命。可以说大庭美奈子正是“通过描写美国社会的现实，预见了日本的现实”①。

与此同时，美国文化对日本本土的影响在文学中的表现也逐渐成为评论界讨论的热点问题。其实，在日本战败后，美国人不仅在军事上控制了日本，而且，还不遗余力地宣传美国的民主主义和美国式的生活方式。日本人在潜移默化中逐渐接受了生活意义上的“美国”，20世纪70年代家庭电气化热潮的模仿对象就是“通过电影和占领军风俗看到的美国式的家庭生活”②。日本作家开始在小说中描写闯入日本人日常生活的美国人，比如“第三批新人”中，小岛信夫的《拥抱家族》就是以美国青年的介入对日本人家庭的影响为主题；而“蓝色的一代”中，村上龙的《近似无限透明的蓝色》就是描写驻日美军基地里一群年轻人的颓废生活。但是，这些作品中出现的美国意象完全是生活在日本的美国人形象的一个剪影，真正的美国和美国式的生活存在于太平洋的另一侧。从这个意义上来看，“内向的一代”由于具有了从外部观察的独特视角，增加了小说中异国形象的真实性。

“内向的一代”在经历日本社会由乱而治、由废墟至重建家园的过程中，共同体验了战火中的恐惧与混乱、学生运动中的狂热与盲目、系统化社会中的异化与冷漠、现代化空间中的荒诞与虚无以及无处不在的“美国”③。在他们的自传性作品中，作家们通过不同的题材表达了他们对这些经历的内心感受。这种感受尽管在细微处有个体的差异，但其共同性也是显而易见的，即充满了对人生的迷惘和不确定感。如果说动荡的时代是“内向的一代”产生的外部动力，那么，迷茫的人生感悟则是统领、贯穿“内向的一代”作家群文学创作的精神力量。

① 拓植光彦：“大庭美奈子《三只蟹》”，《解释与鉴赏》，1972年3月号，第153页。

② 加藤秀俊：“消费潮——从时装到电视”，收入山田宗睦：《记录昭和史》第7卷《安保和高度增长》，平凡社，1975年，第258页。

③ [日]川村凑：《质疑战后文学》，岩波书店，1995年，第175页。

心理的真实和文学的真实

——姜珍浩《韩国文坛逸史》题解

韩国当代文学评论家、韩国诚信女子大学教授姜珍浩(1963—)的《韩国文坛逸史》①成书于1999年,汇集了金东仁等韩国近现代文人在1931年至1970年期间写的证言和回忆录24篇。这24篇以文艺杂志、文学团体为中心的文章,讲述了1910年代到1950年代的长达半个多世纪的韩国文坛的人和事。所谓“文坛逸史”是指有关文人和文坛的掌故,是文人们以证言和回忆的形式记述文人之间的交流、个人的兴趣爱好及风格特点的文章,其中有韩国近现代作家的人生和苦恼、文人之间的交流和影响关系以及对现实的困惑等等。相比正统文学史,文坛逸史是一种野史,是一部鲜活生动的韩国近现代文学史,有作家真实的声音和生活的细枝末节,虽然也会有一些对当时现实的错误判断乃至歪曲,也会有对一些政见不同者的不理解以及诽谤,但这才是一种生活的真实、心理的真实和文学的真实。

金东仁的《创造·废墟时代》原载1931年8月23日至9月2日和1931年11月11日至22日的《每日新报》,文章介绍了《创造》(1919年1月—1921年6月)、《废墟》(1920年6月创刊)、《开辟》、《白潮》、《灵台》、《朝鲜文坛》等韩国现代文学杂志及其文学同仁的活动,重点回顾了从1910年代末到1920年代中期的韩国文坛。朱耀翰的《创造时代》原载《新天地》1954年2月号,文章结合自己的人生经历,讲述了1912年到1925年期间与之一起共事或来往的文人,其中有李光洙、金东仁、玄镇健、廉想涉等重要作家。洪思容的《白潮时代余话》原载《朝光》1936年9月第11号,讲述了罗稻香、安夕影、洪思容、雨田等《白潮》文学年轻同仁的颓废而浪漫的生活、交友、恋爱等方面的逸闻趣事。

白铁的《开辟时代》和金八峰的《卡普文学时代》原载《大韩日报》1969年4月7日至1970年12月10日,前者回顾了20世纪30年代《开辟》(1920年6月—1926年8月)杂志相关的文人,有机智的车相瓒、神经质的蔡万植、白铁的初恋等;后者以朴英熙、崔鹤松、崔象德等人物为主,讲述了1916年到1935年期间“朝鲜无产阶级艺术同盟”系列文人的文学活动。李箕永的《无产阶级文学时代》原载平壤《朝鲜文学》1960年8月号,主要回顾了1925年到1935年期间作家和韩雪野之间的友情以及共同的文学斗争经历。

方仁根的《朝鲜文坛时期》、梁柱东的《金星时代》和异河润的《海外文学时代》原载《大韩日报》1969年4月7日至1970年12月10日。方仁根的《朝鲜文坛时期》讲述了经营《朝鲜文坛》(1924年)的动机、交友趣闻、期刊内容以及文艺动向。梁柱东的《金星时代》回顾了早稻田大学的留学生创刊《金星》(1923—1924)的经

① 由韩国深泉出版社出版。

过，讲述了李章熙、柳叶、白基万等《金星》同仁的生活和诗歌创作，还谈到梁柱东和李光洙的文坛争论以及罗稻香、廉想涉、李殷相、文一平、郑寅燮、异河润、金晋燮等人的文坛佳话。异河润的《海外文学时代》介绍了《外国文学研究会》的成立(1925)、《海外文学》(1925)的创刊、《海外文学》同仁的文学活动。

赵丰衍的《三四文学之记忆》原载《现代文学》1957 年 3 月号，简单回顾了《三四文学》(1934 年创刊)的发行情况。尹石重的《关于儿童文学》原载《大韩日报》1969 年 4 月 7 日至 1970 年 12 月 10 日，以作家自己的成长经历为主，讲述了 1923 年到 1945 年期间的儿童文学作家的生活、交友和文学创作。马海松的《七彩会时代》原载《新天地》1954 年 2 月号，介绍了儿童文学家团体《七彩会》(1922 年)的成立和《少年》杂志的创办。

崔贞熙的《朝光・三千里时代》、赵丰衍的《文章・人文评论时代》、安寿吉的《龙井・新京时代》和金八峰的《日帝黑暗时期的文坛》原载《大韩日报》1969 年 4 月 7 日至 1970 年 12 月 10 日。崔贞熙的《朝光・三千里时代》回顾了韩国 20 世纪 30 年代后半期与《朝光》、《三千里》杂志有关的许多作家的逸闻趣事；赵丰衍的《文章・人文评论时代》讲述了 1940 年代《文章》、《人文评论》相关的人和事以及关于这些人和事的一些题外话；安寿吉的《龙井・新京时代》回顾的是 20 世纪 30 年代后半期《北乡》(1935 年创刊)、《满鲜日报》相关的人和事，同时讲述了作家创作《北原》(1943 年)和《北乡谱》(1945)时的相关事情；金八峰的《日帝黑暗时期的文坛》讲述了 1941 年至 1945 期间作为朝鲜总督府机关报《每日新闻》的记者和文人报国会的成员所做的事情以及当时的想法。作为"积极亲日"的作家，金八峰强调他劝说与自己要好的兄弟当学徒兵的真实想法是"为了我们的将来学习并掌握实际技能和知识"。[①] 他认为，"如果朝鲜人做常务，文人报国会就是朝鲜人的团体，如果是日本人当常务，它就成为日本人的团体"[②]。而这种说法多少有些为自己的不清不白辩解的成分在里面。

安含光的《解放后文学创造上的潮流》写于 1948 年 6 月，对解放时期北朝鲜作家的文学创作给予了积极的肯定，也指出了他们的不足和需要努力的方向。金松的《白民时代》、赵演铉的《文艺时代》、郭钟元的《文总时代》、赵炳华的《明洞时期》、朴荣浚的《从军作家时期》、崔仁旭的《苍穹俱乐部时期》、金容浩的《自由文协周围》原载《大韩日报》1969 年 4 月 7 日至 1970 年 12 月 10 日。金松的《白民时代》回顾了极度混乱的解放初期《白民》同仁的文学生活、交友和左右翼相互对峙的文坛动向。《白民》是代表解放时期韩国文坛右翼的文学同仁杂志，1945 年 11 月 1 日创刊，1950 年 6 月停刊。赵演铉的《文艺时代》回顾了韩国南北战争前夕和战争期间《文艺》杂志相关的人和事。《文艺》于 1949 年 8 月创刊，1954 年 3 月停刊。郭钟元的《文总时代》回顾了成立"全国文化团体总联盟"的背景及其活动和相关文人的故事。"文总"是"全国文化团体总联合会"的简称，为了对抗左翼的"全国文化团体总

① 《韩国文坛逸史》，第 290 页。

② 同上书，第 291 页。

联盟”于1947年2月12日创立。这一右翼文化团体由中央文化协会、文笔家协会、青年文学家协会、大韩美术家协会、剧艺研究会和音乐、电影、舞蹈、学术、言论、出版系统的共29个团体联合而成。赵炳华的《明洞时期》回顾了1945年到1954年期间诗人的文学创作、人情往来和文坛生活。朴荣浚的《从军作家时期》和崔仁旭的《苍穹俱乐部时期》回顾了战争时期的避难、从军生活中的人和事。《苍穹俱乐部》是空军所属的从军文人团体。金容浩的《自由文协周围》回顾了成立《韩国自由文学者协会》(1956年4月)、创刊《自由文学》(1956年6月)前后几年的文坛活动以及当时的人和事。

因为“文坛逸史”是个人证言,难以避免有些主观的嫌疑。比如,崔贞熙的《朝光·三千里时代》回顾的是韩国的20世纪30年代至40年代初期,这是日本法西斯统治时期,但她的文章里描绘的却是和平时期才能有的正常人的正常生活,没有时代的大背景和民族的大生活,只有作为个人的作家的小生活。崔贞熙(1912—1990)号淡人,咸镜南道端川人。1933年成为《三千里》杂志社的职员,后来和该社社长金东焕结婚。1934年因为朝鲜无产阶级艺术同盟事件被检举入狱,1935年成为《朝鲜日报》出版部职员,1935年开始发表作品。日本殖民地末期发表日文短篇小说《野菊抄》(1942)、《2月18日之夜》(1942)等14篇亲日作品,解放后历任首尔市文化议员、韩国女文人协会会长。根据2002年8月14日由韩国民族文学作家会议、民族文学研究所、季刊《实践文学》、“为国家和文化着想的国会议员团体”、“树民族正气的国会议员团体”联合发布的韩国亲日作家42人大名单,崔贞熙(14篇)与李光洙(103篇)、朱耀翰(43篇)、崔载瑞(26篇)、金东焕(23篇)等人一道被认为是属于积极亲日的作家之一。

不过,崔贞熙的《朝光·三千里时代》作为传记资料语言生动,故事妙趣横生,提供了很多文学家的传记资料也是不争的事实。文章中提到的作家多达20多位,其中著名小说家就有李泰俊(1904—?)、朴泰远(1909—1987)、金东仁(1900—1951)、李孝石(1907—1942)、李箱(1910—1937)、安怀南(1909—?)、金裕贞(1908—1937)、李光洙(1892—1950)等;著名诗人有金亿(1893—?)、金东焕(1901—?)、毛允淑(1910—1990)、卢天命(1912—1957)、朱耀翰(1900—1979)、徐廷柱(1915—2000)、李殷相(1903—1982)、郑芝溶(1902—1950)等;著名评论家有林和(1908—1953)、白铁(1908—1985)、金起林(1908—?)、李源朝(1909—1955)、崔载瑞(1908—1964)等人,囊括了解放前韩国的一多半知名作家。

对作家作品的证言有助于后来者对作品的深层理解,也能从中得到诠释作家作品的新的途径和视角。通过文人们的证言和回顾,还可以把握当时的时代精神,重构韩国近现代文学心灵的历史,绘制出近现代韩国文学较详细的文学地图。“文坛逸史”也有其致命的弱点,那就是不包含那些在文坛之外开展文学活动的作家,所以我们在《韩国文坛逸史》中找不到韩龙云、李陆史、尹东柱等韩国近代重量级作家的踪影。受制于当时的社会现实和意识形态,歪曲或彻底否定一些文学现象和作家作品的情况也有之,这就需要后来者具备甄别事实真伪的慧眼和开放的心态。

传记文学在蒙古文学史中的重要性

——以《蒙古文学概要》为例

20 世纪 20 年代初，随着经济的初步发展，蒙古政府开始重视文化教育事业，先后创建了几所高等院校。在部分院校设置了蒙古文学史的课程。而关于文学史方面的讲义及文学读物都非常匮乏，通常由授课教师自编教材。50 年代，Ts. 达木丁苏伦[①](Ts. Damdinsuren，1908—1986)在蒙古国立大学蒙古语系任教，讲授蒙古文学史。1955 年的下半年，他将所讲授的文学史讲义整理成册，这便是《蒙古文学概要》第一卷的雏形，于 1957 年付梓。第一卷主要描述了 13 至 16 世纪蒙古文学的产生和发展状况。其后，Ts. 达木丁苏伦继续主持编撰第二、三卷。反映 19 世纪蒙古文学发展状况的第三卷于 1968 出版；1976 年出版了论述蒙古文学重要时期——17 至 18 世纪蒙古文学发展状况的第二卷。

一、确立传记文学在蒙古文学史上的地位

经过 20 世纪的发展，传记文学的重要性日益被世人所认识。传记文学成为备受关注的文类之一。在蒙古文学史的写作中，最早关注传记文学现象的是 Ts. 达木丁苏伦。他主持编撰的《蒙古文学概要》首次确立了传记文学在蒙古文学史中的地位。

“因为蒙古人自古以来有保持对自己的起源和世系的记忆的习惯，又由于他们那里没有教会和宗教，不能像其他民族那样地借助于教会和宗教，通过遵守教规的方法教导子女，所以父母要对出生的每个子女解释有关氏族和谱系的传说，这种规矩永远为蒙古人所遵守。”[②]蒙古第一部书面文学作品《蒙古秘史》的第 1 节至第 68 节记述了成吉思汗 22 代祖先的纪传，这是族谱世系史。第 69 节至第 268 节记述了成吉思汗一生的业绩，第 269 节至第 282 节记述窝阔台汗的业绩。可见《蒙古秘史》是一部有传记性质的历史文学作品。事实上，蒙古作家很早开始撰写传记，现在发现最早的是 16 世纪初蒙古作家搠思吉斡节儿用藏文创作的《佛祖释迦牟尼十二行》，后来由翻译家锡喇卜僧格将这部作品译为蒙古文。17 世纪初，《阿拉坦汗传》的创作完成和《名为黄金史之成吉思汗传记》的成书标志着独立的传记文学体裁的形成。17—18 世纪是蒙古文学发展的重要时期，同时也是蒙古传记文学发展的一个重要阶段。到了 18 世纪，蒙古传记文学创作达到高潮，先后出现了《章嘉阿

---

① 蒙古国著名的作家、翻译家、学者、科学院院士，现代文学的奠基人，是早期认识传记文学价值的蒙古国学者之一。蒙古国现行的基利尔蒙古文就是由他创立的。

② 拉施特主编：《史集》，商务印书馆，1986 年，第一卷，第二分册，第 34 页。

旺罗桑却丹传》、《普度众生上师章嘉活佛若必多吉前世传》、《圣人宗喀巴传》、《乃吉托音传》、《札雅班第达传》等有影响的作品，这些传记的共同特点是传主均为僧侣。

对于蒙古文学史上的传记文学现象，大多数蒙古文学史罕有涉及。真正意义上的蒙古文学史的书写，最早始于19世纪中叶。1833年俄罗斯喀山大学蒙古语教研室著名的蒙古学者O.科瓦列夫斯基根据自己所教授的文学史讲义编写了最早的蒙古文学史。遗憾的是，这部蒙古文学史的开山之作焚毁于1863年的华沙大火灾之中。此后，在19世纪末20世纪初，俄罗斯学者A.M.波兹德涅耶夫于1896、1897、1907年分别出版了其在彼得堡大学授课期间的讲义三卷本的《蒙古文学讲义》。1907年德国的蒙古学者B.罗菲尔在布达佩斯用德文撰写并出版了《蒙古文学史纲》。这两部早期的蒙古文学史在文类选择方面显得略为庞杂，包括历史著作、地理著作、萨满教著作、佛教著作、汉文著作、教谕书文、民间文学、法典著作、医学著作、天文著作、佛经翻译等等。它们将文学史、宗教经典的翻译、医学著作等兼收并蓄地写入蒙古文学史。

20世纪是蒙古文学史书写的重要时期。譬如：俄国学者G.I.米哈伊洛夫与K.N.雅兹卡夫卡娅(1969年)；德国学者瓦尔特·海西希(1972年)；蒙古国的B.索德诺姆(1946年)、Ts.达木丁苏伦(1957、1968、1977年)、D.策伦索德诺姆(1987年)；我国的满昌(1981年)、五校学者(1984年)；齐木道吉、梁一儒、赵永铣等人(1981年，中文)；荣苏赫、赵永铣、梁一儒、扎拉嘎等人(2000年，中文)均编写过不同类型的蒙古古代文学史。

与上述文学史相比，《蒙古文学概要》是第一部确立传记文学地位的蒙古文学史。在它之前或与它同期的蒙古文学史对传记文学认识不是很清晰，重视也不够。而近10年来出版的文学史在传记文学的研究上多囿于《蒙古文学概要》研究内容和模式，没有大的突破。

《蒙古文学概要》对传记文学重要性的认识主要表现在两个方面。一是在文学史中开辟了"蒙古传记文学"专章。Ts.达木丁苏伦本人认为这样安排是本卷文学史的一个"创新"。他说："17—18世纪的历史文献中的文学作品、艺术传说、蒙古传记作品[①]等占有重要位置，因而从中举例，进行专门研究，同时在这个时期和后来的19世纪用藏文研究文学和诗歌理论的专家学者众多，把他们当中一些特别的人物传记编入其中，也是这本书的创新。"[②]不仅如此，他还在"与印度文学有关的文学作品"一章中分别论述了印度的健日王传研究及蒙古文译著《甘珠尔》中的一些传略和传记研究。

如果Ts.达木丁苏伦本人所说的专章叙述是《蒙古文学概要》的一个"创新"的

① 达木丁苏伦将蒙古的《健日王传》与印度的《三十二个木头人的故事》进行了比较研究，得出这样的结论：印度的有关健日王的口头故事或传说流传到蒙古地区，蒙古文人将它们再加工后，编撰成《健日王传》一书。经蒙古人或多或少的加工，《健日王传》已经变成反映蒙古生产生活状况的作品，因而纳入蒙古文学史。

② [蒙古]Ts.达木丁苏伦、D.曾德主编：《蒙古文学概要》，第二卷，乌兰巴托，1977年，第3页。

话，那么传记、自传、书信、忏悔诗、墓志铭等多种传记文学作品的纳入就使得《蒙古文学概要》更加呈现出蒙古文学的繁华异彩。除了神话和传说、诗歌和史诗、小说等虚构作品的文类以外，还纳入传记、自传、书信、忏悔诗、墓志铭等多种非虚构作品。如，第一卷收入成吉思汗碑铭、蒙哥汗碑文、贵由汗致欧洲教皇的文书、伊儿汗书文、托欢铁木尔汗的忏悔诗等。

更值得一提的是，编者在本章的开头第一句话直书："东方文学各国文学史中，传记文学占有重要位置。"[①]从中，我们不难看出，Ts. 达木丁苏伦对于传记文学的文学价值、历史意义有着清醒的认识。

二、旨在反映蒙古文学全貌的传记文学研究

对于传记文学现象重要性的清醒认识，首先源于编撰者开放的学术眼光。Ts. 达木丁苏伦是一位具有开阔的研究视域的学者。他能够以开放、客观的眼光审视和思考蒙古文学发展史，给予蒙古文学与异域文学关系研究、翻译文学研究、异族语言文学创作研究足够的重视，从比较文学角度撰写了第一部蒙古文学史——《蒙古文学概要》。他对传记文学重要意义的认识，也是源于这种开放的意识。

任何一个民族的文化都不可能排除在与其他民族文化之间的相互影响、相互交流的情况下孤立地发展。蒙古文化亦是如此，它不是封闭和孤立的，而是在与其他民族的文化交流、融合中发展而来的。历史上，有着深厚积淀的蒙古文化与中国文化体系、印度文化体系、波斯-阿拉伯伊斯兰文化体系都曾有过非常密切的接触。[②] 蒙古文学一方面继承了蒙古民族古老而丰富多彩的民间传统，另一方面还受到来自本文化体系内、其他民族和国家的文化、文学的不同程度的影响。

蒙古文学有着悠久的文学传统，神话、传说、歌谣、祝词、赞词、英雄史诗等民间口头文学的形式异常丰富。其中蒙古民间口头文学的一些体裁样式就是在多元的文化背景下发展演变而来的。如蒙古的神话故事、民间传说与北方阿尔泰-突厥民族的神话和传说体系保留着诸多联系，而蒙古民歌与匈奴、鲜卑、突厥等北方民族的民歌也存在着密切的关系。

蒙古的第一部书面文学作品《蒙古秘史》，是在各民族文化的交融中经过漫长的历史积淀形成的人民群众智慧的结晶。它在吸取了大量民间文学的养分的同时，又受到多民族文化的影响。据考证，《蒙古秘史》吸收了13世纪以前中北亚自远古时代以来的文化精华，其中也包括多民族的优秀文学作品的精髓。《蒙古秘史》的开篇之说——"苍狼与白鹿"的传说，就不是由蒙古民族孤立的创造，它是在综合了阿尔泰语系许多民族的古代神话传说的基础之上被创造出来的。人子被狼喂养或人与狼之间婚配并繁衍人类，是阿尔泰语系各民族关于人类起源神话传说的共同特点。又如，阿

---

① 《蒙古文学概要》，第238页。

② 季羡林先生将人类文化归并为四大文化体系，即中国文化体系、印度文化体系、波斯-阿拉伯伊斯兰文化体系以及欧洲文化体系。详见季羡林著：《比较文学与民间文学》，北京大学出版社，1991年，第298页。

阑豁阿“感神而孕”、“五箭训子”的故事与吐谷浑阿豺“以箭训子”的故事，以及维吾尔女王“感光而孕”的故事在母题上都存在着明显的共源性。①

印度文学及我国藏族文学最初以宗教的形式传入蒙古地区。随着大量印度、西藏佛教经籍译为蒙古文，尤其是18世纪佛教的重要典籍《甘珠尔》、《丹珠尔》的翻译与出版，印度及我国西藏地区的传记文学作品传入蒙古地区，这些高僧传记自然而然地成为蒙古文人进行创作的一个的来源和学习借鉴的依据。他们采用这些作品的形式，撰写本民族宗教领袖的传记，给蒙古文学带来积极而有意义的影响。可以说，蒙古传记文学的产生与印度文学及中国藏族文学的影响有着不可分割的联系。

在具体研究方面，Ts.达木丁苏伦选择了17—18世纪有代表性的两部传记作品《乃吉托音传》和《札雅班第达传》写入文学史。除了分别论述两部传记的研究情况外，《乃吉托音传》一节侧重历史事实与虚构现象之间的探讨，而《札雅班第达传》一节则更多注意的是传记文学对蒙古文类的影响。非韵文和诗歌两种形式的有机结合产生的传记文学不仅成为蒙古文学的一种独特文体，而且也可能在中篇和长篇小说等大型作品产生过程中起到极为重要的影响。旨在探讨蒙古文学中各种文类的嬗变。《蒙古文学概要》中的传记文学研究以反映蒙古文学发展全貌为目的。

Ts.达木丁苏伦是早期认识传记文学价值的蒙古国学者之一。基于对蒙古文学发展状况准确和客观的把握，和对异域文学对蒙古文学影响的充分认识，Ts.达木丁苏伦能清晰地认识到传记文学在蒙古文学发展中的作用。他在《蒙古文学概要》中首次确立了传记文学的地位，这奠定了蒙古传记文学研究的基础，为后世的蒙古文学史书写和传记文学研究提供借鉴，他的贡献和这部作品都值得进一步探讨和研究。

① 详见齐木道吉、梁一儒、赵永铣等编著：《蒙古族文学简史》，内蒙古人民出版社，1981年，第16页。

传记文学作品的整体性、史学性和文学性

——中文泰戈尔传记文学作品解析

1913年，罗宾德拉纳特·泰戈尔(Rabindranath Tagore, 1861—1941)成为第一位获得诺贝尔文学奖的东方作家。这使他在一夜之间声名远播，东西方大批以他为传主的传记文学作品也由此应运而生，“广泛的国际影响引起了全球性的研究者的兴趣。全世界关于泰戈尔的论著，仅传记就达二百多种”①。据目前掌握的资料，有关泰戈尔的传记文学作品仅英文著作就至少有35种，中文著作和翻译作品超过20种(不包括同一著作的不同版本)。此外，在英国和印度以英语和孟加拉语双语同步出版的泰戈尔传记至少有两种，而在印度及孟加拉国国内，以泰戈尔的母语孟加拉语创作和出版的泰戈尔传记作品更是十分丰富。

作为一种文学作品类型，传记文学作品自然也是批评家们的研究对象之一。尽管整体上对传记艺术的研究在东西方起步都较晚，但在1915年国外已有关于泰戈尔传记文学研究的英语学术论文和专著问世。而与此同时，虽然在不同时期均有不同的中文泰戈尔传记文学作品问世，但是中文泰戈尔传记文学的研究领域却一直乏人问津。古语有云：“学而不思则罔，思而不学则殆。”反思与研究有利于促进更好的理解和领会真知。

一、中文泰戈尔传记文学作品概述

从1923年至今，不包括不同时期的不同版本，主要的中文泰戈尔传记文学作品共有20部。现将具体作品(不同版本仅取第一版)的种类、书名、著/译者、出版者和出版时间罗列如下：

1.《太戈尔传》郑振铎著《小说月报》1923年9—10月号 1923年
2.《我的童年》泰戈尔著 止默译 重庆商务印书馆 1945年
3.《泰戈尔传》连士升著 香港文学研究社出版 1961年
4.《泰戈尔传略》何乃英著 天津人民出版社 1983年
5.《泰戈尔传》[印]克里希纳·克里巴拉尼著 倪培耕译 漓江出版社 1984年
6.《泰戈尔评传》S. C. 圣笈多著 董红钧译 湖南人民出版社 1984年
7.《泰戈尔评传》V. S. 纳拉万著 刘文哲 何文安译 重庆出版社 1985年
8.《家庭中的泰戈尔》黛维·梅特丽娜著 季羡林译 漓江出版社 1985年

① [印]克里希纳·克里巴拉尼：《泰戈尔传》，(倪培耕译)，漓江出版社，1984年，第4页。

9.《印度近现代伟大作家泰戈尔》张光璘编著 北京商务印书馆 1987年
10.《回忆录》泰戈尔著 谢冰心 金克木译 人民文学出版社 1988年
11.《泰戈尔》宫静著 台北东大图书公司 1992年
12.《泰戈尔》郎芳编著 深圳海天出版社 1997年
13.《泰戈尔》郎芳 汉人编著 沈阳辽海出版社 1998年
14.《泰戈尔》吴文辉著 四川人民出版社 1999年
15.《寂园飞鸟：泰戈尔》侯传文著 河北人民出版社 1999年
16.《圣地灵音：泰戈尔其人其作》北城著 安徽文艺出版社 1999年
17.《泰戈尔：东方诗圣》刘会新编著 北方妇女儿童出版社 2003年
18.《世界十大文豪：泰戈尔》童一秋主编 吉林文史出版社 2003年
19.《泰戈尔，你属于谁》人文素养读本编委会 北岳文艺出版社 2004年
20.《泰戈尔画传》董友忱编著 北京华文出版社 2005年

由此可见，在80余年的时间里，在数量上，中文泰戈尔传记文学作品经历了从无到有、从少到多、再到大量涌现的变化过程；在创作上，也逐渐从初期的以译介国外作品为主过渡到以独立编著和写作为主，综合以上两点规律，我们可将泰戈尔传记文学作品的发展分为如下3个阶段：起步阶段，20世纪80年代以前，共有作品3部；学习阶段，20世纪80年代，共有作品7部；繁荣阶段，20世纪90年代及以后，共有作品10部。这三个阶段前后相承，构成一个有机的整体，勾勒出中文泰戈尔传记文学作品发展的脉络，同时每个阶段又各具特点。

在起步阶段，即20世纪80年代以前，共有3部中文泰戈尔传记作品问世。其中一部为译著，其他均为专著，这暗示出中文泰戈尔传记文学作品的作者们对泰戈尔的生平和创作具有高度的审美自觉。这一阶段作品的主要特点是对泰戈尔的生平和创作进行了初步介绍，使中文读者有缘得以初识泰翁。好的艺术作品是属于全世界读者的共同财富，而早期出现的这些传记作品就为中文读者理解泰戈尔作品提供了最初的平台。作为最早的中文泰戈尔传记文学作品，郑振铎所著《太戈尔传》创作于泰戈尔第一次来华前夕。彼时由于中国国内特殊的政治文化环境，泰戈尔本人以及泰戈尔的来华被不同的阐释者赋予了不同的含义，郑振铎的这部传记客观上为国人在纷争里对泰戈尔进行最基本的认识提供了一种可能。然而由于创作年代的限制以及资料的缺乏，这部著作没有能够成为有关泰戈尔一生的完整的传记。中文领域内第一部完整地讲述了泰戈尔一生的传记文学作品是连士升所著的《泰戈尔传》。这部作品以近三百页的篇幅，叙述了泰戈尔的生平，评述范围涉及泰戈尔艺术创作的方方面面：诗歌、戏剧、小说、绘画、音乐和信札。作为第一部完整的中文版泰戈尔传记文学作品，应该说这部《泰戈尔传》无论在资料掌握方面，还是在有机整合、且述且议方面都达到了相当的水准。可惜的是这部20世纪60年代在中国香港出版的《泰戈尔传》随后并未能在我国大陆广为流传，不但广大读者无缘阅读此书，其后的中文泰戈尔传记作者们在创作时也少了一个与单纯的翻译作品创作风格完全不同的可资借鉴的版本，这不能不说是中文泰戈尔传记创作在起步阶段的一个遗憾。

第二阶段是学习阶段，时间是20世纪80年代。这一阶段的主要特点是翻译作品占主要地位，有几部质量很高的英文泰戈尔传记文学作品被翻译成中文。这里首先必须提到克里希纳·克里巴拉尼所著的《泰戈尔传》。克里希纳·克里巴拉尼是泰戈尔的孙女婿，曾在圣地尼克坦(Santiniketan)与泰戈尔共同生活，同时他自己也是印度著名的文艺评论家。他所著的《泰戈尔传》1962年由伦敦牛津大学出版社和纽约格罗夫出版社在两地同时出版，1980年由印度国际大学出版第二版，其节选本在1961年至1971年间在印度国内共出版4次，计有2个版本。此外，通过通读这本传记的英文版，我们完全可以断定这是一本高质量的泰戈尔传记文学作品。它将泰戈尔的生活与作品丝丝入扣地结合在一起，生动地再现了一个作为艺术家、作为哲学家、作为爱国者的真实复杂的泰戈尔。这样一本传记作品不但值得翻译而且值得一再研读。《回忆录》实际上由《回忆录》和《我的童年》两部作品组成，它们分别是泰戈尔在50岁和79岁时用孟加拉文写的自传，后均被译成英文出版。尽管《我的童年》早在1945年已有中译本，《回忆录》的中文译本却是第一次出现。它们共同展现了泰戈尔自己记忆中的生活，为更直接地了解泰戈尔提供了可能。何乃英著《泰戈尔传略》篇幅不大，简洁明了。值得一提的是，它是中国大陆出现的第一部完整地记录泰戈尔一生的中文泰戈尔传记文学作品，因而对中国大陆的中文泰戈尔传记作品的发展具有不可忽视的奠基作用。这一时期中文泰戈尔传记作品的翻译与出版，无疑是与自1981年以泰戈尔诞辰120周年为契机掀起的又一轮泰戈尔研究热潮相适应的。它们促进了中文领域泰戈尔译介和研究的发展，也为此后中文领域内大量涌现泰戈尔传记文学作品埋下了伏笔。

第三阶段是20世纪90年代及以后，为繁荣阶段。这一时期的主要特点是中文专著不但在数量上远远超过了翻译作品，而且专著类型多样化，既有普及性作品，也有具有研究深度的作品，既有文字作品，也出现了画传等其他种类传记。尽管这期间也有译著问世，但或为以往作品的修订再版，如克里希纳·克里巴拉尼所著的《泰戈尔传》经过修订以《恒河边的诗哲》为名由漓江出版社再版；或为同一作品的重译，如泰戈尔的《回忆录》，经吴华重译为《我的回忆》，由北岳文艺出版社出版。此外，没有新的外文传记作品被译介到中文领域。与这种情况形成鲜明对比的是，这一时期创作的中文专著争奇斗艳。首先在数量上，从上面的统计可以看出，1990年至今15年内出现的中文专著共有9部，数量为前两个时期中文专著作品之和的两倍还要多；其次在内容上，与前两个时期的中文专著相比，这一时期的作品绝大部分在资料上更为丰富，中国大陆地区的作品突破了上一时期罗列史料的局限，在对传记作品真实性与文学性结合的处理上日趋娴熟；再次从作品类型上看，有郎芳、汉人编著，主要以青少年读者为对象的《泰戈尔》，也有着重从泰戈尔哲学研究角度出发，凝聚了作者学术研究思想的宫静的《泰戈尔》；最后从种类上看，2005年1月出版的《泰戈尔画传》(董友忱编著)作为中文泰戈尔传记文学作品中的第一部画传，丰富了中文泰戈尔传记文学作品的种类。《泰戈尔画传》展现了有关泰戈尔生平事迹的大量图片，其中有不少是第一次与中文读者见面，直观地部分再现了泰戈尔的生活。可以说，一方面，这一阶段的中文传记作者们，充分继承和发扬了第一阶段传记作者们对于泰戈尔生平和创作的高度审美自觉；另一方面，经过第二阶段的积累，也随着越来越多的泰戈尔作品被翻译成中文，中文泰戈尔传记作者们掌握了更多资料，对泰戈尔的认识和研究都有了新的进展。当然，不能忽视的是，在这种繁荣的同时也存在着一些值得思考的问题。

二、中文泰戈尔传记文学作品的整体性

在论及作者与传主的关系时，英国文学批评家艾伦·谢尔斯顿指出："传记作家总是要去写他对之怀有本能的同情的主人公，在这一过程中，展现其主人公，同样也展现他自己。"[①]曾两度获普利策传记文学奖的美国当代史学家内文斯也说过："一本好的传记好比一个珠联璧合的婚姻——作者和主题必须有一种和谐的联系。"[②]作者与作品的整体性，在很大程度上决定了一部传记是否成功。泰戈尔之所以闻名于世，很大程度得益于他获得过诺贝尔文学奖。而泰戈尔值得去写，却并不仅仅因为他获得过诺贝尔文学奖。正如一千个读者心中有一千哈姆雷特一样，不同的传记作者心中也必然有着不同的泰戈尔。因此，同一个传主，同样的史实，却有不同版本的传记出现。但并非所有的传记都是成功的作品，"一种将来仍会广为流传的谬见是任何人都能写作传记"。[③]

我们可以把中文泰戈尔传记作品大致分为翻译作品和著作两类，尽管翻译作品不存在中文译者的写作动机，但翻译动机却是存在的。迄今为止，共有6部外文泰戈尔传记文学作品被翻译为中文，它们的译者大体可以分为两类，一种是译者自身对泰戈尔认同型，如冰心、季羡林、金克木，另一种是译者侧重学术译介，如倪培耕、董红钧、刘文哲。前一种类型的译者往往与印度文化和泰戈尔有着一种情感上的依恋关系，他（她）们或钟情于泰戈尔的作品、或钟情于印度文化，学界公认冰心的创作受到了来自泰戈尔的巨大而直接的影响；季羡林与金克木两位先生是国内印度文化和文学研究领域公认的泰斗，他们对印度文化和文学都怀着深厚的感情。季先生自己曾说过，他和泰戈尔的关系"六十年没有间断过"，翻译《家庭中的泰戈尔》一书，他的心情是"怀旧与念新并举，回顾与瞻望齐行"。[④] 这使得他们更倾向于选择泰戈尔自己创作的作品来进行翻译，他（她）们对泰戈尔作品的理解、对印度文学、文化的理解都融入到他（她）们的译作之中。而他（她）们自身的文学、文化素养也使得他们能以中文最大限度地传达泰戈尔作品的神韵，因此在所有泰戈尔中文传记作品中，他们的译作最成功地体现了传记作品所应具有的文学性。后一种类型的译者对泰戈尔传记作品的翻译更多的是出于实际研究的需要，没有那么强

① [英] 艾伦·谢尔斯顿：《传记》（李文辉 尚伟译），北京昆仑出版社，1993年，第70页。

② 转引自蓝凡："传记和传记文学"，《上海艺术家》，1995年第2期，第3页。

③ William Roscoe Thayer: *The Art of Biography*, New York: Charles Scribner's Sons, 1920, pp. 110—111.

④ [印] 黛维夫人：《炉火情·译者序言》（季羡林译），漓江出版社，1995年，第6页。

烈的情感认同因素。如两种《泰戈尔评传》的翻译,一种是1984年由湖南人民出版社出版的S.C.圣笈多所著,另一种是1985年由重庆出版社出版的V.S.纳拉万所著。这两部译著主要是与当时新一轮的泰戈尔研究热潮相适应,而译者自身与印度文学、文化并没有太深的渊源。这样的情况下容易产生的一个问题是,一些非专业从事印度文学、文化研究的工作者,在处理原作中涉及到印度文化的许多重要问题时会出现偏差,有时候这种偏差还比较大,这也是造成这些译本中某些要点难以被中文读者理解的重要原因之一。相比之下,漓江出版社1984年出版的《泰戈尔传》(克里希纳·克里巴拉尼著,倪培耕译),由于译者曾多年从事印度文学、文化方面的译介和研究工作,译本中对有关印度文化、文学的处理就合理得多。

对泰戈尔传记作品中的中文专著作者的态度,则可以分为介绍为主型和叙述与论断结合型。介绍为主型作者创作的泰戈尔传记文学作品侧重于对泰戈尔生平事迹的介绍,主要目的在于普及和推广对于泰戈尔的认识,作者主观对泰戈尔的认识体现得不明显;叙述与论断结合型作者则结合泰戈尔的生平、作品进行论述,对泰戈尔形成一定的判断。作者对泰戈尔的认识蕴含和体现在作品中,整部作品较好地形成了一个有机的整体。

作为早期的泰戈尔传记,一些较早出现的专著,如《泰戈尔传略》(何乃英著)、《印度近现代伟大作家泰戈尔》(张光璘编著),它们的主要任务在于向广大读者介绍泰戈尔,使读者具有理解泰戈尔本人和泰戈尔作品的必要的社会文化背景知识。因此作传者们的笔墨主要用于简述泰戈尔的生平、作品和思想。如从《泰戈尔传略》的目录上可看出,作者分十章按从童年至青年、最后到晚年的年代顺序,简略地叙述了泰戈尔的一生。《印度近现代伟大作家泰戈尔》是一本更简略的小册子,以六章的篇幅按时间顺序简介了泰戈尔的一生,第七章则简短论述了泰戈尔与中国的关系。确切地说,这些作品并不能算是真正的传记文学作品,它们更像是一些资料的排列组合,史实之间缺乏有机联系,作者本人对泰戈尔的认识没有得到明确体现。然而,不能忽视的是,大多数中文读者对泰戈尔的认识正是从这些作品开始的。它们简洁明了的介绍、基本无误的史料为读者后来广泛接触和深度接受泰戈尔打下了最初的基础。因此,这类介绍为主型的传记作品的贡献是值得赞许的。另有一些传记作品,由于其目标接受对象是广大青少年读者,因而在创作和阐释策略上也选择了以介绍生平思想为主,如《泰戈尔》(郎芳、汉人编著)。不同的是,这些作品在早期中文专著的基础之上,加以收集和整理后来出现的越来越多的资料,在内容上比早期的介绍型著作更加充实,除了对泰戈尔的生平作简单的介绍外,还增加了很多饶有兴趣的小故事。此外,在文学性的体现上,这类作品也有了进步,作品本身的可读性增强,不但注重了叙述故事的技巧,也注意了叙述过程中的遣词造句,因而这些作品可算得上是真正的传记。但另一方面,这些作品或流于对泰戈尔的一般性评价,或仅仅为了讲故事而讲故事,整体上缺乏作者自身对泰戈尔的认识。"故事不会讲述它们自身;一堆信件与日记不是一部传记。那些并不清楚自己对传主的真实想法或者害怕说出自己想法的作者写出来的作品，很快就会被忘记。”[1]如2003年出版的编著《泰戈尔：东方诗圣》，尽管在形式上采用了青少年喜闻乐见的插图版，但由于未能细致地整合材料，缺乏作者自身的观点，很难说是一部合格的传记作品，也难以真正吸引读者。

而叙述与论断结合型作者创作的作品在这一点上显然占有优势。这类专著在介绍泰戈尔生平事迹的基础上，往往将作传者自身的特点也结合进去，在某一方面对泰戈尔进行研究和探讨时，作者对泰戈尔的独特认识也自然而然地得以体现。这一类型专著的代表在早期有郑振铎的《太戈尔传》、连士升的《泰戈尔传》，在后期有宫静的《泰戈尔》。郑振铎的《太戈尔传》，是迄今有记载的第一部中文泰戈尔传记文学作品，其直接目的是为泰戈尔来华做准备。当时泰戈尔仍健在，因此这部作品在客观上不可能成为有关泰戈尔一生的传记。而且，诚如作者自己在序言中所说的那样，这部作品所利用的资料也是有限的。然而作者在进行创作时，充分整合了这些有限的资料，介绍了泰戈尔的生平，论述了他的妇女观、艺术观，评述了他的哲学观。文中不乏许多颇有见地的论断。如在行文至泰戈尔获得诺贝尔文学奖时，书中这样写道：“这一次奖金将勉励西方的人类去访求东方的人类已说的话，或将要说的话。这件事将把以前永未解释过的东方，为西方解释一下。所以这件事成了一件历史上的事，一个那半球明白这半球的转点。”[2]可见，同样身为一个文人，一个与泰戈尔一样自己的祖国也饱受欺凌的东方文人，郑振铎对泰戈尔的认同不但是基于文学的，更是基于文化心理上的，希望东方能发出自己的声音，渴望东西方的沟通和交流。《太戈尔传》中所体现出来的对泰戈尔的理解与认同，无疑与当时郑振铎对泰戈尔来华所持的热烈欢迎态度是互为呼应的。而宫静著《泰戈尔》与其他著作的显著不同之处在于，它是从哲学这一特定视角来阐释泰戈尔。这本专著之所以在台北作为《世界哲学家丛书》中的一本出版，首先便因为它是从哲学的角度来观照泰戈尔。其次作者本人，作为一个从青年时期便对泰戈尔诗歌感兴趣的哲学研究工作者[3]，加之掌握了梵语知识，因而有能力在这一领域内进行较为深入的探索。内容上，作者首先针对泰戈尔是否是哲学家这一问题进行了甄辨，提出了自己的看法。书中指出泰戈尔并不是传统定义上的哲学理论家，但“我们完全可以称他是一位伟大的东方诗哲，即对世界和人生持有艺术家的深刻的哲学见解。”[4]在此基础之上，全书先简要介绍了泰戈尔所处的社会时代背景和他的创作生涯，随后结合泰戈尔的作品、参考国内外研究成果，以大量篇幅分析和阐释了他的哲学思想，提出了许多独到的见解。如在论及泰戈尔的有神论时，作者指出泰戈尔的泛神论与斯宾诺莎泛神论有本质不同，在谈到泰戈尔的人道主义思想时，作者

① A. O. J. Cockshut: *Truth to Life: the Art of Biography in the Nineteenth Century*, A Harvest Book Harcourt Brace Jovanovich, Inc. 1976. p. 12.

② 郑振铎：《太戈尔传》，《郑振铎全集(15)》，花山文化出版社，1998年，第610—611页。

③ 参见宫静：《泰戈尔·自序》，台北：东大图书公司，1992年。

④ 同上书，第3页。

又分析了不同时期泰戈尔人道主义思想的不同内涵。作为少见的系统研究泰戈尔哲学思想的中文专著,《泰戈尔》(宫静著)较圆满地实现了作者的创作目的：第一,加深对泰戈尔文学作品的理解和研究;第二,能通过泰戈尔的思想透视出印度传统思想与西方思想的交流和融合;第三,能够促进和发展中印两大民族之间的相互了解,并增强两个民族的友谊。[①] 由于作者的努力,这一部泰戈尔传记中的泰戈尔不再单单是一位吟风诵月的诗人,而是更生动地展现出他作为一位于天地间冥思默想的诗哲的一面,这也正是作为哲学工作者的作者对泰戈尔独特而深刻的认知。此外,对推进泰戈尔研究乃至印度文学和印度文化的研究而言,这种类型的著作也是值得期待的。“传记最终是其作者自身感受的一种表达。”[②]好的传记离不开作者与传主的精神互动,我们有理由期待在中文泰戈尔传记创作领域出现更多的作者和传主的文学精神珠联璧合的优秀作品。

三、中文泰戈尔传记文学作品的史学性和文学性

在界定“传记”一词时,我们可以看到很多文坛大家或批评家这样进行定义:“某人生平的历史”、“某人生平逝世的相对完整的记叙”、“一个人生平的记录,历史的一个分支”,[③]“传记通常被认为是历史的记录,而这显然是正确的。”[④]因此作为具有史学性质的传记,必须是真实的。这里便涉及到两点,第一点是要尽可能多地掌握有关传主的历史资料,以全面准确地了解传主;第二点是要对这些史料进行正确的安排和取舍,以凸显个性化的传主。

作为20世纪初曾在东西方引起过轰动的诺贝尔文学奖获得者,泰戈尔在相当长的时间里是文学批评的焦点之一,因而有关他的传记材料和研究专著可谓汗牛充栋,如果说在20世纪80年代之前中文作者获得外文资料的机会有限,那么应该说近年来这种困扰已经得到了很大程度的缓解。上世纪80年代泰戈尔传记作品的译介高潮就是一个有力的证明。然而遗憾的是,大多数作者一直局限于已有的资料,缺乏传记作者应有的探索和追求精神。这一点我们可以从目前中文泰戈尔传记作品大部分雷同、或互为参考的参考书目,甚至某些作品大致相同的章节设计中窥见一二。其中更有一些作品是目前国内传记作品热催生出来的“急就”式产物,传记中的史料不但有拼凑之嫌,有时还会以讹传讹,例如把对泰戈尔产生过深刻影响的五嫂写成三嫂,把泰戈尔与爱娜(有的书中写成安娜)的感情断定为初恋。当年太史公跋山涉水、餐风宿露,终于写成流传千古的《史记》。而现在尽管对大多数作者来说去实地考察泰戈尔生活的场所也许是件颇有困难的事,但在信息技术发达的今天要获得更多更翔实关于泰戈尔的资料却是完全可能的。

---

① 参见宫静:《泰戈尔·自序》,台北:东大图书公司,1992年,第3—4页。

② 《传记》,第70页。

③ 参见《传记文学理论》,第42—43页。

④ *Truth to Life: the Art of Biography in the Nineteenth Century*, p. 11.

另一方面，对已有材料进行有机的整合才能更好地展现具有个性的泰戈尔。丰富的史料为好的传记提供充分的材料，但是并非所有的材料都值得作为传记事实写进传记作品。只有那些对传主的个性具有界定作用的事实才能作为有价值的材料被合理运用。"在创作过程中，作者必须有能力组织材料，并能在面对大量真实可信的信息时保持呈现给读者的画面的整体性。"[①]因此，这要求中文泰戈尔传记文学作品的作者不但对于想要表现一个怎样的泰戈尔有明确系统的思考，而且必须在大量的事实中具有独到的眼光，使作品能让读者感受到而不是告诉读者泰戈尔是一个什么样的人。中文泰戈尔传记文学作品大多可以做到充分利用已有的材料来充实自身内容，其中既有对泰戈尔自传《我的童年》、《回忆录》倚重，也有对一些能够反映泰戈尔性格的"轶事"的分析。但不可否认的事，大部分泰戈尔中文传记作品呈现的大都是基本相同的细节和故事，甚至连叙述方式都十分相近，但另一方面又对那些对泰戈尔产生了重大影响与真正能体现他性格特点的"小事"或一笔带过、或视而不见。如大多数作品都会提到在加尔各答的某个清晨泰戈尔获得的彻悟与《瀑布的觉醒》之间的关系，但这种彻悟也并非完全忽然凭空而来。在《我的回忆》中，泰戈尔写道，那个早晨之前的某个黄昏，他获得了一种伴随了他一生的不同寻常的敏锐观察力："自我既然已经退居幕后，我就可以看到世界的真面目。它没有一丝平凡琐屑的痕迹，它充满了美与欢乐。"[②]这次的经历既为泰戈尔打开了一扇新的观察世界的大门，也为他迎接随后而来的彻悟奠定了基础。那么这种彻悟究竟给他带来了怎样的影响？除了《瀑布的觉醒》，泰戈尔还曾在《我的回忆》中提到那之后他见到一个自己以前并不喜欢的怪人时，"在我眼中，他的怪诞和愚蠢的披风依然飘落了……我的心里洋溢着无边喜悦……"[③]由以上泰戈尔自己的叙述我们可以看到，这两件事与他的彻悟其实是一个有机连续的整体，它们可以更充分、同时更生动地说明那次彻悟的含义以及它对泰戈尔的影响，然而遗憾的是在几乎所有中文泰戈尔传记中它们都找不到自己本该有的位置。又比如，在《泰戈尔传》(克里希纳·克里巴拉尼著，倪培耕译，漓江出版社，1984 年)里记录了一件关于泰戈尔如何处理被蝎子蜇过的剧痛的小事，这件事十分生动地反映了他沉静内省、关注内在世界，以及在对无限的渴望中忘我的性格特点，然而除了在《泰戈尔》(宫静著，台北东大图书公司，1992 年)中可以见到对这件极具传记事实价值的"轶事"有类似描述的阐述之外，在其他中文泰戈尔传记作品中它都被忽略了。

传记文学作品具有历史属性，但它毕竟不是历史。历史关注的是历史事件，其目的在于"究天人之际，通古今之变"，而传记作品关注的是个人，其目的在于展现具有个性的、鲜活生动的传主。如何才能在真实的基础上成功地展现传主？这正

① O'Connor Ulick: *Biographers and the Art of Biography*, Dublin: Wolfhound Press, 1991, p.32.

② [印] 泰戈尔:《我的回忆》(吴华译，石真校注)，北岳文艺出版社，1994 年，第 155 页。这个版本的《我的回忆》根据 1980 年麦克美伦公司的英文版 *Reminiscence* 全文译出，又由石真先生根据孟加拉文原著进行了校注，故本文在这里采用此版本进行引证。

③ 《我的回忆》，第 156 页。

是传记的文学性所关注的问题。传记的文学性主要涉及到两个方面，一个是修辞，一个是虚构。

国内有学者认为，文学手法在传记作品中的介入，在相当范围和相当程度上，主要体现为注重语言文字方面的修辞色彩[①]。文字修辞可以将行文中的叙述性语言变为描述性语言，提高作品的可读性，增强传主的可感性。大多数中文泰戈尔传记作品在这方面的尝试都较为成功，讲述故事娓娓道来，因此作品均有较强的可读性。另一方面，笔者以为，传记中的文学修辞还有更广泛的含义，它是一个系统的概念，是作者在为达到自己特定的目的对语言进行加工，以提高表达准确性、增加表达效果、增强说服力的行为。它既包括文字修辞，也包括作品的行文风格、文学底蕴等方面。就此来考察，《泰戈尔》(连士升著，香港文学研究社，1961 年)是一部值得肯定的作品。这部作品一个鲜明特点就是对中国传统文化的相关典故信手拈来，以对比于泰戈尔的诸多特点。如在阐述游历各地与泰戈尔创作的关系时，作者以这样的话作评："苏子由说得好：'太史公游览天下名山大川，故其文疏荡有奇气。'泰戈尔在印度最有名的恒河逗留了相当时间，所以他的才思如泉涌，……"[②]而在论及泰戈尔的画作时，作者将其与王维的"诗中有画，画中有诗"相提并论，认为泰戈尔的画"得力处在于意境，有待努力的是技巧"，是典型的"文人画"[③]。这样一方面突显出作者具有深厚的国学功底，另一方面使泰戈尔的形象对于中文读者来说更具体、生动、可感。而在评论泰戈尔的作品时，作者往往在引用其他评论家的观点之后，再结合中文传统经典对作品进行类比，阐述自己的观点，如将《饥饿的石头》与《聊斋》相比，将《吉檀迦利》的某些诗句和某些思想与老子的话语和思想对比，颇有传统小说点评之遗风。这样的作品不但有优美的词章，更有优美的意境，是真正具有"中国特色"的作品，值得为千篇一律、日渐失语的一些中文泰戈尔传记作品借鉴。

事实的真实与虚构的真实是传记文学作品向来难以处理的一对矛盾。事实的真实是传记的基石，但作为与传主不同的个体，传记作者又不得不借助想象和虚构来进行还原工作，努力将资料中的传主还原为生活中的个体。[④] 自新传记大行其道以来，传记作者们越来越多地向小说创作技巧进行借鉴，使得传记作品的艺术品格得以凸显。"如果不与事实相冲突，传记作家甚至可以去想象在现有资料中没有明证的传主与其他人的对话。"[⑤]中文泰戈尔传记作品中对幼年时期随父亲去喜马拉雅山的泰戈尔的想象就是一种合理的想象。以《回忆录》和《我的童年》为基础，大部分作者较为真实地还原了小泰戈尔那种喜悦、骄傲、崇敬而又渴望亲近父亲的心情。然而不能否认的是传记与小说有着质的区别，作为史学与文学的交叉产物，传记文学作品中的虚构有一个度。想象是可以的，但不能与事实相左。对于无法

---

① 参见朱文华："传记文学作品的史学性质和文学手法的度"，《理论与创作》，《理论与创作》杂志社，2004 年第三期，第 26—28 页。

② 连士升：《泰戈尔传》，香港文学研究社出版，1961 年，第 46 页。

③ 参见《泰戈尔传》，第 239—243 页。

④ 关于实施的真实与虚构的真实的关系，参见《传记文学理论》，第 46—52 页。

⑤ *Biographers and the Art of Biography*, p. 9.

确信的事件和资料，宁可“疑而不信”，也不可妄下定论。我们都知道，在幼年泰戈尔受教育的问题上，其家庭里确实有过关于他应该先接受英语教育还是孟加拉语教育的争论。但是这场争论究竟是如何展开的？泰戈尔的父亲和哥哥们各持怎样的立场？谁对这件事产生了决定性影响？等等这一系列问题都缺乏足够的资料来进行说明。这件事当然对日后泰戈尔的成长、尤其是文学方面的成长产生了很大的影响，可是，是否因为这个原因我们就可以在没有足够资料的情况下来虚构一幕场景、制造一个结论呢？答案显然是否定的。把资料展现给读者却“存而不论”，这也许是一个遗憾却还能引发读者自己去感受、去思考；但杜撰一种事实却往往会扭曲人物的形象，损害传记的真实性。然而，有的中文泰戈尔传记作品的作者却凭自己的想象模拟了一场争论，并刻画了泰戈尔父亲的严厉、五哥的激进，不但破坏了作品本身人物的真实个性，相关描述还曾被其他作品借鉴，实在让人痛心。又如，在涉及到一贯在作品中同情妇女悲惨遭遇、反对童婚制的泰戈尔为什么会早早为自己的大女儿和二女儿完婚这一问题时，克里希纳·克里巴拉尼写道：“这是一个很难回答的问题。他（泰戈尔）似乎曾预料到这个难题，这段时间里他写了一首诗（在读了艾尔弗莱德·丁尼生的传记之后，这本传记使他失望）请求他的读者不要在凡夫俗子中去寻找诗人。让我们尊重他的意愿。”[①]结合泰戈尔自己曾说过的他一生最大的优点和缺点都是自相矛盾，他的思想在当时固然先进却也深受传统文化的浸染，他所受到来自父亲的影响，以及他在读过同为诗人的丁尼生的传记之后的失望与他写下的诗篇这种种因素来分析，我们认为克里希纳·克里巴拉尼这个问题上的处理，显然比许多中文泰戈尔传记作品简单地将这个问题的答案归因于受到他父亲德宾德拉纳特·泰戈尔的影响要更接近于事实。

以上的讨论主要针对中文泰戈尔传记作品进行，事实上，对中文泰戈尔传记译作而言，同样也存在真实性和文学性的问题。翻译的标准是“信、达、雅”，在翻译外文泰戈尔传记作品时，为了做到“信”和“达”，首先要求译者具有必要的知识背景，这样才可能在涉及到某些专业词汇时翻译得既准确又便于理解。然而，由于有不少译者在对印度文化方面的知识积累有所欠缺，致使不少中文泰戈尔传记译作中都存在着一些问题。首先，是由于不了解印度传统文化和梵语，对英文原作中作者用拉丁字母转写的梵语词汇生硬地进行音译，造成译文理解上的困难甚至误解。如将 God who is Jivan-Devatan 译成“吉范-德瓦塔的神”，让读者不知所云。如果具有必要的印度知识背景，我们就会知道，Jivan 在梵语中有“生命”之意，而 Devatan 是梵语中的“神”，Jivan-Devatan 就是生命之神。其次，由于对泰戈尔缺乏必要的了解，造成翻译上的错误。如将 Visva-Bharati 当做书名译为《维斯瓦-比哈拉蒂》。即便不懂孟加拉语，如果对泰戈尔有了解的话，我们都应该知道 Visva-Bharati 是泰戈尔创办的国际大学的名称。最后，由于理解的问题，译者对原作进行不恰当的删减。如本文前面提到的《泰戈尔传》里引用的“他（泰戈尔）似乎曾预料到这个难题，这段时间里他写了一首诗（在

---

① Krishna Kripalani: *Rabindranath Tagore: A Biography*, London: Oxford University Press, 1962, pp. 185—186.

读了艾尔弗莱德·丁尼生的传记之后,这本传记使他失望),请求他的读者不要在凡夫俗子中去寻找诗人。让我们尊重他的意愿。”括号中的话《泰戈尔传》的译者并没有进行翻译,其实括号中的原文为读者提供了一条有着丰富内容的信息。这条信息有利于我们了解,第一,泰戈尔创作这样一首诗的背景之一——读了丁尼生的传记之后;第二,泰戈尔创作时心情因素的一种——失望;第三,泰戈尔为什么会失望?或许是因为这本关于丁尼生的传记写得不好,也或许是因为泰戈尔在读了丁尼生的故事后感到失望,也许他本来希望找到超越世俗的榜样,但最后他发现超越只在文学中才有可能。因此,括号中的这段话是很值得翻译而不应该被忽略或随意删去。而如何才能做到翻译中的“雅”?这就需要译者们平素的积累,不但要阅读泰戈尔的作品,更应该广泛阅读文学作品,提高自身的文学修养。最后,进入20世纪90年代以来,中文泰戈尔传记作品的数量激增,而中文泰戈尔传记译作的发展却停滞了。事实上,专著与译作的发展是互为促进的,丰富的、优秀的译作将有利于成功的专著的出现。我们期望具有专业学术素养的研究者们能为中文领域译介更多、更优秀、不仅包括英语也包括泰戈尔的母语孟加拉语在内的泰戈尔传记文学作品,促使中文泰戈尔传记作品从繁荣走向真正的成熟。

中国学者的主体眼光

——《普列姆昌德评传》论析

《普列姆昌德评传》(普列姆昌德,Premchand,1880—1936)是北京大学资深教授刘安武的专著。刘安武从 20 世纪 50 年代留学印度开始,一直孜孜不倦地从事普列姆昌德的译介和研究,该著 1999 年由中国国际广播出版社出版,全书按照传主的生活与创作的纵向发展分为"童年和少年时代的生活环境"、"走向社会的青年时代"、"早期成功的创作实践(1903—1918)"、"丰收的年代(1919—1927)"、"创作高峰的岁月(1928—1936)"五个部分,叙述各个时期最能体现出普列姆昌德精神面貌和性格特征的事件与经历,而重点是评论、分析普列姆昌德创作的作品,透过作品文本的实实在在的剖析研讨,印证普列姆昌德的生活经历,突现传主热爱祖国、勤奋敏锐、关心民众、同情弱小、憎恨丑恶、追求真善美、具有强烈社会责任感的人格情操;从中也可以看到传主在现实生活中的矛盾与困惑;从而呈现出真实生动、有血有肉的完整的普列姆昌德。

为外国作家写评传,除写作"作家评传"的一般要求外,还在这两个方面对作者提出更高的要求:一是熟悉传主及其所属民族的文化,二是体现中国学者独特的主体眼光。

一、熟悉传主及其文化背景

刘安武是中国撰写"普列姆昌德评传"最合适的人选。他在 20 世纪 50 年代中期留学印度 4 年,精通印地语,长期从事印度语言文学和文化的教学与研究,撰写《普列姆昌德评传》前已出版专著《印度印地语文学史》,与季羡林一起主编《印度古代文学史》、《东方文学史》、《东方文学词典》等著作和学术辞书,翻译出版《印度两大史诗评论汇编》、《印度现代文学研究》等研究文集。这样对印度文学、文化广博厚实的学识和宏阔视野,为《普列姆昌德评传》的撰写奠定坚实的学术基础。当然,更重要的是刘安武对传主充满敬意,对其创作有着浓厚的兴趣,正如他在《普列姆昌德评传》"后记"中所写的:"笔者自接触他的作品 40 多年来,特别是 50 年代在印度留学的几年里,不仅和老师讨论过他的作品,而且参观过他在农村中的故居,访问过他故居的四邻,在文学集会上会见过《拿笔的战士》的作者、普列姆昌德的次子阿姆利德·拉耶。笔者对这位热爱印度人民、忠于自己的祖国和对中国受日本侵略深表同情的杰出作家深怀敬意。回国后,普列姆昌德及其作品始终是刘安武教学、研究的重点,特别是文革结束后的 80 年代,刘安武以主要精力从事普列姆昌德的翻译和研究,先后选译普列姆昌德短篇小说 90 余篇,分 5 种分别在贵州人民出版社、上海译文出版社、人民文学出版社、湖南人民出版社和湖南文艺出版社出版(其中一种与人合译);翻译《普列姆昌德论文学》(合译);撰写了多种文学史中有关普列姆昌德的章节,在《国外文学》、《中国比较文学》、《印度文学研究集刊》等刊物发表研究普列姆昌德的论文10余篇;为研究生开设普列姆昌德研究专题课程;90年代初还出版了10余万字的《普列姆昌德和他的小说》。

由于刘安武精通印地语,资料都是来自原文的第一手资料,而且资料详实,涉及面很广。他不仅研读了普列姆昌德几乎全部的小说和戏剧创作,还研读了普列姆昌德大量的演说、时评政论、文学论文和书信,同时参阅了普列姆昌德的妻子西沃拉妮·德维的《普列姆昌德在家里》,普列姆昌德的儿子阿姆利德·拉耶的《拿笔的战士》、同时代的一些印度作家(如介南德尔·古马尔、苏德尔辛、阿夫札等)的回忆录、纪念文章等。印度学者撰写的普列姆昌德研究著作也为《普列姆昌德评传》的撰写提供了借鉴,如西沃丹·辛赫·觉杭的《印地语文学八十年》、拉·维·谢马尔和伯·古伯德的论文著作,印度学界为纪念普列姆昌德诞生100周年而编写出版的《普列姆昌德百科辞典》(1980年)等。

依据如此丰厚的学术积累,《普列姆昌德评传》学术视野宏阔,在印度甚至整个东方文化和文学传统的大背景中分析理解普列姆昌德创作的内涵,在纵横比较中把握普列姆昌德及其创作的独特价值。

普列姆昌德的创作表现出强烈的反封建意识,对印度传统的封建制度加以艺术的剖析和鞭挞。印度传统的封建制度是个复杂的整体,既有适应印度人的生存环境,且经过长期积累而具有强大生命力的部分,也有统治者出于统治需要而人为地强加给民众的部分。印度的种姓制度属于后者。《普列姆昌德评传》在分析普列姆昌德早期短篇小说时,以较多的篇幅系统地探讨印度种姓制度的内涵、产生、特征、演变以及所造成的社会恶果等,对有人认为种姓制度"在它的早期起过社会分工和稳定社会秩序的作用"的说法加以辨析,观点鲜明。作者认为:"印度的这种摧残人性的种姓制度,在历史上从来没有起过积极作用……这是一种维护统治阶级的统治理论,是排斥社会变革、改革、革命的理论,是把一种不合理的制度强加给社会,让它永世长存的理论。"①在这种对印度封建制度核心的种姓制度全面探讨的基础上,再来理解普列姆昌德批判封建传统和陋习的作品,自然理解更为深刻,更能认识到这些作品的现实意义。

对妇女悲惨命运的展示是普列姆昌德创作的重要主题。他的《穷人的哀号》、《礼教的祭坛》、《两座坟墓》等一系列短篇小说和中、长篇小说《伯勒玛》、《恩赐》、《服务院》、《妮摩拉》都是以妇女命运为主题的作品。怎样理解这些作品的深厚底蕴?《普列姆昌德评传》在印度社会、文化传统中妇女地位低下的悠远背景中来分析普列姆昌德的作品。从史诗《罗摩衍那》中悉多被弃、到古代经典中把妇女与首陀罗相提并论,到社会实际生活中的童婚制、陪嫁制、寡妇守节制、殉焚制等婚姻习俗,一一加以介绍和分析。这些既成为分析普列姆昌德作品的背景性资料,又给人以从文化整体中分析问题的方法论启示,在广阔的视野中把握评论对象。

① 刘安武:《普列姆昌德评传》,中国国际广播出版社,1999年,第47页。

普列姆昌德是印度现代文学中最早真实地描写农村生活的作家。《普列姆昌德评传》中的这一结论并非凭空而出,而是与普列姆昌德之前印度几位著名作家般吉姆、泰戈尔、萨拉特的创作进行比较而得出的结论。般吉姆和泰戈尔的长篇社会小说主要描写城镇,泰戈尔有少量短篇小说涉及农村生活。但真正写农村生活的只有萨拉特的《乡村社会》(1916)。刘安武把《乡村社会》与普列姆昌德的《博爱新村》加以比较:“在揭露农村中地主对农民的压迫和剥削方面,地主与官府勾结方面,在改革人物方面是相似的,但是在刻画人物方面,在揭示农村生活的深度和广度方面,在写农民群众的真实性方面都存在差别。”[①]刘安武认为《博爱新村》更胜一筹,还引印度学者拉姆达斯的观点(“不得不把刻画农民的真实生活的图画的功德给予普列姆昌德先生”)作为佐证。这种横向的比较分析,不仅使论证显得缜密、充分,也能拓展读者的视界。

熟悉了解传主及其文化背景,是写好外国作家评传的重要环节。这点刘安武先生深有体会。当有人访问他问及学术研究中体会最深的研究项目时,他毫无犹豫的回答是“《普列姆昌德评传》(国家社科项目)”,他说:“为什么要写它呢?因为这是研究生的一门课,普列姆昌德是印度现代大作家,不研究他不行,不开研究他的课不行。我对这个作家比较熟悉,还翻译过一些他的作品,在印度还参观过他的故居,我喜欢他的作品,不喜欢他的作品是没有兴趣写他的评传的。在系统写评传以前,在文学史中讲到他,课堂讨论中评论他,论文中也一再分析过他,甚至以他为题目多次在学术会议上讨论他,所以也就比较顺利地写出来了。主要的问题是取决于对作家了解的程度。”[②]正是这种对传主及其文化背景的了解和熟悉,才能有宏阔的视野,才会有驾轻就熟的“比较顺利”。

二、中国学者的主体眼光

为外国作家写传,既是跨文化的文学研究,也是两种文化的对话。传记作者本民族文化心理结构会形成他特定的期待视野,他的写作进程中会自觉不自觉地融汇进两种文化的比较,也因此会表现出不同于传主本国传记作者的独特视角。

《普列姆昌德评传》的主体眼光表现在三个方面:

第一,对自身民族文化的理性思考和现实时代的热情关注。刘安武常常不限于印度文化和文学的范围,在更大的文化视域中审视普列姆昌德及其创作,在异质文化的比较中分析、认识普列姆昌德创作的人类共性。其中最常见的情况是把中国文化作为参照系,在中、印文化的比较中拓展思维空间,既深化对普列姆昌德创作的理解,又融凝着评论主体对自身生存环境和人生的体验与认识,甚至是一种从母国文化出发的立场观照评论对象,有时也会有牵强附会的嫌疑,但符合接受美学

---

① 《普列姆昌德评传》,第128页。

② 高鸿、王旭:“桃李无语,下自成蹊——北京大学文科资深教授刘安武先生访谈”,《国外文学》,2007年第2期。

的“联想意义”。如由对普列姆昌德的短篇《开心》中人物的服装引发我国西服盛行的议论[①];由《婚礼的遗物》主人公留学英国而弃妻另娶的情节,联想到中国20世纪早期留日学生更有过之的作为[②]等等。但更多的场合不是这种感想式的比照,而是获得“比较文化”的意义:超越研究对象进入中、印文化的比较,体现创作主体对自身民族文化的理性思考和现实时代的热情关注。

《饶恕》是普列姆昌德创作于1924年的一个短篇,写宗教冲突中一个穆斯林不计杀子之仇,饶恕并帮助仇人逃走的情节。《普列姆昌德评传》在分析这篇小说时,联系中国文化,探讨为何佛教传入中国,而印度教却不能传入中国的原因;并进一步比较公元前中、印历史上秦将白起和阿育王坑杀战俘后的心理状态,说明宗教对社会暴力的约束作用。再如分析《进军》中的和平斗争时,《普列姆昌德评传》对中、印历史传统加以比较,中国历史上的农民起义,近代的民族解放斗争都以暴力的方式出现;而印度历史上的农民造反起义少于中国,圣人和宗教领袖都倡导非暴力,有着强大的和平斗争传统。这样的比较分析,既能在更深的层次上理解《饶恕》中的宽容主题和《进军》中和平斗争的意义,又对中、印文化的特质获得具体、鲜明的认识。

第二,突破民族矛盾和阶级压迫的政治模式,从普遍人性的视角观照传主及其创作。普列姆昌德生活创作的时代是印度反抗西方殖民统治的民族解放运动此起彼伏的年代,也是阶级压迫、种姓歧视严重的时代,他的生活、思想和创作当然烙下时代的深刻印痕。因而,印度国内学界往往把普列姆昌德作为反帝反殖的民族代言人加以刻画,在“以阶级斗争为纲”的年代,我国学界往往把人简化为经济动物,把普列姆昌德视为贫下中农的代表。这样把人抽象为某一政治概念,失去了作为人的生动内涵和独特个性。

刘安武作为过来人,在当时的文学研究中也难免受时代的影响。在《普列姆昌德评传》的“后记”中他回顾道:“笔者对普列姆昌德的评论主要收集在《印度印地语文学史》中有关介绍他的章节方面。这本书是1984年整理、加工、补充文革以前讲课的讲义而成。虽然努力避免原讲义中以阶级斗争为纲的影响,但里面似乎还有残留。”[③]但在《普列姆昌德评传》中,我们看到:无论是对普列姆昌德生平思想的分析,还是对其作品的评论,都对民族矛盾和阶级压迫的政治模式有所突破,从人的本性上对人加以评说。

《难题》是普列姆昌德1921年发表的一个短篇,叙述一个从乡下来到城里某机关做杂役的小职员格利波,他诚实厚道、勤奋肯干、正直清廉,但他却工资最低,饱受同事欺侮和上司斥骂。但就是这样的老实人,逐渐学会了讨好同事、逢迎上司,博得他们的好感,进而发展到投机钻营、敲诈勒索。他既显出了精明能干,又活得非常潇洒自信,令人刮目相看。怎样理解格利波的变化?刘安武把过去的看法与现在的理解对比:“过去,我们对这种情况大惊小怪,把它归咎于地主阶级、资产阶

① 《普列姆昌德评传》,第192页。
② 同上书,第311页。
③ 同上书,第507页。

级。格利波是贫下中农，那他的问题也归咎到地主阶级、资产阶级的影响上面，贫下中农自己是清白、干净的，绝对没有这种剥削阶级的本质，我们过去就是用这样简单化的公式去套的。”[①]现在，刘安武从人性中存在的利己私欲角度来理解，认为人类是从动物演变而来，原始的动物性始终保留下来，正是这种利己私欲，“它就象是一种人类基因，在条件适宜的时候就会表现出来。我们这样看格利波以及我们这个经过‘改造’的社会上，各个已经不是原来意义上的阶级阶层的人物，其各种利己主义的权势欲所造成的各种后果就是顺理成章的事了。的确，正如作者的标题所示，这是不易解决的‘难题’。”[②]

这样的评论，是评论视角的完全转换。而这种人性的视角更符合普列姆昌德的创作原意。普列姆昌德的许多作品不是从“阶级意识”层面立意，而是从生活体验出发，表达对人性的探讨与困惑。象前述的《难题》一篇，标题就暗示了作家面对人性中强而有力的利己私欲和生活中“自然进化律”普遍作用的困惑：作为生命个体的人有一种天性中的利己私欲，而作为社会群体的人都希望相互关照，具有善良利他的高尚情怀；但在生活实践中，社会给人的报答不是以“善良德行”为尺度，而是以“力量（包括武力、智力、财力、魅力等）强度”为标尺，大而言之，人类社会的演进遵循的不是善有善报、恶有恶报的“道德因果律”，而是弱肉强食、适者生存的“自然进化律”。这种生命个体与社会群体的矛盾，人类美好愿望与历史规律的悖反，的确是人类无法解决的“难题”。

普列姆昌德的一些作品表现了对人性中的善良、真诚、宽容、慈爱、慷慨等正面质素的赞美，但更多的是对人性中的负面质素的反思。普列姆昌德以现实主义的艺术描绘，揭示人性中的虚荣、狭隘、嫉妒、报复、利己、贪婪等不太光彩的方方面面。对于这些“人性的弱点”，刘安武在《普列姆昌德评传》中论述道：“不要把这类弱点完全归咎到剥削阶级、压迫阶级、统治阶级身上而万事大吉，或者说归咎到这些阶级思想毒化的结果。是的，统治阶级和他们的意识形态对普通的人民群众的影响是很深远的，但是不是一切被统治阶级和阶层的人都是洁白无瑕的？试图消灭压迫和剥削的实验不少，但这种所谓剥削阶级压迫阶级的思想意识并未被抑制，反而层出不穷，所以需要从源头，即人性中去寻求善恶的本源。人性中本来就有善和恶的成份。”[③]这样的议论表明：《普列姆昌德评传》中的人性批评，不仅仅是一个视角的问题，完全可以理解为一种批评理论的自觉与运用。

根据现代学者的研究结果，人性中充满了各种各样的欲望，而人们对这种“人性欲望”又极为无奈和困惑。“太多的欲望造成灵魂的纷扰和不安静，太少的欲望又使人缺乏活力、无所作为；抑制欲望，使人陷入心灵冲突的痛苦，鼓励欲望，又容易使欲望膨胀而难以控制；禁欲，使人生变成了无情无趣的荒原，纵欲，人又会被欲望引向堕落的危途。对于欲望，人们常常很不情愿地处于这种两难境界之中，而在

① 《普列姆昌德评传》，第116页。

② 同上书，第117页。

③ 同上书，第173页。

两端之间摇摆。"[1]实际上,普列姆昌德的许多作品超越了现实的社会层面,进入到对人性欲望的反思和内省。也只有把人还原到充满人性欲望的人,"人"才获得内在的生命驱力和特定的本质,才成为有血有肉的具有独特个性的人。也正是这种对人欲的还原与内省,使得普列姆昌德的小说真正具备了现代的品格,因为对人性欲望的反思与内省、对人性欲望非理性层面的探索是现代文学的世界性主题与潮流。

第三,在"争鸣"中深化对传主及其创作的认识。我们以《普列姆昌德评传》中对长篇小说《妮摩拉》的评论为例子。《妮摩拉》描述了一个没有陪嫁的女性的悲惨命运,因而一般读者对作品意义的理解仅止于"批判社会流行的陪嫁制度"。但刘安武进一步探析这一制度的本质:"问题的实质还在于人的价值和地位观被扭曲。人的价值一旦不是以其人品、才德为尺度,而是以金钱为尺度(嫁妆即金钱的表现形式),那么婚姻关系就等于买卖关系。"[2]在妮摩拉悲剧成因的分析中,不仅分析了陪嫁制度、社会舆论、老丈夫孟西的狭隘心胸与夫权思想等客观的方面,还从妮摩拉主观方面加以探讨:"妮摩拉的悲剧从她主观原因来说,是她的软弱,她不敢反抗,不能勇敢地对付她所面临的压力和挑战。"[3]这样的分析虽然没有系统展开,是些点到即止的议论,但却拓宽了读者的思维空间,打开了通向作品另一幽深境界的隧道之门。

文学的表意功能诉诸于形象性的符号系统,在表意上能指与所指并非严格地一一对应,因而对同一作品或文学现象自然可能有众多的阐释,形成文学研究中的争鸣。争鸣有利于学术的繁荣,但具体到某一对象的争鸣,应该说不同的阐释有深浅的层次之分。《普列姆昌德评传》对普列姆昌德思想和创作的某些问题,以鲜明的主体意识提出与学界已有结论的不同看法,在争鸣中深化对象的认识。

普列姆昌德在小说中表现出改良主义的思想,这是大家都知道的事实。尤其在长篇小说《博爱新村》(汉译《仁爱道院》)中表现突出。但怎样评价这种改良主义思想?学界大多持否定态度。有论者对《博爱新村》主人公普列姆的行为和新村的描写评说道:"作者认为,只要善心的王公地主一声令下,农民就会时来运转,地狱也会变成天堂。在当时那样的社会条件下,那样的理想世界是完全不可能实现的,只不过是作者不切实际的天真幻想而已,也是普列姆昌德改良主义主张的具体表现。"[4]还有论者把普列姆昌德的改良主义与现实主义创作方法对立起来:"在普列姆昌德的长篇小说中,确实包含着空想的成分。在这方面,《仁爱院》显得尤其突出。其中有关仁爱院里人人自食其力并互助互爱的描述,肯定并非来自现实生活,而是出自作者善良的愿望……改良主义的空想势必损害现实主义的真实,这是事

① 张殿国:《论欲望》,云南人民出版社,1992年,第1页。
② 《普列姆昌德评传》,第227页。
③ 同上书,第231页。
④ 蒋家雄:"普列姆昌德的《仁爱道院》",《东方文学50讲》,贵州人民出版社,1987年,第256页。

实。"[①]而在《普列姆昌德评传》中,对普列姆昌德的改良主义思想是从肯定方面加以论证的。首先从"改良、改革、变革、革新"几个概念谈起,主要从20世纪20年代初印度的社会现实、思想潮流方面分析,再以20世纪绝大多数国家是以和平斗争方式取得国家政治独立的事实佐证,得出"变革或改良也是进步,和平斗争也是斗争"的结论,并且强调:"迷信武装斗争、排斥和平斗争是过去长时间的信条。看来,今后斗争手段主要是和平的斗争。"[②]

这样在不同观点的论争中求得对问题的深入分析,在《普列姆昌德评传》中随处可见。诸如甘地主义对普列姆昌德影响的问题,关于理想人物的评价问题,关于"理想主义的现实主义"创作方法的问题,普列姆昌德对待印度传统文化和西方文化态度的问题等,都结合具体作品的分析,在论及不同观点的基础上提出自己的看法。

① 吴文辉:"《仁爱院》与普列姆昌德的现实主义",《印度文学研究集刊》(第三辑),上海译文出版社,1997年。

② 《普列姆昌德评传》,第137页。

平凡之处不平凡

——论纳拉扬的自传《我的日子》

印度当代英语作家 R. K. 纳拉扬(R. K. Nanayan，1906—2001)在印度英语文学中占有突出位置，其作品已翻译成世界上近 20 种语言，也翻译成印度多种地方语言，在国内外产生了广泛的影响。2006 年 10 月中旬，印度文学院在纳拉扬的故乡迈索尔市举办了纳拉扬国际学术研讨会，有 27 个国家的学者与会。纳拉扬描绘的“摩尔古迪”小镇如同哈代的“威塞克斯”，福克纳的“约克纳帕塔法”一样，成为某个地域的象征。纳拉扬是南印度较早的职业作家，在上世纪 20 年代末就选择以写作为生。在 60 多年的写作生涯中，他尝试了多种文体：长篇小说、短篇小说、散文随笔，游记等。在 30 年代的印度英语小说家中，他是第一个写自传的人。[①] 他的创作形成了自己的独特风格：题材上日常生活化，少有波澜壮阔的戏剧性冲突及宏大的历史或政治主题；风格上幽默轻快，暗含讽刺；结构上与传统的宗教叙事文学有着内在的关联。纳拉扬的创作最突出的特征即是对政治与重大历史事件的疏离，对平凡生活的展示，在这方面，他的自传与创作具有同质性。读者在自传中可以感受到纳拉扬的个性，并会对其创作达到更深入的了解，虽然纳拉扬没有记录太多有关写作的背景资料，但他写作自传的方式本身就是创作的隐喻。

一、呈现平凡的个性

自传中涉及到的材料有自传事实、传记事实与历史事实，作者不同的做传目的和个性倾向使其对三种事实材料进行不同的取舍。纳拉扬的自传《我的日子》(*My Days: a Memoir*，1989)在处理这三维事实时，表现出重自传事实，轻历史事实的特点，自传事实呈现的是成长中的平凡琐事，历史事实则是轻描淡写。这与其创作风格相映成趣。

《我的日子》共 17 章：

第 1—4 章，童年生活。涉及到的人物有姥姥、舅舅、父母和哥哥。还有自己的宠物猴子和孔雀。

第 5—6 章，高中阶段与大学阶段的生活，侧重走上文学创作道路的过程，讲述自己如何大量阅读英国文学经典，同时表达了对美丽的迈索尔的喜爱之情。

第 7—10 章，大学毕业后短暂的工作之后，决定以写作为生。写作逐渐有所起色，作品在格林厄姆·格林的帮助下在英国出版。毛姆对印度的访问带来的迪万

---

① 1960 年纳拉扬出版了《我的没有日期的日记》，1975 年出版了自传《我的日子》。安纳德 1985 年出版自传，一直到 1995 年之后，其他作家的自传写作才多起来。

的重视。进入婚姻。

第 11 章,丧妻之痛。结识通灵的师傅,思想受到影响。走出阴影。

第 12—13 章,二战期间的经济困难时期,创办刊物的过程。

第 14—15 章,美国之行,《向导》的创作与电影改编。

第 16 章,对农业的兴趣。

第 17 章,晚年平静而规律的生活。

纳拉扬以平和风趣的笔触叙述了自己的生活:童年往事、学习生活、恋爱与婚姻和写作之路。从选取的材料看,似乎都是随意的回忆,是一些似乎没有深意的日常琐事。

作家的回忆由在姥姥家生活时自己的两个宠物(猴子罗摩和孔雀)写起,把读者带到特定的童年情境之中,塑造了一个单纯快乐的孩子。通过与动物之间的亲密关系,突出了童年的快乐美好。这种看似毫无目的的细节描写突出了一个趣字,使自传更具有可读性。如在舅舅为其拍照片时,他一定要拍上猴子和孔雀,为此颇费周折;又如小时候因为惧怕一个在宗教节日仪式中的重要人物,曾经藏到楼上,一直不敢出来,结果导致姥姥和舅舅四处寻找。这些描写突出了童年游戏性的心态,并没有道德或精神的启示意义。纳拉扬还坦诚风趣地交待自己的一些冒险行为及恶作剧,如在他的小说《向导》被拍成电影后,他曾经陪同导演去做宣传工作,在英国公映之前,导演想邀请女王参加首映式。纳拉扬陪同导演和编剧赛珍珠一起去联系。在女王的办公室,面对接待人员对作品中拉朱这个人物的相关提问,编剧语无伦次,求救地看着纳拉扬,但纳拉扬说,他在小说里写得够多了,不愿意再复述作品中的故事,故意置编剧于尴尬狼狈的境地。很多事件的描写都具有类似的特点,作者没有进行深入的阐释,去发现深刻的人生道理或教谕意义,只是进行了随意的记述。

可见,纳拉扬创作自传的目的并非要给人思想的或精神的启迪,更多的是叙述自己的生活情况,揭开一个作家的面纱。

当我们把纳拉扬记述的事实与他人写的传记及作家创作的有关情况相对照时,会发现纳拉扬在自传中忽略了许多重要的传记事实,有的完全省略,有的轻描淡写。纳拉扬写作自传的时候,创作已经成熟,主要的长篇小说都已出版并产生了影响力,其在印度文学中的地位也日益彰显。1958 年,他的长篇小说《向导》获得了印度文学国家奖(The National Prize),这是该奖第一次颁发给一部英语作品,1961 年获得印度文学研究院奖(Sahitya Academy Award);1964 年获得莲花奖(Padma Bhushan);在领奖过后,纳拉扬还曾经得到尼赫鲁的接见。然而在回忆录中,这些事情都只字未提,他如何获奖,获奖后的感受等都无从查考。另外一个事实是,在纳拉扬作品的发表过程中,英国作家格林厄姆·格林起到了重要作用,他的前三部作品都是在格林的推荐下出版的,但在回忆录中,纳拉扬并没有详细说明他们之间的友情,格林对他的评价及二人长期的交往。拉姆在传记《纳拉扬的早期生活 1906—1945》中,用了大量的篇幅追溯这个印度作家与英国作家格林交往的前前后后,对他们的书信大量引用,对格林评价纳拉扬的文字也进行了详细介绍。

两相对照，纳拉扬的省略更加突出。这种省略表现了纳拉扬朴实的个性，他不愿谈到曾经的荣耀，也不愿用名人来为自己贴金，因此对自己与大人物的关系并未大肆宣扬。

纳拉扬不仅省略了自己生活中这些外人看来重要的事件，对当时他亲身经历的一些社会历史事件也是轻描淡写。纳拉扬自传中涉及到的历史事实有西方宗教与印度宗教的冲突，民族独立运动，两次世界大战，但对于这些大事件、大背景，作者只是做了只言片语的描述。纳拉扬在自传第一章的结尾部分提到了 1916 年在马德拉斯举行的反罗拉特法案游行，但用不足百字的文字简单叙述了游行过程，远远少于在同一章中写到猴子和孔雀用到的笔墨；在第四章回忆小学生活时，还写到了参加童子军的事件，但作家的笔调近似调侃，主要描写的不是自己激动的情感和使命感，而是记录了自己每天为写需要上交的事迹日记绞尽脑汁的情景。至于后来的民族独立运动，印度的独立，印巴冲突，在他的自传中都找不到痕迹。写到二战时期，也只是作为一个时间的坐标，因为战争影响了他的写作，并没有对战争的深层思考。

在其叙述的成长经历中，历史事实所占比重少之又少，所涉及到的事实局限于个人生活的领域。作者对历史事实的忽略甚至省略，表现出他对外在的历史事件、社会运动的忽视，同时，也表明了他与时代之间相对松散的关系。这也决定了他的创作倾向。纳拉扬的作品集中于个人生活的领域，似乎未受到任何社会思潮、文学风潮的影响。他的作品一般是小题材、小人物，没有把写作的焦点放在社会政治问题上。在他的十几部长篇小说中，我们很难发现那个时代发生过的重大事件。纳拉扬从开始创作的 20 世纪 30 年代，直到 20 世纪 90 年代，印度发生了很多重大的历史事件：英国殖民统治、民族独立运动、印度自治、印巴分治、穆斯林和印度教徒的冲突乃至他们之间发生的战争，以及印度独立后的一系列震撼人心的事件，但纳拉扬的笔把这些事件都忽略了。因此，有些纳拉扬的研究者提出了纳拉扬的创作“非政治化”、“非历史化”的特征，比如奈保尔在他的“印度三部曲”中这样评价纳拉扬：“他（纳拉扬）从没有成为“政治”作家，甚至在风起云涌的 30 年代也不曾是。”[①]对这一创作选择，作家以其自传的写作本身进行了阐释。

总之，纳拉扬自传的叙述语气以及他叙述的事件，突出的是平凡的个性，他看重的是平凡的人生经历，强调的是日常生活经验，因此，对一些人生中的大人物、大事件并没有进行浓墨重彩的描绘。纳拉扬以朴实的笔墨，尽力地在向读者诉说他的平凡，这是很多作家自传中所没有的。这与其作品中一直塑造的南印度平凡的生活和人物构成了同质关系，表现出个人气质与艺术风格之间的一致性。

---

① ［英］V. S. 奈保尔：《印度：受伤的文明》（宋念申译），生活·读书·新知三联书店，2003 年，第 12 页。

二、揭开作家的面纱

研究自传的理论指出，自传具有忏悔录的性质，是认识自我的途径，也有人指出，自传是对自我某种身份的认同，“自传作家往往从特定的身份出发来再现自我”[①]。纳拉扬的自传属于后者。

纳拉扬写作自传时已是知名作家，他是以一个作家的身份来写作自传的，因此自传中突出了他成为一个作家的过程，描写了对他产生影响的环境因素和人物，勾勒了影响的谱系。这一特点使其自传具有了文献参考价值。而纳拉扬在回忆中并没有突出创作本身的神秘性，也没有强调自己的艺术天分，其对创作过程的轻描淡写揭开了一个作家神秘的面纱。

在回忆自己如何成为一个作家的时候，纳拉扬没有表现出对社会强烈的使命感，或者对文学艺术浓烈的情感，一切都被描写的自然而然。他呈现给读者的，是一个普通的爱好文学的青年自然而然地走上创作道路的过程。纳拉扬记述了自己在中学时期就养成了阅读习惯，阅读了泰戈尔的《吉檀迦利》，英国诗人拜伦、雪莱、济慈、布朗宁的诗，以及司格特和狄更斯的小说。在学生时期就开始练笔，还请同学、朋友品评，自费印刷自己的作品，邮寄给出版社。他的文学梦也经过了长时间的失败和挫折。在描述自己开始写作第一部作品时，纳拉扬的笔调非常平实。“漫步在班加罗尔的街道上，我梦想着，思索着，计划着。”[②]在一个姥姥计算好的日子，买了钢笔和笔记本，“我坐在房间里，咬着钢笔正考虑该写什么，摩尔古迪以及它的小火车站涌入眼帘，都是现成的，还有一个叫斯瓦米纳陀的人从站台上下来，看着人们的脸，然后对着一个长胡子的人做鬼脸。这似乎把我的写作带入正轨。日子一天天过去，写好的稿子越来越厚”[③]。这些记述给我们塑造了一个平凡的文学青年的形象。

纳拉扬对自己的创作过程没有多少分析，但有的时候他的叙述给人一种印象，那就是他的创作就是个人经验的记录，并不高深。如他回忆自己的大学生活，老师与同学的故事，而后指出，这些同学和老师后来都成为他小说中的人物；写到舅舅带他去结识客户，并给他提出写作建议，而后就说明舅舅及他的朋友成为他作品中某某人物的原型。这些叙述清楚地勾勒出艺术人物与真实人物的关系，揭开了其创作现实性的一面，也去除了创作中的神秘感，突出的是其创作的平凡。在没有人为作家写作传记，也没有其他资料时，他的自传为研究者提供了很多佐证。如英国著名的印度英语文学研究专家威廉姆·沃尔什就据纳拉扬的自传指出其创作具有很强的自传性，是个人经验的记录。

纳拉扬把自己的文学才能具体化为对日常生活的浓厚兴趣及敏锐的观察力，

---

① 《传记文学理论》，第 83 页。

② R. K. Narayan: *My Days: a Memoir*, New Delhi: Penguin Books, 1989. p. 76.

③ *My Days: a Memoir*, p. 76.

揭开了自己写作的奥秘。“我在周围的生活中发现了大量的材料。气氛和心情是最重要的。生活提供的材料多得足够让我不停地写。我可以一天写一个故事。”① 纳拉扬在散文和作品的序跋中,多次提到自己这一创作特点。曾经有记者问他怎样获得关于人物、故事的想法,纳拉扬回答说:“只是通过观察周围的生活……看,比如现在外面发生的一切,正有一个短篇故事在形成。那个看门的,那个司机,他们的争吵。你可以在这儿坐下来在20分钟内写一个有关他们的故事。”②纳拉扬更愿意把自己称为一个讲故事的人,一个在现代社会秉承了印度叙事传统的人。

然而,纳拉扬越突出自己创作的平凡,越让人感到其创作的神秘,毕竟生活琐事与艺术描写并非简单的文字转换,因此有人说,纳拉扬的写作风格,是“平凡之处不平凡”③。

三、作家思想的阐释

纳拉扬的小说叙事客观冷静,作家很少出现在叙事过程中,对故事或人物进行评价,因此,作品主题耐人寻味。在自传中,纳拉扬对过去的生活也很少进行评价,少有的阐释和分析的文字表现出纳拉扬的思想,这成为读者了解作家思想的重要媒介。从中可以看出其思想的传统性及与宗教哲学的联系。

纳拉扬的思想形成过程中,爱妻的去世是一个重要的转折点。在这之前,接受了西式教育的纳拉扬在思想上与传统的关系并不紧密,而且从家庭来看,他的父亲就是一个西化的知识分子,并因为类似英国绅士的作风与祖辈联系很少。纳拉扬自己选择了作家这一职业,并且自己选择了妻子,这在当时的南印度都属于脱俗之举。然而纳拉扬结婚仅5年后,妻子拉贾姆就染病离世。这一事件对纳拉扬打击很大,很久没有从悲痛中解脱出来。后来,他接触了一个通灵师,在神秘的仪式中接近了妻子的灵魂。纳拉扬在《英语教师》中对这个过程进行了详细的描写,虽然很多批评家指责这样的情节虚幻不实,但纳拉扬对通灵师的能力深信不疑。从此他走出了情感的悲痛,并对传统哲学产生了浓厚兴趣,甚至开始阅读梵文经典。在此之后,他的精神与传统哲学越来越接近。

对现实中的各种矛盾争斗,纳拉扬持有虚幻性的认识。在自传的第一章末尾作家这样写道:“古老的神庙依然屹立着,虽然交通拥挤了,出现了几层高的新建筑和门脸,但神庙的外貌没有改变。过去反对偶像崇拜与反对反对偶像崇拜的宣传都没有把它怎么样。”④在纳拉扬的笔下,古老的神庙就是精神的象征,外在的斗争和现实都如流水般消失不留痕迹,而它依然挺立。纳拉扬在回忆过去时表达了

---

① *My Days: a Memoir*, p. 92.

② Anvar Alikhan: “I am a boring fellow”, http://www.rediff.com/news/2001/may/14spec.htm, 2005.12.16.

③ V. N. Narayana: “Where the ordinary is extraordinary”, http://www.lifepositive.com/Mind/arts/new-age-fiction/malgudi.asp, 2006, 1, 7.

④ *My Days: a Memoir*, p. 14.

自己对现实的看法。

经过亲人的死亡之后，纳拉扬对生存与死亡形成了整体性的认识。传统的宗教信仰和精神解脱方式帮助纳拉扬走出了精神困境。此后，他对生存与死亡的理解，对现代社会的理解，都开始发生重要的变化。

纳拉扬不再对死亡感到苦恼，死亡对他来说，不再是灾难或痛苦，而常常变成了某种慰藉：

> 人必须习惯死亡，即使在活着的时候。如果你不得不接受生活，那你也必须接受死亡。一个人不能停止生活、行动、工作、计划，因为本能推动着我们不停地朝前（死亡）走去。也许死亡有其他的结构和存在层次。肉体因为疾病或年龄走向衰朽，只不过是生命的载体发生了改变。这种观念或许是不科学的，但它帮助我熬过了妻子去世之后的日子——虽然她离开我在哥印拜陀的时候，我非常思念她。但最终我仍然能够在她去世后坚持生活下去，而且还实实在在地获得了这种哲学认知。①
>
> 我们的天分被'现在'和'这里'所局限。对人性全面的观念，应从蜷缩在母腹中的胎儿开始，甚至从之前开始，扩展到无限。在时间条件下，我们平常的观念被局限于物质的视角，就像手电筒，只照到一点，其余都是黑暗。②

作家所表达出的哲学观念与传统文化精神是一脉相承的，传统哲学中的整体性思维与智慧成为他思想的闪光点。联系纳拉扬作品中流露出来的思想，比如《萨姆帕特先生》中室利尼瓦斯的个性和行为，《摩尔古迪之虎》中老虎拉迦的思想以及其他作品的主题，都可以在自传中找到阐释的依据。他对于传统宗教哲学的理解越来越深入，在创作中就表现出越来越多的宗教寓言色彩。

综观纳拉扬的自传，可以发现其个性、思想与创作之间的紧密联系，他通过自传虽然没有详细介绍自己的创作，但他自传的写作方式及其内容的选择，却表现了作家的个性及其文学观念和思想。他以平实的语言，塑造了一个平凡的"我"。很多见过纳拉扬的人在回忆录中记录了纳拉扬的平易，他缺少大多数作家的自命不凡，这就是他的个性。"纳拉扬作为一个作家是太简洁和直接了，当他说话的时候，话语听起来通俗而平常。没有聪慧的谈吐，语言的闪光或优雅的声音。在访问者之中，我自己发现了这个谈话者与那个写作者非常相近。成熟、稳重、没有瑕疵的简单。"③纳拉扬的创作也反映了他的个性，无论题材、人物都无甚惊人之处，都来自于日常生活，然而就是他所描写的日常生活，让印度读者感到如此熟悉，让境外读者认识了真实而非神秘的印度。他在自传中努力塑造的平凡的"我"，也烘托出一个并不平凡的印度作家的形象。

---

① *My Days：a Memoir*，p. 132.

② Ibid.，p. 145

③ V. N. Narayana，"Where the ordinary is extraordinary"，http://www.lifepositive.com/Mind/arts/new-age-fiction/malgudi.asp，2006.1.7.

从无名到知名

——论《无名印度人自传》之出版

1951年,《无名印度人自传》(*The Autobiography of an Unknown Indian*)在英国出版后,很快就被奉为同类作品中的经典,正如阿拉斯泰尔·尼文(Alastair Niven)所言:"……《无名印度人自传》是一部以自传形式撰写的极具历史价值的杰作。"[1]确实,这部自传为传主尼拉德·乔杜里(Nirad Chaudhuri)在西方文坛赢得了极高的声誉,并被认为是一部具有可观的文学价值的自传。从这个意义上讲,可以说从1913年泰戈尔获得诺贝尔文学奖之后,还没有哪一位印度作家在西方引起过如此广泛的关注。然而,与此形成鲜明对比的是,这部自传在印度遭遇了与西方截然相反的待遇,乔杜里受到印度同胞的鄙夷、甚至是谩骂,他与他的作品在此后相当长的一段时间里一直饱受误解与歪曲。正因为这部自传在西方与印度为作家带来了如此冰火两重天的迥异反馈,对这一现象背后的原因的探究也就因此具有了特殊的价值。

一、如何吸引潜在读者群?——吸引眼球的"无名"一词

《无名印度人自传》的一个显著特点就在于它标题中引人瞩目的"无名"(unknown)一词,当我们审视自传的功用时,不难发现,该词的出现是与之相悖的。在20世纪初,自传是一种为社会名流、文坛巨擘、历史杰出人物普遍采用的表述个人经历的一种文学形式,这一功用一直延续至今。由此进行逻辑推演,如果我们将《无名印度人自传》改为《尼拉德·乔杜里自传》,那么这个标题所产生的吸引力显然要比原来的减弱不少。因为许多潜在读者并不知晓尼拉德·乔杜里是何许人也,他们也就不太可能对这部自传产生阅读兴趣。因此,在这样的情境下,"无名"一词在标题之中的出现就显得既恰如其分又深具吸引力。也正因为作者的"无名",出版商在出版这部作品时特意在封面印上了这样的评价"这是一部由印度作家为英语世界的读者撰写的、前所未有而又令人印象深刻的著作"[2]。与此同时,乔杜里自己也宣称他的主要创作意图是"历史性的,因为我是以自己所能达到的绝对的诚实与准确性来撰写的,我脑海中的创作动机已经与对这部作品的渴望交织

① Alastair Niven: "Contrasts in the Autobiography of Childhood: Nirad Chaudhuri, Janet Frame and Wole Soyinka" in *Autobiographical and Biographical Writing in the Commenwealth*, Doireann MacDermott, ed., Spain: Departmento de Lengua y Literature Ingleasa, Universidad de Barcelona, 1984, p. 177.

② Nirad C. Chaudhuri: *The Autobiography of an Unknown Indian*. London: Picador, 1999, front cover.

在了一起,我希望将它视作自己对当代历史的一种贡献。"此外,他还对撰写此书的个人历程进行了如下的描述:

(我的自传)不过是20世纪典型的现代印度人的经历。当然,它是不凡的,甚至可能是独一无二的。我的个人记述可以看作是历史的证词,不过我并不相信它的价值就会因此受到削弱。恰恰相反,我总是被内心无法抑制的冲动驱使,赋予我对外在环境超自然的敏感。谈到与现代印度社会的联系,我更像是一架与地面保持联系的飞机。这架飞机永远不可能飞到至高处,因为它无法切断与陆地的联系,但是飞行使它获得了比在陆地上更好的视角。①

读者也就因此知道出版商与作者对各自都有很好的预期与定位。乔杜里创作这部自传的主要目的是将他的个人经历作为20世纪前半叶印度历史的缩影记述下来。因此,他在这部作品的题记中写道:

(这部作品是)对在印度的英国殖民统治的回忆,这场殖民使我们隶属于他们,并取消了我们的公民权;为此每一个印度人都抛出了这种挑战——'我是英国公民'——因为同样的英国统治塑造、发展并加速了我们之中存在的一切好的东西。②

正是以这样的方式,出版商与作者将这部自传的内容凸显了出来:一方面,这是一部关于印度的独一无二的个人历史;另一方面,"无名"的作者正在等待读者的发现。

从对这部自传的一系列宣传来看,我们不难发现,"无名"是出版商与作者刻意宣传与突出的特点,因为正如"无名"的传记作者一样,印度的历史文化对西方的读者而言也是神秘、未知、等待被发现的。至此,读者也许会想到如何在这部自传中体现出这种"无名性"呢?对此,笔者将在下文中一一阐明。

即便如果我们没有读到《无名印度人自传》中的作者前言与出版商的溢美之词,其中的"无名性"也能够清楚地从该书几个版本的封面中感受到。在英国皮卡德出版社出版的1999年版的封面上,我们赫然看到了一个皮肤黝黑的小男孩儿的形象,小男孩儿的脸庞连同他所处的背景都显得模糊不清,不过男孩儿身后的棕榈树似乎暗示了这幅图像的归属——印度。在2001年由《纽约时报》书评出版的该书封面中,我们看到了一个同样面孔模糊的棕色皮肤的人。反观同时期以及后世的一些自传,这类作品的封面通常是将传主的照片摆在显眼的中心位置,与此相比,《无名印度人自传》两个主要通行版本的封面中出现的深肤色的、面孔模糊的人就很容易让人联想到那时在英国殖民统治下默默"无名"的印度,也因此迎合了西方读者群的想象与期盼。

借助封面与出版商的宣传词,潜在的读者已经可以揣测出该书所要讲述的内容,此时,有意阅读此书的读者很可能会继续翻阅该书的前言与目录。

在前言中,乔杜里坦言:"读者被告知关于传主的脾气秉性等方面的信息,传

① *The Autobiography of an Unknown Indian*. p. viii.

② Ibid., p. vi.

主提供给读者一些对他们原本不熟悉的事物的看法，这些与之相关的知识使得读者能够接纳人际的平等。”[①]在这段话中，“不熟悉”一词与该书封面的“无名性”正相契合。到此时，读者很可能会暗自感叹这本书正是他们所期盼的。

纵观《无名印度人自传》的目录，这种独特的“无名性”也可以从该书不同寻常的结构中感知出来。法国著名传记文学研究者菲力浦·勒热讷（Phillippe Lejeune）在《自传契约》（*Le Pacte Autobiographique*）一书中这样定义“自传”：“当某人主要强调他的个人生活，尤其是他的个性的历史时，我们把这个人用散文体写成的回顾性叙事称作自传。”[②]如果我们用这一定义的标准来衡量乔杜里的自传目录，那么，结果很可能会令我们大失所望。并且，目录如此的标新立异可能还会引起我们的怀疑：这部作品究竟能否被称为“自传”？

从目录来看，首先，《无名印度人自传》被分为了四部分：“早期环境”、“最初十二年”、“教育”和“入世”，这四个部分彼此并没有明显的线性时间联系，从这个意义上讲，这本自传可以说是对传统的回溯式传记文学叙述方式的一种创新与挑战。该书第一卷被分为四章：《我的出生地》、《我的故乡》、《母亲的家乡》与《英国》，每一章都是以地点命名的。而从印度乡村到英国的巨大跨越很容易让读者产生错觉，误以为传主还曾到过英国。事实上，在乔杜里写作这本自传时，他从未离开过自己的祖国。因此，《英国》这一章节的标题给读者留出了巨大的想象空间。在第二卷中，第一章《我的出生、父母与早期岁月》看起来非常符合勒热讷对自传的定义，即“回顾性的叙事”，然而在接下来的几章中，作者笔锋一转，开始叙述《印度文艺复兴的火炬接力》与《进入民族独立运动》，从写作方式来看，这是一个从叙事到议论的突转。类似的转折也出现在该书的第三、第四卷中，章节的主题从《加尔各答》到《市民——学生》，从《加尔各答的人与生活》到《新政治》，作者甚至还将自己早期创作的两篇学术论文也列入其中。该书内容如此丰富，自然很容易使读者产生阅读兴趣。同时，这也反映出作者在取材上的跨度之大，他记录的是自己亲身经历和见证的事件，从而也摆脱了冗长的理论化与主观化的判断。除此之外，乔杜里还采用了多样的叙事手法，并采用不同文体创作，从这个意义上讲，这是一种对传统传记类作品的颠覆。作者并未采用线性时间化的叙述模式，而是取而代之地采用了三维立体的模式，“经常戏剧性地捕捉趣闻轶事与历史事件，随意聚焦或放大，在非时间顺序下记录与重构19世纪末20世纪初孟加拉的历史。”[③]

《无名印度人自传》对传统自传文学的又一挑战在于它与以往传主略显狭窄的视域——“个人存在”、“个人生活”与“个人经历”——形成的鲜明对比。这部作品中涵括的题材相当广泛，从个人生活到历史事件，从都市和乡村的风景到节日与社会生活，从文学到战争等等。除了书中涉及的广泛题材之外，在叙事风格上也是多

① *The Autobiography of an Unknown Indian*, p. vii.

② ［法］菲力浦·勒热讷：《自传契约》（杨国政译），三联书店，2001年，第3页。

③ Sudesh Mishra: “*The Two Chaudhuris: Historical Witness and Pseudo-Historian*”, *Journal of Commonwealth Literature*, vol. 23, No. 1 (1988), p. 9.

种多样，这使得这部作品介于自传与历史之间，成为两类体裁的完美结合，而“该书所记录的事实也具有历史意义，并兼具社会性与文化性”①。综上所述，这部自传“不仅仅是系列性的回忆，它还细节性地展现了一个时代的风貌，并剖析了印度民族身份的形成过程，它已经超越了传统自传的窠臼。”②

二、自传如何出版？——对成名的渴望

上文探讨的这部自传的两个独特之处皆起因于作者的“无名性”，也正因为如此，乔杜里可以自由地使用任何创作方法，而该书体现的这些相关的特点也同时暗示了这位默默无闻的作者对成名的渴望，关于这一点，他在晚年创作的又一部自传——《你的手，伟大的无政府主义者！》中有一段自述：

> 我不认为有人会对一个闻所未闻、毫无知名度的人写的自传产生兴趣。创作自传的决定只不过让我最终完成了它，并使它成为我公开出版的处女作。但是，最后我将这部自传的写作范围完全改变了。我所创作的正是我很难撰写的历史。③

很明显，通过完全改变自传的写作范围，乔杜里希望借此引起潜在读者群的关注。

现在，让我们再来考虑一下是什么使他最终下定决心来创作这部自传？关于这一问题的答案也可以从他在《你的手，伟大的无政府主义者！印度：1921—1952》中《自传的缘起》（“The Genesis of the Autobiography”）一章里得来：

> 沉睡的不满复苏，我不能够再漠视这一赤裸裸的事实了：虽然已将近天命之年，我还是一无所成，……当我产生自己将不久于人世并很可能会在两三年内死去的念头时，这种失败感变得更加强烈。④

正是在这种纠结的心态下，乔杜里产生了将自己的亲身经历以自传的形式创作出来的念头。可以说，在乔杜里的内心深处，成功的渴望与对生命即将完结的忧虑交织在一起，同时伴随着一种失败感，这些敦促他最终拿起了手中的笔开始进行创作。

当乔杜里完成了自传的近一半篇幅时，他开始担心出版的问题。对此，他写道：

> 没有作者能够在完全没有出版机会的情况下完成一部大部头的作品，因此，我也开始考虑

---

① “*The Two Chaudhuris: Historical Witness and Pseudo-Historian*”, *Journal of Commonwealth Literature*, vol. 23, No. 1 (1988), p. 9.

② Sukumar Muralidharan: “Evaluating a Century”, *Frontline*, vol. 14, No. 24 (1997), p. 43.

③ Nirad C. Chaudhuri: *Thy Hand, Great Anarch!: India*, 1921—1952, London: Chatto & Windus, 1987, p. 869.

④ *Thy Hand, Great Anarch!: India*, 1921—1952, p. 868.

出版的问题。我下定决心不把书稿交给印度出版商,因为我知道一部英语写成的作品在印度的出版不会受到多少关注,特别是对那些印度的读者,更不要说英语世界的读者了。我的佯装自信是没有意义的。没有一家印度出版商会愿意冒险出版一个无名印度作家这么大部头的作品。[①]

乔杜里舍弃印度出版商而选择一家英语出版商是寄希望于这部自传能够同时在英语世界与印度同时获得一定的关注。当然,做出这样的决定的另外一个关键因素是他选择的创作语言——英语,正是使用英语进行创作,使得他在英语世界受到了极大的好评和追捧,而在印度却遭遇了恶评。

三、出版后的余波——对《无名印度人自传》的接受

乔杜里将1951年他的第一部自传的出版视为他人生中"最至关重要的事件"[②],《无名印度人自传》的出版使得他"在印度受到了恶评,反而在英语文学世界中获得了一席之地"[③]。这部自传的出版在印度与英国获得如此截然不同的反应,其背后的原因发人深思。在所有复杂的原因之中,笔者在此仅就乔杜里在自传中流露的对欧洲与西方文化、印度文化传统以及英国在印度的殖民统治这几个方面为出发点,进行分析与探究。

读过《无名印度人自传》的读者一定对其中作者一再表露的对欧洲历史文化名人与巨著的崇敬之情记忆犹新,其中,乔杜里罗列了莎士比亚、荷马、但丁、弥尔顿等英语文坛巨匠的名字,还有卷帙浩繁的《不列颠百科全书》,他称这些人物与作品给他带来了"最难忘的经历"[④],并在不同的领域中给这位印度年轻人以知识的启蒙。作为一个土生土长的孟加拉人,直到中年,乔杜里都没有离开过故土,英语文学对他的影响并非直接来自于欧洲文化的摇篮,而是从他的家庭、教师与那个时代他能在印度找到的英语书籍中获取的。

乔杜里的父亲是一位律师、一个"个人主义者",他的主要兴趣是各种形式的改革,比如他对家庭的理解有别于印度普遍的"大家庭,更像是部落"的概念,而是一种西式的家庭观念,他认为"真正的家庭——由父亲、母亲与孩子组成——其中的每一个成员都有一定的重要性与适当的地位"[⑤]。父亲挂在墙上的图片与绘画也颇具改革性,总是充满了西方元素,例如"一张着色的拉斐尔的《椅中的圣母》的复制品"、"幼年的耶稣与一只羊羔坐在一起"的绘画还有"布尔战争的全景图"[⑥]等等。不仅如此,他的父亲还:

---

① Ibid., p. 870.

② *Thy Hand, Great Anarch!: India*, 1921—1952, p. 868.

③ Ibid., p. 871.

④ *The Autobiography of an Unknown Indian*. p. 292.

⑤ Ibid., p. 137.

⑥ Ibid., p. 27.

从安南达尔的字典开始学起,后来又读了钱伯斯的《二十世纪词典》,当福勒的《简明牛津词典》问世时,他是热切的购买者……。童年时我就看到父亲购买一些世界名著,比如《伊索寓言集》、《家中夜晚》、《鲁宾逊漂流记》或斯迈尔斯的《自救》,他将这些书通读几遍,又通篇用红、蓝笔作记号,既供自己也供我们使用。[1]

在父亲的熏陶下,乔杜里在孩童时期就已经沐浴在西方文化之中。不仅如此,乔杜里还从身边的人那里得到西方文化的熏陶,比如他的一位远房表兄将简·奥斯汀、夏洛蒂·勃朗特与乔治·艾略特的作品介绍给他[2]。

毫无疑问,英语文学对乔杜里的深刻影响还清晰地体现在了他的文风上,因为英语文学的细节与他早期的学识发展紧密地融合在一起。不难理解,来自英语世界的读者会在这部自传如此丰富的"互文性"中获得阅读的乐趣。同时,这些读者也会因哺育自己的西方文化对这位印度作家产生如此深刻、巨大的影响感到自豪。

由此,不难想象,《无名印度人自传》在英国出版后很快就受到了来自英语世界的喝彩,这部自传还被出版商送到了一流的评论家手中,"这些人在文学批评领域是举足轻重的人物"。很快"《伦敦新闻画报》就刊出了由约翰·斯奎尔爵士撰写的配有我(指乔杜里)的一幅大特写的一整版评论文"[3],"英国广播公司对此书也给予了格外的关注,一共做了四次专门的报道。"[4]甚至英国首相丘吉尔也认为"这是他读的最好的作品之一。"[5]

与此相反,印度公众对该书的反响截然不同,乔杜里的自传被视为是"反印度的",并由此引发了对乔杜里本人的巨大责难与非议。不过,尽管此书被贴上了"反印度的"标签,这并没有影响它在印度的销量。乔杜里将其归结为是"印度人对在印度用英语写成的书籍的独特反应"[6],他进一步解释道:

要是一位印度作家赞美印度,那么没有一个印度读者会愿意阅读他的作品,因为他说的都是不言自明的……与此相反,要是这样的赞美出自一位白人作家的笔下,那么印度读者会将其最大化地解读为对即便是印度人的敌人也不得不承认我们印度具有的优越性的证明。不过来自白人的攻击更会被视作一种扩大民族冤屈的绝佳方式,我的书只不过沾了这样一种接受方式的光。……这部作品在英国的出版和接受几乎将它的地位抬高到了与英国人攻击印度的著作相同的高度上。[7]

《无名印度人自传》在印度文坛遭遇的这种待遇使乔杜里被从政府服务部门扫地出门,并在印度被列入了作家黑名单之中。他从政府和全印度广播电台得到的养老金被剥夺,因此被迫过起了贫困的生活。

---

① *The Autobiography of an Unknown Indian*. p. 146.

② Ibid., p. 283.

③ *Thy Hand, Great Anarch!: India*, 1921—1952, p. 913.

④ Ibid., p. 914.

⑤ Ibid., p. 915.

⑥ Ibid.

⑦ Ibid., p. 920.

这部自传的题献可能是导致它受到印度评论圈最恶意的攻击的重要原因，其实，这段文字不过是对印度的皇权体系的嘲讽，用乔杜里自己的话说："这个题献其实是对英国殖民者对我们的不公正待遇的一种谴责"[①]。可惜的是，在第一次印度民族主义觉醒的群情激昂声中，大部分印度人都对乔杜里发出的辩解置若罔闻。

细心观察《无名印度人自传》，我们不难发现，作者在表露他对欧洲文学巨匠的无限钦佩之时，也同样对印度的文化英雄给予了同等的感激与尊敬，比如罗姆莫罕·罗易、迈克尔·莫突苏丹·杜特、班吉姆钱德拉·查特吉以及斯瓦米·维维卡南达，这些人是现代自由印度人思想最杰出的代表，能够与欧洲人进行平等的对话。

除了文学之外，乔杜里在自传中也同时触及了印度传统文化的方方面面。不过，仔细观察他对这些事物生动的描述，读者会发现当他谈到印度的节日、庆典或社会风俗之时，不论何时，他总会将其与西方文化进行比较，不管他的做法是有意为之还是无意识的，从某种程度而言，这都体现出他脑海中的目标读者群是来自英语世界的，而非其他的印度同胞。乔杜里的印度同胞喜欢保持内院清洁没有杂草，回忆起这一习惯，他说："即便草坪已经被修剪得极短了，这些短茬还是被认为是如同在英国社会中两天没刮的胡子般不合礼仪。"[②]另一个体现这种跨文化比较的例子是乔杜里对孟加拉的印度教教徒庆祝的最盛大的宗教节日的回忆：

> 我们的表演体现了这个仪式的一些宗教理念，即要有一位普度众生的母神与一位毁灭性的母神同时存在，还有女儿与母亲分离三天后又与母亲的团聚，这体现了一种极大的同情，它与珀尔塞福涅回到得墨忒耳身边体现的更深奥思想不同；另外，在庆典前夕还会举行武术仪式，下世的女神需要某些动物的血，这种祭祀的回报是信徒们会从女神那里得到力量，与之相似的还有雅利安人与印度、希腊和罗马人共享的更阳光的献祭仪式，即便是信奉基督教的佩特和济慈也会看懂仪式的一部分并表示惊叹。[③]

通过比较印度与英国或欧洲的不同生活方式，乔杜里向西方读者生动、独特地介绍了印度的传统文化，并更易为他的目标读者群理解和接受。与此同时，那些对印度人习以为常、烂熟于心的印度传统文化在乔杜里绘声绘色的描述中总是以一种"陌生化"的方式呈现给读者，这多少会帮助那些对此缺乏背景知识的西方读者对印度文化有更好的了解。通过这种方式，《无名印度人自传》像一座跨越印度与英国，东方与西方的文化之桥，加深了西方读者对东方的理解。

在《无名印度人自传》中，与乔杜里对印度半爱半恨的民族感情并行的是他对英国在印度的殖民统治的复杂态度。一方面，他表现得十分宽容，并因为肯定了英国殖民有益的方面而受到西方人的赞誉与印度同胞的谴责；另一方面，他又一针见血、毫不留情地指出了英国存在的弊端与没落。

---

① Nirad C. Chaudhuri: "*My Hundredth Year*", Granta: India! The Golden Jubilee, (57) 1997, p. 24.

② *The Autobiography of an Unknown Indian*. p. 14.

③ Ibid., p. 62.

比如，这部自传描写了在加尔各答生活的一些英国人的狭隘与势利：

他们(指在加尔各答市区的英国势力范围生活的英国人)总是对现代印度的新文化视而不见，不过，要是碰巧与这一新文化相遇，他们会表现出比本地的孟加拉人更大的敌意。[①]

我们从这段引文可以看出乔杜里在此表达的是他对英国殖民者对印度新文化狭隘、仇视的态度的不满。

不可否认，《无名印度人自传》是印度英语传记文学中的一部杰作，是印度与英国文化在交流与碰撞中产生的结晶。本文将关注点聚焦在这部作品的出版之上，通过标题中引人注目的"无名性"、充满异域风情的书籍封面、与众不同的目录、多样的叙事手法与包罗万象的题材审视了这部自传在传记文学作品中体现的独特性，借助作者与出版商在该书出版过程中使用的种种策略，我们也看到了作者对希望被读者接受与成名的渴望。

① *The Autobiography of an Unknown Indian*, p. 363.

传记文学对电影艺术的启迪

——论雷伊"阿普三部曲"的创作动机

1955年，印度电影导演萨蒂亚吉特·雷伊(Satyajit Ray，1921—1992)凭借处女作《道路之歌》(*Pather Panchali*)跃居影坛之上，并在世界各大电影节上将12项大奖收入囊中，在印度造成了巨大的轰动效应。次年，《不屈者》(*Aparajito*)出炉，又以8项世界大奖的成绩再次赢得举世瞩目。1959年，被誉为"阿普三部曲"中"最成功、最杰出、最动人和最重要的作品"[①]《阿普的世界》(*Apur Sansar*)问世，标志着雷伊电影创作生涯第一个三部曲的完成，并奠定了他在印度和世界影坛的大师地位。

20世纪40至50年代，印度电影产量一跃成为世界第二，但低迷的国际反响与其巨大的产量不相匹配，更刺激了印度影人赢得国际市场认可的渴望。随着雷伊在国际上"印度电影掌门人"[②]身份的确立，他在印度也迅速获得了空前的拥戴。《道路之歌》被印度电影界称为"第一部印度的电影"[③]、"印度第一部成熟的电影"[④]，"阿普三部曲"被看作印度电影和雷伊电影创作的里程碑。

这个奇迹是怎么发生的，雷伊在创作影片前的"动机"是什么？当人们向雷伊寻求答案时，这个一向重视"立言"的导演显得异常缄默。在回忆录《我与阿普一起的岁月》和长达几十万字的电影评论集中，雷伊也从未对此做出任何正面回答。他的态度暗示我们，答案或许早就暗含在影像之中。一个重要而鲜为人们提及的事实是，"阿普三部曲"有一个关于"自传"的神秘链接，这或许能为我们提供一些线索。

一、自传性的"真实故事"——影片的自传性因素

"阿普三部曲"讲述了阿普的成长经历。第一部《道路之歌》围绕阿普的童年生活展开。第二部《不屈者》讲述阿普少年时期的经历，以父母相继去世为核心。第三部《阿普的世界》中主人公因经历婚姻变故而四处游荡，最终在好友劝说下回到儿子身边，承担起父亲的责任。

阿普的经历源于一个"真实的故事"。因为，"阿普三部曲"改编自孟加拉现代

---

① Jonathan Harker: *The World of Apu*. Film Quarterly 13(1960), p. 53.

② John Russell Taylor (ed.): *Satyajit Ray*, Cinema: A Critical Dictionary, Vol. 2. New York :Martin Secker&Warburg Limited, 1980, p. 813.

③ Chidananda Das Gupta: *Talking about Films*, Bombay: Orient Longman Ltd, 1981, p. 55.

④ Andrew Robinson: *Satyajit Ray: The Inner Eye*, London: André Deutsch Limited, 1989, p. 83.

作家毗菩提菩山·班纳吉的自传性小说《道路之歌》和《不屈者》[①]。班纳吉小说的译者克拉克曾说："(班纳吉小说)的真实性、现实主义色彩和对细节的忠实来自于潜藏在文本中的自传基础。……事实上作者本人就是阿普。阿普的童年正是他自己童年的写照，阿普的环境正是他自己成长环境的翻版。"[②]雷伊也注意到小说的自传性因素，"作者(班纳吉)在农村长大，小说中包含了许多自传性的因素"[③]。

阿普的经历中也包含了雷伊本人的生活体验。他说："我在青春期的阿普和他守寡母亲的关系中找到认同，因为我也经历过那样的情境。……有意识或无意识地，或潜意识中我把自己的亲身经历与阿普联系起来。"[④]班纳吉原著中并未明确指出的母子冲突在雷伊影片中变成了情节发展的主线。如果说影片中班纳吉"真实的故事"是文学作品改编成电影时的自然"移植"，那么雷伊以亲身经历对原著进行"改写"则是他往班纳吉的"自传"书写中注入"自我"的突围。

在此基础上，第三个"自传"故事的介入则使影片文本变得更加复杂和难以捉摸。在《阿普的世界》中，雷伊"制造"了一个原著本没有的"真实故事"。阿普与好友布鲁久别重逢，在谈话时阿普提到他正在写作一本小说，并向布鲁讲述了小说的故事梗概。但是，布鲁却不无惊讶地问："那篇小说在哪里？这是你自己的故事！"[⑤]

三个层层相套的自传性"真实故事"，构成了影片"阿普三部曲"特殊的"自传性"神秘叙事结构。雷伊自如地出入于班纳吉的成长体验、他本人的生活经历和阿普想象中"自己的故事"之间，纪实与虚构的樊篱被打破了。这样精巧的结构指示着导演雷伊的"别有用心"。

二、真实与禁律

或许我们可以作这样一个假设，即雷伊在影片中设置这个精巧的"自传性"结构，是为了取悦投资商和观众，以获得更大的支持和认同。可是，如果把这个看似符合逻辑的假设放到当时印度电影业的客观环境下，我们就会发现情况与设想的恰好相反。关键就在构成影片"自传性"的"真实"上。

20 世纪 40 年代，受第二次世界大战的影响，印度电影工业发生了重大转变。制片商投资电影仅仅为了获取高利润的商业回报，英国殖民政府的严格控制又限

---

① 雷伊将班纳吉的小说进行了改编。小说《道路之歌》前 2/3 的内容构成同名影片的主体内容，小说《道路之歌》的后 1/3 和小说《不屈者》前 1/3 的内容构成影片《不屈者》的主体内容，影片《阿普的世界》是在小说《不屈者》后 2/3 的内容基础上改编而成。

② Bibhutibhushan Banerjee: *Pather Panchali*: *Song of the Road*, Tran. T. W. Clark and Tarapada Mukherji. London: Indiana University Press, 1968, p. 16.

③ Satyajit Ray: *Our films*, *Their films*, Bombay: Orient Longman Ltd, 1976, p. 32.

④ Gupta Das (ed.): *Satyajit Ray*: *An Anthology of Statements on Ray and by Ray*, New Delhi: Directorate of Film Festivals, Ministry of Information and Broadcasting, 1981, p. 43.

⑤ Satyajit Ray: *The Apu Trilogy*, Tran. Shampa Banerjee, Calcutta : Seagull Books, 1985, p. 115.

制了影片题材的多样化。因此从40年代末开始,印度电影转为以拍摄轻快的音乐剧、歌舞片和娱乐片为主,一时间无病呻吟、空洞无物的情节剧充斥银幕。到50年代,印度电影“演员职业自由化、影片内容公式化和制片人商业化”三个致命的弱点完全暴露出来[①]。显然这与“真实”有着巨大的不同。在这样的前提下,雷伊选择“自传性”的“真实故事”来构造他的影片,显然不是出于“合时宜”的考虑。

事实上,早在《道路之歌》问世前,雷伊就因为影片的“真实”不断受到否定和质疑。20世纪50年代初,当雷伊为影片融资四处奔走时,影片脚本不但没有获得制片商的赞誉与认可,反而饱受耻笑、横遭拒绝。而最直接的原因就是,这么一个没有爱情和歌舞的“真实”故事无法吸引票房,“谁会来看一个像那样的丑老太婆(指老姨母英迪尔)?”[②]。影片放映后,与雷伊本人“真实故事”相关的情节也遭到了人们的批评。“城里的观众因熟悉小说《不屈者》的情节而对(影片)大刀阔斧的删改表示不满;农村的观众则因母子关系的刻画而感到震惊,(因为)它与传统的甜蜜、奉献式的母子关系多么不一致啊。”[③]影片的“真实”会导致种种排斥与抨击,这一点其实雷伊早有预见,他对于当时印度电影业的情况也有清醒的认识,而“阿普三部曲”却致力于最大限度地接近“真实”。在剧本选择上,雷伊选择班纳吉的“自传性”故事,很重要的原因就是它“真实”。“我选择《道路之歌》是因为令这本书与众不同的一些品质:它的人道主义、抒情性以及它的真实之环。”[④]在影片拍摄上,为了使影片给观众的心理感受更为“真实”,雷伊在影片中使用了大量非职业演员,并杜绝给演员化妆,让他们素面上镜,本色演出。在剧本改编上,他对原著的取舍也是出于“真实”的考虑。除了以亲身经历改写原著中寡母和阿普的关系外,雷伊还对英迪尔的去世方式及地点、阿普对儿子的处置等做了以“真实”为基准的改编。

由于“阿普三部曲”的“真实性”,它还曾被两次“误读”。一次是来自影片的资助者,西孟邦政府官员罗易先生。他把“阿普三部曲”错当成记录片,还要求雷伊多表现“农村改革发展的成果”[⑤]。另一次是在1956年的戛纳国际电影节上,《道路之歌》作为故事片,却获得了该电影节授予记录片的最高奖项“最佳人文记录片奖”(Best Human Document)。“阿普三部曲”两次被“误读”成记录片,足见它的“真实”程度。

雷伊很清楚当时的印度电影不欢迎“真实”,也明白自己对“真实”的恪守触犯了当时印度电影的“禁律”。“拍《道路之歌》已经触犯了禁律,遭到了其他导演的警告。”[⑥]明知触犯禁律,却执迷不悔,雷伊坚持要做一个行业规则的僭越者,把初次拍摄电影的经历演变成一次与整个行业唱反调、“自寻死路”的炼狱之旅。雷伊对

---

① [印]伦贡瓦拉:《印度电影史》(孙琬译),中国电影出版社,1985年,第114页。

② Satyajit Ray: *My Years with Apu*, New Delhi: Penguin Books, 1994, p. 58.

③ *Our films, Their films*, p. 42.

④ Ibid, p. 33.

⑤ Chidananda Das Gupta: *The Cinema of Satyajit Ray*, New Delhi: Vikas Publishing House, 1980, p. 41.

⑥ *Our films, Their films*, p. 41.

于“真实”的执着、痴迷似乎已经超出了纯艺术实践的范畴，而带有欲说还休却异常坚定的“自我”选择的性质。这里我们似乎已经逼近了他“创作动机”的核心。为了更为清晰地找到这一“动机”的脉络，我们有必要进入影片的文本，从主人公阿普的“成长”经历中一窥端倪。

三、成长遮蔽下的“艺术自传”

如前所述，“阿普三部曲”是记叙阿普成长经历的电影。影片用顺叙的手法，从阿普出生之前一直娓娓道至阿普青年时期。但是，如果对影片的结构、拍摄视角和故事情节主线进行细致分析，我们就会发现，在阿普的成长经历中，雷伊对“自我”的指认无处不在。

首先来看影片的结构。有趣的是，虽然是记叙阿普成长经历的电影，《道路之歌》前 1/3 的内容看起来却与阿普“成长”无关，因为这部分涉及的是阿普出生之前的事情。与此类似，电影的回忆录《我与阿普一起的岁月》中第一章讲述雷伊童年、少年时期与电影结缘的经过，同样与“阿普三部曲”的拍摄无关。“阿普三部曲”由三部影片构成，如果说阿普出生前的事件占《道路之歌》的 1/3，那么它在整个三部曲所占据的比重则为 1/9；而《我与阿普一起的岁月》一书共分为 9 章，第一章正好也占据全书 1/9 的篇幅。如果说这样的暗示还不够明显，那么接下来雷伊的“指认”变得更为明晰。《我与阿普一起的岁月》第二章的章目只用了两个字“诞生”，而影片“阿普三部曲”中阿普的诞生也以“新章节”形式出现。阿普出生前的故事以老姨母英迪尔被赶出家门作为结束，此后的一小段电影画面中，我们看到姐姐杜尔伽在黑暗中静静地坐着，父亲哈瑞哈尔在走廊上踱步。虽然画面仍在流转，但情节却没有丝毫进展。接着，伴随一阵欢快的音乐，画面中情景赫然转换为晴朗的早晨，英迪尔在杜尔伽的陪伴下匆匆忙忙往回赶，无论在情节还是在基调上，这一幕都与此前形成了巨大反差，达到了“新章节”的效果。马上，邻居与英迪尔的对话揭开了这一转折的谜底，她对步履匆匆的英迪尔说：“快啊，看看你添了个多么可爱的侄儿！”[①]这里明确地告诉我们，阿普的诞生宣告了这个“新篇章”的开始。雷伊在此通过结构上天衣无缝的吻合，把阿普的诞生与自己电影创作的开始牢牢绑定在一起，似乎有意给观众留下“索引”的机会。

循着上面的思路，让我们从拍摄视角方面进一步考察雷伊的“自我”指认。阿普出生后我们先是在两个镜头中“看见”他：第一个镜头是在英迪尔的要求下，莎波迦亚掀开了盖住阿普的布，我们在中景镜头里通过英迪尔的眼睛看到了阿普；第二个镜头中英迪尔晃动摇篮，镜头慢慢摇近，我们再次通过英迪尔的眼睛看到阿普。两个镜头中阿普都在闭目沉睡，因此，他被动地通过他者的眼睛进入我们的视线，还没有主动表明“我”的存在。雷伊似乎是向我们暗示，他电影创作最开始有一个混沌期，艺术道路的明确并不是一蹴而就的。上述第二个镜头结束后，画面中阿

① *The Apu Trilogy*, p. 9.

普沉睡的脸随着摇篮轻轻晃动，6年过去了。这时，阿普以一种奇特的方式“登场”了。在我们第三次看见阿普之前，姐姐杜尔伽正试图弄醒赖床的弟弟，好带他上学。但是阿普蜷缩在毯子里不愿露面，于是杜尔伽拨开毯子上的大窟窿想抓住调皮的弟弟。正在这时，阿普一只睁圆的眼睛赫然从窟窿里露出来直视镜头。当镜头捕捉到阿普的目光时，阿普也正与镜头对视，这个在电影中极为罕见的画面似乎是一个有意犯下的“纰漏”。众所周知，电影是一门极富“伪装性”的艺术，影像构成的基本特征是隐藏起摄像机，使之充分“透明化”。所以演员直视镜头成为电影拍摄的禁忌，因为这会使观众立即注意到摄像机镜头的存在。更确切地说，是认识到影像中的故事不是自然而然发生的，镜头背后有个全知叙述者——导演在操纵这一切。此处雷伊“冒犯”了这一禁忌，镜头中别无旁物，只有阿普从窟窿里露出的一只大眼睛。当阿普在影片中第一次开眼看世界时，雷伊以视角重合这种极为刻意的方式表露他的用意，即在主人公阿普的视角后面其实是惯于隐藏的视角——雷伊本人的视角。

从这里开始，影片的拍摄视角发生了微妙的转换，阿普和全知叙述者（雷伊）的视角开始交替呈现。以莎波迦亚对杜尔伽大打出手一幕为例。我们先是通过镜头（全知叙述者雷伊）看见阿普躲在一堵墙背后忧心忡忡地看着。接着镜头中出现的母亲的打骂、老姨母的劝说、姐姐被赶出家门的情景，我们都通过阿普的眼睛看到。又如阿普看戏一幕。镜头中首先出现阿普聚精会神观看的画面，接着雷伊以一种经典的对切镜头的反转方式，让我们通过阿普的眼睛看到舞台上的悲欢离合。接下来的画面中阿普对着镜子往自己脸上粘胡子，以模仿戏里的主人公形象。这里“镜子”成为雷伊的伪装，我们通过镜子看到阿普，在同一时刻，阿普也通过镜子看到自己。通过镜子这一媒介，雷伊成功地再次使他的视角与阿普的视角重合。以上例子充分说明，通过全知叙述人（雷伊）的“叙述”与主人公阿普“自述”视角的交替呈现与重合，雷伊有意在影片中制造了同一的主体镜像召唤。通过主体镜像的重合，阿普的视角成为雷伊在影片中的“假面”，他巧妙地将阿普的“自述”变成了他本人的“自述”。

正如前文提到的，雷伊说“有意识或无意识地，或潜意识中”他“把自己的亲身经历与阿普联系起来”，这就提示了我们“经历”也必须成为一个考察对象。综观“阿普三部曲”的故事情节，5次死亡事件成为阿普经历的重心，也构成了整个系列影片的情节主线。我们就从5次死亡事件出发，探寻雷伊“自我”指认的路径。

班纳吉原著中有近300个人物，雷伊将其改编成电影时只留下了30多个，而最主要的故事情节都围绕着6个核心人物发生，即：阿普、老姨母英迪尔、姐姐杜尔伽、父亲哈瑞哈尔、母亲莎波迦亚和妻子阿帕尔纳。影片中后5人均相继死去。毋需细品我们便可以发现盈溢于影像中的死亡哀伤。但是，雷伊在影片中着意表现的却并非“哀其不幸”的悲悯，而是阿普从一次次死亡事件中吸取的“成长”养分。

第一个死去的是英迪尔。影片一开始她已经80高龄，寄居在阿普家打发残年。然而家庭的极度贫困使她构成了阿普生存的潜在威胁。当“孩子们连一天两顿饭都吃不饱”[①]的时候，赶走她成为母亲莎波迦亚保护孩子最后的选择。因此，当她在竹林里悲惨死去后，我们发现虽然家里贫困依旧，但盘子里的米饭显然开始有所富余。英迪尔的“死”换来了阿普的“生”。

第二个死去的是杜尔伽。杜尔伽是个典型的乡村女孩，她不幸夭折前一直是弟弟阿普的照顾者。除此之外，她的行为更多地与“结婚”联系在一起。杜尔伽去世时仅仅十二三岁，但她却早早萌生了结婚的想法。她不但没有反抗童婚制将在自己身上上演的悲剧，反倒甘愿成为这个封建愚昧制度的牺牲品。因此，她的死亡成为阿普成长的转折点。临终前，她把阿普叫到床前说：“等我好一点的时候，我们再去看一次火车，好吗?”[②]这个细节彰显了杜尔伽临死前她与阿普地位的改写。此前阿普处处依赖杜尔伽，这里阿普从“依赖者”变为“被依靠者”，在成长的道路上迈进了一步。

第三个死去的是哈瑞哈尔。他是一个不切实际的婆罗门，一个“缺席”的父亲。传统在他身上根深蒂固，由于出身于婆罗门种姓，即使家道衰落，食不果腹，他仍然像祖先一样生活，除了偶尔为之的祭祀工作，就是做梦和写诗。影片中有一幕少见的父子同在烛光下学习的场景，哈瑞哈尔一边写戏剧，一边给阿普听写。他让阿普写在石板上的是：“一只鬼！ 救命!”[③]即便这个时候，他仍然表现出不切实际的一面。试想，如果不是突然辞世，哈瑞哈尔一定会让自己的命运在阿普身上重演，阿普成长的链条只能在传统的阴影下断裂。因此，虽然父亲的死亡会给阿普带来无可挽救的精神损失，但对他的成长却是有益的。

第四个死去的是莎波迦亚。她是一个典型的旧式母亲，对儿子无限关爱。但丈夫死后，她的母爱变成束缚阿普成长的绳索。莎波迦亚“爱”阿普的方式表现为把他留在自己身边。所以当阿普获得奖学金，即将去加尔各答深造时，她第一反应是阻止儿子，甚至不惜动手打他。当阿普假期结束准备回校时，她故意让阿普错过火车，继续在乡下陪伴自己。她传统而自私的母爱成为阿普成长过程中最难以跨越的障碍。因此，雷伊塑造的阿普“在母亲死后反而觉得放松了”。[④] 母亲的死亡给阿普带来了成长的释放。

最后一个死去的是阿帕尔纳。阿帕尔纳让阿普经历了一次短暂而甜蜜的婚姻，但她与阿普的结合本来就是封建迷信的产物。从源头开始，这段婚姻注定了悲惨的结局。好友布鲁邀请阿普参加表妹阿帕尔纳的婚礼，不料新郎在婚前意外发疯。按照传统习俗，如果阿帕尔纳不能在婚礼吉时前找到另一个新郎，她将受到诅咒永远不能再嫁。经不起布鲁的一再请求，阿普成为了新郎。然而正如他拒绝布鲁时所说：“难道你们仍旧生活在黑暗时代吗?”[⑤]这段婚姻成为阿普向蒙昧的封建观念妥协的产

---

① *The Apu Trilogy*, p. 34.

② Ibid., p. 50.

③ Ibid., p. 23.

④ Satyajit Ray: *My Years with Apu*, New Delhi: Penguin Books, 1994, p. 90.

⑤ *The Apu Trilogy*, p. 23.

物。阿帕尔纳的死去其实是让阿普从封建观念包围下解脱出来。她的死去直接促成了阿普对自己作为一个成人的重新思考。在经历了激烈的内心斗争后，阿普担当起父亲的责任，完成了从一个青年到成熟男人的成长蜕变。

如果我们按照以上思路对5次死亡事件做一个顺时排列，那么不难发现，在亲人们相继死亡的过程中，阿普怯弱的形象在褪色，一个有自己独立人格的、敢于担当的"成人"在形成。让我们回到本文第一部分提到的阿普写"自己的故事"那个场景。在向布鲁叙述了他小说主人公(即阿普自己)的经历后，阿普作了一个总结。他说："当他受教育时，当他遇到阻碍时，我们看到他摆脱旧迷信和传统观念。他必须运用自己的判断力。他决不能盲目地接受任何事物"。[①] 通过阿普的"自述"我们可以看见，雷伊并没有把阿普塑造成为一系列死亡事件的受害者，反而通过死亡事件将他塑造成"传统"和"旧迷信"的僭越者。

联系雷伊在创作"阿普三部曲"的过程中为自己选择的"僭越者"姿态，我们不难发现雷伊塑造的阿普与他自己惊人地吻合。通过阿普的"宣言"，雷伊巧妙地使影片文本出现了一次倒置与反转，主人公阿普对自己成长的总结成为雷伊本人电影创作的"宣言"。凭借阿普这个角色的"面具"，雷伊明确地将自己艺术成长过程中的阻碍和他克服障碍的态度呈现出来。阿普"不盲目"地接受任何事物，指向雷伊自己"不盲目"地承袭宝莱坞影片的梦幻模式；阿普反对一切"旧迷信"和"传统观念"，指向雷伊自己对印度电影潜规则的抵制；阿普坚持"运用自己的判断力"，指向雷伊树立自己艺术原则的雄心。1958年，在一篇谈论印度电影状况的文章中，雷伊指出："一个真正严肃的、有社会责任感的电影导演决不能退缩到乌托邦中。他必须面对现代(社会)现实的挑战，审察事实并挖掘它们，从中进行选择并将它们转换成影片。"[②]也就是在同一篇文章中，他明确地认识到试图撼动印度电影潜规则和正统观念无异于"自寻死路"。而1958年正是"阿普三部曲"最后一部《阿普的世界》拍摄之时，也是阿普写"自己的故事"和喊出自己"宣言"的年份，是阿普完成最后一次死亡经历的年份。从影片死亡事件对阿普的真正"意义"，我们可以体味雷伊对"自寻死路"的回答：死亡是成长的必然代价，死亡也能创造成长的契机。在现实生活中，雷伊比他的主人公更为明确而顽强地追寻自己的理想，去试图书写、创作一个符合自己"判断力"的艺术图景。伴随着一幕幕影像的流动，雷伊与阿普一起完成了"成长"，最后一起写下了"自传"。

让我们第三次回到阿普写自传体小说那个别有意味的电影片段，回顾一下布鲁的疑问："那篇小说在哪里？这是你自己的故事！"雷伊在这里用到了 boi 这个词，它在孟加拉语中不仅仅有"小说"的含义，也是"电影"的通俗用词。印度学者甘古里认为，此处雷伊是用这个特殊的词为自己的影片"签名"。[③] 其实这也可以看

① *The Apu Trilogy*, p. 115.

② *Our films, Their films*, p. 41.

③ Suranjan Ganguly: *Satyajit Ray: In Search of the Modern*. Lanham: Md. Scarecrow Press, 2000, p. 16.

作雷伊对影片创作动机的袒露："那个影片在哪里？这是你自己的故事！"与阿普写下的小说一样，雷伊创作的"阿普三部曲"同样是"自传"，是他的艺术自传。

雷伊的"阿普三部曲"既是他电影艺术创作的早期尝试，也是印度电影"艺术与真实融为一体"的开先河之作。在"阿普三部曲"诞生之前，印度电影已经走过了近50年的发展历程，但它仍然被看作"第一部印度的电影"，可见其对于印度电影新时代的开创性意义。然而，20世纪50年代，当雷伊作为一个新导演开始电影创作时，即便他深深地认为"将艺术与真实融为一体最后终将有回报"[①]；他也无法预见自己能成为先行者，逾越彼时看来无法填补的、商业电影与艺术电影间的鸿沟。所以他说"我曾经以我卑微的方式实践它，有时发现它是希望渺茫的"[②]。他所谓"卑微的方式"，在"阿普三部曲"中，就是以自传性的文本来承载、实践他的"真实"艺术原则，又以一个精巧的成长故事和主人公的"自传"写作营造起艺术创作的"自传"。这一匠心独具的叙事策略既成就了"阿普三部曲"的动人影像，也成为我们解开雷伊创作动机之"谜"的灵感源泉。

① *Our films*, *Their films*, p. 43.

② Ibid., p. 41.

真实和朴素是传记文学的本源

——读阿扎德的《生命之水》

19 世纪中叶，印度文学开始了现代文学的进程，一部分印度作家在西方文化、文学的冲击与影响之下，试图通过对传统文学经典的评介来回应时代之声。此时的乌尔都语文学中，出现了穆罕默德·侯赛因·阿扎德（Muhammad Husain Azad，1830—1910）创作的《生命之水》，作者在书中对 12 世纪乌尔都语产生以来的众多诗人予以了评介和定位，全书洋洋洒洒 500 余页。作为乌尔都语现代传记文学乃至现代文学的奠基之作，《生命之水》在乌尔都语文学史上具有不可忽略的地位。对这部原典文献的文类特征和创作方法的解析，将有助于我们了解和认识印度现代传记文学，也有助于我们了解、认识和发掘东方众多不同语种的传记文学。

一、阿扎德与《生命之水》

阿扎德是作者的笔名，意思是"自由的"，作者的本名是穆罕默德·侯赛因，在文学史上其全名为穆罕默德·侯赛因·阿扎德。阿扎德 1830 年生于德里，他的父亲毛拉维·穆罕默德·巴奇尔毕业于英属印度现代教育的摇篮——德里学院，曾供职于英属印度政府宗教事务部门。早在 1837 年，巴奇尔就创办了北印度第一家乌尔都语报纸《德里乌尔都语报》。阿扎德 16 岁时进入德里学院学习，4 年后毕业。之后跟随父亲办报，协助父亲处理出版事务。在 1857 年的印度民族大起义中，由于巴奇尔站在起义队伍一边，效忠于莫卧儿最后一个帝王巴哈杜尔·沙。起义失败后，他被英属印度当局逮捕并被处以极刑。此后阿扎德便开始了若干年颠沛流离的生活。1861 年他来到拉合尔，在邮政局找到一份工作。1864 年拉合尔国立学院建立后，经 G. W. 莱特校长举荐，阿扎德在那里教英国人学习乌尔都语。1865 年，英国人建立旁遮普学会（Anjuman-i-Punjab），其宗旨是试图以西方文化影响本土文化。阿扎德积极投身其中，深得统治当局的信任，曾随官方代表团赴中亚和印度国内一些大城市访问。1867 年，他被任命为旁遮普学会秘书长，为学会主办报纸，同时还负责编写教科书《印度的故事》，后担任国立学院的助理教授。

至此，1857 年印度民族大起义失败以来压在阿扎德心头的乌云彻底驱散了，他成为了印度知识阶层里接受英国人的统治和西方文化的精英。1874 年 5 月，他在旁遮普学会发表了关于改革乌尔都语诗歌的演讲，召唤文学界追随英国文学的传统。阿扎德极为重视外国文学对本民族文学的影响，积极倡导吸取其他国家和民族的优秀文学遗产。他从 1875 年开始翻译介绍英国的文学理论著作，1880 年出版了《思维的奇观》，继续为改革乌尔都语文学振臂呼喊。《思维的奇观》是一本包括13篇文章的乌尔都语集子，均是依据18世纪英国文学评论家艾迪生、约翰逊和作家斯梯尔的文学评论所写的。同年，阿扎德出版了他的传世之作——《生命之水》。他的另一部著作《波斯诗人》完成于1887年，但时隔20年之后于1907年才得以出版。《波斯诗人》论述了梵文和波斯文的渊源，介绍了伊朗的文化、古迹和社会生活，重点评介伊朗诗歌和散文。阿扎德还于1887年创办了“阿扎德图书馆”，为此获得了官方授予的“学术泰斗”的封号。1898年，他的鸿篇巨制《阿克巴尔王宫》出版，全书850页，记录了阿克巴尔大帝宫廷的内幕。阿扎德晚年极为不幸，在经受了两个儿子相继死亡的打击后，他最宠爱的女儿也突然去世，他的住宅也被大火烧毁。在一个个突如其来的不幸的强烈刺激下，他患上了神经性疾病。最初是间歇性的，在生命的最后几年里，清醒的时间越来越短，大部分时候处于疯癫状态，最终于1910年在拉合尔去世。

据伊斯兰教传说，人喝了生命之水后可获得永生，先知黑哲尔便是因喝了生命之水而长生不老，一直为迷路人指引正确方向。阿扎德之所以将自己的作品定名为《生命之水》，这是因为在他看来，保护一个民族的文学就像人本能地保护自己的生命一样，为了乌尔都语文学的继续发展，他要奉献出这部象征能使生命永存的作品。

《生命之水》的书名后有一个副标题：著名乌尔都语诗人的生平并分年代叙述语言的发展和变化。该书没有分章节，从内容上分为两大部分。第一部分为乌尔都语语言史，波斯语对印度伯勒吉方言的影响和乌尔都语诗歌史，占全书八分之一的篇幅。第二部分是对各个时期的乌尔都语诗人的评介，也包含有对语言发展和诗歌的讨论，这一部分按时间顺序分为五个时期。《生命之水》是一部全面论述乌尔都语诗歌的形成及其发展过程的著作，作品对包括阿米尔·霍斯陆、穆罕默德·瓦利、米尔·特基·米尔、米尔扎·穆罕默德·勒菲·苏达、哈佳·米尔·达尔德、米尔·古拉姆·哈桑、纳西赫、阿迪希、穆罕默德·易卜拉欣·佐格、阿瑟杜拉·汗·迦利布、达毕尔和温尼斯等在内的30位著名诗人以及他们的创作做了详细介绍，以各位诗人所处的各自的历史时代为背景分析他们的创作，确定他们在文学史上的地位。因此，它可以说是一部融语言史、文学史和传记文学为一体的作品。

把《生命之水》列入传记文学作品的文类的理由：一是作者对文学史上几乎所有重要的诗人都作了较为全面的介绍，并对他们的创作给予了中肯的评价。虽然传记文学和文学史属于两个不同的文类，而《生命之水》呈现在我们面前的是一个文类共生并置的现象，这很可能也是许多其他语种最初的传记文学作品所具有的共同现象。众多诗人在阿扎德的笔下成为一组组以历史进程为背景摄制的集体群像，他们被平实地记录下来，毫无虚构；二是这部作品语言规范，在当时乌尔都语文学由诗歌一统天下的情况下，其文字优美、语言流畅的风采透露出浓郁的艺术特色。这在当时不仅显得弥足珍贵，而且为之后乌尔都语散文的发展奠定了坚实的基础。阿扎德把诗人的文学活动放置在一个不断演进的历史平台上，以生动的语言描述他们的生活轨迹和创作情感，使读者不仅对传记对象的作品有了深入的了解，而且也对他们的人格和禀赋有了更多的认识，从而获得更多的人生感悟和启迪。

在阿扎德之前，乌尔都语文学史上没有传记类和文学史类的作品。虽然18世纪初乌尔都语诗人米尔写有《米尔自述》和《诗人评点》，前者是一部自传，后者是他传的一种，自传和他传的传主都写的是乌尔都语诗人，但两者都是用波斯语写就的。

阿扎德究竟从何时开始构思《生命之水》已不可考，然而可以肯定的是，他的这一想法在与乌尔都语大诗人佐克的交往过程中便已萌生。他曾说，他在每一次与佐克喝茶聊天时都把对诗人的所见所闻说给他听。1857年大起义后，阿扎德穷困潦倒，颠沛流离，但到勒克瑙后他还坚持收集各位诗人的情况，可见他对创作一本有关诗人的著作一直保持着兴致。[①]

阿扎德在《生命之水》的序言中曾谈及撰写此书的目的：

新一代受了教育的人的头脑接受了英国灯光的照射，对我们文学创作的缺陷颇有微词。他们既不了解任何诗人的生平，不知道他们的性格、习惯和生活方式，也不懂得他们的诗歌的奇妙之处和良莠之分，更不明白他们所处的时代和他们的诗歌中的哪些话语之间有什么关联。极而言之，连他们的生卒年月都不知道。”[②]

总之，上面这些想法催促我将我所知道的那些先辈们的情况，或者是他们在不同的场合所说到的独特的内容收集在一起整理出来，尽可能地做到展现他们栩栩如生的生活画面，以使他们的生命永驻人间。赞美属于真主，在很短的日子里，我梳理好了散乱的思绪。于是，我将这本集子定名为《生命之水》。[③]

二、纪实是《生命之水》的“本手”

《生命之水》是乌尔都语文学史上第一部以真实史料为基础创作的传记文学原典，具有鲜明的个性特色。无论是从历史的角度和传记的角度，抑或是从语言学和文学的角度来审视，它都是一部具有开拓性意义的著作。传记文学作品的文类很多，创作手法自然也是各异。尽管如此，如同下棋有“定式”和“本手”的道理一样，传记文学也有它自身的规则和手法。“定式”是可供借鉴的一般经验的概括，“本手”是棋手自身独有而又得到了外界普遍认可的最得当的一手棋。棋手若能充分掌握“定式”并合理运用“本手”，下棋的胜算就会高。对传记文学而言，真实便是它的“定式”，而如何达到真实则是不同传记文学作者各自的“本手”，舍此二者便不能产生成功的作品。传记文学作品的真实，既不是仿真，也不是逼真，而是一种原初的或原始的真实，与虚构性作品中的情况不同，它是不能够凭借想象力描绘出来的。而《生命之水》正是充分体现了传记文学作品的这种纪实特色。

---

① ［印］穆罕默德·侯赛因·阿扎德：《生命之水》，拉合尔古拉姆·阿里家族出版社，1954年，第151页。

② 同上书，第4页。

③ 同上书，第4—5页。

为了真实地展现诗人的创作情况，一方面，阿扎德或通过亲自与诗人交谈，或通过书信往来收集与诗人有关的第一手材料；另一方面，在创作方法上，他仅对相关材料作文字的润色，但从不添枝加叶。他在《生命之水》中叙述了一个保护原始材料的故事。阿扎德的父亲与佐克关系亲密，他本人自幼便深受佐克的影响，在20年的时间里，佐克对他耳提面命，他认真聆听指教，受益匪浅。[①] 民族大起义失败后，落难中的阿扎德一家被勒令离开自己的住所：

获胜的军队的士兵们突然钻进了住所，他们端着枪，叫我们赶快离开这里。世界在我的眼前变得一片漆黑，整个房间摆满了东西，我惊讶地站着，不知该带走什么。我的目光落在他的一捆厄扎尔[②]诗歌上，我对自己说，穆罕默德·侯赛因，如果真主是仁慈的，你能活着的话，那么一切都会过去。但是，能写这些厄扎尔诗歌的大师再从何而来呀？现在只要他的名字还活着，这也只能依靠这些诗歌，它们存在，即使他死了也仍然活着，它们没了，他的名声也就没有了。我抱起那捆诗稿，夹在腋下，撇下装饰豪华的住宅，与22个吓得半死的妇孺孩童离开了这里，离开了这座城市。[③]

由此可见，在阿扎德眼里，有关诗人的真实记录是与他自己的生命一样不可舍弃的财富。

下面我们简略论述阿扎德对霍斯陆等诗人所作的真实和详尽的描述。

霍斯陆是一位有着出色的创作才华的学者，在诗歌园地里他不仅用波斯语写下大量的叙事诗，也用印德维语（乌尔都语或印度语的别称）进行创作。他创作的谜语诗、对句诗、字谜诗和隐语诗，通俗有趣，为老百姓喜闻乐见。妇女在庆祝雨季时所演唱的许多歌曲便是出自霍斯陆之手，其中既有适合已婚女性的，也有适合未出嫁的姑娘的。而这类作品又与作家本人平易、谐趣的性格密不可分。阿扎德在《生命之水》中叙述了一个故事，讲述霍斯陆为了讨水喝为四位打水的姑娘编写谜语的经过。四位姑娘得知讨水者便是大名鼎鼎的霍斯陆后，分别提出了编写关于酸奶、纺车、鼓和狗的谜语的要求，并坚持，如果霍斯陆不编出谜语来，她们就不给他水喝。于是，口渴之极的霍斯陆脱口而出："为做酸奶烧纺车，狗食之后忙敲鼓。"在乌尔都语中敲鼓一词有寻找的意思。因此谜底是"没了"或"没得到"的意思。[④] 通过这个故事，阿扎德为读者呈献了一个平易近人、聪明睿智，又识人间烟火的诗人。

阿扎德将诗人的性格看作是诗人的人格，因而他在《生命之水》中特别注重真实地记录和描绘诗人的不同性格。阿扎德说："苏达和米尔等先辈诗人在我们心目中的崇高地位在现在的人们心中是没有的。究其原因，答案就是他们的经历与时代的沧桑把他们的诗歌像他们身上的服饰一样呈现在我们面前，这一点当代人是看不到，也感觉不到的。说实话，正是由于他们的性格和特点，苏达才成其为苏

① [巴]菲亚兹·迈哈姆德、伊巴德特·巴勒尔维主编：《巴印穆斯林文学史》第9卷，巴基斯坦旁遮普大学出版社，1972年，第309—310页。

② 波斯语和乌尔都语诗歌的一种诗体。

③ 《生命之水》，第457页。

④ 同上书，第74页。

达，米尔才成其为米尔，否则，谁想试试取这样的笔名，那一定不是苏达，而是疯子；也不是米尔，而是一张不起眼的扑克牌。”①

关于米尔的高贵品格，《生命之水》中讲述了这样两个故事。在初到勒克瑙的时候，米尔曾准备了一首厄扎尔便径直前往参加一个诗会。然而当时的勒克瑙人并不认识这位在德里鼎鼎有名的诗人，加之他的不修边幅和满不在乎的神态，使得他在诗会上遭到了戏弄。有人用讽刺的口气问他来自何处，有何贵干。米尔即席赋诗一首：

> 呵，东边的人！为什么要询问我的来路，
> 把我这个陌生人冷嘲热讽？
> 德里，世界上一个了不起的城市，
> 那里居住着了不起的人们。
> 苍天已将它掳掠一空，
> 我就住在那片废墟之中。②

1738年，波斯统治者入侵印度，德里抵抗失败，遭屠城之灾，被掠夺一空。勒克瑙位于德里的东部，是奥德王国的首府。米尔的诗一出口，大家不仅知道了他就是德里的大诗人，而且激起了人们对德里遭遇劫难的同情，纷纷向他表示不该无理冒犯。第二天，勒克瑙全城都知道了米尔到来的消息，阿瑟夫杜拉王公以每月200卢比把他留在王宫。

成为王室诗人后，米尔仍不改其清高和不畏权贵的禀性。一天，阿瑟夫杜拉王公一边观鱼一边让米尔做诗。王公并未专心于诗，且语出怠慢，自尊心受到极大刺激的米尔当即离开，从此再也不去王宫。后来，米尔在勒克瑙的生活十分艰苦，有时甚至难以糊口，但他始终痴情于诗歌创作，一直保持着自己的高贵人格，直到1810年在勒克瑙逝世。

在乌尔都语诗坛，迦利布以擅长写哲理诗著称，他的诗具有文字精练和意义深邃的特点，然而对一部分读者来说，却显得有些深奥和晦涩。他的《乌尔都语诗集》出版后，一些人抱怨他的诗歌太难懂。但迦利布是一位有着独立人格的诗人，他坚持自己的创作方向，不为所动。阿扎德认为，诗人迦利布在世间享有盛誉，他的作品意义深刻。不是他的诗歌有多么难懂，而是我们的思维没有达到诗人的高度。他在书中引用了迦利布的两首诗歌，在其中一首厄扎尔中，迦利布表明对自己创作的充分自信：

> 我不要求赞颂，也不寻求回报，
> 如果我的诗歌没有意义，请别在意。

在另一首四行诗中，他对抱怨者反唇相讥：

---

① 《生命之水》，第3页。
② 同上书，第204页。

呵，心啊！既然我的诗歌如此晦涩，
当那些专家听了我的诗歌，
要求写出更加容易的诗句，
写与不写，必定晦涩难懂。[①]

三、文学性是《生命之水》的精髓

传记文学作品不是简单地罗列人物和事件，而应该具有充分的文学性和可读性。我国有学者认为，文学手法在传记作品中的介入，在相当范围和相当程度上，主要体现为注重语言文字方面的修辞色彩。[②]《生命之水》正是这样一部语言优美、风格清新的作品，将它称作现代乌尔都语散文的典范也是恰如其分的。乌尔都语之父阿卜杜·哈克曾对阿扎德的这一创作给予了很高的评价："已故阿扎德的《生命之水》……仍不失为乌尔都语一部有着特别地位的著作。请不要仅仅从历史的角度，也应从文学的角度来阅读。该书的语言和表达方式是如此优美、流畅、简洁、高雅和充满情趣，以至于成为我们的文学的多方面的范例。"[③]

让我们来欣赏《生命之水》论述第一时期的开场白："在乌尔都语诗歌世界的第一个新年，人类的灵魂即诗歌像个熟睡的孩子来到世间。瓦利来了，用甜美的声音开始了厄扎尔的创作。于是，这个孩子伸了伸手，翻了个身。瓦利的影响像一道闪电在人们的心头激荡起来，普普通通的人谈论诗歌，公子王孙更是沉湎于诗歌。人们从先辈的诗歌里能听到关于他们的事情。但是，我感到惊讶，不知如何展示这一情形，首先是因为用文字的形式很难描绘这一情景，我这个语言的残缺者找不到能够生动地记录这一情景的词语，以便用文学的眼光观察他们成熟的诗歌，用爱的目光观察他们丰富的情感。请看，诗会上才子佳人聚集一堂，无论是年长的还是年青的都显得温文尔雅，身着长长的裤子，头上盘着大大的缠头巾，正襟危坐。有的人腰间别着刀，有的人身上配着剑。有的年龄已经很大了，灰白的胡须映出老年的光彩；有的人在年青时剃去了胡须，他们为什么要再蓄呢？那样不是中断了一贯的规则吗？他们如此落落大方、心地敞亮，足以让今天的年青人自愧不如。他们的诙谐不为别的，一是为了自己高兴，同时也让他人高兴。"[④]这段文字以孩子的苏醒来比喻诗歌的苏醒，形象而自然，同时文字风格质朴而清新，散发着一种原初的生命活力。

阿扎德还用简洁流畅的语言向读者介绍了哈桑创作的长篇叙事诗《妙笔生花》。他认为《妙笔生花》表达清新，用语富有时代感，诗中没有同时代其他诗人的作品中经常出现的陈词腐句，诗歌语言像流水一样畅快，描写的事件如同亲眼所

---

① 《生命之水》，第 502 页。

② 朱文华："传记文学作品的史学性质和文学手法的度"，载《理论与创作》2004 年第三期，第 26—28 页。

③ 《巴印穆斯林文学史》第 9 卷，第 325 页。

④ 《生命之水》，第 86 页。

见。为了使读者能获得更具体的认识，他这样评述这部作品："那些话语读起来像是现在说给我们听。人们如此地接受他的诗歌，就像把它捧在手上，然后嵌入眼睛，再从眼睛进到心里。"①

《生命之水》的文学性还体现在，阿扎德总是用各种生动的比喻来评述不同作品的价值，形象地表现作品的生命力："像所有动物都有年龄一样，书也有自己的年龄。如《王书》有 900 岁了，《亚历山大的故事》当做有 700 岁吧，《蔷薇园》和《果园》600 岁，《优素福和佐列哈》的年龄是 300 岁左右，但是乌尔都语里的《花园与春天》和《妙笔生花》等很年青，而《奇妙的故事》行将寿终正寝。很多书开始时很有名气，但后来就没有名了，像一个孩子夭折了。很多书印了很多，但无人问津，像是出生了一个死胎。"②

他用发自心底的语言赞美这些故去的诗人，毫不矫揉造作，用语诚挚自然：

> "是你们带来了马杰农和法尔哈德的名字，是你们描绘了莱拉和马杰农的美貌。但是，那些说你们离去和诗会已经结束的人是崇拜躯体死亡的人。不，你们没有离去！只要你们的书写、编撰、故事和传统存在，你们就存在。你们骄傲的缠头巾如同插满招展的高贵之花的王冠，你们胸前佩戴着永不枯萎的花环……你们将通过你们的作品向后代叙说心中的话语，给他们以忠告和说服，让痛苦的心再次复苏，给僵死的性格注入活力，使灰暗的意愿燃起激情，将沉睡的心灵再度唤醒。"③

《生命之水》的文学性还体现在它是乌尔都语现代文学的开端作品之一。阿扎德与赛义德·艾哈迈德·汗(1817—1898)、毛拉纳·纳兹尔·艾哈迈德(1831—1912)、哈佳·阿尔塔夫·侯赛因·哈利(1837—1914)和希布里·纳玛尼(1857—1914)在乌尔都语文学史上并称为"五贤"，他们共同开启了乌尔都语现代文学的新时期。艾哈迈德·汗 1864 年创建了以介绍西方科学文化和翻译西方著作为宗旨的"科学社"。1870 年又创办了乌尔都语刊物《道德修养》。作为社会改革家和穆斯林启蒙运动的领导人，艾哈迈德·汗十分重视文学对政治和改革社会的影响作用。他团结了一批文化人士并提出文学是一种巨大的社会力量，应该真实地反映生活。纳兹尔·艾哈迈德是第一个写作长篇小说的作家，他毕业于德里学院，在古吉拉特任教，当过阿拉哈巴德的副督学，后又升任副税收官。他的小说提出社会问题，反映了启蒙运动的要求。哈利和纳玛尼同时运用文学评论为文学的发展推波助澜。他们主张改革诗歌的形式和题材，从各个角度表现道德、政治、社会和国家的问题；同时注重对作品作艺术上的探讨。正是在这样的文化、文学背景之下，阿扎德创作了《生命之水》。这一著作从文学、语言发展的角度对乌尔都语列位诗人进行了评述，对历史上的各位诗人进行了文学史上的定位，是乌尔都语现代文学史上第一部做出这种全面总结和概括的作品，有助于处于时代转折点上的读者更好

---

① 《生命之水》，第 250 页。

② 《王书》、《亚历山大的故事》、《蔷薇园》、《果园》和《优素福和佐列哈》都是优秀的波斯语诗作，《花园与春天》(1803 年)、《妙笔生花》(1785 年)和《奇妙的故事》(1824 年)是乌尔都语文学作品，《奇妙的故事》作者是拉吉布·阿里贝格·瑟洛尔(1785—1869)。

③ 《生命之水》，第 538—539 页。

地认识和了解乌尔都语诗歌的发展，有助于乌尔都语的读者乃至印度的读者恢复对自身文学传统的信心和自豪感。《生命之水》迎合了现代文学的需要，在乌尔都语文学史上起到了承先启后的作用。

当然，作为传记文学群传文类的《生命之水》也存在着明显的缺陷，这主要体现在对评论对象的选择方面。首先，阿扎德的关注范围仅限于德里地区以及德里诗人，而忽略了在15—17世纪作为乌尔都语文学中心的德干地区以及在那里出现的许多优秀诗人和诗作。其次，阿扎德也忽视了女性诗人。乌尔都语文学在最初的几个世纪里没有重要的女性诗人，但18世纪之后出现了不少乌尔都语优秀的女性诗人，如海得拉巴的玛拉格·昌达（1766—1834）和博帕尔王宫夏吉罕·希琳（1838—1901）。此外，该书只评述了一名印度教诗人，即勒克瑙的达雅·项格尔·纳希姆（1811—1843），这也不完全符合乌尔都语当时通行于北印度的历史事实。这些情况的出现，主要是由于阿扎德并没有创作传记文学的明确意识，而只是从梳理乌尔都语诗歌的目的出发，试图对乌尔都语著名诗人的文学成就做出符合历史事实的论断。

在书写中为自己与一座城市立传

——帕慕克作品中的传记色彩

当文学批评的摄像机扫过20世纪，连绵的画面中闪过疮痍与烽烟、迁徙与重聚，现代历史之中人类的心灵体验伴随着阵阵传来的庆祝与喧嚣、炮火与冲撞声，被各地的作家记入一个又一个辗转流传的故事，我们的镜头渐渐聚焦在作家传记与文明进程的并行性之上。

两次世界大战与此后的新一轮资本、技术与文化的殖民扩张在世界范围内产生了深远的影响，它促进了强势文化的全球化，其后果则是异质文化相互冲撞与融合之后所呈现出来的日益开放化与多元化。这种在动荡与纷乱中所形成的开放化与多元化则将作家们的命运和思想同民族性与现代性紧密相连，带给他们穿越地域的生存环境与文化背景，进而孕育出跨越文化的思维方式与理解能力，超越民族的历史理性与人文情怀，以及作为知识分子对民族历史和人民命运的关切与反思。于是，涌现出了克莱齐奥的《饥饿间奏曲》、卡内蒂的自传三部曲、萨义德的《格格不入》、莱辛的《影中漫步》、大江健三郎的《愁容童子》、凯尔泰斯的《非劫数》等传记文学作品。在这些将个人经历与历史进程相连的作家之中，帕慕克尤为独特：一方面，帕慕克及其周围的生活与他各部小说中的人物存在着明显的映射关系；另一方面，帕慕克专门写了一部书，以故都为名，为城立传，将自己的饥饱喜悲融入伊斯坦布尔的风霜起落，挥毫落笔，勾出民族兴败，画出家国沧桑。这就是将他推向诺贝尔领奖台的散文《伊斯坦布尔：一座城市的记忆》。

一、帕慕克生平

费利特·奥尔罕·帕慕克(Ferit Orhan Pamuk，1952—)，1952年6月7日出生在伊斯坦布尔一个富有的工业主家庭，他的祖父和父亲都是土木工程专业毕业，并且都从事商业资本投资。在美国人创办的罗伯特学院完成中学教育以后，1967年帕慕克进入伊斯坦布尔科技大学建筑系学习，1970年转到伊斯坦布尔大学新闻学院并在那里获得了硕士学位。然而，就在帕慕克22岁那年，他停止了从6岁就开始的绘画，决定将文学创作作为自己的终身职业，立志要当一名小说家。后来他回忆说，那时父母的争吵与分居、与同龄人的隔阂与疏离以及初恋的挫败经历，都促使他投入文学的世界并开始写作，以寻求一种心灵上的自我实现。世俗化家庭为他提供了西式的教育和宽松的成长环境，使他能够接触到西方现代思想。1982年，帕慕克与出身俄罗斯家庭、从事历史研究的阿依琳·特里根结婚，并育有一女如梦。1985至1988年帕慕克与妻子一同赴美，在纽约哥伦比亚大学当了3年的“客座学者”，并参加了“国际写作计划”(International Writing Program)培训班。在这期间，帕慕克更系统地接触了世界各国名家的作品，尤其喜欢博尔赫斯、托尔斯泰、陀斯妥耶夫斯基、普鲁斯特、马尔克斯、卡夫卡、鲁迅以及萨义德等作家的作品，并从他们的作品中学习写作技巧，汲取创作灵感，完成了小说《黑书》的大部分创作。之后，帕慕克便一直居住在伊斯坦布尔，坚持用土耳其语进行创作。从文以来，目前帕慕克已出版的小说有 8 部，剧本、自传、自传性散文、随笔集和小说理论各一部。其中，《伊斯坦布尔：一座城市的记忆》和《我的名字叫红》是流传最为广泛的，也为他获得了世界文坛的最高荣誉诺贝尔文学奖。尽管帕慕克后来与妻子最终分手并且回到伊斯坦布尔，但妻子在历史方面的帮助和世界文学的滋养无疑都是成就他创作事业的重要基石。而土耳其现代化过程中国家与民族、社会与文化的呼愁与帕慕克个人的生活体验、30 多年如一日的笔耕不辍则共同构成了他深沉、忧郁、敏感、鲜明的文字风格。然而这些都只是帕慕克成为世界级作家的基础。帕慕克小说作品中的自传成分，使其小说具有“家国同构”的艺术特征，是奠定其在文学界特殊地位的关键因素。在颁奖典礼上，评委的颁奖辞如是说：“在追求他故乡忧郁的灵魂时发现了文明之间的冲突和交错的新象征。”①

二、帕慕克作品的自传性

（一）分身、幻想与写作——帕慕克散文的自传性

“从很小的时候开始，我便相信我的世界存在一些我看不见的东西：在伊斯坦布尔街头的某个地方，在一栋跟我们家相似的房子里，住着另一个奥尔罕，几乎是我的孪生兄弟，甚至我的分身。可以疏狂佻达，也可以哀婉感伤。”“住在伊斯坦布尔某个地方，另一栋房子里的另一个奥尔罕的幽魂从未离我而去。在整个童年以及大半的青春期，他始终缠绕在我内心深处。冬夜走过城里的街道时，我总会透过浅橙色的灯火凝望别的人家，幻想和乐的家庭过着和乐的生活。……每当我不快乐，便想象去另一栋房子、另一个生活、另一个奥尔罕的居处，而终究我总会说服自己或许我就是他，乐趣无穷地想象他是多么幸福，其乐趣一度使我觉得无须到另一个想象中的城区寻找另一栋房子。”②双亲的不睦带给帕慕克幼小心灵的冷漠与孤独使他通过渴望一个分身来实现心理补偿。对于一个常受冷落和严厉批评的孩子来说，这种超越时空、恍若隔世的体验怎能不令人心驰神往呢？于是，他决定要做一名作家。从此，一个又一个分身从他的纸间跃然而出，穿梭在一个又一个熟悉又陌生的场景，带给作者与读者无限的欣喜与惊奇。同时，帕慕克童年时期的绘画基础给了他细致的观察力、精准的描述力，加上对写作过程的投入和享受，让帕慕克在此后的 30 多年写作生涯中，执着而坚韧地坚持着当初的梦想。而这梦想，又因为他的才华与积淀而得以升华，随着那译成 50 多种文字的纸页在世界各地播散开

① ［土］奥尔罕·帕慕克：《我的名字叫红》（沈志兴译），上海人民出版社，2006 年，封面说明。

② ［土］奥尔罕·帕慕克：《伊斯坦布尔》（何佩桦译），上海人民出版社，2007 年，第 1—3 页。

去，使远在地球另一端的某个心灵为之一颤，眼睛里刹那间迸出欣喜的光芒。在2010年出版的《朴素的小说家和感伤的小说家》中，他写道："小说是第二次生命——正如法国诗人杰拉尔·德·奈瓦尔所提到的梦境——小说能够展现出生活的多样性与复杂性，汇集着我们熟悉的人物、面孔与事物。当我们读起小说，我们就像是置身梦中那样，被眼前所见深深迷住，忘身于文中盛景而宁信其真。很多时候，我们甚至觉得小说世界要比现实世界更加真实。在这种新生体验之中领略到的真实感超越于现实之上，或者说，我们将之与现实生活相混合。但我们从未对此有何不满，因为这就是叙述。相反，正如沉浸于美梦之中，我们常希望那小说中的盛景永不完结，于是那令人着迷的第二次生命便得以在其中真切而充实地继续下去。"①

帕慕克的作品中，真正意义上的自传当属2010年出版的《风景的片断：生活，街道，文学》(*Manzaradan Parçalar: Hayat, Sokaklar, Edebiyat*)。② 帕慕克以一种与读者作亲密朋友式的聊天展开他的叙述，与读者分享了他关于生活、文学、职业、政治倾向和艺术的观点。从童年一直写到当下，帕慕克以一个小说家的身份对人生进行回顾，撷取成长过程中的每个重要片断，将自己性格与兴趣的养成、阅读和写作的经历、还有城市环境、政治变革和生活际遇如何在其思想中留下了层层印迹，统统以一种谦逊而真挚的口吻呈现在读者面前。而2003年出版的《伊斯坦布尔：一座城市的记忆》则是具有明显传记特征的自传性散文。它以一种无比忧伤的口吻回顾了伊斯坦布尔和自己家族的过去与现在，衰败与没落。在文明交错的旧城中，帕慕克对土耳其今昔的悼念与反思，都在阵阵"呼愁"中低吟浅唱。

根据帕慕克在自传性散文《伊斯坦布尔——一个城市的记忆》中的描述，在他出生时，居住在伊斯坦布尔富人聚居区——尼相坦石区的这个中产家庭刚刚搬入一栋现代公寓的第四层。与之前同住在一栋石造大宅一样，整个大家族——他的祖母、父母、长兄、叔伯姑嫂们——也分住在这栋五层公寓的不同楼层。在这座门口写着"帕慕克公寓"的每一层至少都摆着一架钢琴，可它们终日沉寂着，渐渐布满了相框，成为了他奶奶布置的这座"博物馆"的陈列柜。在上面，帕慕克见到了他从未谋面的祖父(1882—1934)，这位1934年便逝世的商人"在20世纪30年代初期发了大财，当时的土耳其共和国对铁路投入巨资，而后他开了一家大工厂……留下大笔财产，让父亲和伯父怎么用也用不完，尽管他们有一长串失败的商业冒险经验。"③尽管帕慕克并没有交代祖父的家族，只提到祖母家从高加索的切尔西亚迁居至土耳其西岸，并在伊斯坦布尔认识了在那里上学的同乡并结婚——他们的家族因为皮肤和头发浅色而被称为"帕慕克"(土耳其语语义为"棉花")，读者可以从简单的文字中推知帕慕克的祖父母

① Orhan Pamuk, *The Naive and the Sentimental Novelist*, Cambridge: Harvard University Press, 2010, p. 3.

② *Manzaradan Parçalar: Hayat, Sokaklar, Edebiyat* (*Pieces from the View: Life, Streets, Literature*), Istanbul: iletişim Yayınları, 2010.

③ 《伊斯坦布尔》，第10页。

都带有东欧血统。祖父过世后，祖母便成了宅邸的“统治者”，而“当祖母以通常在讨论建国议题时才用的口吻提起我那英年早逝的祖父，指着桌上和墙上的相框时，她似乎……两相为难，既想继续生活下去，又想捕捉完美的时刻，品尝日常事物的同时，依然以理想为荣耀。但即使我反复思考这些矛盾——抓取生命中的某个特殊时刻并加上框，究竟是抗拒还是屈服于死亡、衰落和时间？”[①]

帕慕克父辈有四兄妹：大伯欧兹罕，二伯艾登，帕慕克的父亲和姑妈。

在这幢大宅子里，“家族过的生活虽仍跟奥斯曼宅邸的日子一样，却逐渐分崩离析”。在帕慕克笔下，大伯欧兹罕侨居美国并因为逃避兵役而永远无法回国，这是造成祖母脸上一生阴郁的表情的原因之一。父亲和善而潇洒，从事过各种失败的投资。因为在事业上的失意，在家中几乎没有权威，并随着婚外情的发展而时常离家。母亲则是制定规矩、好强独立的女性，在旷日持久的妯娌之争与夫妻对峙中管教着两个淘气的孩子和保留着礼拜习惯的保姆，并最终与丈夫离婚。由于生活的不顺，母亲常跟外婆、好友奈尔敏以及帕慕克兄弟俩抱怨着环境的“苛刻狠毒”。住在底楼的艾登戴着眼镜，“跟父亲一样学土木工程，一生积极参与各种始终停留在纸上谈兵阶段的工程计划”。[②] 而在巴黎学过钢琴的姑妈和她倒插门的丈夫法学院助教居住的顶楼，多年后成了帕慕克的住所。

在《伊斯坦布尔》对自己从文之前的回忆中，帕慕克从祖父的发家、父辈的恩怨和自己的青年时代，一直讲到海瑞汀帕夏的传闻、在各方面见证共和国的进步，却把房子布置得跟博物馆一样的中产家庭漫长的午宴、晚会和各种节日的家庭聚会、后来成为律师的哥哥、留学德国的初恋“黑玫瑰”和热衷社会活动的努里，回顾了近半世纪土耳其现代化中的家族历程。

(二) 家国同构——帕慕克小说的自传色彩

由于深受萨特等人的影响，无论是其作品还是言论，帕慕克都对现实采取积极的介入态度——他反复强调这种介入是“文学”介入，而不是“政治”介入——这使他在土耳其国内外都受到了更广泛的关注。一方面帕慕克在其创作中大量使用元小说叙事，使其作品常常带有半自传的性质和明显的作者“干预”；另一方面，他对一些敏感的政治话题毫不避讳，在多个场合提及土耳其政府讳莫如深的“亚美尼亚大屠杀”与“库尔德”问题，立刻引起了强烈的社会反响。[③] 国内民族主义者以“侮辱土耳其国格”的罪名将他告上法庭，使他面临 4 年牢狱之苦的危险。[④] 尽管那场官司在欧洲各国的压力下终于作罢，但帕慕克却从此备受极端改革分子的迫害，甚

① 《伊斯坦布尔》，第 12 页。

② 同上书，第 10 页。

③ 2005 年 2 月，帕幕克在接受瑞士周刊《杂志》(*Das Magazin*)的采访时说：“三万库尔德人和一百万亚美尼亚人在土耳其被杀害，可除我之外，无人胆敢谈论此事。”见康慨：“帕慕克可能再上法庭”，载《东方早报》2009 年 5 月 20 日。

④ 康慨：“帕慕克可能再上法庭”，载《东方早报》2009 年 5 月 20 日。

至生命也遭受威胁;而其作品中对土耳其现代化过程中各个阶段的意识形态、政治势力与历史事件的描写更是从文学的角度参与现实。在他的小说理论与实践方面,帕慕克沿袭了席勒关于浪漫主义与现实主义手法的理论渊源,将"朴素、率真的"与"感伤、反省的"表达方式揉合,写实与象征并用,形成了自己的小说风格:家国同构。

在帕慕克的小说中,无论从人物的生活年代、所从事的职业、社会身份与家庭角色,还是事件发生的背景环境和故事情节都同帕慕克的个人生活有着极大的相似性。小说往往从一家一户的灯火阑珊与一人一事的起伏成败投射出一个阶层、一种声音,这些声音交响共鸣,便形成了土耳其现代化的进行曲——这便是帕慕克小说的"家国同构"手法。这一方面是帕慕克有意为之,在写作之前常常到故事的发生地亲自体验,模仿主人公的生活状态,从而使描摹更为逼真;另一方面,作家自身对生活的观察与体悟难免自然而然地进入写作的内容,而其思想倾向则成为故事的内核部分,从具体的情节中得以体现。

下文仅以帕慕克的处女作《杰夫代特先生》为例细说一隅:

1. 生活年代与地点

《杰夫代特先生》中对各代人的年龄是通过人物本身的回忆来交代的。尽管小说故事涉及五代人,但是第一代人奥斯曼先生和最后一代人小杰夫代特与卡亚都在中间两代人的回忆和谈话中被一笔带过,因此,小说基本上叙写的是三代人的生活。

从杰夫代特(1868—1937)对从商生涯的回忆中我们知道:他父亲 1887 年去世,20 岁之前他一直在旧城区哈塞基帮父亲做柴火和木料生意,也开过五金店,后来把店搬到伊斯坦布尔的商业区锡尔凯吉,在成功地做了一笔跟政府的生意之后开了灯具店,后来做与德国有关的进出口生意。从 1886 到 1936 年,正好是帕慕克的祖父通过参与政府的铁路建设而发迹的时间。从 1906 到 1938 年前后的第三代人奥斯曼(1906 年生)、雷菲克(1907—1965)和 1938 到 1970 年前后的第四代人阿赫迈特(1939 年生)、杰米尔(1930 年生),两代人之间正好是帕慕克父辈的青年时代。而第五代人小杰夫代特正好与帕慕克一样出生于 1952 年。

小说中心故事的发生地也正是帕慕克家族所在地:伊斯坦布尔。

2. 家族成员结构

(1) 自然构成

杰夫代特家族主干与帕慕克家族的主干非常相似,第二代人之后,第三代人是两子一女:大儿子奥斯曼、小儿子雷菲克、女儿阿伊谢;帕慕克大伯欧兹罕长期在美国,在他们家族公寓中住着的是二伯艾登,帕慕克的父亲和姑妈。与帕慕克和他的哥哥相似,小说第四代人也是每家两个孩子。

(2) 教育背景、职业与阶层

第一代人奥斯曼先生是奥斯曼帝国的普通公务员,后来成了小商贩;第二代人杰夫代特是民族资本家，从事进出口商品贸易；哥哥努斯雷特是青年土耳其党人，主张以革命推翻奥斯曼帝国，建立民主自由的资本主义国家。杰夫代特的夫人尼甘出身贵族，是曾做过大使的帕夏的一个女儿，随大使去过欧洲并受过良好的教育，在家中深受丈夫和孩子的尊敬，家务都由仆人来做；第三代人大儿子奥斯曼子承父业经管公司，开设工厂，经营买办和装配；小儿子雷菲克系工程建筑专业毕业，是凯末尔主义的践行者，一心投身土耳其的农业与教育现代化；小女儿阿伊谢既不是传统的伊斯兰妇女，又不是完全欧化的女性，她从小受西式教育并留过学，虽然没有信仰伊斯兰教又不能摆脱伊斯兰社会习俗的束缚，在家族影响下最终选择了门当户对的婚姻。第四代人孙子阿赫迈特与帕慕克一样从小学习绘画，他受过西化教育的女朋友后来出国了。这些小说细节都与帕慕克的家族成员的人生经历有着惊人的重合。

（3）文化立场

杰夫代特将幸福定义为拥有完整的婚姻生活和物质上的富足，因此对政治关心甚少；尼甘因为父亲大使身份的影响，喜欢西方的文明成果，又恪守穆斯林传统的礼仪，对给她的家庭带来财富的凯末尔改革抱着坚定的支持态度，又不时抱怨人心不古、为日渐离散的家族关系哀怨唠叨个不停，这些都与帕慕克的祖父一代非常相似。第三代人雷菲克对现代化改革充满期待，但现实又使之大失所望，转而将精力投入到阅读、写作和出版之中。帕慕克的父亲则同样是一个生意上的失败者和喜欢写作与阅读的人。帕慕克在其小说人物的刻画中融入了他自身的立场和性格：“《杰夫代特和他的儿子们》中的雷菲克是最为接近的一个，厄梅尔身上也有一些。”[①]雷菲克留学归国的朋友奥马尔受资本主义影响，野心勃勃地将创造财富作为自己的人生目标，在奋斗的过程中，看到了土耳其社会现代化改革中存在的浓重的封建残余并心存不满，却最终向现实妥协，这正是帕慕克本人对土耳其现代化过程中的问题从反思到妥协的介入态度。

（4）婚姻关系

小说中，杰夫代特一代人婚姻的稳固与保守，奥斯曼与奈尔敏各自的婚外情、奥马尔与纳兹勒最后因为志趣各异而放弃了婚姻和雷菲克与裴丽汉最终离婚等情节都是帕慕克祖父和父母婚姻生活的写照。而阿赫迈特与伊科努尔的恋爱关系则是帕慕克与初恋女友“黑玫瑰”的爱情的投射。

3. 居住环境

在居住环境方面，杰夫代特家族也是以帕慕克家族为蓝本进行创作的。第四代人出生以前，家族都居住在尼相塔什的石质大宅里，现代公寓建成以后，家族成员以小家庭为单位分层居住。从欧化建筑的整体风格到房子室内的摆设与家具，都体现着传统与现代的混杂，布满相片的墙壁和钢琴诉说着流逝的岁月和家庭成

① 沈志兴：“奥尔罕·帕慕克：发现文明冲突和交错的新象征”，载《南方人物周刊》2006年第26期。引文中“厄梅尔”指通行译本中的“奥马尔”。

员的变化。在小说中多次出现女人们的陪嫁，如瓷制的茶具、俄式茶壶、嵌着贝壳的家具等，以及从窗户向外看到的广场，都是帕慕克家族生活场景的真实描述。

4. 家族经历的历史事件与社会环境

《杰夫代特先生》从宏观上以土耳其现代化历史为创作背景，而在所有的历史事件中，帕慕克又以其祖父经历过的，在青年土耳其改革时代兴建铁路的发迹史、父辈生活时期以民族主义威权政治为核心、以工商业为经济建设重点、以社会文化全盘西化为特点的凯末尔改革和20世纪70年代伊斯兰复兴趋势中的多党民主政治为主要人物的生活事件。

5. 小说人名与帕慕克家族人名

小说中除去大量的历史人名，帕慕克还使用了自己朋友努里的名字作为厨师，母亲好友奈尔敏的名字作为杰夫代特的大儿媳。这种创作习惯从帕慕克第一部小说开始一直延续到现在，此后，他的女儿如梦、妹妹倪尔君和她的夫姓达尔温奥卢都纷纷变成帕慕克笔下的人物进入其虚构的文学世界，成为了他的小说与现实之间的重要桥梁。

对比可见，杰夫代特与帕慕克家族都属于中产阶级家庭，经过20世纪初一辈人的努力经营创立了可观的家族产业；他们的下一代人接受西式教育，或成为建筑工程师、律师或学习音乐，并有出国和离婚经历；到20世纪70年代一辈，西方文化已深入到家族生活的每个方面，"看见我们没有资格也没有把握继承的最后一丝伟大文化、伟大文明，在我们急于让伊斯坦布尔画虎类犬地模仿西方城市时突然毁灭，我们感到内疚、失落、妒忌"。当时间湮没了奥斯曼的破败、凯末尔的威权，新一代人对土耳其与自身家族的记忆仅存于有限的历史书籍和泛黄的日记扉页之中，难以有全面的了解，却又试图在复杂的政治派别与分裂的社会文化中寻找人生的意义与方向，他们难免陷入无所适从的尴尬境地。《杰夫代特先生》正是帕慕克在这种历史与家族记忆之中创作出来的，表现出了明显的自传性。而这在帕慕克的其他作品中，也有相似的体现。

除了这两部作品，帕慕克小说的主人公身上都不同程度地带着作者自己与帕慕克家族的化影。帕慕克的处女作《杰夫代特先生》(1982)是一部家族史小说，时间覆盖长达65年之久(1905至1970年)，细致地描写了一个伊斯坦布尔中产家庭五代人的故事。每一代人的经历都有对应的历史阶段，体现了土耳其现代化的历程，全面地展现了土耳其由封建帝国向共和国转变过程中的社会面貌、体制变迁和生活风貌。展现了土耳其人在政治、经济体制和文化与思想等各方面传统与现代、信仰与世俗混杂交融的生存状态。小说一经面世即在土耳其获得了《民族报》小说奖和奥尔罕·凯马尔小说奖。《寂静的房子》(1983)写的是1980年7月的一周时间里，生活在古老石房子里的三代人所发生的故事。五个主要角色轮流出场，不分主次，从各自的视角与身份出发，对相同的事件进行叙述。他们中有整天生活在回忆与抱怨中的老太太，有沉浸在离婚抑郁中的历史学家，有关心民主与共和的美丽可爱的小姑娘,有渴望爱情、朴实鲁莽的穷小子,也有一心一意梦想离开土耳其到美国去的男青年。在看似平和的语言中展现了土耳其现代化改革过程中许多社会角色被边缘化的心态,真实地再现有价值的传统文明陷入危机的情形。这本书在出版第二年即获得了土耳其马达拉里小说奖,其法文版于1991年获欧洲发现奖。

《白色城堡》(1985)出版之后,帕慕克的书开始出现英译本。《白色城堡》叙述了1699年前后威尼斯无名奴隶与奥斯曼学者霍加的故事。他们相貌神似,性格迥异,并争相展示各自遵奉的文明、文化的优点。在与对方的磨合与学习过程中,两人渐渐相互了解并渴望变成对方。当苏丹帝国不可避免地失败之后,他们调换了身份继续生活并在这种状态中获得了满足。通过两个不同文化文明背景下人物身份彼此互换的象征,帕慕克对一种文化征服另一种文化的思维方式进行了质疑,探讨了不同文化和文明相互借鉴、融合、共存的可能性。该书获得1990年美国外国小说独立奖。《黑书》(1990)的故事发生在20世纪80年代,描述年轻律师卡利普寻找失踪妻子的故事。尽管故事主线非常简单,但是无论是全书的布局谋篇还是书中蕴含的哲思,都包含了帕慕克所要表达的丰富寓意。小说不仅描绘了土耳其80年代的政治冲突与伊斯坦布尔的城市面貌,也体现了土耳其人在国家现代化进程中对身份的背叛与追寻。《黑书》以其华丽的句子、后现代的风格、模棱两可的政治态度和轻微的讽刺语调,再一次表现了二元对立的主题:东方与西方,同一性与差异性,群体与个体,虚构与真实,意义的确定性与模糊性等这些人类在探讨文化身份时普遍存在的方面,该小说于1995年获法国的法兰西文化奖。《新人生》(1995)是帕慕克在本国最畅销的一部小说,以一个大学生从一本神秘的书中得到启示而决定寻找新人生为线索,将扑朔迷离的爱情与侦探故事与土耳其20世纪90年代的青年人对人生意义与新的生活方式的探索穿插在一起,隐喻了土耳其全盘西化进程中的误区与矛盾、困境与出路。《我的名字叫红》(1998)以16世纪末奥斯曼帝国为背景,围绕土耳其苏丹宫廷细密画大师高雅被杀事件,在59个叙述单元中,以亲历事件者的不同身份叙述了错综复杂的故事,小说融合了伊斯兰传统社会风俗、古典艺术和经典的小说叙事方法,这是帕慕克精心营造的一部兼容历史、哲理、侦探、爱情、心理、百科全书式的迷宫式小说,通过回顾细密画的衰落过程记载了奥斯曼帝国与古老文明在近代洪流中的没落与挣扎。小说于2002年获法国文艺奖和意大利格林扎纳·卡佛文学奖,于2003年获得爱尔兰都柏林文学奖。《雪》(2002)讲述了发生在1992年土耳其东部雪城——卡尔斯市的政治生活的故事,通过在国外避难多年的诗人卡在这座边境城市的所见所闻、亲身遭遇和他所创作的诗歌,暗示了土耳其伊斯兰教众、军队、世俗政党之间的紧张关系,展现了库尔德民族主义者与土耳其民族主义者之间的剧烈冲突,同时也向人们展现了知识分子对政治生活的忧思与介入,以及内心深处的复杂与无奈。小说于2006年获得法兰西梅迪契奖、诺贝尔文学奖和华盛顿大学杰出人文奖。《伊斯坦布尔:一座城市的记忆》(2003)是帕慕克的自传性散文,回顾了伊斯坦布尔和自己家族的过去与现在,失落与忧伤,记载了帕慕克在文明交错的旧城中,对土耳其今昔的低吟与反思。在出版当年被诺贝尔文学奖提名,同年获得德国书业和平奖。2008年出版的《纯真博物馆》被帕慕克称为他“最柔情的一部小说”，讲述了男女主人公1977至1984年之间的爱情故事，以一个男人的口吻回顾自己对至爱的错失、追寻与留恋。而书中那座纪念爱人的博物馆，因主人公对初夜、贞洁与传统韵味的迷恋，也成为了一座对传统女性幻想的博物馆，体现了现代社会中传统价值标准的遗失与追忆。此外还有根据《黑书》改编的电影剧本《神秘的脸》(1992)、散文《爸爸的手提箱》(2006年诺贝尔文学奖颁奖典礼上的致辞)以及在各种场合的演讲与发言。此外，从上世纪90年代开始，帕慕克写了一系列有关人权、自由和少数种族问题的演讲稿，其中的观点不乏与土耳其主流政治意见相左之处，在某些方面对国家政策提出了批评。这些文章加上一部分日记，于1999年整理成随笔集《别样的颜色》并出版。2010年，帕慕克又分别出版了小说理论《朴素的小说家和感伤的小说家》和回忆录《风景的片断：生活，街道，文学》。从第一部小说问世开始，帕慕克便不断地赢得各种文坛奖项。2006年他获得了华盛顿大学杰出人文奖和法国艺术及文学勋章，2008年获罗马奥维德奖，2010年他被授予了诺曼梅勒终身成就奖。

三、帕慕克作品自传色彩的分析

(一)“呼愁”情愫与自传笔调

2006年帕慕克获得了诺贝尔文学奖，这是土耳其作家在国际上获得的最高荣誉，同时也打破了诺贝尔文学奖极少颁发给畅销书作者的惯例。帕慕克的作品虽然以畅销小说为主，但是其中仍不乏对民族问题的深刻反思。由于土耳其本身是东西方文明的交汇点，作为一个跨区域、跨文化的作家，帕慕克的思想成熟于伊斯兰文化与西方文明融合、冲突的最突出的时期，他本人受到传统伊斯兰文化和现代西方文化的多重影响，其作品以土耳其不同时期的历史为背景，以民族发展、文化冲突为主题，浸透着对土耳其现代化进程与民族命运的思考，同时又兼用多种现代文学手法和多元的观察视角，言说着个人与家庭，民族与国家的喜怒哀乐、成败得失。这种心怀故土文化、感伤逝去辉煌的情愫在帕慕克的笔下凝成一个特定的词——“呼愁”。

作为一个作家，帕慕克一直对自己的从文之路非常自豪，他从小便博览群书，把写作看成是生命的一部分，或者说是他的生活方式。他知道自己小说的受众不仅仅是土耳其人，而将会是来自全世界各地的读者，有着不同的文化背景，属于不同国家和血统。而作为一个土耳其作家，帕慕克却敏锐地意识到奥斯曼古都的文化对自己的影响，并清楚地知道这种影响正是自己的作品能够打动世人、流传千古的关键。尽管当今已不是民族主义运动兴起的年代，社会的发展却并未因迈入全球化时代而失去民族与地域的色彩。我们仍需要看到，“读小说和写小说意味着加入一场有关国家大事的民族讨论中”①。帕慕克坦言道，“康拉德、纳博科夫、奈保

① 奥尔罕·帕慕克：“你为谁写作？——奥尔罕·帕慕克在北大的演讲辞”，《东方文学研究通讯》，2008年第2期(总第28期)。

尔——这些作家都因曾设法在语言、文化、国家、大洲甚至文明之间迁移而为人所知。离乡背井助长了他们的想象力,养分的吸取并非通过根部,而是通过无根性;我的想象力却要求我待在相同的城市,相同的街道,相同的房子,注视相同的景色。伊斯坦布尔的命运就是我的命运:我依附于这个城市,只因她造就了今天的我。"①在与中国学者的对话中,帕慕克说起了自己是如何意识到这一点的:"我对伊斯兰哲学的兴趣是在30岁以后开始的。我出生在一个世俗的家庭,宗教对我们来说不是一个重要的问题。事实上,我的家庭以及世俗西化的土耳其人的传统观念认为宗教阻碍了土耳其现代化的道路。但1985年到美国去以后,我经历了身份危机问题。我问自己:'在世界文化的全景里,哪里才是我的位置呢?'具有讽刺意义的是,正是在那里,我对古老伊斯兰的神秘主义发生了兴趣——不是在宗教上,而是对其中的故事、寓言以及中世纪的浪漫故事。在我33岁的时候,我开始阅读那些著作,土耳其语的,还有英语的。随后我意识到,利用这些几乎已经被完全遗忘了的古老的波斯、奥斯曼文学,我能够——在现代和后现代文学的帮助下——发展一种崭新的、现代的语言和文学。"②从那之后,尽管帕慕克曾经阅览过无数西方名匠的作品,也在小说中将现代小说手法运用得浑然天成、炉火纯青,在他的笔调之间,多了一种浓浓的故国忧思,它从20世纪的残破废墟上飞身回溯,感叹由土库曼加齐起家的繁盛帝国的无尽辉煌与无奈没落,化成一缕"呼愁",长久地栖息在帕慕克的每行字迹,每个人物,每个故事,使人读之难忘。

(二)虚构性与写实性之调和

帕慕克对自己小说写作在土耳其文学史中的位置的把握:现实与浪漫的结合。从近代起,民族生存与发展、专制与民主、以及现代化与本土化的关系就一直是土耳其社会的突出问题,这一问题贯穿在社会生活的方方面面,这些问题不可避免地成为不同时期土耳其作家关注的中心,传统与革新、保守与西化成为近代化过程中土耳其文学的一大主题。从1876至今,土耳其历史经历了7个时期:(1)奥斯曼帝国向现代化转型时期(1876—1908);(2)奥斯曼——突厥主义时期(1909—1921);(3)土耳其社会民族主义时期(1922—1949);(4)安那托利亚社会主义现实主义时期(1950—1970);(5)女权主义和存在主义时期(1971—1980);(6)后凯末尔主义和新奥斯曼主义时期(1981—1999);(7)跨国界和跨地区时期(2000—今)。综观土耳其现代各时期的文学特点,不难看出它们总体上对民族和国家发展的问题有着深刻的思考。在帕慕克之前的50年,民族作家已经完成了对奥斯曼帝国的深刻反思与对旧日辉煌的绵长追忆,在追寻现代化的过程中,新生的土耳其共和国动荡频繁,土耳其社会产生了一系列因文化冲撞而带来的溶血症状,而土耳其人却并

① 《伊斯坦布尔》,第5页。

② 穆宏燕:"身份认同与文化融合——穆宏燕对帕慕克的专访"(周敏译),载《帕慕克在十字路口》,上海三联书店,2009年,第238—247页。

未因此放弃谋求富强的脚步。作为多元文化交汇中的众生百态的见证者，帕慕克很早便意识到了作家身份这个不可逃避的问题：你为谁而写作？在民族与良心、激情与理性、诗意与责任之间徘徊，帕慕克潜心读史的同时对自身的经历、家庭与国家的兴衰以及著名文人的生平传记做了深入的反思和分析，形成了独到的世界观与创作论，并用自己的作品中的“家国同构”象征手法，创造出“奥尔罕”、“黑”、“奥斯曼”、“雷菲克”、“凯末尔”等众多鲜活的人物，对自己的观点进行完整的诠释，同时也在作品中完成了对异质文化与政治冲突的把握与调和。可以说，是土耳其的历史文化与帕慕克的家庭环境造就了他的成功。

纪伯伦传记的发展及其对中国研究者的启示

——兼议“学术型传记”的理论与实践

一、西方现代“新传记”与《此人来自黎巴嫩》

传记作者主体性的加强，是西方现代传记的一个重要特征，在现代传记最终溢出了历史学的边界，被划归文学的范畴以后，这一特征也就凸显出来。传记由史学向文学的转向，意味着传记写作中传记作者作为主体进行艺术虚构的合法性，因而20世纪以来西方现代传记的一个重要转变，是传记作者主体意识的加强和传记作品的文学化和艺术化。作为西方现代传记滥觞的英国“新传记”是一个典型的表现。

“新传记”是在英国两次大战期间发生、发展、消亡的一种传记。在思想上，“新传记”猛烈抨击维多利亚时期所宣扬的种种虚假伪善的价值观，还原“神”化英雄的凡人形象。它主张用艺术手段对传主进行个性化人物描写，心理分析因此受到格外重视。因而，新传记集趣味性的快乐和思想性的愤怒于一身。在写作对象上，它反拨了19世纪“传记就是伟人的历史”（卡莱尔），形式上的实验色彩如意识流手法的运用、轻松幽默的趣味性都给传记写作带来活力。[①]

实际上，“新传记”的核心特征，是强调传记作者的主体性——传记作者要进行艺术创作、要发挥解释的智慧和理解的深刻，将传记创作成富有作者个性的“艺术品”。[②] 例如新传记的代表人物之一弗吉尼亚·伍尔夫批评传统传记的真实性没有能够展示“人格”的真实性，没有表现出“隐晦曲折幽暗不明的精神世界”，因而其作品“索然无味”、“不堪卒读”。[③] 而西蒙斯则认为传记家要根据自己的才能来选择传主，[④]显然是在强调传记作者的主体意识。

英国新传记对20世纪的传记写作产生了很大影响，它使传记跻身于文学的殿堂，对艺术性的重视不但增加了传记的可读性，而且也拓展了传记的内涵，为传记

---

① 唐岫敏：《斯特拉奇与“新传记”——历史与文化的透视》，南京大学比较文学与世界文学专业博士论文，2004年，第3页。

② 赵白生对新传记的三个特征进行了较深入的论述，并将之总结为“新传记的三板斧”，参见《传记文学理论》，第200—216页。并同时参照《传记文学史纲》，第426—432页。

③ ［英］弗吉尼亚·伍尔夫著：《伍尔夫随笔全集》（王义国等译），中国社会科学出版社，2001年，第1700—1701页。

④ 《传记文学史纲》，第431—432页。

在20世纪的经典化辟出了第一块"自己的园地"。[①] 新传记后来很快传到美国,美国也产生了类似的传记类型,大部分美国新传记作者都明显受到英国新传记的代表人物斯特拉奇的影响,其特点是擅于捕捉传主的核心性格特征、注重趣味性。[②]

创作于20世纪上半叶的《此人来自黎巴嫩:哈利勒·纪伯伦研究》(*The Man is from Lebanon*,*A Study of Kahlil Gibran*,以下简称《此人来自黎巴嫩》)是美国第一部纪伯伦传记作品,同时也是一部典型的新传记作品。它具备新传记的核心特点:作者以一个作家的敏感性和想象力在"感受"和"创作"纪伯伦。但在她完成了关于纪伯伦生平的"艺术创作"以后,她只是实现了自己作为一位西方崇拜者的猎奇和崇拜心理,却将那个真实的纪伯伦远远地抛在身后。

《此人来自黎巴嫩》的作者芭芭拉·杨(Barbara Young)的身份,除了是纪伯伦晚年生活的私人秘书,纪伯伦文学的崇拜者,她同时还是一位具备写作才能的作家。因而,由她"创作"的这部纪伯伦传记作品,其显著特点是作者鲜明的主观感情色彩。杨充分发挥了她作为一名作家的想象和创作才能,并坦言自己不可能做到"完全客观"地写纪伯伦其人其作,反而是以纪伯伦7年私人秘书的独特视角来"感受"纪伯伦,并毫不隐讳纪伯伦诗作给自己带来的强烈震撼力和对纪伯伦诗作和天赋的崇拜。[③]

芭芭拉·杨鲜明的主观感情色彩使《此人来自黎巴嫩》具有很强的直观性和感受性。由于直接参与了纪伯伦的晚年生活和创作,作者对纪伯伦作品中精神实质的把握和理解是到位的,作者以自己与纪伯伦交往的亲身经历描述了一个日常生活中的纪伯伦。但鲜明的主观感情色彩也使这部作品极富文学"创造性",使这部作品更像一部文学作品,而非以真实性为基础的传记作品。甚至纪伯伦的出身、民族、性格、天赋都被作者赋予极强的神秘色彩。将纪伯伦"神秘化"的倾向导致了作品中诸多材料的失实,例如,称纪伯伦在20岁以前的大部分时间在黎巴嫩度过并故意美化纪伯伦的家庭出身等等,以突出纪伯伦"神秘的"东方身份。[④]

但纪伯伦果真有如此神奇吗?他果真是一位命定的天才吗?芭芭拉·杨极富主观性的文学描述,让我们无法看到一个作为人和诗人、作为一位早期阿拉伯移民的纪伯伦的真实面貌和心理世界。在对纪伯伦进行文学性处理的同时,作者无意中僭越了自己的"本分"——真实地再现和刻画传主,为传主服务,而她则以强烈的主观感情色彩,想象、再造了一个新的纪伯伦形象。

事实上,由于传记不同于文学的历史性特点,"真实"构成了传记独立存在的合法性。当代传记理论和研究的核心问题,实际上已不是传记归属于文学还是史学的问题,而是传记作为一种独立类别的合法性问题,也就是说,是什么样的特殊性

---

① 《传记文学理论》,第203页。

② 《传记文学史纲》,第454—459页。

③ Barbara Young: *This Man from Lebanon*, *a Study of Kahlil Gibran*, New York: Alfred A. Knopf, 1945, "*Foreword*".

④ *This Man from Lebanon*, *a Study of Kahlil Gibran*, p. 31.

和本质特征，界定了传记写作的独立性和合法性？但现代西方文学性的传记中作者主体性的极端发展，却导致了“主体性的僭越”：传记作者凌驾于传主之上，以文学性的想象力和创造力，“再造”一个想象中的传主，其结果必然是模糊了传记与文学的边界，使传记不再具有传记的独立性，完全成为一部文学作品。实际上，早在西方现代传记产生之初，作为传记理论家的弗吉尼亚·伍尔夫在她看似“玩笑”的两部传记作品中，已经以极端性的创作实践，预言了传记作者“主体性的僭越”给传记带来的灾难性后果——当传记作者把传记当做艺术创作而忽视了它的“真实性”，那么也就事实上消解了传记，所谓的传记也就不复存在，它最终只是一种文学性的虚构。

伍尔夫有两部名为“传记”的作品。一部是《奥兰多——一本传记》，作者在日记中坦率地承认，在标题中写上“传记”要冒着书卖不出去的风险，因为那样要把作品放到自传的书架上，而“没人想要传记”。[①] 但即使如此，作品中不时跳出的对传记作家略带调侃的议论，诸如“那是每一个优秀的传记作者试图忽略的部分”、“传记作家在这里应当注意这样一个事实”、“就像一个传记作家可能做的那样”等等，都刻意在表明这是一部典型的传记作品。另一部传记作品《费希勒——一条狗的传记》也出现了同样的情况，作为传主的狗的思想和感受，作者显然无从知道[②]，但该作俨然一部合乎形式规范的传记作品：它有细致入微地对狗的心理描写、有从传主狗的视野看到、闻到、感受到的世界，从它的宗族谱系、外貌性格、乃至终老，作者细致描写了一部狗的生平，甚至作品结尾也附上严肃的“资料来源”，称“笔者必须在此承认，以上传记的参考资料来源极有限，读者若有意查证事实真相或作进一步研究，可参考。”[③]

伍尔夫写这两部“传记”的用意何在呢？一条狗、一个跨越了 3 个世纪、并且由男变女的人物，即使它们均有传主原型和生活的时代，也仍然不是真正意义上的传记而只是文学作品。作为一位严肃的传记理论家，伍尔夫实际上通过传记实践反证了“真实性”对于传记的核心地位——如果缺少写作对象的真实性，传记也就不再是传记，只能是文学，即使它自称“传记”，具备了传记的一切形式要素。

正是因为“真实性”构成了传记的核心要素，才使传记区别于以虚构为根本特征的文学，具有了独立存在的合法性。它要求传记作者采取客观中立的写作立场，尽力忠实于传主，而不是凌驾于传主。然而，传记又不同于史学，这在于它在研究方法上超越了历史学的资料考证方法，根据所写传主的具体情况，借助于社会学、宗教学、心理学等种种方法，对传主的外部生活和内部心理进行学理性的深入探究。在这一点上，美国当代传记实践给我们提供了方法论上的依据。

---

① ［英］弗吉尼亚·伍尔夫：《奥兰多——一部传记》(韦虹等译)，哈尔滨出版社，1994 年，“弗·伍尔夫日记”，第 228 页。

② 显而易见的是，传记作者对于和自己未接触过的传主的情况，也象伍尔夫对这条狗一样一无所知，伍尔夫在此处暗含着对一切“真实性”叙述的嘲弄和质疑。

③ ［英］弗吉尼亚·伍尔夫：《费希勒：一条狗的传记》(唐嘉慧译)，上海译文出版社，2009 年，第 121 页。

二、学术型传记与当代英语纪伯伦传记的发展

如果说20世纪上半叶的美国传记是在欧洲“新传记”的影响下发展起来的，那么，20世纪下半叶以来的当代美国传记则处于世界领先地位并具有影响力。在笔者看来，美国当代传记的发展与学术视野的介入密不可分，这也为传记理论提供了成熟的方法论资源。学术视野介入美国当代传记写作的重要表现，是文学传记与商业传记的分离、传记理论研究的发达、客观中立的写作立场、写作方法的综合多样化和对传主进行学理性的深入探究。[①] 在一定程度上，当代美国传记可以被称为“学术型传记”，它由“新传记”的注重文学性的描述，转向了注重真实性、客观性和深刻性。美国当代传记的这种转变也充分体现在纪伯伦传记写作上。

美国当代纪伯伦传记的两部代表作是《他的生活和世界》(*Kahlil Gibran: His Life and World*，以下简称《他的生活和世界》)和《哈利勒·纪伯伦：人和诗人》(*Kahlil Gibran: Man and Poet*，以下简称《人和诗人》)。《他的生活和世界》第一版出版于1974年，分别于1981、1991和1998年3次修订再版，《人和诗人》则在借鉴前一成果的基础上出版于1998年，这两部作品是美国当代纪伯伦传记最重要的两项成果。这两部传记作品体现了美国当代传记写作的发展趋向——客观中立的学术立场、写作方法的综合多样化和深入的学理探究。

首先，这两部传记作品显示出客观、中立的学术立场，这与早期传记作者强烈的主观感情色彩形成了鲜明对照。[②]

除了客观中立的学术立场以外，两部作品的学术视野还表现在写作方法上。两部传记的作者根据传主的具体情况，运用综合多样的研究方法，对传主的生活、创作和心理进行学理性的深入探究。这打破了之前“新传记”影响下的文学性描述、精神分析及心理一元论方法，同时也不同于传统的史学考证方法，既不流于文学性描述的随意，也不囿于史学的刻板和单一，而是根据传主的具体情况，以切合传主的具体方法进行写作。具体来讲，“综合多样的研究方法”可以是哲学、心理学、社会学、文化学或者宗教学等等，而一部传记作品可以根据传主的具体情况和传记作者的写作重点，以一种方法为主、另外几种方法为辅进行写作。例如，两部纪伯伦传记作品虽然都采用了常规的历史性记叙方法，但同时也根据各自的具体情况，综合运用了多种方法。

《他的生活和世界》主要运用了社会学描述和心理分析方法，重在历史线索中细腻生动地展现纪伯伦“其人”。例如，作品在描绘纪伯伦初到波士顿、并在戴伊的引领下涉足先锋艺术圈这一阶段时，用了3章的篇幅，细致地向我们“呈现”少年纪伯伦初到波士顿的现实生活场景：在第2章“城市荒野”(*A City Wilderness*)中，作

① 关于美国当代传记发展概况，详见《传记文学史纲》，第453—478页。

② 关于两部传记作品客观中立的学术立场，详见马征：“从三本他传看英语世界的‘纪伯伦形象’转变”，《跨文化对话》25辑，第348—350页。

者首先细致地描绘了19—20世纪之交波士顿移民聚居区穷困、混乱的生活环境和因文化差异造成的它与美国白人居住区的巨大隔阂、以及由此产生的社会问题和美国慈善事业针对这一社会问题采取的一系列具体的尝试措施。在细致的社会学描述背景下，作者进一步写到纪伯伦一家初到波士顿的生活窘况和他在移民学校的优异表现，甚至向我们展示了比尔小姐写给戴伊的推荐信；随后，在第3章"短暂的病态世纪末"(*The Sick Little End of the Century*)中，作者以详实的图片和历史、文学资料，向我们再现了丰富多彩的波士顿"世纪末"文学文化场景，并对戴伊这位已经在美国文学史上寂然无名、却活跃在19—20世纪之交波士顿先锋艺术圈的文化名人的生活和艺术经历进行了历史性的"还原"。

《他的生活和世界》不仅借助社会学方法，从"外部"环境上真实展现纪伯伦的生活，而且还运用心理分析方法，对纪伯伦的内心世界进行深入探索。例如，在作品的第4章"年轻的酋长"(*The Young Sheik*)中，作者以一章的篇幅深入描绘了被戴伊的彩色照相神奇地装扮成一位年轻高傲的阿拉伯酋长的少年纪伯伦的微妙心理、他在戴伊的指导下阅读梅特林克作品时的感受、以及他在戴伊的出版公司最初所受的艺术熏陶和锻炼。而在作品中，作者也实事求是和不失深度地探索了纪伯伦在他生活的独特情境下所编织的"纪伯伦神话"。

另外一部作品《人和诗人》却充分发挥了传记作者作为文学研究者的专长，结合纪伯伦的文学创作、阿拉伯文学、美国文学等文学知识及其背后蕴藏的文化意蕴，对纪伯伦的人生经历进行互释互证性的阐释，这使作品形成了文化分析、文学研究和学理性探究的方法特色。

《人和诗人》侧重从"东西方文化"、"伊斯兰教和基督教文化"的"关系"层面把握纪伯伦及其创作。该书的"前言"认为，纪伯伦借助于"伊斯兰神秘主义"重新设想基督教，他的创作回答了现代西方世界人们内心深处的需要，是西方人的精神食粮。[①] 作者在写作过程中，并不满足于从现实层面梳理纪伯伦文学与美国文化的关系，而是从宗教与文化的高度探讨纪伯伦在其创作中试图调和基督教与伊斯兰教、东方文化与西方文化的种种尝试。

由于不满足于仅仅从美国现实语境、而是从"东西方文化"、"伊斯兰教和基督教"的"关系"层面把握纪伯伦及其文学创作，不同于《他的生活和世界》很强的历史"展现性"和"还原性"，《人和诗人》具有较强的学理性和思想深度。它往往对纪伯伦的实际生活一笔带过，重在从宗教、文化的深层分析纪伯伦及其文学创作。文中对纪伯伦文学中表现出的浪漫主义精神与移民开拓精神的相通、其作品中流露出的美国先验思想与伊斯兰文化中苏非传统的内在契合、以及早期作品中的自然观与阿拉伯传统文学中自然观的显著差异等等，都进行了独到精深的研究，显示了该书超越"历史展现"的深刻的思想性和学理性。在结构安排上，虽然两部传记作品都采用了历时性的方法，但《人和诗人》具有更强的思想逻辑性。全书将纪伯伦的生活经历以时间顺序"整合"为11个阶段，每个阶段均以一章的篇幅进行写作，每

① Suheil Bushrui and Joe Jenkins: *Kahlil Gibran: Man and Poet*, Oneworld Publications, 1998, p. vii.

一章的标题后都注明这一阶段的具体时间，层次清晰，一目了然，体现了该传记作品学理性强的鲜明特征。

《人和诗人》的另一个特点，是借助文学研究进行传记写作。作为一位卓有建树的文学研究者、一位对纪伯伦及其创作有着深刻体悟的专家，苏黑尔对纪伯伦的生平事迹常常一带而过，却往往结合纪伯伦创作的文学史背景，将写作重点放在纪伯伦文学创作的深入解析上。例如，同样是写1898—1902年间纪伯伦重返黎巴嫩学习阿拉伯民族语言文化知识，《他的生活和世界》重在写纪伯伦这一时期的求学和感情经历，《人和诗人》却以"返乡寻根"(*Returning to the Roots*)为题，首先深入分析了阿拉伯文学在面对西方冲击时出现的两种倾向——或以重回经典来拒绝西方思想，将阿拉伯文学的经典作品当做评价一切现代文学的准绳，或者以兼容的姿态，大胆吸收西方文化，试图将基督教文化和伊斯兰教文化融汇为一。在此基础上，该书对纪伯伦的文学创作在这一时期所受的文学文化影响进行了深入的学理剖析，并由此来理解该时期纪伯伦的创作思想。

因而，客观、中立的学术立场、综合多样的写作方法和学理性探究，构成了当代纪伯伦传记的鲜明特点，也表现了美国当代传记写作的一个重要转向——与学术视野的结合。这给中国的纪伯伦传记写作提供了很强的借鉴意义。

三、对中国纪伯伦传记写作的启示

中国的纪伯伦传记写作非常欠缺，仍然局限于资料性的年表或生平介绍，而即使是资料上的考证都还存在着严重问题，更不要说对纪伯伦进行学术性的深入研究。例如，纪伯伦一生的大部分时间在美国度过，他享誉世界的几部作品也在美国由扶植了先锋文学的"小杂志"或"小杂志"类型的出版社出版，但对于纪伯伦与西方语境的关联，国内学界却知之甚少，对于纪伯伦早期波士顿生活经历、巴黎留学时代和纽约的格林威治村的生活，国内纪伯伦传记成果很少深入探讨，研究者常常一语带过、语焉不详或议论空泛，甚至出现了以讹传讹的情况。

最典型的例子是国内评论界引用罗丹的话，称纪伯伦为"20世纪的布莱克"。这一说法最早见于冰心先生1931年为《先知》汉译本写的序中，译者坦承自己对纪伯伦的生平和创作知之甚少，并言她知道法国的雕刻名家罗丹称纪伯伦为"20世纪的布莱克"。国内另有译者称，纪伯伦1908年前往艺术之都巴黎，受教于艺术大师罗丹门下，罗丹十分欣赏纪伯伦的才华，誉之为"20世纪的威廉·布莱克"。[①] 关偁先生在1994年版的《纪伯伦全集》"阿拉伯文卷译序"中也写道：纪伯伦在欧洲时潜心研究西方文化，并深受英国诗人威廉·布莱克的影响，以致罗丹及其朋友们称他为"二十世纪的威廉·布莱克"。[②] 更有译者写道："纪伯伦赴巴黎习画，与罗丹交游"，1912年他定居纽约，专事写作与绘画以后，"罗丹盛赞纪伯伦的作品里有

① ［黎］纪伯伦：《纪伯伦全集》1(李唯中译)，百花洲文艺出版社，2007年，前言，第2页。

② ［黎］纪伯伦：《纪伯伦全集》1(关偁、钱满素译)，河北教育出版社，1994年，译序。

神秘的风韵”。[1] 纪伯伦到巴黎习画，尚为默默无闻一贫寒学子，与当时声名赫赫的罗丹约见尚且困难，更何谈“交游”！而纪伯伦1912年以后更未见过罗丹，罗丹的“盛赞”真是莫名其妙！

事实上，据笔者查到的资料，“20世纪的威廉·布莱克”是纪伯伦编织的“纪伯伦神话”的一部分，这一神话经过出版商出于商业利益的宣传，再加之后世崇拜者的渲染，从西方或阿拉伯世界流传到中国。3部当代英语纪伯伦传记作品都以各种方式提到了这一细节。在《哈利勒·纪伯伦的生活和时代》(*The Life and Times of Kahlil Gibran*)中，有三处涉及这一细节。第一处是在纪伯伦巴黎求学期间，他开始一项延续一生的艺术工程——为著名艺术家画肖像。此处提到，纪伯伦原想给罗丹画像，但因很难找到约见的机会而作罢，而这一期间与纪伯伦接触最为频繁的好友胡瓦伊克也坚持说纪伯伦与罗丹的见面时间非常短促。[2] 第二处是传记作者细致地分析了纪伯伦的一些明显的性格缺陷。首先就是撒谎，例如，纪伯伦说他出身于一个富足、显赫的家庭、童年生活幸福稳定；另外，在1918年第一部英文作品《疯人》出版时，他吹嘘罗丹曾称他为20世纪的布莱克。[3] 第三处是作者写到《疯人》的出版时，细致地描绘了当时的情境：

> 出版宣传册对这本书的宣传后来声名狼籍，它赫然印上了奥古斯丁·罗丹(此时已去世)的话，称纪伯伦是“20世纪的威廉·布莱克”，并称“世界应对这位黎巴嫩的诗人画家有所期待”。然而，现在已被公认这不过是纪伯伦的想象式的虚构……[4]

在《他的生活和世界》中，作者也曾提到，在巴黎期间，纪伯伦“甚至遇到了”罗丹，一次在罗丹的工作室，后来是在一次画展上短暂的相遇。在纪伯伦当时写给玛丽的信中，他也提到了这两次短暂的相遇，但并未有只字提到罗丹对他的任何评价。第一次是在罗丹的工作室，纪伯伦不无兴奋地说，罗丹“确实对我和带我去的朋友很和蔼”，第二次是在巴黎的一次画展上，纪伯伦偶遇罗丹：[5]

> 伟大的罗丹在那儿。他认出了我并和我谈及一位俄国雕塑家的作品，说：“此人理解形式的美”。我真希望那俄国人听到大师对他作品的评价。对于一个艺术家来说，(甚至)罗丹口中的一个词都价值很大。[6]

而在《人和诗人》中，作者只简单地写了罗丹向纪伯伦提到了威廉·布莱克，也未提及罗丹对纪伯伦的任何评价。[7] 在阿拉伯文中译本资料《纪伯伦传》中，作者

---

① [黎] 纪伯伦：《鲸鱼与蝴蝶》(李桂蜜译)，中国友谊出版公司，2002年，序。

② Robin Waterfield: *The Life and Times of Kahlil Gibran*, the Penguin Press, 1998, p. 115.

③ *The Life and Times of Kahlil Gibran*, p. 145.

④ Ibid., p. 209.

⑤ Jean Gibran and Gibran Kahlil: *Kahlil Gibran: His Life and World*, Interlink Books, 1998, p. 183.

⑥ *Kahlil Gibran: His Life and World*, p. 183.

⑦ *Kahlil Gibran: Man and Poet*, One World Publications, 1998, p. 89.

的记述与英语传记资料大致相同，也未提及罗丹称纪伯伦为20世纪的威廉·布莱克，只是讲纪伯伦随一群美术学校老师和学生拜访罗丹，由于拜访者的提问，使罗丹谈起了威廉·布莱克，由此使纪伯伦开始对威廉·布莱克的作品产生兴趣。[①]

由以上资料可知，对纪伯伦缺乏深入的学理探究，使汉语评论界误传了"20世纪的威廉·布莱克"之说。这表明国内纪伯伦传记研究还只限于年表式的资料梳理，缺乏深入的学术研究。对于纪伯伦这位读者甚众的文学"大家"[②]，中国读者无法深入了解他复杂的生活和感情经历，因而，借鉴美国当代纪伯伦传记成果，以客观、中立的学术立场、综合多样的研究方法和学理性探究的学术视野介入纪伯伦的传记写作，在目前国内的纪伯伦传记写作中显得尤为重要，而美国当代传记与学术视野的结合，也为中国的传记写作提供了方法论上的借鉴！

---

① ［黎］米哈伊尔·努埃曼：《纪伯伦传》（程静芬译），湖南人民出版社，1986年，第99—101页。

② 除了众多的文集和选集外，中国曾出版过5种《纪伯伦全集》，可见纪伯伦作品在中国的受欢迎程度。

库切的自传观和自传写作

——以《男孩》、《青春》两部自传为例

南非白人作家 J. M. 库切(John Maxwell Coetzee,1940—),2003 年诺贝尔文学奖得主,近些年来越来越引起人们的关注。他并不是一位多产作家,但关于他到底写出了多少部小说,却众说不一。歧义产生的根源主要在于对《男孩》、《青春》这两部作品文类归属的争议。有些学者认为它们属于虚构的小说文类,如浙江文艺出版社在 2004 年出版的"库切小说文库"和 2007 年推出的"巨擘书库:库切核心文集"中,均称《男孩》和《青春》为自传体小说,诺贝尔文学奖授奖词也持此观点。另外一些学者则认为它们是非虚构类,即纪实性质的自传作品:如《大不列颠百科全书》、《大不列颠简明百科全书》、《哥伦比亚百科全书》都把《男孩》和《青春》称作自传、回忆录、小说之外的其他作品,英国的"Penguin Books"出版社在 1997 年出版的《男孩》的前言中,也称《男孩》和《青春》为"两本回忆录",属于小说之外的"其他创作";厄普代克在《库切和他的青春》这篇随笔中则明确指出,"J. M. 库切,这位想象丰富、文风严肃、目光敏锐的南非小说家和评论家,六十岁刚过,发表了在我们看来是正在写作的回忆录的第二部:《青春:外省生活场景 II》。"[①]

那么,《男孩》和《青春》到底应该属于哪种文类?我认为,以自传文学的真实性和纪实性这个标准去判断,库切的这两部作品应该属于自传。因为这两部作品是作家对自己的童年和青年时期人生经历和心灵世界的真实记录,里面讲述的生活事件和心路历程在《双角:随笔和访谈》(*Doubling the Point: Essays and Interviews*)[②]及其他的具有口述自传性质的访谈录中,库切一再提到,与库切的真实经历是基本相符的。之所以对它们的文类归属产生歧义,关键就在于库切独具一格的自传观念,导致他的自传作品显示了与传统不同的自传品格。

一、不可再现的历史

一般认为,自传属于非虚构性的纪实文类,事实是界定自传文类的一个基础因素,真实性是自传文学的核心价值追求。在这一点上,自传的写作跟历史的书写颇为类似,都是力求借助文字再现历史场景。某种程度上可以认为,自传实质上是在提供个人历史。所以要深度把握库切的自传观,势必要从他的历史观入手。

随着新历史主义和解构主义等后现代文学文化思潮的兴起,传统的真实历史观受到了极大的挑战。新历史主义的著名理论家海登·怀特认为,历史其实像文

---

① 厄普代克:"库切和他的《青春》"(马振骋 译),万象,2003 年第 12 期。

② 《双角:随笔和访谈》即前文"作家篇"中"一切作品皆自传"一文提到的《重弹录》。

学一样，是一种叙事，“事实上，叙述始终是、而且仍然是历史书写的主导模式”①。的确，面临一堆彼此之间并无关联的作为事件因素存在的原始材料，历史学家要寻找一条逻辑的链条把它们按因果关系串联起来，在串联过程中，取舍是在所难免的。所以叙事总是一种情节的建构，历史叙述与其说“能产生另一个更为全面也更为综合的事实性的陈述，不如说它是对事实的阐释。”②在对历史场中未经加工的历史材料进行选择并进行情节编织时，作为阐释主体的人所处的文化环境、他自身的文化立场和意识形态模式都在阐释过程中影响着作为客体的历史意义的走向，这是导致对同一历史事件的互相对立的历史叙事出现的根源。历史学家都是特定时代、带有特定时代意识和价值取向的个体，他们阐释的历史必定带有它们所处时代的意识印痕，正是在这个意义上，意大利学者克罗齐提出“一切历史都是当代史”，柯林伍德提出“一切历史都是思想史”的历史命题。由于历史的叙述和意识形态性质，所以传统历史书写的终极诉求——真实再现历史场景从根本上就是不可能的了。

库切的历史观深受后现代主义历史观的影响，也明显带有挑战和解构传统科学历史观的色彩。同海登·怀特一样，他强调历史的叙述性质，认为，“历史不是现实；历史是一种话语”③。而在阿特瓦尔的访谈中，库切则提出：“历史可以是，就像你所说的，再现的过程，但对我来说，感觉起来它更像是一种引向再现的力量。在那个意义上说，是的，它是不可再现的。”④库切所说的“引向再现的力量”，一方面是指历史学家们不可避免地带有主观色彩的历史编纂和历史阐释，另一方面是指记录下历史事件的叙述因素。叙述离不开语言的中介，库切早年曾经专门研修过结构主义语言学，他一直在学术论文和文学创作中非常关注语言的流动性以及这种流动性导致的叙述的不可靠性。语言的中介也是导致历史场景不可再现的重要因素。

由于历史的意识形态色彩和历史场景的不可再现性，人类集体的历史经验从根本上是难以修复的，个人的历史同样也难以全面而真实地再现。对此，库切也提出了明确的观点：“所有关于‘我’的描述都是‘我’的虚构，主要的‘我’是不可能复原的……真的，在这个词语经历了和某个人存在的关联之后，生活不会恢复到同以前一样。”⑤也就是说，库切认为通过语言中介书写个人历史，不可能恢复既往，也不可能呈现过去那个自我的真相，只能是一种主观的虚构。

---

① [美]海登·怀特：《后现代历史叙事学》(陈永国、张万娟译)，中国社会科学出版社，2003年，第294页。

② 同上书，第326页。

③ J. M. Coetzee: *The Novel Today*, Upstream 6, 1988 (Summer).

④ *Doubling the Point: Essays and Interviews*, p. 67.

⑤ Ibid., p. 75.

二、一切自传都是故事叙述

基于上述历史观，库切提出了自己的传记观，他提出"传记是一种故事叙述，你从留存在记忆中的过去选取材料，然后将它编排进一个叙述里，这个叙述以一种或多或少没有缝隙的方式领先于活生生的当时。"①

个人生平中每一时刻经历的那些原发性的材料肯定属于事实，但是一方面所有的经历材料不可能全部进入自传写作（作者要保持叙述的完整性，就一定要对材料进行筛选），另一方面自传是在人生的某一时刻动笔，对以往经历的回溯。自传离不开记忆，而记忆并不像摄像机拍摄的情景再现那样准确可靠，即使是摄像机的拍摄，也只能是拍到外在的真实，内心的情感波澜也是无法再现的。所以靠记忆构建起的回忆录里的真实只能是一种相对的真实，不可能达致绝对的真实。由于自传写作的叙述性质，不可避免地需要想象的介入，因此，库切提出："你从记忆库中选择材料来诉说关于你的生活的故事，在选择的过程中你删除某些东西，比如说省略不提你在孩提时代曾经折磨过苍蝇的事，从逻辑上讲，就像你说你折磨过苍蝇，而实际上你并没有那样做一样，都是对事实真相的违背。因此，那种认为自传（实质上是历史）只要没有撒谎就是真实的观点，唤起了一种十分空洞的真相的观念。"②

库切认为，自传的独特之处在于"一方面是作者拥有把握资料的特权，另一方面，因为追踪从过去到现在的历程是这样一种自我兴趣的事业（在某一种意义上都是自我兴趣的），所以选择性的视野，甚至某种程度上的视而不见——对任何旁观者来说都是明显的东西的视而不见，变得不可避免。"③在 1985 年写作的《忏悔和双重思想：托尔斯泰、卢梭和陀思妥耶夫斯基》这篇篇幅很长的论文中，库切对这种自传写作中的自我兴趣做出了细致的分析。他指出："忏悔录的最终目的是向自己和为自己讲述真相。我对陀思妥耶夫斯基三部小说中的忏悔录命运所作的分析是要揭示出：对于卢梭和卢梭之前的蒙田所尝试的现世忏悔的多变性，陀思妥耶夫斯基怎么样和为什么要产生怀疑。因为意识的特性，陀思妥耶夫斯基揭示出，自我不可能在没有自我欺骗的情况下向自己讲述自我的真相。"④

通过分析，库切得出了这样的结论：忏悔录中的自我欺骗是不可避免的，对真相的追求注定是失败的。与此同时，他还强调了另一观点：忏悔录中自我检查的失败。这种观点主要是通过对卢梭的《忏悔录》的分析得出的结论。库切指出，在卢梭的《忏悔录》中，自我检查并不像卢梭所宣称的那样为讲述真相服务，而是服务于作者的自我兴趣。卢梭创作《忏悔录》的动机与其说是讲述自我的真相，不如说

---

① *Doubling the Point*: *Essays and Interviews*, p. 391.

② Ibld., p. 17.

③ Ibid., p. 391.

④ Ibid., p. 291.

是出自虚荣之心。对此，库切说："自我检查不是一个真实的容器，而仅仅是一个想让自己感觉舒适、博得别人好感等等的愿望。"[①]由于这一特性，自我检查只能成为讲述真相的对立因素，驱使自我不断掉入对动机的自我怀疑之中，其结果是无论讲述自我真相的意愿如何真诚，在不断的自我检查的作用之下，也不可能揭示自我的真相，它形成的只能是一个又一个的关于自我的虚构，结果，忏悔就成为了一个永远没有休止的进程。自传写作也就成为了一个永远在和难以消除的自我兴趣斗争的过程。

在《双角：随笔和访谈》的最后，应访谈者阿特瓦尔的邀请，库切对整个的访谈做了一个回顾，在这次回顾中，库切一再强调《忏悔和双重思想：托尔斯泰、卢梭和陀思妥耶夫斯基》这篇论文的重要性，称它是自己思想和创作进程中的一个中枢，并再次重申了自传中讲述自我真相的徒劳，"没有关于自身的最后的真相，抵达最终的真相的努力是没有必要的，我们称之为真相的东西只不过是一种迅速变化的自我重估，它的功能是让一个人感觉良好，或者说鉴于这种体裁不允许人们创造随意虚构的小说，它的功能是让一个人在这种情形下尽可能地感觉良好。自传被自我兴趣所控制……一个人以一种抽象的方式可以意识到那种自我兴趣，但最终他不能使它完全清晰。自传中唯一确定的真相是个人的自我兴趣被锁定在个人的盲区。"[②]

通过细密的推理，最终库切得出了"一切自传都是故事叙述，一切写作都是自传"的结论。这一结论一方面突出了自传写作的叙述及虚构性质，另一方面他又进一步将所有的写作视为讲述真相的失败。这种观点直接影响了他的创作，成为他的小说中的一个结构模式，按照阿特瓦尔的说法，"库切的创作遵从一种讲述真相的方式，而这种方式小说自身无法拥有。"[③]另一位学者吉尔伯特则提出："库切将写作视为讲述真相的失败和欺骗的观点控制和形塑了他的小说，是《等待野蛮人》、《铁器时代》、《耻》等作品中隐含的主题。"[④]的确，通观库切小说，故事的叙述者大多是不可靠的，他们试图探测别人，也时不时反省自身，在反省之中，不断自我批评，也自我辩解。其结果是他们的言说模棱两可，充满矛盾，关于他人和自我的真相总是无法抵达。

三、自传即他传

库切的自传观明显具有解构性质，在他的细究之下，传统自传的文体基础发生了根本动摇。虽然在当下文化语境中，库切的自传观算不上十足新鲜，但是却直接影响了他的写作，尤其是自传的写作，使他的自传显示出了与众不同的特质。

---

① *Doubling the Point: Essays and Interviews*, p. 292.

② Ibld., p. 392.

③ Ibid., p. 10.

④ Gilbert Yeoh: *J. M. Coetzee and Samuel Beckett: ethics, truth-telling, and self-deception*, Critique, 2003(Summer).

1997年出版的《男孩》，主要追忆库切大约从8岁到13岁之间的人生经历。我们可以看到开始时他和他的家人住在沃塞斯特郊外住宅区的一幢大房子里，那儿一棵树也没有，却常年刮风，房子很新但满是灰尘。后来由于父亲工作的关系，他们一家离开沃塞斯特，来到开普敦。住在一个挺偏僻的地方，门窗都已经变形，后院里堆着碎石瓦砾。在书中，我们看到了一个学业优秀但却总是抑郁不安的学生，一个对耻辱和荣誉过于敏感、觉得自己不正常又渴望变得正常的孩子，一个对父母都不满意的倔强的少年，我们还看到了他对他叔叔管理的家庭农场"百鸟喷泉"的眷恋和热爱，对自己所拥有的阿非利肯人身份的苦恼，以及无处不在的种族歧视、暴力事件、政府决策引起的恐慌、忧虑和仇恨情绪。

2002年发表的《青春》，是库切对自己大约在19岁到24岁之间的生活经历的纪录。全书共20章，前4章写他在南非开普敦大学期间的生活场景，他利用业余时间打工，挣的钱足够他付房租和大学学费，他在用这一方式继续着对父母的反抗，力图证明："每个人是一座孤岛，你不需要父母。"[①]为了能让自己成为一个男人，消除自己的孩童气，他去谈情说爱，为了让自己日后到欧洲时"不会是外省的土包子"，他拼命读欧洲的经典文学作品。最终在沙佩维尔大屠杀事件之后，为了躲避被征召入国防军服兵役的命运，他逃离了南非，来到了英国的伦敦。从第五章开始，写他在伦敦的生活。在伦敦，他的工作是在计算机公司里当计算机程序员，他无亲无友，身上背负着殖民地人的烙印，因此受到伦敦人的冷眼。他很孤独，想借爱情来排解，于是陷入和众多各种国籍的女性的恋爱。慢慢地，表面上他适应了英国中产阶级的生活方式，但是内心里他并不喜欢为自己赢得中产阶级地位的计算机程序员的工作。他的梦想是当一位文学大师，但却总是壮志难酬，满脑子想的是自己如何成为真正的艺术家，他在阅读和写作中探索着自己的文学道路，等待着缪斯女神某一天的降临。

这两部自传讲述的内容是库切的经历，但读起来不像是一种"自述"，而像是在讲述他人的故事，这主要是因为库切采用了第三人称"他"的叙述视角。这种叙述视角的采用，源自库切对真相的看法。由于自传写作中自我兴趣、自我欺骗、自我检查的存在，自传中提供的自我形象与身处自传事件中的真实的自我形象根本不可能完全重合，自传作家也根本不可能抵达关于自我的最后真相。所以当阿特瓦尔请库切回顾他们之间的谈话时，库切只承认"在回顾中提供的是过去20年的故事看起来所像的东西。"[②]不肯承认那就是真实的自我。在谈到自己的人生经历时，库切始终只肯用"他"来表述，其实就是在以此方式来强调自我真相的难以抵达。正是出于同样的原因，库切在《男孩》和《青春》中采用第三人称叙述视角。库切隐身在这一视角之下，与自传中的自我形象拉开距离，冷静地审视着自我的成长叙述，尽情地呈现着自我意识的盘旋，巧妙地回避了有关自传真实性的任何质疑。这种质疑在《青春》中也以文学性的语言表述出来："到底什么是真实？如果他对

① 《青春》，第3页。

② *Doubling the Point: Essays and Interviews*, 1992, p. 392.

自己都是个谜，怎么可能对别人不是个谜呢？”①

一般说来，自传是站在人生历史的某一时刻对以往历史的追溯，树立的形象是过去的自我形象，为了表明现在的自我的不在场，自传作者大多采用一般过去时的时态。然而海登·怀特、蒙特洛斯、克罗齐等历史学家则提醒我们在书写历史时作为阐释主体的历史学家主观意识的介入。对此精神分析学大师弗洛伊德也说过："一个人描述历史的时候，即使他是位历史学家，我们也应该考虑到这样一个问题：他从现在或某个中间的时间点放入过去某些东西，并因为这些东西而使过去的图画歪曲。”②按照这些学者的说法，自传采用的一般过去时只不过是一种自欺欺人的招数。库切的观点和这些学者相似，在 1981 年写作的论文《卡夫卡〈地洞〉中的时间、时态和神态》中，库切分析了两种对立的时间意识，“第一种，即我们称作的历史意识，把现实归因于看起来和现在是一种持续关系的过去。第二种，即我们称作的末世论的历史意识，认识到没有这种持续性：仅有现在，总是现在……”③库切明显反对第一种历史意识，而是倾向于第二种，他认为根本没有持续性的完整历史，历史总是存在于现在。库切不愿意自欺欺人，因此，他在《青春》和《男孩》中采用一般现在时态，就是想借此正面告诉读者：“我们认识自身时，不仅要把自己当做历史力量的客体，而且还要把我们当做我们自己所做的历史阐释的主体。”④

《男孩》和《青春》的副标题分别是“外省生活场景”、“外省生活场景之二”。库切似乎并不以提供意义连贯的线性历史为己任，而只是提供一幕幕的生活场景。场景和场景之间存在大量的空白，对这些空白库切没有做任何解释，也没有呈现出在叙述上将这些历史场景连接起来的意图。库切的这种叙述策略直接源自他独特的时间观。还是在关于卡夫卡的《地洞》的那篇论文中，库切对古希腊哲学家芝诺的时间观表现出了浓厚的兴趣并予以认同，他分析道：“芝诺指出，射出去的箭到达目标之前，必定要先到达目标的中间地点，而在到达中间地点之前，它又必须先到达到四分之一的地点；等等。要到达它的目标，这支箭必须经历无限种状态；要经历无限种状态，它又必须花费无限多的时间。芝诺应该再加上：以此方式将箭的飞行构思为时间的连续，我们就永远不能掌握它是怎样从这一时刻进入另一时刻，我们也永远不能将它的那些时刻与一个简单的飞行构成整体。”⑤库切的意思是说，由于某一历史时段是由无限种状态和无限多的时间点构成，所以任何试图呈现整体历史的努力都是徒劳的，这个和那个历史事件之间势必要出现间隔和中断。由于意识到整体历史呈现的无法实现，库切在回忆自己的童年和青年经历时，干脆就任由这些事件之间的间隔和中断保留，最起码在形式上可以做到更加贴近历史存在的真实状态。

---

① 《青春》，第 149 页。

② Sigmund Freud: *Introductory Lectures on Psychoanalysis*, Translated and Edited by James Strachey, New York: Norton, 1966, p. 336.

③ *Doubling the Point*: *Essays and Interviews*, p. 231.

④ J. M. Coetzee: *Stranger Shores*, Harmondsworth: Penguin Books, 2001, p. 13.

⑤ *Doubling the Point*: *Essays and Interviews*, p. 227.

总之，在《男孩》和《青春》这两部自传中，库切通过采用第三人称“他”的叙述视角和一般现在时态，提供了彼此之间充满空白的一幕幕独立的历史场景。在这两部自传中，库切一直隐身在叙述之外，既把过去的自我当做客体来研究，又渗透着对真相和如何呈现真相的思索，显示了强烈的自传理论自觉意识。对这样的自传，库切自己独创了一个新词来进行表述，即他传(autrebiography)。或许我们可以这样来表述库切的自传观：自传即他传。

四、精神传记和自我形象

在《男孩》和《青春》中，库切不以提供连贯的历史为价值追求，而是将重心放在了精神分析的层面，他注意的是外在事件在人的心灵之湖上激起的涟漪。两部自传明显带有精神分析传记的特点。这些精神分析的主要目的是要揭示自我的真相，《男孩》和《青春》中的精神分析紧紧围绕着“他”的自我形象探索和建构展开。

在《男孩》中，由于种族隔离导致的等级偏见、暴力事件和畸形的教育体制就是日常的生活现实，库切描写了这些事件，但他更关注的是这些事件对一个孩子情感结构的影响。“对于正在暴露给他的东西来说，他太小，太孩子气，也太脆弱了。”孩子公正的天性使他知道周围“正在发生的事是错误的……不应该允许它们发生。”[①]然而，白人主人对黑人童仆的毒打、农场上的非洲佃农见到枪时的恐惧、等待被屠杀和阉割的动物们惊恐的眼睛、黑人用过的杯子必须被摔碎的习俗、对非洲人不能使用“wise”一词的社会成见、学校里因种族歧视而爆发的一次次暴力事件……这一幕幕都在他身边真实地发生着，使他经常陷入莫名的忧虑、恐慌和愤恨的情绪之中，他不敢自由地宣称自己的爱憎，不敢承认自己对于宗教的态度，对于耻辱和荣誉过度的敏感……他也像其他的孩子们一样骑自行车、看书、打板球、在农场上漫游并为农场的生活而兴奋不已，但是来自暴力和种族歧视的意识的负担总是不能让他纵情地沉浸在童年游戏的快乐之中，明朗的童年情趣中总是伴随着一种被损坏的抑郁。男孩不愿意认同阿非利肯人的文化身份，他的身份向往是英国人，他的英语说得很好，但他又明确意识到他通不过某些测试，这种尴尬使他经常处于一种身份的焦虑之中。

他与父母的紧张关系很容易让人联想起弗洛伊德式的精神分析：他对母亲的爱非常复杂，他一方面异常依恋自己的母亲，想独占她的爱，独占不了，便经常对母亲无理取闹，滔滔不绝地责备她。另一方面由于母亲毫无自我的爱使他感到了某种爱的负担，所以对母亲又产生了某种抗拒，想从母亲身边独立出来。他原本就由于对母亲的依恋而敌视父亲，父亲职场上的失败导致家庭生活的艰难更使他对父亲产生了怨恨。在“百鸟喷泉”，他自认的精神故乡，他的想法是：“他有两个母亲。

① J. M. Coetzee: *Boyhood: Scenes from Provincial Life*, Harmondsworth: Penguin Books, 1997, p. 139.

他出生两次：一次产于母体；一次生于农庄。两个母亲，没有父亲。”①

表面看来，“他只不过是一个走在母亲身边的男孩：从外表看，他也许相当正常。可他想象着自己是一只在她身边打转的甲虫，鼻子凑在地上，手脚不停地蹦达着。事实上，他对自己仍然没什么想法。他的思绪，带着对自己都不耐烦的意念到处飘忽”，②这些飘忽的意念就是困扰“他”的问题，“最初，散乱的思绪只是这儿一道闪念那儿一道闪念，可是后来，这般思绪折腾来折腾去，终而聚焦到一点，指向他自己。”③“他”被自我所困扰，结果他的形象在读者眼里就更加飘忽不定，难以定论。

《青春》延续了《男孩》中对自我身份的探讨。“他”离开了南非这块令他痛苦的土地，来到伦敦这个欧洲的文化之都。像所有的移民一样，他想融入英国，为此他做出了种种努力，包括对自己进行重新包装，按英国中产阶级的生活方式生活，但他发现在英国人眼里，他始终是一个来自殖民地的“他者”，为此他感到异常的孤独。为了摆脱孤独，也为了证明自己不再是一个离不开父母的孩子，同时也因为在他的心目中艺术家似乎都要经历很多恋爱来刺激灵感，他和众多女性发生两性关系，在他的恋爱故事中，库切给读者呈现的是一个没有激情也引不起激情、高峰时总想往后退缩、也不太负责任的青年，库切没有说出的、但我们读者可以感觉到的是“他”是一个很有吸引力的青年，短短接触就会有很多女性愿意以身相许。

《青春》中另外一个萦绕的主题是未来的大艺术家的精神成长之路。库切以很大的篇幅来谈论“他”的阅读，包括庞德、霍普金斯、蒲柏、斯威夫特、福特、波德莱尔、亨利·米勒、里尔克、兰波、卡夫卡、艾略特、聂鲁达、布莱希特、托尔斯泰、亨利·詹姆斯等等，这种零散的谈论实际是“他”在寻找适合自己的创作道路。他觉得自己缺乏热情，因而渐渐放弃了诗歌，转向散文和小说。当他提笔创作一个散文体故事时，他却发现无意识之中把故事的背景放在了南非，他意识到这篇作品是没有必要去发表的，“英国人不会理解的”。因为“他没有掌握伦敦。如果存在着什么掌握的话，是伦敦在掌握着他。”④尽管如此，“他”还是模糊地意识到自己的创作灵感之源应该是在南非这块让他既恨又无法割舍的土地上。在自传的最后，“他”虽然还在面对着空白的稿纸焦灼地等待，为自己未来的职业生涯担忧，但我们可以感到一个大作家正在成熟起来。

同《男孩》一样，在《青春》中，“他”的思绪也是飘忽的。这种飘忽一方面体现了青春期的彷徨，另一方面源自“他”好思辨的个性特征。一幕幕的生活场景引发了他一次又一次的自我反省，他一遍遍地向自己发问，在他的呆板、僵硬、冷酷的背后是否隐藏着神圣之火？他对和他交往的女性的态度是否是可耻的？他心目中的完美女性什么时候能够出现？能像想象中那样激发起他的热情吗？他离开南非来到伦敦开始新的生活，是要探索自己的深处，然而深处究竟是什么？他能成为大艺术

① *Boyhood: Scenes from Provincial Life*, p. 96.

② Ibid., p. 59.

③ Ibid., p. 60.

④ 《青春》，第69页。

家吗？什么时候？艺术家就应该经历一切吗？艺术家就可以放任自己的倾向与罪恶，然后又痛悔莫及吗？现在不是诗人、不是作家、不是艺术家的他的未来会是什么？……在一个接一个的疑问中，"他"一步步地逼近内心的真实，曝晒内心深处某些最隐秘的角落，"他"想得到关于自我的最终的答案，然而，站在叙述者背后的作家库切知道真实根本是无法抵达、无法触及的，"他"也明确知道这一点，所以"他"会对真实性发出这样的质问："其真实性只是在文艺作品所称的真实的意义上的真实——对作品本身真实，对它内在的目标真实？"①

"他"面向内心、直指真实的发问往往得不出什么确定的答案，留给"他"自己和大家的只是一些盘绕的思绪。在这些思绪中，我们可以看出"他"在不断地自我挖掘、自我暴露、自我批判，同时又在不断地自我宽容、自我辩解，然后再对这种宽容和辩解进行自我批判……，对自我的精神分析经常陷入永无休止的循环。"他"在IBM当计算机程序员期间，为英国国防部原子武器研究站做了一套软件，无意之间参与了军备竞赛，这让"他"感到自己成了帮凶，因为"他"的同情在俄国人一边，"他"谴责自己，同时又以"局外人"的名堂为自己辩护，然而"这个辩护他自己一刻也没有相信过。这是诡辩，如此而已，卑鄙的诡辩"②，接着他又想到对于这种诡辩没有什么可以辩解的，"要紧的是做该做的事"，然而"该做的事情是乏味的。所以他处在了两难的境地：他宁愿是个坏人而不愿做个乏味的人，但他不敬重一个宁愿是个坏人而不愿做个乏味的人的人，也不敬重能够把他的两难处境用语言利落地表达出来的那种聪明。"③"他"内心所作的自我分析大多具有这样的特点，充满思辨色彩，然而又不断地互相拆解、互相抵消，在这一过程中，自我的形象变得模糊，读者也休想从中找到对问题的最后解答。

与其说库切在提供"他"的童年和青春时期的精神成长史，不如说更为关注"他"内心世界的经历。或许在库切看来，与事件相比，精神的经历更为真实。虽然在两部自传中，库切并没有为读者勾勒出过去自我的完整图景，然而他对真实的追求却恰恰因其不断的质问而显得尤为执着和深刻。

综上所述，作为学者型的作家，库切对于自传这种文体的写作有自己独立的思考，并形成了较为系统的自传观，并在《男孩》、《青春》这两部自传中以实验的姿态进行创作实践。在库切的自传理论和自传作品中，萦绕的中心主题是关于真相的问题，库切为什么对于这个问题如此执着，在《双角：随笔和访谈》最后的回顾中，库切自己给出了答案，他说："为什么我应该对关于我自身的真相感兴趣，而这时真相可能并不是我的兴趣所在？对于这个问题，我料想，我会继续给出一个柏拉图式的答案：因为我生来就有关于真相的观念。"④一个对写作严谨、执着，对知识敢于穷根究底的当代知识分子赫然眼前。

---

① 《青春》，第11页。

② 同上书，第181页。

③ 同上书，第182页。

④ *Doubling the Point: Essays and Interviews*, p. 395.

现代希伯来文学传记传统与阿摩司·奥兹

——兼评《爱与黑暗的故事》

现代希伯来文学中的传记文学传统可以追溯到18世纪末的犹太启蒙运动时期。有学者认为，最早用希伯来语写成的现代希伯来文学传记当推约瑟夫·艾姆丹所撰写的人生故事《书卷》(1810)。这部作品在风格上融合了德国虔敬派教徒宗教传记中的宗教告白传统和卢梭传记中的现代告白传统。此后，犹太启蒙运动时期的一些希伯来语作家便开始使用传记文学体裁。19世纪下半叶，莫代海·阿哈龙·金斯伯格发表了《阿维泽》(1864)，卢扎托的传记《沙达尔的人生故事》自1837年开始创作，完稿于1857年，这两部作品被誉为犹太启蒙运动时期最为重要的两部希伯来传记文学作品。[①]

总体上看，犹太启蒙运动时期的许多著名人物如格登、利连布鲁姆等人都从事自传文学创作，其作品也像同时代的欧洲文学作品一样均拥有不同程度的自传色彩，融进了作家本人的生命体验，强调人的个性，表达个人在社会环境逼仄下所面临的精神危机。这些个性体验同时拥有普遍性，表明了欧洲犹太青年面临着因社会巨变而带来的信仰失落等精神危机。从文学传承角度看，这些希伯来语自传文学作品受到了卢梭的《忏悔录》，以及所罗门·迈蒙、华兹华斯、赫尔德、歌德等人创作的自传文学的影响。同时，又与传统犹太文学中表达意愿的方式结下了不解之缘。

1881年发生在俄国的集体屠犹事件在某种程度上标志着希伯来思想史上一个新纪元的开始，这一断裂表明犹太启蒙运动时期与其后文化复兴时期的世界观截然不同。其结果造成19世纪与20世纪之交的希伯来语自传文学不再沿袭启蒙时期的自传文学传统。[②] 小说这种文学样式逐渐成为表达人生的一个媒介，进而扩展了审美空间。在犹太启蒙时期的自传文学创作中，作者与进行自我内省的叙述人基本上是同一个人。但是在世纪之交的传记文学作品中，作者与叙述主人公可以分离，以便给作者更大的自由进行文学虚构与文学想象，深化自己的思想见解与主张。根据阿兰·民茨的观点，费尔伯格、别尔季切夫斯基和布伦纳是当时最为著名的传记文人，他们把自传文学传统运用到小说创作之中，表达了一代人的精神

---

① Moshe Pelli, *In Search of Genre: Hebrew Enlightenment and Modernity*, Lanham, Boulder, New York, Toronto, Oxford: University Press of America, 2005, pp. 269—270.

② Alan Mintz, *Banished from Their Father's Table: Loss of Faith and Hebrew Autobiography*, Bloomington & Indianapolis, 1989, pp. 15—16.

体验，尤其是表达出东欧犹太人所面临的精神危机。代表作品有费尔伯格的《去往何方？》(1899)、别尔季切夫斯基的《乌鸦在飞翔》(1900)以及布伦纳的《在冬季》(1904)。

布伦纳(Joseph Haim Brenner，1881—1921)是20世纪初期到20世纪20年代巴勒斯坦地区希伯来文坛的代表人物。他生于乌克兰，自幼接受传统的犹太教教育，但很快接受了新思想的影响，成为一名犹太复国主义者，1909年移居巴勒斯坦。《在冬季》是布伦纳的第一部长篇小说，写于俄国。主人公耶利米·弗伊尔曼是一个生活在世纪之交的年轻犹太知识分子。弗伊尔曼在传统的犹太社会里长大，并在那里接受教育，但是却失去了犹太信仰。作品中采用第一人称形式描述了主人公的内在冲突："致命的危机终于冲袭着我。圣幕遭到毁坏，墙壁遭到摧毁，神圣的场所空空荡荡。暗火熊熊燃烧。我的青年时代就要结束了……我的困境得到了解决：我必须和密德拉希学校一刀两断，不再回来，去往省城N城，开始世俗学习。我的故乡Z城坐落在通往N城的路上……我途中被迫在父母家里停留。"[①] 这一段文字明显地向读者表明，主人公已经决意与传统决裂，向往去往象征着启蒙之地的省城N，但是他的新尝试是否能够成功还是一个悬而未决的问题，至少我们从必须在父母家中停留这件事情上可以推断出决裂本身还是具有相当难度的，对于父母的情感可能会成为行动本身的阻碍力量。而实际上，正如谢克德指出，离开故乡这一外出的旅程在《在冬季》中从未像计划中的那样得以实现。在经学院去往省城的途中拜访Z城中的父母，不过是主人公"回归"家乡系列活动中的一次。[②] 但需要指出的是，小说虽然以布伦纳的青少年生活为原型，但主人公弗伊尔曼与作家布伦纳的经历并不完全一致，因而在希伯来小说史上创立了一种新的传记文学传统。[③]

整个20世纪的希伯来语自传文学传统大致按照两种模式发展。一是作家自传模式，如门德勒的《逝去的岁月》(1897—1911)以及后来多夫·萨旦的《从儿童时代起》(1938)和《从青年时代起》(1981)。这些作品主要描绘一种生存方式，以人物经历为描写对象。二是把关注点从作家转向他所目睹的世界，如第一次世界大战、俄国革命等历史事件对犹太世界产生的毁灭性影响。在这些以第一人称写就的传记作品中，"主人公"往往就是历史事件本身。这方面的代表作品有阿维革多·哈梅里的纪实小说《伟大的疯狂》(1952)，以及由一些对历史进程产生决定性影响的人物回忆录，如夏加尔回忆录和本·古里安回忆录。[④] 还有一类作家，包括诺贝尔文学奖得主阿格农，第一代本土以色列作家沙米尔、伊兹哈尔等，均在创作中把个人体验与历史变迁结合起来，借个人之情致，写民族之演进。此外，背教与信仰危

---

① http://benyehuda.org/brenner/baxoref.html(希伯来文文本)。

② Gershon Shaked: *Lelo' motsa'*. Tel Aviv: Hotsa'at hakibbutz hameuhad, 1973, p.81.

③ 见《变革中的20世纪希伯来文学》，国家社科基金项目，项目负责人，钟志清。

④ Alan Mintz, *Banished from Their Father's Table: Loss of Faith and Hebrew Autobiography*, Bloomington & Indianapolis, 1989, pp.204—205.

机是许多20世纪希伯来语作家在从事传记文学创作时无法忽略的一个主题。

阿摩司·奥兹(Amos Oz，1939—)是一位20世纪60年代登上文坛的作家，即我们所说的“新浪潮作家”的代表人物。阿摩司·奥兹1939年生于耶路撒冷，父母分别来自前苏联的敖德萨(而今属于乌克兰)和波兰的罗夫诺。奥兹自幼受家庭影响，接受了大量欧洲文化和希伯来传统文化的熏陶，而后又接受了以色列本土文化的教育，文化底蕴深厚。奥兹12岁那年，母亲因对现实生活极度失望，自杀身亡，对奥兹的心灵产生了极度震撼，也对他整个人生和创作产生了不可估量的影响。14岁那年，奥兹反叛家庭，到胡尔达基布兹(即以色列颇有原始共产主义色彩的集体农庄)居住并务农，后来受基布兹派遣，到耶路撒冷希伯来大学攻读哲学与文学，获得学士学位，而后回到基布兹任教，并开始从事文学创作生涯。

自20世纪60年代以来，奥兹发表了《何去何从》(1966)、《我的米海尔》(1968)、《黑匣子》(1987)、《了解女人》(1989)、《莫称之为夜晚》(1994)、《一样的海》(1998)、《爱与黑暗的故事》(2002)、《咏叹生死》(2007)等13部长篇小说，《胡狼嗥叫的地方》(1965)、《乡村图景》(2009)等4部中短篇小说集，《在以色列国土上》(1983)、《以色列、巴勒斯坦与和平》(1994)等多部政论、随笔集和儿童文学作品。他的作品被翻译成40多种文字，曾获多种文学奖，包括法国“费米娜奖”，德国“歌德文化奖”，“以色列国家文学奖”、西语世界最有影响的“阿斯图里亚斯亲王奖”，并多次被提名角逐诺贝尔文学奖(包括1997年)等，是目前最有国际影响的希伯来语作家。

《爱与黑暗的故事》是阿摩司·奥兹发表于21世纪初期的一部带有自传色彩的长篇小说，美国评论界将其称作回忆录。应该说这部作品继承了现代希伯来文学的传记文学传统，把个人命运与民族历史的兴衰有机地联系到了一起。小说通过一个孩子的经历与感受，描写祖辈、父辈和犹太民族的体验。小说的背景主要置于欧洲、耶路撒冷和基布兹，以娓娓动人的笔法向读者讲述了百余年一个犹太家族的历史与民族叙事，内容繁复，思想深邃，蕴积着一个犹太知识分子对历史、家园、民族、家庭、受难者命运(包括犹太人与阿拉伯人)等诸多问题的深刻思考。家庭与民族两条线索在《爱与黑暗的故事》相互交织，既带你进入一个犹太家庭，了解其喜怒哀乐；又使你走近一个民族，窥见其得失荣辱。同时，小说表现出奥兹所特有的创新之处，这种创新首先来自他独特的成长背景。

奥兹是一位集希伯来传统文化与欧美现代文化于一身的作家，尤受俄国作家契诃夫、以色列诺贝尔文学奖得主阿格农和现代希伯来浪漫派小说家别尔季切夫斯基的影响。契诃夫让他认识到日常生活琐事的伟大意义，教会他如何含笑运笔，描写人生的悲怆。诺贝尔奖得主阿格农教会他如何运用反讽艺术手法，用戏谑的方式描写严肃的生活事件。别尔季切夫斯基教会他挖掘人性深处，包括人性中的黑暗面。奥兹酷爱《旧约》中优美、简洁、凝练、具有很强张力的词语，并一直试图在创作中保留住这一传统。他在许多作品中，使用《圣经》中的暗示与隐喻，使用简明短促的句式，形成强烈的抒情色彩。

其次，奥兹的创新来自他在创作时所选取的独特视角。作为20世纪60年代崛起于以色列文坛的“新浪潮”作家的杰出代表,奥兹把笔锋伸进玄妙莫测、富有神秘色彩的家庭生活,善于从日常生活里捕捉意义,引导读者一步步向以色列家庭生活内核切近。又以家庭为窥视口,展示以色列人特有的社会风貌与世俗人情,揭示当代以色列生活的本真和犹太人所面临的诸多现实问题和生存挑战。其文本背景多置于富有历史感的古城耶路撒冷和风格独特的基布兹,形成典型而突出的以色列特色。

再次,来自奥兹特有的生活经历。自幼丧母,在很大程度上影响到他的性格、人生与创作。奥兹的母亲生于波兰,是个家道殷实的磨坊主的女儿,住在林荫大街的宅邸,那里有果园,有厨师,有女佣。她美丽优雅,才华横溢,多愁善感,在欧洲读书时虽然受到犹太复国主义思想的影响,向往圣地,但算不上真正的犹太复国主义者。母亲,以及与她年龄相仿的女生抵达耶路撒冷后,竟然发现自己处在无法忍受的黑暗人生边缘。那里有尿布,丈夫,偏头疼,排队,散发着樟脑球和厨房渗水槽的气味,与欧洲大陆形成强烈反差,更与自己的青春梦想相去甚远。用奥兹的话说,母亲在带有朦胧美的纯洁精神氛围里长大,但是在热浪袭人、贫穷、充满恶毒流言的耶路撒冷,其护翼在石头铺就的又热又脏的人行道上撞碎。母亲在奥兹生命里占据着至关重要的位置,她的猝然消逝,给当时只有 12 岁的主人公幼小的心灵上造成难以愈合的创伤。尽管在过去的数十年间,作家从未向任何人提起过她,但“经常一幅画面接一幅画面,构筑她人生的最后岁月”。直到创作《爱与黑暗的故事》,奥兹才把尘封了 60 年的感受公诸于世。

《爱与黑暗的故事》主要从四个方面展现了 20 世纪犹太人的共同遭际,以及奥兹本人作为以色列作家的心路历程。

一、欧洲梦的破灭

正如前文所说,奥兹父母与祖父母都是热诚的亲欧人士。他们分别生活在俄罗斯的敖德萨和波兰的罗夫诺。他们不仅讲多种语言,而且酷爱欧洲文化和文学遗产,迷恋欧洲风情,对欧洲艺术、文学和音乐推崇备至。

按照奥兹父母的标准,越西方的东西越被视为越有文化。虽然托尔斯泰和陀思妥耶夫斯基非常贴近他们的俄国人心灵,但德国人——尽管有了希特勒——在他们看来比俄国人和波兰人更有文化;法国人——比德国人有文化。英国人在他们眼中占据了比法国人更高的位置。至于美国人——他们还拿不准,毕竟那里在屠杀印第安人、抢劫邮政列车、淘金、骚扰女孩。

欧洲对他们来说是一片禁止入内的应许之地,是人们所向往的地方,有钟楼,有用古石板铺设的广场,有电车轨道,有桥梁、教堂尖顶、遥远的村庄、矿泉疗养地,一片片森林,皑皑白雪和牧场。在作品中,这种亲欧意识通过他们对孩子的教育体现出来,他们只让孩子学习希伯来语,因为他们可能害怕使用多种语言会让孩子受到奇妙而富有杀伤力的欧洲大陆的诱惑。这种亲欧意识使之宁肯在欧洲遭受歧视,也不愿意从一开始就接受犹太复国主义理念,移居巴勒斯坦。

尽管在亚历山大爷爷的诗歌中，跳动着犹太复国主义的激情，但是巴勒斯坦那片土地在他们眼里太亚洲化，太原始，太落后，缺乏起码的卫生保障和基本文化，他们情愿在欧洲四处迁徙，也不愿意去往巴勒斯坦。

直至欧洲墙壁到处爬满涂鸦："犹太佬，滚回巴勒斯坦"，直至20世纪30年代，欧洲的反犹主义愈演愈烈，甚至发展到对普通犹太籍学生施暴，他们才忍痛离开欧洲这片禁止入内的应许之地。而即使就在这一历史关头，像作者的伯伯大卫，一位比较文学教授，仍旧把欧洲当做精神家园。"去巴勒斯坦？绝对不行。他这种类型的人不会携带年轻的新娘和幼子，临阵脱逃，躲到饱尝干旱侵袭的某个黎凡特省份，远离喧嚣的乌合之众所发动的暴力……"[①]直至纳粹来到维尔纳，直至自己和家人丧生。用奥兹自己的话说，他父母及其同时代的犹太人对欧洲充满单恋，充满失望的爱，但这种爱永远得不到回报。

二、在巴勒斯坦的身份变更与生存挑战

奥兹曾多次直陈：在两千年的流亡过程当中，犹太人一直梦想着有朝一日回到以色列的土地上。他们回归的历史是爱与黑暗交织的历史。因为在许多国家，犹太人遭到仇恨，也遭到迫害。在许多国家，他们找不到家园。而今在以色列，我们找到了家园，但是找不到和平。

单恋欧洲的奥兹父母及其他家人来到以色列土地，这种移居与迁徙，固然不排除传统上认定的受犹太复国主义思想影响的痕迹，但通过作品中人物的心灵轨迹，则不难看出，流亡者回归故乡的旅程有时是迫于政治、文化生活中的无奈。

在那代人的内心深处，哭墙默垂、大卫塔高耸的耶路撒冷古城似乎永远没有成为一座真正城市，他们所向往的真正城市"指城中央小河潺潺，各式小桥横跨其上：巴洛克小桥，或哥特式小桥，或新古典小桥，或诺曼式的小桥或斯拉夫式的小桥。"[②]实际上是欧洲城市的翻版。而以奥兹父母为代表的旧式犹太人，为在巴勒斯坦生存，不得不放弃旧日的人生理想，务实地从事图书管理员、银行出纳、店铺老板、邮局工作人员、家庭教师等职业，并把自己的人生希冀赋予到子辈的肩头。

子辈，即作品中的"我"及其同龄人，出生在巴勒斯坦，首先从父母——旧式犹太人那里接受了欧洲文化传统的熏陶：布拉格大学文学系毕业的母亲经常给小主人公讲述充满神奇色彩的民间故事与传说，启迪了他丰富的文学想象；父亲不断地教导他要延续家庭传承的链条，将来做学者或作家，因为奥兹的伯祖父约瑟夫·克劳斯纳乃著名的犹太历史学家、文学批评家，父亲本人通晓十几门语言，一心要像伯父那样做大学教授。

根据近年来社会学家、文学家、史学家的研究成果，犹太复国主义被认作是以色列的内部宗教(civil religion)。犹太复国主义的目的不仅是要给犹太人建立一

---

① [以色列]奥兹：《爱与黑暗的故事》(钟志清译)，译林出版社，2007年，第110页。

② 同上书，前言，第2页。

个家园和基地，还要建立一种从历史犹太教和现代西方文化的交互作用下发展起来的“民族文化”。不仅要从隔都[1]的束缚中解放出来，而且要从“西方的没落”中解放出来。一些理想主义者断言宣称，以色列土地上的犹太人应该适应在当地占统治地位的中东文化的需要。因此，一切舶来的外来文化均要适应新的环境，只有那些在与本土文化的相互作用中生存下来的因素才可能延续下去。为实现这种理想，犹太复国主义先驱者从以色列还没有正式建国之日起便对新犹太国的国民提出了较高要求，希望把自己的国民塑造成以色列土地上的新人，代表着国家的希望。以色列建国前，这种新型的犹太人被称为“希伯来人”(实乃犹太复国主义者的同义语)，以色列建国后，被称作“以色列人”。

在这种文化语境下，“大流散”不光指犹太人散居在世界各地这一文化、历史现象，而且标志着与犹太复国主义理想相背离的一种价值观念。否定大流散(the negation of the Diaspora，希伯来语 shi'lilat hagola)文化的目的在于张扬拓荒者——犹太复国主义者文化。在否定大流散的社会背景下，本土以色列人把自己当做第三圣殿——以色列国的王子，在外表上崇尚巴勒斯坦土著贝杜因人、阿拉伯人和俄国农民的雄性特征：身材魁梧、强健、粗犷、自信、英俊犹如少年大卫，与大流散时期犹太人苍白、文弱、怯懦、谦卑、颇有些阴柔之气的样子形成强烈反差。并且，本土以色列人具有顽强的意志力和坚忍不拔的精神，面对恶劣的自然环境英勇无畏，有时甚至不失为粗鲁，在战场上勇敢抗敌，不怕牺牲。相形之下，大流散时期的犹太人，尤其是大屠杀幸存者则被视作没有脊梁、没有骨气的“人类尘埃。”

要塑造一代新人，就要把当代以色列社会当成出产新型的犹太人——标准以色列人的一个大熔炉，对本土人的行为规范加以约束，尤其是要对刚刚从欧洲移居到以色列的新移民——多数是经历过大屠杀的难民进行重新塑造。熔炉理念不仅要求青年一代热爱自己的故乡，而且还要和土地建立在一种水乳交融的关系，足踏在大地。1949 年在讨论新的兵役法时，以色列总理本·古里安提出，所有的士兵，无论男女，有义务在基布兹或农业合作社服务一年，以增强自己的“拓荒者”意识。同时，还要求新移民割断同过去的联系。要让新移民懂得，为了让希伯来文化接纳自己，就必须摒弃，或者说轻视他以前的流散地文化和信仰，使自己适应希伯来文化模式。[2] 适应希伯来文化模式的途径多种多样，包括要接受犹太复国主义信仰，讲希伯来语，热爱故乡，参军，到基布兹和农业集体农庄劳动，甚至取典型的希伯来名字等。

即使教授《圣经》，也不是教授信仰，或者哲学，而是要大力渲染《圣经》中某些章节中的英雄主义思想，讴歌英雄人物，使学生熟悉以色列人祖先的辉煌和不畏强暴的品德。这样一来，犹太民族富有神奇色彩的过去与犹太复国主义先驱者推崇的现在便奇异地结合起来了。在当时的教育背景下，有的以色列年轻人甚至把整个人类历

---

① 隔都(ghetto)原指犹太人在欧洲的居住区。二战期间，德国人下令在波兰等地建立一批隔都，并对其进行封锁与看管。建于 1941 年的华沙隔都是当时欧洲最大的隔都。

② Oz Almog，The *Sabra：the Creation of New Jew*，University of California Press，2000，p. 25—26.

史理解成“令犹太人民感到骄傲的历史，犹太人民殉难的历史，以及以色列人民为争取生存永远斗争的历史。”[①]

《爱与黑暗的故事》中就有这样一个红色教育之家，那里也教授《圣经》，但把它当成关于时事的活页文选集。先知们为争取进步、社会正义和穷人的利益而斗争，而列王和祭司则代表着现存社会秩序的所有不公正。年轻的牧羊人大卫在把以色列人从腓力士人枷锁下解救出来的一系列民族运动中，是个勇敢的游击队斗士，但是在晚年他变成了一个带有殖民色彩的国王，征服其他国家，压迫自己的百姓，偷窃穷苦人的幼母羊，无情地榨取劳动人民的血汗。但是，在许多经历流亡的旧式犹太人眼中，尤其是一心想让儿子成为一名举世闻名学者、成为家族中第二个克劳斯纳教授的父亲，把红色教育视为一种无法摆脱的危险。决定在两种灾难中取其轻，把儿子送到一所宗教学校。他相信，把儿子变成一个具有宗教信仰的孩子并不可怕，因为无论如何，宗教的末日指日可待，进步很快就可以将其驱除，即使孩子在那里变成一个小神职人员，但很快就会投身于广阔的世界中，而如果接受了红色教育，则会一去不返，甚至被送到基布兹。

生长在旧式犹太人家庭、又蒙受犹太复国主义新人教育的小主人公在某种程度上带有那个时代教育思想的烙印。即使在宗教学校，他们也开始学唱拓荒者们唱的歌，如同“西伯利亚出现了骆驼”。正如作家所言，我在读三四年级时是个富有强烈民族主义热情的孩子，“我一遍遍想象自己在战场上英勇捐躯”，“我总是能够从暂时的死亡中健康而坚实地崛起，沉浸在自我欣赏中，将自己提升为以色列军队的总司令，指挥我的军团在血与火中去解放敌人手中的一切，大流散中成长起来的缺乏阳刚之气、雅各似的可怜虫不敢将这一切夺回。”[②]对待欧洲难民，尤其是大屠杀幸存者的态度也折射出以色列当时霸权话语的影响：我们对待他们既怜悯，又有某种反感，这些不幸的可怜人，他们选择坐以待毙等候希特勒而不愿在时间允许之际来到此地，这难道是我们的过错吗？他们为什么像羔羊被送去屠宰却不组织起来奋起反抗呢？要是他们不再用意第绪语大发牢骚就好了，不再向我们讲述那边发生在他们身上的一切就好了，因为那边所发生的一切对他们对我们来说都不是什么荣耀之事。无论如何，我们在这里要面对未来，而不是面对过去，倘若我们重提过去的话，那么从圣经和哈斯蒙尼时代，我们肯定有足够的鼓舞人心的希伯来历史，不需要用令人沮丧的犹太历史去玷污它，犹太历史不过是堆沉重的负担。[③]

希伯来教育模式也在倡导培养新人和土地的联系，对通过在田野里劳作而取得的成就予以奖励与表彰，基布兹遂成为新人与土地之间的桥梁之一。早在 20 世纪 60 到 80 年代，奥兹的基布兹小说（《胡狼嗥叫的地方》、《何去何从》、《沙海无澜》等）中的许多人物，尤其是老一代拓荒者坚定不移，往往把给大地带来生命当做信仰，甚至反

---

① Baruch Ben-Yehuda, *Foundations and Ways: Toward Zionist Education in the School*, Jerusalem, 1952, p. 23.

② 《爱与黑暗的故事》，第 432 页。

③ 同上书，第 14 页。

对年轻人追求学术，不鼓励他们读大学。但是受教育程度较高的欧洲犹太人，具有较高的精神追求，对以色列建国前后恶劣的生存环境和贫瘠的文化生活感到不适。奥兹的父亲虽然不反对基布兹理念，认为它在国家建设中很重要，然而，坚决反对儿子到那里生活，“基布兹是给那些头脑简单身强体壮的人建的，你既不简单，也不强壮。你是一个天资聪颖的孩子。一个个人主义者。你当然最好长大后用你的才华来建设我们亲爱的国家，而不是用你的肌肉。”[①]而父亲的一个朋友，虽然对基布兹及新型农场坚定不移，主张政府把新移民统统送到那里，彻底治愈大流散与受迫害情结，通过在田间劳作，铸造成新希伯来人，然而却因自己“对阳光过敏”、妻子“对野生植物过敏”，永远地离去。理想与现实的矛盾不仅困扰着旧式犹太人，也在考验着新希伯来人。

作品中的小主人公后来违背父命，到基布兹生活，并把姓氏从克劳斯纳改为奥兹（希伯来语意为“力量”），表明与旧式家庭、耶路撒冷及其所代表的旧式犹太文化割断联系的决心，但是却难以像基布兹出生的孩子那样成为真正的新希伯来人，“因为我知道，摆脱耶路撒冷，并痛苦地渴望再生，这一进程本身理应承担苦痛。我认为这些日常活动中的恶作剧和屈辱是正义的，这并非因为我受到自卑情结的困扰，而是因为我本来就低人一等。他们，这些经历尘土与烈日洗礼、身强体壮的男孩，还有那些昂首挺胸的女孩，是大地之盐，大地的主人。宛如半人半神一样美丽，宛如迦南之夜一样美丽。”[②]而我，“即使我的皮肤最后晒成了深褐色，但内心依然苍白。”[③]从这个意义上说，小主人公始终在旧式犹太人与新型希伯来人之间徘徊，也许正因为这种强烈的心灵冲突，令之“肠一日而九回”，不断反省自身，如饥似渴读书，进而促使他成为一个伟大的作家。

三、关于巴以关系问题

否定流亡、否定历史的目的是为了重建现在，在祖辈的故乡建立家园，这便触及到以色列犹太人永远无法回避的问题，即伴随着旧式犹太人的定居与新希伯来人的崛起，尤其是伴随着以色列的建国，众多巴勒斯坦人流离失所，踏上流亡之路，阿以双方从此干戈未断。作为一部史诗性的作品，《爱与黑暗的故事》表达出犹太民族与阿拉伯民族从相互尊崇、和平共处到相互仇视、敌对、兵刃相见、冤冤相报的错综复杂的关系，揭示出犹太复国主义者、阿拉伯民族主义者、超级大国等在以色列建国、巴以关系上扮演的不同角色。小说运用形象化的表达，启迪读者联想翩跹。小主人公在3岁多曾经在一家服装店走失，长时间困在一间黑漆漆的储藏室里，是一名阿拉伯工友救了他，工友的和蔼与气味令其感到亲切与依恋，视如父亲。另一次是主人公8岁时，到阿拉伯富商希尔瓦尼庄园做客，遇到一个阿拉伯小姑

① 《爱与黑暗的故事》，第440页。

② 同上书，第521页。

③ 同上。

娘，他可笑地以民族代言人的身份自居，试图向小姑娘宣传两个民族睦邻友好的道理，并爬树抡锤展示所谓新希伯来人的风采，结果误伤小姑娘的弟弟，造成后者终生残废。数十年过去，作家仍旧牵挂着令他铭心刻骨的阿拉伯人的命运：不知他们是流亡异乡，还是身陷某个破败的难民营。巴勒斯坦难民问题就这样在挑战着犹太复国主义话语与以色列人的良知。

奥兹在作品中曾满怀深情，探讨巴以冲突的根源：在个体与民族的生存中，最为恶劣的冲突经常发生在那些受迫害者之间。受迫害者与受压迫者会联合起来，团结一致，结成铁壁铜墙，反抗无情的压迫者，不过是种多愁善感满怀期待的神思。在现实生活中，遭到同一父亲虐待的两个儿子并不能真正组成同道会，让共同的命运把他们密切地联系在一起。他们不是把对方视为同命相连的伙伴，而是把对方视为压迫他二人的化身。

或许，这就是近百年来的阿犹冲突。

欧洲用帝国主义、殖民主义、剥削和镇压等手段伤害、羞辱、压迫阿拉伯人，也是同一个欧洲，欺压和迫害犹太人，最终听任甚至帮助德国人将犹太人从欧洲大陆的各个角落连根拔除。但是当阿拉伯人观察我们时，他们看到的不是一群近乎歇斯底里的幸存者，而是欧洲的又一新产物，拥有欧式殖民主义、尖端技术和剥削制度，此次披着犹太复国主义外衣，巧妙地回到中东——再次进行剥削、驱逐和压迫。而我们在观察他们时，看到的也不是休戚与共的受害者，共患难的弟兄，而是制造大屠杀的哥萨克，嗜血成性的反犹主义者，伪装起来的纳粹，仿佛欧洲迫害我们的人在以色列土地上再度出现，头戴阿拉伯头巾，蓄着胡子，可他们依旧是以前屠杀我们的人，只想掐断犹太人的喉管取乐。[①]

类似的见解在《爱与黑暗的故事》里时而可见，令人回味与思考。中国作家莫言在与奥兹对谈时，曾希望巴以两国的受难者，尤其是各国的政治家们好好读读奥兹的作品，因为文学所起的作用不是强制的，但一旦发挥作用，就是持久的。奥兹对此予以强烈认同。

四、你身在哪里，哪里就是世界中心

基布兹最初是奥兹为摆脱思恋母亲的痛苦、反叛再婚的父亲而寻找的一片栖身之地。20 世纪 50 年代，以色列年轻人反叛家长压迫的极致便是去往基布兹。早在母亲尚在人世时，父母不睦的家庭生活，父亲因人生不称意产生的压力，母亲的伤痛与失败，令奥兹倍感压抑，他想逃避这一切，像基布兹人那样生活。在他看来，基布兹人是一个吃苦耐劳的新型拓荒者阶层。他们强壮，执着但并不复杂，说话简洁，能够保守秘密；既能在疯狂的舞蹈中忘乎所以，也能独处，沉思，适应田野劳作，睡帐篷；坚强的青年男女，准备迎接任何艰难困苦，然而却具有丰富多彩的文化与精神生活，情绪敏感而从容。他愿意像他们那样，而不愿意像父母或者充满整

---

① 《爱与黑暗的故事》，第 348—349 页。

个耶路撒冷的那些忧郁苦闷的逃难学者。但这种想法遭到父亲的强烈反对。

母亲去世后一年，父亲再婚，奥兹的学习成绩一落千丈，这也是他发动的一场战争。去基布兹的想法首先得到了姨妈们的认同，“当然可以。你应该和他们拉开点距离。在基布兹，你会长得又高又壮，你会慢慢地过上比较健康的生活。”[①]父亲最后被迫答应了他。

基布兹是赋予奥兹创作灵感、启迪他一步步走向文学道路的地方。犹太民族是一个读书的民族。在基布兹，即使是最为地地道道的农业劳动者也在夜晚读书，终日探讨书。即使在劳动时也争论着托尔斯泰、普列汉诺夫和巴枯宁，争论着各种各样的价值冲突，争论着现代艺术，这些劳动者甚至发表文章，抨击时政。奥兹也不例外，他在基布兹贪婪阅读卡夫卡、加缪、雷马克、托尔斯泰、屠格涅夫、契诃夫、托马斯·曼、海明威、福克纳等世界级作家，也读莫辛松、沙米尔、布伦纳、戈尔德伯格等希伯来语作家，并尝试着进行文学创作。

创作需要生活。而奥兹最初对生活与创作的理解显然受到了阅读的局限。在他看来，基布兹的生活捉襟见肘，只有鸡圈、牛棚、儿童之家，这里的人们非常迟钝。即使他以前生活过的耶路撒冷，似乎也没有什么值得写入文学作品之中。而要像雷马克或海明威那样写作，就确实要离开基布兹，投身到真正的大世界，去往男人犹如拳头般强劲有力、女人宛若夜晚般柔情似水的所在，在那里桥梁横跨宽阔的河流，夜晚酒吧灯光摇曳，真正的生活真正开始。人若是缺乏那个世界的体验，就得不到写短篇小说或长篇小说的半点临时许可。如果他想象那些作家那样写作，首先就得去伦敦或米兰。但是，对于一个在基布兹劳动的普通农民来说，难以有这样的机会。

是舍伍德·安德森的《小镇畸人》改变了他的创作观念。《小镇畸人》中的故事都围绕日常生活展开，曾经被奥兹认为有损于文学尊严、被拒之文学门外的人与事，占据了舞台中心。是舍伍德·安德森把他童年时代的生活，耶路撒冷的人与事呼唤到他的眼前；是舍伍德·安德森让他睁开双眼，描写周围的事。使他猛然意识到，写作的世界并非依赖米兰或伦敦，而是始终围绕着正在写作的那只手，这只手就在你写作的地方，你身在哪里，哪里就是世界中心。

---

① 《爱与黑暗的故事》，第476页。

精神的试验和自我发现的旅程

——《阿凯：童年岁月》的自传价值

主要作为戏剧家、小说家和诗人而享誉当代世界文坛的沃莱·索因卡（Wole Soyinka，1934— ），对自传这种文学体裁也有自己的贡献。他一共写有5部自传，《人死了：狱中笔记》(1972)和《阿凯：童年岁月》(1981)是其中的2部。这两部自传相比较，《人死了：狱中笔记》更像是政治自传，是索因卡对自己在尼日利亚内战期间，因反对内战而被军政府单独囚禁将近两年的非人经历的回忆，充满着愤愤不平的情绪，控诉、说服是这部自传的首要任务，人格史的勾勒居于次要位置。《阿凯：童年岁月》则是索因卡对自己3岁到11岁成长历程的追溯，塑造一个独立人格及展示其形成过程是这部自传的首要任务。与《人死了：狱中笔记》突出的政治性相比，《阿凯：童年岁月》更具有艺术性，它以多种艺术手段追溯了幼年索因卡的双重文化教育背景以及在此影响下的个人意识的成长，并注意了人格史与社会环境的密切关系，反映了时代主题。在精神价值和艺术价值上，《阿凯：童年岁月》都是一部成功的艺术自传，值得对其自传价值和隐藏在叙述背后的作者的自传意识进行细致分析。

一、双重文化冲突下的自我形象

英文的自传(autobiography)这个单词由三个部分组成："auto"、"bio"和"graphy"，这就决定着自传这种文体也至少应由三部分内容组成："我们怎样解释自我，或某人怎样解释他自己(autos)？我们怎样解释生活(bios)？我们把什么样的意义赋予这种写作行为(graphy)——即，将生活转化入文本的意义和影响是什么？"[①]在实际的自传作品中，自我、生活、意义是不可分割的整体，都可以归结到自传作者构建的自我形象上来。

《阿凯：童年岁月》通过一幕幕丰富多彩的生活场景，呈现了一个聪明勤奋、喜读书、爱思考、好争辩、想象力丰富且具有叛逆精神的童年索因卡形象。在多个人格层面中，具有矛盾文化意识的索因卡是核心的层面。

在索因卡的叙述中，存在着两个家园：城市阿凯和乡村伊萨拉。阿凯是母亲的故乡，是索因卡成长的地方，也是自传事件发生的首要地点。阿凯的家弥漫着浓厚的基督教的文化氛围：索因卡的家就位于教堂附近的牧师住所里，教堂的大院

---

① James Olney: *Autobiography and the Cultural Moment: A Thematic, Historical, and Bibliographical Introduction*, James Olney: (ed.), *Autobiography: Essays Theoretical and Critical*, Princeton, New Jersey: Princeton University Press, 1980, p. 6.

是他嬉戏玩耍的地方;他的父母是虔诚的基督徒,日常生活中奉行基督教的教规、教义;当地基督教会的重要人物常到他家做客;在父亲和他的朋友的聚会中,关于基督教的讨论是主要的话题……总而言之,在索因卡笔下,基督教是阿凯的主要文化符号。耳濡目染下的幼年索因卡,对基督教的人物和典故十分熟悉,无形之中转化为其文化意识的内在部分。

父亲的故乡,乡村伊萨拉对于索因卡来说,则代表着约鲁巴的传统世界,它"是另一种类型的家,朝向过去。岁月飘荡在每个角落。祖先的光辉在每件物体上闪光。我们的旧亲戚与那些在阿贝奥库塔的妈妈那边的亲戚,生活在不同的年代里。"[①]在那里:晚辈见了长辈、等级低的人见了等级高的人应行俯伏礼;妇女要把自己染成靛青色;成家后的男子不是和妻儿住在一起,而是和自己的父母住在一起;在约鲁巴世界中,存在着与基督教全然不同的神灵……

在索因卡的描述里,伊萨拉是一个和阿凯迥然不同甚至有些对立的世界。幼年索因卡很早就意识到了这种文化的不同:在伊萨拉逗留期间,他能够感受到父母莫名的紧张,也能够感受到因为他是教师的孩子而受到的特殊待遇;参加家族聚会时,因为他不行俯伏礼而在亲戚们之间引起的骚动就是两种文化冲突的颇有戏剧化的一个表现;当索因卡告诉祖父狩猎过程中发生的"蜜蜂"事件及其与同伴们事先的告诫戏剧性的一致时,祖父没有像索因卡的母亲那样说"上帝以神秘的方式运转",而是说"奥冈保护他自己的所有";索因卡所受的基督教教育告诫他:如果和别人打架,就要受到惩罚,因为基督教主张宽恕。而祖父却告诉索因卡:"如果那是你们在阿凯做事的方式,那不是我们这里生活的方式。"祖父对索因卡的叮咛是:"无论你在何方,都不要逃离战斗。"为了让孙子受到祖先的庇佑,获得勇气和力量,祖父在索因卡的脚踝上施行了神秘的约鲁巴仪式。幼年索因卡虽然不太明白,但是也似乎从这种仪式中感到了一种神秘的力量和精神的振奋。

现代阿凯和传统伊萨拉作为两个不同的文化世界,共同构成索因卡童年活动的主要场所。刚开始与伊萨拉的世界接触时,索因卡是带着一种优越感的:对于伊萨拉的女亲戚们手上的靛青染色,他很反感:"我不喜欢这种染色,我憎恶被这种靛青色的光泽所触摸。"[②]面对因为他不行俯伏礼而受到的指责,他的想法是,"俯伏看起来是一种非常不干净的问候方式……如果我对上帝都不行俯伏礼,那我为什么应该对你行此礼呢? 你只不过是一个和我父亲一样的人,难道不是吗?"[③]然而,随着对伊萨拉生活的深入,他从集体围猎中感受到了生命的张扬,从同伴们丰富的户外生存经验中感到了传统文化的力量,祖父的教导为他打开了另一扇心灵的窗口。他一定是相信了祖父施行的神秘仪式的灵验,因为相信自己已被祖先祝福,可以免受巫术的伤害,在政府学院的宿舍里,他勇敢地取出别人不敢去碰的符咒。伊萨拉的真实的生活逐渐让索因卡对约鲁巴的传统世界由最初的排斥走向

① Wole Soyinka: *Ake: The Years of Childhood*, London: Rex Colleges, 1981, pp. 66—67.

② *Ake: The Years of Childhood*, p. 67.

③ Ibid., p. 127.

了接受。

相对于伊萨拉的传统世界，阿凯是一个在外在力量冲击下变形了的非洲世界，然而传统的影子依旧出现于这个西化了的世界的各个角落：信奉基督教的母亲相信自己的兄弟三腊是一个“oro”，一种树的精灵，她为儿女们讲述的精灵故事在她的心目中，不是故事，而是真实的世界。幼年索因卡陶醉于母亲的故事并对精灵世界的存在深信不疑，森林中的精灵世界在他后来创作的《森林之舞》等剧本中得以呈现；与书店老板的独生女儿布考拉，一个阿比库（约鲁巴信仰中的“幽灵儿童”）的交往，使约鲁巴关于幽灵世界的民间信仰在索因卡的心里深深地扎下了根，索因卡后来专门创作了一首诗歌《阿比库》，既是对这种约鲁巴民间信仰的反映，也算是对幼时玩伴的纪念。

在《阿凯：童年岁月》的世界中，两个具有独立文化体系的世界的交相渗透，一方面形成了索因卡的双重文化意识，另一方面，也造成了某种文化的迷惘和混乱。在索因卡的 4 岁生日聚会上，伙伴们争论起来了亡灵的问题，并引发了这样一段对话：

“如果我死了，我能作为一个亡灵回来吗?”我问欧西凯。

“我认为不行”，他说，“我从来没听说有哪个基督徒变成了亡灵。”

“在亡灵的世界中，他们说英语吗?”我现在想知道。

欧西凯耸了耸肩。“我不知道，我们自己的亡灵不说英语。”①

这段对话虽然出自几岁的孩子，但是却具有深刻的文化含义：两种异质文化的冲突及兼容性问题。幼年索因卡模模糊糊地意识到了自己的身份困境：说英语、接受基督教教育的约鲁巴人。他试图整合起这种分裂，为自己寻找一个混杂的但是却统一为一体的身份。他想起了圣·彼得祭坛后面的染色窗户上的三个白人画像，他们“穿的明显是亡灵的长袍。他们的脸画得不像我们的亡灵，但我总觉着对这些白人的故国来说，它们是具有某种独特性的东西……”②索因卡坚持认为这三个白人圣徒的打扮就是约鲁巴的亡灵的打扮，这实际上是在为说英语的自己能被约鲁巴文化所认可而进行辩解。

双重文化世界对于索因卡文化意识的影响是明显的，这种影响又直接导致了他日后创作的复杂性。对此，尼日利亚学者奥林·奥昆巴指出：“这些不同的世界极大地增强了索因卡关于现代非洲社会的复杂性的意识，也丰富了他的创造性思维。这两个世界对作者的影响是极大的，也是彼此不同的。”③研究者穆米亚也指出：“男孩索因卡有一个不平常的童年和少年时期，他行走于传统非洲和变形了的非洲这两个全异的非洲之间。他对历史冲突的调停提供了一种张力，这种张力是

① *Ake*：*The Years of Childhood*，p. 32.

② Ibld.，p. 32.

③ Ogunba，Oyin：(ed.)，*Soyinka*：*A Collection of Critical Essays*，Ibadan：Syndicated Communications，Ltd，1994，p. 2.

他后来的艺术得以产生出来的创造力之源。"①

正如杰恩·斯塔罗宾斯基所说,每部自传——甚至当他将自己限定为纯粹的叙述时——都是自我解释。② 由于自传是一种文本行为的结果,所以自传中的自我形象"既不是他过去所是的那个人,也不是他现在所是的那个人,而是他相信并且希望他是和已经是的那个人"③。也就是说,与其说《阿凯：童年岁月》中提供了幼年索因卡的形象,不如说它提供了成为知名作家后的成年索因卡想象中的自我形象。尽管自传中的"我"既是主体(写作的人),又是客体(被探究、被观察的对象),由于叙述的因素,主体的"我"和客体的"我"永远不可能完全重合,甚至可能出现很大的偏差,但是《阿凯：童年岁月》中构建的索因卡的自我形象,对自我文化意识及其形成原因的分析还是为我们打开了理解其小说、戏剧等虚构文本中复杂文化意识的一个重要窗口。或许,这是这部自传赋予过去的生活的最重要的意义。

二、社会意识和民族身份

对自我进行分析,揭示自我之所以成为自我的原因是《阿凯：童年岁月》的一个中心主题。然而,自传的"主题可以来自作者总体的哲学、宗教信仰,或政治文化态度。他的主题既是个人的,也代表一个时代"。④ 在揭示自我这个主题时,索因卡并没有将自我意识的成长局限在与家里人的和周围人的关系上,而是向外延伸到了公共历史和社会事件中去。这样,个人意识的成长和社会意识的觉醒交汇在了一起,个人身份和民族身份混合为一体,这部自传的精神价值也就超出了个人的小圈子,反映了时代的声音,因而具有了广泛的社会意义。

在《阿凯：童年岁月》中,作者较为集中地描写了两个大的公共历史事件：希特勒发动的法西斯战争和阿凯的女权运动。前者是以戏谑的笔调、碎片化的形式进行折射,后者是以一种严肃的语调、以一个社会批评家的姿态进行全程追踪报道。

希特勒的部队并没有进入阿凯,却让当地人民感到了威胁的日益迫近。索因卡的父亲和他的朋友们每天聚在收音机前,收听战争信息,他们的讨论总是围绕"赢得战争"展开。战争的威胁让阿凯发生了一些变化,比如说房子的"窗户全部涂黑,只留一点可以窥探外面的小缝,以便于希特勒来时可以及早得到警告",深夜点灯要被罚款等等。飞机时不时在阿凯的上空飞过,每当这时,"基督徒跑到教堂祈祷上帝的保护,其他的人锁上门窗,待在家里,等待世界末日的来临"。对法西斯战

① Abu-Jamal, Mumia: *Soyinka's Africa: Continent of Crisis, Conflict and Cradle of the Gods*, Black Scholar: Journal of Black Studies and Research (Spring 2001), pp. 31—42.

② Jean Starobinski: *The Style of Autobiography*, James Olney: (ed.), *Autobiography: Essays Theoretical and Critical*, p. 74.

③ Georges Gusdorf: *Conditions and Limits of Autobiography*, James Olney: (ed.), *Autobiography: Essays Theoretical and Critical*, p. 45.

④ William L. Howarth: *Some Principles of Autobiography*, James Olney: (ed.), *Autobiography: Essays Theoretical and Critical*, p. 87.

争描写的高潮是一场有趣的误会：一心幻想着能和希特勒直面相遇的巴·阿达坦误把一队过路的士兵当做希特勒的军队，跳着舞蹈、念着符咒、挥舞着大砍刀向士兵们挑衅。这个场景虽然是以闹剧的笔法写出，但却是被压抑着的公众反抗情绪和捍卫人权的自由意识的一次象征性的释放，也标志着幼年索因卡的文化意识开始由自我走向社会。

对妇女运动的描写占据了这部传记的很大篇幅，是后半部描写的中心事件。索因卡细致地描写了阿凯和整个伊格博地区妇女运动的发展历程。阿凯的妇女组织始自小规模的聚会，后来发展到成立"伊格博妇女联合会"，再到后来成为"尼日利亚妇女联合会"的一个组成部分。妇女的实践运动则从开始的扫盲，到后来围绕妇女权利问题的讨论，到在阿拉克王宫前的广场上要求废除重税的示威游行，再到全面的罢工罢市，并最终"和推翻在这个国家的白人统治的活动纠缠在了一起。"通过对妇女运动这个历史事件的描画，索因卡展现了他的家乡阿凯、他的祖国尼日利亚反抗内部的暴政独裁和外部的殖民压迫的社会意识的觉醒。这次事件无疑对幼年索因卡有极深的触动，在他的心灵里种下了反抗暴政、反对殖民压迫的自由精神的种子，而这种精神正是他的创作中体现出的核心精神。这场运动的印象也直接对他以后的创作产生了重要影响：妇女集会的场景在《死亡与国王的马夫》、《酒神的女祭司》等作品中反复再现；妇女们戏弄白人殖民官员的一幕在《死亡与国王的马夫》中得以进一步的艺术化呈现；《死亡与国王的马夫》中的市场领袖伊亚劳嘉、《酒神的女祭司》中亲手杀死儿子的太后阿卡沃、《孔吉的收获》中的塞吉这些意志坚定、成熟稳重、具有领袖气质的女性形象身上无不闪现着《阿凯：童年岁月》中妇女运动领导者们的身影。

妇女运动的领导者库蒂夫人和她的丈夫兰瑟姆-库蒂是尼日利亚的公共历史人物。库蒂先生之所以能在历史上留名，是因为"他作为阿贝奥库塔语法学校的校长和西非高等教育埃利奥特(Elliott)委员会的成员对教育的贡献。"[①]库蒂夫人在历史上的功绩主要是因为"她的妇女运动的领导者身份和随后对独立前政治的参与"[②]。因为母亲和库蒂的亲戚关系，所以幼年索因卡能够经常进入库蒂家里，和这对著名的夫妇有近距离接触。库蒂夫妇的言论对幼年索因卡社会意识的觉醒起到了重要的启蒙作用。库蒂先生(在《阿凯：童年岁月》中的绰号是道杜)告诉索因卡：在英国学校里，"他们教你说'先生'，只有奴隶才说先生。这是他们改变一个正处于易受影响的年纪的男孩子们的性格的方式之一。……"[③]库蒂夫人在与白人殖民官员通电话时，对美国向日本而不是向德国投放原子弹的愤怒，深深感染了索因卡，"因为德国人是一个白色人种，德国人是你的祖先，而日本人是一个肮脏的黄色人种。……我知道你们白人的思维：日本人，中国人，非洲人，我们都是次等人。如果你们觉着适合，你会对阿贝奥库塔或其他任何的你们的殖民地投放一颗

① Eldred Durosimi Jones: *The Writing of Wole Soyinka*, London: James Currey, 1988, p. 31.

② Ibid.

③ *Ake: The Years of Childhood*, p. 192.

原子弹。"[①]像这样的话语在当时的尼日利亚是表现种族和民族意识觉醒的具有标志性的言论，索因卡把这些谈论作为一个重要部分写入自己的传记，无疑是因为这些言论曾经给与他的意识以触动，并滋养了他的心灵，他的个人意识与之产生了认同。个人意识的成长和社会意识的成长实现了相伴相生，对自我身份的求索与民族身份的思考在这些场景里交融为一体。

总而言之，《阿凯：童年岁月》对公共历史事件和公共历史人物的细致描写不仅使这部自传包含了巨量的历史信息，而且强调了个性成长与周围环境的密切关联。在《阿凯：童年岁月》中，外在的事件为人格的成长提供了养分，所有的经历都成为自我意识觉醒的温床。而对民族独立意识成长的反映、对内部与外部权力机构的怀疑和对民族身份的思考增加了这部自传的精神价值。因为"自传的价值最终依赖作者的精神质量"[②]，在精神质量这个意义上，《阿凯：童年岁月》是一部成功的自传。

三、记忆是伟大的艺术家

由于自传是对过去经历的追溯，自传写作离不开记忆。然而记忆自身并不是过去的事件和生活，而是对过去生活的重现和解释，在重现和解释的过程中，记忆在无意识中对过去的事件进行了艺术加工。维柯对记忆的功能进行过透彻的分析，他认为，"记忆有三个不同的方面：当它回忆事件时的记忆，当它改变或模仿事件时的想象和当它给与这些事件一个新的次序，或将它们置入合适的安排和关系时的创造。"[③]简而言之，维柯认为，记忆自身就是一位伟大的艺术家，在对过去的回忆中，不可避免地融进了回忆主体的想象、创造这些属于虚构范畴的因素。

时间具有无限多的点，过去的生活为无限多的事件所充盈，生活在过去的"自我"也具有瞬息万变的自我意识，这些无穷的时间点、事件和意识从根本上来讲，不可能完全进入自传，成为自传材料，记忆必须在这些纷繁的材料中进行选择。而选择什么，完全依赖于写作自传时的作者现在的立场，即作者在现在这一时刻对过去的自我形象的想象。对此，西方自传的鼻祖奥古斯汀早就认识到了，他说："从记忆中产生的东西不是事件自身（这些已经过去了），而是从关于这些事件的想象中表达出来的词语……当我回忆我的童年形象并向别人讲述它时……我是在现在这个时间里去看待这个形象。"[④]因此，与其说自传提供的是过去的自我形象，不如说提供的是作者现在的自我想象。而对过去材料的选择完全围绕着这个现在的自我想象进行，写作自传时的作者无法避免地要对过去的自我进行干预。虽然自传展现的是一个人格形成的历史，但是特定的人格早已经在写作自传的开始已经预设

① *Ake: The Years of Childhood*, p. 224.

② Roy Pascal: *Design and Truth in Autobiography*, London: Routledge and Kegan Paul, 1960, p. 19.

③ See Michael Sprinker: *Fictions of the Self*, James Olney: (ed.), *Autobiography: Essays Theoretical and Critical*, p. 329.

④ See Louis A. Renza: *The Veto of the Imagination: A Theory of Autobiography*, James Olney: (ed.), *Autobiography: Essays Theoretical and Critical*, p. 276.

好了,写作的过程只是一个筛选、组织材料的过程,在自我形象的建构这个意义上,自传的开端和结尾并没有什么差别。走了一圈,又回到了原点。也正是在这一意义上,维柯认为记忆具有重复的特殊功能。

就《阿凯:童年岁月》而言,传记材料的选择紧紧围绕着双重文化影响下自我的摇摆及其对索因卡创作的影响、尼日利亚民族意识的觉醒而展开。而在对自我意识和社会意识的成长史的展现过程中,明显可见现在的介入:同伴们关于“在亡灵的世界中,他们说英语吗?”的争论的意义,远远超出一个4岁孩子的理解;索因卡对自己第一次在阿凯的只身漫游过程的陈述,具有热腾腾的生活气息:街道、店铺、学校、市场、各色各样的人、琳琅满目的物资尽收眼底,为读者提供了极为丰富的文化信息。然而,支撑这种全景描写的生活的经验知识对于一个4岁半孩子来说,明显过于早熟;最具有代表性的是对妇女运动的描写。作者对阿凯的妇女运动整个发展过程的追忆,采用了全知全能的叙述视角。叙述者——10岁的索因卡作为扫盲的“老师”、跟班、信使、听众、热心的观察者几乎无处不在,对整个妇女运动的发生发展过程,叙述者有条不紊、颇有见地地一一道来。甚至一些叙述者不可能在场的场景,像一个妇女在游行过程中的分娩、妇女运动领袖与白人殖民官员和国王及其代表们的交涉、参会妇女们之间的密谈等等在叙述者的叙述中也如亲临一样,进行详细的报道。而对运动意义的阐释,像“它和推翻在这个国家的白人统治的活动纠缠在了一起”[①],“一些年轻激进的民族主义者因为煽动闹事而被抓进监狱,煽动言论已经变得等同于要求白人让我们自己统治自己。”[②]……这些评论明显出自掌握了大量历史资料、具有深刻思想和强烈社会责任意识的社会批评家之口,而不太可能出自10岁孩子的心灵。总而言之,在对童年的回忆中,成年索因卡的干预是明显的,或者说,是写作自传时的索因卡在赋予过去的经历以意义,现在的索因卡时不时跳出来,对自我和事件进行解释。《阿凯:童年岁月》的叙述明显是被有倾向性的记忆所选择和安排的。

记忆自身就具有想象的特殊功能,同其他人写的自传相比较,文学家创作的自传在想象上往往更胜一筹。《阿凯:童年岁月》使用了多种叙述技巧,使这部作品堪称为一部可读性较强的艺术自传。

在索因卡的笔下,“生日”、“体温”、“变化”这些词语都是以大写的形式标出,抽象的事物似乎具有了生命的活力。4岁的索因卡,焦急地期盼着生日的来临,过去的每一天他都会在日历上留下记号,生日那一天终于来到了,他邀请了很多朋友来到家里,坐在那儿,等待着“生日的发生”,等待着“吃生日”;“体温”在索因卡的叙述中,也并不只是一个简单的术语,而是一个具有“魔力的词语”,总是在合适的时间出现,有时却又无从寻觅;“变化”像有生命一样,来了,又离去,“不可能预测”;而父亲的朋友,一位大教堂教士(Canon),因为他的外形像“一大块岩石,身躯庞大,黑黑的,有着花岗岩似的脑袋和巨大的脚”,所以在幼年索因卡的头脑里,他的头衔

---

① *Ake: The Years of Childhood*, p. 220.

② Ibid.

Canon 迅速地与大炮(cannon)联系在了一起,"我已经发现了一个答案。答案来自头部,巴·德鲁莫的头像一个炮弹,这就是父亲为什么叫他 Canon 的原因。"[①]这些叙述既符合儿童的思维特点,色彩丰富的语言、富有新奇感的意象、陌生化的效果又使阅读可以获得极大的愉悦。

对过去的回忆不可能使过去的场景再现,经过选择的自传材料自身不可能构成一个完整有序的线性历史,而叙述行为自身又要求有一定的次序可循,这就需要自传作者对自传材料进行有技巧的编织。在《阿凯:童年岁月》中最为突出的编织技巧是联想和意识流。阿凯是文本事件发生的首要世界,第一次将伊萨拉的世界流畅地嵌入阿凯的时空,索因卡主要借助的就是联想和意识流。两个时空串接的媒介物是屋顶的"椽子",索因卡躺在阿凯的家里,看着房顶的椽子,不由想道:"但是墙壁已经留住了它们的声音。熟悉的声音穿透空气,那是来自椽子另一边的声音。伊萨拉是第二个家——论文的故乡。……那儿的椽子是烟灰色的,没有通常可见的草席的遮蔽……"[②]通过这一联想,两个时空实现了无缝对接;记录幼年索因卡第一次只身漫游阿凯的第三章,以纪实的手法给我们展示了阿凯的街道、学校、市场等各个场所,与此同时,标着各种名称的店铺引起索因卡与其主人交往的回忆,出售的食物引起对自己的母亲和家仆如何制造具有约鲁巴特色的食物及其味道的回忆;市场里那些乳房干瘪、表情僵硬、酷肖女巫的老妇人的商店里出售的动物头骨和植物根茎引起他对自己一次出疹子经历的回忆;而学校则引出了他对道杜的回忆,这段回忆有事件,也有对道杜形象的素描……总之,通过联想和意识流,或者说"回忆中的回忆",写作自传时的索因卡将原本发生在不同时空中的各种分散的事件和场景串接在了一起,使文本自身成为一个有序的世界,这就是技术手段发挥的神奇作用。

由于记忆的特殊功能和叙述自身的需要,自传作者总是存在于自传之中,始终要面临"创造的诱惑"。自传中的创造和符合作者意愿的设计是不可避免的,但是否意识到并在自传中呈现出这种诱惑的影响是区分现代自传意识和传统自传意识的分水岭。早在卢梭、歌德的时代,自传作家们就已经意识到了在自传中,由于自我兴趣的存在,自我真相的不可把握。现代心理学、生命哲学的发展更是促成了现代人对生命整体特征不可把握及个体自身不确定性的意识。这种意识造成了很多现代自传中存在的明显的自我怀疑,这种怀疑既指向自我形象,也指向写作自身。

在《阿凯:童年岁月》中,虽然作者的意图也是要为读者提供真实的成长历程,在很多地方他确实在按照孩子的心理和口气在叙述。但是写作自传时的索因卡的在场还是明显可见。然而,作者索因卡并没有觉着自己的在场是一个问题,他是自己的记忆的坚信者,对文本呈现出的那个过去的自我形象的真实性,作者没有表现出丝毫的自我怀疑,所以,《阿凯:童年岁月》这部自传显示出的自传意识是传统的。然而,这并不意味着创作自传时的索因卡在表现自我真相上不够真诚。因为

① *Ake: The Years of Childhood*, p. 13.

② Ibid., p. 66.

无论是否意识到创造在自传中的存在，创造都是无法避免的。

虽然自传在思维方式上是历史的，但从根本上来讲，它是一种文学体裁。如果拿科学的、历史的真实作为唯一的标准去评判自传，没有一部自传是合格的。评判一部自传价值的首要尺度应该是生命的意义，只要自传作者没有故意撒谎，他对过去的回忆、对自我形象的建构对自己和其他人是有意义的，那它就是一部好的自传。《自传中的设计和真相》的作者罗伊·帕斯卡尔就提出：'真正'的自传，不是一种纯客观的形式，它所讲述的不仅仅是回忆起来的行为和思想，而且还是"一种精神的试验，一个发现的旅程"[①]。《阿凯：童年岁月》提供的人格成长史，在索因卡后来的很多作品中得到回应，对索因卡的创作的研究确实有不可替代的意义。虽然经历事件时的索因卡不可能意识到，但写作自传时的索因卡对影响自己的世界观的双重文化的作用的认识是客观的，对社会意识成长过程的展现也是具有社会价值的。可以这样说，索因卡的自我发现之旅，作为对人生经历的"第二次阅读"，比第一次更具有意义。因此从整体上说，《阿凯：童年岁月》是一部成功的艺术自传。

① Roy Pascal: *Design and Truth in Autobiography*, London: Routledge and Kegan Paul, 1960, p. 55.

女性自传中自我主体的漂移性

——以赛阿达薇的自传《我的人生书简》为例

女性自传批评是近20年来自传研究领域的一个焦点。尽管美国著名传记理论研究者保罗·约翰·埃金(Paul John Eakin)认为当前的自传研究面临着种种困难[①],诸多自传理论不能给自传一个圆满的定义,但他对女性自传批评却给予了积极的评价:"对女性自传认真且持续的研究……是最后10年传记研究领域取得的唯一重要成果。"埃金所言并非空穴来风,随着20世纪60年代后期后女性主义(postfeminism)的兴起,女性文学批评经历着一次转型,它受心理分析、后结构主义、后现代主义和后殖民主义等当代各种思潮的基本分析策略的启发得以发展起来,对父权话语开始进行解构。在用后现代的解构精神来透视女性作品,尤其是自传作品,即透视自传中主体身份的归属时,研究者们发现,女性自传对主体身份追寻所作的种种努力以及所采取的文本叙事策略(形式)能够更好地解释传统自传理论所遇到的困境[②]。随着女性自传研究的深入,传统自传理论被重新思考,尚在争议中的自传理论被重新整合和定义。

我们认为女性自传研究对传统传记文学理论的突破主要表现在对于性别和文类的双重挑战上。传统的自传评论家们普遍认为,一本好的自传不仅是对集作者、叙述者、传主为一体的"自传主体"一生的聚焦,同时也是"自传主体"所处的那个时代的再现,而女性自传很少反映她们所处的时代,很少反映公共领域,她们更关注私人生活和自我情感世界。这种观念折射出一种传统自传文学的评判标准取向,即男性自传被认为是经典文本,它与时代紧密相关,反映传主辉煌的职业生涯,成功的人生故事,且逻辑性、连贯性强。而女性自传文本则只不过是具有私人性、非连贯性和碎片化特点的表述。由上述性别界限导致的文类评判标准上的泾渭分明造成了某种紧张,促使女性自传作家们自觉地向既定的"一个连贯性自我"的文类成规提出挑战。

---

① See Eakin P. J: *How Our Lives Become Stories Making Selves*, Ithaca: Comell University, Press, 1999. 持这一观点的还有美国文学理论家保罗·德曼,他认为"自传理论,被一系列不断出现的问题和方法困扰着"(保罗·德曼:《解构之图》(李自修译),中国社会科学出版社,1998。)

② See Robin Ostle (ed.), *Writing The Self, Autobiographical Writing in Modern Arabic Literature*, London: Saqi Books, 1998, pp. 273—274。面对传统自传理论所遭遇的瓶颈,一些传记理论家纷纷提出新的观点或纠正以往研究的不足,如法国学者阿尔都塞(Louis Althusser)所提出的"症候"理论,美国自传研究专家亚当斯(Timothy Dow Adams)提出的"谎言"理论,美国黑人文学研究专家盖茨(Henry Louis Gates, Jr)提出的"表意"理论,美国学者麦克·斯波林克(Michael Sprinker)提出的"主体虚构"、"主体漂移"理论,法国自传理论家菲利普·勒热讷(Phihippe Lejeune)对其论著《自传契约》(出版于20世纪70年代)中的自传定义所作的修订。

对于性别界限导致的女性与传统的疏离,英国社会女性主义理论家、作家莎伊拉·罗伯森(Sheila Rowbotham)有过中肯的解释。她认为,传统对女性的再现不仅导致了女性对传统定位的疏离,而且导致女性新的自我意识的觉醒,进而导致女性双重自我的分离:一是定义于男性所主导的文化“自我”;二是试图超越这种文化描述的“自我”[①]。这种分离和错位一方面促使女性努力寻找一种女性话语(feminine discourse)来表述自己全新的、陌生的体验,另一方面意识到自己总脱离不开被传统文化所定义而造成失语,这使得她们寻找话语的过程总是倚跨“两个自我”,漂向一个与历史定位迥异的异度空间。寻找话语的过程便是她们不断探索、建构自我主体的过程。在这一过程中,对身体局限的任何一次突破,都意味着超越父权制文化所定义的价值标准,实践女性完全的、独特的自我实体体验,意味着在不断创新的空间疆域中实现自我认同。这里的“空间”概念是一种心理隐喻,它暗喻自我主体在向内、向外的抗争过程中裹挟着不断创新的复杂的叙事策略去建立“漂移不定的、无边无界的场”[②]。

身为女性,认为“自我”本能地对“松散、漂移的生活物质”(弗吉尼亚·伍尔夫语)进行塑造和分类,由此形成一种独特的“自传主体”,它正是美国小说家、艺术家阿娜伊斯·宁(Anais Nin)所描述的实体:“我从未给自我的实体画地为牢,我只感觉到空间……我感兴趣的不是自我的核心,而是这一内核走向多元、扩展到无限的可能性,以及它的分散性、柔软性和弹性。”[③]正是女性自传主体的这种“漂移性”、“松散性”赋予了女性自传不同于男性自传的特点,从而使传统自传理论家从关注自传主体的“外部如何”转向“内部如何”。那么,这一“漂移的自传主体”是如何、为何不断扩展、由单一走向多元的?我们尝试以当代埃及著名女作家纳娃勒·赛阿达薇(Nawal El-Saadawi)[④]的自传《我的人生书简》为例,来探析自我主体的漂移性及其背后所蕴含的性别、文化、语言等深层因素,进而对自传中真实与虚构之间的辨证关系进行再思考。

一、自传主体漂移性的基点——“反抗性自我”

纳娃勒·赛阿达薇是当代埃及颇受争议的女作家,她的书屡遭禁售或下架,但

---

① Susan Stanford Friedman: *Women's autobiography selves: theory and practice*. in Sidonie Smith & Julia Watson (ed.) *Women, Autobiography, Theory*, The University of Wisconsin Press, 1998, p. 77.

② 唐岫敏:“论自传中自我叙事的主体身份”,《浙江师范大学学报》(社会科学版)2009年第1期,第39页。

③ Anais Nin The Diary: Volume One, 1931—1934. Gunter Stuhlmann (ed.). New York: Harourt Brace Joanovich, 1966, pp. 200—201

④ 埃及当代著名的女作家,女权主义者。1931年出生于埃及尼罗河三角洲,毕业于开罗大学医学院,获得过纽约哥伦比亚大学医学心理学硕士学位。行医生涯为其女性主义写作提供了丰富的第一手资料,1969年发表论著《妇女与性》,因大胆涉及宗教和性别压迫问题,被解除官职,该书遭到查抄。后因参与社会、政治运动遭到过监禁。出狱后转到大学从事女性医学和心理研究,并投身于文学创作。1973年以出版中篇小说《冰点女人》而一举成名,该小说被译成英文。

一个不可辩驳的事实是，纳娃勒·赛阿达薇是20世纪以来阿拉伯世界最多产的女作家，迄今共创作了近60部作品。《我的人生书简》(以下简称《书简》)是赛阿达薇继《女子监狱回忆录》(1983)之后的又一部自传作品，阿文原版包括三册，译成英文后缩为两册，取名为《伊齐斯的女儿》和《火中穿行》[①]。

如前所述，对性别的挑战是女性自传主体的出发点。在《书简》中，赛阿达薇首先坦言自己从小所遭受的性别压抑——"作为女儿身，生于一个仅需要男性的世界"的痛楚："这种意识，这个事实，如一股寒颤穿遍我的身体——黑色的颤栗，如死亡的黑色。"[②]她用不少的笔墨想象了自己出生时刻亲人们的失望情绪，渲染自己因父母在日常生活中给予男孩们多得多的关爱而产生的嫉妒和愤恨，总结大人们性别歧视的言论和做法对敏感的她所造成的内心伤害。正是这不公平的成长环境造就了她反抗现实的精神和对自我认同的不懈追求。

这种反抗精神在童年时期，多半体现在与家中大人们的斗争中。由于经常在马路上快跑和骑车，她被祖母斥为"比家中的任何一个男孩都难以管教"，被姨母教训说"只有玩布娃娃的才是好女孩"。她对姨母家中的少年女仆因遭受性侵犯而怀孕并被解雇的结局而满腹愤懑。她最讨厌学校放假，因为那时的她只能被囚于屋檐下的方寸之地。她渴望冲出男人们所统治的家庭牢笼，过上自由放飞的新生活。

在青少年时期，这种反抗精神体现在与当时的教育理念发生冲突和提出挑战。如，在女子中学，她成绩优秀，却因为提问"天堂是否有纸和笔"这样的古怪问题被语文老师赶出课堂；因为编写一个少女未婚先孕的悲剧并组织演出而险些被校长勒令退学。在开罗大学，她思想活跃，是男生们讨论学生运动时被通知参会的唯一女生；她在关键时刻所发表的言论让持各种主张的男生们心服口服。

继之，"反抗"的舞台转向社会，体现于个人蓝图的建构与实现。在毕业后，她自愿回老家担任乡村医生，在积极为乡亲们解除身体上病痛的同时，与当地父权主义展开斗争，试图将可怜的村姑玛斯欧达从丈夫的家庭暴力下解救出来。她内心深处蕴含着浓厚的英雄情结，"爱国"、"牺牲"、"战场"、"危险"等字眼对她有一种天然的吸引力，甚至梦见自己扮成女英雄，像阿拉伯古代女诗人汉莎那样口吟诗篇，像身披盔甲的骑士那样冲锋陷阵，解救饱受压迫的芸芸众生，开辟理想的新世界。

作者对从性别压抑到个性叛逆的自我剖析，与其说是缘于一种回忆和诉说，不如说是来自探寻自传主体身份的愿望驱动。由此建构了一种"反抗性自我"。谓之"反抗"，是因为它既"定义于男性所主导的文化"，以男人作为参照系，又向时下性别文化提出挑战。这种"反抗性自我"构成了自传主体的一维隐喻空间。在这一空间中，自传主体从女性意识觉醒出发，将写作作为寻找自我生存意义的武器："我用它来抵抗来自一国统治者、来自家庭内部父亲或丈夫的专制体制。写下的文字

---

① 这两本书均无中文版，其英文版分别为：*A Daughter of Isis*, *The Autobiography of Nawal El Saadawi*. Trans. Sherif Hetata , London & New York: Zed Books Ltd, 1999; *Walking Through Fire*, *A Life of Nawal El Saadawi*. Trans. Sherif Hetata. London & New York: Zed Books, 2002.

② *A Daughter of Isis*, *The Autobiography of Nawal El Saadawi*, p. 52.

成为我对以宗教、道德或爱的名义所施不公的抗议。”[①]通过写作，“我让自己的同胞姐妹开口说话，让自己体内沉默的孩子通过白纸黑字来表达自我。”[②]

二、“反抗性自我”向“隐匿性自我”的漂移

虽然“反抗性自我”不可避免地“定义于男性所主导的文化”，但正是这种“对抗”帮助自传主体认识自我，并帮助她“试图超越这种文化描述”，实现“越界”，而超越父权制文化对于“女权主义”的文化描述则需要依赖另一个“我”，即待探索和发掘的“隐匿性自我”，她来自于女性完全的、独特的自我实体之实践。因为女性自传主体并不满足于社会主流文化对她的认知和评论，更高层次的“自我认同”驱使她必然进一步探求这个“被爱和婚姻定义的世界”对于女性而言的生活意义和模式。换言之，女性只有从自身出发，不再处处以男人作为参照系时，才能得到真正解放，正如叙利亚女作家哈黛·萨曼(Ghada al-Saman)所呼吁的那样“从女人中解放出来”[③]。对“自我认同”的这一探求将自我主体带入二维隐喻空间。在此空间内，女性自传主体常常把不为外人所知的女儿心事娓娓道来，她无意中脱离于时间的流转，以情感的链接作为叙述事件的主轴，本能地从“反抗性自我”向“隐匿性自我”漂移，而这种“漂移性”恰恰让女性不再为了反抗而控诉，是为了全面实现自我而书写自我。赛阿达薇最终发现：“自传寻求揭示隐匿的‘我’……自传使我超然于日常琐事之上，发现自己的生命正被一种不同的光芒所照耀……”[④]

似乎为了回应阿拉伯社会主流文化对自己的认知——“世俗女权主义的宗师”[⑤]，避免活生生的自我主体被符号化，赛阿达薇在《书简》中花了大量笔墨来揭示“我”与他人的关系。她坦言最难下笔的其实是所谓的私密关系的揭露，其中包括“性”，但她同时意识到该问题对于揭示“隐匿性自我”是不可回避的。

在赛阿达薇眼里父亲是个“公正的好人”，是个好丈夫，好父亲，但他一如传统人士那样重男轻女，他望子成龙，虽然女儿的成绩优异，却永远无法弥补他对于儿子学业很差的失落感，这造成了父女间感情的疏离。尽管她与父亲并不亲近，但在她身上总能找到父亲的影子，她在许多方面步父亲的后尘，如像他那样爱国和勤于思考，像他那样热爱阿拉伯文学等。可见她与父亲之间存在着既崇拜又斗争、既爱戴又疏离、既渴望亲近却始终“存在一段永远无法跨越的距离”的复杂关系：作为一位女权主义者，她在与父亲的较量中成长，“父亲”这个角色是传统父权制的象征；随着年龄的增长和父爱的加深，尤其是父亲去世后，赛阿达薇的“隐匿性自我”

---

① *A Daughter of Isis, The Autobiography of Nawal El Saadawi*, p. 292.

② Ibid., p. 53.

③ “从女人中解放出来”一文原载于黎巴嫩《周刊》，1986年3月7日。

④ *A Daughter of Isis, The Autobiography of Nawal El Saadawi*, p. 294.

⑤ 1999年，埃及著名的《金字塔报》周刊版在赛阿达薇自传英译本之一《伊齐斯的女儿》出版之际以赫然醒目的标题“‘世俗女权主义的宗师’回来了”发表评论文章，见 Nadia Abou Abou El-Magd, *Nice girls play with dolls*, http://weekly.ahram.org.eg/1999/446/bk6_446.htm。

承认："对父亲的爱也许是我一生中最伟大的爱……"①。也许我们可以理解为，父亲的死亡最终消除了女儿内心的不平，实现了父女的最终和解。

如果说与父亲的关系陈述了赛阿达薇对性别和既定的性别文化由斗争、较量到和解的过程，那么两性之爱反映了她内心主体灵与肉的挣扎。赛阿达薇回忆了20岁时与同窗、自由战士哈迈德·哈尔米的第一次婚姻，因后者不能接受苏伊士运河战争失败、终日沉湎于吸毒而结束婚姻；第二任丈夫虽是法律界名流，物质条件优越，但他性格刻板，对妻子的文学创作横加干涉，婚姻最终走向失败；第三次婚姻终修成正果，她与结束了14年监禁的左翼人士谢里夫·哈塔特相遇，被对方的英勇果敢和宽容诚恳所打动，结成伉俪，生活至今。

在赛阿达薇的心目中，只有母爱是至高无上的，这源于生为女儿身的她对同性的深刻同情和对母亲的感激。她回顾自己6岁时被迫依照传统接受女性割礼的痛彻腓骨以及初次来潮时的惊惶恐惧，怀念出身贵族却勤俭持家、相夫教子、在厨房和卧室之间终其一生的早逝的母亲。

上述赛阿达薇"隐匿性自我"的情感揭露是自传主体心灵深处始终渴望"爱"的表达，她一生都试图在这个"被爱和婚姻定义的世界"里，努力寻找"自我认同"和"生活的意义"。赛阿达薇没有刻意为"女权主义者"辩护，但"隐匿性自我"却也道出了"世俗女权主义的宗师"有血有肉的更为真实的一面，因为"自我"是人对自己的认识，这种认识是"我们身体的核心所在"，"在此核心四周聚集着我们的喜怒哀乐"②，而"真实就是把一天的日子剥去外皮之后剩下的东西，就是往昔的岁月和我们的爱憎所留下的东西。"③

三、自传主体向多维漂移

那么，赛阿达薇是否找到了"真爱"，确切地说，是否找到了"真我"？答案是肯定的，她在写作上找到了"自我认同"："我的自我在写作间呼吸并得以表白。我的笔打破了身体和世界之间的隔离墙。我创造了文字，文字更创造了我。文字是我拥有的一切，而我为它们所拥有。在文字和我之间是一种建立在公平之上的爱的关系，任何一方都未试图主导另一方。"④显而易见，通过文字，赛阿达薇拥有了一种超凡的力量，一种爱的力量，拥有了语言所能表达和暗示的世界，写作既是她生命存在的方式，也是她存在的意义。赛阿达薇与文字的关系印证了美国哲学家安托尼·保罗·克比(Anthny Paul Kerby)认识的正确性，他认为，在叙事的层面上，自我并非先于语言而存在，语言不是自我手中的一个工具，相反，自我是"语言的一

---

① *A Daughter of Isis, The Autobiography of Nawal El Saadawi*, p. 162.

② Vander Zander, James W *Social Psychology*. New York: McGraw-Hill, 1987, p. 142.

③ [英]弗吉尼亚·伍尔夫:《一间自己的房间》，见《论小说和小说家》(瞿世镜译)，上海译文出版社，2009年，第167页。

④ *Walking Through Fire: A Life of Nawal El Saadawi*, p. 16.

种产品"[①],也印证了法国语言学家爱弥儿·本文尼斯特(Emile Benveniste)的"主体的地基是在使用语言的过程中建立起来的"[②]说法。自传书写使赛阿达薇打破了自我与世界之间的高墙,让自传主体向多维的心理空间漂移、延展,自传主体呈现出动态的、丰富的、多元的、流动的特点。与复述她的生活往事相比,赛阿达薇更愿意给我们展示她是谁,或者更准确地说,她怎么成为现在的她。

女性自传主体向多维漂移除了上面所说的"自我"和"语言"之间的关系因素外,还在于后结构主义认为,"自我"本是多元的、异质的、多变的,而且与周围环境密不可分,自我对经验和经历的认知是动态和发展的,不同时期、不同环境都影响着自我对世界的认识。

为了躲过国内原教旨主义者将自己列入黑名单的威胁,赛阿达薇出国旅美,当她呼吸着异国自由的空气时,我们看到这位"伊齐斯的女儿"更加丰富和多元的一面,无论走到哪里,她对家乡都有一种自觉的精神认同,她无法割断尼罗河母亲所供养的"脐带",魂牵梦萦的是生之养之的尼罗河故乡:古埃及的众神,祖母的故事,孩提时的乡村,开罗的冬日,昔日的故友亲朋,悲欢交集的往事……此时的她超越了性别、地理、文化、宗教的疆界,把个体生命放在无始无终的、由每一个现实的瞬间组合而成的、通向无限性和永恒性的宇宙天地间:"生命之于我,随着指间笔的移动,随着胸腔呼出呼进的空气,随着我腕表指针的嘀哒向前……此时此刻是从出生到死亡、从虚空的过往到尚不存在的未来的无限瞬间。"[③]

四、对真实与虚构关系的再思考

不断质疑的女性自我似乎看起来的确是自由漂移的,她远远游离出任何概念上的"自我"。当赛阿达薇站在人生之旅的末端回望人生,挥笔书写自我,似乎已找到"自我主体"时,却发现自己陷入了一个怪圈,她愈是希望用白纸黑字来揭示自我,就愈发现"纸上的文字远非事实。我与文字之间的斗争从未停止。""在我的生命岁月中,我不断地写作,试图消除形象和本体之间的距离,却只是一种枉然……"[④]不论作者如何忠实地再现过去,他笔下的"我"永远是一个语言的"我",文本的"我",而不是生活中的"本我"。自传作者的这一无奈道出了自传文类命定的悖论,即自我、作者、自我主体三者能否合三为一?赛阿达薇意识到了揭示自我是如此地困难,这不仅因语言的无能所致,更由于人类记忆的误差和记忆常常挂一而漏万的属性,非裔美国女作家佐拉·尼尔·赫斯顿(Zora Neal Hurston)在解释其自传《一路风尘》是"无我之歌"时说:"光线强烈地射向一个点,这不仅让更大的区

---

① Kerby A. P: *Narrative and The Self*. Bloomington: Indiana University Press, 1990, p. 4.

② Benveniste Emile: *Problemes in General Linguistics*. Coral Gables: University of Miami Press, 1971, p. 224.

③ *Walking Through Fire: A Life of Nawal El Saadawi*, p. 6.

④ *A Daughter of Isis, The Autobiography of Nawal El Saadawi*, pp. 52—53.

域陷入了黑暗，而且它通过暗示，否认了这一部分区域的存在。"[①]因此赫斯顿自传中的"自我"常常是"从一个姿态到另一个姿态不停地漫谈"[②]。

女性自传主体的漂移性、多维性再度让我们思考自传中真实和虚构的关系，似乎传记文本中的自我主体愈是想以清晰的形象呈现于读者面前，就愈是因接近诗性的虚构而离开了"本我"。关于自传主体在真实和虚构边界形成的张力，卡夫卡有过如下精彩的解释：

> 在自传中一个人会不可避免地在事实上只需要写下"曾有一次"的地方写下"经常"。因为他总是意识到那个"曾有一次"引爆了记忆所牵引出的那个黑暗空间；但尽管如此，这一黑暗并不能完全地被"经常"所驱散，至少在作者看来它还是被保存着；他背负着那些也许在他的生命中从没有存在过的片段，而那些片段却又仅仅是某种甚至他的记忆也不再能够猜测得到的东西的替代物。[③]

卡夫卡的这段文字指向一个深不可测的意义空间：在那里似乎存在着一个随着思想和语言的不断逼近而无限地向后退却的"真实界"(The Real，拉康语)，似乎最深层的记忆也顶多只能为进入这一空间提供一条模糊的线索。这一想象性的空间似乎有着无限的纵深层次：有一个"真实"的终点被设置在某处，但这一终点仍是一个幻觉，你事先已被告知那个终点是幻觉，但同时你又必须相信其真实性，因为只有借助它，你才能想象得更深更远，才能突破那个幻觉。由此可见，自传中的真实和虚构具有相对性。

从分析赛阿达薇的自传《我的人生书简》中，我们看出，传主的自我呈现出"反抗性"、"隐匿性"、"多维性"的特质，且三者不断跃进，同时参与女性自我主体的建构。这正是女性自传中自我主体的漂移性之体现。

综上所述，女性自传对于自我主体的建构无论在性别上还是在文类上都对传统自传理论提出了挑战，使得自传理论在"自传主体身份"、自传的"真实与虚构"等根本命题上需要重新整合和丰富。女性自传中自传主体之所以呈现漂移的、动态的、多维的发展趋势，一方面受到解构并超越传统父权制文化的后女性主义思潮的影响，同时也受到记忆的误差、语言的流动性、真实和虚构的相对性的作用。女性自传主体在向多维的隐喻空间漂移过程中，伴随着不断创新的复杂的心理叙事策略，这必将导致形式的扩展。随着女性自传书写的日益成熟和女性社会地位的不断提高，我们期待着未来女性自传主体的再现方式与社会伦理规范之间朝着彼此包容、协商、和谐、共生的维度发展。

---

① Zora Neal Huston: *Dust Tracks on a Road*, New York: Harper Pernnial, 1991, p. 247.

② Mary Helen Washington *Zora*: *Neale Hurston A Woman Half in Shadow. I Love Myself When I Am Laughing And Then Again When I Am Looking Mean and Impressive*. Alice Walker (ed.). New York: The Feminist Press, 1979, p. 20.

③ Franz Kafka: *Diaries* 1910—1924. Max Brod (ed.). New York: Schocken Books, 1976, pp. 163—164.

南非黑人艰难的社会化历程

——透视姆赫雷雷的自传《沿着第二大道》

对于人的社会化过程的研究，很多学科都有所涉及。其中社会学的研究较为全面。郑杭生综合多家对人的社会化研究后，将其概括为：个体在与社会的互动中逐渐养成独特的个性与人格，从生物人转变为社会人，并通过社会文化的内化和角色知识的学习，逐渐适应社会生活的过程，在此过程中，社会文化得以积累与延续、社会结构得以维持和发展，人的个性得以健全和完善，社会化是贯穿人生始终的长期过程。[①] 自传这一文类所表现的正是个人在同社会的互动中逐渐成长的过程，是对个人社会化过程的文学性阐述。个人的社会化在自传中的集中体现使得社会化理论和自传研究的结合成为可能。

一、以社会化理论研究黑人自传的意义和方法

道格拉斯在《道格拉斯自述》一书中写道："我真诚而郑重地希望，这本自传能对人们认识美国的奴隶制度，并对促使千百万在水深火热中的兄弟得到解放这一快乐的日子早些到来，多少起点作用。只有全心全意地依靠真理、爱和正义的力量，他们才能得到解放。为了祈求自己微薄的力量能得到成功——我庄严地保证要重新把全部力量投入这场神圣的事业……"[②]

黑人自传文学从出现之日起直到现在一直是全世界文坛关注的重点，原因之一正在它重要的社会意义。血淋淋的奴隶制度似乎是不证自明的人类的罪恶和文明社会的耻辱。但当它摆在眼前时，许多白人绅士太太们仍安然自若地大谈民主平等。难以想象，南非的种族隔离制度上世纪 90 年代初才解除。

把社会化的理论引入自传研究，特别是黑人自传，其意义在于尝试回答这一问题。在白人无视奴隶制的罪恶时，黑人的内心也在悄然发生变化，这让这场斗争更为艰难。许多人都会逐渐接受不平等的存在，这并不是因为他们就一定喜欢他们所处的位置，而是因为他们一出生就置身于其中并深受其影响，相信世界就是这样的。在这样的一个社会中总是会有人进行反抗，但是父母、政治领导、宗教领导、媒介领导和老师进行的社会化，是一个强而有力的工具——我们会受其影响，接受他们的语言、他们的规则、他们的价值观和他们的期望。[③]

伊齐基尔·姆赫雷雷（Ezekiel Mphahlele，1919—2008）在 1971 年版的自传

① 郑杭生主编：《社会学概论新编》，中国人民大学出版社，2002 年。

② ［美］道格拉斯：《道格拉斯自述》（李文俊 译），三联书店，1988 年，第 121—122 页。

③ ［美］乔尔·查农：《社会学与十个大问题》（汪丽华 译），北京大学出版社，2009 年，第 78 页。

《沿着第二大道》的序言中写道："这本关于我的人生的书在整个南非的语境下有何意义呢？也许这意义仅仅就在于这是一部大多数生活在恐怖之中的非洲黑人的共同的自传。"[1]而非洲自传的作者都有这样一种使命感，"把制度与自我捆绑在一起的人，往往怀有一种终极关怀。终极关怀的具体体现就是把自我投身于一项事业。在事业的感召下，他们义无反顾地把自传书写成使命书，或建立完善某种制度，或破坏推翻某种制度。"[2]揭示自我对制度的反抗过程，让传主的社会化过程的喜与悲尽显无遗，可以更深刻地反映不平等的社会制度对人的畸形社会化过程。

美国社会学家库利是最早把自我的概念引入社会化研究的社会学家之一。他认为，"自我"并非与生俱来的，而是后来通过个人与社会的互动逐渐形成的。而芝加哥大学的社会学家米德也关注社会对自我形成的作用。他提出社会化的过程中自我的发展过程是通过"角色扮演"来实现的。儿童并不是天生就具有自我意识，其社会化过程可以分为两个主要阶段：首先是通过和米德称之为"重要他者"(significant others)进行互动并从那里学习。当进入成人期，我们就会推开我们的重要的他人，而是将其视为一个整体，一个广义的整体，他称之为"概念化他者"(generalized others)，通过这个过程越来越多的与他人合作，成为社会的一部分。我国经典《论语》仁篇中也有"见贤思齐，见不贤而内自省"的说法。

个人社会化一个重要的途径就是不断寻找"重要他者"，进行模仿或者抵制再转向发现新的"重要他者"，而后进入"概念化他者"阶段，在不同的人群中寻找理性和真理，不断完善个体的社会化。在自传中，传主的人生经历正是通过和各种各样的社会的人互动得以展现。对于自传的最大问题"我是谁"的回答，必须建立在对影响自己个性形成的重要事件的刻画之上，而其中酌以浓墨重彩的人物正是对传主所经历过的"重要他者"这些角色榜样的记录。借助对这些人物的经历和特点的分析，我们可以窥见传主自己社会化过程中所面对的角色榜样和他的抉择过程，揭示人与社会制度的关系。

二、《沿着第二大道》中的角色分析

南非作家姆赫雷雷得到评论界普遍认可的最重要的作品就是他的两部自传。其中《沿着第二大道》写于1959年，是他的第一部文学作品。写的是他童年在南非黑人聚居区的苦难生活，艰辛的求学之路，成年之后因参与反对教育系统的种族隔离政策，即班图教育法案，而被捕入狱，直至丢掉饭碗，最终几经辗转带着家人逃到尼日利亚的人生经历。在自传中，作者对自己一步步成长的痕迹，是通过刻画各种各样生活在他周围的人来体现的。这可以从他全文的结构明显看出，很多章节多是以人物命名，仿佛借自传，书别传。这也正好清晰地展现出姆赫雷雷整个社会化过程中面对的各种角色榜样，以及他们对作者产生的影响。

---

① Ezekiel Mphahlele: *Down Second Avenue*, New York: Anchor Books, 1971, p. xxvi.

② 《传记文学理论》，第136页。

(一) 留守黑人区的两种活法

童年时期的姆赫雷雷生活在黑人聚居区，他描写了很多生活在他周围的黑人同胞的遭遇。实行种族隔离制度的南非社会，如狼牧羊。选择退守黑人聚居的贫民窟，并不意味着可以过上不受白人统治的隐士生活，这里有白人警察、有白人校监等，各种各样的白人统治者。“我从来没有想过白人有什么理由会出现在这里，除非他们要负责治理什么事、或什么人。”躲进“小楼成一统”是没有可能的，只有“不在沉默中爆发，就在沉默中死亡”的现实。退守的黑人大部分是忠顺老实的老百姓，对白人强加给他们的不平等制度，只能忍气吞声，至多在背后骂两句解解恨。这种生活无非有三种结局。

第一种突出的角色榜样代表就是姆赫雷雷邻居家的孝顺儿子。马里奥娜(Ma-Leona)一家就住在姆赫雷雷家对面，有时姆赫雷雷家的大人不在家，小孩子们就住到他们家。因此这家人在姆赫雷雷的成长中产生过重要的影响。姆赫雷雷可以有机会仔细地观察这一家人的生活。他发现这家的儿子约珥(Joel)总是对母亲言听计从，毫无主见，仿佛是一个应声虫，一切由母亲来操控的玩偶。在生活的每一个细节上都听命于母亲，从煮卷心菜要加多少水到娶什么样的妻子。这样的生活逼走了约珥从城里娶来的妻子安娜(Anna)，吓跑了未过门的妻子柯柯(Kuku)。让马里奥娜前后三任丈夫全部逃走。甚至邻居们在一起打赌说要是有人能和她过上5年，鳄鱼也能生出铁桶来。她的女儿也是一嫁人就马上搬得远远的，再也不回来。

答案就在马里奥娜自己的话里“我有头脑”。她做过几年的女教师，能讲一些英语，会打网球，还有些经济眼光，她以此为荣。她自信自己的一套是正确的，甚至将它作为一种标准强加给周围的人。对于这种强加的标准，除了儿子约珥没有人能忍受。为什么约珥可以忍受？因为他可以心甘情愿地认可母亲的一切标准。为什么只有他可以？多拉小姨说：“可是妈妈，你觉不觉得约珥看起来有点傻？”约珥只有处于傻和无脑的状态，才能如此。来自母亲的出于爱的强令尚不能为人忍受，心安理得地忍受白人强加于黑人的极不平等的政治制度，必须是不具有人类情智的驯服的羔羊。

第二种可以以迪库迪卡(Dinku Dikae)为代表的角色榜样。迪库迪卡是姆赫雷雷少年时期的同学和追求对象瑞宝耐的父亲，一个高大英武的中年黑人，也是第二街上的蔬菜小贩。因为对瑞宝耐的喜爱，姆赫雷雷一开始就很关注迪库迪卡，也和他们家常有来往，关系很近。迪库迪卡的个人经历对姆赫雷雷也产生了很大的影响。迪库迪卡一出现就在姆赫雷雷的心中留下了很好的印象。姆赫雷雷在自传中这样写道：“当他们刚搬到第二街的时候，他大概40多岁。他长得很健壮，宽宽的肩膀，铁匠才有的双臂。他的声音让我想起山谷里的回音：清晰、严肃、又让人安心。"[1]这样亲切的赞美之词让人似乎觉得姆赫雷雷生活中缺失的父亲的角色，要在这里找到了。这是一个理想的父亲的形象。不仅如此，这位父亲有正义感、善良、正直、忠厚，身上有着许多美德，但似乎总有不对劲的地方。他非常害怕白人警察，哪怕仅是谈及白人警察，身上就直冒冷汗。在大街上被白人健康调查员拦下来盘问时，也会吓得发抖，几乎要昏倒在地。后来甚至因为精神压力过大，身体一度患病无法攒钱供女儿上学，学习一直名列前茅的瑞宝耐只能辍学去做舞女来糊口。很长一段时间之后，迪库迪卡恢复了健康，重新开始在街上卖菜，女儿也可以回到学校。但就在生活刚有好转的时候，一天夜里，一个白人警察闯进他们家搜查，还大肆辱骂迪库迪卡一家，被迪库迪卡用水果刀杀死了。在法庭上迪库迪卡只说了一句为自己辩护的话："我杀了他，是因为他侮辱了我和所有和我流着一样血的人。"[2]

为什么迪库迪卡见了白人警察会那样紧张，颤抖得要昏厥。他是怕，但他更恨。他目睹过白人警察对黑人的血腥屠杀，见到过亲友倒在白人的枪口之下，他日益清晰地感受到白人对黑人的欺压和歧视。正如他名字的含义"羊群在哪里"，他知道在如狼牧羊的生活里，自己和其他黑人同胞都是任人宰割的羔羊，没有还手之力。这是他的症结所在。通过瑞宝耐对自己父亲杀死白人警察时的描述，可以看出当时的迪库迪卡是在长期的精神压抑之下的爆发，处于疯狂状态。他杀死了一个白人警察，赔上了自己的性命，更断送了女儿的未来。要留在黑人聚居区，不是要约珥那样的"痴"，就会变成迪库迪卡这样的"疯"。

第三种可以以姆赫雷雷的家人为代表。多拉(Dora)小姨是第二街上的女英雄，她敢于向黑人社区里的任何人据理力争、反抗，哪怕大打出手。她为了要求印度老板按原先的承诺在购物积分的小本上盖上与钱额相等的章数，敢于在街上和印度老板当众扭打；因为学校给小姆赫雷雷不公正的处罚，她敢一路追到姆赫雷雷的学校，去挑战校长。然而，当只有十几岁的小外甥为了掩护自己在后院藏私酿的酒而被白人警察殴打，她却发不出一点声音。外婆一辈子嫉恶如仇，脾气倔强，总是直言不讳地当面告诉到姆赫雷雷家玩儿的某些小朋友：下次不要来了，我不喜欢他们的父母。可对于白人的仇恨，她只有靠往盛满白人脏衣服的洗衣盆吐吐沫。他们面对强权只能做任人宰割的羔羊，时而发"疯"，时而"正常"，压抑地活着。

(二) 走出黑人区的三条出路

姆赫雷雷周围有更多的年轻一代黑人选择离开，到白人生活的世界中去。姆赫雷雷接触到三种典型的出走的黑人角色。第一种是劳工。这些给白人打工的黑人，占了外出黑人的绝大部分。最早在同奶奶住在乡下时，姆赫雷雷就接触过他们。最早的记忆从他 12 岁时开始，他发现村里越来越多的年轻人到城里去打工，

① *Down Second Avenue*, p. 65.

② Ibid., p. 176.

留在乡下家里的几乎全是老年人和孩子。这些外出打工的黑人，假期回来时，总会带回许多来自城里的新鲜玩意儿，比如喇叭裤，收音机。但正如他们并不知道收音机为什么会发出声音一样，无论是在城里打工的黑人劳工，还是留在乡下的姆赫雷雷对城里的白人世界并没有真正的了解。后来住到城里外婆家，姆赫雷雷每周要替外婆和小姨到白人雇主那里取脏衣服，并把洗好的衣服送还回去。这期间他也扮演了一个小的黑人劳工角色，他可以近距离地观察那些在白人家里工作的黑人。

> 那些给住在郊区的白人家送衣服的情景仍然历历在目。古德史密斯先生，年近中年，有一张大红脸，他和小姨多拉的丈夫在一家博物馆工作。他本可以在开车上班时，顺便带上他那捆脏衣物，这样我就只要走到市中心的博物馆去取。也许他从未想到这一点。他很容易生气。每次我因为无论怎样敲门他都听不到，就去敲他的窗户，都会惹得他大声咒骂。我就在窗外等着他打开窗户，将那包脏衣服丢出来，再关上窗。有很长一段时间我都看不清他的脸长成什么样。他似乎总是刻意避免直视我。月底他会把钱装在信封里从窗户丢给我。①

在一次学术研讨会上，姆赫雷雷谈到小说创作时说道："我们和白人之间有巨大的屏障。我们一直是通过锁眼来观察对方。我不写白人是因为我对他们的了解不足以将他们刻画成我笔下的人物。"②

在白人雇主辛格家中，小姆赫雷雷印象最深刻的是他们家的那只小狗。他每次去都会看着丰盛的狗食直流口水。而这家的黑人女仆因为殴打这条小宠物狗而遭到了解雇。姆赫雷雷在自传中写到"从那以后我就不喜欢宠物了，一直拒绝任何饲养的建议"。

第二种以姆赫雷雷的舅舅为代表，通过接受高等教育，以更为体面的方式进入了白人社会。这种选择也一直是受到支持最多的。外婆就为她的几个在外读书的儿子深感骄傲，母亲也把希望寄托在姆赫雷雷优秀的学业成绩上。像舅舅一样考上学费相对低的师范类学校，毕业后做个教师，似乎是脱离黑人贫民窟，融入白人社会最好的出路。姆赫雷雷也确立了这样一个信念，并成功地考上了师范学校，真成了一名教师。但事实是，无论是从事体力劳动的打工仔，还是从事脑力劳动的知识分子，皮肤的颜色仍是超越阶级的，它是衡量一切的砝码。黑人教师很难找到工作，有了工作工资收入只能是白人同事的十分之一，干的活还是只多不少。这些对长期受压迫的黑人来说如果还可以容忍的话，那么南非政府班图政治法令的颁布就是压垮骆驼的最后一根稻草。

第三种就是具有反抗精神的民族斗士。这样的人在姆赫雷雷的生活中一直就存在，但在早期普通黑人的生活和思想中大都被边缘化，甚至妖魔化。小时候，听老人们讲特玛(Thema)的惨剧，一个进城后强烈感触于白人对黑人的歧视的青年。村里

---

① *Down Second Avenue*, p. 56.

② Ezekiel Mphahlele, Peter Nazareth, Emmanuel Obiechina, "*Panel on South African Fiction and Autobiography*". *A Journal of Opinion*, Vol. 6, No. 1. Proceedings of the Symposium on Contemporary African Literature and First African Literature Association Conference(Spring, 1976), pp. 14—24, Published by African Studies Association.

人都担心特玛，认为他在城里发生了不幸，脑子受了刺激，出了毛病。他们还怀疑他是受了一个异教徒姑娘的坏影响。事实上，特玛是个有觉悟的年轻人，他从城里打工回来，没有带回城里新奇的现代文明，而是带回了满腔的忧愁和疑惑。他追问人们为什么圣经上说人人皆是兄弟姐妹，但白人和黑人为什么就不平等。这样的问题把周围的人吓了一跳，以为他傻了。真成了唯一正常的人被送到精神病院一般。但此时的姆赫雷雷还不具有分辨这些的阅历和知识。直到在圣彼得高中读书之后，他逐渐成熟，并更多、更直接地接触到一些有思想、有反抗精神的非洲民族主义者。他说，“一开始这一切对我都是神秘的。”但渐渐地，当他先前的角色选择在连遭打击之后，便开始走上了民族斗士的道路。

姆赫雷雷的自传《沿着第二大道》里诸多人物的刻画，鲜活生动，这不但反映了作者高超的文学技艺，也可见这些形形色色的人物给姆赫雷雷留下的深刻印象。每一个人物在作者的成长过程中，都起到一个角色榜样的作用，它从正面、侧面或反面影响姆赫雷雷的品味、兴趣、价值观、个性特征、想法和道德观。在南非这样一个曾经是种族之间极端不平等的社会中，如何进行角色榜样的选择，最终实现自己的社会化？在这样的体制下，是被社会化为一只驯服的羔羊，还是拒绝接受这种畸形的社会化？在南非黑人多灾多难的社会化过程中，姆赫雷雷是真正的勇士，他成功地进行了角色榜样的选择，走上了争取民主、平等和自由的民族主义道路。

成长主题与跨文化身份建构

——解读卡马拉·莱依自传体小说《黑孩子》

黑非洲法语文学产生于20世纪初,发端于法国殖民者入侵与殖民同化政策的背景下,从早期的"黑人性"文学到现在,黑非洲法语文学的创作主题、叙事策略、写作视角等都在不断地从单一化向多元化发展。早在黑非洲法语文学产生之初,带有自传性质的文学作品的创作就受到了非洲作家的重视。几内亚作家卡马拉·莱依(Camara Layae,1928—1980)的自传体小说《黑孩子》(*L'enfant noir* / *The Dark Child*,1953)是自传体文学的代表性作品。

《黑孩子》是一部以成长为主题的自传体小说,作品以第一人称叙述了主人公"黑孩子"从5岁到19岁、从童年到青年的成长历程。作者着重表现了主人公在非洲本土传统、伊斯兰宗教传统与西方殖民统治、西方文明同化的矛盾冲突中,对个人身份的犹疑与焦虑,反映了在跨文化与多元文化的成长环境中,被殖民者对个体身份以及民族文化身份的找寻与建构的曲折性与复杂性。

一、自传体小说、成长小说与非洲童年文学

从贝尔纳·达迪耶的《克兰比埃》(Bernard Dadié *Climbié*,1956)、谢克·哈米杜·卡纳《暧昧的冒险》(Kane Cheikh Hamidou *L'aventure ambiguë*,1961)到肯·碧桂勒的《疯狂波巴布》(Ken Bugul *Le Baobab fou*, 1982),自传体文学作为一种最为有效的书写个人经历和个人心理体验的形式,成为黑非洲法语文学创作的主要手段。被"边缘化"和被漠视的"少数族裔"的黑非洲作家们使用自传的形式能够更为真切、更加自如地书写殖民主义、西方文化与本土传统的冲突、对抗下的非洲大陆,以及个体在这种冲突下的生存状态与心理状态。同样,自传体文学作为一种亲切的、可信的、可读性强的文学样式也赢得了读者特别是西方读者的青睐。西方读者对非洲文学抱有一种猎奇心理,"非洲文学在西方被接受的内在动因是因为西方读者将之作为了解非洲'他者'文化的一种途径。西方读者之所以关注非洲文学,仅仅因其或多或少提供了关于'异文化'的一些信息而已"[①]。而自传体文学恰好满足了西方读者的这一需求。

《黑孩子》的作者卡马拉·莱依是非洲著名的法语作家,1928年出生于几内亚的小城库鲁萨,父亲是一名铁匠。莱依在家乡完成小学学习后,考入了首都科纳克里技工学校,以第一名的成绩通过机械师技能考试,随后被保送到法国阿尔让特依

---

① 辛禄高:"回到非洲文化之根——论冈·碧桂功的自传体小说《疯狂波巴布》及其他",《徐州师范大学学报》,2009年第4期。

汽车中心学校学习。《黑孩子》发表于作者在法国求学的1953年，作品赢得了法国文坛的普遍赞誉，被翻译为多种文字出版，于1954年获得查理·维庸奖。作为一部自传体小说，《黑孩子》的写作与作者初到法国的孤寂思乡的心理体验是分不开的。在黑非洲法语文学中，到西方国家的旅行和生活经历所体验到的强烈的"疏离和排斥"感是一个重要的创作母题。这种疏离和排斥的体验促使了作者以自传的形式通过记叙个人的成长经历来抒发自己的思乡之情以及孤独之感。莱依在《几内亚的非洲精神》(*L'Ame de l'Afrique dans sa partie guinénne*，1964)中谈到《黑孩子》的创作动机时指出，他所想到的"仅仅是自己、仅仅是自己的意愿"，而他的写作也"仅仅是为了表达个人体验及个人的孤独感"，他想呈现的是"关于童年的回忆"，关于过去的记忆。

《黑孩子》以讲述个人成长故事为主要内容，是一部有关黑非洲殖民文化的成长小说。成长是指心理上还未成熟的青年，经过生活的磨砺，迈向成熟的阶段。作为人生一个必经的阶段，成长具有丰富的隐喻性。"成长，作为人类生活中一种普遍存在的文化现象和人类个体生命的重要体验必然成为文学，尤其是小说，表现和探索的对象"。[①] 成长小说以叙述人物成长过程为主题，通过对个人成长经历的叙述，反映人物从幼稚走向成熟的变化过程。成长小说的突出特征是主人公心理、性格的不确定性，成长的过程是心理变化和性格塑造的过程，同时也是认识自我、完善自我的过程。巴赫金在"教育小说及其在现实主义历史中的意义"一文中指出成长小说作为"一种鲜为人知的小说类型，它塑造的是成长中的人物形象。这里，主人公的形象不是静态的统一体，而是动态的统一体。主人公本身的性格在这一小说的公式中成了变数，主人公本身的变化具有情节意义。"[②]

莱依从童年到青年、从幼稚走向成熟，经历了两个重要的阶段：童年(第1章至第6章)和"成年"[③](第9至第12章)，两个阶段之间以"成人仪式"(第8章和第9章)作为连接和过渡。童年阶段记述的是莱依从五六岁开始的生活经历，通过乡村生活、收割仪式、家庭生活的回忆，表现了童年生活的天真烂漫。成年阶段起始于莱依15岁到首都科纳克里求学，讲述了他在西方式学校的学习生活、与玛丽的恋爱以及获得法国学校奖学金的经历。主人公从童年到成年的成长经历了从天真走向成熟、从依附走向独立、从自我走向社会的自我完善过程，这也是一个在自我与社会的融合与冲突中对具有主体性价值的个人身份的认同、找寻和建构的过程。两个成长阶段之间是由"过渡仪式"连接的，"过渡仪式"标志着"每个人在一生的周期中所经历的各道关口：从某一阶段进入另一阶段；从一种社会角色或社会地位进入另一种角色、地位"[④]，而"成长仪式"作为"过渡仪式"的一种，标志着从童年阶

① 芮渝萍：《美国成长教育小说研究》，中国社会科学出版社，2004，第19页。

② [俄] 巴赫金：《巴赫金全集》第三卷，河北教育出版社，1998年，第230页。

③ 在非洲，"成人仪式"是确定成年的标志，一般在十三四岁时举行。

④ 巴巴拉·梅厄霍夫："过渡仪式：过程与矛盾"(方永德译)，见维克多·特纳选编，《庆典》，上海文艺出版社，1998年，第138页。

段进入成年阶段，从懵懂依附的自我状态走向成熟独立的社会性自我。小说《黑孩子》里的成年是按照非洲传统习俗的“成人仪式”界定的，主人公经历的是从五六岁到 19 岁的成长过程。从这个角度说，《黑孩子》也是一部“非洲童年文学”作品。

过去几十年中，很多优秀的非洲作家都将目光投向了童年的写作中。如诺贝尔文学奖获得者、被誉为“非洲的莎士比亚”的著名作家、戏剧家沃莱·索因卡的作品《阿凯：童年岁月》（*Aké: The Years of Childhood*）就是以童年为主题的作品。随着童年主题的创作在非洲大陆的兴起，有的评论家将这一类型的创作归类为“非洲童年”（African Childhood）。R. H. 普雷伯在“非洲童年叙述中的跨文化身份认同”（*Transcultural Identity in African Narratives of Childhood*）一文中最早提出了“非洲童年文学”的概念，并归纳了“非洲童年文学”类作品通常涉及的六个方面，其中最为重要的是教育问题、在多元文化和跨文化环境中儿童的成长及身份的建构过程。

《黑孩子》的主人公作为一个在传统非洲大陆生活的、信仰伊斯兰教的马林凯民族[①]的后裔，他在受到传统的非洲文化影响的同时也受到伊斯兰教的影响。此外，由于接受了西方教育，主人公又受到了西方文化的影响。在传统文化与西方文明的双重影响下，在非洲传统与殖民同化的多元环境下的成长过程中，莱依对自我身份的认同呈现出了犹疑摇摆的不确定性。而主人公对个体身份的建构过程同时也是对民族文化身份的找寻与建构的过程。

二、跨文化环境中的成长与身份的建构

身份认同与身份建构是后殖民文学研究中不可规避的议题。“身份认同”的基本含义是指在特定的社会文化中的个人身份认同，它在更广泛的含义上指的是某一文化主体在强势与弱势文化之间，在双重文化背景下进行的集体身份选择。在全球化浪潮冲击下的各民族特别是第三世界各民族都面临着文化身份认同与自我定位的危机。“在今天，文化身份自身认同就好像一面没有标志的旗帜，却在指引着人们进行各种斗争。”[②]文化身份不是给定的、一成不变的，它“总是在可能的实践、关系及现有的符号和观念中被塑造和重新塑造着”[③]。而民族文化身份的建构是与个人身份的认同分不开的，个人身份认同的过程同时也是一个民族文化身份的建构过程。

后殖民时代的黑非洲经受着多民族、多宗教、多文化的冲突与融合。传统的黑非洲大陆就存在着多种民族、多种语言、多种宗教的矛盾与共生，殖民者的入侵又给其带来了西方文明与西方文化，多种文明与文化的杂交让黑非洲的文化呈现出

① 黑非洲的古老民族，有着悠久光辉的历史，现在是几内亚的第二大民族，有独立的文化传统和语言。

② 赵汀阳：《没有世界观的世界》，中国人民大学出版社，2003 年，第 58 页。

③ [英]乔治·拉伦：《意识形态与文化身份：现代性和第三世界的在场》(戴从容译)，上海教育出版社，2005 年，第 22 页。

一种独特的"混杂性"与"多元性"。在这种混合与多元的跨文化环境中成长与生活的黑非洲人特别是黑非洲作家面对着西方文化对本土文化的不断冲击,"对本土文化的反思与强调,对殖民文化的抵制与接受的复杂心态"①使得其对个体身份的认同成为了一个焦虑犹疑的复杂过程,同时也成为了一个痛苦艰难的抗争过程。

卡马拉·莱依出生在几内亚城市库鲁萨的马林凯族家庭,信奉伊斯兰教,母亲出身于几内亚村庄丹迪港的达曼部族,并继承了家族图腾。莱依在家庭和日常生活中使用马林凯语,基于阅读宗教经典的需要掌握了简单的阿拉伯语,上了"法国人办的学校"②后,学习了法语。莱依的教育经历从以民族传统文化为主的家庭教育开始,6岁正式进入学校教育阶段,上了古兰经学校,后转学到法国人办的学校,15岁到首都的技工学校,开始接受殖民者的西方式教育和同化教育,直到19岁到法国学习。从莱依的个人经历中,我们不难看出,莱依本人的成长就是一个民族、语言、文化的混杂过程,一个传统文化与西方文化斗争、融合的过程;这样的混杂经历必然导致莱依在个人身份认同上的疑惑与焦虑;这一点也体现在了其自传体小说《黑孩子》的文本中。

童年的小莱依多次对自己的身份提出了疑问,作者在前五章中多次描述了主人公对个人身份与归属问题的思索。比如,他在面对父亲的守护神小黑蛇时,一方面渴望能用自己的手去"抚摸蛇,也能领会和倾听这声音",能够继承家族守护者小黑蛇的庇护;另一方面却渴望继续上学,接受教育。又如,他在收割水稻时,思索自己的将来,既不在丹迪港生活,也不继承父亲的铁匠铺,"也许,某天像鸟儿一样吗?"这些描写实质上就反映了主人公面对传统的非洲文化与西方教育时,对个人身份的摇摆不定,不知如何选择的疑惑。这种疑惑和摇摆在其谈到母亲继承了祖父的图腾时,表现得更加明显。莱依在书中写道:

> 世界在动荡,在变化,而我的情况也许比其他一切变化得快,以至于我感到我们再也不是过去那副样子。确实,我们再也不是我们过去那副样子,我们再也不是这些奇迹在我们眼前出现时的我们。是的,世界在动荡、世界在变化,动荡变化得这样快,以至于我所属的图腾——我也有我所属的图腾——我都不知道了。③

与玛丽的爱情在莱依的成长过程中占据着重要的地位,对他的自我认知与自我建构起到了催化的作用。玛丽"是混血儿,肤色白里透红,几乎像个真正的白人,长的很漂亮,她必定是女子高级小学里最美丽的姑娘"④。所有的同学都喜欢玛丽,每当莱依与玛丽约会的时候,"科纳克里的年轻小伙子,特别是我的同学和卡米易学校的中学生,都用羡慕的目光望着我们路过"。⑤ 在描写玛丽的美丽时,莱依强调玛丽独特的血缘特征和肤色特征:"混血儿"、"白里透红"、"像个真正的白

---

① 夏艳:"20世纪黑非洲文学的四个特点",《世界文学评论》2009年第2期。

② [几内亚]卡马拉·莱依:《黑孩子》(黄成新译),重庆出版社,1984年,第60页。

③ 《黑孩子》,第60页。

④ 同上书,第143页。

⑤ 同上书,第147页。

人”。莱依通过对玛丽肤色的描写反衬出了自己的肤色。“肤色是文化身份或种族身份的一个显著的外在标志。殖民者和种族主义者往往以肤色等体貌特征为依据宣扬欧洲民族优越论。”[①]对于非裔血统的殖民地青少年来说，对肤色的发现和关注对所谓“人种”最初的认知，是个人身份构建的基础，更是对整个民族文化身份认同的起点。加勒比地区法语作家艾梅·塞泽尔(Aimé Césaire)曾经提到过，在赴法国学习之前，他一直认为自己是法国人，因为马提尼克岛的殖民教育中，他们的祖先是高卢人。直到赴法留学后，塞泽尔才意识到了自己与“法国人”的不同，这种区别首先体现在肤色上。与玛丽的爱情让“黑孩子”关注到了自己的肤色，也发现了“我”与混血儿玛丽在“人种”上的区别。“混血的最美丽的姑娘”玛丽对莱依的爱情让莱依得到其他小伙子的羡慕，这也让莱依对个体有了新的认知，加速了他对个体身份的建构。

跨文化环境的混杂性和多元性还体现在殖民地儿童接受的教育的混杂性和多元性。通常来讲，家庭教育是以非洲文化传统为主导的，非洲儿童在学龄前的教育主要是通过对家庭关系、日常生活经验的内化而得到的。在《黑孩子》中，莱依的教育经历是从父亲的作坊开始的，在那里，他接触到了黑非洲最原始的、最传统的文化精华——非洲口头文学。作品第 2 章是对首饰锻造的描写，请父亲做首饰的非洲妇女到炼金作坊是由一位说唱诗人陪伴的，这些“兼巫师、乐师及诗人的说唱诗人一坐定，便谈起了‘科拉’，这是我们家乡的竖琴，奉承起我爸爸来”[②]，这些说唱诗人回顾父亲家族的历史，歌颂父亲家族的荣誉。黑非洲具有悠久的口承文学传统，殖民者入侵之前的黑非洲文学基本都是以口头形式存在的，而口头文学的传承者就是作品中提到的说唱诗人“格里奥”(Griot)。但是殖民者入侵带来西方文明的同时也带来了殖民同化教育，非洲传统文化受到同化政策的冲击，从而引发了接受同化教育的非洲“黑孩子”对非洲传统和非洲文化的质疑。同化教育也引发了殖民地青少年对自身身份的焦虑与疑问，一边是养育了自己的非洲大陆，一边是历史书上的“我的祖先是高卢人”，这样的矛盾与对立导致了青少年对个体身份认同的困境。《黑孩子》中的莱依也经历了文化身份认同的危机，但是随着年龄和阅历的增长，个人身份被不断构建，并最终得以明确。小说的最后，主人公要去法国学习，玛丽问他还会不会回来，莱依非常坚定地答道“要回来”，并在第三次加重了语气说“我肯定会回来的!”结合卡马拉·莱依的个人真实成长经历，我们不难知道法国求学的莱依在感受到强烈的排斥和疏离后，以《黑孩子》为题目写下了这部作品，表明了莱依经历了困惑与危机后最终确认：“黑”孩子属于“黑色”的大陆，非洲是他的家，“黑色”是他的身份之根。

事实上，黑非洲法语文学创作中，不同年代、不同作品对跨文化环境的身份认同问题的表现是存在很大差异的。《黑孩子》通常被认为是一部“黑人性”小说，作

---

① 张德明：《流散族群的身份建构——当代加勒比英语文学研究》，浙江大学出版社，2007 年，第 173 页。

② 《黑孩子》，第 16 页。

品的写作是对“黑人性”运动的响应，“黑人性”文学最大的特点是竭力维护和提高黑人民族的尊严，而卡马拉·莱依借《黑孩子》明确个人身份认同的同时也表达了对“黑人”身份的自豪，这是与当时独特的时代、政治、文化背景分不开的。

三、成长仪式与身份追寻

法国民俗学家万·热内在《过渡仪式》一书中将包括成长仪式在内的过渡仪式划分为三个阶段，即分离、过渡、融合。卡马拉·莱依在《黑孩子》中详尽叙述了主人公参加成长仪式的过程及心理体验，我们可以将他的成长仪式划分为分离、考验与互渗(对应于过渡)、再生(对应于融合)等阶段，并从中分析这些不同阶段对于主人公身份构建所具有的意义。

(一) 分离——“自我意识”的初次体验

成长仪式具有与世隔绝的隐秘性，“分离”就在于在隐秘的、特殊的禁闭性环境中“试炼少年的意志，净化其心灵，促进其更快地成长发育”①。而受礼者除了经受地理意义上的禁闭之外，也要接受精神上的禁闭，即遵守各种各样的禁忌。成长仪式的参与者要“小心自觉地恪守这些神圣的禁忌，以种种规则修正自己的认识”②，他成了“自己成长责任的看管者，所有制裁都是为了自己的成长”③，从而使“孩子们第一次体验到生理学上的自我意识”④。“分离”使孩子与温暖的家庭分开，在陌生的环境中体验到恐惧和孤立，这样的经历内化为心理体验后直接转化为成长经验。莱依描述自己被“分离”时“感到孤立、异常孤立”，“希望远离这片林间空地，回到我们的经营区，回到我们经营区的宁静中，回到温暖安全的茅屋里”。⑤ “分离”阶段对陌生环境与孤独感的体验如同初到法国求学的莱依在陌生的国度中所体验到的寂寞与隔绝一样。

(二) 考验与互渗——个人身份的转换与民族文化身份的继承

考验的目的，一是为了考察即将成年的青少年是否有足够的勇敢和耐性，二是为了使青少年达到一种由于“疲劳、疼痛、虚弱、困苦所引起的一种类似人格和意识丧失的状态中”⑥，这样一种易感状态能够使青少年更好地进入互渗阶段。所谓

---

① 徐丹：《倾空的器皿——成长仪式与欧美文学中的成长主题》，上海三联书店，2008 年，第 16 页。

② [美] 玛格丽特·米德：《三个原始部落的性别与气质》(宋践等译)，浙江人民出版社，1988 年，第 56 页。

③ 同上。

④ 同上。

⑤ 《黑孩子》，第 82 页。

⑥ [法] 列维·布留尔：《原始思维》(丁由译)，商务印书馆，1997 年，第 344 页。

"互渗"指的是个体与集体表象达到神秘统一的过程。集体表象通常包括以鬼神为代表的神秘表象和以其他文化传统组成的普通表象,集体表象是一个部族的本质。

《黑孩子》中,主人公与小伙伴接受的考验既有精神上的又有肉体上的。前者主要体现在"宫登·迪亚拉"之夜,"大宫登"的怒吼和即将到来的割礼仪式给孩子们带来的担忧与恐惧,后者的集中表现则是接受"割礼"。信奉伊斯兰教的马林凯民族认为割礼是男性在"妇女界中逐步解放出来的一个标志"。[①] 因为男孩的成长实际上意味着脱离母亲的领域进入父亲所属的成年男性的领域。而割礼之后留下的伤痕是民族、部落文化给个人刻上的有关社会身份、民族身份的标记。受礼者在这些具有象征性行动的考验中,能够得到无比真实的"私人的、主观的、心理的、有意识的及无意识的"内在体验,这种体验必然会深入潜意识,以直接或间接的形式影响着处于"过渡阶段"的青少年对个人身份以及民族文化身份的建构。事实上"考验"本身就是考察青少年能否实现自身"儿童——成年男子"、"个人——民族化社会化的个体"的转变的一个准则,它以仪式的方式确定个人成长中的新旧身份的更替,促使青少年从本能的、自发的身份追寻转向有意识的、自觉的身份建构。

"宫登·迪亚拉"之夜是库鲁萨当地的一种"入会仪式"(initition rite),属于成长仪式的一部分。"宫登·迪亚拉"是当地传说的一种怪物(也可能是神、鬼、祖先)[②]的名字,"入会仪式"要在远离村庄有"宫登·迪亚拉"出现的地方进行。"宫登·迪亚拉"之夜是对青少年精神上的考验,其更为重要的意义在于,以象征性的方式使鬼神的形象与意志渗透到此前"无知于神圣状态的儿童意识之中"。[③] 有关"宫登·迪亚拉"之夜的一切内容是绝对禁止透露的,所有成员必须保守秘密。但事实上,秘密只是针对部族的妇女和孩子,它将受礼的青少年与女性世界(未受礼的儿童处于母亲的照管下,属于女性领域)完全分离开来,促使他们进入成熟的男性世界,并赋予他们男性的特权。除了神秘表象的渗透外,由其他文化传统所组成的普通表象也是集体表象渗透的一个重要内容,比如传授各种生活技能、伦理道德、部族文化等,反映了"社会要求保持自身道德传统、文化传统以及精神气质等方面的愿望"。[④] 与集体表象的互渗实质上就是个体的社会化,它促使社会将自身强加于个体之上,将"集体的价值观和文化意象编织到个人的心智中去"[⑤],使个人成为社会文化的象征和载体。参与成长仪式的青少年通过与集体表象的互渗,明确了个体具有特权性的"成年男子"的个体身份,同时也将个体身份与社会身份、民族身份有机地结合在一起,在建构个体身份的同时也建构着社会文化身份。

---

① [美]罗伯特·F.墨菲:《文化与社会人类学引论》(王年君、吕迺基译),商务印书馆,1991年,第230页。

② 传统的黑非洲文化中,鬼、神、妖怪甚至祖先的概念没有明确的界限。

③ 《倾空的器皿——成长仪式与欧美文学中的成长主题》,第58页。

④ [美]维克多·特纳选编,《庆典》,译者序,上海文艺出版社,1998年,第9页。

⑤ 《倾空的器皿——成长仪式与欧美文学中的成长主题》,第134页。

(三) 再生——新身份的开端

再生是成长仪式的最后阶段,是以一种正式的方式确定参与者进入了成年阶段。《黑孩子》中,主人公在接受割礼后与其他受礼者接受了封闭式的照管和传统道德文化的学习,待痊愈和学习期满后重新回到社会之中,他的"再生"是通过一种仪式性的日常行为来表现的——服饰的变化。他们换上标志着成年男性的"软帽"、"侧面开缝的长袍"和"成年人款式的宽大的裤子",以明确其新的身份。一夫多妻的婚姻制度导致了成长过程中父亲角色的缺失,在母亲照顾下成长的儿童在成长仪式之后要从母亲的茅屋搬出,这也是一种仪式化的"再生"标志。再生仪式确立了新身份——成年的社会化的个体——的开端,新的个人身份的形成使他们有机会"接近部落的各种精神价值物事"[①],使他们成为"深入集体表象并拥有一切合法职能与权力的社会正式成员"。[②]

成长仪式标志着个体走向成熟的开始,也标志着个体由自然的生理意义的个人过渡到集体的社会意义的文化载体。成长仪式使自我意识得以确认,使个体从自发性的身份追寻转化为有意识的身份建构,从单纯的个人身份认同转化为个人身份认同与民族文化身份认同的有机统一。

四、个人成长的民族寓言

以成长为主题的自传文学在创作中,总是将个人的命运与民族的命运结合起来,使"个人成长与民族成长、个人叙事与民族叙事互相交织,形成一种转喻或换喻关系"。[③] 以卡马拉·莱依为代表的早期黑非洲作家大都拥有相似的成长经历:殖民地度过的童年、接受西方殖民教育、西方都市的学习生活及自我流放(以巴黎为主)。这种独特的多元化的成长经历导致作家们遭遇到了身份危机,促使他们反思已经"失落的童年及其所代表的民族文化根基"[④]的重要意义。因此,通过对童年生活的回忆和成长过程的探索,作家在构建个人身份的同时也探索着整个民族的文化身份。

莱依在自传性作品《黑孩子》中,通过对其个人成长经历的描写,探索自我命运的同时也在探索着民族的命运。当然,如我们前面提到的一样,作为"黑人性"小说,《黑孩子》的写作具有一定的时代局限性,作品本身也受到了个别黑非洲作家的质疑,他们认为《黑孩子》中所描写的殖民地生活过于美好祥和,缺乏对殖民者和殖

---

① [美]米尔希·埃利亚德:《神秘主义、巫术与文化风尚》(宋立道、鲁奇译),光明日报出版社,1990年,第48页。

② 《倾空的器皿——成长仪式与欧美文学中的成长主题》,第159页。

③ 《流散族群的身份建构——当代加勒比英语文学研究》,第141页。

④ 同上书,第140页。

民主义的反抗性。但是通过文本的阅读，我们不难发现，即使“黑人性”导致作品的写作有某些“失真”，也并不影响其作品的民族寓言性，因为个人历史只有放到民族历史背景中才可以理解，而民族历史也只有通过个体化的生活形式才得以阐明。

母亲的形象在《黑孩子》这部作品中是非常突出的，母亲喻指民族传统文化之根，象征着黑非洲的本土身份。作品的开篇是莱依献给母亲的诗，在这个诗篇中，莱依赋予母亲多重意义，她既是生养他的人，又代表所有黑非洲妇女，更象征着整个非洲大陆。母亲形象在作品中占据了比父亲更重要的地位，这固然与马林凯民族尊重母亲的传统有关，更是与母亲的象征性意义分不开的。在作品中，莱依描写了三次与母亲的分离。第一次是在参加成人仪式的时候，与母亲的分离象征着从女性世界进入男性世界，从童年到成年的转变。第二次是主人公离开家乡到科纳克里学习之时，与母亲的分离象征着从传统文化到殖民文化的过渡。第三次分离发生在主人公获得法国学校的奖学金，决定到法国接受教育的时候，与母亲的分离象征着与非洲大陆的分离以及同非洲传统文化的断裂。

作品中，主人公的成长集中在三个地方：母亲的故乡丹迪港、自己的家乡库鲁萨、首都科纳克里。这三个地点象征着三种不同的文化价值体系。丹迪港是一个小村庄，生活习俗及文化传统基本上没有遭到殖民统治的破坏，莱依在描写“收割仪式”的时候提到许多传统习俗及传统仪式在他的家乡库鲁萨已经不存在了，只有在丹迪港仍然保留着。首都科纳克里是重要的海港城市，殖民统治及殖民文化已经深入城市的每个角落，有许多法国的工厂和公司，莱依的叔叔就在法国公司工作。库鲁萨是一个小型城市，相对于科纳克里，它还保留了许多传统习俗，传统文化并没有被完全破坏，比如在某些仪式上，居民们会跳传统的民族舞蹈，但是库鲁萨有法国学校，殖民统治与殖民文化已经开始渗透其中。由此，我们不难看出，丹迪港象征了非洲传统文化价值，科纳克里象征着西方现代文化价值，而库鲁萨则是处于两者之间，象征着传统文化与西方文化混杂、共生的多元文化价值。主人公在三个地方的生活和成长过程表明：随着殖民者入侵与殖民统治的不断扩张，西方文化不断渗透并瓦解着非洲传统文化，民族文化身份也因此处于不断变化的建构过程中。

此外，我们还能够挖掘出许多具有民族象征意义的义项，比如文章第1章对铁路和第2章对父亲守护神小黑蛇的描写，小黑蛇寓意着古老的、传统的、带有非洲“神秘主义”特点的文化价值，而铁路——铁蛇与小黑蛇作为对照，是西方殖民者入侵的产物，代表着西方现代文化价值。莱依对此有意识或无意识的书写使个体与集体、个人与民族有机结合，在探索个人身份的同时也建构着民族文化身份，给予个人的成长以强烈的民族寓言性。

文　献　篇

引　　言

任何传记文学作品的阐释和理论的建构都是建立在文本基础之上的。通过对具有代表性的文本进行阅读，读者能够对东方作家传记文学产生最原初、最直接的感受。本篇选取了有代表性的东方作家传记文学原典8篇，分别从日语、朝鲜/韩国语、越南语、孟加拉语、乌尔都语、阿拉伯语和英语翻译为中文。这些原典大多选自所研究的东方作家，不仅丰富了对作家的研究，也为我们了解东方传记文学提供了实例。而为每篇文献所做的评述，希望为读者了解和理解作品提供一些帮助。“文献篇”中涉及的东方作家，大部分在“作家篇”和“作品篇”已经出现过，但这绝不是一种无意义的重复，它们也是对前文论述的印证。

“文献篇”力求更多地体现东方作家传记文学的基本类别。其中既节选了以越南潘佩珠的《潘佩珠年表》为代表的东方近现代自传性作品，又选取了如《双角：随笔与访谈》这种由传主和访谈者互动完成的访谈类作品。在他传性作品中，既有如《〈朝光〉·〈三千里〉时代》的文坛回忆录，又有如《〈哈利勒·纪伯伦：他的生活和世界〉序》、《〈驼队的铃声〉序言》这类以著作序言的形式为作家立传的作品，还有《卡齐·纳兹鲁尔·伊斯拉姆小传》为代表的小传类型作品。传记文学品类繁多，有传记、自传、评传、回忆录、日记、访谈等，我们无法从重要性上区分这些类别。但我们可以从作品的内容上鉴别其是否重要和重要的程度。从研究作家的角度出发，包括自传、他传和评传在内的传记、作家围绕文学创作主题而书写的回忆录、文学作品产生过程以及产生之后的文字记录等无疑是应该为我们所极为关注的一类。这类传记文学作品往往具有真实可信、叙事性强的特点，有助于对作家的人生经历、写作背景、创作激情、叙事策略的探求和审察。因此，我们宁可忽视类别的重要性，重视作品本身的重要性，采取这种实用的态度，将这些充分表现作家创作水准和功力的文献呈现给读者。

“文献篇”力求在大量传记作品中为读者甄选出有代表性的成功传记文学。对于何为成功传记文学，没有也不可能有完全统一的标准，但是成功的共同要素却是存在的。传记文学的基础是事实。对于自传性传记作品而言，自传事实是其内核，与传主交往的他人的事实和历史事实与自传事实具有密不可分的联系，因此，它们也是自传事实不可缺少的组成部分。这些“事实”紧密地融合在一起，从而构成自传性作品事实的多重性。《潘佩珠年表》正是一个很好地把握了这种事实的多重性而获得成功的例证。作家将越南沦为殖民地的历史事实、同梁启超等人交往的传记事实与自己投身民族解放事业的自传事实有重点、有选择地交汇在一起，自然地呈现出传主与他人、与时代的关系，从而实现对自我的不断地揭示。而《双角：随笔和访谈》是由传主J. M. 库切与该书编者大卫·阿特瓦尔通过访谈等互动形式构成的。在“文献篇”中它既是一部有着自传色彩的传记性作品，又是一部库切对自传文学进行理论阐释的文论性作品。本篇中节选的部分是库切在接受访谈中对自传写作的真实性问题的分析，这种对自传性传记文学理论的自觉认识，既来自于随笔《忏悔和双重思想：托尔斯泰、卢梭和陀思妥耶夫斯基》中的深刻思考，又来自于自传《青春》与《男孩》的亲身写作体悟。相信通过走进库切具有解构性质的自传观，我们会对传记理论有一个新的认识，这同时也会促使我们进一步地思考。

对于传记文学的研究，探讨作者的写作动机对于理解传记的整体性有着重要的意义，而作者的写作动机又与作者和传主的关系有着密切的关系。因此"文献篇"在选取文献的过程中也考虑到了这一点，尽量选取了不同关系的传主与作者，从而带给读者更多的思考与发现。如《哈利勒·纪伯伦：他的生活和世界》的作者哈利勒·纪伯伦和简·纪伯伦夫妇与传主有着特殊的亲缘关系；《海湾之鹰：阿卜杜拉·穆巴拉克·萨巴赫》的作者苏阿德·萨巴赫是传主的结发妻子；《〈驼队的铃声〉序》的作者谢赫·阿卜杜拉·卡迪尔是传主文学事业上的好友；而《大江健三郎传说》的作者黑古一夫则面对的是仍活跃在世界文坛的诺贝尔文学奖得主。

作为传主亲友的传记作者，无疑在占有资料上具有优势，然而他们也更容易患上纪念性传记的通病，即认识上的难以避免的片面性。而这里所选的作品之所以获得了学界的认可和读者的推崇，是因为这些传记的作者们本身就具有较高的学术修养，并且尽可能地通过大量的资料搜索与分析去降低这种片面性，从而实现了从纪念性传记向学术型传记的转向。其中最具代表性的就是《哈利勒·纪伯伦：他的生活和世界》，从已选入的该书的序言中，读者可以清晰地了解到作者写作过程的艰辛和所选资料的可靠性。而日本作家黑古一夫既与大江健三郎非亲非故，还要面对这位在世诺贝尔文学奖得主的"无形"压力，要取得传主与读者的双重认可实属不易。《大江健三郎传说》按照作家的创作动机分类，应属于传记文学理论中的认同性传记。黑古虽比大江小 10 岁，但基本生活在同一时代，大江的作品一直伴随着他的成长，因为有着与大江近乎相似的人生观与价值观，又有着相同的时代感受，黑古能够在大江的作品中听到自己的声音。虽然对大江有着足够的认同，但是作者对传主评价的天平既没有因与传主有类似的共同经历，通过为传主作传而实际抒发自我的"移情"而偏向自己，又没有因崇敬权威人格造成视域的狭窄而偏向传主，他所采用的是一种通过亲身感受传主的生活，得到与传主精神契合与个性亲和的认知体验。为了寻找大江创作的"原点"黑古曾多次驾车前往四国森林中的大濑村；为了寻找大江的心灵轨迹和生命历程他出入于大江的文学世界中。这种体验型的认同使黑古能够较全面性地认识传主从而获得创作的成功。

传记文学的成功不仅在于对事实的选择和整合，艺术审美性也是其成功不可缺少的一面。回归文本，使读者亲身鉴赏作品的审美性是"文献篇"的又一初衷。《大江健三郎传说》偏文的叙事文体，《潘佩珠年表》浓厚的抒情、第一人称的叙述，《〈朝光〉·〈三千里〉时代》传统的稗说体散文和诗话色彩，《卡齐·纳兹鲁尔·伊斯拉姆小传》的以小见大地浓缩艺术，《〈驼队的铃声〉序言》散文性的笔调和诗话般的语言，经过传记作家艺术性地加工，使传记事实注入了生机与活力而不再只是故纸堆中无生命的记录。由此，它们跃然纸上，以偿读者。

《大江健三郎传说》节选[①]

黑古一夫

译文：

传说一　写“诗”的少年——文学的起点

根据众所周知的大江年谱（篠原茂编写，收入《重新发现大江健三郎》，2001年，集英社）以及其他相关简历，这首《告别》的发表时间应该是大江从松山东高中毕业的那一年。这一年，大江没有考上东京大学。当然，这首诗显然不是因为预测到了这次失败而创作的，不过，由此我们也可以窥见一个生活在地方城市的青年（少年）超越“离开农村和家”的想法，决心到“东京，即中心”去的决断力。到东京去，到正宗白鸟、野间宏和小林秀雄们活动的文化中心去——诗中表现的也许就是这种敬畏和颤抖。“故乡”曾将他困于黑暗世界，如今他终于能够逃脱“故乡”、获得“自由”——诗中表现的也许就是这种喜悦之情。

不过，从“铺上白色花瓣/铺上草叶/在星光下沾湿露水/我要在原野上吹笛”和最后一节“我满怀憧憬地踏上旅程/像那大船像那春水”等诗句中，我们可以感受到十八岁青年心中所蕴藏的抒情或是感伤。这个地方城市的文学青年阅读着萨特和野间宏、或是通过渡边一夫的介绍憧憬着法国文学，当他坦诚地吐露自己的感情时所表现出来的东西，我们可以称之为抒情性吗？不过，想象一下“心中隐藏着妄执和磨牙”、“是叛逆还是逃亡”等诗句背后隐藏的决裂的思想活动，不由得令人联想到，在松江过着单身生活的十八岁时的大江，他的内心似乎是难以控制的修罗道。伊丹十三看到大江的这首诗的时候，究竟发表了何种感想和意见，如今已不得而知。

……

大江在四国松山度过高中生活的时代，正好是盟军（美军）占领日本时期，“新生的日本”经历了复兴期，正打算向着世界重新起航。朝鲜战争（1950—1952）爆发之后，日本策划“重整军备”，战前的统治力量重新抬头，不过，通过对亚洲及太平洋战争的反省，日本放弃了“武器”也就是“军事”，而选择重视“文化”的“民主国家”作为自己的发展方向。在这段时期，这个发展方向还没有发生什么大的改变。由此可见，虽然这一时期属于经济高度增长期之前的“贫困的”时代，但此时日本社会的状态和那些向着大海进发的地方青年的气概之间是有着共通之处的。

虽说这首诗整体上弥漫着抒情和感伤的情绪，但在诗的内部也存在着“修罗道”、

---

① 译自黑古一夫著『作家はこのようにして生まれ、大きくなった——大江健三郎伝説』，河出書房新社，2003年。

确定的“梦想”和“希望”。从松山东高中毕业时的大江健三郎在这首诗中所表现出来的青年人特有的精神，毫无疑问，可以看作是一个诺贝尔奖作家的文学起点。

传说二 “峡谷村庄”里的少年

在那个时代，孩子们都被迫接受这样一种观念，那就是作为“天皇的孩子”，天皇让你死，你就必须死。可是，一眨眼，改朝换代了，天皇宣布自己是人了。心直口快的少年大江说出了心中的疑惑，没想到被老师踢倒在地。由此可见，当时的大江同时处于日常和非日常（即观念，科学性思考）这两个世界当中。作为一个“少年国民”，也就是“皇国少年”，即便是在被强制的狂热之中，仍旧保持着冷静的意识，对老师来说，少年大江的确是个非常“棘手的优等生”。不过，这不也正是少年大江的真实面貌吗？换言之，少年时期的大江表面上自称是“皇国少年”，而内心深处却对御真影所象征的活人神的存在表示出了怀疑。进一步说，不管是作为“天皇的孩子”的经历，还是上文提到的“奉安殿”事件，大江从小就从感情上不能理解天皇的存在，不理解以天皇为顶点的体制，也就是说，对这一切他都不予认可。

正是因为有了这一段作为“皇国少年”的经历，二战后的大江才会成为一名彻头彻尾的“民主主义者”，这也是他获得诺贝尔文学奖后拒绝接受政府给他颁发文化勋章的原因。以 1945 年 8 月 15 日为界，活人神变成了人，天皇对此毫不感到羞耻，而这个国家的国民和体制也对此唯唯诺诺地表示认可，对此，大江内心产生的根本性的不信任感，不正是他拒绝接受文化勋章的最大的理由吗？当然，作为二战后民主主义教育下成长起来的人，自然是不能接受天皇颁发的“勋章”的，这也算是拒绝领奖的正当理由。

……

众所周知，1960 年的安保斗争是为了反对日本被编入美国远东军事战略而展开的。这是日本独立后，以全民运动形式开展的真正的群众运动。而且，负责这场运动的都是享受了二战后民主主义运动最优良的成果的那一代人，尤其以全学连主流派和大江参加的“年轻的日本之会”为代表。要说讽刺也真是讽刺，“民主主义国家美国”极力推动日本民主化的结果，就是爆发了 1960 年的安保运动，而该运动对外打出的旗号就是“反美”。因此，如今再次回过头去看 40 多年前的 1960 年安保运动，可以说，它是以拒绝军事同盟，即反战为主轴，交织着对美国的亲睦感和反抗精神的一次大规模的群众运动。

由此可见，尽管保守主义者和一部分别有用心的评论家批评这是“旧道德”，但是，大江就像挑战风车的堂吉诃德一样，高举着二战后民主主义的旗帜，一个人孤军奋战。他的存在，才是战后一代的精华的典范。

传说三 “暴力”·转校·美国

同时我们也可以认为，大江在少年时期、青春期经历的“暴力”体验，可能就是促使他不断扩大对“暴力”问题的关心程度的主要原因。比如，“核”问题。再比如，“学生运动”和“革命运动”。对于这些“暴力”本身，或者是伴随着“暴力”的社会运动，大江一直保持着敏锐的反应能力。然而，几乎没有一个作家像大江这样执着于"暴力"问题，并坚持将其写入文学作品中。对大江而言，"暴力"已经成了一种精神创伤。

"暴力"加重了紧张感和恐怖感。在上文提到的《暴力的回忆》中，大江还写了这样一件事情。

关于孩子心中恐惧的暴力问题，很少有象坪田让治氏的文章写得那么清晰明白的了。他说："不是村庄，也不是学校，而是去那些陌生城市和乡村，这让人觉得更加得可怖，好像那里是野兽之国一样。对我来说，比起狗、妖怪和幽灵来，其他村子的孩子更可怕。"

由此，我们可以隐约体会到，从高中一年级就离开出生地到"他乡"开始一个人过寄宿生活的大江的真实感受，但是，我们更应该看到，"暴力"造成的恐惧，它的背后所隐藏的人与人之间的"不理解"、"不宽容"，也就是"缺乏想象力"的问题。在理解大江后来的发展变化时，这一点是非常重要的。为什么大江一直关注"战争"、"广岛、长崎"以及相关的原子弹受害者援助法的制定，甚至对 1960 年安保斗争和全共斗运动等学生运动也都予以关注，原因不正是"暴力"所带来的恐惧和紧张宠坏了人们吗？对于整日发呆做梦的少年大江来说，肉体上所受的"暴力"是离自己的生存方式最遥远的一种存在。

传说四 "母亲"

由此我们可以看出，直到最后都只能从想象中去理解作为"生产的性"的女性的深奥的男人（大江）的悲哀，以及不得不容忍这种男人存在的女性的绝望。据大江说，这次事件背后还有一条暗线，它和大江少年时代差点在家附近的河里淹死的经历有着密切的关系。具体的经过是这样的：大江潜到水底，因为那里有一个石斑鱼的巢穴，没想到他的头被夹在了石头缝里，差点淹死。当时，幸亏母亲注意到了他的异常举动，跟了过来，才救了他一命。所以，"在发生那件事情的时候，她知道自己的儿子是一个故意对生命叛逆的人，所以才会感到愤怒和绝望。"应该说那是鲁莽的行为呢，还是从小就怀有莫名的"虚无感"而"故意对生命叛逆"呢，总而言之，大江的母亲肯定是敏感地觉察到了大江内心的"危险"。也许母亲早就看出大江被叫作"怪人"的理由之一就是他内心的"危险"。所以，在脑部异常的长子是否要做手术的问题上，大江表现出"逃避"的言行时，母亲想用"愤怒"的态度来纠正大江的卑怯和逃避。

这与大江的母亲一直持有对"责任"的严格公正的观点是联系在一起的。大江的长子出生时脑部有异常，这不是任何人的责任。但是，大江母亲的想法是，既然一个新的生命已经来到了这个世界，那么，让这个生命"顺利成长"就是父母（大人）的责任。只要翻阅一下大江在《写给令人怀念的年代》等小说中所描写的祖母大江小石和孙子光君之间的交流（当然前提是要明白其中经过了夸张和重构等创作加工），就能够很容易地明白大江是如此地理解自己的母亲。面对具有智力障碍的长大了的光君，大江的母亲出色地把他当做一个人来对待，并接受了他。因为她决定用自己的方式完成对他的"责任"，所以才会一直采取这样的态度。这决非易事。

大江的母亲对“责任”的公正、公平的态度，从她听到天皇宣告战败的广播之后的反应，也可以看出一二来。

> 自从父亲去世之后，母亲就认为这个世界上再没有什么好消息了，所以她再也不看报纸，不听收音机。战败那天，很晚的时候，母亲才听到天皇宣布战败的新闻，她满脸通红地在我耳边吹着热气说道：
>
> ——跟你爸说的一样！上面的要下来了，下面的要上去了。你爸说的没错！①

“战后民主主义”思想被认为是大江生存方式中的基本原理，大江在《反抗强权之志》(1961年)和《战后一代和宪法》(1964年)等随笔中反复说过，这一思想主要是通过以学习“日本国宪法”为代表的“二战后民主主义教育”形成的。不过，参照上文引用部分的内容，可以明显看到大江“民主主义”思想的形成是受到了现实生活中母亲的观点，以及其已故父亲的思想的影响。

传说五　作家时代

大江高中时代的同学，包括大泽刚志，都认为“大江会成为一个有名的诗人”，可事实却相反，大江一到东京大学就开始写小说，这究竟是为什么呢？从结果来看的话，原因就该归结到诗人和小说家之间存在着作为表现者的本质上的不同。大江从小被叫做“书虫”、“怪物”，掌握了“过剩的知性”，而诗歌重视感性，无法将他的知性全部涵盖，这自然是大江无法接受的。换句话说，大江一直都在看三好达治、荻原朔太郎、中原中也、还有谷川俊太郎的作品，高中时代又有过诗歌创作的经历，所以在他进入大学之后就认识到，要表现自己所掌握的“过剩的知性”，诗歌是不够的，唯有小说才能做到。或许，也有可能是由于他在阅读野间宏、武田泰淳等通过和社会存在方式的关系来进行表现的战后派文学之后，单纯地梦想成为像他们那样的文学家。大江在中学时期就写下了关于陀思妥耶夫斯基的《罪与罚》的评论，高中时代便论述太宰治的文学，仅从这两点便有充分理由让我们认识到，大江具有重视“理论”的倾向，也就是说，生存方式必然会让他选择小说而不是诗歌。由此可见，参加革命党又不得不自杀的女大学生、同占领时期一样将这个国家玩弄于股掌的外国军队的士兵等形象，和大江登上文坛之后的早期作品中频频出现的二战后场景是完全一致的。

……

试考虑一下大江在这种现状之下的经历：中学时当他在教室里收到的那本叫做《民主主义》的教科书代表了二战后思想，从中学到了支撑民主主义根基的“人道主义思想”，而渡边一夫无疑位于这一思想的延长线上。换言之，战后一代把“不许杀人”的理论和伦理(小田实)当做自己今后生活的目标与信念，对他们而言，渡边一夫的法国文学研究就是体现他们思想的学问世界。大江通过和这位大家的接触，发现了自己所追求的东西。只不过，渡边一夫不仅是一位走在他们前面的“优

---

① 《戴着锁链的灵魂》，1983年，收入《新人啊，觉醒吧》。

秀的知识分子”,对大江而言,越是深入地了解他的书以及他的生活方式,就越能从他身上学到决定性的东西,他就是一位名副其实的“先生”。不论是在法西斯主义横行的战争年代,还是在占领时期,在那个说是实现了“民主化”却依然由外国军队掌握最高权力的时代,渡边一夫始终如一地追求“人道主义”的存在方式,按大江的说法,那就是“给了我们生存下去的支点”(《阅读日本现代人道主义者渡边一夫》)。就在此时,朝鲜战争爆发,国内外局势受到二战后冷战的煽动,笼罩在悲观主义的气氛之下。一想到战争的“再次”爆发,每个人都不由得陷入了绝望。面对这一局势,虽然不很猛烈,但渡边一夫一直坚持着人道主义者的反对立场。

由此可见,60年代上半期,大江陆续发表了一系列表明自己立场的文章,比如:《反抗强权之志》(1961年)、《我内心的战争》(1963年)、《战后一代与宪法》(1964年)以及演讲《关于宪法的个人的体验》(1964年)等等,一方面当然是根据自己那一代人的经验,另一方面也是向渡边一夫学习生存方式和处世方式的结果。比如,从下文引用的有关渡边一夫的思想和存在方式的文章中可以看到,大江在某个时期把“先生”渡边一夫的观点、生存方式当做是一面“镜子”、或者是一种“模范”,以此来约束自己的生存。

……

纵观大江一直以来的工作情况,可以说,他从渡边一夫那里“学到”的是如此之多,以至于把上面引文部分中的“先生”换成“大江健三郎”也可以说得通。

如果渡边一夫是那个存在于“知识”,也就是“学问”世界中,告诉大江“人应该怎样活着”的知识分子的话,那么,萨特就是那个将他内心产生于自我存在的“不安”、“绝望”等难以名状的情感和“异化”意识进行整理的哲学家和文学家。大江自己也说过,他会花好几年时间去集中阅读国内外文学家、思想家的东西,而他每个阶段的作品都会受到这些东西的影响。众所周知,《同时代的游戏》中有俄国的形式主义与巴赫金以及日本的山口昌男(文化人类学)、《新人啊,觉醒吧》中有布莱克、《写给令人怀念的年代》中有但丁等等,其中的渊源故事,简直是不胜枚举。在这些对大江产生过不同影响的先贤们当中,萨特也许可以算是比较特殊的一位了,因为当大江遇到萨特的时候,他正好结束习作期,登上文坛不久。正如很多批评家和研究者所指出的那样,大江在最具“二战后”特征的那段时期度过了多愁善感的青春期,并由此踏上了作家之路,对他而言,“处于监禁状态中的自由”或者“知识分子的参与社会”等萨特思想的中心课题正是最贴近他生活的主题。大江选择萨特作为在东京大学法语系的毕业论文的课题,也正是由于他生于“二战后”这个时代的缘故,从这个角度看,大江与萨特之间能够建立起密切的关系,也是很自然的。萨特有一篇很有名的演讲,题目是《存在主义就是人道主义》,它所代表的意思可以说是连接人道主义者大江和萨特之间的坚固纽带。

战争结束之后,这个国家实现了“民主化”,对于那些在战争时期寻求“自由”的人们来说,就像从窒息的状态中被“解放”出来一样,虽然仍有外国军队驻扎,但他们却获得了从前无法比拟的“自由”。然而,就在获得“自由”的瞬间,他们也深深地感到自己“无所适从”的存在状态和存在感。渡边一夫曾对这种“民主化”表示了强烈的畏惧意识，考虑到大江和他的关系，就不难理解为什么大江会把当时社会的存在感看作是“存在的危机”。概言之，对于那些强烈地感到被现实“异化”了的同时代人，萨特告诉了他们生存的意义。

传说六　关于美国、占领和“政治”的体验

由上可见，针对日美关系(安保体制、基地)、教育、反核运动、劳动运动等问题，代表体制的一方采取进攻态势，而革新的一方则采取对抗的态势，由此展开的斗争极大地动摇着大学校园的内外。大江就是在这样的氛围中度过了他的大学时代。一面欢呼雀跃着要去听自己憧憬已久的渡边一夫的课，一面又不得不认识到当民主主义处于危机的时刻，即便是发挥“抵抗权”的一方，也存在着诸多如《伪证时刻》中所描述的人的“丑陋、阴暗”的一面。可以说这就是他大学生活的全部内容。

成为作家之后，大江一方面继续保持着对“政治”的高度关注，但另一方面却是不停地计算着“作为作家的自己”和实际的“政治”，也就是“运动”之间的距离，而他之所以坚持要保持一定距离的根本原因，也许就在于学生时代所体验的“政治”。不论是1960年安保斗争时参加“年轻的日本之会”，还是反越战运动、支援韩国民主化运动、呼吁制定原子弹受害者保护法、冲绳回归运动、反核运动等等，大江从没有忽视过，也没有像一部分作家那样，将自己封闭在“艺术”之中。有的人把作家的介入社会狭义地理解成走在游行队伍的最前面、或是站在抗议集会的台子上发表演说，于是大江在他们眼中就成了“不参加实际运动”、“不想蹚浑水”的人。而事实是，再没有像大江这样为实现民主主义而始终如一地投身到运动中去的作家了。

且不论大江的主观意识如何，仅从客观上看，我们也可以从他的作品中找到很多与“政治”有着密切联系的内容，而且这些“政治”问题都被升华成了小说。比如，在《万延元年的football》(1967年)中有1960年安保斗争的经验，《洪水涌上我的灵魂》(1973年)中有联合赤军事件，《摆脱危机者的调查书》(1976年)和《治疗塔》(1990年)等作品中有反核问题。当然，大江最终既不属于某个特定的政治党派，也不是任何党派的拥护者。他和“政治”之间始终都保持着一定的距离。

传说七　“性”、“政治”和“天皇制”

大江描写的“性”，它是作为一种现代手法，对一直存在于文学根部的问题，即“人为何物?”，也就是“探索人”的问题进行研究而采用的一种方法，它的目的决不是为了刺激人类的低级趣味。在《我们的时代》等作品中，尽管性用语泛滥，但却丝毫没有色情之感的原因也在于此。但是，大江的这种意图并没有得到当时人们的充分理解。大江在《我们的性的世界》(1959年)等一系列收入《严肃的走钢丝》(第四部　性)的随笔中，用一股前所未有的劲头，努力地说明自己的创作意图。而他这么做的原因，不正是由于包括专家在内的社会上的人，对于现代文学中的“性”太过无知、有着种种误解吗？就在大江创作《我们的时代》的两年之前，对持续了七年的“查泰莱审判”(1950年，伊藤整翻译的《查泰莱夫人的情人》因涉嫌犯有销售淫秽书籍罪而被起诉)，法院做出了有罪判决，由此可见，社会尚未成熟到能够充分理解“性”的程度。

……

看看这个国家到现在还是满足于做“强大的、雄性的美国的从属者”，大江的远见卓识，不禁令人佩服不已。在这个“性的人的国家”找不到任何出口，现实只能让人感到绝望。大江在作品中体现出的那种必须要打破这一现状的真切感受，才是值得我们注意的地方。诺曼·梅勒说：“20世纪后半叶给文学冒险家留下的垦荒地只有性的领域了。”在这句话的启发之下，大江用暗喻的方法，朝着从根本上改变这个国家现状的目标，一直坚持着文学创作。在《我们的时代》之前创作的中短篇小说，比如《先跳后看》(1958年)、《黑暗的河流 沉重的桨》(同年)、《喝彩》(同年)、《房间》(1959年)中，同性恋者、性无能者频繁出场。大江不正是想通过这样的方式来说明：只有通过这种“异常”形式才能够让爱成立的现状，就是这个国家实际上已经“成为了一个性的人的国家”的现实。

传说八　个人的体验

不管是温柔，还是幸福感，这都是人活下去所需要的原动力，它存在于人际关系的根部。和残疾儿(人)的共同生活使大江重新认识到这一生存方式的基本原理。作为一名作家，大江把握住了这个机会，并由此决定了自己的文学方向，从这层意义上看，显然是一个正确的决定。大概和萨特的影响也有关系，总之，大江的小说倾向于抽象化(观念化)，而残疾儿的诞生则使他找到了一条和“我＝生活”相连接的途径。不过，这并不意味着大江会像私小说作家那样，采用和他们一样的创作方法。不管怎么说，大江的作品都是非常重视想象力，通过虚构建立文学世界的。关于这方面的问题，大江在一篇题为《关于表现生活的表现》(《表现者——状况·文学》，1978年)的文章中有具体的阐述。为了明确地说明自己的创作方法，他重点说明了在作家的家庭中有一个残疾儿这一事实本身所代表的意义。

传说九　“广岛”

观察后来大江作为作家、或者作为一个人的人生历程，我们可以发现《广岛札记》开头的这段话中包含了几个非常重要的问题。首先，此后不久完成的《个人的体验》中出现了一个贯穿大江一生的重大主题，即“和残疾儿(人)共生”的问题和他直接面对“核武器”问题的时间几乎是同时的。也就是说，在大江获得了“和残疾儿(人)共生”的主题的同时，他还获得了“核时代·核状况下的世界”这个主题。这还促使大江开始探索一种新的小说方法来连接“私”和“公”。在短篇小说方面，有《原子时代的守护神》(1964年)等佳作，在长篇小说方面，有受联合赤军事件的冲击而将其升华为小说形式的《洪水涌上我的灵魂》(1973年)，和质疑“核武器”作为支配道具的可能性的《摆脱危机者的调查书》(1976年)，可以说，这些都是在探索小说方法之后产生的杰作。

其次，“因整日埋头琢磨世界最终爆发核战争而惶惶不可终日，最后竟然自缢于巴黎”的这个朋友，是大江“核”意识的一部分。1962年，发生“古巴危机”时，大江的这个朋友因过于担忧核战争的爆发而自杀身亡。关于他的事情，大江在很多与“核武器”相关的随笔中都有提及，我们可以认为，他的绝望和恐惧一直都在大江的内心产生着共鸣。证据之一就是在环顾所有的大江作品时，作为重要的转折点之一的《万延元年的 football》中也出现了这个朋友，他发疯之后，“满头满脸都涂上了红色的颜料，全身赤裸，屁股上插着根黄瓜，上吊了”。虽然大江还不至于走上自杀之路，但是我们由此可以推测出他对核战争的恐惧，或者如他在《广岛的“生命树”》中所提到的对“核之冬”的恐惧，都是相当深的。即使现在，这种恐惧依然没有从他的心中消失。

传说十　“冲绳”

大江的这段话至今我仍然引以为戒，这且不论，先说大江带着这种自我意识去了冲绳，他在那里都看到了什么？又亲身体验到了什么呢？大江通过《冲绳札记》向我们传达的是他直面冲绳时的命题，而所有的命题都可以归结为这样的一个问题，即“日本人是什么、能不能把自己变成和这种日本人不同的日本人?”也就是说，冲绳位于“边境”，因此保持了“边缘性”。它的“边缘性”发挥了作用，衬托出本土＝日本所无法企及的部分、不行的部分，因此，大江思考的问题最后必然归结于这样一些内容，比如，生活在本土的日本人以及我自己究竟是什么？还有，能否改变这样的自己呢？

传说十一　根据地思想(1)——始于《万延元年的 football》

任何一个和用文字创造“另一个国度”的文学相关的人，他都会认真考虑的事情之一，就是“乌托邦”。据我所知，出现在古代中国思想中的“世外桃源”，或是希腊思想中的“阿卡狄亚”中都存在着“乌托邦”思想，而大江第一次提到这一思想是在和《万延元年的 football》创作于同一年的《乌托邦的想象力》(1967 年，收入《持续之志》)中。该文开头便写道：“生活在煤烟雾气笼罩的城市里的人，为什么他们想象中的乌托邦，就不是明亮的、空气清新的城市呢？托马斯·莫尔认为，这是因为他们只有观察、考虑他们自己所处的现实生活的时候，才会去推动想象力，去描绘乌托邦。”最后，大江得出了这样的结论。

我们到达具有那种力量的乌托邦的想象力的时刻，就是我们尝试着要进行一次飞跃，要对自己进行全面改造之前的那一刻，当然，至少要排除因患癌症而死去的那一刻。因为正是这种飞跃，它和死亡一样恐怖。而其他的所有时刻，我们的乌托邦所发挥的作用只是一面镜子而已，一面照出现实生活中的各种贫困和遍布在那里的我们的身影的镜子而已。如果有人问我，你的乌托邦呢？目前，我只能沉默着逃走。可以用虚假的乌托邦幻想来自欺欺人的时代已经结束了。(着重号为原文所加)

可以说，这段话真实地反映了在完成《个人的体验》后大约三年的时间里，为了准备创作《万延元年的 football》，大江的内心在思想上和方法上经过了多么艰苦的斗争。所谓“达到有力量的乌托邦的想象力的时刻……就是我们尝试着要进行一次飞跃，对自己进行全面改造之前的那一刻”，无疑就是大江在《万延元年的 football》中迈出了通向新世界的第一步的真实感受。也就是说，大江想要在《万延元年的 football》中想象（创造）一个乌托邦，一个不是“照出现实生活中的各种贫困和遍布在那里的我们的身影的镜子”的乌托邦。

大江在和井上厦以及筒井康隆三人进行的一次名为“寻找乌托邦 寻找故事——面向文学的未来”(1988 年，岩波书店)的谈话中，反复说到：“现在想来，我的乌托邦，还是森林。毫不掩饰地说，就是地方上的森林。而且，还是森林中的峡谷里的村庄。”究竟为什么他认为“森林中的峡谷里的村庄”就是乌托邦呢？这要和核主题电影《后天》里的那句台词“Nowhere? There is no nowhere any more”所体现的世界认识和状况认识联系在一起，才能做出解释。

传说十二　根据地思想(2)——“村庄/国家/小宇宙”的可能性

也就是说，大江认为的“公社/理想社会”，是从过去获得某种启示的社会。比如像“冲绳”那样，具有和天皇制国家截然不同的文化和传统的共同体，我们可以设想从那里学到很多东西，同时，它又具有某种特征，使我们认为“这才是应该有的社会”。

为什么，大江如此热心地在小说世界中探讨“根据地”建设的可能性呢？这个问题的答案，一定要和《个人的体验》和《广岛札记》之后大江所一直关注的“和残疾儿(人)共生”以及“核状况下的世界”的主题联系起来，从两个方面来考虑，第一个方面，大江构想的“根据地”，应该是一个模范社会，在这个社会里，大家都把“残疾儿(人)”的残疾看作是每个人的一种“个性”，并给与认同，使他们能够作为人，对等、平等地生活。在《洪水涌上我的灵魂》中，“自由航海团”的青年们对待“白痴儿子 Jin”的态度；《M/T 和森林中的奇异故事》中，为什么《第五章 “森林中的奇异”的音乐》在全书中所处的位置，相当于把追溯“森林中的峡谷村庄”的传承这条完整的河流给拦腰截断了？考虑到这些问题的话，我们就能够理解大江把“根据地”构想为现实的、物质的东西的做法了。

……

不过，这样的“根据地/共同体·公社”在这个世界上的存在还是不现实的，只要看看至今仍未有地方实现这一理想，便可以理解这一现实了。也许，它只能作为一个“乌托邦”而存在。大江已经充分认识到了这一点。确实，在这个国家，也不是没有类似于“山岸会”那样的“公社”式的共同体，还有分布在美国各地的，在这个国家的离岛等地方也存在的嬉皮士团体所建立的“公社”。但是，这些团体都位于和这个社会整体完全隔离的地方，他们满足于自己作为“少数派、少数民族”的地位。这和大江构想的“根据地”稍微有些不同。虽然并不像宫泽贤治所说的“只要整个世界还不幸福，个人的幸福也是不可能的”，但是，大江的“根据地”思想，可以说常常胸怀“整个世界”。

传说十三　根据地思想(3)

就在大江获得诺贝尔文学奖之后的第二年，发生了“奥姆真理教”事件，他担心自己一直以来在小说中尝试的“根据地”建设会被看作是和奥姆真理教等邪教组织一样的东西。正如我已经指出的，大江的“根据地”思想，是和排除了上下关系、规定的任务的“乌托邦”理想联系在一起的，而不是像邪教组织那样的“封闭的千年王国”。也就是说，为了确认这一事实，更是为了批判“封闭集团”邪教组织，大江构思了这部长篇小说。《空翻》的故事是这样设计的，就在“师傅”突然发表转向宣言之前，邪教团体的一部分激进分子制定了计划，企图占领核电站，绑架政府要员，以此来达到改变体制的目的。“师傅”的转向，成为了这一事件的导火索。在收录了《宗教的想象力和文学的想象力》(1997 年)等文章的演讲集《不能锁国》(2001 年 11 月)中，大江反复提到了奥姆真理教和《燃烧的绿树》、《空翻》之间的关系。

传说十四　现在

“新人”、“新一代”等词汇中当然也应该包括了“新的文学一代”。大江的“危机意识”(背后就是“绝望”)之所以被认为相当的强烈，就是因为大江认识到现在的文学倾向也处于同样的“危机”之中。也就是说，大江认为，他打算继承的“战后文学”，由于其方法、世界的“多样性”以及作家们的“能动的姿态”而“具备了在实际社会中对道德的影响力”，与此相对，现代文学的作家们则是一副“被动的姿态”，认为“只有写作技巧才重要”的倾向(《从战后文学到今天的困境——作为一个过来人》，1986 年)越来越强烈，而且完全没有任何的改变。

评述：

《大江健三郎传说》的作者黑古一夫，1945 年 12 月出生于日本群马县。1969 年 3 月，毕业于群马大学教育学部。1982 年 3 月，在法政大学大学院日本文学研究科修完博士课程。曾任筑波大学大学院教授，文艺评论家。他的著作包括：《渴望天空——北村透谷论》(冬树社，1979 年)、《战斗诗人——小林秀雄论》(土曜美术社，1982 年)、《原子弹爆炸和语言——从原民喜到林京子》(三一书房，1983 年)、《森林的思想和生存方式的原理——大江健三郎论》(彩流社，1989 年)、《村上春树与同时代的文学》(河合出版，1990 年)、《立松和平——疾驰的文学精神》(六兴出版，1991 年)、《爱与活着的意义——三浦绫子论》(小学馆，1994 年)、《大江健三郎和这个时代的文学》(勉诚社，1997 年)、《小田实——一个人的思想与文学》(勉诚出版，2002 年)、《立松和平传说》(河出书房新社，2002 年)、《灰谷健次郎——文学及其温柔的陷阱》(河出书房新社，2004 年)、《野间宏——其人与其文》(勉诚出版，2004 年)、《文学如何描写战争》(八朔社，2005 年)、《文学如何描写原子弹爆炸》(八朔社，2005 年)、《寻求灵魂的救赎——文学与宗教的共振》(佼成出版，2006 年)、《长崎·上海·美国——林京子论》(日本图书中心，2007 年)、《村上春树论——从

"失落"走向"转换"》(勉诚出版,2007 年)。

黑古擅长写作家传记,尤其擅长结合时代背景铺叙与细读传主作品的方法,重构传主作为文学家的人生轨迹——这一特点从上文所引的著作列表中也可窥见一斑。在同时代作家中,黑古对大江健三郎尤为关注,仅就大江一人就著书三册:《森林的思想和生存方式的原理——大江健三郎论》(彩流社,1989 年);《大江健三郎和这个时代的文学》(勉诚社,1997 年);《大江健三郎传说》(河出书房新社,2003 年)。在各类大江传记(包括年谱、口述自传等)中,黑古所著的《大江健三郎传说》以详实的资料、深入的剖析、多角度的解读成为读者进入大江人生与文学世界的必选之作。

作为作家评传,《大江健三郎传说》模仿了编年史的写法,按时间顺序,将大江的文学人生分为十四个传说,同时配以辅助线,用主题归纳法将其各个时期的重要作品嵌入大的时代背景和个人的精神体验中。整部评传首尾一贯,重层叠影,既有大江人生与文学的历史记录,又有黑古对大江文学的思索与重读,读者可各取所需,且各有所得。

这部评传的价值远不止其作为"评",抑或是"传"的价值,因为它所提供的视角、方法、结构、阐释是其他大江传记作家所无法达到的,因为作者黑古一夫具备了某些得天独厚的条件与资质。

首先,黑古和传主大江属于同时代人,并且在人生观和价值观上和大江不乏相同之处。大江出生于 1935 年,黑古比他小 10 岁,大江成名时,黑古正好上初中,黑古几乎是在阅读大江作品的过程中成长起来的。正如他在后记中所说:"初中时代,当我看到《感化院的少年》时曾为这个奇妙的题目惊讶不已;上高中时,在好奇心的驱使下,我又看了《我们的时代》;大学时代的我一边胸怀'革命'理想,一边咀嚼《万延元年的 football》中'挫折'的滋味;直到《同时代的游戏》开始出现了真正令我兴奋不已的'峡谷村庄的故事',也就是'根据地建设的故事'。时至今日,已经二十余载,我从来也没有觉得大江文学有何'难懂'之处。"[①]作为大江的忠实读者,黑古认为自己在大江的作品中听到了自己的声音,体会到了相同的时代感受,这一点对于他解读旁人认为"难懂"的大江作品而言无疑是如虎添翼。尤其是以"介入"姿态进行文学创作的大江,从不避讳在其作品中进行意识形态的宣扬与批判,而黑古也毫不犹豫地与他站在同一战线。在传说七"'性'、'政治'和'天皇制'"中专用一小节讲述了大江唯一一部没有公开发行的小说——《政治少年之死——seventeen 第二部·完结篇》(《文学界》1961 年 2 月号)的政治背景,并对大江面对各种压力与威胁却毫无惧色的表现表示了钦佩。

用几乎从同一维度出发的时代体验与价值观来对大江文学与人生进行解读,黑古无疑占据了一个极佳的位置,这也是《大江健三郎传说》作为作家评传却依旧能做到既有文学深度,又有历史厚度的原因所在。

其次,黑古并没有因为对大江的钦佩与欣赏而丧失了自己作为传记作者的基

① 《大江健三郎传说》,第 231 页。

本立场。作为传记史实的“传”，他已经做到极致。他甚至多次驾车前往四国森林中的大濑村寻找大江文学的“原点”，并从大江松山东高中时代的同学大泽刚那里得到了鲜为人知的大江的诗作以及成名前的小说。也就是从这些作品中，黑古重新发现了大江文学的“原点”。而这些诗作第一次在《大江健三郎传说》中的发表(未经大江本人同意)据说曾引起传主的不快。2010 年 3 月 14 日，应 NHK-FM 的一读书节目之邀，黑古和大江一起讨论了大江的新作《水死》。可见，最终二人已尽释前嫌。当然，从中也可看到黑古一夫在大江传记与研究领域的权威性。

黑古作“传”一丝不苟，作“评”时则始终秉持公道。在《大江健三郎传说》一书中，大江并未被塑造成天生的战士，正义的代言人。相反，他也有作为“皇国民少年”的时代。黑古翻出了大江小学时的一篇作文，上面写道：“我觉得比起那些生在国外的人来，我们这些生在强大的日本的人不知道有多幸运。因为尊敬的皇后陛下跟我们在一起。”[①]诺贝尔文学奖获奖作家小学时代的作文，无疑是最适合传记作者拿来进行过度阐释了，更何况还带有鲜明的“天皇的孩子”的思想印记。但在黑古的笔下，这段史料却被用来作为反衬，以说明当时的皇民化教育是如何将国民洗脑的。不仅如此，黑古还将这段史料深入挖掘，与大江战后反天皇制的立场相联系，并将这一转变在大江文学作品中的体现也逐一列出。乍一看，似乎散落于各章，其实却有丝线暗中串联，草蛇灰线，伏脉千里，由此可见作者的缜密思维与惊人笔力。

同时，黑古也是一位谨慎的传记作者，尤其当他的传主依旧在世。他避开对传主的心理细节做还原处理，也没有选择虚构传主生活中的日常对话或内心独白，而是从所有已出版的“白纸黑字”中寻找传主的心灵轨迹和生命历程，并在不起眼的角落附上自己的结论。比如，在传说六“关于美国、占领和‘政治’的体验”中，黑古花费大量笔墨还原 20 世纪 50 年代的日本社会大事件，却在最后两行写道：“当然，请恕我赘言，大江最终既不属于某个特定的政治党派，也不是任何党派的拥护者。他和‘政治’之间始终都保持着一定的距离。”[②]这一见解是否符合传主的本意，不得而知，但比起毫无根据的臆测来，黑古的做法显得更为高妙。

最后，作为文学文本，《大江健三郎传说》的文学性同样不逊色于其作为评传的价值体现。黑古采用了偏文的叙事文体，不像一般传记多用口语体，又因其评传性质所限，书中专业术语出现频率较高，故此书绝不可作为通俗传记或一般读物视之。不过，传主大江的文学作品素来以用词艰涩、文体冗长、结构繁复而闻名，书中对大江文字的引用俯拾皆是，由此看来，这和黑古严谨审慎中透着学术激情的整体风格倒也是相得益彰了。

---

① 见《大江健三郎作品全集(第一期)》(1966 年)“年谱”。转引自《大江健三郎传说》，第 28 页。

② 《大江健三郎传说》，第 103 页。

《〈朝光〉[①]·〈三千里〉[②]时代》

崔贞熙

译文：

我在这篇文章里将要记录的主要是我当记者的时候经历过的和耳闻目睹的事情。记得那个时候几乎没有谁家是安有电话的。我上班的《三千里》杂志社办公室里，刚去的时候也是没有电话的。所以，很多时候是去找人当面请求赐稿或者写信约稿。要想得到稿子，信就要写得多情而殷勤。

也许正是因为这个缘故，就算是不能写稿子，作家们每次都会一一回信。其中有几封信笺，我至今还记得。或许是因为当事者都不在这里，所以才忘不掉的吧。

我曾经给尚虚李泰俊[③]写信请求过他写女人的"心脏"。我在写给他的那封信里，恳求他一定要给我写女人的"心脏"。

信的内容大致是，现在我想创造一个美丽的女人，她的五官和手足都已经具备而就差一个"心脏"，希望先生一定要给这个女人安上一个温暖的"心脏"云云。他也确实给我那个美人装上了温暖的"心脏"。对于仇甫朴泰远[④]，我约他写篇小说。这封信，想来我也编造了相当多情的语句。

他说，他收到约稿信后真的很想写小说了，但是因为梅雨屋顶漏水如注而拿不起笔来都快要哭出来了，希望我能够体谅他的这种处境。

还记得读着这些信笺开怀大笑的情形。和朴泰远，我还有一段至今都忍俊不禁的记忆。他经常跟我说自己如何如何唱歌唱得好，又如何如何地知道的歌多，于是有一天我提议和他比一比高低。

这样一来，仇甫不但欣然同意了，还扬言说结果观若明火。意思是说我输而他赢。当他提议推迟到第二天比的时候，我同意了他的建议。

第二天，等我一上班，他也就来了。我问他怎么来得这么早，他回答说比赛不得一天之内结束啊。

我们上了楼顶。由于早晨的太阳出来还没多久，楼顶上还很凉。他先开始唱

---

① 《朝光》是1935年11月由朝鲜日报社创办的综合月刊，1940年《朝鲜日报》被停刊后由朝光社发行，1944年12月1日以统卷110号终刊，朱耀燮的《厢房客人与妈妈》、金裕贞的《山茶花》和《春春》、李箱的《翅膀》和《终生记》等都在《朝光》问世。

② 《三千里》是1929年6月创办的大众月刊，虽是以趣味性为主的娱乐杂志却不迎合低俗趣味，它和当时在开辟社发行的《别乾坤》堪称当时韩国大众杂志的双璧。1941年11月发行第13卷第11号后以统卷150号终刊。

③ 李泰俊(1904—?)，号尚虚，小说家，主要作品有短篇小说《解放前后》(1946)等。

④ 朴泰远(1909—1987)，笔名仇甫，主要作品有《小说家仇甫氏的一日》、《川边风景》、《甲午农民战争》等。朝鲜战争时期和李泰俊、安怀南等人一起北上去了北朝鲜。

歌。我也唱了。他一停下来,我就唱,我一停下来,他接着唱。就这样过了数小时以后,他自认自己输了。他说没想到我会知道那么多歌。再没有什么歌唱了,他就喊"严福童啊,赵寿万啊"。

我问这是什么歌,他回答说是严福童和赵寿万在奖忠坛公园赛自行车的时候唱的加油歌,说着说着仰天大笑了起来。不仅如此,他甚至都模仿了第一高小校长先生训示学生的样子,尽管如此也没能赛得过我,不得不到"莫里浪儿"茶点屋请我吃了牛奶布丁。

作为文人,我第一个见到的人是能画能写的安硕柱[①]氏。他当时让我这个刚来三千里社没几天的人写随笔。他是个美男子,而且他戏演得也很棒,这是后来听说的。就这样的人让我写随笔的时候,没出息的我只有胆战心惊。首先因为我不知道随笔是什么。但是在一个"能画能写"的男人面前,我又不能露出自己不知道随笔为何物的样子。

那天下午,为了写随笔,我东跑西颠从旧书店里翻出载有随笔的杂志,模仿那些随笔熬夜编造了一篇交给了第二天来找我的安硕柱氏。

看见那个文章和我的名字一起刊登在《朝鲜日报》上,我又一次心惊肉跳。

三千里社有不少文人出入,但来得更多的是社会主义者(当时人们都这么称呼他们)。后来在北边做过文化宣传相的许某女人的丈夫林和[②]氏等人频繁出入到让人烦的程度。那时他出狱没多久,我很仰慕他。见他踏进办公室里,我就霍地从座位上站起来深深地给他弯腰鞠躬。

就这样过了很久,应他的邀请去访问他家之后,我再也没有那样做过。那是因为在访问他家的时候,我见到了他的新任妻子和孩子们。都怪以前都是我愚蠢的想法作怪,以为像他那样的人是没有妻儿的,是只为国家活着的人。

金东仁[③]氏总是进来的时候不打招呼,回去的时候也不说一声,来匆匆去也匆匆。他一般都是一进屋就哗啦哗啦翻开报纸捆,或者把一大堆杂志抱到面前一个一个翻,翻完了就放在那里一走了之。我曾多次见过侍童不高兴地把那些报刊放回原处。他有时候是两三个小时呆在那里都不开口,可是一旦开始讲话就两三个小时都不闭嘴。跟谁都可以,跟社长,跟女记者,跟侍童也一样。

有一天,我问过金东仁氏他最讨厌的是什么。他说是"女人之老"。我又问他最喜欢的是什么。他又毫不犹豫地说他最喜欢的是"女人之年轻"。

金东仁氏时常到办公室里面的小屋里来写小说。我觉得他写小说非常容易,所以有一天等他走了以后查看过他用废的稿纸有多少,结果一张都没有找到。在他又来准备写稿子的时候,我问过他用废的稿纸怎么处理。他回答说没有用废的

---

① 安夕影(1901—1950),本名硕柱,电影人和插画作家,韩国插画界的先驱者。

② 林和(1908—1953),本名仁植,诗人兼文学评论家,卡普(朝鲜无产阶级艺术同盟)的中流砥柱,完成了韩国第一部具有系统方法论的近代文学史《概说新文学史》。光复后去了北朝鲜,1953年以美国间谍的罪名论死。

③ 金东仁(1900—1951),号琴童,主要作品有短篇小说《土豆》和评论《春园研究》等。

稿纸，还说他在稿纸上先写好页码再下笔。这让我这个用废很多稿纸才能艰难写作的人既羡慕又惊讶。

我记得他的《金妍实传》好像就是在那个房间里动笔和最终完稿的。他个子高高的，脸型也相应地略显长，戴的眼镜度数很高。我曾经写过有关金东仁氏的印象记，还记得金东仁氏的夫人非常娇媚地微笑着几近夸赞地说“你怎么那么熟悉我家先生啊”的话。曾经和金氏结伴去过远途旅行的朴英熙告诉我说，金氏非常疼爱自己的妻子。

朴氏还说那个时候林和也同行了，而金东仁氏一直和林氏吵架，对执鞭的林氏说他“可怜那些跟你学的学生”。从这些就能看出金东仁氏的人品。

金亿[①]氏的脸像橘子皮一样不够光滑而且黑不溜秋。他走路仰起下巴，坐着的时候也是仰着下巴。他和廉想涉氏互相不对付，所以巴人[②]一见金亿氏来就劝他们和解。大约是在因为小说《脚趾丫相像》[③]而互相冲突的时期。记得金亿氏话很少。

至于现在担任外国语大学院长的郑仁燮[④]氏，我有很多故事可写。因为他经常到我们办公室里来玩，也曾多次一起吃过饭。人和人之间在一起吃喝的过程当中加深情感是谁都知道的事情。郑仁燮氏不仅和我，和其他多个女文人都相处得很亲近，尤其是毛允淑[⑤]、李善熙[⑥]、卢天命[⑦]等人。或许是因为我们四个经常在一起的缘故吧。他管毛允淑叫“达丽亚”，管李善熙叫“满堂红”，管卢天命叫“野菊花”，管我叫“半枝莲”。我对半枝莲表示不满意，他解释说是因为我给人以圆满细致的印象，但我实际上一点都不细心。

他把我看成是细致的人，毛允淑特别不满意。她提出抗议，说到澡堂不管是毛巾还是香皂统统丢下回来的女人到底哪里细心，像我这样悉数把她落下的东西收回来的女人又怎么不心细了。我赞同毛允淑的抗议是正确的，但是至于郑仁燮氏是否还那么认为，最近因为见不到他也就没法确认了。由于死亡见不到面让人心寒，而活人之间见不到就更让人感到凄凉。

说到因为死亡见不到面，这才恍然想起我们当中已经有两人是不能再见面了。我们曾经是下雨了就互相找，下雪了也互相找。互相找不到就写信倾诉各自的心绪。我有不少允淑的信，天命的信就更多了。我在六·二五事变当中也没有遗失

---

① 金亿(1893—?)，号岸曙，本名熙权，出版了韩国近代第一部个人诗集《海蛰之歌》(1923)和第一部翻译诗集《懊恼的舞蹈》。

② 金东焕(1901—?)，号巴人，著有韩国第一首叙事诗《国境之夜》，刊行《三千里》、《三千里文学》等月刊，1950年被朝鲜人民军带到北边去之后不知所终。

③ 1929年32岁的廉想涉娶了18岁的新娘，1932年金东仁写了短篇小说《脚趾丫相像》，描写了一位32岁结婚而怀疑自己没有生育能力的男人，为此两人断绝关系长达15年。据说金东仁是为金亿出气才写此短篇小说的。

④ 郑寅燮(1905—1983)，号雪松，文学家和评论家，著有《世界文坛主潮论》、《韩国文坛论考》等。

⑤ 毛允淑(1910—1990)，号岭云，诗人，著有《论介》等诗歌。

⑥ 李善熙(1911—?)，小说家，著有《仲夏夜之梦》等。

⑦ 卢天命(1912—1957)，诗人，代表作《鹿》广为韩国人传颂。

过这些，一・四撤退[①]的时候还把它们带到了避难地。

看我珍藏的照片和信笺，马海松[②]氏曾经几近赞扬地说过："一个碟子、一床被子都没能带下来，难得还能惦记那些东西。"

卢天命手中看来也有过我不少信笺，她在死之前老是念叨说她本来想把我在监狱中写给她的信像圣经一样珍藏起来而没想到在六・二五事变当中丢失了好可惜。

卢天命曾经说过，"你蹲过监狱也没有人把你当成斗士的。"我自己也从来没有想过自己是斗士。

那个时候和我一起受审的人当中现在只剩下白铁[③]氏一位，其他人大都去了北边。在这里，在那里，都有去世的人。

至今还忘不掉的是白铁氏用娴熟的日语从容不迫地开陈答辩的样子。他没有忘记文学者应有的态度和言辞。说到这里，我又想起了一件事。

曾经和喜欢吃糖醋肉的白铁氏一起去过几回中国餐馆。他不点别的菜，就要两碗糖醋肉。他不是吃完一碗再要一碗，而是干脆就要两碗后一一吃掉。白铁氏自己不觉得有什么，呼噜呼噜卷起舌头吃得好开心，而我则看着他专心吃东西就禁不住想起他在审判厅中潇洒的身影。

他时常给我讲他进行当中的恋爱情况，但我没法提起兴致去听一个面前放着两碗糖醋肉吃的男人讲的故事。曾经有过我和他从一・四撤退之避难地回来之后同居的传闻。我就说："怎么是白铁呀，虽然只是传闻，要是跟美男子嘛"。白铁氏则回应道："她这是不满意我不积极求婚。"就这样，惹得大家都哄堂大笑。

也有过我和已经过世的安硕柱氏同居的传闻。在他叫我写随笔的时候我在他面前胆战心惊过之后，他在朝鲜日报出版部当了我的上级。虽然是我的上级，但是我在他面前既没有战战兢兢，也没有畏惧他。有一天，这位上级叫我写一篇关于当红女演员文艺峰[④]的访问记。那时候我愚钝的心里很不满意采访女演员。

但是也没有办法，只好采访文艺峰写了篇报道。可是我的上级因为编辑上的理由把这篇报道的末尾给删去了。本来不愿意做而好不容易写成的报道，更何况是我写的，大约是这种傲慢和对上级的逆反心理起了作用的吧，我把墨水瓶摔给了安硕柱，结果和安硕柱邻座的咸大勋[⑤]也一起遭了殃。之后我就等着被赶走的那一天。有一天正午，安硕柱氏跟我说出去一下，然后自己走在了前面。跟随他去的是礼堂。他坐在钢琴前敲起了键盘。

奔向大海
波涛澎湃的……

---

① 指1951年1月4日韩国军队撤离首尔。

② 马海松(1905—1966)，儿童文学家，著有《妈妈的礼物》等童话作品。

③ 白铁(1908—1985)，本名世哲，文学评论家，著有《国文学全史》、《新文学思潮史》等。

④ 文艺峰(1917—1999)，电影演员，韩国第一部有声电影《春香传》的女主角，解放之前的艺名为"三千万之恋人"，光复后跟随丈夫去朝鲜并获得"人民演员"称号。

⑤ 咸大勋(1906—1949)，号一步，著有长篇小说《纯情海峡》(1937)。

他唱起了歌。然后对着我点点头，示意我一起唱歌。我只好笑了。不过，我没有唱。在他已然去世的如今，只剩下了这些故事。

只留下故事远去的人太多了。文笔好歌也唱得好的李善熙跟着丈夫去了北边，死在那里了。我始终无法摆脱她要是不去北边肯定还活着的想法。

有一天，刮着沙尘暴，天命、善熙和我三个人在街上闲逛到很晚，然后去了善熙的家里。那个时候善熙有生下没多久的孩子，不记得有没有照看那孩子的人，只记得我们进去的时候孩子在哭。善熙抱起脏兮兮有一股味道的孩子喂起了奶。要是我们跟善熙说给孩子洗个舒舒服服的澡，善熙就会说："我觉得这孩子的味道比苏格兰香水还好。"我们劝过多次，也屡次听到善熙的这种回答，所以这次就没有再劝说。

那天晚上，我们在善熙家里熬了个通宵。也不知道善熙从哪里学来的当时正在流行的叫《打开窗户见到港口》的日本流行歌，唱得悲伤至极。以前也是听着善熙的歌就禁不住想去找恋人，这回更是如此。一夜没合眼地光学了歌，但天命始终没有学会。天命不知有多少次慨叹过自己的几近音痴。

在我们从一·四后退之避难地回来聚在明泉屋的时候，天命唱了那首从善熙那里学来的歌，但直到那时候她都唱不好。天命说她因为六·二五事变丢失了所有一切，惟独记歌词的笔记本还珍藏着，所以是看着笔记本唱的歌。

天天混在一起的善熙、天命、允淑和我四个当中现在只剩下允淑和我。和毛允淑或许是有千年因缘，曾有两次在一个单位共事过。

那个时候，我在"爱情"和"爱人"的故事当中消磨时光。

我们似乎是为了聊天才谈的恋爱。为了聊天，我们找树丛寻草坪，也找好走的街道闲逛。那次是我们一起在贞洞广播局上班的时候。从广播局出来后走到了东大门也还没有聊完，于是回头路过大学医院穿过天桥，走在昌德宫前路。话还没有说完，又拐向昭和路（退溪路）方向，从那儿又去广播局。要是广播局旁边的外国大使馆后门开着的话，我们会进那个院子里。也曾有几次躺在那院子里美丽的草坪上喋喋不休地聊过天。

夜很深了，毛允淑才回永导寺（开运寺）方向的自己家，我也回到位于新堂洞的自己家。

我去找到咸兴娘家探亲的毛允淑的时候，我们也一样沉醉于聊天中。看着我们天天如此，允淑的妈妈有一天问我们："你们整天说什么泥光新啊，和泥光新干嘛干嘛的，到底泥光新是啥呀？"允淑的妈妈听错了我们说的人名，不过之后我们索性也称那个人为泥光新了。

就这个泥光新，我替允淑去送过信。我们经常是自己不去见自己的"那一位"而叫自己的朋友去见面。曾经也有人劝过我们，说感情这东西本来就用显微镜都看不出来，不要自己心里憋着，要当面敞开自己的心怀，但是我们始终做不到这一点。送毛允淑的信笺的那天夜里，山庄的月亮格外大。"泥光新"氏执意挽留我看完晚上八点希特勒的演讲后再走。我知道毛允淑在等我，但又想捉弄她，想让她吃点苦头，于是听从了"泥光新"氏的建议。

第二天早上，我过了 11 点才上班，先上班等着我的毛允淑投来探询的视线，问道："怎么回事儿啊？"

"吃完中午饭，泥光新氏又叫我吃完晚饭再走，说什么希特勒演讲啊，叫我听完那个再走。"

"哎呀，你是说和他吃了午饭又吃了晚饭？"

"当然。"

"还能咽得下饭？"

"吃得可香了。"

"真是的！"

毛允淑没再说什么，只是看着我。她是一脸羡慕我和"泥光新"氏面对面坐在一起吃饭的样子。同时，看样子她觉得我们可恶。

有一天，毛允淑和我给在徽文高中当英语老师的郑芝溶[①]诗人写了封信。我们是担心前一天晚上发生的事情。

所谓前一天晚上的事情，指的是郑芝溶诗人在一家天香园啊什么的餐馆遭殃之事。那天晚上，我们十多个人去了那家餐馆，女的只有我和毛允淑。未等餐桌进来，他揪住了妓女的头发，妓女也同样抓了他的头发。妓女的嚎叫声唤来了男服务员们，也招来了妓女们。他被拖到外面去了。他们一点都不知道他是我们的宝贝诗人，粗暴地对待他。这时候崔载瑞氏[②]叫来了出租车，他把毛允淑和我推进了出租车里。我们不能丢下他先走，但又没有别的办法。那时候他在餐馆院子的正中央，周围围满了餐馆的服务员们。这回他要受尽他们的折磨了。

为我们送信去的信差带来了他的回信。

我们是那么地担心他，可他的回信却非常简短，说："男子汉大丈夫做了点夜间体操，有什么了不起的。"以为他四肢都被打坏了的毛允淑和我只好对看着放声大笑。

住在北阿岘洞的时候，郑芝溶氏家和我的家近，所以几乎是每天都能见面。还记得他喝酒了就高兴地举起双臂蹦蹦跳跳喊"太好了"的样子。不记得是谁给他起的绰号，反正我们之间把"叠产"[③]作为爱称来叫他（是在他听不见的情况下）。有一天去看望住院的李光洙[④]氏回来，毛允淑和我乘坐了叠产车。坐上这个叫叠产车的小型汽车上，我们想起他的"夜间体操"以及他的所有言行就禁不住嗤嗤地笑，结果司机停下车喝令我们下车。

我们不知道怎么回事就问司机，司机的意思是那么瞧不起叠产车为啥还要乘坐。我们解释说不是那么回事，可司机还是扔下我们满脸不高兴地走掉了。

也不知是因为什么，我曾经和毛允淑吵过架。忘记了是因为什么事，估计也不是什么大事。等她走了之后，目睹我们吵架的朴启周[⑤]氏给我起了"斗鸡"的绰号。我和

---

① 郑芝溶（1902—1950），以纤细而独特的语言开拓韩国现代诗歌新境界的诗人，写有《乡愁》等脍炙人口的诗歌。

② 崔载瑞（1908—1964），文学评论家。

③ "叠产"为日产小轿车，此处形容郑芝溶氏个子矮。

④ 李光洙（1892—1950），号春园，小说家，代表作长篇小说《无情》（1917）。

⑤ 朴启周（1913—1966），号曙云，著有描写至纯之爱的长篇小说《殉爱谱》（1938）等。

朴启周氏也吵过架。有一次是我天都黑了才回到办公室，还没等跨进门槛，他就瞪大眼睛大声呵斥道："去哪儿了才回来。"我对着那个大声斥责的朴启周氏顶撞道："干吗这么直楞楞地瞪大眼珠子。"朴启周氏给我指了指在一个角落里瑟瑟发抖的小乞丐，道："看那发抖的孩子。"我这才想起自己在上班的路上带来一个小乞丐的事情。朴启周氏因为那个孩子，在连暖气都停了的办公室里哆嗦了好几个小时。

朴启周氏后来多次说过我那"直楞楞地瞪大眼珠子"的话让他很气恼。我可倒好，反倒还批评朴启周氏："要是能喝酒的男人，那点儿小事儿早都忘了。"

就好像是生我气，怪我说他是不会喝酒的男人似的，他原先连三分之二的汽水加上三分之一的啤酒都要皱眉，就像是喝药一样，后来倒变成了酒囊。

记忆力超常的他堪称是"百科词典"，有问必答，尤其是年代之类的，清楚得都可以替别人写履历书。他曾经为我写过连我自己都写不好的履历书。给我写履历书的时候，他劝我不要三天就被炒鱿鱼，干脆和自己一起呆在容易混的三千里社算了。我就像他所说的那样，总是在新的单位呆不长再回到三千里社里来。

我刚入社的时候，朴启周氏身材苗条个头适中，脸白得甚至都有些苍白。当时正是他以《殉爱谱》扬名的时候，所以他不像其他的新入社员，在那些来办事的众人面前总是仰起脸以有些骄傲的神情和他们谈话。他一个人完成五个人做都有难度的活儿。校对时间紧，他就拿到家里去做。有时候是拿不到工资的，但他不会因为这些偷懒或者发牢骚。

有时候他只是说："要是我负责业务就不会这样。"这话是说社长巴人金东焕氏花钱没谱才会拮据的意思。朴启周氏曾经劝告社长《三千里》杂志因为卖得好，要是弄个帐簿好好经营就能够办得很红火，但是社长只要口袋里有钱就带着社员们频繁出入高级酒家。为社员们的将来着想，他给社员们买过保险，但没过几个月就交不起保险费，先前交的也就等于是打了水漂了。

三千里社有一个正直勤快的侍童，金东焕氏为这个孩子的将来着想准备送他去日本留学的时候，朴启周氏拼尽全力阻止也是因为担心和保险一样半途而废。那正直勤快的侍童果然不到半年就回来了，可以说朴启周氏是很有预见力的吧。

朴启周氏一直都监督我这个丢三落四的人，光手套和遮阳伞就给我捡了足足有十件。每次他都批评我几句，朴启周氏还教过我不丢东西的方法，就是让我经常问自己带的东西"在哪里"。他说，如果那样问的话，那些东西会回答"我在这里"。

朴启周氏歌也唱得很好，我从他那里学了不少歌，也教过他歌。这位的事儿就到此为止，下面凭着记忆试着记那些当时非常活跃的几位吧。

那是造访朱耀翰[①]氏的宅邸的时候，记得当时朱耀翰氏的夫人摇头说："文人不行，太陈腐。"或许是有人向她女儿提亲了，记不太清楚。

之后，我一直对一个喜欢朱耀翰氏的朋友说他是一个陈腐的男人，但我那个朋友坚持说朱耀翰氏是个真正的男人，罗列一大堆材料来辩护他怎么精于经济什么什么的。

---

① 朱耀翰(1900—1979)，号颂儿，诗人、政治家，著有韩国第一首现代意义上的近代诗歌《灯火会》。

徐廷柱[①]氏是在见面之前就听说是个天才诗人。这位天才诗人，我是在京城站前的中国饭店二楼见的第一面。那次徐廷柱氏是前往自己执教的北间岛的途中下的车。我是在吴障焕诗人的引领下去的那个地方。第一次见到他，我从他的眼神感觉到了天才。岁月过了很长时间之后，池河莲氏来找我说："熙呀，要不要见见拥有蓝天一般眼睛的男人?"然后把我拽到东大门附近的一个学校操场里去了。飞舞着苎麻长袍领着学生做操的男人正是徐廷柱氏。

和李殷相[②]氏是在朝鲜日报出版部一起共事过，而且叫我去的就是李殷相氏。那个时候他失去弟弟后写就的《无常》弄哭了很多人。

访问朱耀翰氏的宅邸时，我意外地听他夫人说他是"陈腐的男人"而大吃了一惊。不记得他的夫人是怎么说起的，不过为了改变她的想法，我告诉她金东焕氏说过朱耀翰氏在诗歌上是独一无二的。结果夫人大声笑着说道："在诗歌上怎样就不知道了，不过他确实陈腐。不仅是我们朱先生，文人都一样。要找女婿，我绝对不找文人。"之后曾经有一个女人特别敬羡朱耀翰氏，我就阻止她说，"被人家认为陈腐的男人有什么好?"

一说起金起林[③]氏，我先想起来的是印在雪地上的脚印，而不是他的诗歌。我去天命家的那天晚上，进屋的时候没有下雪，到回来时站到檐廊上一看，白白的雪覆盖了整个院子，上面有两行男人的皮鞋脚印。皮鞋脚印是走到阶石再返回去的。看来皮鞋脚印的主人知道屋里除了爱人还有别人的动静才小心翼翼地走出去的。

评论家柏木儿[④]时任《朝鲜日报》学艺部部长。不管是吃午饭，还是吃晚饭，我们在一起的时候很多。"圆兴楼"是朝鲜日报社的"据点"，社员们经常去那里。有一天和他一起去吃中午饭，服务员叫我："小李氏，出来一下。"诗人李秉珏[⑤]氏看出来了，就出来说："算在我的帐上。"但是服务员挥挥手："大李氏也不行，统统不行。"最后算在我的帐上吃了午饭。

我和李孝石[⑥]氏是在他结婚之前就交往密切。他结婚后住在寿松洞的一个房间里，吃住都在那里，不久夫人回娘家，我则撞见了在那个房间里摆弄案板的女人。听到案板的响声，我以为是夫人就推开了拉门，结果案板上只有东西而响声的主人正在往布帘后面藏身。李孝石氏后来对夫人和我说，他是"以换领带的心情"交往了"案板上的女人"。

有一天，李箱[⑦]氏写信告诉我说他家里飞进了一只鸟。那个时候，大家都用书

---

① 徐廷柱(1915—2000)，号未堂，著有《在菊花旁》(1975)等诗集。

② 李殷相(1903—1982)，号鹭山，时调诗人，《成佛寺之夜》、《踏上老山丘》等时调广为传唱。

③ 金起林(1908—?)，韩国诗人和文学评论家，本名仁孙，著有《大海和蝴蝶》、《文学概论》等。

④ 李源朝(1909—1955)，号黎川，笔名柏木儿，文学评论家，著有《现代诗歌的混沌及其根据》等。

⑤ 李秉珏(1911—1942)，诗人，独立运动家。

⑥ 李孝石(1907—1942)，号可山，韩国代表性短篇小说作家之一，代表作是《荞麦花儿开的时候》(1936)。

⑦ 李箱(1910—1937)，诗人、小说家，本名金海卿，著有《翅膀》、《逢别记》(1936)等小说和《乌瞰图》(1934，作者系现代派作家，以此书名讽刺殖民地社会的现实)等诗歌。

信传达彼此的生活和彼此的心思。李箱氏写到,他弄了一个饭碗,又从隔壁卖冰激凌的商店要来了一双筷子。虽然铺了席子的三角型房屋的屋角因为梅雨长出了蘑菇,但是他要在那个房间里和飞进来的一只鸟一起过日子,直到那只鸟飞走。那个时候他强调一定要用从冰激凌商店弄来的筷子吃饭过日子。飞进一只鸟之后,李箱氏仍然和朋友们混在一起。

我忘不了金裕贞[①]氏最后的呐喊。这是他从一个山中寺庙寄来的信函的一段。"必承啊,我要是吃上三十只鸡就能活下来。"这封信,必承(安怀南[②])氏拿到我这里来了。在安怀南氏和我决定筹集相当于三十只鸡的钱去金裕贞氏暂住的寺庙看望他不久,金裕贞氏撒手人寰了。呐喊三十只鸡的金裕贞氏曾有两三次来过位于紫霞门外的我家。当时有安怀南氏,另外一个人不记得是谁了。记得当时他的苎麻袍子前襟整个都染上墨水了,而我一直琢磨着有没有办法弄掉墨迹,直到他们回去。

金裕贞氏环顾我的房间说道:"这就是房间啊。"李箱氏也曾经说过一模一样的话。快要坍塌的茅草房的小屋里摆放的只有一个破桌子,还有就是墙上挂着有具从南阳带来的假面具。到了梨花苹果花开的季节,虽然是快要倒塌的茅草屋,倒是很有韵味的。我是花每月十块钱租下来的房子。白色的梨花散发出幽幽的香味,也是在这里知道的,晒衣绳的撑杆在月夜向天空伸展也是在这里见到的。知道了和见到了这样的美好,我却把这房子写成"凶宅",所以被房东赶出来了。

评述:

尽管韩国的现当代文学史和文学批评对传记文学鲜有论评,但是"传记文学现象"在韩国却始终未曾间断。受中国文学影响,史传文学在韩国早在三国时期就已出现,其中就包括平实的人物传记。到高丽时期还出现了稗说体散文和诗话,它们主要围绕诗人和诗句,记载逸闻趣事和传说故事,间杂有作者的评论。当然,古代文史不分家,其中既有文学的成分,亦有史学的成分。时至近代,在西方文学的强大影响下,现代意义上的传记文学似乎有机会得到发展,但是当时的韩国不幸沦为日本殖民地,缺乏传记文学发展所需的文化空间,无法积极弘扬民族精神。实际上,韩国人采用了更加快捷简便的方法,那就是大量译介外国的传记文学,尤其是各国英雄人物传记。

韩国文学史家普遍认为,韩国的古代文学深受中国文学的影响而近现代文学则深受西方文学的影响,这在大体上无可非议,问题在于他们在强调西方文学影响的同时,往往就忽略传统的强大作用和中国文学根深蒂固的持续性影响。就传记文学而言,时至今日仍然在很多方面保持传统的面貌,比如,人物传记大多采用评传的形式,是以历史教育读本的形式存在,具有重视道德教化作用胜于文学性的倾向,这和传统的史传文学精神一脉相承;又比如,作家们并不热衷于书写长篇传记

---

① 金裕贞(1908—1937),农村小说作家,著有《暴雨》、《掘金子的豆地》、《山茶花》等小说。

② 安怀南(1909—?),本名必承,新小说《禽兽会议录》作者安国善之子,1930年代私小说的代表性作家,著有《少年与妓女》(1937)等小说,代表作是中篇小说《农民的悲哀》(1948)。

和自传，他们更加热衷于围绕自己的创作和文坛活动写简短的回忆录，注重写鲜为人知的文坛逸事，以为文学史记述和作品解析提供珍贵的第一手资料，这种写作精神和形式亦与传统的稗说体散文和诗话相通。可以说，这些构成了韩国传记文学倾向性的基本特质。韩国的现代传记虽然不是从古代传记文学自然而然发展过来的，而是在西方现代传记文学的影响下逐渐发展起来的，但是它在写作风格上、人文精神上明显还带有传统传记文学的胎记。

崔贞熙的《〈朝光〉·〈三千里〉时代》是一篇文坛回忆录，发表于 1969 年 4 月 7 日至 1970 年 12 月 10 日的《大韩日报》，后载入姜珍浩的《韩国文坛逸史》(韩国深泉出版社，1999 年)。文中的《朝光》是指 1935 年 11 月由朝鲜日报社创办的综合月刊，1940 年《朝鲜日报》被停刊后由朝光社发行，1944 年 12 月 1 日以统卷 110 号终刊。《三千里》则是 1929 年 6 月创办的大众月刊，虽是以趣味性为主的娱乐杂志却不迎合低俗趣味，它和当时在开辟社发行的《别乾坤》堪称当时韩国大众杂志的双璧。《三千里》于 1941 年 11 月发行第 13 卷第 11 号后，以统卷 150 号终刊。

《〈朝光〉·〈三千里〉时代》作为众多文坛证言中的一篇，体现了韩国文坛回忆录的诸多面貌。文章中回顾的作家多达 20 多位，其中著名小说家就有李泰俊(1904—?)、朴泰远(1909—1987)、金东仁(1900—1951)、李孝石(1907—1942)、李箱(1910—1937)、安怀南(1909—?)、金裕贞(1908—1937)、李光洙(1892—1950)等 8 人；著名诗人有金亿(1893—?)、金东焕(1901—?)、毛允淑(1910—1990)、卢天命(1912—1957)、朱耀翰(1900—1979)、徐廷柱(1915—2000)、李殷相(1903—1982)、郑芝溶(1902—1950)等 8 人；著名评论家有林和(1908—1953)、白铁(1908—1985)、金起林(1908—?)、李源朝(1909—1955)、崔载瑞(1908—1964)等 6 人，几乎囊括了光复前韩国的一多半知名作家。文章以证言和回忆的形式记述了 20 世纪 30—40 年代初期作者和文人之间的交流、同时代作家的写作风格及现实生活中的悲欢离合。对作家作品的证言有助于后来者对作品的深层理解，也能从中得到诠释作家作品的新的途径和视角。通过文人们的证言和回顾，还可以把握当时的时代精神，重构韩国近现代文学心灵的历史，绘制出近现代韩国文学较详细的文学地图。传记文学的价值之一就是给史家做材料，崔贞熙的《〈朝光〉·〈三千里〉时代》显然做到了这点，它提供了很多文学家宝贵的传记资料。

真实是传记之本，但是传记作家所处理的事实显然不同于历史学家、社会学家和心理学家所处理的事实。这些事实之间存在功能性差异，传记事实是“轶事”，是“心灵的证据”，往往是打开性格之门的钥匙。崔贞熙的《〈朝光〉·〈三千里〉时代》立足“事件的历史”，叙述作者经验化的文坛事实，同时展示了作者自己的心路历程。可以说，它很好地完成了一种基于史而臻于文的叙述，即传记文学的叙述。文章语言生动，故事妙趣横生，叙事冷嘲热讽而夸张有度，把一些小事情写得栩栩如生，在不经意间刻画出人物的性格。艺术性是传记的不二法门，崔贞熙的《〈朝光〉·〈三千里〉时代》写得漂亮有趣，属于简约、活泼、有见解的传记作品。

作为个人证言，崔贞熙的《〈朝光〉·〈三千里〉时代》也有其明显的缺陷，没有时代的大背景和民族的大生活，只有作为个人的作家的小生活。作者回顾的是韩国 20 世纪 30 年代至 40 年代初期的文坛，当时的韩国处于日本法西斯统治时期，但她的回忆录中只有和平时期才能有的正常人的正常生活。这与作者的身份意识和思想倾向性有关。

崔贞熙(1906—1990)号淡人，咸镜南道端川人，青少年时期在咸镜北道城津市成长。在她不到 10 岁时父亲娶妾另成家，崔贞熙被寄养在亲戚家耽误学业，1924 年把户籍年龄改小 6 岁才得以进入淑明女子高中，因此她户籍上的出生年份为 1912 年。为了生计，1928 年考入首尔的中央保育学校，1930 年毕业后在日本东京的三河幼儿园就业。在日本，参加柳致真(1905—1974)等人主导的学生新剧运动，并与导演兼剧作家金幽影(1909—1940，原名金荣得)结婚。这段婚姻对崔贞熙来说是不堪回首的，金幽影性格粗暴又不顾家，因此虽然两人之间生有一个儿子，崔贞熙在回忆自己的人生时闭口不涉及这一段感情。1934 年，殖民地警察逮捕朝鲜艺术家同盟(简称卡普)下属剧团新建设社成员，当时金幽影作为卡普成员被捕，崔贞熙虽然不是卡普成员，也受牵连入狱服刑。崔贞熙是当时服刑的唯一的女性作家。

崔贞熙在《三千里》社当记者是在 1931 年从日本回国以后，虽然第二年因为休产假退出了《三千里》社，但是在这段时间里结识了改变她命运的人物，那就是诗人兼《三千里》社社长金东焕。处女作《正当的间谍》也是在这一年发表在《三千里》杂志上的。1935 年出狱后，崔贞熙在《朝鲜日报》社当记者，同年在朝鲜日报社下属刊物《朝光》发表小说《凶宅》正式登上文坛。1938 年，崔贞熙回到《三千里》社，40 年代和金东焕生有金知原和金采原两个女儿，她们后来都成为小说家。作为摩登新女性，崔贞熙的小说刻画的是当时新女性的生存环境和她们的喜怒哀乐，代表作有《人脉》(1937)、《地脉》(1939)、《天脉》(1940)、《人间世事》等中长篇小说。

日本殖民地末期，金东焕以《三千里》社为依托开展亲日活动，崔贞熙也加入亲日团体参加巡回演讲，先后发表了日文短篇小说《野菊抄》(1942)、《2 月 18 日之夜》(1942)等 14 篇亲日作品。1945 年光复以后，金东焕以反民族罪被捕受审，崔贞熙积极开展营救活动；朝鲜战争期间，金东焕被人民军抓到北边去后杳无音信，崔贞熙作为韩国空军的从军记者参战。在之后的岁月里，崔贞熙作为韩国小说界代表性的女作家继续活跃在文坛，历任《现代文学》评审委员(1960)、韩国女文人协会会长(1969)等职务，先后获得首尔市文化奖(1958)、“三·一”文化奖(1983)等奖项。崔贞熙身兼记者和小说家，各方面的消息灵通，同时性格豁达直率，是一位兼具智慧和美貌的新女性，在当时的女性作家和艺术家中也是佼佼者，因此成为很多男性作家心目中“和蔼可亲的大众情人”。这一点在《〈朝光〉·〈三千里〉时代》一文中也有所反映。

传记写作的动机是纪念、认同和排异。作为韩国主流文坛的主流文人，崔贞熙的证言主要局限于她所属的文坛，排除了那些在文坛之外开展文学活动的作家，所以找不见韩龙云、李陆史、尹东柱等当时重量级作家的踪影。受制于当时的社会现实和作者意识形态，歪曲或彻底否定一些文学现象和作家作品也是有的，这就需要后来者具备甄别事实真伪的慧眼和开放的心态。无论如何，崔贞熙的《〈朝光〉·〈三千里〉时代》里有作家自然的声音和生活的细枝末节，有一种生活的真实、心理的真实和文学的真实。

《潘佩珠年表》节选[①]

潘佩珠

译文：

1905年，我38岁。那年正月二十，我们从海防出发，曾君对我说："由水路到中国有两条路：其一是从竹山偷渡，到达中国防城县边界。这条道路很艰险，但不易被人察觉。其一是走芒街，过一江桥，进入中国的东兴县边界。这条道路很平坦，但是很难掩藏形迹。我觉得咱们应该从竹山偷渡为好。"当晚九点，船只抵达玉山，我们三人离船上岸。由于我们都扮作商人的模样，船里的法国人没有过问我们。我们从茶贴开始步行了半天，来到一个村子。曾君拿出十字架，让我系在头上。这个村的人全部是教民，他们只要看见十字架，就不会拒绝。我们进了一个老渔夫家，主人是曾君从前的老相识。跟主人一起吃饭的时候，我也用手作十字形，行祈祷礼，主人见了很高兴。当晚十二点，主人为我们雇了一艘渔船，偷偷让我们三人渡江。船行了两个多小时，当我们上岸的时候，已经到达中国防城县界了。

正月二十二日早晨，宿于竹山船户冼龙之家。冼也是曾君的老相识。安置行装后，我们都觉得像鸿鹄脱笼，喜极欲狂，因为这里绝对没有法国人的耳目了。由竹山至广东，有两条路，一是陆路，渡江至东兴，经钦州到廉州，乘北海洋船到香港。一是走水路，乘帆船江行经钦州以至廉州，可插洋船达香港，如果遇到顺风，那么帆船也可抵达。当时投奔的主人将要去香港办理生意业务，我们就乘坐他的帆船到了北海，路上一共走了六天，然后乘北海洋船到香港。途中无意间认识一个好朋友，名叫里慧，他是船上的厨师长，他起初很疑心我们三人是被追捕的逃犯，但却喜欢与我攀谈。我没敢把实情告诉他，只是殷勤相约到香港后在旅店见面。二月上旬，船到了香港。他约我在泰安客栈见面，我便到客栈住了一天一夜。曾君把我留在香港，自己一人前往韶关，探访前朝亡臣尊师说陈护。还有一回，里慧来见我，在谈话中，他颇晓大义，而且非常痛恨法国人的所作所为。我把此行的意义告诉了他。他大为感动，愿意为新党效力。从此以后，暗暗地提供金钱，帮忙偷偷运送学生出境。一切船中秘密事，他都努力承担起来。经他的努力，从国内输出的金钱和书信，毫无差错。至于酬劳等要求，他从不谈及。他的忠诚之心，久而弥笃。他的弟弟里丰，也不亚于他。现在听说他们二人都被流放了。唉！在我国的知识分子和官员中，也并不缺少热诚的爱国者；然而，在厨师和佣人的行列里也有遇到这样的热诚义气之人，实在是应该大书特书的。

到达香港之后几天，我游览了周围的风光。英国殖民地的政策，令我十分惊

---

① 《潘佩珠年表》(又名《自判》)，分为序、自判、第一纪、第二纪和第三纪等几个部分，其中第三纪内容极为丰富。译文选自该部分。

异。道路之整洁，商业之蕃昌，自不必说；而外人入港之自由，尤其出乎我的意外。我们穿着异样衣服来这里，却没有人问及通行券，就连我们是哪个国籍的人也无人问及。这是我一生中从来没有经历过的。

华人学堂报馆，一共有数十间。一为《商报》，即保皇党机关报；一为《中国日报》，为革命党机关报。我到《商报》馆，求见主任徐勤，没有得到他的接见。到《中国日报》馆，报主冯自由君立刻邀请我进去，笔谈颇久，大表同情。说到我们的事业，他对我说："等十年以后，我党排满成功，才能为贵国援手。今天还不是时候，但如果你们凭借昔日的主藩关系，求之满清政府中人，则也未必没有益处。现在的广东都督岑春暄，虽然为满清官员，但骨子里还是汉人，而且他是广西人。广西与广东毗连。你去拜访一下他，也许会得到一臂之力"。我初次离开国门，在外交方面实在是外行。听了冯君的话之后就相信了他，立刻写了一封信，托曾君带到省城，找到一个在岑部当文书的周姓熟人帮忙，送到了岑宅。周说收到了信，而且还说一旦得到岑的旨意，会派人到香港来找我。我信以为真，特意在香港住了很久，等待岑信，而后来竟音讯杳然。我渐渐感到专制朝廷的目中无人，满清与我朝实在是一丘之貉，于是我前往上海。

我在国内的时候，曾读《戊戌政变》、《中国魂》、《新民丛报》等两三篇，这些都是梁启超先生所著。我极敬慕其人。适逢在去上海的船中有一位留美学生周椿君回国，告诉了我梁先生的住所，即日本横滨山下町梁馆。我大为高兴，打算一到日本，就先拜访梁。三月上旬到上海，赴日之心更加迫切。无奈此时日俄战争处于尾声，日本商船被政府收留，所以上海没有日本船。其余赴日的洋船，也因战争未完，全部滞留不发。我们几个人不得已在上海停留了一个多月。四月中旬，日俄战争已停息，才有日本商船到上海。我们几个人在湖南籍中国留学生赵君的帮助下，一起乘日本船到横滨。最痛苦的是，我们既不通日语，而华语口语也不太好，只好通过笔谈或手语，十分烦累。这实在是外交家的奇耻。

四月下旬，船抵达神户，我们几个人的行李很重，又不明了日本的言语习惯。幸好有赵君照料我。在神户住了一晚，即乘早车去横滨。途中，凡是需要了解的，都由赵君代办。我们不过萍水相逢，但他待我俨然如兄弟。不辞劳苦，不求回报。真是让我见到了大国人民的美好品质。也是由于汉文笔谈，我见到赵君后，了解到他是革命党人。所以，我不敢跟他谈及打算拜访梁启超的事，因为革命与保皇水火不容，我到香港以后深深体会到了这一点。到了横滨后，赵君与我告别，对我说："我今天要去东京，这里是横滨。你们所需的已经嘱咐日本军吏照料了。"我虽然茫然，也勉强回答说："好。"下了车，到了站门口。因行李不知在哪里，就呆呆站立在站口。等了很久，有一个戴着白帽和刀的日本人来到我跟前，向我敬礼，然后，拿出出怀中的小本子，写了一句话问我："你们为什么不走？"我说："找不到行李。"那人说："我已经为你们租了一个旅馆。所有的行李，你们到了旅馆，就看到了。"于是招来三辆人力车，带我们上车，而且嘱咐了车夫几句。很快来到一个旅馆，名为田中旅馆。我们还没有坐稳，行李就到了。原来，按照日本火车的规定，旅客与行李不得同时发送，人与动物也不能同乘，即使是四等车也是如此。这是为了环境卫生和保护旅客的缘故。每个车厢都写明了容纳多少人为限。旅客所有的行李,有专车专人妥善管理,且为之护送。车上没有人会捡别人的物品,我与曾公曾经不慎将东西遗忘在车上,过了几天之后还能找到。我于是感叹强国的政治与其国民的素质。

过了几天,我给梁启超先生写了封信,信中进行了自我介绍。其中有一句:"落地一声哭,即已相知;读书十年眼,遂成通家"。梁公看到我的书信之后,大为感动,邀我到他住所。应酬语多是曾公翻译,而心事之谈,多用笔语。梁公欲悉其辞,约我次日再会。笔谈大约进行了三四个小时,在此略记其中梁启超所言最有深义的内容如下:"一、贵国不患无独立之日,但患其无独立之民;二、谋光复之计划有三要件:一,贵国之实力,二,两广之援助,三,日本之声援。贵国如果内无实力,则后面二条皆非贵国之福(公又附注:国内实力为民气、民智与人才,两广之援助为军饷与器械。日本声援为外交上亚洲强国首先承认独立之一国)。三、因余谈及求日声援之事,他认为此策恐怕不妥当。日兵入境绝无能驱使之使出之理,是欲存国而反促其亡也。四、贵国不患无独立之机会,只患无能乘机会之人才。德法宣战之时,即为贵国独立之绝好机会也。"可惜这个机会现在已经失去了。

又过了几天,我请求梁公帮我引荐日本政治家,主要是想达到求援的目的。他就与我约好五月中旬,引我见大隈伯爵。此人曾两次担任首相,是维新功臣,而现时为进步党之党魁。到了那天,我去拜访梁公。他说:"要想见大隈,必先见犬养毅子爵。"此人为前文部省大臣,而现为进步党大总理,大隈之健将也。日本于民党中,此二人最有力。梁公带着我们二人到东京。先拜访犬养毅,又通过犬养毅拜访大隈伯爵。相见时宾主甚欢。谈及求援事,犬养毅问我:"你们求援之事,有无国中尊长的旨意?如果是君主之国,那么最好有一个皇族的人。你们是否找到这样的人?"我回答说:"有。"于是从衣袖中拿出圻外侯的请求通行券文给他看。犬养看了,说:"应该将这个人护送出境。不然的话,将落入敌人之手。"我说:"我们已经在筹划了。"当时大隈、犬养、梁公三人交谈了很久。对我说:"我们可以民党的身份援助你们。但若用兵力援助,则今非其时。现在的形势不是日法两国的问题,而是欧亚竞胜的问题。日本如果援助贵国,那么法国必定开战。若日法开战,则可能引发全球战争。以今日之日本,与全欧争力尚不足。你们能否隐忍以等待机会的到来?"我回答说:"假使能隐忍,那我们又何苦要效仿秦庭之泣?"大隈说:"今天你们到了这里,我们才知道有越南人。印度、波兰、埃及、菲律宾等都亡国了,但他们都幽闭在国内。你们若能鼓励国中人士出国,让他们耳目一新。无论到哪一个国家,从事何种职业。都可呼吸新鲜空气,这样精神上就没有闷死之忧了。这是需要尽快动手做的救国之事。"犬养又对我说:"你们可曾组织成一革命党?"我听后感觉万分羞惭,因为国内尚无真正完全的革命者。尽管如此,我还是故作修饰地回答说:"也曾组织,但党势尚微薄,几乎等于零。"大隈说:"你们若能把革命党人带来这里,我国能全部收容。或者你们乐居我国,我援助你们。用外宾之礼优待,不必担忧生计。因为崇尚侠义,重视爱国,是我日本国人的特性。"大隈说这话时,显得颇为自豪。我很不喜欢这样,回答说:"我们跋涉重洋而来,本为我国我民死中求活之计。若但得我身之快活，而我国民仍在地狱之中，我竟忘之。你们怎么会敬重这样的人呢?”梁公在旁，取笔书于纸，写给伯隈说：“此人大可敬。”犬养夫人也在客厅陪坐，她让我为她手中的扇子题字。我题了：“四方风动，惟乃之休”几个字。座间有一个叫做柏原文太郎的日本众议院议员，看了我与三人笔谈的纸张，对我说：“我今日见了你们，好像在读小说中的古代英雄豪杰传记。越南人到日本，与我士大夫接触，你是第一人。”我听了以后对于我国民众没有远大目标感到十分悲伤；对法国人在越南的封锁更感愤慨。会谈从早上一直延续到傍晚才散。这是我跟日本人接触的第一日。梁公又让我到其住处，跟我商量宏图大计。我们用笔谈，互问互答了很多。梁公大致说了以下的话：“我国与贵国地理历史之关系，二千余年密切，甚于兄弟。岂有兄坐视其弟之死而不救的道理？哀哀诸公，徒食肉耳。余心痛之。余殚竭心虑，现时只有二策为能贡献于君者。其一，多以剧烈悲痛之文字，摹写贵国沦亡之痛状与法人灭人国种之毒谋，宣布于世界，或能唤起世界之舆论，为君策外交之媒介，此一策也。君今能回国，或以文书寄回国内，鼓动多数青年出洋游学，藉为兴民气、开民智之基础，又一策也。此二策外，惟有卧薪尝胆，蓄愤待时。一旦我国大强，则必对外宣战。发第一之炮声，实为对法。盖贵国毗连我境，而越桂、滇越二铁路，实为我腹心之忧。我国志士仁人，无一时忘此者。君且待之。”此时我的脑界眼界为之豁然，深感从前的想法乃至做法，都是孟浪荒唐，无足可取。于是写了第一本书——《越南亡国史》。我把它交给梁公看，请他帮忙出版，他答应了，只过了十天书就印出来了。我拜访梁公，跟他告别，打算回国。当时是乙巳年(1905 年)六月下旬。我把曾公留在横滨寓所，自己跟子敬携带几十本《越南亡国史》回国。此次回国有两个目的：其一是谋划挟圻外侯出洋；其一是组织一些优秀青年出洋，作为吸引国人出洋的游学先导。而派人出国留学，必然需要金钱。而想筹款，必先借圻外侯出洋为声势，这是我当时极无聊的计划。

当时是乙巳年(1905 年)七月上旬，我从横滨出发。中旬到了香港，里慧君所服役的洋船来了，他为我设密计偷渡。我回海防住了一晚上，剃了胡须，换了衣服，用白布裹头，打扮成越南北方商人的模样。乘火船到了南定，上岸的时候已经是夜晚了。乘夜步行到了孔办家，把东行的详情相告。嘱咐他物色北圻的青年学子。在孔宅住了几天，派人先到广南，密告小罗。我又改装乘火车回到义安。经过宁平的时候，遇到宁抚某公。他告诉我政府正对各地严格整治，嘱咐我小心。我赶忙在清化途中下车，步行了三天三夜，到了河静省，投宿某同志家，把鱼海叫来商量圻外侯出洋之事。又约台山先生，在蓝江的一条小船上密会，给他看了梁公手写的东西。台山读了之后，对我说：“我们应该在国内乘此风潮，组织农商学各会，使人民知道有团体，然后鼓动进行，才比较容易组织革命。此事当与集川等人筹划。”我也很赞同他的说法。后来朝阳商馆及各处农会、学会的创立，都是据此而来。我于是偷偷在义静各地，会见朋友，商议送人出洋游学的策略。一为精选青年，必须是聪明好学，而且能忍苦耐劳，能坚决不变者为合格。二为筹办经费，由和平派与激烈派一起谋划。三是审慎委送的人员，必须得到十分可靠的人。四是要防备奸细混入与行情泄漏。同行的有以下几位：东绪阮式庚及高田某君、清仕某君等，阮式庚是我的老师东溪先生的儿子。鱼海送我到海防。我把有关圻外侯的事情，专门托咐给鱼海与小罗办理。子敬则与我一起再次东渡。八月上旬抵广东，访刘永福，也去拜访了前三宣赞理阮述。刘永福当时已七十多岁，但看起来还很矍铄。谈及西洋人，他拍案说："打，打，打！"我因此回忆法国军队两次攻取河内的事情，当时假如没有刘永福的军队，那我国人不会有人流血杀敌。唉！他真是一位英雄啊！我当时完全被刘倾倒。

阮赞理一事也足以引以为师。他嗜好鸦片十多年了，当时是刘永福的幕兵，手里宽余，烟瘾很重。见到我后，读我写的维新会章程及《越南亡国史》时正在吸烟，立刻推开枕头起身，猛然拿起烟具，一把摔碎在地上，高声说道："你们如此进步，我怎么能一直生活在黑暗中！"即刻戒烟，从此对鸦片滴口不沾。后来他的长子阮慎，在黄提督领导的战役中为国捐躯；二儿子阮常因为新党案被终身流放昆仑。他的弟弟七十了，也被流放昆仑。他的孙子阮绍祖，曾留学北京士官学校，学成后，曾任上校，可惜后来得了肺病去世了。我被捕的时候，阮述还健在，现在也不知怎么样了。

我在刘、阮二位的住所之间往来了几乎一个月，专等圻外侯的音信。后来一直没有动静。九月上旬我带着三个少年再次渡东海。我再次前往横滨，引三个少年一同拜访梁公。刚坐下来，梁公就问我派遣留学生的事情。我说："此事已与在国内的同志进行了谋划。但最苦的是经费。富家子弟一步都不愿出门；而清寒少年，无钱无法出门。"我于是指着同行者说："辛苦动员了几个月，只是得到这三个人罢了。"他沉思了一会儿，对我说："你可以写一篇文章鼓动国内有心人，积少成多，经费就有着落了。"我也觉得除此以外没有上策。回来以后写了一篇《劝国人游学文》。开头说："呜呼！大洋西望，湄河东顾。我国江山安在哉！"写完后，给梁公看，他慷慨免费为我出版，印成三千多张。还没等到将文章输送回国，从北圻就又来了六个少年。他们是河内梁公玕的两个儿子梁立岩与梁毅卿兄弟，秀才阮海臣，河东阮典及其他两人。他们都是偷渡而来，到达横滨的时候已经身无分文，全都来横滨寓所找我。我一开始只是租了一个下等住所，只能容三人居住。现在突然增加了九人，而接济的资金又没到位。一时间，寓所里有人满钱空之忧。曾公为我出谋划策，向旅日广东商人赊了薪米，而他自己通过在洋船上打工转回广东，拜见刘永福筹备急款汇给我。然后他又秘密携带几千本游学文，潜回国内，邓子敬也进行协助，准备在中圻和北圻进行大运动。九月下旬，两人离开横滨，寓所留下我们九人在小屋里相依为命。每天只有两顿粗茶淡饭而已。当时正是冬季，经常下雪，寒风刺骨，我们的手脚都冻僵了。而我当初出国时，丝毫没有防御寒冬的计划，只带了单衣来。那个冬天真是饥寒交迫。所幸梁启超的住处藏书很多，我在那里朝夕借阅，时间过得也很快。而几个来游学的少年也都能忍苦相助。其中最可爱的是梁立岩。他行动不羁，谈笑间十分豪爽。他见我们的境况日益窘迫，几乎难以生存下去，感慨地说："不以此时吹箫，更待何时？"于是步行从横滨到东京去，走了一天一夜，跑到警察署门口席地而睡。警吏用日语问他，他茫然不知所答。搜了他的身，发现又空空如也，疑心他是精神病患者。等到用笔谈，才知是我国少年。日本警察深感惊奇，给了火车费，将他送回横滨。他得的钱比较多，可供我们几天的伙食费了。他仍不回寓所，而是遍访东京中华留学生们的寓所。偶然觅得《民报》报馆，这是中国革命党的机关，主笔为章太炎，主管为张继（现为北平政府要人）。他们二人都是革命党先锋。他到报馆把我们的实情告诉了章、张二人，章、张同情他，让他到报馆做三等书记，而且让他回横滨，把同伴叫来，说那里还可以收容几个人。他回到寓所，才进门，就大笑，对我说："伯伯啊，我当乞丐多有效果啊！"于是留下他的弟弟毅卿在我的寓所，而与其他同乡二人，离开我前往东京，在《民报》处谋生并学习日语。从此我的余寓里只有六个人，终日枯坐，朗读阿伊（阿伊，日字母发音词），等待南方来信。我当时杂咏颇多，其中有句说到："孤鸿匹马九兄弟，万水千山多姓名。"这是当时的真实情况。这么过了两个多月，有一个叫杨觉顿的中国革命党人了解到我们的艰难处境，安慰我们说："我们做革命党人有秘诀，即不怕饥、不怕死、不怕冻、不怕穷。你们若能这样，那必定有达目的之日。"杨君又写了一封信把我介绍给广西边防大臣庄蕴宽。庄是江苏人，是杨君的同学，他当时主动请政府派守桂边龙州，练新兵。过了一个多月，得到杨君的回信，其中有一句说："越人奴隶性根，不可救药。即使有几个志士，也无济于事。"杨君特意给我看了，对我叹息到："庄君的部队在龙州，紧挨着越南，熟悉贵国人情形。他讲得应该不错。"我听了悲愤不已。但在此穷愁无聊之中，也有一二事可记。

当初曾公将回国，带我一起到梁宅辞别。梁启超说："云南铁路主权归法人，为滇人所切齿。今云南学生留日颇多。而振武学校的学生，大多是有志之人。他们学成回国，会投身枪炮之地。将来你们举事，也可以得助于云南。你们现在可去跟他们结交。"

梁启超还写了"殷承献"三个字给我，对我说："这个人铁骨铮铮，其他的人可以由他人介绍。"我接受了，准备第二天到东京寻殷。但问到住址时，梁公不知，只知他是振武学校的学生而已。第二天，我与曾公把手中所有几块银元拿出来做路费。到了东京火车站，下车，招人力车来，车夫问去哪里，我们从怀中拿出纸来给他看。车夫面有难色，因住址不明，而我们两人又不能讲日语。过了一会儿，车夫招来一个同行，把他带到我跟前，用笔跟我说："我的朋友不太懂汉文，推荐我来带你们。我通汉文，你要到哪里去，可以用笔写下来，我带你们去。"说到这里，请我们两人上车，到了振武学校。我们去打听殷君，才知殷君已经离开学校，现在住在旅馆，准备等明年入联队进行军事实习。车夫得知情形后，面露难色，低头沉思了一会儿，然后把车拉到路旁僻静处，对我说："你一定要在这里等着。等我找到你朋友的住所，马上回来。"东京那么大，旅馆数万家，一个日本车夫，泛泛地去找一个中国学生的住所，其难度可想而知。我一开始以为他与我国车夫一样奴性，还为自己无付车费而担忧。我从下午两点等到五点，后来看见他高兴地回来，挥手让我们两人上车。走了一个小时左右，到了一个旅馆，见门口横悬一长匾，匾上写着旅客的姓名和国籍，其中有清国留学生某某等字，才知调查客人的方法也相对容易。当我问到车费时，车夫说只要二毛五，我很吃惊，从包里拿出一块银元给他，感谢他为我们辛劳奔波。车夫不肯接受，对我说："按照内务省的规定，从车站到这个旅馆，车费就是这么多而已。我因为你们是外国人，是慕日本文明之名而来，所以，特别欢迎你们，并不是为要钱而来，你们如果给我超过这么多的钱，那就是看不起日本人了。”我听了他的话，为之倾倒。唉！我国的民智程度与日本车夫相比，真是令人羞惭啊！我见了殷君之后，他又介绍我认识云南其他有志学生，像杨振鸿、赵伸展等，都是此时相识。后来《云南》杂志办成，我也成为其中一位编辑，也是因为此时结识了他们的缘故。

又过了一天，犬养毅写了一封信给我，让我去他的住所，为我介绍孙逸仙先生。孙是中国革命的大领袖，当时刚从美洲回到日本，为了组织中国同盟会的事情，在横滨逗留。犬养毅对我说：“贵国独立，应当在革命党成功之后，革命党跟你们是同病相怜，你要见见此人，以便为将来做准备。”第二天，我拿着犬养毅的名帖和介绍信，到横滨致和堂拜访孙中山，当时已经是晚上八点了。孙拿出笔纸与我笔谈革命的事情。孙曾读《越南亡国史》，知道我头脑中还没有脱离君主思想，就极力痛斥君主立宪党之虚伪，最后他希望越南党人加入中国革命党，中国革命党成功之后立刻全力援助亚洲各被保护国独立，而首先会援助越南。我在回答中谈到民主共和政体的完美，但我希望中国革命党先援助越南，等越南独立的时候，可以把北越借给革命党作为根据地，进而夺取两广以窥视中原。我与孙辩解相持了几个小时。夜晚十一点，我起身告辞，孙约我下次再会谈。过了几天又在致和堂见到孙，又谈及那天晚上的意思。其实我跟孙中山这两次笔谈，我不了解中国革命党的具体内容，而孙也不了解越南革命党的真相，双方笔谈与解释，不过是隔靴搔痒罢了，结果都是不得要领。不过，后来我党在紧急关头，得到革命党的很多帮助，却是以这两次会谈为媒介的。后来孙中山因肝癌病逝于北京，我曾经写了这样一副挽联：“志在三民，道在三民，忆横滨致和堂两度握谈，卓有真神贻后死；忧以天下，乐以天下，被帝国主义压迫多年，痛分余泪泣先生。”这写的都是实情。

丙午成泰八年(即 1906 年)，至戊申(1908 年)秋，是我一生中最得意的时代，是我有生以来，最顺利的时候。正月中旬，收到曾公的信，说鱼海已于今年春节带着圻外侯出洋，很快就能抵达香港。我急忙整理行装回到香港，我到香港才几天，圻外侯就来了，与他同行的是邓子敬，因为鱼海只能护送到海防，所以只有邓子敬陪同。我见了圻外侯，跟他一起谈了国内的情况，后下榻于广东商人的店里，店主姓杨，虽然是一个商人，但十分重义。我在横滨的时候，遇到他的侄子，把我们介绍给了杨。杨敬慕我们所做的事情，在香港总是当东道主，曾公与我到香港，必定会在他的店里食宿，他不收取分文，即使是住十天一个月的也不计较。后来我窘迫时还曾经跟他借钱，他给我钱的时候，也从无吝惜的神色。这种品节，在我国商人中，想来是难以找到的。

我们在香港逗留了几天，遇见一个广东人传某，他为我们介绍了香港的德国领事馆所在地。这是我第一次认识德国人。后来我党与德国有不少关联，就是从此开始的。

二月上旬，圻外侯带我到广东，在沙河刘永福的住所拜访阮述，当时维新会章程刚刚付印，是我与小罗等秘密组织的。在国内的时候，只是口传心授，是无字的章程。现在圻外侯与我既然已经出国在外，拟将派人回国，进行大运动，那么就不能没有一个成文的章程，而且阮刘二公也赞成，于是就付印了。章程很简略，除了大纲之外，只有三章六条，其宗旨就是恢复越南，建立一个君主立宪国。我们仅印成数百张，是为了秘密携带回国的方便。但这个章程在1911年十月宣布取消，会名改为越南光复会。所以这里不再详细记述了。

在刘宅住了几天，又得到一件非常令人高兴的事情，那就是西湖潘周桢也于此时出国了。二月下旬，他来到香港。他听说我在广东，就来到这里，而且还拜访了刘、阮两位先生。潘穿的是破旧的短衣，头发蓬松，看起来像苦力。原来他是故意装扮成船上的厨师出来的，也是里慧偷偷帮忙带出来的。到了刘宅，见到我们几个，未语先笑。我握住他的手，高兴得说不出话来。然后给他看了我的《劝助资游学文》，他大为称赞。而读到维新章程的时候则沉默不语，只说了一句："我很想去一趟日本就赶快回国，伤心人别有怀抱。"这是他当时对我表明的心迹。我与他在广东待了十天，他每次谈到国事，就痛斥独夫民贼之罪恶，而对当今的君主之祸国殃民尤为切齿。他似乎认为如果不除去君主专制的政体，那么即使复国也非幸事。在座的圻外侯后听说之后很受刺激，亲自写了警告书付印，结尾自署为"民贼后强柢"云云。警告书一共几百本，托里慧君偷偷运回国内。我也委托邓子敬回国内协同曾公，分别到南北各地散布。以上所述各种文书，集中于鼓动学生留学和筹集学费这两件事。后来，我与圻外侯、潘周桢一起东渡日本。三月中旬抵达横滨一个小公寓丙午轩。

丙午轩是我们东渡时最早成立的一个小机关。当时曾公回国，给我们汇了几百银元。而圻外侯这次来，也带了不少钱物。我们于是租了日本的一大间楼房，请日本人教我们的青年学习日语。这一大间屋子就题名"丙午轩"，不仅因为那年是丙午年，也含有南国的黎明之意。

我抵达寓所后，急忙写信给犬养毅，请他为我们的青年入学的事情帮忙。犬养毅跟他的三位同道商量。他们三人一是东亚同文书院院长是细川侯爵，一是福岛安正陆军大将、现为参谋部总长，也是振武学校的校长，一是东亚同文会总干事根津一，他是陆军少佐。此外，还有根津一的得力助手柏原文太郎。他们奔走斡旋于其间。才过了十来天，送人入学的事已经有了着落。进入振武学校的，北圻有两人、中圻有一人，即梁立岩、陈有功和阮典。进入同文书院的有一人，即为梁毅卿，其他六人则因为资格不够而未能入学。

四月上旬，我送那几个学生到东京入学。潘周桢也跟我一起去东京，参观了这几个学堂，了解到其他日本政治教育成就之后，他对我说："人家的国民程度这样，我国的国民程度那样，能不做奴隶吗？这几个学生进日本学堂，是你做的巨大事业啊，你应该留在日本专心著书，而且不必提倡排除法国，而只提倡民权。人民有了权利才可以慢慢做其他事情。"(这其实是潘周桢后来的一贯主张)。从那以后，连续十多天，他与我反复辩论，意见很是对立。他认为要推翻君权，要以扶植民权为基础。我则认为要摧毁外敌，等我国独立之后，才能言及其他。他极力反对我打算利用君主之意图，而他所谋尊民排君之意，我也极不赞成。实际上我跟他目的相同，只是手段迥异。他想通过法国人排除君主入手，我则想通过排除法国人而恢复越南入手，这是很不相同的。虽然他在政见跟我相反，但在意气方面则极力支持我。跟我聊了一个多月，他后来想回国了。

当时圻外侯也已经通过我的介绍，认识了福岛大将。福岛对我说："按照国家之间的外交惯例，贵国皇族如果没有得到法国政府的允许，那么我国不能明目张胆地收容，只能混同于游学少年中，冒充为一留学生。"于是圻外侯离开横滨，前往东京，进了振武学校。在校一共五个越南人，只有侯缴费，其余四人都由日本给费，这也是文明国家的灵活手段之一。

这五人上学去了，当时丙午轩只有几个少年留住，而且整日学习日文日语。我送潘周桢到了香港，跟他最后告别时，他对我说："您多珍重，国人只能指望您一人，圻外侯没什么用。"我听了他的话，叮嘱将来再见面，而且请他带话给台山盛平、集川等人，让他们竭力开民智，集结团体，为新党作后盾。当时是五月中旬，正好有广南的两个少年出国，到香港找到我。我还收到小罗手写的信件，讲述了国内扩展情况。我带着两个少年渡洋，仍然住在横滨丙午轩。后来我写了《海外血书初编》。写完之后，等方便的时候送回国。当时圻外侯因学堂放暑假，也回到横滨。我对他说："留学生虽然还不多，但中圻和北圻都有人了，不可谓没有影响。只有南圻还没有人来。我们应该想办法进行运动。而要做南圻人的工作，必须利用人心思旧才能有效。现在您以皇亲的身份出国，应该草拟一篇宣告文，派人带回国内，到南方去鼓动少年，让他们来游学，而且凭借南圻之富源，可养中圻和北圻之人才。这也是很好的办法啊。"他听说后催促我赶快写文章做成此事。我于是写了《敬告全国父老文》，印出来以后托香港船带给里慧君，然后转交给曾邓二公，在南中二圻发布，而北圻则由阮海臣发布。敬告文有这样的文字："存吾君而空其国，谓五洲公论之可欺，白吾地以殖彼民，殄亿万苍生而不惜……虽今上有勾践少康之志，怎奈云囤雨蹇，天难与争。虽国人有申胥诸葛之忠，可怜海涸山焦，地无用武。觅此文。则余于南朝君相，希望甚深，而所痛恨者之恶政府而已。"

当初我拜访梁启超时，他刚刚写完《意大利三杰传》（梁启超原著的全名是《意大利建国三杰传》，潘氏原文没有"建国"二字），拿出来给我看。我极其仰慕玛志尼的为人，而他主张教育与暴动并行的话语，我尤令我心醉。也是这方面的缘故。我一方面，鼓励学生出洋，另一方面，鼓励国人用革命思想来行动。于是拿出《海外血书初编》，续写完成，托人寄回国内。由黎某君译成国文，流布全国。

评述：

潘佩珠（1867—1940），字是汉，号巢南，又名潘文珊，越南中部义安省南坛县人。潘佩珠是越南著名的革命志士，由于他的革命活动主要是以笔为武器来进行的，因而他也是重要的革命文学家、思想家和诗人。潘佩珠用汉文和越南文创作了大量诗文，其创作体裁多样，散文、政论、小说、戏剧、传记作品都很丰富，同时也留下了许多诗词、对联等。

潘佩珠自幼在父母的熏陶下学习汉文和儒家经典。他聪慧好学，很早就显示出写作天赋。八岁已“能作时俗短文。应乡里县小考，辄冠其军”。十三岁“已能作近古诗文”。他的一生处于国破家亡之中，正如《潘佩珠年表》所言：“余生之年，为我国南圻亡后之五年，呱呱一啼声，已若警告曰：汝且为亡国人矣。”因而，青少年时代，潘佩珠不可能“两耳不闻窗外事，一心只读圣贤书”，而是很早就投入到爱国救国运动中。1882 年他 15 岁时，法军占领河内城，他闻讯连夜写出《平西收北檄文》，声讨法国殖民者，呼吁收复失地。1885 年勤王运动中，他曾经聚集百名同学，组织试生军，未及行动而解散。此后十年间以教书卖文为生，同时交结“绿林亡命及勤王余党”，准备在适当的机会起事。在这期间，中国的戊戌变法及维新运动思潮影响到越南，潘佩珠有机会读到梁启超的《中国魂》、《戊戌政变记》、《意大利建国三杰传》等著作，这些“笔锋常带感情”，富有感染性且不同于儒家经典的“新书”对他影响很大。同时，康梁的君主立宪思想也深深影响到他。1904 年 4 月他组织维新会，筹划在国内暴动以推翻殖民统治。当时日本由于明治维新的成功以及在日俄战争中的胜利，得到当时越南等许多亚洲国家的敬佩，于是到日本去寻求援助成为潘佩珠的主要目标。本文选取的《潘佩珠年表》中的第三部分就是从写他到日本寻求援助开始的。

1905 年正月，38 岁的潘佩珠第一次出国，由曾拔虎带领，偷渡到中国，乘洋船到香港转至上海，4 月抵达日本横滨。在日本他见到仰慕已久的梁启超并与之几度见面笔谈。初次会谈，梁启超就向潘佩珠提出两点建议，其一是“以剧烈悲痛之文字，摹写贵国沦亡之痛状与法人灭人国种之毒，宣布于世界”；其二是“鼓动多数青年出洋游学，藉为兴民气、开民智之基础。”在梁启超的直接影响下，他开始创作《越南亡国史》、《琉球血泪新书》等著作并在梁的资助下出版印行。不久，他又接受梁的建议，撰写《劝国人游学文》，发动越南青年留学日本，此即越南近代史上著名的“东游运动”。可见，潘佩珠在日本初期所执行的几乎都是梁启超给他设计的路线。另外，也是通过梁的介绍，他结识了日本政要以及在日的中国云南籍留学生，使得他日后的世界观和国际关系观产生了很大的变化。

在日本，他亦接触中国革命党人，并与他们有较多的交往。1905 年 7 月，经日本政界要人犬养毅的介绍，潘佩珠见到从欧洲来日本的孙中山，并与之于横滨致和堂笔谈二夜。孙中山认为要待中国革命成功后援助亚洲国家，且首先会援助越南，而潘佩珠认为应该先援助越南革命成功再以越南北方为根据地帮助中国革命由南向北展开。尽管想法不一致，但在日本的会面从此开启了中越两党之间的合作。1911 年 10 月，辛亥革命爆发，中华民国成立，这震动全世界的事件极大地刺激了潘佩珠，他决定来到中国，以广东为活动的根据地。1912 年，潘佩珠与革命党人在刘永福家开会，宣布解散维新会，成立越南光复会。思想上，他已从保皇转向革命了。同年他还曾前往南京拜见时任中华民国临时大总统的孙中山。1914—1917 年他被袁世凯的部下龙济光逮捕，关押在广东和海南等地，他在狱中写下其第一部自传《狱中书》，同时还创作了《重光心史》、《再生生传》、《余愚忏》、《黄安世将军别传》、《渔海翁别传》、《小罗先生别传》、《河城二烈士小传》、《国魂录》、《人道魂》、《建国檄文》等自传体小说、传记、杂文等等。出狱后，他又去日本，继续从事革命活动。后来俄国取得十月革命胜利，他开始研究共产主义，曾到北京大学拜会蔡元培，而蔡曾介绍其认识俄使馆人员。此后他数度往返于杭州、北京、广东，偶尔也经东三省入朝鲜到日本。在为革命奔波中，他时常提笔著文，留下了大量著作。1924 年，潘佩珠把越南光复会改组为越南国民党。1925 年孙中山逝世，潘佩珠深情作挽联："志在三民，道在三民，忆横滨致和堂两度握谈，卓有真神贻后死；忧以天下，乐以天下，被帝国主义压迫多年，痛分余泪泣先生。"同年因叛徒告密，他在上海法租界被捕并被遣送回越南，此后一直被软禁于顺化，直至 1940 年去世。

《潘佩珠年表》(又名《自判》，以下简称《年表》)是越南近现代重要的传记文学作品之一。越南传记文学历史悠久，但大多数是越南作家出于强烈的民族意识创作的群传和他传，如《南国伟人》、《南国佳人》等。直到 20 世纪初，自传在越南都十分罕见，有当代越南学者认为越南的自传创作始于潘佩珠。

《年表》分为序、自判、第一纪、第二纪、第三纪等几个部分，其中第三纪分为上下两部分，内容最为丰厚。潘佩珠在《年表》中专设"自判"一节，对自己的性格和为人进行深刻剖析，坦诚优缺点。这种风格显然受到法国自传的影响，吸收了卢梭《忏悔录》式的直接而深刻的解剖法，但同时这部作品也带有独特的东亚自传色彩，这就是其中浓重的史传色彩，作者将个人经历贯穿于丰富细致的历史述说中。作品命名为《年表》，可以看出，他的写作的目的主要在于"给史家做材料"，历史性是《年表》最重要的特征。正因为如此，从过去到现在，许多有关潘佩珠诗文、救国活动及思想乃至对越南 20 世纪初历史的研究都以此书为极其重要的参考文献。

从越南传记文学的发展来看，《年表》优美的文笔，浓厚的抒情及其独有的叙事方式乃至第一人称代词的使用，都给越南的叙事文学带来了新气象。潘佩珠创作这部自传时正是他一生中最痛苦最忧伤之时。他在开头写道："余之历史固完全失败之历史。"一开始就为这部作品打上了浓厚的悲剧色彩，而悲剧艺术总是格外感人。"潘佩珠写过不少自传，但可以说《年表》是其中的顶峰，它也是 20 世纪初越南爱国和革命文学中最出色的作品。"[①]在作品中，潘佩珠以其真诚、值得信赖的笔调、忧国忧民的情怀对个人悲剧进行了深切的回忆与剖析。他用开放的心态来描述复杂多变的历史，其中饱含了他为国为民奉献一生的血泪。通过作品，读者不仅能看到作者内心世界的丰富性，也能了解到他的思想情感的一贯性与矛盾性。在《年表》的最后，出现了越南著名爱国者、革命者阮爱国(即胡志明)的形象以及他们二人的相遇。这一点可以看出，经过了岁月沉浮，潘佩珠懂得了正确评价每个人的社会角色的重要性，意识到自己的历史使命已经完成，要将民族和人民解放的事业托付给阮爱国及其新一代。承认自己的局限性，肯定年轻一代的作用，这是需要非凡勇气的。

正因如此，这部自传无论从形式还是内容上都显露了它的新鲜与迷人，宣告了当时越南的文学样式无法表现的、新的自我方式的诞生。从这部传记中，可以看出潘佩珠的革命事业屡遭失败，充满悲剧，但他始终保持正直的品格，信守自己的人生理想并能为之奉献生命。正是这些使得他成为越南人心目中崇高伟大的领袖人

① 《潘佩珠：人与作品》，第 332 页。

物。《年表》在潘佩珠的全部文学事业中有重要的位置，他的才华、智慧、情感和风格在这部自传中得到了充分的体现。在作品中，一个传统儒士的形象消失了，取而代之的是独特的、富有吸引力的革命者形象。潘佩珠以其真诚、崭新的叙事方式带给读者新鲜的视角和无尽的思考。这部作品不仅是潘佩珠本人的代表作，也是20世纪初越南爱国和革命文学的代表作，影响到其后及20世纪30年代以后的新文学尤其是革命文学的创作。同时，由于其独特的经历，尤其是与梁启超和孙中山等人的交往，这部传记也成为我们研究梁启超、孙中山以及中越文学与革命思想关系的重要材料。

《卡齐·纳兹鲁尔·伊斯拉姆小传》[1]

拉菲克·伊斯拉姆

译文:

在孟加拉文学史中,卡齐·纳兹鲁尔·伊斯拉姆因拥有"叛逆诗人"和现代孟加拉音乐之"夜莺"的称谓,无疑是上个世纪20至30年代还未分离的孟加拉文化界最具鲜明个性的一员。在摆脱现代孟加拉诗歌对泰戈尔的盲目模仿方面,卡齐·纳兹鲁尔·伊斯拉姆起到了最为显著的作用,从这个角度来说,他被认为是继泰戈尔之后现代孟加拉诗歌的先驱。他创作的新体诗成为20世纪20—30年代孟加拉语的现代诗歌。纳兹鲁尔·伊斯拉姆通过他的诗歌、歌曲、长篇小说、短篇小说、杂文、戏剧和政治活动表达了对各种形式的压迫、奴役、地方自治主义、封建主义和殖民主义的强烈抗争,这导致当时的英国殖民政府不仅极力查禁他的大部分书籍,还将他逮捕入狱。在狱中,他曾绝食40天之久以抗议政府的暴政。

在迄今已有千余年的孟加拉音乐史中,纳兹鲁尔·伊斯拉姆可称为最具原始特色的词曲创意天才。通过对北印度古典音乐与以民间传统为基础的各种元素的融合,他创作的大量歌曲使孟加拉音乐成为传统更加悠久的印度次大陆音乐的一部分。同时,他谱写的歌词和旋律也使孟加拉音乐从中世纪音乐的窠臼中解脱出来。正如他在现代孟加拉诗歌领域所取得的成就一样,纳兹鲁尔·伊斯拉姆也是现代孟加拉音乐的先驱。

卡齐·纳兹鲁尔·伊斯拉姆于1899年5月24日(孟历1335年斋什塔月11日)出生于印度西孟加拉地区帕尔达曼县贾木利亚村,父亲名为卡齐·法齐尔·艾哈默德,母亲名为贾海达·卡度恩,在他们的三儿一女中,纳兹鲁尔·伊斯拉姆排行老二,小名杜库·米亚。1908年,纳兹鲁尔·伊斯拉姆年仅8岁时,他的父亲就去世了。他10岁时,由于学习成绩优异,便用一些时间帮助学校做点事情,还到清真寺当宣礼员。父亲早逝和家境贫寒迫使纳兹鲁尔·伊斯拉姆从小就开始承担繁重的家庭负担。不过,他在年幼时当过清真寺宣礼员,接触和知道了伊斯兰教义,这对他后来的文学创作产生了重要影响。

此后,纳兹鲁尔·伊斯拉姆加入了以表演孟加拉诗歌、歌曲、舞蹈为主的民间巡回剧团。他的叔叔卡齐·包兹勒·卡里姆当时是当地民间巡回剧团中的一员,不仅通晓阿拉伯语、波斯语和乌尔都语,还能够创作融合这些语种的诗歌和歌曲。纳兹鲁尔·伊斯拉姆不仅参与了剧团在当地的各种演出活动,同时,在叔叔的影响下,也开始学习写作诗歌和歌曲。在剧团期间,纳兹鲁尔·伊斯拉姆开始了他的创

① 据拉菲克·伊斯拉姆用孟加拉语撰写的《卡齐·纳兹鲁尔·伊斯拉姆》一文翻译,略有删节。文中注释均为译者所作。

作生涯。他不仅有机会接触了印度教神话，还广泛学习了诗歌与歌曲的创作技巧，十几岁时便在剧团崭露头角。因此，民间剧团的演出与写作成为纳兹鲁尔·伊斯拉姆之后各类文体创作的启蒙阶段，为他之后的文学创作奠定了重要基础。

1910年，纳兹鲁尔·伊斯拉姆重返校园。据说是邻居们帮忙先将他送入当地的一所小学，但几个月后，他直接升入了另一所英语学校的六年级。当时那所学校的校长、诗人默立克后来回忆起他的这个学生时这样描述："他是个挺好看的小男孩，我上课时他总是第一个问候我，我会笑着拍拍他。他那时很腼腆。"六年级之后，依旧困难的家庭经济状况使纳兹鲁尔·伊斯拉姆又一次辍学。起初，他加入了诗社，后来又在铁路部门工作过，最终在一家卖茶的店铺里当店员。贫寒的家境迫使他离开学校，他在茶店里依旧勤奋努力，勇于面对困难的生活。正是在这间卖茶水和面包的店铺中，纳兹鲁尔·伊斯拉姆结识了巡警官若费兹·乌拉，并在他的资助下于1914年进入迈门辛地区的学校，继续七年级的学习。在1915至1917年间，纳兹鲁尔·伊斯拉姆曾两度转学，完成了八年级至十年级的课程。之后于1917年投笔从戎，开始了他的军旅生活。在学校的几年中，纳兹鲁尔·伊斯拉姆不仅巩固了波斯语等语言，同时进一步学习了写作方法，提高了文学素养。

纳兹鲁尔·伊斯拉姆1917年7月参军时正是同龄人参加大学预科考试的时候。他先后在加尔各答的威廉堡(Fort William)[①]和拉合尔接受了培训，在卡拉奇的军队中开始了他的军旅生活。从1917年八九月起至1920年三四月的近3年从军生涯中，纳兹鲁尔·伊斯拉姆从一名普通士兵被提升为营长。在军旅生活中，他向随军的毛拉学习波斯语，接触了国内外的许多音乐作品，也依旧继续着自己的文学和音乐创作。在驻扎卡拉奇期间，纳兹鲁尔·伊斯拉姆发表了他的第一篇文章"疯人自传"(1919年5月刊于《礼物》)和第一首诗歌《自由》(1919年7月刊于《孟加拉穆斯林文学报》)，以后又发表了多篇作品。值得一提的是，他在卡拉奇军营中一直坚持订阅加尔各答的许多主流现代文学期刊，并收集了孟加拉语文学家泰戈尔和萨拉特·钱德拉以及波斯语诗人哈菲兹的作品。因此可以说，纳兹鲁尔·伊斯拉姆的文学生涯始于卡拉奇的军营之中。

第一次世界大战结束后，纳兹鲁尔·伊斯拉姆所在的第49孟加拉军团也随之解散。1920年，他重返加尔各答并在那里投身他所钟爱的文学和新闻事业。回到加尔各答之初，他就加入了孟加拉穆斯林文学社，从那时起，他开始在当地各大报刊发表诗歌和其他文学作品。短短一年多的时间内，纳兹鲁尔·伊斯拉姆大量见诸报端的诗歌、散文、小说使他不仅闻名于当时加尔各答的穆斯林知识分子阶层，也同样得到了印度教文学机构的接受和认可。在孟加拉穆斯林文学社，他与许多有同样文学抱负的进步青年结为挚友，并有机会结识了一批在当时孟加拉文学、艺术界颇负盛名的领军人物。1921年10月，纳兹鲁尔·伊斯拉姆去圣蒂尼克坦拜访了泰戈尔。

① 似应指英属印度政府于1800年在加尔各答创建的第一所旨在培训英国人掌握印度语言、历史和文化的威廉堡学院(Fort William College)。该学院后来扩展为一所普通的教育培训机构。

从卡拉奇回到加尔各答不久后,1920 年 7 月 12 日,纳兹鲁尔·伊斯拉姆与穆吉弗尔·艾哈迈德共同编辑的《新时代报》出版了。8、9 月间,纳兹鲁尔·伊斯拉姆撰写的一篇题为"谁该为穆哈吉林被杀负责?"的文章由于其鲜明的政治观点引起了当地警方对他的警惕。在《新时代报》工作期间,纳兹鲁尔·伊斯拉姆撰写了大量以国内外时政为主题的针砭时弊的文章。他还时常请人为自己撰写的诗歌及歌词谱曲,在加尔各答穆斯林文学社期间,他在《礼物》杂志上发表了自己创作的第一首歌词。

1921 年 4 月至 6 月的几个月,对纳兹鲁尔·伊斯拉姆来说有着特殊意义。在孟加拉穆斯林文学社工作时,他认识了一位著名穆斯林发行人阿里·阿克巴尔·康,并随他一起去他在库米拉地区的家中做客。初次来到库米拉的纳兹鲁尔·伊斯拉姆,先在比奥迦桑德利·黛维家中邂逅了印度教姑娘普若米拉。之后,又在阿里·阿克巴尔·康位于都勒德普尔镇的家中时结识了主人的侄女纳吉斯并与之订下婚约。然而,就在 1921 年 6 月 18 日结婚当夜,纳兹鲁尔·伊斯拉姆突然离开了都勒德普尔镇,从此就再也没有与纳吉斯见过面。这桩奇异的婚事至今仍是一个不解之谜。离开都勒德普尔镇后,纳兹鲁尔·伊斯拉姆在库米拉的普若米拉家中住了两周多,之后才回到加尔各答。尽管在新婚之夜就不辞而别,纳兹鲁尔·伊斯拉姆却一直怀念着纳吉斯,新婚之夜的分离所带来的痛苦一直深藏在他的心中,并体现在他的文学作品中。在他所创作的许多歌曲和诗歌中都不难发现纳兹鲁尔·伊斯拉姆对自己年轻时与纳吉斯刻骨铭心爱情的描述。

离开了都勒德普尔镇,离开了纳吉斯的纳兹鲁尔·伊斯拉姆于 1921 年 7 月在返回加尔各答的路上,曾在库米拉停留了 17 天。那时候正是库米拉地区反对英国殖民统治的不合作运动如火如荼的时期,纳兹鲁尔·伊斯拉姆加入了这场运动。此后,他几次往返于加尔各答和库米拉,创作了大量鼓舞人心的爱国歌曲,将自己的爱国热情融会在所作词曲的字里行间。1921 年 12 月,纳兹鲁尔·伊斯拉姆从库米拉回到加尔各答后,以其亲历民族独立运动的激情与灵感,创作了闻名于世的《毁灭之歌》和《叛逆者》,其中所展现出的恢弘气势与磅礴力量,在孟加拉诗歌与歌曲的创作历史上是空前绝后的。《叛逆者》一诗传播之广泛,受欢迎程度之热烈,更是成为孟加拉艺术、文学、文化领域永载史册的一页。年仅 22 岁的纳兹鲁尔·伊斯拉姆以"叛逆诗人"的称呼在极短的时间内驰名于孟加拉文坛。从 1921 年 9 月始,他与曾同为《新时代报》编辑的穆吉弗尔·艾哈迈德搬至达尔多拉巷 3—4C 居住,那里正是印度共产党的诞生之地。然而,尽管 1917 年的俄国社会主义革命曾对纳兹鲁尔·伊斯拉姆产生过多方面影响,他却没有加入共产党。

1922 年,纳兹鲁尔·伊斯拉姆出版了短篇小说集《悲伤的礼物》(3 月 1 日),诗集《火琵琶》和散文集《时代之语》(10 月 25 日),并同时创办《彗星》杂志(8 月 11 日)。《彗星》周刊每周出版两期,泰戈尔在创刊时特意发来贺词:

——致卡齐·纳兹鲁尔·伊斯拉姆

来吧,来吧,彗星!

在黑暗中筑起一座火桥。
将你胜利的旗帜，
插在罪恶的时代之巅。

1922年9月26日，纳兹鲁尔·伊斯拉姆因在《彗星》杂志上发表政治色彩鲜明的《欢乐的到来》，引起殖民当局的不满。《彗星》杂志社于11月8日遭到警方查封。同年11月23日，纳兹鲁尔·伊斯拉姆在库米拉地区被捕，他的散文集《时代之语》也被警方查禁。被捕后，他被押往加尔各答。1923年1月7日，在加尔各答接受审讯时，纳兹鲁尔·伊斯拉姆的罪名是搅乱社会治安、煽动叛乱，1月16日，他被判处一年徒刑。判决后，他从之前被关押的加尔各答管区监狱(Presidency Jail)被送往阿里普尔监狱。2月22日，泰戈尔将他创作的题为《春天》的音乐剧本特别托人赠送给在狱中的纳兹鲁尔·伊斯拉姆。泰戈尔的支持使身陷囹圄的纳兹鲁尔·伊斯拉姆欣喜和感动，为此，他写下了《今天响起创造的欢呼》表达自己的喜悦心情。同年10月，他在狱中创作完成了诗集《晃动的金花》。1923年4月14日，纳兹鲁尔·伊斯拉姆被转送到胡格利监狱。在那里，他以绝食的方式抗议殖民政府在狱中对他进行的迫害。泰戈尔得知此消息后立即发去电报，在电报中写道："停止绝食吧，我们的文学需要你！"但是，这封电报却以"无法找到收件人"为由被退回。纳兹鲁尔·伊斯拉姆的绝食抗议持续了一个多月，直到1923年5月22日。6月，他被再次转至包赫罗姆普尔监狱，6个月后的12月15日，终于获释出狱。在狱中，纳兹鲁尔·伊斯拉姆一直没有停止他的诗歌和歌曲创作。

1924年4月25日，纳兹鲁尔·伊斯拉姆与在库米拉时相识的印度教姑娘普若米拉·黛维结婚，并迁往胡格利地区居住。作为梵社成员的普若米拉与不同宗教信仰的纳兹鲁尔·伊斯拉姆的婚姻不仅遭到了家人的反对，也引起了梵社内部的非议。针对这桩冲破宗教藩篱的婚姻，梵社成员进行了一系列反对纳兹鲁尔·伊斯拉姆的活动，其中包括在月刊《旅居者》"星期六来信"的专栏发表诋毁他的言论等。1924年8月10日，纳兹鲁尔·伊斯拉姆出版了诗歌集《毒笛》，同月又出版了诗集《毁灭之歌》。然而，这两本书都分别于当年8月和11月被政府宣布为禁书。"大师之音"唱片公司1925年首先尝试录制纳兹鲁尔·伊斯拉姆的诗歌与歌曲，之后也陆续有其他公司为他的歌词谱曲并录制成唱片。于是，他的歌开始在更大的范围流传开来。1925年5月，纳兹鲁尔·伊斯拉姆开始投身政治活动，在各地的许多会议中，时常能见到他的身影。同年年底，他成为孟加拉省议会议员，并为组建工人和农民政党发挥积极的推动作用。

从1926年纳兹鲁尔·伊斯拉姆定居克里希纳讷格尔开始，他的歌曲创作主题增添了新的内容。他所谱写的爱国和民族歌曲，更加广泛地表达了受压迫阶层的愿望，他开始用歌曲真实地反映人民的心声。1926年9月8日，纳兹鲁尔·伊斯拉姆的第一个儿子布尔布尔[1]出生。那一年，他出版了散文集《罪恶时代的旅行》和

① 布尔布尔，意为夜莺。

诗集《无产者》。1926至1927年期间,纳兹鲁尔·伊斯拉姆创作了大量反映印度教教徒与穆斯林之间和睦友爱以及描述群众斗争的歌曲,这些广受推崇的歌曲被称为"人民的歌曲"或"大众歌曲"。除此以外,他还开始创作孟加拉语"厄扎尔[①]",将"厄扎尔"的风格运用到孟加拉歌曲创作中。这两种不同风格的歌曲,正反映了当时的纳兹鲁尔·伊斯拉姆内心世界的两个方面:斗争与爱。他为孟加拉的歌曲创作注入了青春和活力。在克里希纳讷格尔居住的日子里,尽管也要面对疾病、贫穷等诸多生活上的困难,但这却丝毫没有影响纳兹鲁尔·伊斯拉姆创作出自己最优秀的孟加拉歌曲作品。那个时候,这些由他自己填词作曲的歌曲在人们的聚会和各种场合被广泛流传和咏唱,不少还被唱片公司制作成了唱片。

1927年的一整年中,纳兹鲁尔·伊斯拉姆一方面遭到非穆斯林的梵社成员在《旅居者杂志》"星期六来信"专栏里不同形式的诋毁;另一方面,也受到穆斯林保守派在《穆斯林观察》等杂志上发文对他的攻击。不过,一些激进派的穆斯林杂志如《溪流》等在此过程中却发表了对纳兹鲁尔·伊斯拉姆表示支持的文章。这年的12月13日,泰戈尔学会在加尔各答管区学院(Presidency College)[②]举办研讨会。纳兹鲁尔·伊斯拉姆就泰戈尔在文学作品中"血液"一词的使用发表了不同见解,之后又特意撰文阐述孟加拉语中分别为波斯外来词和孟加拉本源词的"血液"的不同用法,这引起当时学界的广泛关注。

穆斯林文学会1927年2月28日在达卡成立,纳兹鲁尔·伊斯拉姆出席了成立大会并在会上朗诵和演唱了自己的诗歌和歌曲。1928年2月在达卡举办的第二次会议期间,他创作了著名的歌曲《前进,前进,前进》。纳兹鲁尔·伊斯拉姆与达卡地区的一批孟加拉语作家建立了深厚的友谊,经常与他们探讨词曲创作。

1928年6月15日,纳兹鲁尔·伊斯拉姆的母亲去世了。同年,月刊《穆罕默迪》的文章里出现不少反对纳兹鲁尔·伊斯拉姆的声音,与之相反,在《礼物》周刊上发表的多是支持他的文章。纳兹鲁尔·伊斯拉姆在那时加入了《礼物》周刊并负责其中的一个专栏。面对沸沸扬扬的争议和讨论,《礼物》周刊开辟了特别专栏"纳兹鲁尔接待处"。曾撰文支持纳兹鲁尔·伊斯拉姆的包括诗人伊斯马仪·侯赛因·西拉吉和阿布尔·卡拉姆·沙姆苏丁。阿布尔·卡拉姆·沙姆苏丁曾在1927年的《礼物》周刊上发表过一篇题为"诗歌文学中的孟加拉穆斯林"的文章,称赞纳兹鲁尔·伊斯拉姆为"时代先锋诗人"和"孟加拉民族诗人"。

1928年至1932年期间,纳兹鲁尔·伊斯拉姆正式开始了与唱片公司的合作。作为词曲作者,他先后与多家唱片公司合作,所创作的歌曲由当时著名的演唱艺术家录制。1928年,纳兹鲁尔·伊斯拉姆首次录制了自己创作和朗诵的歌颂男女平等的《女人》一诗,自此这些被录制的诗歌和歌曲得到广泛传播,1929年,6位演唱艺术家又共同录制了10首他的歌曲,不但达卡地区掀起了演唱和录制纳兹鲁尔·伊斯

① "厄扎尔"是波斯语一种诗体,讲究句式对仗和押韵,内容多以表述爱情为主。

② 该校建立于1817年,初名印度教学院,1855年改名为管区学院。2010年印度西孟加拉邦议会通过法令,批准该校升格为大学,称为Presidency College University, Kolkata。

拉姆歌曲的热潮，在加尔各答成立的印度广播公司也请他参与词曲创作和广播录制。1929年11月12日，纳兹鲁尔·伊斯拉姆第一次在加尔各答广播中心参与了晚间时段的广播节目，他在节目中朗诵了诗歌《女人》。此后，他还在广播节目中演唱歌曲。那几年，纳兹鲁尔·伊斯拉姆的作品还登上了戏剧舞台。他不仅为自己创作的剧本谱写歌曲，还为当时不少著名戏剧作家的作品填词谱曲。1929年12月10日，在加尔各答艾伯特宴会厅以代表孟加拉民族的名义特地为纳兹鲁尔·伊斯拉姆举行了盛大的民间招待会。招待会由知名学者阿加尔吉·普若富勒·钱德拉·罗易主持，作家和社会活动家巴里斯特·瓦兹德·阿里致欢迎辞，著名政治家苏巴斯·钱德拉鲍斯向诗人赠礼并致辞。这些孟加拉社会各界知名人士的参与，证实了纳兹鲁尔·伊斯拉姆在当时所受到的肯定与拥戴。

1929年纳兹鲁尔·伊斯拉姆的二儿子苏波萨基出生。然而就在这年5月的第一周，只有4岁的大儿子布尔布尔却因患上麻疹而夭折。至1931年，纳兹鲁尔·伊斯拉姆的大量文学作品相继出版，其中包括1927年出版的诗歌集《蛇神》，1928年出版的散文集《海韵》、诗集《诗歌选》和歌曲集《夜莺》，1929年出版的散文集《鸳鸯》和歌曲集《明眸之燕》，1930年出版的小说集《死亡之饥》、歌曲集《纳兹鲁尔歌曲集》、诗歌集《毁灭之巅》和《新月》等一系列囊括诗歌、歌曲、小说、戏剧的文学作品。

1931年6月20日，纳兹鲁尔·伊斯拉姆与记者贾罕·阿拉·乔杜里同赴大吉岭，适逢泰戈尔也在那里居住。纳兹鲁尔·伊斯拉姆拜访了泰戈尔，并就当时的许多社会问题交谈。那一年，纳兹鲁尔·伊斯拉姆的小儿子卡齐·奥尼路托出生。同年，他创作的许多剧本被搬上舞台。1932至1933年间，纳兹鲁尔·伊斯拉姆以歌曲写作为主，创作并出版了包括《乐曲的情女》、《宝剑》和《森林之歌》等大量歌曲集。其间，他积极与唱片公司合作使自己的作品得到推广。根据那时纳兹鲁尔·伊斯拉姆与一家唱片公司签订的合同显示，不少他所创作的歌词都由公司交予他人谱曲，最终录制成唱片。

以伊斯兰教相关内容为创作主题的歌曲是孟加拉民族音乐传统中重要的组成部分，但此前并没有人尝试用孟加拉语写作这种如同很多印度教虔诚歌曲一样的伊斯兰教虔诚歌曲。从1932年起，纳兹鲁尔·伊斯拉姆开历史之先河，将穆斯林祈祷、礼拜、守斋、朝觐、净身等内容全都写进了现代孟加拉语歌曲中，创作出一批史无前例的伊斯兰教虔诚歌曲。1932年2月，“大师之音”唱片公司首次尝试录制和发行这些伊斯兰教虔诚歌曲，并大获成功。许多其他唱片公司也纷纷在这些歌曲问世后表示出合作制作此类唱片的极大兴趣。这些唱片创造了很大的商业价值，也引起了穆斯林社会的反响。纳兹鲁尔·伊斯拉姆所创作的这一批伊斯兰化的孟加拉语歌曲不仅在激进派穆斯林中受到普遍欢迎，也得到了保守派孟加拉穆斯林的广泛支持。当时最为著名的此类歌曲的演唱家是穆斯林艺术家阿巴乌丁，他演唱了许多纳兹鲁尔·伊斯拉姆创作的这些家喻户晓的伊斯兰歌曲。纳兹鲁尔·伊斯拉姆的歌曲创作中，还包括了一批融合印度教虔诚歌曲元素的综合类宗教歌曲。1930至1933年间，他将大部分精力和时间都投入了这类歌曲创作中。

1933年12月,《夜莺》周刊上刊登了纳兹鲁尔·伊斯拉姆发表的最为重要的文章之一"现代世界文学",字里行间显示出他对世界众多语言文学的谙熟和造诣。他在文中描述了当时世界文学的两大主要趋势:一种如同雪莱作品《云雀》一般,追寻远离尘世的天堂;另一种则主张将激情与虔诚投入现世。他进而以泰戈尔、高尔基等一批作家为例,分别阐释这两种文学趋势的不同。文章末尾还简述了斯堪的纳维亚等欧洲地区不同国家的文学概况。1934年,纳兹鲁尔·伊斯拉姆开始涉足电影界,参与创作电影音乐插曲,曾担任影片音乐总监,甚至作为演员参与电影录制。

从1928年至1935年,纳兹鲁尔·伊斯拉姆出版了收录其800多首歌曲作品的10部歌曲集,其中包括600余首传统歌曲,100余首民间歌曲,30余首爱国歌曲等。在上世纪30年代,他的歌曲作品为孟加拉民族歌曲的传承和发展打下了坚实的基础。1936至1938年间,纳兹鲁尔·伊斯拉姆一直未间断地为多部戏剧撰写脚本,1938年,他的戏剧脚本《知识主人》被拍摄成电影与观众见面。同年,在根据泰戈尔小说《戈拉》改编而成的电影中,纳兹鲁尔·伊斯拉姆担任音乐总监,影片中使用的7首插曲中有3首泰戈尔自己创作的歌曲,1首班吉姆·钱德拉作词、泰戈尔谱曲的歌曲,以及纳兹鲁尔·伊斯拉姆的1首歌曲和2段唱诵。那一年的6月29日,著名剧作家沙金·森古布达创作的戏剧《西拉杰·乌德·达乌拉》(Siraj ud Daulah)[①]上演,剧中纳兹鲁尔·伊斯拉姆创作的配乐取得了空前的成功。该剧的原声唱片一下子畅销开来,剧中的所有歌曲和配乐成为那时候孟加拉地区家家户户耳熟能详的旋律。

1939年11月,加尔各答广播电台开始广播备受欢迎的戏剧《西拉杰·乌德·达乌拉》及其配乐。纳兹鲁尔·伊斯拉姆也于同年开始参与加尔各答广播电台的工作,负责指导电台音乐节目的制作和播放。由他参与创作的歌曲"红牡丹"、负责制作的音乐剧"失去的财宝"等一系列音乐节目,创造了孟加拉语电台音乐史上空前的辉煌。纳兹鲁尔·伊斯拉姆这一年还创作了大量音乐剧,这些音乐剧或录制成唱片,或在电台节目中播放。纳兹鲁尔·伊斯拉姆在不同唱片公司录制的唱片达1648张之多,除此以外,他所创作的未经录制的戏剧配乐、广播剧配乐等其他歌曲数量据估计约有以上数字的两倍之多。这些歌曲和广播节目,不仅在加尔各答地区,也在达卡等地区被广泛传播。从纳兹鲁尔·伊斯拉姆加入加尔各答广播电台直至1942年因病魔缠身而离开,通过制作不计其数的戏剧配乐和广播音乐节目,他的歌曲创作事业取得了空前的发展与辉煌。这些年间,纳兹鲁尔·伊斯拉姆的歌曲都由自己亲自填词谱曲,直至1942年疾病的侵袭使他不得不停止这项自己钟爱的工作。然而,就在纳兹鲁尔·伊斯拉姆的事业一帆风顺之时,他的妻子普若米拉却患上了重病。1939年,普若米拉被确诊为腰部以下截瘫。

---

① 西拉杰·乌德·达乌拉(1733—1757)全名为 Mirza Mohammad Siraj ud Daulah,1756年即位印度孟加拉地区的王公,因英勇抵抗英国殖民军队的入侵,被誉为维护民族独立的"自由战士"。1757年在与殖民军作战的过程中遭企图篡夺王位的米尔·加菲尔的暗算和杀害。

1941 年初，加尔各答的《新时代报》在当时著名孟加拉穆斯林政治家法兹鲁尔·哈克的倡导下恢复发行，由纳兹鲁尔·伊斯拉姆出任该报主编。就这样，在被病魔击倒前最后一段健康的日子里，纳兹鲁尔·伊斯拉姆重新回到曾经工作过的报社。20 年前，年轻的纳兹鲁尔·伊斯拉姆正是在《新时代报》迈出了他新闻从业生涯的第一步，这里成为他日后从事文学创作的重要起点。20 年前的 1921 年，刚从卡拉奇军团回到加尔各答不久的他，在位于加尔各答学院街 32 号的"孟加拉穆斯林文学社"开始展现他在文学创作上的天赋与智慧。20 年后的 1941 年 4 月，在庆祝"孟加拉穆斯林文学社"成立 25 周年纪念大会上，纳兹鲁尔·伊斯拉姆发表了题为"如果竹笛不再吹响"的重要演讲，这一演讲成为了他向孟加拉文学艺术舞台告别的谢幕辞。他说道：

如果竹笛不再吹响，
我不会在意诗人的名声，
只会记住拥有过你们的喜爱，
请原谅我，请忘记我。
请你们相信，
我不曾为成为诗人而来，
也不曾为成为领袖而来。
……
我只为给予爱而来，
也只为获得爱而来。
……
未曾收获爱的我，
将与这乏味世界的所有无声的忧愁告别。

4 个月之后的 1941 年 8 月 8 日，诗人泰戈尔与世长辞。纳兹鲁尔·伊斯拉姆在悲痛中创作了《失去罗比[①]》和《向罗比致敬》两首诗歌和歌曲《安静地睡吧，罗比》。他还在加尔各答广播电台的节目中亲自朗诵和歌唱了自己的作品。令人没有想到的是，就在几个月之后，纳兹鲁尔·伊斯拉姆突患重病，并逐渐恶化为失去语言能力和思维意识。从 1942 年 7 月开始直至 1976 年 8 月，他在沉默中度过了整整 34 年。

纳兹鲁尔·伊斯拉姆患病后，当地为他诊治的许多名医都束手无策，只能于 1942 年 7 月 19 日将他转往默图普尔一位顺势疗法的名医处就诊，但治疗两周之后仍不见成效。之后改用古印度的草药疗法，然而刚刚初显疗效时他又被发现有心理机能障碍。1942 年 10 月，纳兹鲁尔·伊斯拉姆被送往加尔各答蓝毗尼精神病诊所接受治疗，4 个月之后，仍不见好转。在此后的 10 年间，尽管加尔各答大学曾于 1945 年为他颁发"贾加塔利尼金质奖章"(Jagattarini Gold Medal)[②]，但患病的纳兹鲁尔·伊斯拉姆被人们渐渐地淡忘。由加尔各答各界人士发起成立的"纳兹鲁尔治疗协会"在此

① 罗比是诗人泰戈尔的昵称，意为太阳。

② "贾加塔利尼金质奖章"为加尔各答大学的最高荣誉之一，授予在文学创作方面做出卓越贡献的人士。

后开始为纳兹鲁尔·伊斯拉姆的医疗问题出谋划策。1952 年 7 月，他又被转往另一所精神病医院尝试新的治疗。面对 4 个月治疗后仍没有任何好转的病情，“纳兹鲁尔治疗协会”的成员商议将纳兹鲁尔·伊斯拉姆送往国外就医。1953 年 6 月 8 日，在“纳兹鲁尔治疗协会”成员罗比乌丁·艾哈迈德的护送下，纳兹鲁尔·伊斯拉姆和妻子普若米拉、小儿子奥尼路托一起乘船抵达伦敦。在伦敦，几位名医对纳兹鲁尔·伊斯拉姆进行了会诊，并一致认为由于他在患病初期所采用的治疗不够充分彻底，影响了病人有可能的正常康复。之后，纳兹鲁尔·伊斯拉姆又被送往维也纳，在那里，他再次被确诊为没有任何康复的可能。当年 12 月 14 日，他们一行人返回印度。欧洲医生的诊断宣告了纳兹鲁尔·伊斯拉姆的余生，只能在精神和语言都受到限制的悲惨状况下度过。他的妻子普若米拉在 1939 年截瘫后的 23 年中，仍一直坚持用可以活动的上半身悉心照料着自己的丈夫，直至生命的尽头。1962 年 6 月 30 日，54 岁的普若米拉离开人世，根据她的遗愿，她被安葬在丈夫的出生地帕尔达曼县贾木利亚村。他们的小儿子卡齐·奥尼路托于 1974 年 2 月 22 日去世，年仅 43 岁；二儿子卡齐·苏波萨基于 1979 年 3 月 2 日，他 50 岁的这一年离开人世。

在患病以前，纳兹鲁尔·伊斯拉姆最后一次去达卡是 1940 年 12 月 12 日参加达卡广播电台一周年台庆。1971 年，孟加拉国独立战争时期，流亡政府仍继续向他支付原先由东巴基斯坦政府给他的抚恤金。孟加拉国独立后，总统阿布·萨义德·乔杜里和总理谢赫·穆吉布·拉赫曼曾专门去加尔各答探望纳兹鲁尔·伊斯拉姆。在孟加拉国政府的要求下，印度政府同意纳兹鲁尔·伊斯拉姆及其家人移居孟加拉国。在孟加拉国政府的安排下，1972 年 5 月 24 日纳兹鲁尔·伊斯拉姆 73 岁生日的这一天，他和家人一起乘专机来到孟加拉国首都达卡，在机场受到了正式而热烈的欢迎，并被安排在“诗人宅邸”里居住。孟加拉国总统和总理专程前往诗人宅邸问候纳兹鲁尔·伊斯拉姆及其家人。为了方便诗人外出就诊与接受治疗，还在他的住宅旁修筑了一条路，命名为“医学大道”(Medical Road)。1974 年 12 月 9 日，为表彰纳兹鲁尔·伊斯拉姆对孟加拉文学艺术所作出的贡献，达卡大学授予他荣誉博士学位。孟加拉国政府于 1976 年 1 月予以他孟加拉国国籍，并与 2 月 21 日授予他“21 日奖章”[①]。同年 5 月 24 日，孟加拉国军方为他颁布嘉奖，并宣布他创作的《前进，前进，前进》一歌为孟加拉国军歌。

1975 年 7 月 22 日，纳兹鲁尔·伊斯拉姆被送往达卡谢赫·穆吉布医科大学研究院附属医院(Postgraduate Hospital)做看护治疗，他在那里度过了生命中最后的 1 年 1 个月零 8 天。1976 年 8 月 27 日起，他的病情开始恶化，8 月 29 日早晨体温骤升，一度高达华氏 105 度，随后病情急剧恶化，抢救无效。1976 年 8 月 29 日(孟历 1383 年帕德拉月 12 日)上午 10 点 10 分，卡齐·纳兹鲁尔·伊斯拉姆与世长

① “21 日奖章”，孟加拉国政府授予的最高国民嘉奖之一。为纪念 1952 年 2 月 21 日为争取孟加拉语为巴基斯坦国语之一的语言运动而设，奖章颁发给在孟加拉文学、艺术、教育、新闻等领域做出特殊贡献的人。1976 年，第一批“21 日奖章”获得者为包括纳兹鲁尔·伊斯拉姆在内的 9 人。之后每年 2 月 21 日举行奖章颁发典礼，延续至今。

辞，走完了他人生的最后旅程。

诗人辞世的消息通过广播和电视传遍全国，整个孟加拉民族都沉浸在极大的悲痛之中。在达卡，人们含着热泪纷纷涌向研究院医院与诗人作最后的告别。为了满足社会各界人士为诗人作最后告别的悲切心情，诗人的遗体被运送到达卡大学师生活动中心。当天就有包括国家政要，各国外交使节，文学家，艺术家，各界人士，学校师生等数以万计的人前来吊唁。下午5点，在达卡大学校园内的清真寺旁举行了卡齐·纳兹鲁尔·伊斯拉姆的隆重国葬。纳兹鲁尔·伊斯拉姆曾在自己创作的歌曲中唱道“请将我埋葬在清真寺旁”。正是依据这一愿望，他被安葬在达卡大学的清真寺旁，前面马路后来改名为“卡齐·纳兹鲁尔·伊斯拉姆大道”。作为对诗人的纪念，在加尔各答和达卡这两座他曾生活过的城市，从机场往城市方向的主干道都以“卡齐·纳兹鲁尔·伊斯拉姆大道”命名。

纳兹鲁尔·伊斯拉姆拥有“孟加拉民族诗人”的美誉，每年他的诞辰与逝世纪念日都举行不同形式的全民纪念活动。如今，被称作“叛逆诗人”和“孟加拉夜莺”的他虽已离去多年，但他永远活在孟加拉人民的心中。上世纪20年代，他从众多保守的孟加拉穆斯林中脱颖而出，为这一群体注入了新鲜的活力和应有的自信。他的出现带来了孟加拉穆斯林的复兴，并指引着他们走向现代化。他当之无愧的得到了孟加拉民族永久的尊敬和拥戴。人们永远怀念他！

卡齐·纳兹鲁尔·伊斯拉姆是引领孟加拉穆斯林复兴的先锋，然而他的创作却不只仅限于孟加拉穆斯林社会。对于孟加拉社会的两大宗教印度教和伊斯兰教，他都倾注了满腔的创作激情。由于在孟加拉语言文化领域纳兹鲁尔·伊斯拉姆是第一个，也是唯一一个将孟加拉宗教中的印度教和穆斯林传统风俗共同描写并完美展现的创作天才，他在以这两大宗教历史文化为题材的诗歌和歌曲创作所获得的成功是空前绝后和无与伦比的。因此，1929年仅仅30多岁的他才会享有在加尔各答艾伯特宴会厅由孟加拉穆斯林和印度教精英共同举办的盛宴款待的殊荣。也正因为这样，孟加拉人民共和国政府才予以这位“叛逆诗人”孟加拉国国籍，并授予他“民族诗人”的称号。卡齐·纳兹鲁尔·伊斯拉姆无愧于这一称号，他是走进孟加拉老百姓心灵中为他们呼唤心声的那个人。

评述：

《卡齐·纳兹鲁尔·伊斯拉姆小传》选自孟加拉国纳兹鲁尔研究所出版的《纳兹鲁尔画传》一书。该书刊载了反映传主一生经历的110幅照片，书中配撰的传文出自研究纳兹鲁尔专家之笔。可以说，《纳兹鲁尔画传》以画作传，图文并茂，生动而平实，简洁又庄重地代表孟加拉国人民向世界推崇和介绍这位孟加拉民族的杰出诗人。孟加拉国纳兹鲁尔研究所由政府于1985年2月建立，是一家专门从事与卡齐·纳兹鲁尔·伊斯拉姆相关的研究和出版机构，编辑出版他的各类文学作品，整理和保存他的手稿及相关音像、影视资料等，用孟加拉语和英语发行期刊。目前该研究所已出版大量研究纳兹鲁尔·伊斯拉姆的著作和文集，《纳兹鲁尔画传》便是其中最重要的两项成果之一，于1994年出版发行。另一项成果是已经出版了17卷本的《纳兹鲁尔·伊斯拉姆歌曲集》系列。

《卡齐·纳兹鲁尔·伊斯拉姆小传》的作者拉菲克·伊斯拉姆是达卡大学“纳兹鲁尔讲席教授”，孟加拉国纳兹鲁尔研究领域的重要学者之一。他分别在达卡大学和美国康奈尔大学取得硕士学位，之后在达卡大学获得了博士学位。拉菲克·伊斯拉姆还著有《纳兹鲁尔传记》(1972)，发表了大量研究纳兹鲁尔·伊斯拉姆的学术论文。

卡齐·纳兹鲁尔·伊斯拉姆是继泰戈尔之后又一位卓越的孟加拉民族诗人。他在印度民族独立运动高涨时期，以诗歌为武器，表达反抗殖民主义的决心，鼓舞人民的斗志，以“叛逆诗人”蜚声于孟加拉文坛。纳兹鲁尔·伊斯拉姆的诗歌摆脱了形式主义、唯美主义和传统的神秘主义的影响，立足现实，反映社会矛盾，倾吐人民心声。他的思想和艺术成就主要表现在他创作的诗歌和歌曲方面，他的创作可分为三个时期：1919—1925年为叛逆呐喊时期；1925—1930年为民族民主时期；1930—1940年为虔诚信仰时期。他的诗歌的基调是“叛逆”，对殖民统治、封建陋俗、剥削压迫、社会不平，无不发出无畏的呼声。[①] 具体地说，表现了以下5个方面的思想内容：1.爱国主义的战斗诗篇；2.抨击社会黑暗的现实诗歌；3.情感丰富的爱国歌曲；4.描绘大自然的壮丽诗篇；5.为倡导不同宗教文化和睦相处的虔诚赞歌。

《卡齐·纳兹鲁尔·伊斯拉姆小传》以编年史和年谱的方式，客观、真实地突出了诗人的成就。纳兹鲁尔·伊斯拉姆一生共创作了23部诗集、近20部歌曲集、3部长篇小说、3部短篇小说集、4部散文集和5个电影剧本。他既是诗人和作家，又是音乐家和新闻工作者，从1919年发表第一首诗歌开始，至1942年病患缠身，在短短的23年里，他创作了数量惊人的诗歌、歌曲、填词、谱曲、长篇小说、短篇小说、杂文和戏剧，作者在传记里列举纳兹鲁尔·伊斯拉姆在不同唱片公司录制的唱片多达1648张之多，除此以外，他所创作的未经录制的戏剧配乐、广播剧配乐等其他歌曲数量约有以上数字的两倍之多。如此庞大的创作数量，这不仅在孟加拉语，而且在所有其他各印度地方语种，不仅在孟加拉地区，而且在全印度都是唯一的和无人比肩的。至于他的这些作品的影响力和受欢迎程度，我们从拉菲克的叙说中可见一斑。戏剧《西拉杰·乌德·达乌拉》上演后，“剧中纳兹鲁尔·伊斯拉姆创作的配乐取得了空前的成功。该剧的原声唱片一下子畅销开来，剧中的所有歌曲和配乐成为那时候孟加拉地区家家户户耳熟能详的旋律。”

在孟加拉诗歌艺术史上，迄今为止，泰戈尔和纳兹鲁尔·伊斯拉姆是两位最为著名的诗人。泰戈尔被称作“世界诗人”，而纳兹鲁尔·伊斯拉姆则被称作“民族诗人”。作为泰戈尔的仰慕者之一，纳兹鲁尔·伊斯拉姆的作品既受到泰戈尔创作的影响，对他的思想和创作风格有所继承，又充分体现了自身特色，博得泰戈尔的赞赏。1922年，纳兹鲁尔·伊斯拉姆发表成名作《叛逆者》，泰戈尔在听他朗诵完这

---

① 倪培耕：《印度现当代文学》，新华文化事业有限公司，1997年，第19—20页。

首诗后，兴奋地拥抱着他说："是的，卡齐！你压倒了我。听了你的诗，我非常感动。毫无疑问，你将是一位驰名世界的诗人。"[①]拉菲克·伊斯拉姆说，他创办《彗星》周刊时，泰戈尔在首刊上发表了铿锵有力的贺词。当他身陷囹圄，绝食反抗时，泰戈尔给他发去电报对他说："停止绝食吧，我们的文学需要你！"还特意将剧本《春天》题名赠予他。读者从中可以看到两位诗人之间的真挚友谊和深厚情感。

泰戈尔和纳兹鲁尔·伊斯拉姆都是高产作家，他们都创作了以社会、自然、爱情、宗教为主题的大量诗歌。泰戈尔受传统吠檀多哲学的影响，主张天人合一，多表现的是对大自然的赞美，人道主义、爱国主义、泛神论等思想始终体现在他的创作之中；而纳兹鲁尔·伊斯拉姆的创作不拘一格，大多表现了对自然的认识与改造，并以"叛逆"为基调，体现了时代的反专制求民主的抗争精神。从两位诗人的创作手法和语言运用看，泰戈尔的创作多遵从印度传统诗体韵律，词汇使用上仍多以源自梵语的孟加拉文言词汇为主；而纳兹鲁尔·伊斯拉姆在创作中大量使用了阿拉伯语、波斯语、乌尔都语等外来词，其中一些词汇在其后的孟加拉语中被广泛使用，加速了文言体诗向现代诗的转化，他还大胆创新，采用多种新诗体进行创作，令人耳目一新。此外，两位诗人还创作了大量歌曲。泰戈尔一生共创作了3000余首歌曲，从小深受民间音乐的感染后又留学英国的他同时致力于传统与西洋音乐创作，还对"巴乌尔"歌曲有所了解，他的歌曲创作体现了民族音乐与西洋音乐的融合。纳兹鲁尔·伊斯拉姆共创作了3500余首歌曲，他开创性地发展了民间音乐，作品以热情奔放，富有感染力为特点。他还将波斯"厄扎尔"诗歌引入孟加拉语歌曲创作中，为孟加拉语诗歌融会波斯诗歌艺术作出了贡献。

对于人们会将两位诗人做习惯性的比较，传记作者拉菲克在小传的开头就指出，在摆脱现代孟加拉诗歌对泰戈尔的盲目模仿方面，卡齐·纳兹鲁尔·伊斯拉姆起到了最为显著的作用，从这个角度来说，他被认为是继泰戈尔之后现代孟加拉诗歌的先驱。他创作的新体诗成为20世纪20—30年代孟加拉语的现代诗歌。很清楚，作者对纳兹鲁尔·伊斯拉姆的创作主题予以充分的肯定。但是，他说的现代诗歌是什么呢？又是怎样的一种新诗体呢？让我们体会作者在传记中所赞赏的、"展现出的恢弘气势与磅礴力量"的《叛逆者》一诗。

说啊，英雄——
高昂我的头，
让喜马拉雅山也为之俯首！
说啊，英雄——
撕开浩瀚苍穹，
超越日月星辰，
冲破时空大地，
粉碎天帝宝座，
从今永远站起——

---

① 王向远：《东方文学史通论》，上海文艺出版社，1994年，第248页。

我是永载史册的奇迹！
上苍的怒火在额间闪耀——
那是王者胜利的印记！
说啊，英雄——
我将永远昂首挺立！①

这是纳兹鲁尔·伊斯拉姆新体诗的名作《叛逆者》中的诗句，这首长诗是诗人在“波雅尔”②诗体基础上创作的，改变了原来诗行长短和换韵格式，使人读起来朗朗上口，跌宕起伏。它以激昂奋进的思想、铿锵有力的旋律和波澜壮阔的气势引起了当时印度文学界的轰动和整个社会的极大反响，被印度多种刊物以不同语言文字刊载，纳兹鲁尔·伊斯拉姆也由此得名“叛逆诗人”。

这首长诗共有141行，诗人采用拟人手法，迸发思绪，驰骋想象，使人耳目一新。有人统计过，诗人在这首诗中频繁使用“我”的次数达到了100次以上，使得一个顶天立地、振臂疾呼的时代英雄形象霍然屹立在人们眼前。诗歌大胆豪放，无所拘泥的内容和形式，正是纳兹鲁尔·伊斯拉姆反抗精神和叛逆性格的体现。

诗人在诗中所塑造的“我”，不仅是摧毁旧世界殖民统治的有生力量，更蕴藏着开创光明民主新世界的美好理想。诗中这样写道：

我是持斧罗摩手中的锋利之斧，
除尽世间战争恶魔，
带来世界的和平安宁！
我是大力罗摩肩扛之犁，
耕耘这已被毁坏的地球，
创造大地的新生欢乐！

纳兹鲁尔·伊斯拉姆在诗中呼喊出人民反抗专制压迫的叛逆心声，具有强烈政治感召力，给人以奋起反抗的勇气和胆量。全诗结尾体现出诗人为美好未来而抗争不息，不屈不饶的决心：

只有到那时，
受压迫人们的哭号不再在空气中回荡，
专制者的刀剑不再在恐怖的屠场上挥舞——
叛逆者才会休止战斗，
我从那天将永得安宁。

《叛逆者》的发表标志着纳兹鲁尔·伊斯拉姆在政治上和艺术上臻于成熟。诗人以澎湃奔放的激情、铿锵豪迈的语言，不仅促进了民族斗争，而且推动了全印爱

---

① 《叛逆者》一诗目前有两个中文译本，分别收录于人民文学出版社1979年出版的《伊斯拉姆诗选》（黄宝生、石真译）和中国国际广播出版社2006年出版的《卡齐·纳兹鲁尔·伊斯拉姆诗歌选》（白开元译）。本文中此诗为译者根据孟加拉语原文所译。

② “波雅尔”，孟加拉语诗体，强调每两行押韵，两行一换韵。

国民族主义的诗歌运动。这首诗在印度青年中点燃了革命烈火,振奋了人们的精神,鼓舞民众纷纷投身反帝反封建的斗争中来。1929年,在孟加拉各界人士于加尔各答举行的隆重集会上,纳兹鲁尔·伊斯拉姆被正式冠以“叛逆诗人”的称号。

读了拉菲克对纳兹鲁尔·伊斯拉姆的描述,读者对他一定会留下一个天资聪慧、勤奋创作、满腔热忱和不知疲倦的诗人的印象。然而,他的后半生却是异常坎坷和悲凉的。一位充满活力的诗人从此不再能够歌唱,一位才华横溢的作家从此不再能够握笔,这对诗人和作家是多么的不公平啊!然而,拉菲克在小传里没有渲染悲情,更没有求取读者的怜悯。他详尽叙述了为纳兹鲁尔·伊斯拉姆的治疗来自政府和民众的关切,孟加拉民族对纳兹鲁尔·伊斯拉姆一生贡献的认可和怀念。无论是达卡大学授予他“名誉博士”,加尔各答大学为他颁发“金质奖章”;还是政府授予他“21日奖章”,军方为他颁布嘉奖,他的一首歌被确定为孟加拉国军歌;也无论是在加尔各答和达卡这两座城市里命名“卡齐·纳兹鲁尔·伊斯拉姆大道”,还是在他逝世后,政府举行隆重的国葬;当我们的目光离开这部《纳兹鲁尔·伊斯拉姆小传》,看到他的这一切都成为历史时,我们不平静的心感到了欣慰,留下的是一片敬仰和赞叹之情。

《驼队的铃声》序言

谢赫·阿卜杜拉·卡迪尔[①]

译文：

有谁知道，在迦利布[②]之后印度将诞生一个把新的灵感注入乌尔都语诗歌，从而再现迦利布那无与伦比的想象力和别具一格的表现力，使乌尔都语文学得以继续发展的诗人？他的诗篇深深地镶嵌在全印度乌尔都语人士的心坎上，他的名声远及罗马、伊朗，甚至于英国。

迦利布和伊克巴尔之间有许多相同点。如果我相信轮回转世的说法，那么我一定要说，米尔扎·阿斯杜拉·汗·迦利布对乌尔都语和波斯语的挚爱使他的灵魂在九泉之下也不会安宁，一定会投胎转世继续浇灌诗歌的花园。这种挚爱终于在旁遮普的一个叫做锡亚尔科特的角落里再度降生了。他的名字叫穆罕默德·伊克巴尔。当谢赫·穆罕默德·伊克巴尔尊敬的双亲为他取名的时候，他们的祝愿或许就已经被真主接受了。他们所取名字的意义全部得到应验，他们的幸运之子伊克巴尔在印度完成学业之后去了英国，在剑桥获得圆满成功之后继而去了德国，登上学术世界的最高殿堂之后荣归故里。谢赫·穆罕默德·伊克巴尔在欧洲期间研读了大量的波斯文典籍，后来发表了他的研究性著作[③]，确切地说应叫做《波斯哲学简史》。德国人据此授予穆罕默德·伊克巴尔博士学位。英国政府当时对东方的语言和学术情况缺乏直接的资料来源，一个时期之后才了解到伊克巴尔的诗歌已经饮誉世界，于是授予他爵士封号，以表敬意。这时他就以穆罕默德·伊克巴尔博士和爵士而闻名于世了。然而，他的名字里的伊克巴尔，真是趣事天成，既是他的本名，也是他的笔名，比起博士和爵士头衔来更为人所知晓。

锡亚尔科特有一所学院，那里有一位步先辈之后尘、将先辈们的学识发扬光大的伊斯兰教长老赛义德·米尔·哈桑先生。他教授有关东方学识的课程，不久前被政府授予"学术泰斗"称号。他教学的独到之处在于，谁跟他学习波斯语或阿拉伯语，谁一定会产生对这种语言的真正兴趣。伊克巴尔幼年时遇到了莫拉维·赛义德·米尔·哈桑这样的老师，他又具有文学的天赋，师从这位莫拉维先生学习波

---

① 原文在作者名字之后注明："律师和《墨丛》前任主编"。此篇译文曾收入《逝去的岁月》(世界经典散文新编 亚洲卷·南亚西亚)，百花文艺出版社，2000 年。现译者本人作了校正，撰写了述评。此篇序言无注释，均为译者所作。

② 迦利布全名为米尔扎·阿斯杜拉·汗·迦利布(Mirza Asadullah Khan Ghalib，1797—1869)，印度近现代著名乌尔都语和波斯语诗人。

③ 指伊克巴尔 1908 年发表的哲学著作《波斯形而上学的发展》(*The Development of Metaphysics in Persia*)。

斯语和阿拉伯语，如鱼得水。踏进学校的校门不久，他的诗便出口成章。乌尔都语在旁遮普已经很普及，每个城市里都有研习语言和创作诗歌的传统。在穆罕默德·伊克巴尔就读的时候，锡亚尔科特有一个小小的诗社，伊克巴尔开始为参加诗会写作抒情诗。当时的乌尔都语诗坛有一位叫做米尔扎·汗·达格的德里人闻名遐迩，更由于他是德干王公尼扎姆的老师而声名显赫，那些不能去他那里当面求学的人则通过书信从远方向他求教。写好的诗歌经邮局寄到他那里，修改之后再寄回去。过去的时代没有邮政制度，任何一个诗人都不可能有如此多的学生，而现在有了这种方便条件，于是成百上千的人就可以得到他的指教了。他不得不为此安排了一个职员和一间办公室。谢赫·穆罕默德·伊克巴尔也给他写过信，寄送过一些抒情诗请他修改。这样，伊克巴尔在乌尔都语修养方面与那个时期在语言美学和抒情诗技巧上造诣精深的大师建立了联系。虽然伊克巴尔早期的抒情诗并不像他以后的诗歌那样为人们所赞赏，但达格先生知道，在旁遮普的一个遥远的角落，有一个还是学生的抒情诗诗人身手不凡。不久，他就说伊克巴尔的诗作已经不需要修改了。这种师生关系没有持续很久，然而，师生双方都留下了记忆。达格在乌尔都语诗歌方面久负盛名，伊克巴尔也十分珍视与达格这一段不长的未能晤面的交往。伊克巴尔在达格在世时已经崭露头角，达格为曾经修改过他的诗作而引以为自豪。我曾经在德干见到达格先生，亲耳听到过他说的那些充满自豪的话语。

锡亚尔科特学院的教育只到大学预科为止，穆罕默德·伊克巴尔为完成学业只有去往拉合尔。他喜爱哲学，在拉合尔的老师中，他遇到了一位非常慈爱的师长，他在教伊克巴尔哲学的同时根据他的才智对他悉心指点。这就是阿诺德教授，现在已是托马斯·阿诺德爵士了，居住在英国。他是一位非同凡响的人物，善于写作，谙达科学研究的新方法。他希望让自己的学生按照自己的兴趣和方法从事研究，并且在很大程度上取得了成功。他早先在阿里格尔学院执教时就为帮助他的朋友、已故毛拉纳·希布里奠定坚实的学术事业的基础取得了成功，现在他在这里又遇到了一位人才，使人才脱颖而出的愿望在他的心中产生了。师生之间第一天起所建立的友谊和情意最终把追随他的学生带到了英国，在那里，这种关系更加密切并且一直持续到现在。阿诺德很欣慰，他的慈爱如矢中的，学生在知识的世界里也为他增添了荣誉。伊克巴尔承认，赛义德·米尔·哈桑为他铺下了基石，达格先生对他未曾晤面的指教给他以推动，在阿诺德的悉心指导下最后完成了求知的过程。

伊克巴尔在他的学术生涯里遇到了许多好的导师和著名的学者，他们中值得一提的有剑桥大学的麦克塔格特博士、布朗、尼格尔森和萨利。我们尤其要感谢尼格尔森教授，因为他将伊克巴尔的著名波斯语诗歌《自我的秘密》译成英文，撰写了前言，作了注释，从而把伊克巴尔介绍到了欧洲和美国。同样，印度学术界当时著名的文人学士,如已故毛拉纳·希布里、已故毛拉纳·哈利和已故阿克巴尔①,他们都与伊克巴尔有过交往和书信来往。他们都对伊克巴尔的诗歌产生过影响,伊克巴尔也影响了他们的创作。希布里在他的许多封信中,而阿克巴尔不仅在通信中还在他的诗歌里,对伊克巴尔的才华都给予了赞赏。伊克巴尔的诗歌里对他们的称赞随处可见。

早年的习作除外,伊克巴尔的乌尔都语诗歌创作始于20世纪之前不久。我第一次见到他是在1901年之前的两三年的拉合尔的一次诗会上,那次诗会是他的几名同学把他拽来的,好说歹说伊克巴尔才朗诵了一首抒情诗。当时拉合尔人还不认识伊克巴尔。诗很短,用词简明,内容也不难,但诗意新颖,不落俗套,很受欢迎。这以后他又有两三次在这样的诗会上朗诵过抒情诗,人们才看到一个很有前途的诗人已经崭露头角。不过,知道他的人也仅仅限于拉合尔的大学生和从事教育工作的人士。这时又成立了一个文学社,一些社会名流纷纷参加,文学社公开征集诗歌和散文。伊克巴尔在一次集会上朗诵了一首题为《喜马拉雅山》的诗歌。这首诗充满爱国主义情感,运用了英国人的思维方式和波斯语诗歌的韵律。由于充满时代气息,反映时代要求,这首诗很受欢迎,各种人士都要求发表。但谢赫先生借口需要修改将诗歌带走了,当时未能发表。这件事之后不久,我决定创办刊物《墨丛》,以推动乌尔都语文学的发展。同时,我已经同谢赫·穆罕默德·伊克巴尔交上了朋友,我请他答应为刊物的诗歌栏目经常写些风格新颖的诗歌。第一期将要出版了,我去找他,向他索稿。他说眼下还没有,我请他把《喜马拉雅山》那首诗给我,下个月再另写一首。他把这首诗给我时一直犹犹豫豫,认为其中还有一些不足之处,但我已经看到了这首诗受到了欢迎,硬是让他交了出来,将其刊登在1901年4月《墨丛》杂志的创刊号上。伊克巴尔的乌尔都语诗歌从此公开发表了,直到1905年他出国时止,从未间断。这期间,他几乎在《墨丛》杂志的每一期上都写些诗歌。随着人们对他的诗歌的了解,其他一些杂志和报纸也向他约稿,一些团体和诗社也请他在一年一度的诗会上朗诵他创作的诗歌。谢赫先生当时已经毕业在国立学院任教了,每日不论白天黑夜都忙于学术活动,精力极为旺盛,一旦诗兴盎然,便一发而不可收拾,常常于同一韵脚涌出无数的诗句来。这时,在一旁的朋友和一些学生就拿出纸和笔来记下,他则沉浸在诗境里不停地吟诵。我在那个时候从未见到过他拿着纸和笔冥思苦想,他的诗句有如江水滔滔,奔流不息,又似山泉喷涌,永不干涸。他总是沉浸在一种特有的情感之中,用他那甜美的声音很有节奏地吟着诗,如醉如痴,也使其他人如醉如痴。令人感到奇特的是他的记忆力,诗句一旦从他的口中吟出,如果是一首格律诗的话,那么所有的诗句第二次或第二天他都能准确地原封不动地按韵律依次记住,这中间他从不用笔记录。我结交过许多诗人,也听过一些人吟诗,但这种情形在其他诗人那里都未曾见过。伊克巴尔的另一个

---

① 毛拉纳·希布里即希布里·纳玛尼(Shibli Nomani,1857—1914)、毛拉纳·哈利即阿尔塔夫·侯赛因·哈利(Altaf Husain Hali,1837—1914)、阿克巴尔即阿克巴尔·阿拉哈巴迪(Akbar Allhabadi,1846—1921),三人都是乌尔都语诗人。

特点是，尽管他有着很高的诗歌天赋，但他却不善于创作命题诗。当他的诗兴展开时，多少联诗都可以一气呵成，然而，要他在任何时间和任何地点按别人的要求作诗，这几乎是不可能的。所以，当他名声大振，请他作诗的人纷至沓来时，他每每婉言谢绝，对一些团体和诗社也常常如此。只有“支持伊斯兰协会”由于某些原因能够得到这一机会，伊克巴尔一连几年都在该协会的年会上朗诵专为这一诗会所作的诗歌，这些诗歌他事先都要认真思考。

他最初在集会上只是朗诵诗歌，而不是吟唱。虽然这样朗诵也不错，但一些朋友一次坚持要他用歌调吟唱。他的声音天生洪亮甜美，加之对用歌调吟唱也很熟悉，所以全场鸦雀无声，听众沉浸于他的吟唱之中。于是产生了两个效果，一是他再也不能照本宣科式地朗诵了，以后每当他朗诵时，人们就要求他吟唱。另外，过去只是懂诗歌的人赞赏他的诗，也只有他们理解他的诗，现在由于吟唱吸引了普通人。每当伊克巴尔出现在拉合尔“支持伊斯兰协会”的诗会上，就有成千上万的人来参加。伊克巴尔唱诗，大家安静地坐着，懂诗的人全神贯注，不懂诗的人也聚精会神。

1905 年至 1908 年是伊克巴尔诗歌创作的第二阶段。这期间，他一直生活在欧洲。虽然他在欧洲没有多少时间作诗，实际上写的诗歌的数量也不多，但是，他的诗歌反映了他对那里独特的观察。那个时期，他的思想里发生了两个重要的变化。他在欧洲的 3 年中，我有两年也在那里，并经常同他见面。一天，谢赫・穆罕默德・伊克巴尔对我说，他改变主意了，不想再写诗了。他很坚决，要发誓不再写诗，要把写诗的时间花在更有意义的事情上。我说，他的诗歌不是那种应该放弃的诗歌，他的诗歌里有一种可以用来医治我们这个落后的民族和不幸的国家的疾病的良方，因此放弃这一真主恩赐的能力是不对的。谢赫先生似乎被说服了，又似乎没有被说服。我们达成协议，按阿诺德先生的意见最后决定此事。如果阿诺德先生同意我的意见，那么谢赫先生就收回他要放弃作诗的想法。如果他同意谢赫先生的意见，那么伊克巴尔就放弃作诗。我认为这是学界的幸运，阿诺德先生同意了我的意见，做出了伊克巴尔放弃作诗是不合理的决定，那些用来作诗的时间无论对他自己还是对他的国家和民族都是值得的。我们这位诗人思想里发生的这一点变化就这样结束了，但是第二个变化却是从一件小事开始引出了一个巨大的结果。这就是，伊克巴尔不是用乌尔都语，而是用波斯语作为他表达思想的途径了。

伊克巴尔产生用波斯语创作诗歌的想法可能有好几个原因。我认为他为写那本关于苏非思想的著作①而博览群书对他的志趣变化肯定起了作用。此外，随着他对哲学钻研得越来越深入，他希望表达深奥的思想并看到乌尔都语同波斯语相比词汇要少得多，波斯语中一些语句已是千锤百炼，而相应的乌尔都语语句却很难造出来，所以他倾向于用波斯语创作。但是，从表面上看似乎是一件小事促使他开始用波斯语作诗。一次，他应邀去一位朋友家里做客，别人叫他用波斯语作首诗并问他这以前是否用波斯语作过诗。他不得不承认，这以前他除了吟过一两句波斯

① 指《波斯形而上学的发展》一书。

语诗外从未写过。然而，正是在这个时候，朋友的请求使他产生了一种冲动。他从宴会回来后就躺在床上不能入睡，一直用波斯语吟诗。第二天早上见到我，便把他写好的两首波斯语抒情诗念给我听。他从这两首波斯语抒情诗里也看到了自己作波斯语诗歌的功力，而在这之前他并没有尝试过。此后，他从国外回来，虽然不时地也用乌尔都语作诗，但兴趣已经转向了波斯语。这就是他诗歌创作的第三阶段，始于 1908 年，持续到现在。这期间，他创作的乌尔都语诗歌很多，也很好，深受欢迎。然而，他真正关注的则是他的波斯语叙事诗《自我的秘密》。他为此殚精竭虑，终于跃然纸上，以一部著作的面貌出现了，伊克巴尔也因此而名扬海外。

伊克巴尔现在已经出版了三本波斯语诗歌：《自我的秘密》、《非我的奥秘》和《东方信息》。一本比一本好，第二本比第一本的语言更加通俗易懂，第三本比第二本更为简洁。那些喜爱伊克巴尔的乌尔都语诗歌的人看了他的波斯语诗歌后也许会有些失望，但他们应该懂得，波斯语起到了乌尔都语所不能起到的作用，整个伊斯兰世界里，波斯语比较流行，伊克巴尔的诗歌正是通过这一媒介才传播开来。他的诗歌里确有许多值得广泛传播的思想，正是由于这一媒介的作用，欧洲和美国的人士才得以了解我们这位值得尊敬的作家。我们这位作家在《东方信息》里对欧洲极负盛名的诗人歌德的《西东合集》作了回答，用优美的语言表述了极富哲理的思想。这部诗集表述了一些以前用简单的语言所不能表述的疑难问题。一个时期以来，一些杂志和报纸称穆罕默德·伊克巴尔博士为“真主的代言人”，他的书本里那些别具一格的诗篇可以证明他是当之无愧的，那位最早对他冠以此种称号的人并未作任何夸张。

伊克巴尔的波斯语诗歌创作对他的乌尔都语诗歌创作也产生了影响，那些在第三阶段写的乌尔都语诗歌里常常比过去更多地运用了波斯语的词法结构，一些地方还直接引用了波斯语诗句。看起来，我们这位驰骋在波斯语诗歌沃土上的骑士正扬鞭跃马朝着乌尔都语园地奔驰而来。

伊克巴尔的乌尔都语诗歌自 1901 年起至现在不时地在报刊杂志上发表或者在诗会上朗诵，许多人希望出版他的诗集，伊克巴尔的朋友一再要求出版他的乌尔都语诗集。由于多种原因，他的乌尔都语诗集一直未能出版。感谢真主，乌尔都语诗歌爱好者的这一愿望就要实现了，伊克巴尔的乌尔都语诗集即将问世。这部诗集共 292 页，分三个部分。第一部分包括 1905 年以前的诗歌，第二部分包括 1905 年至 1908 年期间的诗歌，第三部分包括 1908 年至现在的诗歌。可以断言，乌尔都语里迄今为止还未出版过汇集了如此丰富的思想和如此深刻的内容的诗集。为什么不这样说呢？这部诗集是在四分之一个世纪里钻研、实践和探索的结晶，也是周游和旅行的记录，其中一些诗篇，一句或一联，甚至可以就它写出一篇篇内容充实的文章。这篇权作序言的短文，不可能对诗集里不同的诗歌作出评论，也不可能对不同时期的诗歌做一比较。如有可能，我将另择时机做这件事。现在，我要祝贺诗歌爱好者，伊克巴尔的全部乌尔都语诗歌已由刊登在杂志上的零散篇章汇编成册，呈现在你们的面前。我希望那些长期以来盼望将伊克巴尔的诗歌结集出版的爱好者喜爱这部诗集，珍视这部诗集。

最后，我要从乌尔都语诗歌的角度向我们这位卓越的诗人提出一个要求，请他以自己的心血为乌尔都语做一份新的贡献。乌尔都语有权利而且有必要提出这样的要求。诗人自己曾作诗赞扬迦利布，其中一联正是乌尔都语现状的真实写照：

乌尔都语的披发盼望木梳来整理，
痴情的飞蛾急不可耐要扑向烛火。

我们读了这联诗后要向他说，这种感受促使他写出了这样的诗句，请他以同样的心情来梳理乌尔都语的披发，给我们以机会，使我们把这部拖了很久才出版的乌尔都语诗集看作是他的乌尔都语诗歌全集的首卷吧！

评述：

穆罕默德·伊克巴尔是南亚著名的穆斯林诗人和哲学家。他的乌尔都语和波斯语诗歌在印度现代文学史上占有重要地位。在当今的巴基斯坦，他更是一位受人民爱戴和崇尚的诗人。伊克巴尔 1877 年 11 月 9 日诞生在印度旁遮普邦的一个穆斯林家庭。进入大学前，他接受了阿拉伯语、波斯语、英语和梵文的语言训练，还学习了文学、数学、哲学等课程。1895 至 1897 年，伊克巴尔在旁遮普大学修读英语、阿拉伯语和哲学等课程并获得学士学位。而后，他继续攻读哲学硕士学位，同时还修读法律课程，1899 年获得哲学硕士学位。1905 年始，伊克巴尔留学欧洲，在英国剑桥大学和德国海德堡大学继续从事哲学研究。1907 年获得由海德堡大学授予的哲学博士学位。他还在伦敦著名的林肯法学院攻读法律，1908 年取得律师资格证书。回国后，伊克巴尔定居拉合尔，从事律师职业，同时他还积极参加社会政治活动，继续从事诗歌创作。他用乌尔都语和波斯语创作诗歌，编辑出版了 11 部诗集，约三万行。他的乌尔都语诗歌影响了他之后一代又一代南亚的乌尔都语诗人，他的波斯语诗歌在伊朗和阿富汗有着重要影响。伊克巴尔的思想在伊斯兰世界产生了广泛的影响，他曾担任“全印穆斯林联盟”领导职务，最先提出了在印度的西北部建立一个独立的穆斯林国家的主张并为此锲而不舍地奋斗。他在巴基斯坦立国之前逝世，但他的思想成为巴基斯坦建国的指导。1938 年 4 月 21 日，伊克巴尔与世长辞。

谢赫·阿卜杜·卡迪尔(Abd al-Qadir，1874—1951)是南亚乌尔都语知识界和文学界的著名编辑和评论家。1901 年，他为推动乌尔都语文学的发展，在拉合尔创办了文学月刊《墨丛》，至 1910 年一直担任该刊的主编。卡迪尔还是一名律师，1907 年他由于办理律师事务移居德里，也将《墨丛》杂志编辑部迁往德里。不久以后，该杂志又随他回到了拉合尔。《墨丛》是当时仅有的几份乌尔都语文学刊物之一，著名的乌尔都语诗人和作家穆罕默德·侯赛因·阿扎德、希布里·纳玛尼、阿尔塔夫·侯赛因·哈利、米尔扎·汗·达格、哈斯勒德·莫哈尼、阿克巴尔·阿拉阿巴迪和穆罕默德·伊克巴尔等都在此刊上发表诗歌和散文体作品。1910 年《墨丛》转卖给别人后，卡迪尔仍担任名誉主编。

这篇序言是一篇伊克巴尔成长为一个诗人的真实记录。在伊克巴尔的诸多传记文学作品中，具有代表性的伊克巴尔传记有 4 部：《伊克巴尔传略》，作者阿卜杜·麦吉德·萨利克是伊克巴尔的至交;《伊克巴尔传》,作者阿卜杜·萨拉姆·胡尔希德是巴基斯坦伊克巴尔传记作家,也是前一部传记作者的儿子;《永存的流》,作者贾维德·伊克巴尔是伊克巴尔的儿子,也是一位学者;《西奈山的火光》,作者是加拿大一位比较宗教学学者。与鸿篇巨制的传记不同,一篇序言只是一个小小的空间,然而,作者最大限度地开发了这一空间。"《驼队的铃声》序言"浓缩了伊克巴尔早期诗歌创作、在拉合尔求学、赴欧洲留学、回国后的创作等阶段。在伊克巴尔作为诗人的成长过程中,作者描述了锡亚尔科特的小诗社、伊克巴尔为参加诗会作诗以及他通过书信从远方向达格先生求教等细节,也详细描述了识才爱才的托马斯·阿诺德教授如何指导他在哲学领域里探索。这些都是伊克巴尔成长的实在基础。伊克巴尔尤其没有忘怀的是他的启蒙老师赛义德·米尔·哈桑。父亲在伊克巴尔 6 岁时把他送进了米尔·哈桑的学校,波斯文学大家内扎米、萨迪和贾米的波斯诗歌作品成了他的启蒙读物和教科书。所以,如卡迪尔所说,伊克巴尔承认,"赛义德·米尔·哈桑为他铺下了基石,达格先生对他未曾晤面的指教给他以推动,在阿诺德的悉心指导下最后完成了求知的过程。"

卡迪尔自幼受到良好教育,有着很高的乌尔都语文学和英国文学的修养。他的散文文字优美,如行云流水,无拘无束。"《驼队的铃声》序言"也是一篇优美的散文,将伊克巴尔的诗歌才华描述得淋漓至尽。卡迪尔在文章中说道,伊克巴尔"一旦诗兴盎然,便一发而不可收拾,常常于同一韵脚涌出无数的诗句来。这时,在一旁的朋友和一些学生就拿出纸和笔来记下,他则沉浸在诗境里不停地吟诵。我在那个时候从未见到过他拿着纸和笔冥思苦想,他的诗句有如江水滔滔,奔流不息,又似山泉喷涌,永不干涸"。

诗会是南亚穆斯林的文学传统之一,创建于 1886 年的拉合尔"支持伊斯兰协会"也时常举行诗会。伊克巴尔在 1899 年的年会上朗诵了诗歌《孤儿的抱怨》,"几千听众被这首诗感动得热泪盈眶"。[①] 伊克巴尔在赴欧洲之前共创作过 5 首长诗,这些诗歌都曾在"支持伊斯兰协会"年会上朗诵过。卡迪尔向我们介绍了伊克巴尔在诗会上从朗诵到唱诗的经过和他唱诗时的生动情景,印证了麦基德·萨利克在他撰写的《伊克巴尔传略》里描绘的当时的情景:"这些诗歌表明,在诗人的心中和脑海里涌动着向大众传递自己神圣理想的激情,这种激情到达了不可遏止的程度。这些诗歌使伊克巴尔成为印度伊斯兰的一颗新星,所有穆斯林不分教派都仰望着他。那时候没有麦克风,伊克巴尔面对成千上万的听众,用洪亮悦耳的声音朗诵。听得清楚的人沉醉了,听不清楚的人也目不转睛地注视着这位可敬的诗人。"[②]

在卡迪尔的笔下,伊克巴尔才华横溢,在民众中有着强烈的亲和力和影响力。他的描述既合情合理,又充满激情;流畅的文字和诗画般的语言不断地拓展读者的想象空间,把读者的想象力和美感充分地调动了起来。

《驼队的铃声》是乌尔都语诗歌集,因此,作者在序言中没有详细介绍伊克巴尔

① [巴]麦吉德·萨利克:《伊克巴尔传略》,拉合尔伊克巴尔学社,1955 年,第 18 页。

② 《伊克巴尔传略》,第 94 页。

的波斯语诗歌创作，但是他揭开了伊克巴尔怎样开始用波斯语创作和为什么使用波斯语创作诗歌这一谜团。卡迪尔认为，伊克巴尔产生用波斯语创作诗歌的想法最重要的原因是，他为写作《波斯形而上学的发展》而博览群书，从而引起了他的志趣的变化。随着伊克巴尔对哲学钻研越来越深入，他希望表达深奥的思想并看到了波斯语比起乌尔都语来更具有优势。而且，伊克巴尔真正关注的是他一直处在构思中的波斯语叙事诗《自我的秘密》。《自我的秘密》写成于1915年，之后于1918年又出版了《非我的奥秘》，这两部姐妹诗篇是伊克巴尔宗教哲学思想的代表作。卡迪尔的分析和判断是正确的，如伊克巴尔本人所说：

> 我是印度人[①]，波斯语不是我的母语，
> 我是新月一弯，我是一只空荡荡的酒杯。
> 我这里没有罕萨尔和伊斯法罕，[②]
> 请不要期待我的表达会很完美。
> 虽然印度语无疑是甜美的，
> 然而波斯语的表达更加甘甜。
> 她的光彩魔术般映出我的思想，
> 我的笔来自西奈山的树枝。
> 波斯语符合我思想的深邃，
> 亦能表现我思想的本质。
> 呵，理智的人！不要对酒杯吹毛求疵，
> 请用心地品尝酒的滋味！

1924年《驼队的铃声》出版时，伊克巴尔已经是一位享誉国内外的诗人哲学家了，他的代表作波斯语叙事诗《自我的秘密》和《非我的奥秘》已经出版，第三部波斯语诗集《东方信息》也于1923年出版。人们对他的乌尔都语诗集的出版多年来翘首以待。作者通过对《驼队的铃声》出版过程的回顾，不仅向读者推荐了伊克巴尔的诗歌，而且使读者从中看到了伊克巴尔诗歌创作的严谨态度。

《喜马拉雅山》一诗是《驼队的铃声》的开篇之作，1901年4月刊登在《墨丛》杂志的创刊号上。这首诗最早是伊克巴尔在一次诗会上朗诵过，受到大家的喜爱，有人要拿去发表，被伊克巴尔谢绝了。后来卡迪尔向他索要这首诗时，伊克巴尔做了修改。刊登在《墨丛》上的《喜马拉雅山》共12段，而收入《驼队的铃声》的这首诗只有8段，删去了4段。伊克巴尔在诗坛崭露头角后，许多人都要求出版他的诗集，伊克巴尔一直没有同意。他看到在一些报纸和杂志上刊登的他的诗歌有很多誊写和印刷错误，也有一些内容在伊克巴尔看来需要做修改。1916年，一个出版商擅自出版了《伊克巴尔诗歌》，伊克巴尔知道后很不高兴，这个出版商最后不得不销毁

---

① 《自我的秘密》写作于1913年至1915年。伊克巴尔于1930年在"全印穆斯林联盟"阿拉哈巴德年会上以大会主席身份提出在印度西北部地区建立一个伊斯兰国家的主张，此后致力于巴基斯坦立国事业直至逝世。

② 罕萨尔和伊斯法罕是伊朗的两座城市，那里曾诞生许多著名的诗人。

了这些书。1921年初，伊克巴尔的侄子艾迦兹·艾哈迈德给伊克巴尔写信，表示也想出版自己收集的伊克巴尔的诗歌。伊克巴尔回信直截了当地说："我不同意，因为我自己正在编辑一本诗集。"[①]实际上，伊克巴尔很早就有了出版乌尔都语诗集的考虑，他1910年给一位朋友的信中就说到了这个想法，并且提到谢赫·阿卜杜拉·卡迪尔是为诗集作序的最合适人选。[②]

---

① [巴]阿卜杜·萨拉姆·胡尔希德：《伊克巴尔传》，巴基斯坦伊克巴尔研究院，1977年，第181页。

② [巴]拉菲·乌丁·哈希米：《伊克巴尔作品考》，巴基斯坦伊克巴尔研究院，1982年，第25页。

《海湾之鹰：阿卜杜拉·穆巴拉克·萨巴赫》节选

苏阿德·萨巴赫

译文：

一、阿卜杜拉·穆巴拉克的人生历程

我们的男子汉阿卜杜拉·穆巴拉克·萨巴赫谢赫，是现代科威特国家的奠基者穆巴拉克·萨巴赫(1896—1915 在位)的儿子。他的祖父是萨巴赫二世谢赫(1859—1865 年在位)，曾祖父是贾比尔一世谢赫(1814—1859 在位)，高祖是阿卜杜拉谢赫，再往上一代便是科威特统治家族的源头，即科威特家族的老祖宗萨巴赫一世谢赫。

在我们的这位男子汉漫长的一生中，经历过各种政治事件。这些政治事件的历程超过半个世纪的时间。其中的一些事件，他亲眼目睹，成为其见证人，另有一些事件他则亲自参与其运作。对这些事件，阿卜杜拉·穆巴拉克·萨巴赫谢赫有着丰富的阅历。在那些年代里，他结识了数十位阿拉伯政治领袖和外国领导人。正是通过同绝大多数阿拉伯国家为数众多的国王、总统和高级领导人的牢固关系，他才能在阿拉伯的政治生活中奋勇冲杀，才知道了阿拉伯政治的各种细节和内幕，洞悉了其中的奥妙和症结所在。

关于阿卜杜拉·穆巴拉克谢赫的出生年代有着不同的说法，但总的说来都认为是介于 1910—1914 年之间。譬如，英国的一份报告指出，阿卜杜拉·穆巴拉克谢赫出生于 1910 年，而一份美国的报告则指明他在 1950 年时为 35 岁，也就是说他是 1915 年出生的；埃及的《最后一刻》杂志指出，他在 1953 年时已经 40 岁，也就是说，他是 1913 年出生的，[①]而埃及的《鲁兹·尤素福》杂志则说他出生于 1919 年。[②]

撰写萨巴赫家族一书的作者鲁什(Alan Rush)则考证阿卜杜拉谢赫的出生时间是在他父亲去世的那一年，“即 1915 年”。[③] 这个时间不对。事实上，正如艾哈迈德·贾比尔谢赫所记录的，他(指阿卜杜拉·穆巴拉克——译者注)是 1914 年 8 月 23

---

① 《最后一刻》杂志，1953 年 10 月 14 日。

② 《鲁兹·尤素福》杂志，1959 年 8 月 17 日。

③ Alan Rush: *Al-Sabah: History and Genealogy of Kuwait's Ruling Family* 1752—1989，(《萨巴赫：科威特统治家族的历史和家谱 1752—1989》)，London:Ithaca Press，1987，p. 115.

日诞生的，比他父亲逝世的时间（伊斯兰历1334年1月20日，即公元1915年11月29日）要早一年多。鲁什所引用的关于他父亲的资料也不够准确。鲁什提到，大穆巴拉克是穆罕默德和杰拉赫同父异母的兄弟。这也是不对的。穆罕默德·萨巴赫是我的曾祖父，在大穆巴拉克之前任科威特的统治者（1892—1896）。而穆罕默德、杰拉赫和穆巴拉克则是三个同胞亲兄弟。其中，穆巴拉克的年龄最小。他们的母亲鲁额鲁爱特·穆罕默德·萨基布，是祖拜尔地区的长官艾哈迈德·本·尤素福·本·穆罕默德·萨基布的女儿，也是我母亲的三祖母。从家谱图中我们可以看出阿卜杜拉谢赫相关的家庭关系网。阿卜杜拉·穆巴拉克的母亲是舍妃卡公主，曾经住在凯比尔宫，后来移居纳伊福宫附近的一座别墅，最后住在穆什拉夫宫，直至1956年窒息而死（因为长期呼吸困难，她深受其苦）。阿卜杜拉是大穆巴拉克最小的儿子，但寿命最长。除了几个姐妹以外，阿卜杜拉谢赫还有五个兄弟：贾比尔、萨利姆、法赫德、纳绥尔和哈姆德。[①]

在当时（指阿卜杜拉谢赫出生的年代——译者注），科威特无论是居民的人数、建筑的面积，还是人们所从事的经济活动以及他们的生活水平与现在相比都相去甚远。当时的科威特只相当于一个小村庄，或类似一个大家庭。直到（20世纪）40年代，科威特还只是一座看上去白茫茫一片的小城镇，坐落在海湾的岸边；房子用泥土筑成，或用海岩构筑；道路狭窄，弯弯曲曲，崎岖难行；进出的家门倒是各具特色，或是在墙上开一个小洞，或是一个大门，大门的中间往往开出一个小门。科威特的四周围着城墙，里面有4个主要的生活区：基卜莱、沙尔格、米尔卡布、沃赛特，另外还有几个小区。[②]

当时科威特的居民人数还没有正式的统计，只有一些说法不一的大体估算。譬如，原籍埃及的哈菲兹·沃哈拜谢赫（曾在科威特生活一段时间，后来在阿卜杜·阿齐兹·阿勒·苏欧德国王的宫廷里工作，60年代担任沙特驻英国大使）估算科威特当时的人口数目大概为1.5万。[③] 鲁里默尔估计1908年科威特的居民人数大概是3.5万，他们总的来看大多数是来自阿图布、阿沃济姆、本尼·哈利德、拉沙伊德、阿居曼、德沃希尔、安扎、道菲尔等各部落的阿拉伯人，此外还有一些是艾哈赛乌和巴哈拉纳的阿拉伯人。[④]

当英国贸易局于1793年成立的时候，科威特开始于17世纪（原文如此，事实上应该是18世纪——译者注）末凸显出其重要性。而当东印度公司成立的时候，18世纪的科威特的作用，特别是她作为邮件中转站的作用更加显著了。由于科威特坐落于阿拉伯河入海口附近，也由于她作为阿拉伯半岛大部的通道，还因为她的海岸适于航海，得天独厚的地理位置为之提供了充分的可资利用的机会：不仅仅

① 侯赛因·哈尔夫·谢赫·哈兹阿勒：《科威特政治史》，贝鲁特：书籍出版社，1962年，第2卷，1992年。

② 阿卜杜·阿齐兹·拉希德：《科威特史》，贝鲁特：生活图书馆出版社，1978年，第38—39页。

③ 哈菲兹·沃哈拜：《20世纪的阿拉伯半岛》，开罗：编译发行委员会，1967年，第5版，第72页。

④ J.J.鲁里默尔：《海湾手册》，地理卷第4册，卡塔尔统治者办公厅翻译办公室译，多哈：欧鲁拜出版社，1967年，第1708—1709页。

是作为一个海港，还成为陆地上朝向巴格达与哈勒颇驼队的中转站。因此，科威特发展成为一个重要的商业中心。科威特人也从事商业活动：他们从印度贩来丝绸，从伊拉克运来椰枣，把货物运到叙利亚、伊拉克、纳吉德、希贾兹甚至伊斯坦布尔，而且其他国家的商人也来到科威特的市场买东西。

这一独特的地理位置使得科威特有可能一方面成为阿拉伯半岛的交通枢纽，另一方面成为伊拉克和通往地中海的其他外贸港口的交通中心。科威特的不稳定状态使奥斯曼帝国和伊朗感到烦恼，但科威特本身却从中获益，尤其是奥斯曼帝国和伊朗之间的战争更是使科威特受益匪浅。比如，当巴士拉城于 18 世纪 70 年代陷落(1775—1779 年)，被波斯人占领期间，英国东印度公司在巴士拉的职员都迁移到科威特，印度与阿拉伯半岛、欧洲的商业通道也改道而行，东印度公司的贸易原先取道巴士拉、巴格达、哈勒颇和伊斯坦布尔，这时候改道经过科威特。由于商业道路的这一变动，科威特变成了海湾最繁忙的港口。[①]

19 世纪 40 年代，英国曾经考虑：如果被迫从赫尔吉岛撤退的话，就把科威特当做一个军事基地，以保护印度政府的利益。为此，英国的海湾总督亨利上校于 1841 年专程访问了科威特城，考察此事的可行性。

珍珠贸易是当时商业活动的一项重要内容。采珠与珍珠贸易具有很大的重要性。仅举出 1905 年的例子就足以证明这一点：那一年科威特人有 461 艘船用于潜水采珠，大约有 9200 人从事这一职业。历史学家们指出，1911 年，采珠人从海上归来时，带回了大量的珍珠，这一年便因此被人们称为“丰收年”，即珍珠丰收的年份。

由于珍珠贸易的繁盛，造船业也振兴了。光是 1912 年，就建造了 120 艘新船。[②] 鲁里默尔在展现 19 世纪海湾地区形势时告诉我们，科威特人为了制造商贸船只和潜海采珠船，曾经从印度进口了许多(造船)的必需品。[③]

这一时期科威特社会的特点是朴素。这种朴素的特点建立在人与人之间关系的基础之上。当时的科威特是一个贝杜因社会，具有“贝杜因”这一词汇所包含的一切内涵。但她与其他贝杜因社会又有一个基本不同点，即她是朝大海开放的。这给予她很多好处，使她作为一个人类群体显示出胸怀宽广、眼界开阔的特点。她没有像贝壳一样自我封闭，而是满怀着期望。科威特人民怀有远大的抱负。通过与其他社会的交往和相互影响，通过对周围世界所发生事情的掌握，科威特人从事贸易变得方便多了。科威特人当时生活的巨大真实就体现在大海与沙漠的创造性融合之中，如两者之间的相互影响构成了这个国家经济活动和社会生活的基本轴心。人们的生计来自沙漠和大海，而巨大的危险和威胁也来自这两种途径。因此，

---

① 哈桑·卡伊德·萨比稀博士：《政治与历史之航：科威特 1756—1992》，阿布扎比：宣传与广告服务中心，1993 年，第 23—24 页。

② Jill Crystal: *Oil and Politics in The Gulf : Rulers and Merchants in Kuwait and Qatar*, Cambridge: Cambridge University Press, 1990, p. 24.

③ 鲁里默尔：《海湾手册》，历史卷第 3 册，第 151 页。

科威特人用城墙和舰队把自己保护起来。他们绕着科威特城筑起围墙，以保护人民免遭来自陆路的攻击。正如艾哈迈德·艾布·哈基麦博士所写的那样：1782年，科威特舰队“成了海湾无可争辩的主人，因为本尼·凯阿布人、本尼·舍赫尔人和班德尔·李格阿拉伯人的联合舰队也无法向科威特舰队发起挑战。”①

就这样，多种因素共同造就了19世纪末科威特的形势，使之在海湾政治平衡与相互影响的图景中处于突出的地位。首先，是她的地理位置，和对海、陆贸易的重要性；其次，是在大穆巴拉克谢赫手下所享有的政治稳定；再次，是科威特人民有了远大的抱负，具备了冒险的精神，和探索新世界的兴趣。

科威特也因此引起了国际社会的注意，特别是英国方面致力于保护其商业利益，另一方面，英国也极力把俄国当局拉进来，但是俄国同奥斯曼帝国之间的友好关系已经开始显现出来。俄国从中获益匪浅。正是俄国提议要建设两条铁路，一条从莫斯科通到巴格达，另一条连接科威特和沙姆地区的的黎波里。早些时候，德国当局也注意到这里，具体表现在德国皇帝于1898年访问伊斯坦布尔，同奥斯曼帝国达成一项协议：在柏林和巴格达之间建设一条铁路。② 1900年，德国驻奥斯曼帝国大使访问科威特，目的就是为了建铁路一事，陪同大使的是武官和其他一些人员。

面对俄、德、奥的行动，英国加强了同科威特的关系，于1899年签订了一个协议，规定了英国在这里的特别地位，赋予英国管理科威特外交事务的权利。实际上，1904年8月就已任命了梅杰·诺克斯作为英国驻科威特的首席政务代表。

在这一时期，即19世纪末，阿拉伯的一些政界人士和思想家也访问了科威特，如突尼斯的领袖阿卜杜·阿齐兹·赛阿里比谢赫，穆罕默德·阿布笃的学生、《灯塔》杂志的创办者穆罕默德·拉希德·李达，著名的传统文化学者穆罕默德·艾敏·山该忒谢赫，爱敏·雷哈尼先生等都来过科威特。

第一次世界大战之前，科威特的名字由于英、德之间的政治竞争而闻名。缘起就是德国修建铁路的计划。这条铁路的终点选定在科威特。也的确有一个巴格达-科威特铁路代表团于1910年访问了科威特，将铁路的终点确定在卡济麦地区。③驻巴格达的俄国公使也提出要求：让俄国公使把铁路线从沙姆地区的海岸延伸到科威特。但这一请求没有任何结果。

20世纪初，科威特对外部世界更加开放了。1911年，穆巴拉克谢赫同意专门拨出一块地皮给美国传教士修建一所医院。同一年，穆巴拉基亚学堂开学了。1912年，传教士的小诊所开业了。1913年，在科威特城西的海边山岗上直接建起了一座医院，它还是科威特第一座用水泥建起的楼房。④ 1914年，印度总督、国王

---

① 艾哈迈德·艾布·哈基麦：《东印度公司记载中的科威特》，见《科威特：独立25周年》，科威特：阿拉伯人书籍出版社，1986年1月，第19页。

② 《政治与历史之航：科威特1756—1992》，第50页。

③ 《20世纪的阿拉伯半岛》，第80页。

④ [科] 伊利亚努尔·卡尔法尔利：《我是科威特的第一位大夫》（阿拉伯文版，阿卜杜拉·哈提姆译），科威特：书籍出版社，1968年，第9、14页。

代表罗尔德·凯尔尊访问科威特，穆巴拉克谢赫希望让科威特以最光辉的形象出现，于是从印度购买了一辆马车，由 4 匹马拉着，为的是在客人访问期间使用。这是科威特历史上的第一辆马车。[①]

阿卜杜拉的童年就是在科威特的这种环境里度过的。这一环境给他留下了深刻的烙印，使他充分浸淫了科威特的传统习惯和风俗，获得了后来伴随他终生的价值和原则。

二、青少年时代

阿卜杜拉·穆巴拉克的童年有着贝杜因及其传统的深刻烙印。在他父亲去世以后，按照当时的习惯，他被交给麦托莱格·艾布·哈迪德的妻子努薇尔女士和她的女儿海娅一起哺养。当他稍长大一些，艾布·哈迪德家把他从拉沙伊德部落带到沙漠中去培养，这也是当时流行的风俗。就这样，阿卜杜拉谢赫像贝杜因人一样成长了。

这一成长历程对阿卜杜拉的品德与禀性产生了重大的影响。他极有耐性，很能承受，英勇果敢，不畏艰险。他的生平中充满了各种事情，这些事情都表现了他勇敢的个性。贝杜因生活在他身上播种下慷慨大方、和蔼可亲的品格。他从不吝啬，从来不令求助者失望，以至他的对手都骂他奢侈。就这样，阿卜杜拉谢赫的身上融合了两种品德，一种是掌握着集市管理权的统治者、谢赫的品格，另一种是贝杜因的禀性，他正是在贝杜因的羽翼保护下长大起来的。

阿卜杜拉谢赫进了书塾一段时间，然后到穆巴拉基亚学堂插班学习。但是他的情况跟当时一般科威特青少年有所不同，他小小年纪就开始进入社会，参加工作。他在 12 岁的时候就被委派去参加守护城墙的任务了。这里所说的墙是指环绕科威特城、抵御外来者入侵的城墙。有关第一段城墙的时间，历史学家们说法不一。有的认为萨巴赫家族统治科威特的第一任统治者萨巴赫·本·贾比尔时代就已经建起了第一段城墙，但大多数的材料表明，第一段城墙是在第二任统治者阿卜杜拉谢赫时代修建的，那是缘于凯尔布部落人发动了多次的侵略。研究人员对修建城墙的具体年份并没有达成一致的意见，但他们大都认为是在 1760 年之后的几年时间中建起来的，城墙共有 5 个大门可以出入，这些门被叫做“达拉沃宰”。

18 世纪末，科威特人修建了第二段城墙，后来在第三任统治者贾比尔谢赫时代又进行了修葺。鲁里默尔描述科威特城墙：“厚不足 1 英尺。它在沙漠一侧围护着小城。墙后挖一条壕沟，设置有两个炮眼，每一尊炮守护三个大门。”[②]1920 年的哈奈特战争后，萨利姆·穆巴拉克谢赫认为有必要修筑一道新的城墙。事实上，科威特人抵抗了 60 天，直到把城墙建好。当时我的外祖父艾哈迈德·尤素福·萨基布和他父亲都有幸参加了筑墙的工作。这段城墙长 5 英里，共有 5 个大门，分别

---

① [科]阿卜杜拉·哈提木：《科威特从这里开始》，科威特：卡布斯出版社，1980 年，第 43 页。

② 哈利德·道希·哈尔夫：《科威特的三道城墙》，科威特，1989 年，第 18—20 页。又见《海湾手册》，历史卷第 3 册，第 1510 页。值得一提的是，这些城墙已于 1957 年因科威特城的重新规划而被拆毁，只留下了 4 个保存下来的大门作为古迹。

是杰赫拉大门(位于法赫德·萨利姆大街尽头处)、沙米尔大门(位于阿卜杜拉·萨利姆大街尽头处)、白里阿穗大门(位于大穆巴拉克大街尽头处)、布奈德·高尔大门(没有留下遗迹)、沃忒叶大门(或称卡萨绥因大门,位于今希拉顿饭店附近)。这段城墙一直保留到1957年。

尽管这些城墙不能完全阻止来自科威特外部的侵入,毕竟便于防守,并使科威特人面对危难的准备工作有了可能。重要的是,守护城墙的工作是阿卜杜拉谢赫这样年龄的少年能够担任的最重要的岗位。

阿卜杜拉谢赫当时在城墙负责把守的是沙米尔大门。他年龄这么小,就把这一任务交给他,是考虑到他有着坚强、可爱的个性,相信他能够担负起责任,能受得了这份辛劳。在担任守护城墙工作期间,他赢得了好名声,因为他意志坚定,不接受阿谀奉承,在他管理的城门那里,他绝不允许任何超越交通部门所制定规则的事情。

1926—1940年,他青年时代的经历我们所知不多。英国的有关文献也只是指出了他从40年代初开始发挥的作用。早期见证过他的事情的同代人也多已作古,因此,再也不可能以精确的科学方式对他进行历史的考察。

三、个性

阿卜杜拉·穆巴拉克谢赫的个性包含多个方面。他有多种喜好,还有很多善举,构成了一种卓尔超群的独特风格。因此,费克理·阿巴扎先生(一位著名的阿拉伯报业人士,曾多年担任埃及《画报》杂志主编)在1958年说阿卜杜拉谢赫"是一位精明干练的领导人,是一个英雄。他接待我的时候敞开心扉,容光焕发,笑口常开。当我们高声称赞,感谢他的慷慨大方和盛情款待,他很生气地打断话头,表示抗议,说道:'不要这么说,你们在这里,这里就是你们的家,就是你们的故乡,就是你们的祖国。小小科威特在她还是个儿童的时候,就得到埃及在建设方面,在学术和艺术等方面的全面帮助……你们的功劳在先,而且这种功劳还是连续不断的……你们现在所处的地方,是你们房子的正屋。'"费克理·阿巴扎先生还接着说:"长期的历练和纯正的阿拉伯气质,给谢赫的政治和管理行为,给他的各种谈话增添了魅力,颇为引人注目。他的风格的确够得上'易而难及'的称谓。"①

1951年的一份英国报告描述他"热忱慷慨"。② 法国记者法郎索瓦·米杜尔则把他描绘成一个"暴风式的人物",发现自己面前的人物在行动,犹如沙漠的飓风在卷动。1952年,阿菲夫·塔伊比在书中写道:"他拥有高贵统治者的英雄气概。他办事公正,绝不偏袒。"③法迪勒·萨伊德·阿格勒曾出版一本书,发表黎巴嫩记者代表团1952年访问科威特时撰写的有关评论,描述阿卜杜拉谢赫"是一个独特无双的人物,强悍有力,聪明绝顶,外形如虎,目光如隼,你第一次出现在他面前,就会

---

① 《画报》杂志,1958年11月28日。

② From Political Agency to Foreign Office, September 2, 1951. 见《海湾之鹰》(文件附录),第337—338页。

③ 《在科威特14天》,第18页。

被他的谈话魅力攫住，为他的气质所吸引，为他的善解人意和高度自信所吸引。他是真正民主的，他爱护人民，相信群众，相信他们的能力和本质。当你坐到他在场的地方，他会迅速注意到你，全神贯注地迎着你的目光，风度优雅，和蔼可亲，温和亲切……如果你到他的法庭，你会看到他在倾听人们的诉说和诉求，你会发现这位公正的长官总是公平处事，真心对待。此外，他那与生俱来的骑士风度、天生的聪明和超人的智慧穿透你的内心。”①

他的慷慨大方正合阿拉伯的待客之道。根据卢特菲·李笃对阿卜杜拉谢赫慷慨品格的描述，可以知道：“他的宫殿对每一个前来敲门的夜客和每一个过路人都是开放的，谁想吃就吃，谁想神侃就神侃。他在这里接待告状者、受冤枉者和求助者……金钱、体面和权力都不能使他感到快乐，在他看来，这些东西都是过眼烟云。使他感到欣慰的，是上天帮助他实现每一个阿拉伯人的愿望，帮助弱者从强者那里讨回公道，使科威特永远成为一个阿拉伯国家，属于所有的阿拉伯人。”②

有些人对阿卜杜拉谢赫的慷慨大方有所误解，另一些人则指斥他奢华摆阔气，实际上，慷慨大方与奢侈豪华是有着巨大区别的。慷慨大方是一个人从小就受到熏陶的一种品性。无论他贫穷还是富贵，这种品性都将伴随他终身直至死亡。阿卜杜拉谢赫只不过是按照贝杜因的习惯慷慨行善。人们经常提到他慷慨行善的许多事迹。在他身边的工作人员经常提起他在40年代的一件事：一个非洲人来到他家，拿出一些鸵鸟毛做成的羽扇给他看，要卖给他。那个人一来，就透露出要卖的意思。阿卜杜拉谢赫叫来他很尊重的并视之如父的苏莱曼·穆萨，要求穆萨把家中剩下的所有零钱都拿出来，给那个非洲人。当他把钱还给苏莱曼时，对方回答道：“真主是最慷慨的。我们给他东西，他回赐我们更多的东西。”慷慨的品格是科威特的传统。在我们的民间俗语中，有两句话这么说：“吝啬是男子汉的敌人”，“决不替吝啬鬼做事！”

阿卜杜拉·穆巴拉克从小就很慷慨大方。在我和他长达30年的婚姻生活中，每天都要两个人共进午餐，没有其他朋友或客人在场，这我就不提了。他没有回绝过哪怕一个求助者、一个病人或一个求知者。对那些跑来寻求他支持和帮助的人，他从来没有使他们失望过。慷慨行善精神从他的私人生活一直延伸到公共行为中去。无论是在科威特国内还是国外，只要别人有困难，阿卜杜拉·穆巴拉克就站到他旁边，并视之为自己责无旁贷的义务。为了装备埃及和叙利亚的部队，支持阿尔及利亚革命，阿卜杜拉·穆巴拉克在科威特积极主动地进行民间募捐运动。他甚至希望在他去世之后这种精神能够延续下去。他的遗嘱中有一个内容，就是要继续支持各种事业。因为他就是为这些事业而工作、为这些事业才当官的。即使退休以后，他仍然继续支持这些事业。

阿卜杜拉谢赫慷慨大方、豪爽宽厚的事迹很多，其中有这样一件事：他在斋月之初派出一个职员，去把那些被指控犯有经济罪行的人扣留起来，关在中央监狱。

① 《现代科威特》，第34页。

② 《画报》，1960年3月11日。

然后他又为那些人偿还了债务，以便他们能够从监狱里出来，同家人、孩子一起把斋过节，也许年轻一代的孩子们不知道这种事：当时欠债人还不起钱的话，就要被关进监狱，直到他偿还债务，而且犯人在出狱的时候，还要掏给狱卒三至五卢比的钱，当时称之为“西德麦”（服务费）。

有一次，一个科威特商人哭着来到阿卜杜拉谢赫面前，因为他的家产被抵押了，并且受到威胁说，如果不能如数偿还 20 万卢比，这些家产就会被卖掉。他以自己的家产作为期一个月的抵押，请求阿卜杜拉谢赫替他偿还债务。阿卜杜拉谢赫支付了这笔款项，也接受了房契。

过了一个月，那个商人还是没有还债。当时斋月即将临门，阿卜杜拉谢赫派了自己的一个职员阿里·伊萨去把那个商人叫来。谢赫主动说道：“别害怕，我知道你家也有老婆、孩子，你除了这座房子以外已经一无所有，因此，我决定把这房契还给你，把抵押一笔勾销。从现在起，房子就是属于你和你的孩子们的财产了。”

费尤丽特·迪克森的书《在科威特 40 年》中，提到 1943 年 2 月底，取道科威特前往沙特朝觐的人数剧增，达到 18 万人，从而使得为他们提供交通工具成为一件难事，还由此引起了旅行费用的提高。有的朝觐者来晚了，就在阿卜杜拉谢赫那里下榻做客。他很愿意招待他们，为他们提供交通方便。他想尽了办法，最后只好和迪克森上校联系，想租借或者买下上校的汽车，以便运送那些朝觐的哈只。当后者犹豫不决的时候，谢赫提出了在他自己看来比较合适的价格，然后为这辆车开出了 4.5 万卢比的支票。而这辆汽车在当时的实际价格远低于此。谢赫把汽车提供给那些朝觐的哈只，不要任何报酬。①

阿卜杜拉·穆巴拉克谢赫的性格中融合了宽宏大量与威严肃穆、慷慨大方与自尊自重。迈哈穆德·白赫杰特·赛南教授在《科威特：阿拉伯海湾之花》一书中描述他“是这个酋长国的军队领导人和安全总署的领袖人物，具有威严肃穆的优良性格：他是一个老战士，善用宝剑，英勇无畏，坚决果断，感觉敏锐，颇具感染力……在所有各阶层的人民看来，他又是一个温和、可爱的人，心灵高尚，精神可嘉。当他同你谈话的时候，微笑从未离开他的脸庞。他一方面有着贝杜因人的禀性，另一方面又有着城市文明人的品味，这使他时而倾向于那种没有娱乐、不事铺张的朴素生活，时而又倾向于安乐、舒适的生活。他这个人因此而介于严厉与柔和之间。他还是一个举止端正、意志坚定的管理者。因此，当埃米尔不在国内的时候，便由阿卜杜拉谢赫代为执政。如果你和他坐在一起，就会感受到这个伟大领导者的威严，虽然外貌和善，眼睛却似乎能看透一切。当他和你谈话的时候，他的话语中表露出民主、宽容的精神。每天完成工作以后，他在安全总署的办公厅里都要摆下座位，倾听人们的诉说，为他们调解。”②

阿卜杜拉谢赫集勇武、坚毅于一身。他深信公正是执政的基石，在法律面前人人平等，不应有任何特权、任何区别。因此，只要有确凿的证据，即便是家人犯了

---

① Violet Dickson: *Forty Years in Kuwait*, London: George Allen and Unwin Ltd., 1970, p. 163—166.

② [科] 迈哈穆德·白赫杰特·赛南：《科威特：阿拉伯海湾之花》，贝鲁特：凯沙夫出版社，1956 年，第 55 页。

法，他也毫不犹豫地采取必要的措施去执法。

比如，阿卜杜拉曾接到对阿卜杜·拉扎格·沙米的控告。沙米是他身边最亲近的工作人员之一，却私吞了原告交纳的5万卢比的保释金。钱主来到阿卜杜拉这里告状。阿卜杜拉当即命令沙米把钱退回来，否则阿卜杜拉本人将支付这笔钱，并予以相应的惩罚。

阿卜杜拉谢赫从来没有对科威特人和外国人加以区别对待。他喜欢让自己的办公室成为对所有原告和受冤枉者开放的地方。也许年纪大的科威特老人们还记得安全总署阿卜杜拉办公室房间的那个临街窗户永远敞开着。任何一位公民或居民都可以站在窗户外，通过这扇窗户把自己的诉状递进去。阿卜杜拉谢赫则亲自予以答复。到了晚上，他的地窝泥衙(科威特等海湾国家家境较好的人家里独具特色的客厅)对外敞开，迎接来自各部落和各阶层的科威特人。[①]

他的行为具有源于沙漠传统和贝杜因人传统的朴实与自觉性。这反映在他和别人的关系之中。他习惯出访时同随从人员一起作夜间的自由漫步。1951年，他访问英国的时候，晚上出去兜了一圈之后，他坐着公共汽车就回来了，因为他喜欢跟普通的英国人进行交流。英国外交部一位职员的报告可以证实这一点。这位职员是阿卜杜拉访英期间的英方陪同。他在报告中提到，当他有一次去看望阿卜杜拉谢赫的时候，发现谢赫"坐在地上同仆人一起玩扑克牌。"[②]

阿卜杜拉谢赫也喜欢受到别人的尊敬和款待，特别是当他出国旅行时，他把对方的接待好坏看成是对科威特及其人民的态度。因此，当他去阿拉伯国家进行访问的时候，很看重来自政府方面的邀请。譬如，1956年，他接到了伊斯兰大会的邀请，请他访问埃及。他要求这一邀请与埃及政府的邀请联系在一起。出访英国的时候，他很重视事先看一看访问日程，并落实在迎接他的时候要有外交部的高级代表。他的日程安排中还有一个固定的内容：无论时间多么紧张，他都坚持会见当地的科威特学子，关心他们的学业进步，为他们排忧解难。

阿卜杜拉·穆巴拉克谢赫喜欢艺术。他自己曾经说："我喜欢艺术，收藏了一大批电影，其中有埃及电影。那些解决社会问题和历史题材的影片是最优秀的电影。"[③]文学家、诗人和思想家们都是他的座上宾，在他那里有着崇高的地位。他同他们交谈，毕恭毕敬地倾听他们的话语。他对诗歌很有鉴赏力，听到诗歌朗诵时满心欢喜。他欣赏阿拉伯歌曲，特别喜欢被称为歌后和东方之星的乌姆·库勒苏姆的声音，以及阿卜杜拉·法道莱的歌喉。

英勇果敢是他的性格和品德中，一种具有土生土长的科威特人特征的东西。他从不怕死，不畏艰险。"骑士风度"对他来说不仅仅是一种体育爱好，而是融在他的血液中，是其道德、品质中居于首位的东西。这些道德、价值包括保护弱者、支援求助者、不轻视繁琐细小之事、坚持原则和崇高的品德。阿卜杜拉谢赫是科威特屈

① Zahra Freeth: *Kuwait Was My Home*, London: George Allen and Unwin Ltd., 1956, p. 114—115.

② *Visit of Sheikh Abdullah Mubaral to the United Kingdom*, Prepared by Gethin, June.

③ "阿卜杜拉·穆巴拉克访谈",《星期一与世界》杂志,1958年10月6日。

指可数的骑士之一。是他专门拨出介于米什拉夫宫与白宫之间的大片空地，奠定了骑射俱乐部的基础。他邀请年轻人到那里练习骑术，练习自己爱好的运动。

另外有一种品格使阿卜杜拉谢赫遐迩闻名，那就是他的宗教宽容。如他的私人医生伊德·舍马斯就是信仰基督教的基督徒。圣诞节的时候，他还去信奉基督教的科威特高级职员家中表示祝贺。他还经常同时会见伊斯兰教和基督教人士，乐于同他们一起合照纪念。1958 年在阿尔及利亚举行伊斯兰大会以纪念先知诞辰就是其中的一个例子。①

埃及的《画报》杂志曾就此问题采访了阿卜杜拉谢赫。他说："在科威特没有一个公民是基督徒，所有的公民都是穆斯林。尽管如此，我们还是允许建立一座教堂，因为在此居住的阿拉伯基督徒和外国基督徒同样有着自己的权利。我们应该为他们举行宗教仪式提供方便……科威特政府为修建这座教堂做出了贡献。教皇专门派了一个红衣主教来剪彩。我们希望在科威特的一切人等都感到舒心满意。"②

他很在意自己的言行举止中所表现出来的宗教宽容的含义。为了表彰他，1960 年安塔基亚(在东方最盛行罗马天主教的地方)大主教授予他圣马尔卡什大勋章。③ 1963 年 12 月，阿卜杜拉谢赫应教皇之邀访问了梵蒂冈。④

阿卜杜拉谢赫的睡眠时间很少。他真正得到休息的是吃完午饭后的大约 2 个钟头的时间。夜里，他从来没有睡过长觉。因为自从他到安全总署上班以后，他就习惯熬夜到黎明。多少次他大深夜离开家门，开着他的小福克斯汽车，由他的司机阿卜杜·拉扎格陪同，在科威特城的大街和科威特城外巡游，否则他心里老放心不下。他经常自己驾驶汽车，陪伴他的是赛菲·哈沙布，或者是赛阿德·哈沙布，或穆罕默德·艾布·哈迪岱。1959 年，负责政治的次长描述阿卜杜拉谢赫一天的工作安排，说他早上六点半就开始接待客人，经常工作到深夜。除了午饭后不到 2 小时的休息以外，他整天都在忙着。⑤

也许读者会感到惊讶：这个意志坚定的男子汉，居然也会变得温柔，像一个慈父般有着一颗充满仁慈和关怀之心。1973 年 6 月 22 日，他的大儿子不幸早夭，从此以后，他的整个生命在流血。当他随便看到自己的哪一个孩子：穆罕默德，乌姆妮娅，穆巴拉克，许玛，他的慈爱之情便如泉涌出。当孩子要回房睡觉时，低下身子亲吻他的额头和双颊，你会看到他的眼中闪过慈爱和怜爱之情。

有一件事我至今记忆犹深。那是 1986 年，参加完我在开罗书展上举行的诗歌朗诵会以后，我和阿卜杜拉乘坐的飞机在科威特机场降落。我们的儿子穆罕默德穿着长袍，戴着头巾和头箍，走进机舱里来迎接。阿卜杜拉竟然泪水盈眶，声音哽咽，说道："我这是第一次看见穆罕默德穿上男子汉的服装，唉……"然后，他就沉

---

① 《共和国报》，1958 年 9 月 28 日。

② 《画报》杂志，1960 年 2 月 15 日。

③ 《生活》报，1960 年 9 月 20 日。又见《捕猎》杂志，1960 年 9 月 20 日。

④ 《生活》报，1963 年 12 月 11 日。

⑤ From Political Agency (McCarthy) to Foreign Office, June 24,1959. 转引自《海湾之鹰》，第 51 页。

默了。我不知道他当时心里是怎么想的。但我觉得他一定是又想起了已经死去的大儿子。

阿卜杜拉，这个独特的男人，他不仅关心自己的孩子和小家庭，而且关心萨巴赫家族的所有人。每当有人生病，无论是大人还是小孩，阿卜杜拉谢赫都要去探望。要是有人需要开刀，他总是在手术室里同病人和大夫在一起。阿卜杜拉谢赫应该称得上是一个乐于奉献的、独一无二的男子汉大丈夫。

评述：

《海湾之鹰：阿卜杜拉·穆巴拉克·萨巴赫》是科威特著名女诗人、作家，也是科威特王室成员的苏阿德·萨巴赫所创作的一本优秀的科威特传记文学作品。该书出版以后，在科威特引起很大反响，颇为畅销，第二年就不得不再次印刷，以满足科威特读者的需要。

从传记内容中，我们了解到传主阿卜杜拉·穆巴拉克·萨巴赫生于1914年8月23日，其父乃现代科威特国家的奠基者大穆巴拉克。阿卜杜拉·穆巴拉克·萨巴赫少年时代曾在当时最新式的学校穆巴拉基亚学堂就学。12岁即参加守卫科威特城门的工作，28岁任科威特安全总署署长和科威特市市长，35岁受命主持创建护照司，38岁组织创建科威特广播电台，39岁创办航空俱乐部和航空学校。40岁担任军队总指挥，42岁负责组建民航局，44岁担任任科威特政府最高委员会(科威特政府内阁的前身)成员，在埃米尔之后位居第二。阿卜杜拉·萨利姆·萨巴赫在位期间(1950—1965年)，曾代理埃米尔摄政。还曾多次担任文化委员会的领导职务，担任过民族文化俱乐部的名誉主席。1961年退休。1991年6月15日逝世。

从传主这些丰富的人生经历和政治业绩可以看出，阿卜杜拉·穆巴拉克·萨巴赫是科威特现代国家的重要创建者之一，对科威特的现代国家行政管理体系的建设做出了重要贡献，不仅主持创建了警察系统、民航业，促成了军队的现代化，还当过市长、安全总署署长，主持过文化委员会的工作，甚至还代理埃米尔短期执政，是一位功勋卓著的科威特国家领导人。

选择这样的一位政治人物作为撰写传记作品的对象，显然具有象征性意义。但这一点对于作者苏阿德·萨巴赫博士来说却是易如反掌的，对她来说，写作这部传记的最大动力来源于她和传主的特殊关系——她是传主的妻子，更准确地说来源于作者对传主的深厚感情。这种感情既来自于作者小时候受到传主作为一位年长亲戚的关照与呵护，更来自于两人结为伉俪之后传主作为一位优秀的丈夫给予妻子的深切诚挚的爱。这一点在作者为悼念传主的逝世而创作的一首长诗中有着明显的体现：

艾布·穆巴拉克啊，若有足够的泪腺，
我定然让泪水似江河汹涌。
是谁用温柔的羽翼将我们覆盖？
是谁把偌大的房子变成若市的门庭？

你是船，你是伞，你是爱心，
你为我架桥，用你的温情。
从孩提时起，你就用温暖把我覆盖，
给我的道路铺上丝绸和星星。

你以骑士的侠义保护了我的梦，
你没有镇压感情，拂人之意。
我的慈父啊，我的老师，真主最清楚：
你是多好的一个人，一位真正的王子！
艾布·穆巴拉克，我们生命的灯塔，
我们的铠甲，我们世代相传的书籍，
你就是科威特的传统和现代，
你就是阿拉伯的美德和根底。

作者把传主看作是承载负荷、劈风斩浪的大船，保护国家和庇护家人的伞，把丈夫看成是慈祥的父亲、睿智的老师。在她看来，自己的传主丈夫还是指明方向的灯塔，是保护家人犹如保护自己身体一样的铠甲，坚硬而顽强，他是好人，更是真正的王子，不仅名义上是王子，他的所作所为、举止言谈也都体现了一个王子的风度和内涵。

在这首诗中提到的艾布·穆巴拉克和伊本·穆巴拉克都是指作者的丈夫阿卜杜拉·穆巴拉克·萨巴赫。他的本名叫阿卜杜拉，他父亲名叫穆巴拉克。他和苏阿德·萨巴赫的大儿子出生以后，为了纪念孩子祖父的功绩，也取名叫穆巴拉克。大儿子不幸因病夭亡以后，他们又给小儿子取名叫穆巴拉克。伊本·穆巴拉克意为“穆巴拉克之子”，诗人在前面用这一称呼，实际上是有意将他的身份定位于现代科威特国家的奠基者大穆巴拉克的儿子，从而有助于表述其作为科威特王室的后代为国家的建设努力工作，作出了巨大的贡献。艾布·穆巴拉克意为“穆巴拉克之父”，实际上把他的身份定位于家庭，更多地把他看作自己的丈夫和孩子们的父亲，从而为颂扬阿卜杜拉·穆巴拉克·萨巴赫重视家庭亲情做了有力的铺垫。前面称伊本·穆巴拉克，后面称艾布·穆巴拉克，从国事转向家事，从而塑造了主人公在整体的社会运作中的完整形象。

认真地考察苏阿德·萨巴赫的这部传记作品，我们看到作者的传记创作与这首诗歌代表作的内在风格是一脉相承的，即把个人的经历与国家的发展融为一体，从而体现了传主作为一个个体在国家发展历程中所作出的巨大贡献。这是本部传记的一个很重要的特点。

作者只在开头以私人性的话语简单叙述了传主阿卜杜拉·穆巴拉克的童年和青年时代、传主的性格及其社会生活。然后很快就以宏大的叙事策略，将传主放到现代科威特国家建设的大背景中来进行浓墨重彩的描述，记述了阿卜杜拉主持创建各中现代机构和现代国家管理体系的经历，涉及安全总署、军队、教育、文化、媒体、民航以及各种民间机构，而后叙述了阿卜杜拉在科威特对外关系方面所作出的贡献，描写了传主在处理与黎巴嫩、沙特、约旦、巴勒斯坦、阿尔及利亚、摩洛哥、埃及、美国和英国等国关系所表现出的才华与睿智。我们从传记内容中不仅了解到传主在科威特外交事业中的功绩，更是通过细节了解到科威特的外交政策与外交重点，既重视科威特同西方关系，把重点放在了美国和英国，同时又极为重视科威特同阿拉伯大国和其他重要国家的交往。作者还以生动的笔触记录了传主在处理与伊拉克近邻的关系，特别是科威特与伊拉克之间存在的各种问题，包括水资源问题、边界问题、加入阿拉伯联盟问题、1958 年伊拉克革命问题、卡西姆上台以后否认科威特权利的问题、边界与双边关系问题、1973 年的危机和 1990 年伊拉克入侵科威特等……与其说这是一部传记，毋宁说这是一部科威特现代国家发展史。

鉴于作者与传主之间的这种特殊关系，为了避免为丈夫歌功颂德、树碑立传的嫌疑，苏阿德·萨巴赫特别利用了自己的学术能力来进行这部传记作品的写作工作。作者毕业于开罗大学政治经济学院，后又赴伦敦经济学院深造，获得了经济学博士学位，其学术训练的根基非常牢固。她严谨的学术风格在本部传记中也得到了充分的体现。

为了写好这部传记，苏阿德·萨巴赫调阅了大量的资料，查看了很多阿拉伯文和英文的报刊、书籍，甚至还利用自己的身份查阅了很多外交文献和档案记录。在引用相关的材料时，作者都做了详细的注解，标明了出处。为了方便读者，作者还附录了 56 份与传主相关的文献资料，近 100 页，其中包括英国女王给阿卜杜拉·萨巴赫授勋的证书、科威特埃米尔任命内阁部长的名单、发布的命令，还有阿卜杜拉·萨巴赫发布所主持的要害部门发布的公告，英国驻科威特政治代表处，甚至英国外交部、美国驻科威特领事馆和美国外交部之间的往来文书、电报和调研报告等。为了方便读者进行相关的检索，作者还在书后做了人物索引、家族和部落索引、地名和机构的索引以及书籍、报刊、杂志、外交报告和文献的索引。作者在这一传记作品中还展示了考证的功夫，如关于传主的出生年代的确定，作者引用不同的材料，并以逻辑的推理来论证传主的出生日期。与其说这是一部专著，毋宁说这是一部严谨的学术著作。

尽管苏阿德·萨巴赫的宏大叙事在一定程度上牺牲了作品的故事性，但是我们从字里行间还是能够感受到作者驾驭阿拉伯语的水平，感受到文字的优美，更重要的是作者没有故意为了避嫌而去丑化传主或者淡化传主在国家建设过程中所取得的成就，而是客观地呈现传主的历史作用和突出功劳。我们能感受到作者对传主丈夫的敬佩和崇拜，感受到作者对传主的深挚情感。

比如通过对传主小时候参加护城门的工作经历展示传主坚毅的个性：当别人家的孩子还在玩的时候，才 12 岁大的阿卜杜拉·穆巴拉克·萨巴赫就接受任务在城墙负责把守大门，而且表现得非常坚毅、优秀："他年龄这么小，就把这一任务交给他，是考虑到他有着坚强、可爱的个性，相信他能够担负起责任，能受得了这份辛劳。在担任守护城墙工作期间，他赢得了好名声，因为他意志坚定，不接受阿谀奉承，在他管理的城门那里，他绝不允许任何超越交通部门所制定规则的事情。"从这里我们看到一个负责任的、坚持原则的小小少年。

我们从作者的笔墨里还能感受到传主慷慨高尚的品德和迷人的魅力。作者在处理这一部分的时候也采用了非常聪明的策略,即借助别人的口来赞扬自己的丈夫传主优秀的个性。佐证材料来自记者的文章,来自专家学者的书籍,也来自外交报告。从这些被援引的材料,我们获得了对阿卜杜拉·穆巴拉克·萨巴赫的整体印象,他“外形如虎,目光如隼”;他“热诚慷慨,聪明绝顶”;他雷厉风行、办事公正;他魅力超群,气质出众;他风度优雅,和蔼可亲;他爱护人民,相信群众;他处事公平,真诚温和;“他那与生俱来的骑士风度、天生的聪明和超人的智慧穿透你的内心。”他既忙国家大事,又重视家庭亲情。他勇武却不乏柔情,刚毅却不失公正。

总而言之,作者作为传主的妻子,却丝毫没有影响到传记的客观性,反而由于作者写作策略的选择而得到了加强。可以说《海湾之鹰:阿卜杜拉·穆巴拉克·萨巴赫》是一部颇具特色的、成功的传记作品。

《哈利勒·纪伯伦：他的生活和世界》序

哈利勒·纪伯伦[①]

译文：

对我而言，探索哈利勒·纪伯伦的世界，是一种需要，这需要开始于1932年我10岁时。他一年前的死，极大影响了我的家庭；我的父亲努拉·纪伯伦，是诗人的堂兄，感到了巨大的失落。他们一起在黎巴嫩长大，在纪伯伦和姐姐玛丽安娜移居美国波士顿的10年后，我父亲也做了同样的选择。在那里，他遇到了另一位堂妹、也就是我的母亲罗丝·纪伯伦并结婚。哈利勒不仅和他们关系亲密，而且还为他们的五个孩子起了名字——霍拉斯、苏珊、哈利勒、哈菲兹和塞尔曼。

我们在波士顿南恩顿拥挤的黎巴嫩-叙利亚聚居区长大。20年代我们经历了贫困，这使我们在后来的大萧条时期，几乎不再能感觉到贫穷的来临。在那令人沮丧的"棚户区"时代，唯一的安慰是已居住在纽约的纪伯伦的造访。我们也会突然拜访"姑妈"玛丽安娜位于泰勒街的公寓，并且在那儿逗留数日，聚餐、大笑和交谈。

我仍记得他的房间，夜深时分，笼罩着浓浓的烟雾，萦绕着亚力酒的甘草香味；我仍能听见邻居为了向这位作家和画家表达敬意，演奏的阿拉伯鲁特琴和长笛的声音。有很多个早晨，我愿意给他泰勒街的工作室送面包，因为那时只剩下哈利勒和他的姐姐。他同我交谈，鼓励我。一次，他给我一部坏了的钟表的零件，让我重装。我还能想起他教我调色的颜料盒的样子，甚至当他坐在画架或写作桌前时，坐着的我看到的他脚上的拖鞋。我仍能忆起那个特别生动的画面。我们在昆西中学相遇，当时刚放学，我正急急跑开时，看到了他。他正穿过位于街区中心的丹尼斯家前面的马路，身穿白西服，拄着手杖。似乎远离我这晦暗的世界——然而，他却看见了我，用阿拉伯语冲我大喊，这才使我有点相信，他离我们并不遥远。

他去世后，我们失去了一位可以给我们的生活带来趣味和格调的人。我珍藏起他给我的小物品，但我怀念的，并不仅仅是这些物质上的礼物。他去世后，玛丽安娜离开这里，到了黎巴嫩。当她回来时，她家中曾有过的生机盎然，被她的回忆和泪水代替。她是诗人的至亲，对待我们亲密而友善，因而，我们视她为我们的女家长。

玛丽安娜已搬离南恩顿，我们常乘着有轨电车，如同朝圣般，拜访她在波士顿牙买加平原的家。在一个周末，我曾无意中与她一起，破坏了众人敬仰的纪伯伦的物品。在玛丽安娜出国时，我们保存了她的信件，其中一些是写给纪伯伦的。这些信件累积起来，足够装满一个购物袋。她回来后，起初并不留意这些信，但在一个

---

① 《哈利勒·纪伯伦：他的生活和世界》的作者是哈利勒·纪伯伦和简·纪伯伦夫妇，与传主同名的作者和纪伯伦有着特殊的亲缘关系，他的父母都是纪伯伦的亲戚。

令人昏昏欲睡的下午，她让我和她一起浏览这些信件。她不会阅读，我充当她的眼睛。我翻阅大口袋，拿出一个信封，大声读出发信人的姓名和地址。如果她不认识发信人，就把信封放在一边，不再打开。那天晚上，我们烧了大量未读的信件——大概有两百封，邮票显示来自世界各地。这些散发着香味、加了印签、封面装饰着凸起的花纹、被封着的信件，见证着我们所不知道的纪伯伦。但它们就这样被烧毁了，我站在那里，为自己的行为感到惊讶。

时光荏苒。我成了一名艺术专业的学生，继而成为一个艺术家。我不再迷恋纪伯伦这位有趣的亲戚，而逐渐开始关注我自己的作品。然而，我一直渴望理解这位我熟识和敬仰的人。奇怪的是，关于他的出版物虽然日益增多，却很难使我达成心愿。那些书籍和文章，要么是令人尴尬的过誉之词，要么是骇人听闻的侮辱之语。我的好奇心不得不暂时满足于玛丽安娜陆续赠予我的纪伯伦的遗物：他的衣服、手表、打火机、颜料箱，珍藏在波士顿的绘画、信件和手稿，甚至他的死亡面具。然而，无论是拥有这些物品，还是倾听家族成员无尽的回忆，都不能解答我的疑问。一个一文不名的移民，如何适应了波士顿贫民窟，而且在短短几年内，在南恩顿贫民区和后湾富人区之间，架起一座畅通的桥梁？我知道这并不像一位传记作者所言，是由于纪伯伦神奇的写作能力，或者是由于他开明的家庭环境。

随着我个人事业的发展，对纪伯伦身份的探求，变得更急迫了。由于与他同名，又从事着相关的职业，周围不断有人向我询问他。这不可避免地给我带来了困扰。我甚至考虑过改变我的名字，但自尊心阻止了我。

1966 年，我度过了生命的困惑期。我在职业上获得承认，得到了独立发展的空间、而不再局限于家族的狭窄圈子，父亲将(纪伯伦的)文章、书籍、书信和玛丽安娜的礼物委托给我。我有了自己的家庭，于是，评价这些纪伯伦物品的时机到了。

我转向家族以外的一位受托人。多年前，玛丽安娜曾向我展示过纪伯伦的朋友和导师玛丽·哈斯凯尔·米尼斯的信件。在信中，她决定将纪伯伦给她写的全部书信和她的日记，赠给北卡罗来纳大学。于是，我开始将零散的材料串接起来。这时，我的妻子简也加入我的工作，我们开始研究 1904—1931 年间的 615 封信和 47 篇日记。在两次通读这些材料的过程中，我们从新的视野，了解了纪伯伦在波士顿的起步期和在纽约的成功。然而，虽然哈斯凯尔的日记串起了时间线索，但对于纪伯伦最早如何进入艺术和文学界，我们仍然无从知晓。

70 年代早期，我和妻子决定停止手头的工作，将全部时间用来研究，无论这研究需要多长时间。我们已有两条基本线索：一幅不平常的照片和一包文字材料。从我记事起，一幅漂亮的大照片就悬挂在玛丽安娜的沙发上方，照片上是少年纪伯伦，一身贝杜因人的装扮。当我向玛丽安娜询问拍照者，她告诉我，那是举止优雅、令人印象深刻的戴伊先生，但关于他的事迹，却总是含糊其辞。在众多传记作者那里，弗雷德·霍兰德·戴伊对诗人的重要性，仅限于他是纪伯伦 1904 年画展的工作室主人。然而，这幅画中少年纪伯伦的外貌，却使我们确信，在纪伯伦的更早年时期，戴伊起着重要的推动作用。而我们手中的大部分书信，则写于纪伯伦生命中最模糊不清的岁月——那时，他的母亲、妹妹桑塔娜和同母异父的哥哥刚刚去世——这些信写给一位不明身份的“兄长”。但我们不知道玛丽安娜怎样收到这些信，她又为何如此精心地保留这些信。

于是，我们开始调查戴伊。当时在耶鲁大学阿尔弗雷德·斯蒂格利茨档案馆工作的彼得·巴奈尔，建议我们寻访诺伍德历史社团，也就是戴伊的故居。1972年，在戴伊家中，我们严肃的研究开始了。当我们再次拜访这里时，我们确认那堆用生硬的英语书写的信件，毫无疑问是写给戴伊的。尽管我们没有找到纪伯伦的更多书信（这让我们怀疑戴伊已将这些书信归还给诗人，或者在诗人去世后归还给玛丽安娜），但写给戴伊的其他信件，表明了他早年对纪伯伦这位早熟少年的帮助。其中的一张便条，显示了帮助纪伯伦步入成功的关系线索。1896年，一位富有同情心的社会工作者，请求戴伊参与帮助“一个叙利亚小男孩儿哈利勒·纪”，这些早期信件的发现，大大推进了我们的研究。

同样是在戴伊的家中，我们发现了作家约瑟芬·普林斯顿·皮勃迪与时为出版商的戴伊之间的通信。早在她1898年的信中，就开始提到纪伯伦的名字。我们本以为，19世纪之交作为摄影家、出版商和热心的收藏家的戴伊，只是一位不起眼的人物，不值得浓墨重写。事实却恰恰与此相反，虽然随着20世纪的日益喧嚣，戴伊的意义和作用已消失殆尽，但当纪伯伦遇到他时，他引领时尚，富有趣味，同时也是一位企业家。

于是，约瑟芬·皮勃迪被列入我们的研究对象，我们开始寻找有关这位天才诗人和纪伯伦之间关系的资料。最终，在哈佛大学的休顿图书馆，我们找到了她保存完好的日记，这些日记从一个全新的维度，揭示了纪伯伦的生活经历。她以充满同情的笔调，记录了纪伯伦最悲惨的岁月。神话正逐渐变为现实。纪伯伦的故事，必然会成为他和同时代人的故事。为了精确地反映这个时期，并将他的生活与那个有意义的世界紧密联系起来，我们必须描述和再现戴伊、约瑟芬·皮勃迪、玛丽·哈斯凯尔、查洛特·泰勒、艾米丽·米歇尔、爱敏·雷哈尼、罗斯·奥尼尔等人物，但这些人的面目至此仍模糊不清。

不可否认的是，纪伯伦的公众形象神秘莫测，他对自己的生活背景讳莫若深，并试图粉饰过去，这长期以来阻碍了对纪伯伦的严肃研究。因而，那些传记作者不得不以想象式的谈话，来虚构纪伯伦生活中的主要事件，这当然不足为奇。而当我们发现了皮勃迪的日记和哈斯凯尔日记中丰富的材料，虚构也就变得毫无必要——出现在我们作品中的所有谈话和描述，都来自于见证者的记录或当时的书信。过去那些未被这些基本资料证实的隐晦的关系和事件，书中不再提及。大多数脚注都来自于第一手资料。由于以往纪伯伦英文书信的编辑，存在着大量的语法和拼写错误，因而我们仍按原始手稿出版。我们只标出那些影响读者理解作品意义的明显错误，除此之外，我们不再单独标注。

我们可以找到约瑟芬·皮勃迪和玛丽·哈斯凯尔的两套日记，玛丽的日记属于更私密性的“每日一页”或“每日一行”类型。我们书中的内容大多倚重于这些私人记录。这些记录不像那种不自然的文学性日记，我们可以从中追索到拜访、邮件和日常生活的相关细节。遇到日记中玛丽以发音来代表人名时，我们直接改为正确的拼写。

在描述与纪伯伦相关的阿拉伯世界时，我们遇到了一个很大的困难，那就是怎样恰当地处理人名。众所周知，现代直译法已经扬弃了20世纪早期将阿拉伯姓氏美国化的尝试，而且，将阿拉伯姓氏美国化，也通常会遭到学者的质疑。然而，基于报纸的用法和已成先例，我们书中的名字仍遵照当时的写法，希望学者们理解这一做法。

在对纪伯伦的生活进行研究时，我们遇到的最大困难，大概是他的双重性。对于两种语言、两个职业、两个通常冲突的社交圈，他有着截然不同的责任。这贯穿了他的生命历程。但过去的传记学家和历史学家却常有所偏好，顾此失彼。纪伯伦去世后，在中东出版的几百篇论文，都已分析了纪伯伦对现代阿拉伯文学的贡献。然而，数量寥寥、且失于粗疏的美国人的研究，则关注纪伯伦在大众读者中的流行。我们将在作品中展现纪伯伦生活的几个世界及置身其中的他的生活方式。

许多人分享了他们的回忆、故事和材料。最首要的当然是纪伯伦在波士顿的亲戚。他的姐姐玛丽安娜、努拉·纪伯伦、罗斯·纪伯伦、阿萨夫·乔治、玛伦·乔治、扎吉亚·拉姆(我母亲的姐姐，在提及时常称为罗丝·戴伯)和约瑟夫·拉姆，这些人都对研究作出了极大贡献。纪伯伦晚年波士顿生活的亲历者玛丽·卡瓦吉(即玛丽·凯伦)也功不可没，她的轶闻和回忆对我们很有助益。

有关哈斯凯尔与纪伯伦之间的资料，大部分收录于米尼斯家族的档案中。在得到这些文档的过程中，教堂山的北卡罗来纳大学图书馆的“南方历史收藏馆”的全体员工，作出了最突出的贡献。与该馆主任J.伊萨克·库珀兰和手稿保管人卡洛林·A.沃利斯的通信，也使我们受益匪浅，同时也感谢他们的耐心和理解。

我们也要感谢理查德·泰勒·赫茨对我们的工程所给予的合作态度，他允许我们出版了之前未公开的玛丽·哈斯凯尔和查洛特·泰勒·赫茨的文字材料，这些材料现保存于南方历史社团。

我们也要感谢很多图书馆的管理员，尤其是休顿图书馆的咨询助理卡洛林·E.杰克曼，他提供的约瑟芬·普林斯顿·皮勃迪的资料、纪伯伦写给维特·拜纳和科林·罗斯福·罗宾逊的信，都充实了我们的作品。

为了研究当时的报纸和杂志，我们有两年时间呆在波士顿公立图书馆，那里的很多员工热情地帮助了我们。我们也感谢波士顿图书馆的职员，尤其是艺术部助理唐纳德·C.凯勒，他们为我们的工作出谋划策。

纽约公立图书馆的职员，尤其是东方部负责人约翰·L.米什和他的助理弗朗西斯·W.帕尔，值得我们感谢。我们也要感谢手稿和档案部的约翰·D.斯丁森，我们从他那里得到了纪伯伦写给詹姆斯·奥佩海姆的信件。

我们无法一一列出那些帮助过我们的图书馆工作人员和手稿保存者，有了他们，我们才能找到纪伯伦未出版的作品和其他相关资料。我们尤其要感谢印第安纳大学利利图书馆的戴维·A.兰德尔，他在过去几年中坚持不懈地鼓励我们，并给我们提供建议。

我们也要特别感谢以下档案馆工作人员：德克萨斯大学人文研究中心的主任助理维·法默；耶鲁大学贝耐克珍藏本和手稿图书馆管理员唐纳德·加鲁普；圣十

字学院迪南图书馆可敬的尤金·J. 哈灵顿；纽瓦克公立图书馆的高级咨询员保拉·里奇顿博格；拉德克利夫学院的亚瑟和伊丽莎白·施莱辛格图书馆“美国妇女史”的手稿管理员夏娃·莫斯利；弗吉尼亚大学阿尔德曼图书馆的手稿助理玛丽·费斯·蒲赛；米德尔伯里学院艾伯内西图书馆保管员 E. 罗森菲尔德；斯塔滕岛瓦格纳学院霍尔曼图书馆、《马卡姆评论》的编辑约瑟夫·W. 斯莱德；威斯利学院图书馆档案员威尔玛·R. 斯莱特；国会图书馆（这里存有纪伯伦写给玛格丽特·李·克洛夫茨的书信）手稿编史员罗纳德·S. 威尔金森；以及达特茅斯学院贝克纪念馆的特藏室主管沃特·W. 怀特。

我们力图以丰富的图片资料，形象地展现纪伯伦的生活。在搜集图片资料的过程中，我们要感谢萨凡纳的特尔法艺术和科学学院主任阿兰·麦克纳布，及他的助理费伊·舍尔曼，他们准许我们翻拍了哈斯凯尔收藏的纪伯伦艺术作品。我们还要感谢其他授权我们翻拍照片和艺术作品的人员，大不列颠皇家照片社团的盖尔·布克兰德；国会图书馆的照片保管员杰拉德·C. 马多克斯；现代艺术博物馆爱德华·斯泰肯档案室的格雷丝·B. 梅尔；波士顿绘画博物馆；弗格艺术博物馆；哈佛学院图书馆；纽约的“彼得·A. 茱莉和子”照相档案馆；都市艺术馆；纽约的黎巴嫩旅游和信息中心和纽约历史社团。

我们还要感谢生活中遇到的很多人。玛格丽特·埃尔登、米利亚姆和查尔斯·列侬、乔治·马奥尼以及诺伍德历史社团主席和弗朗西斯·莫里森，都给我们在戴伊故居的研究提供了便利条件。我们还要感谢詹姆斯·贝克、莉拉·卡波特·里维特、纳森奈尔·哈森福斯、安娜·E. 泰尼希尔、克莱伦斯·怀特和路斯·鲁伊尔·伍德伯里，他们帮助我们获得了戴伊的其他信息。

斯蒂芬·马克斯菲尔德·帕里什未出版的学位论文《波士顿和伦敦 90 年代潮流：费雷德·霍兰德·戴伊、露易丝·伊墨金·吉尼和他们的艺术圈》，把握了那个晦涩年代的精髓，我们在此特别致谢。

关于约瑟芬·普林斯顿·皮勃迪·马克斯的研究，是非常有益的。这归功于埃里森·P. 马克斯和里昂奈尔·P. 马克斯慷慨贡献了皮勃迪的资料，我们因此向他们表示诚挚的谢意。同时，也要感谢韦尔兹利学院 1973 年的“一九六五”社团主席南希·李·刘易斯，他为我们找到纪伯伦 1903 年第一次画展时的资料。

玛丽·哈斯凯尔是纪伯伦生命中重要的精神动力，而对纪伯伦的早年纽约生活来讲，查洛特·泰勒的人格则起到了催化剂般的效果。为了描绘这些内容，我们与许多认识她们或发表过传记评论的人进行了交谈和通信。我们尤其要感谢以下诸位：伊丽莎白·贝尔彻、威廉·B. 克拉格特、阿德莱德·克里尔、威尔斯利学院女毕业生协会的简·E. 克罗斯曼、苏珊娜·戴维斯·达勒姆、格特鲁德·埃尔斯纳、戴维·麦克林·格雷里博士、海蒂·舒曼·库恩、艾格尼丝·蒙根、马里恩·拉马尔·斯蒂华特、格莱迪斯和威廉·泰勒、维斯顿剑桥学院（过去的剑桥中学）指导顾问希尔达·沃什伯恩。

纪伯伦的多数朋友已去世。然而，我们却有幸能与他的几位朋友交谈或通信，他们能够回忆起纪伯伦在格林威治村时的生活。我们因此要感谢玛格特·李·克罗夫茨、爱丽丝·拉斐尔·埃克斯坦、菲利普·K.希提、侯普·迦兰·英格索尔、玛丽塔·罗森、玛塔和伯格·赖、多丽丝·马迪、麦德林·梅森和米哈依勒·努埃曼。

另外,亨利·布莱戈登、马尔科姆·S.麦凯夫人和玛德琳·范德普尔为我们理解纪伯伦的朋友们作出了贡献。我们要特别感谢国际罗斯·奥尼尔俱乐部主席简·卡特维尔,她从自己大量的有关奥尼尔的材料中,帮我们找到了有关纪伯伦的资料,她还和玛西亚·苏丽万合作,找到了芭芭拉·杨的背景资料。

阿尔弗雷德·A.克诺夫出版社的社长威廉·考什兰德多次参与了这本传记的写作。我们要特别感谢他和阿尔弗雷德·A.克诺夫向我们提供了纪伯伦写给他美国出版商的信件。

如果没有查尔斯·H.弗莱尼根的帮助,我们绝无可能将这些迥然而异的纪伯伦作品和相关材料编辑、组合在一起,她同时也为我们誊写了哈斯凯尔和皮勃迪的相关文章。宾夕法尼亚大学东方研究部的纳比拉·芒戈恢复和翻译了我们所询问的大量阿拉伯语材料。除了特别注明的以外,相关内容都采用了她的翻译。对于这些忠实的工作者,我们一直心存感激。苏珊·霍尔库姆在纽约的多家图书馆查找资料。我们也要感谢伊丽莎白·兰辛在教堂山北卡罗莱纳大学图书馆珍本室的研究,及马汀·鲁夫蒂在国家文献馆所做的工作。

还要提及几位好友。每当在研究中遇到难题,弗朗西斯科·卡博、里斯·克劳森、斯图亚特·德嫩伯格和保罗·沃德·英格利诗总会予以解答。由莫顿·巴莱特和斯蒂芬·F.格罗厄拍摄的照片也对写作起到了很大作用。

我们向纽约书画集团的全体员工表达谢意。3年来,总编唐纳德·A.艾克兰德以真诚和热情,鼓励和支持了我们的工作。同时感谢敏锐的编辑罗宾·布莱索和设计师贝琪·比彻的耐心和专业。也感谢艾琳·布赖齐的打印。

最后,对那些渴望阅读我们作品的朋友们和无数陌生人表示谢意,对于这些人和更多要阅读这本书的人,我们深表谢意。

评述:

该文是当代英语纪伯伦传记文学的奠基之作《哈利勒·纪伯伦:他的生活和世界》的序,这篇短序详实地介绍了作者探索纪伯伦生活的最初动因和搜集第一手资料的过程。它不仅体现了整部作品实证、严谨的写作风格,而且通过展示挖掘和搜集纪伯伦鲜为人知的传记资料的过程,向我们披露了该传记作品所发现的关于纪伯伦生平和创作的全新史实。这些历史事实在纪伯伦传记研究中具有开拓性价值,构成了当代英语纪伯伦传记写作的基础,颠覆性地改变了既有纪伯伦传记文学中的纪伯伦形象。

作者独特的身份,似乎令传记写作变得"顺理成章"——他与纪伯伦有特殊的亲缘关系,有相似的移民经历和成长环境,他与纪伯伦的姐姐和亲人熟识,掌握了大量纪伯伦的物品、书信和口述资料,而且他与纪伯伦都从事艺术创作……但这些极具感情色彩的记忆和身份认同感,仅仅构成了写作的初衷。作者的写作,建立在艰苦地探询、搜集和挖掘资料的基础上,是一次真正的"严肃"研究。在作者致谢的图书馆、手稿保管者、亲戚、朋友、学者等长长的名单中，在作者对人名翻译和资料运用等细节的解释中，我们能感受到这部传记作品很强的真实性、客观性和写作的严谨态度。这同时也奠定了当代英语纪伯伦传记写作的主流趋势。

除了客观、严谨的写作风格，该传记作品对当代纪伯伦传记写作的开创性贡献，还表现在三个方面：新的人物线索的发现、珍贵的文献资料和历史的还原。“序”对这三方面进行了概括。

在序中，作者叙述了自己这项“严肃”研究的开始和进展情况。其中贯穿始终的，是一条前所未有的人物线索的发现。通过对3位在纪伯伦生命历程中产生重要影响的美国人的探访和资料挖掘，作者揭开了纪伯伦人生不为人知的另一面。在这3位美国人中，玛丽·哈斯凯尔是最著名的一位，她是纪伯伦遗物最重要的受托人，与纪伯伦的通信和日记早在20世纪70年代就已公之于众。[①] 也就是说，关于她的资料并不难发掘。但在作者看来，玛丽的资料只为纪伯伦某个阶段的生平提供了时间线索，纪伯伦未遇到玛丽之前的波士顿生活，也就是少年纪伯伦如何进入美国艺术圈，仍然是个谜。而解开这个谜的关键，在于作者在一幅“不平常的照片”的引导下，发现了弗雷德·霍兰德·戴伊和约瑟芬·普林斯顿·皮勃迪。认识到这两位人物对纪伯伦生命历程至关重要的影响，并对二人进行浓墨重写，是该传记作品开创性的贡献，也由此弥补了过去纪伯伦传记资料中关于早年波士顿生活的诸多盲点，揭开了初涉波士顿先锋艺术圈的纪伯伦的隐秘生活和复杂的心理世界。

戴伊是纪伯伦最初的庇护者和引路人，对纪伯伦的生活和创作产生了决定性影响。活跃于波士顿先锋艺术圈的他，将少年纪伯伦带进了波士顿后湾上层区，使他由此进入了一个全新的艺术世界；作为推动了美国现代文学发展的著名的“小杂志”的早期创办者和欧洲文学的引介者，戴伊向纪伯伦推荐好书，鼓励他参与所出版书籍的设计；而更为重要的是，当时沉迷于照相艺术的戴伊，在装扮和拍摄“叙利亚小男孩儿”纪伯伦的过程中，对纪伯伦的心理产生了微妙影响，这一影响伴随了纪伯伦的一生，表明了他和周围的美国人对东方身份的想象、利用和再造：

> 戴伊让他穿上神秘的阿拉伯民族外衣，就像他让亚美尼亚人戴上缠头巾，让黑人穿上埃塞俄比亚盛装，让中国人拿着长笛，让日本人穿着和服。这孩子或许将这看做一种装扮游戏，但这种装扮的意义远不止于此。一种神奇的转换发生了，通过戴伊的镜头，这些少数民族贫民区的流浪儿成为“亚美尼亚王子”，“埃塞俄比亚首领”和“年轻的酋长”。戴伊作品的标题使孩子们不自觉地产生了优越和高贵感。特别是对于哈利勒来说，他加强着这样一种自我形象，寻求用一种高贵和血统的想象，来逾越贫困的童年这一现实。[②]

对约瑟芬·普林斯顿·皮勃迪浓墨重彩的描写，首次揭示了纪伯伦生命中一

---

① 在该书的版权页上，注明书中有关玛丽与纪伯伦通信和她的私人日记的出处。Alfred A. Knopf: *Beloved Prophet: The Love Letters of Kahlil Gibran and Mary Haskell and Her Private Journal*, Inc., 1972.

② *Kahlil Gibran: His Life and World*, p. 55.

个短暂却关键的时期。1902 年 11 月至 1903 年 10 月，纪伯伦亲眼目睹了两位至亲的死亡，深刻体会到死亡的意味；他经历了与天才女诗人约瑟芬短暂的"初恋"时光；他开始在夜间信手写下文字——这段短暂时期不仅是纪伯伦文学创作的开始，同时也为纪伯伦的创作和生活埋下伏笔：他自此与死亡"定下约会"，终其一生在作品中感悟和超越死亡；他注定要像一位命定的先知，放弃爱情和人间的欢乐。

关键人物线索的发现和相关资料的考证、梳理，展现了纪伯伦的真实生活状态——那不是在公众眼中神秘的、带有光环的纪伯伦，而仅仅是一个家庭背景平凡、少年时随家人居住在杂乱的移民聚居区、有着强烈的成功欲望和终其一生都以全部热情在奋斗的"人"的形象。正如作者在序中自信地宣称，该书无需像以往的传记作者一样，"不得不以想象式的谈话，来虚构纪伯伦生活中的主要事件"，而是全部运用"见证者的记录或当时的书信"进行写作。的确，大量的手迹、图片、书信等原始资料和细致的标注和注释，构成了这部传记作品的一个鲜明特点。可以说，如果缺失了这些"非文字"资料，这部传记作品就是不完整的，这使该作品极具文献价值。

这部传记作品的文献资料内容丰富，大致可以分为三类。第一类是关于纪伯伦本人的书信、插图、绘画、照片和手迹。这其中既有已出版或公开的作品，更有作者搜集到的私人藏品。例如，纪伯伦 8 岁时所画的铅笔画"家庭树"，戴伊所拍摄的少年纪伯伦不同装扮的照片，纪伯伦早年的素描习作，纪伯伦为约瑟芬、玛丽、艾米丽·米歇尔、玛格丽特·穆勒等朋友画的多幅肖像画，纪伯伦朋友们的便条和书信等等。第二类是关于纪伯伦朋友和家人的日记、照片和书信。例如，由不同人拍摄的戴伊不同时期的 6 张照片，约瑟芬、玛丽等其他朋友的照片和书信，纪伯伦家人的照片等等。第三类是相关背景资料。清楚标注了图片来源的相关背景图片，赋予这部作品很强的画面感和历史感。例如，作品在首章介绍"贝舍里的贫困岁月"时，展示了刊登于 1940 年"阿拉伯-美国石油公司"杂志的贝舍里和黎巴嫩山的图片。另外还有对少年纪伯伦所生活的波士顿街区、20 世纪初期波士顿上层街区、玛丽女子中学、西十街工作室等历史性照片的展示。

但最大限度地"还原"纪伯伦的真实生活，只是该书的内容之一。正如该书的书名所示，它还要展现纪伯伦所生活的那个"世界"。作者在"序"中写道："纪伯伦的故事，必然会成为他和同时代人的故事"，他要"精确地反映这个时期"，并将纪伯伦的生活与那个"有意义的世界"紧密联系起来。因而，对纪伯伦真实生活的描述，建立在对他所生活的世界的历史性展现的基础上，这使这部作品超越了传统人物传记的文学性描述和心理刻画方法，具有深厚宽广的现实和文化视野，极具历史感。对纪伯伦家族和家庭背景的历史考证、对 19—20 世纪之交波士顿移民聚居区生活状况的"原生态"描摹、移民聚居区与白人居住区之间的巨大隔阂所造成的社会问题和美国慈善事业所作出的一系列具体措施的社会学分析、对波士顿"短暂的病态世纪末"文学文化场景的展现和深入剖析等等，都使这部传记作品表现出很强的历史感。

《双角：随笔和访谈》节选①

J. M. 库切

译文：

大卫·阿特瓦尔：我们的访谈是从讨论自传开始的，结束的时候再回到这个话题上来，看起来是合适的。你曾经谈论过自传的开放性结尾，并且认为其他形式的写作也应该拥有这样的结尾。现在，当你回顾我们整个的谈话时，我想请你回顾一下你的思想形成的关键阶段，包括思想的定型、断裂和持续的时刻，关于这些，在我们的对话中已经请你说过了，关于自传本身的特征你还有什么另外的想法吗？

J. M. 库切：让我们回到我们正在谈论的，作为传记种类之一的自传。传记是一种故事叙述，你从留存在记忆中的过去选取材料，然后将它编排进一个叙述里，这个叙述以一种或多或少没有缝隙的方式领先于活生生的现实。传记的前提是过去和现在之间的持续性。就是危机时刻的传记——比如，所谓的皈依叙述——也存在这种持续性。虽然皈依叙述可以提出一个新生的自我突然完全取代了过去的自我（以打断持续性）；但是它将非持续性神学化了，认为它是某种不能自然而然发生的东西，只能是上帝干预的结果。

将自传和其他传记区分开来的，一方面是作者拥有把握资料的特权，另一方面，因为追踪从过去到现在的历程是这样一种自私自利的事业（在某一种意义上都是自私自利的），所以选择性的视野，甚至某种程度上的视而不见——对任何旁观者来说都是明显的东西的视而不见，变得不可避免。

所有的自传都是故事叙述，所有的写作都是自传。在我们的这些对话中，你问过我当我回顾过去20年我的创作生涯时，以一种视而不见的方式，我所看到的东西。而现在你又问我当我回顾这些谈话自身时，我所看到的东西。

对你的问题，我必须做出这样的回答：我越来越将关于托尔斯泰、卢梭和陀思妥耶夫斯基的那篇随笔的出现看作是一个中枢。为什么呢？有两个原因。第一，因为在这篇随笔中我发现自己面对一种不同的体裁——随笔——在这些谈话中你已经使我面临的就是这个问题：在自传中如何讲述真相。第二，因为我发现在这篇随笔出现之前，关于我自身的讲述有某种大纲的明晰性；在这篇随笔之后，这种讲述变得模糊了，开始面向来自未来的更难回答的问题敞开。

这篇随笔中出现了什么东西？再现在这一时刻的回顾中，我在其中发现了两个人之间的潜在对话。一个是我想成为的人，他正在摸索着前行。另一个人更为模糊：让我们称他为那时我所是的那个人，尽管他可能还是我现在所是的那个人。

---

① 选自 J. M. Coetzee：*Doubling the Point*：*Essays and Interviews*，p. 391—395.

他们争论的领域是自传中的真相。第二个人采取的立场是我上面已经概括过的，但是以一种更为极端的视野：没有关于自身最后的真相，抵达最终的真相的努力是没有必要的，我们称之为真相的东西只不过是一种迅速变化的自我重估，它的功能是让一个人感觉良好，或者说鉴于这种体裁不允许人们创造随意虚构的小说，它的功能是让一个人在这种情形下尽可能地感觉良好。自传被自私自利所控制（还是第二个人的观点）；一个人以一种抽象的方式可以意识到那种自私自利，但最终他不能使它完全清晰。自传中唯一确定的真相是个人的自私自利会被锁定在个人的盲区。

……

站在我们现在的对话所创造的小山丘或小岛上，让我告诉你，当我让故事以那篇关于忏悔的随笔为中枢运转时，在回顾中提供的是过去 20 年的故事看起来所像的东西。

在这个故事的前半部分（这是一个用犹豫的声音讲述出来的故事，因为讲述者不仅视而不见，而且作为一个生活在 20 世纪后半叶的南非白人作家，他是丧失了能力的，没有资格的，这样的一个写作者，对他发现自己所处的没有权威，没有权威的写作的状况做出反应。在前半部分，他做出反应：他还没有在哲学这个层次上思考他的位置。

他被（南非种族隔离的现实）弄得丧失了能力的认识来得很早，或者说当他回忆自己的人生时，填充进故事中的证据看起来是这样说的。作为一个少年，这个人，这个主体，这个故事的主人公，这个我，尽管几乎是偷偷摸摸地在进行写作，却决定尽可能地要成为一个科学家。尽管他在数学方面只不过是中等天资，他还是不屈不挠地追求一种数学生涯。我怎样来解读这种决心？我认为：他在努力发现一个密封舱，在其中，他能够生活，在其中，他没有必要呼吸世界的空气。

他的一生都缺乏对物质或社会环境的兴趣。他发现自己转向内部世界。他青少年时代的写作，追随盎格鲁——美国人的现代主义与世隔绝的脚步。他让自己沉浸在庞德的《诗章》中。他钦佩休·肯纳（Hugh Kenner），认为他高于其他批评家。他不仅钦佩休·肯纳宽广的知识面和智慧（他是智慧的，另外，他太乏味了，以至于不能模仿），而且钦佩休·肯纳忽视整个经验领域的沉着镇定：至于生活，让仆人去为我们做吧！

在他 21 岁的时候，他离开了南非，决意要把这个国家的灰尘从脚上抖落。在 20 世纪 60 年代中期，他辞去了计算机工作，这次辞职是出于对学者生活——一种就他来说，大有益处的生活——的喜爱。具体来说，他转向的研究目标，是被很严密地构想出来的文学。他写了一篇关于贝克特的形式主义的分析论文，这篇论文所聚焦的文本，都是贝克特在自己也被形式和作为自我封闭的游戏的语言所困扰的时期创作出来的。

他思念祖国南非吗？尽管他在英国、美国都没有如家的感觉，但他并不想家，甚至也不是特别不愉快，他仅仅是感到不相容。

让我（“我”）向更远处追溯这种（不相容的，而不是疏远的）感觉。在他的记忆中，这种感觉很早就有了。但是,为了对那种意识进行强化,1991 年正在写作的我,能够提出一个日期。那就是他在沃塞斯特乡间的那些年,那时他还是一个在使用英语进行教学的班里学习的,有阿非利垦背景的学生。那是一个阿菲利肯人民族主义情绪狂热化的时代,一项法律正在酝酿策划之中,这项法律的目的是阻止阿菲利肯人的后裔培养他们的孩子说英语,这件事搅得他心神不宁,在梦中他被追捕,被指控;到 12 岁的时候,他就已经形成了一种很成熟的社会边缘的感觉。(他父母那种人被教士们斥为他们的人民的叛徒。事实上,他的父母不是叛徒,他们甚至不被特别地禁止,就他们的永久信誉来说,他们仅仅是漠视他们的民族及其命运。)

离开沃塞斯特后,他来到开普敦,在那儿度过他的青年时期。在开普敦,他作为一个新教教徒,在一家天主教高中上学,交往的是一些犹太人和希腊人朋友。出于众多理由,他不再去(库切祖先留下的)农场做客,这个地球上的地方曾被界定、想象、建构为他的起源地。所有这些都使他位于一种文化之外的感觉得以巩固,这种文化在历史上的这一时刻,正在被狂妄地用强力将自己树立为这块大陆的核心文化。

在社会学意义上,可能将接近 20 岁的他看作一个无政府主义者系列的成员,一个晚期英帝国中社会地位低下的,位于社会边缘的年轻知识分子,对于了解他是有益的。屠格涅夫笔下的巴扎洛夫、陀思妥耶夫斯基小说中那些有着苍白的脸、燃烧的眼睛和改变世界的计划的年轻人都属于这个系列。社会地位低下吗? 嗯,可能并不低。但是根据白人中等阶级的标准,他的社会地位确实不高。他的父母在阿菲利肯人和英国人社会圈中都没有立足地。他们有无休无止的经济麻烦。他靠打各种各样的零工来支付大学学费,完成学业。他这样做,完全是因为他太神经质了,不能目睹他母亲的牺牲。

在政治上,无政府主义者可能走另一条路。但是在他的学生时代,他,这个人,这个主体,我的自我,避开了右翼。作为一个生活在沃塞斯特的孩子,他已经见到了足够多的阿菲利肯右翼分子,充分体验了右翼的等级观念、自我正直和残忍,这些东西将影响他的一生。事实上,早在来到沃塞斯特之前,他可能就已经见到很多残忍和暴力,其量之大超过了允许一个孩子接受的程度。这样,作为一个学生,在没有成为左翼一分子的情况下,他沿着左翼的边缘前进。由于对左翼的人性关注的同情,当摊牌时刻到来时,他被它的语言(阿菲利肯语),实际上是所有的政治语言所疏远了。远在他能明白这种疏远时,他就已经对那种制定法律的语言,那种非暂时性的语言,感到了不自在。大众在他心灵深处唤起了某种近似于恐慌的东西。他不能,或不再能,不能或不再能参与、呼喊、歌唱,他的喉咙绷紧,他反叛了。

这就是那个人,他略微成熟了些,前往得克萨斯重新开始他的文学研究。我不想贬低此后 15 年中他一直向之要求权利的、建基在形式主义、语言学之上的那个政体。他(他开始越来越接近于我: 他传逐渐转换成自传)将他/我自己训练得惯于在其中进行思考的那种(形式主义、语言学的)训练,产生了一种启示: 我不能想象他或我还能走通另外一条道路。但是关于忏悔的那篇随笔,当我现在回顾的时候,我觉得它是一个标志,标志着对他,可能也是对我在世界中的位置的思考进入到一个更为宽广的哲学的层次。我认为，最好将这篇随笔与《等待野蛮人》放在一起读。这部小说提出这样一个问题：为什么一个人会选择公正一面，而这时公正并不是他的物质兴趣所在？这时行政长官给出了柏拉图式的答案：因为我们生来就有公正的观念。那篇随笔，唯一的没有保留的东西就是提出这样一个问题：为什么我应该对关于我自身的真相感兴趣，而这时真相可能并不是我的兴趣所在？对于这个问题，我料想，我会继续给出一个柏拉图式的答案：因为我生来就有关于真相的观念。

评述：

这是一篇访谈，出自大卫·阿特瓦尔编辑的《双角：随笔和访谈》。在这次访谈中，库切对自传写作的真实性问题作了较为集中的分析，除了为我们提供了有关库切自身经历的第一手资料之外，它还对自传这种文体的写作，关于自传的真实性的后现代主义态度的认识，理解库切的自传文学的独特特征具有重要的理论意义。

库切的这篇随笔让人想起"后殖民文学教父"拉什迪在《午夜的孩子》中的一段话："因为在自传中也同其他文学作品中一样，是否确有其事往往比不上作者是否有办法能使读者相信他的话那么重要……"。的确，自传写作的首要任务是让读者相信作者的话，达到这一效果的首要方法是能引起读者对你的历史追溯和心灵拷问的兴趣，而引起兴趣的关键因素则是故事是否生动有趣，对自我心灵真实的揭示是否能够打动读者的情感。要做到这一些，势必要对作者自己掌握的自传材料进行筛选、剪辑和情节编排，在这一意义上，库切说："所有的自传都是故事叙述，所有的写作都是自传。"

由于自传具有故事叙述性质，那么自传的真实性就成为了一个问题。对于自传的真实性，在阿特瓦尔的另一次访谈中，库切也表示了深刻的怀疑，他认为："你从记忆库中选择材料来诉说关于你的生活的故事，在选择的过程中你删除某些东西，比如说省略不提你在孩提时代曾经折磨过苍蝇的事，从逻辑上讲，就像你说你折磨过苍蝇，而实际上你并没有那样做一样，都是对事实真相的违背。因此，那种认为自传（实质上是历史）只要没有撒谎就是真实的观点，唤起了一种十分空洞的真相的观念。"也就是说，库切认为从本质上，历史是不可能再现的。同样，关于自我的真相在文本中也是无法完全再现的，记录真相的意图无论有多么真诚，都势必造成对真相的程度不等的违背。

关键的原因在于时间的距离。作者在写自传时，是站在现在的时间点上对以往历史的回顾，这种回顾是在记忆中进行的。记忆本身并不是十分可靠，而且写自传时的作者意图渗透进他笔下的自传形象。虽然并不是所有的作者在写自传时都试图美化自己，但是有一个问题却是所有的自传作者不可回避的：自传中的自我形象是写自传时的作者想使自己成为的形象，或者至少也是自传所涉及的某个时间段中的自我想成为的形象。所以库切在回顾他那篇关于托尔斯泰、卢梭和陀思妥耶夫斯基的随笔时，说自己看到了两个人的潜在对话。在这个意义上，自传中的自我形象无法摆脱想象的成分，由于想象因素的参与，自传材料中就存在着自传作者看不见或不愿意看到的盲区，这样自传中的自我形象离历史中的真实的自我形象就存在着难以跨越的距离。因此，库切说：自传是"一种自私自利的事业"。再真诚的自白从严格意义上讲，也只能是一种"伪自白"，或茨威格所说的"玫瑰下的忏悔"。

由于自传的叙述性质和想象的参与，自传中的自我形象无法和真实的自我形象重合，所以当阿特瓦尔请库切回顾他们之间的谈话时，库切只承认"在回顾中提供的是过去 20 年的故事看起来所像的东西。"也正是由于对自传中的自我形象与真实的自我形象之间的距离的充分认识，库切在追溯自己的历史的时候，不采用一般的自传文学中常用的第一人称"我"，而使用第三人称"他"，库切始终拒绝承认"我"回顾中的自我形象就是现在的"我"的形象，甚至也不是回顾的时间段中的那个真实的自我形象。当对历史的追溯向写作自传的时间越来越靠近时，库切也只承认这个回顾中的"他"的形象越来越像现在的"我"。第三人称单数的"他"，也是库切在自传《男孩》、《青春》和自传式作品《伊丽莎白科·斯塔洛：八堂课》中所共同使用的叙述视角。这一叙述策略的背后有着清醒的关于自传的理论自觉意识的支撑，也无疑颠覆了人们曾经普遍认可的自传材料是真实可信的传统观念。

库切关于自传的真实性问题的深刻思考始自他在 1985 年写作的随笔《忏悔和双重思想：托尔斯泰、卢梭和陀思妥耶夫斯基》，所以库切一再强调这篇随笔的出现在他的写作和思想中是一个中枢。

参考文献

中文参考文献

专著:

宫　静:《泰戈尔》,东大图书公司,1992 年。

金克木:《金克木小品》,中国人民大学出版社,1992 年。

金宜久:《伊斯兰教的苏非神秘主义》,中国社会科学出版社,1995 年。

李　琛:《阿拉伯现代文学与神秘主义》,社会科学文献出版社,2000 年。

连士升:《泰戈尔传》,香港文学研究社出版,1961 年。

刘安武:《普列姆昌德评传》,中国国际广播出版社,1999 年。

刘安武:《印度印地语文学史》,人民文学出版社,1987 年。

刘曙雄:《穆斯林诗人哲学家伊克巴尔》,北京大学出版社,2006 年。

梅晓云:《文化无根:以 V.S. 奈保尔为个案的移民文化研究》,陕西人民出版社,2003 年。

钱钟书:《写在人生边上》,中国社会科学出版社,1990 年。

芮渝萍:《美国成长教育小说研究》,中国社会科学出版社,2004 年。

唐月梅:《三岛由纪夫传》,新世界出版社,2003 年。

王向远:《东方文学史通论》,上海文艺出版社,1994 年。

吴晓东:《从卡夫卡到昆德拉——20 世纪的小说和小说家》,生活·读书·新知三联书店出版,2003 年。

徐　丹:《倾空的器皿——成长仪式与欧美文学中的成长主题》,上海三联书店,2008 年。

杨正润:《传记文学史纲》,江苏教育出版社,1994 年。

叶灵凤:《读书随笔·一集》,三联书店,1988 年。

赵白生:《传记文学理论》,北京大学出版社,2003 年。

张德明:《流散族群的身份建构——当代加勒比英语文学研究》,浙江大学出版社,2007 年。

张殿国:《论欲望》,云南人民出版社,1992 年。

郑振铎:《太戈尔传》,花山文化出版社,1998 年。

赵汀阳:《没有世界观的世界》,中国人民大学出版社,2003 年。

编著:

蔡伟良编著:《灿烂的阿拔斯文化》,上海外语教育出版社,1997 年。

胡经之、王岳川主编:《文艺学美学方法论》,北京大学出版社,1994 年。

潘绍中编著:《美国文化与文学选集(1607—1914)》,商务印书馆,1998 年。

齐木道吉、梁一儒、赵永铣等编著:《蒙古族文学简史》,内蒙古人民出版社,1981 年。

王晓路等编著:《当代西方文化批评读本》,四川大学出版社,2004 年。

张京媛主编:《新历史主义与文学批评》,北京大学出版社,1993 年。

郑杭生主编:《社会学概论新编》,中国人民大学出版社,2002 年。

译著：

[英] 艾伦·谢尔斯顿：《传记》(李文辉、尚伟译)，北京昆仑出版社，1993 年。
[英] 弗吉尼亚·伍尔夫：《伍尔夫随笔全集》(王义国等译)，中国社会科学出版社，2001 年。
[英] 弗吉尼亚·伍尔夫：《奥兰多——一部传记》(韦虹等译)，哈尔滨出版社，1994 年。
[英] 弗吉尼亚· 伍尔夫：《费希勒：一条狗的传记》(唐嘉慧译)，上海译文出版社，2009 年。
[英] 亨利·斯各特·斯托克斯：《美与暴烈——三岛由纪夫的生与死》(于是译)，上海书店出版社，2007 年。
[英] 乔治·拉伦：《意识形态与文化身份：现代性和第三世界的在场》(戴从容译)，上海教育出版社，2005 年。
[英] V. S. 奈保尔：《印度：受伤的文明》(宋念申译)，生活·读书·新知三联书店，2003 年。
[美] 爱德华·W. 萨义德：《东方学》(王宇根译)，生活·读书·新知三联书店，1999 年。
[美] 爱德华·W. 萨义德：《知识分子论》(单德兴译)，生活·读书·新知三联书店，2002 年。
[美] 道格拉斯：《道格拉斯自述》(李文俊译)，三联书店，1988 年。
[美] 海登·怀特：《后现代历史叙事学》(陈永国、张万娟译)，中国社会科学出版社，2003 年。
[美] 亨利·纳什·史密斯：《处女地：作为象征和神话的美国西部》(薛藩康、费翰章译)，上海外语教育出版社，1991 年。
[美] 罗伯特·F. 墨菲：《文化与社会人类学引论》(王年君、吕迺基译)，商务印书馆，1991 年。
[美] 玛格丽特·米德：《三个原始部落的性别与气质》(宋践等译)，浙江人民出版社，1988 年。
[美] 欧文·埃德曼：《艺术与人》(任和译)，工人出版社，1988 年。
[美] 乔尔·查农：《社会学与十个大问题》(汪丽华译)，北京大学出版社，2009 年。
[美] 斯蒂芬·欧文：《追忆——中国古典文学中的往事再现》(郑学勤译)，上海古典出版社，1990 年。
[加] 诺思洛普·弗莱：《批评之路》(王逢振、秦明利等译)，北京大学出版社，1998 年。
[法] 丹纳：《艺术哲学》(傅雷译)，人民文学出版社，1981 年。
[法] 菲力浦·勒热讷：《自传契约》(杨国政译)，三联书店，2001 年。
[法] 列维·布留尔：《原始思维》(丁由译)，商务印书馆，1997 年。
[德] 海德格尔：《人，诗意地安居》(郜元宝译)，上海远东出版社，2004 年。
[德] 罗瑟·罗特哲：《殖民后的印度印地语创作》，马诺哈·拉玛斯出版社，1985 年。
[德] 于尔根·哈贝马斯：《后形而上学思想》(曹卫东、付德根译)，译林出版社，2001 年。
[瑞士] 荣格：《未被发现的自我》(张敦福、赵蕾译)，国际文化出版公司，2001 年。
[捷克] 米兰·昆德拉：《被背叛的遗嘱》(孟湄译)，上海人民出版社，1995 年。
[比利时] 保罗·德曼：《解构之图》(李自修译)，中国社会科学出版社，1998 年。
[俄] 巴赫金：《巴赫金全集》第三卷(白春仁等译)，河北教育出版社，1998 年。
[日] 柄谷行人：《日本现代文学的起源》(赵京华译)，生活·读书·新知三联书店出版，2006 年。
[日] 川端康成、三岛由纪夫：《川端康成·三岛由纪夫往来书简集》(许金龙译)，昆仑出版社，2000 年。
[日] 川合康三：《中国的自传文学》(蔡毅译)，中央编译出版社，1998 年。
[日] 大江健三郎：《广岛札记》(翁家慧译)，中国广播电视出版社，2009 年。
[日] 大江健三郎：《大江健三郎口述自传》(许金龙译)，新世界出版社，2008 年。
[日] 黑古一夫：《大江健三郎传说》(翁家慧译)，中国广播电视出版社，2008 年。

[日] 三岛由纪夫:《假面的告白》(王向远译),北京师范大学出版社,1993 年。
[日] 三岛由纪夫:《太阳与铁》(唐月梅译),中国文联出版社,2000 年。
[印] 黛维夫人:《炉火情·译者序言》(季羡林译),漓江出版社,1995 年。
[印] 克里希纳·克里巴拉尼:《泰戈尔传》,(倪培耕译),漓江出版社,1984 年。
[印] 伦贡瓦拉:《印度电影史》(孙琬译),中国电影出版社,1985 年。
[印] 泰戈尔:《我的回忆》(吴华译),北岳文艺出版社,1994 年。
《古兰经》(马坚译),中国社会科学出版社,1992 年。
[黎] 纪伯伦:《纪伯伦全集》(李唯中译),百花洲文艺出版社,2007 年。
[黎] 纪伯伦:《纪伯伦全集》(关偁、钱满素译),河北教育出版社,1994 年。
[黎] 纪伯伦:《鲸鱼与蝴蝶》(李桂蜜译),中国友谊出版公司,2002 年。
[黎] 米哈伊尔·努埃曼:《纪伯伦传》(程静芬译),湖南人民出版社,1986 年。
[黎] 米哈依勒·努埃曼:《七十述怀》(陆孝修、王复译),甘肃人民出版社,1993 年。
[南非] J. M. 库切著:《青春》(王家湘译),浙江文艺出版社,2004 年。
[埃及] 纳吉布·马哈福兹:《自传的回声》(薛庆国译),光明日报出版社,2001 年。
[几内亚] 卡马拉·莱依:《黑孩子》(黄成新译),重庆出版社,1984 年。

外文参考文献

Banerjee, Bibhutibhushan, *Pather Panchali: Song of the Road*, Tran. T. W. Clark and Mukherji, Tarapada, London: Indiana University Press, 1968

Bushrui, Suheil, and Jenkins, Joe, *Kahlil Gibran: Man and Poet*, London: Oneworld Publications, 1998

Bushrui, Suheil Kahlil, *Gibran: Man and Poet*, London: One World Publications, 1998

Chaudhuri, Nirad C., *The Autobiography of an Unknown Indian*, London: Picador, 1999

Chaudhuri, Nirad C., *Thy Hand, Great Anarch!: India*, 1921—1952, London: Chatto & Windus, 1987

Cockshut, A. O. J., *Truth to Life: the Art of Biography in the Nineteenth Century*, A Harvest Book Harcourt Brace Jovanovich, Inc., 1976

Coetzee, J. M., *Doubling the Point: Essays and Interviews*, Cambridge, Massachusetts, London: Harvard University Press, 1992

Coetzee, J. M., *Stranger Shores*, Harmondsworth: Penguin Books, 2001

Coetzee, J. M., *Boyhood: Scenes from Provincial Life*, Harmondsworth: Penguin Books, 1997

Coetzee, J. M., *Boyhood: Scenes from Provincial Life* , London: Vintage, 1998

Das Gupta, Chidananda, *Talking about Films*, Bombay: Orient Longman Ltd., 1981

Das Gupta, (ed.), *Satyajit Ray: An Anthology of Statements on Ray and by Ray*, New Delhi: Directorate of Film Festivals, Ministry of Information and Broadcasting, 1981

Das Gupta, Chidananda, *The Cinema of Satyajit Ray*, New Delhi: Vikas Publishing House, 1980

Eakin, P. J., *How Our Lives Become Stories Making Selves*, Ithaca: Comell University

Press,1999

Emecheta, Buchi, *Head above Water*, London: Fontana Paperbacks, 1986

Emile, Benveniste, *Problemes in General Linguistics*, Coral Gables: University of Miami Press, 1971

Freud, Sigmund, *Introductory Lectures on Psychoanalysis*, Translated and Edited by James Strachey, New York: Norton, 1966

Gallagher, Susan VanZanten, *A Story of South Africa: J. M. Coetzee's Fiction in Context*, Cambridge, Massachusetts: Harvard University Press, 1991

Ganguly, Suranjan, *Satyajit Ray: In Search of the Modern*, Lanham, MD: Scarecrow Press, 2000

Gibran, Jean, and Kahlil, Gibran, *Kahlil Gibran: His Life and World*, Interlink Books, 1998

Guerrero, León Ma., *The First Filipino: a biography of José Rizal*, Guerrero Publishing, 2003

Jones, Eldred Durosimi, *The Writing of Wole Soyinka*, London: James Currey, 1988

Kafka, Franz, *Diaries* 1910—1924, Max Brod ed., New York: Schocken Books, 1976

Katouzian, Homa, *Sadeq Hedayat: The Life and Literature of an Iranian Writer*, New York: I. B. Tauris & Co Ltd., 1991

Kerby, A. P., *Narrative and the Self*, Bloomington: Indiana University Press, 1990

Kripalani, Krishna, *Rabindranath Tagore: A Biography*, London: Oxford University Press, 1962

Lessing, Doris, *Walking in the Shade*, London: Flamingo, 1998

Marie, Umch, (ed.), *Emerging Perspectives on Buchi Emecheta*, Trenton, New Jersey: Africa World Press, Inc., 1996

McDonough, Sheila, *The Flame of Sinai: Hope and Vision in Iqbal*, Lahore: Muhammad, Suheyl Umar Publisher, 2002

Mintz, Alan, *Banished from Their Father's Table: Loss of Faith and Hebrew Autobiography*, Bloomington & Indianapolis, 1989

Mphahlele, Ezekiel, *Down Second Avenue*, New York: Anchor Books, 1971

Narayan, R. K., *My Days: a Memoir*, New Delhi: Penguin Books, 1989

Olaniya, Tejumola and Quayason, Ato, (ed.), *African Literature: An Anthology of Criticism and Theory*, Blackwell Publishing Ltd., 2007

Olney, James, (ed.), *Autobiography: Essays Theoretical and Critical*, Princeton, New Jersey: Princeton University Press, 1980

Orfalea, Gregory and Elmusa, Sharif, *Grape Leaves-A Century of Arab American Poetry*, Salt Lake City: University of Utah Press, 1988

Ostle, Robin, (ed.), *Writing the Self: Autobiographical Writing in Modern Arabic Literature*, London: Saqi Books, 1998

Oyin, Ogunba, (ed.), *Soyinka: A Collection of Critical Essays*, Ibadan: Syndicated Communications, Ltd., 1994

Pascal, Roy, *Design and Truth in Autobiography*, London: Routledge and Kegan Paul, 1960

Pelli, Moshe, *In Search of Genre: Hebrew Enlightenment and Modernity*, Lanham, Boulder,

New York, Toronto, Oxford: University Press of America, 2005

Pattee, Fred Lewis, *The New American Literatur*, 1890—1930, New York: Cooper Square Publishers, 1968

Ray, Satyajit, *Our films*, *Their films*, Bombay: Orient Longman Ltd., 1976

Ray, Satyajit, *The Apu Trilogy*, Tran. Shampa Banerjee, Calcutta: Seagull Books, 1985

Ray, Satyajit, *My Years with Apu*, New Delhi: Penguin Books, 1994

Robinson, Andrew, *Satyajit Ray*: *The Inner Eye*, London: André Deutsch Limited, 1989

Ruoff, A. LaVonne Brown and Ward, Jerry W., Jr., *Redefining American Literary History*, New York: The Modern Language Association of America, 1990

Saadawi, Nawal El, *A Daughter of Isis*: *The Autobiography of Nawal El Saadawi*. Trans. Sherif Hetata , London & New York: Zed Books Ltd., 1999

Saadawi, Nawal El, *Walking Through Fire*: *A Life of Nawal El Saadawi*. Trans. Sherif Hetata, London & New York: Zed Books, 2002

Shaked, Gershon, *Lelo motsa*, Tel Aviv: Hotsa'at hakibbutz hameuhad, 1973

Soyinka, Wole, *Ake*: *The Years of Childhood*, London: Rex Colleges, 1981

Sen, S. P., *History of Modern Indian Literature*, Institute of Historical Studies, Calcutta, 1975

Taylor, John Russell, (ed.), *Satyajit Ray*, *Cinema*: *A Critical Dictionary*, New York: Martin Secker& Warburg Limited, 1980

Ulick, O'Connor, *Biographers and the Art of Biography*, Dublin: Wolfhound Press, 1991

Waterfield, Robin, *The Life and Times of Kahlil Gibran*, the Penguin Press, 1998

Yeoh, Gilbert, *J. M. Coetzee and Samuel Beckett*: *ethics*, *truth-telling*, *and self-deception*, Critique, 2003

Young, Barbara, *This Man from Lebanon*: *A Study of Kahlil Gibran*, New York: Alfred A. Knopf, 1945

[日]重藤文夫、大江健三郎:《对话·原子弹爆炸后的人》,新潮社,1971年。

[日]川村凑:《质疑战后文学》,岩波书店,1995年。

[日]宮澤賢治:《新校本宮澤賢治全集》,筑摩書房,2001年。

[日]谷川徹三《宮沢賢治の世界》,法政大学出版局,1970年。

[日]佐藤隆房:《宮沢賢治》,冨山房,1942年。

[日]中村文昭:《童話の宮沢賢治》,洋々社,1992年。

[韩]李浩哲等:《韩国现代作家三十三人自传》,良友堂,1993年。

[韩]姜珍浩:《韩国文坛逸史》,韩国深泉出版社出版,1999年。

[蒙古]Ts.达木丁苏伦、D.曾德主编:《蒙古文学概要》,乌兰巴托,1977年。

[菲]吴文焕:《卧薪集》,菲律宾华裔青年联合会,2002年。

[越]潘文重编选:《潘佩珠:人与作品》,教育出版社,2001年。

[印]吉攸迪夏·觉西:《介南德尔的伦理道德思想》,帕勒沃德耶出版社,1998年。

[印]介南德尔·古马尔:《我的迷惘》,印度帕勒沃德耶出版社,1988年。

[印]介南德尔·古马尔:《爱和婚姻》,印度帕勒沃德耶出版社,1992年。

[印]帕杰·辛赫:《小说家介南德尔》,哈里亚纳文学研究院,1993年。

[印]穆罕默德·侯赛因·阿扎德:《生命之水》,拉合尔古拉姆·阿里家族出版社,1954年。

［巴］菲亚兹·迈哈姆德、伊巴德特·巴勒尔维主编:《巴印穆斯林文学史》第 9 卷,巴基斯坦旁遮普大学出版社,1972 年。

［巴］阿卜杜·萨拉姆·胡尔希德:《伊克巴尔传》,巴基斯坦伊克巴尔研究院,1977 年。

［科］阿菲夫·塔伊比:《在科威特 14 天》,贝鲁特,今日出版社,1952 年。

［科］法德勒·爱敏:《苏阿德·萨巴赫:出身高贵的女诗人》,贝鲁特,萨迪尔出版社,1994 年。

［科］法迪勒·赫尔夫:《苏阿德·萨巴赫:诗歌与女诗人》,努尔出版公司,1992 年。

［科］法迪勒·萨义德·阿格勒:《现代科威特》,贝鲁特,1952 年。

［科］苏阿德·萨巴赫:《海湾之鹰:阿卜杜拉·穆巴拉克·萨巴赫》,科威特苏阿德·萨巴赫出版社,1996 年。

［伊朗］亚赫·阿林普尔编:《赫达亚特的一生和著作》,扎瓦尔出版社,2006 年。

［伊朗］沙赫拉姆·巴哈尔路杨、法特贺·阿拉·伊斯玛仪编:《认识赫达亚特》,噶特尔出版社,2000 年。

［埃及］拉贾·艾德:《读纳吉布·马哈福兹文学》,亚历山大知识出版社,1989 年。

项目组成员、撰稿人及撰写篇名

"东方作家传记文学研究"项目责任人刘曙雄，项目组主要成员赵白生、魏丽明、翁家慧、金英今、邹兰芳、高文惠、马征、曾琼等。

本研究成果的内容和结构由刘曙雄、赵白生、魏丽明等讨论、商定。刘曙雄负责统稿，"绪论"由刘曙雄、曾琼执笔。撰稿人简介及撰写篇目如下：

翁家慧：（北京大学外国语学院副教授，博士，研究领域为日本近现代文学。）

自传中的假面——略论三岛由纪夫传记文学

"广岛"如何改变大江——论《广岛札记》之于大江文学的意义

动荡时代的迷惘人生——"内向的一代"的自传性作品解读

《大江健三郎传说》节选

金英今：（洛阳外国语学院教授，博士，从事韩国文学的研究与翻译。）

韩国现代作家自传文学论略——记《韩国现代作家三十三人自传》

心理的真实和文学的真实——姜珍浩《韩国文坛逸史》题解

《〈朝光〉·〈三千里〉时代》

吴杰伟：（北京大学外国语学院副教授，博士，从事菲律宾文化、东南亚文化和中外文化交流研究。）

菲律宾民族英雄何塞·黎萨尔——以传记文学为视角

夏　露：（北京大学外国语学院副教授，博士，从事越南文学文化研究。）

越南近现代写自传的第一人——潘佩珠及其《潘佩珠年表》初探

《潘佩珠年表》节选

曾　琼：（任职于天津外国语大学比较文学研究所，博士，北京师范大学博士后，研究方向为印度文学与文化、东方文学。）

寻找诗人的真实：在事实与真理之间——泰戈尔传记研究（第二作者穆克巴塔耶）

传记文学作品的整体性、史学性和文学性——中文泰戈尔传记文学作品解析

魏丽明：（北京大学外国语学院副教授，博士，主要研究领域为东方文学、印度现代文学。）

介南德尔·古马尔小说中的"自我镜像"——以《十束光》为个案的分析

王思思：（现供职于中国海洋石油总公司干部学院，博士。）

"西奈山的火光"的双重内涵——伊克巴尔的希望与视野

传记文学对电影艺术的启迪——论雷伊"阿普三部曲"的创作动机

沈一鸣：（北京大学外国语学院西亚系讲师，博士研究生，研究方向为明清时期汉译伊斯兰教典籍以及伊朗现当代文学研究。）

传之传承——赫达亚特及其传记文学研究

林丰民：（北京大学外国语学院教授，博士，从事阿拉伯语文学文化研究。）

个人传记与国家历史的融合——以苏阿德·萨巴赫的《海湾之鹰》为例

《海湾之鹰》节选

马　征：（河南大学文学院副教授，博士，近年主要从事纪伯伦和阿拉伯裔美国文学的翻译和研究。）

三本他传与"纪伯伦形象"——从"神秘化"到"人性化"

纪伯伦传记的发展及其对中国研究者的启示——兼议"学术型传记"的理论与实践

《哈利勒·纪伯伦：他的生活和世界》序

邹兰芳：（对外经济贸易大学外语学院教授，博士，从事阿拉伯文学文化研究。）
寻找理性的苏非——思·知·诗意——兼论努埃曼的自传《七十述怀》
“风景之发现”观照下的《自传的回声》——评马哈福兹传记创作艺术
女性自传中自我主体的漂移性——以赛阿达薇的自传《我的人生书简》为例（第二作者余玉萍）

赵白生：（北京大学外国语学院世界文学研究所教授，博士，研究领域为传记文学、生态文学、非洲文学、世界文学理论、跨文化研究。）
“一切作品皆自传”——非洲作家自传个案研究

高文惠：（山东德州学院中文系教授，博士，从事东方英语文学研究。）
抵制欧洲中心主义的流散者——论库切文化身份的归属
库切的自传观和自传写作——以《男孩》、《青春》两部自传为例
精神的试验和自我发现的旅程——《阿凯：童年岁月》的自传价值
《双角：随笔和访谈》节选

牛子牧：（北京外国语大学阿拉伯语系讲师，在职博士研究生，从事阿拉伯文学研究）。
女性反抗者的精神成长史——评埃及女作家赛阿达薇的传记创作

代学田：（北京大学世界文学研究所博士研究生，研究领域为非洲文学和传记文学。）
挣扎背后的挑战：非洲女作家与西方女权运动——以艾默契塔的《昂首水上》为个案

王　静：（河南师范大学外国语学院日语系讲师，硕士，从事日本文学研究。）
宫泽贤治的法华信仰——佐藤隆房的《宫泽贤治》

王　浩：（北京大学外国语学院副教授，博士，从事蒙古文学文化研究。）
传记文学在蒙古文学史中的重要性——以《蒙古文学概要》为例

黎跃进：（天津师范大学文学院教授，博士，从事东方文学和比较文学研究。）
中国学者的主体眼光——《普列姆昌德评传》论析

王春景：（河北师范大学文学院副教授，博士，研究方向为印度英语文学。）
平凡之处不平凡——论纳拉扬的自传《我的日子》

潘　珊：（北京大学世界文学研究所博士研究生，从事生态文学与传记文学研究。）
从无名到知名——论《无名印度人自传》之出版

刘曙雄：（北京大学外国语学院教授，博士，从事印度、巴基斯坦乌尔都语文学和南亚伊斯兰文化研究。）
真实和朴素是传记文学的本源——读阿扎德的《生命之水》
《驼队的铃声》序言

魏李萍：（北京大学外国语学院博士研究生，从事土耳其文学研究。）
在书写中为自己与一座城市立传——帕慕克作品中的传记色彩

钟志清：（中国社会科学院外国文学研究所副研究员，博士。从事希伯来文学文化研究。）
现代希伯来文学的传记传统——兼谈奥兹《爱与黑暗的故事》

张文茹：（北京大学世界文学研究所博士研究生，研究领域为传记文学。）
南非黑人艰难的社会化历程——透视姆赫雷雷自传：《沿着第二大道》

沈玉婵：（北京大学外国语学院亚非语言文学专业研究生，研究方向为非洲法语文学。）
成长主题与跨文化身份建构——解读卡马拉·莱依自传体小说《黑孩子》

张　幸：（北京大学外国语学院南亚系讲师，博士，从事孟加拉文学和印度文化研究。）
《卡齐·纳兹鲁尔·伊斯兰姆小传》